KALEWALA
Das finnische Nationalepos

zusammengetragen von Elias Lönnrot
übersetzt von Anton Schiefner

Lönnrot, Elias: Kalewala, das finnische Nationalepos

Hamburg, SEVERUS Verlag 2014

ISBN: 978-3-86347-949-7
Druck: SEVERUS Verlag, Hamburg 2014
Nachdruck der Originalausgabe von 1922

Der SEVERUS Verlag ist ein Imprint der Diplomica Verlag GmbH

Bibliographische Information der deutschen Nationalbibliothek:
Die Deutsche Nationalbibliothek verzeichnet diese Publikation in
der deutschen Nationalbibliographie; detaillierte bibliographische
Daten sind im Internet über http://dnb.d-nb.de abrufbar.

KALEWALA

Übertragung

von

Anton Schiefner

*

*

SEVERUS

Vorwort zur Erstausgabe

(Helsingfors 1852)

Im Jahre 1682 gab der gelehrte Polyhistor Daniel Georg Morhof in seinem zu Kiel erschienenen Unterricht von der deutschen Sprache wohl zuerst in Deutschland eine Probe der finnischen Volkspoesie, indem er ein aus Bangs Historia ecclesiastica Sveo-Gothorum entnommenes Bärenlied finnisch nebst einer nicht sehr ansprechenden deutschen Übersetzung mitteilte. Seit dieser Zeit war es also bekannt, daß es eine finnische Volkspoesie gäbe, doch hatte sich dieselbe nur einer zufälligen Beachtung zu erfreuen. Eine solche wurde ihr sogar von dem Meister Goethe zuteil, dem wir die Bearbeitung eines finnischen Liebesliedes verdanken. In Finnland selbst war der mit Recht hochgefeierte Professor Porthan der erste, der der Volkspoesie eine umfassende Aufmerksamkeit zuwandte. Unter seinem Einfluß arbeiten Ganander und Lencquist, die in ihren mythologischen Leistungen auf den in den Volksliedern enthaltenen Stoff näher eingehen mußten. Doch blieben diese Versuche alle mehr fragmentarisch. Eine größere Sammlung veranstaltete der Doktor Zacharias Topelius und gab sie in fünf Teilen während der Jahre 1822—1836 heraus. Bereits im Jahre 1820 hatte der Professor von Becker in der zu Abo in finnischer Sprache erscheinenden Wochenschrift einen Versuch gemacht, eine Menge Lieder über Wäinämöinen in ein Ganzes zu vereinigen. Diesem Beispiele verdanken wir es wahrscheinlich, daß Dr. Lönnrot den Gedanken faßte, die noch unter dem Volke lebenden Lieder von Wäinämöinen, Ilmarinen und Lemminkäinen usw. zu einem Epos zusammenzufügen. Schon in den Jahren 1828 und 1831 machte er verschiedene Wanderungen in Finnland, um seine Runensammlung zu vervollständigen. Ergiebiger waren jedoch seine Reisen außerhalb des eigentlichen Finnlands von dem Jahre 1832 an, namentlich in den von Finnen bewohnten Strecken der Archangelschen Gouvernements. Während nun in Deutschland im Jahre 1834 S. H. von Schröder die bereits 1819 zu Apsala von seinem Bruder finnisch und deutsch gedruckten „finnischen Runen" für das größere Publikum veröffentlichte, konnte Dr. Lönnrot bereits im nächstfolgenden Jahre (1835) mit seiner Sammlung der epischen Lieder der Finnen hervortreten. Sie erschien in zwei Bänden unter dem Titel Kalewala und umfaßte etwas über 12000 Verse in 32 Gesängen. Die Wichtigkeit dieser Sammlung für die epische

Poesie überhaupt wurde von dem berühmten Begründer germanischer Sprach- und Mythenforschung, Jakob Grimm, in das hellste Licht gestellt in seinem Aufsatz „über das finnische Epos" in Hoefers Zeitschrift für die Wissenschaft der Sprache, Band I., S. 13—55 (1846). Wie Grimm selbst bekennt, ist ihm beim Studium der finnischen Poesie die treffliche schwedische Übersetzung der Kalewala, welche wir dem der Wissenschaft, dem Vaterlande und den Freunden zu früh entrissenen M. Alexander Castrén verdanken (1841), zur Hand gewesen. Ist diese Übersetzung auch eine höchst gelungene, welche bei aller Treue den Eindruck einer selbständigen Schöpfung macht, so ist doch die Zahl derer, denen die schwedische Sprache geläufig ist, unter den deutschen Forschern eine sehr beschränkte. Endlich erschien im Jahre 1845 eine französische Übersetzung von Léouzon Le Duc, die den Wünschen des größeren Publikums entgegenkommen sollte. In Deutschland ward bald dieser, bald jener Name für eine zu erwartende Übersetzung genannt. Unterdessen hatte die finnische Literaturgesellschaft dafür Sorge getragen, daß durch eine umfassendere Sammlung epischer Runen in den verschiedensten Gegenden finnischer Zunge eine neue Ausgabe der Kalewala ebenfalls unter der Redaktion von Dr. Elias Lönnrot ins Leben treten konnte. Sie erschien im Jahre 1849 und umfaßt in 50 Gesängen 22793 Verse. Eine sehr interessante Beurteilung derselben ließ Castrén im Bulletin histor. philol. der Akademie der Wissenschaften, Band VII., Nr. 20, 21 abdrucken. Seinem Einflusse hauptsächlich ist das Entstehen vorliegender Übersetzung zuzuschreiben. Er trug Sorge, daß mir die einzelnen Bogen der neuen Ausgabe während des Druckes von der finnischen Literaturgesellschaft zugesandt wurden, so daß ich die Übersetzung bald nach dem Erscheinen des Originals gegen Ende des Jahrs 1849 beendigen konnte. Im nächstfolgenden Jahre wanderte die Handschrift nach Helsingfors, wo die Literaturgesellschaft auf Betrieb Castréns für eine Revision der Übersetzung sorgte, an welcher Castrén selbst manchen Anteil hatte. Endlich war die Arbeit druckfertig, fand jedoch erst gegen Ende des vorigen Jahrs einen Verleger an der ältesten Buchhandlung Finnlands. Da der Druck in Helsingfors selbst bewerkstelligt werden konnte, ließ Castrén es sich wiederum angelegen sein, die Korrektur zu überwachen, welche er der gewissenhaften Leitung des Herrn Carl Gustav Borg übertrug, der als gewandter Übersetzer und gründlicher Kenner der finnischen Poesie sehr viel dazu beigetragen hat, vorliegende Übersetzung von ihren Mängeln zu reinigen. Und dennoch ist so manches Mangelhafte stehengeblieben. Mein Trost ist der, daß nach mir andere kommen werden, welche das Werk weiter fördern werden. Einstweilen beurteile man meinen Versuch mit Nachsicht und entschuldige namentlich die kleineren Druckversehen, welche sich bei meiner Entfernung vom Druckort nicht ganz verhüten ließen.

St. Petersburg, den 1./13. September 1852.   A. Schiefner.

Einführung

Einführung

„ . . . Um die epische Poesie aber steht es weit anders, in der
Vergangenheit geboren, reicht sie aus dieser bis zu uns herüber,
ohne ihre eigne Natur fahren zu lassen, wir haben, wenn wir
sie genießen wollen, uns in ganz geschwundene Zustände zu ver-
setzen. Ebensowenig als die Geschichte selbst kann sie gemacht
werden, sondern wie diese auf wirklichen Ereignissen, beruht sie
auf mythischen Stoffen, die im Altertum wacher Stämme ob-
schwebten, leibhafte Gestalt gewannen und lange Zeiten hindurch
fortgetragen werden konnten. Sie kommt also schon Völkern zu,
deren Aufschwung beginnt, und gelangt zur Blütezeit bei solchen,
die jener Stoffe mächtig die ganze junge Kunst der Poesie darüber zu ergießen vermochten; aber ein Grund und Anfang mußte
immer, man weiß nicht zu sagen wie, vorhanden sein, und gerade auf ihm beruht der Dichtung unerfindbare Wahrheit.“

Jakob Grimm, Über das finnische Epos.

I.

Kalewala, das finnische Epos, ist die Schöpfung eines Volkes und das Werk eines
Einzelnen. Unter seinen Liedern ist nicht eines, das nicht vorher in dem tönenden
Gedächtnis des Volkes sein Leben gehabt hätte. Aber keines der Lieder ist so gesungen worden wie es im Epos aufgezeichnet steht: nicht etwa, daß Ungesungenes
eingeschoben wäre — nur wenige verbindende Verse sind hinzugekommen — nein, uralt,
ist das Lied in seinen Stücken, aber in seiner Ganzheit ist es neu. Denn dem Laulaja,
dem finnischen Volkssänger, sind der Vers und die Weise heiliges, unverrückbares
Urgesetz: das Wort aber ist sein Bereich, seiner Macht anheimgegeben, Recht und
Beruf ist ihm, es zu wandeln, — es zu härten und zu sänftigen, zu erhöhen und

zu verdeutlichen. So singt jeder Laulaja das Lied aller und sein eigenes, ja mancher ändert es zu mehreren Malen und sagt zu verschiedenen Zeiten Verschiedenes. Darum hört jener Einzelne, der davon träumt, die Schöpfung des Volkes zum Werke zu formen, Elias Lönnrot, im finnischen Lande umherziehend jedes Lied in vielfacher Gestalt; er sammelt die Gestalten, er wählt für jeden Vers die schönste, für jeden Vorgang die vollständigste, er verbindet das Mannigfaltige, er baut wahrhaft das Lied aller auf. Und aus den so aufgebauten Liedern errichtet er das Epos.

Auch der Laulaja verknüpft Lieder zu Liedergruppen, jeder anders, und auch dies tut mancher zu verschiedenen Zeiten in verschiedener Weise; aber die Kraft, die mit den Worten zu schalten wußte, wird plump und schwer, wenn sie, statt Wort an Wort, Lied an Lied zu reihen strebt. Wohl trägt der Sänger jenen Zusammenhang des Mythos, der die epische Rune hervorbrachte, dunkel oder dämmerhaft in seinem Sinn; aber er vermag nicht, ihn in einem Zusammenhang der Lieder zu ralisieren. Jener Einzelne aber, der gesammelt hat, hat die Kunde der Verschmelzung. Kein Dichter, weil ohne Selbständigkeit, kein Gelehrter, weil ohne Distanz, ein Laulaja seinem Gemüt und seiner Begabung nach, ist er den Sängern des Volkes überlegen an Weite und Einheitlichkeit des Wissens: er kennt den Volksgesang wie keiner vor ihm, und seiner Kenntnis ist die Weihe der synthetischen Funktion verliehen. So verschmilzt er die Lieder zum Epos.

Daß er es konnte, das ist freilich aus seinen Fähigkeiten allein nicht zu verstehen; Fähigkeiten sind unfruchtbar ohne einen Glauben. Lönnrot hatte einen Glauben, dem seine Kräfte dienten und der sie fruchtbar machte: den Glauben an das ursprüngliche Epos, das eine Einheit war wie der Mythos, den es sang, und das dann in all die Lieder zerfiel — die Lieder, die nun selbständig weiter wuchsen, wucherten, sich wandelten, bis sie in seine Hand kamen, der nun versuchen wollte, die alte Dichtung wiederherzustellen, erweitert um all das, um das sie an Wesentlichem, Lebenaussprechendem, Schicksalgestaltendem die singenden Geschlechter erweitert hatten. Ein Trugglaube, von der Forschung unserer Zeit aus gesehen; aber im Reich des Wirkens gilt nur die Kraft des Glaubens, nicht seine Probabilität. Lönnrot glaubte an das alte Epos wie Kolumbus an den Weg nach Indien; so öffneten sich ihm die neuen Länder.

II.

Mehr als von irgendeinem Volk gilt es vom finnischen, daß das Singen älter ist als das Reden. Eine andere, heiligere Sprache hat der finnische Dichter Zachris Topelius den Gesang genannt; aber er ist mehr als das: er ist die Ursprache. Im Singen äußert der Mensch von je sein Verhältnis zu den Gewalten, den Ganzheiten des Lebens, im Reden äußert er sein Verhältnis zu den Dingen, das später, mittelbarer ist als jenes. Der Gesang ist die elementare Gemeinschaft, die urzeitliche feindlich-friedliche Vertraulichkeit mit der Natur, deren Herzschlag seinen Rhythmus erzogen hat; die Rede ist die erworbene Sonderung, das große Unterscheiden, die Weisheit der Orientierung, die Kunst der Distanz. Der Gesang ist Magie, die Rede Kausalität. Singen ist die Ausübung einer eingeborenen Freiheit, Reden die Erfüllung eines unentbehrlichen Vertrags. So ruht in der Seele des finnischen Bauern, der noch den Elementen nahe ist, der Gesang auf dem Grunde, aber quellend und ewig bereit, die Rede liegt dicht unter der Fläche, aber stockend und unlustig. Dem Wortkargen erwachen die Lippen im Liede, der Schwerfällige wird leicht und überlegen, sobald er zu singen beginnt.

Und die finnische Sprache selber: sie scheint nicht für die Rede, scheint zuerst für den Gesang geschaffen; ihre Worte enden meist auf Vokale, und selten stoßen mehrere Konsonanten zu einem spröden Laut zusammen; eine der wohllautendsten und gefügsten des Erdbodens hat sie Jakob Grimm genannt, und der große finnische Forscher Porthan (1739—1804) sagt von ihr*), ihr Geist sei dem Streben der Volks-sänger sonderlich günstig.

Zu Porthans Zeiten war der tiefe Quell noch unverschüttet. Alle Vorgänge des persönlichen und öffentlichen Lebens, Tätigkeit und Muße, Festfreude und einsames Leid riefen die tausendfältige Rune. Der Freund, der um den toten Vertrauten trauert, und der Feind, der über den Verhaßten spottet, der Hirt, der seinem knappen Leben nachsinnt, und der Jäger, der von der Beute träumt, die Frau, der die Ehe grausam war, und das Mädchen, dessen Liebster in der Ferne weilt, sie alle singen, althergebrachten, vom Erlebnis umgeschmolzenen Gesang. Des Festmahls höchste Freude ist das Lied; es gibt dem Zechen seine Weihe; nach den Gesängen ist die Hochzeitsfeier gegliedert. Wenn eine Reisegesellschaft, wie es vornehmlich im Winter Brauch und Bedürfnis ist, zu Kauf und Verkauf aus den oberen Bezirken in die Städte und auf die Märkte zieht, bei der Ausfahrt schon verbunden oder auf dem Wege zusammengeströmt, singt sie in allen Herbergen und macht die berühmten Runen der Heimat im weiten Lande bekannt. Und die Frauen singen, wie einst die Frauen von Lesbos, beim Mahlen des Korns: ihre „Mühlenlieder" — von der Liebe und von der Not des Frauenlebens. Bekanntes wird gesungen, aber auch Neues, und beides ist eins; denn der Sänger selbst scheidet nicht, was ihm sein Sinn befiehlt, von dem, was er als Kind übernommen hat. Auch der Berufene, der Laulaja, nicht, der sich aus der singenden Menge erhebt als der Sendbote der dauernden, von Geschlecht zu Geschlecht gehenden Dichtung und über der flüchtigen Welle den großen feierlichen Zusammenhang trägt. Ein Bauer wie die andern, nicht durch Stand, sondern durch Wissen vor ihnen ausgezeichnet; seiner Sprache kundig, daß er über all ihre Köstlichkeit gebieten kann und um frei zu sein nicht aus dem Bann des Gesetzes zu schreiten braucht; im schriftlosen Gedächtnis die Fülle überlieferten Gesanges fassend, den er in der Jugend dem Vater und den alten Meistern ab-lauschte; ehrfürchtig gegen die Tradition und doch auch, fast ohne es zu merken,

*) Dissertatio de Poësi Fennica (1766—1778). Opera selecta III. Helsingfors 1867.

unabhängig von ihr; des guten Verses sicherer Kenner und Verwalter, ohne um Regeln zu wissen: so erhält der Laulaja das Erbe der Vorzeit, vor allem die epische Rune lebendig. Er trägt sie, zumeist beim Festgelage, nach uralter Sitte vor: er wählt sich einen Helfer, der in der Mitte des Verses einfällt, ihn mitsingt und sodann allein wiederholt, oft mit Einfügung eines bekräftigenden Wörtchens, dieweil der Laulaja sich auf den nächsten Vers besinnt. So sitzen sie einander gegenüber, Knie an Knie und Hände in Händen, die Köpfe sacht einander zubewegend, und singen, nach einer einfachen, gleichmäßigen Melodie, deren Einfalt und Liebreiz so groß sind, daß sie ewig nur vertraut, nicht gewohnt wirkt, zum Spiel der Kantele, der fünfsaitigen Harfe, von der erzählt wird, der mythische Ursänger Wäinämöinen, der Heros der epischen Rune, habe sie aus dem Holz der Maserbirke und den Haaren einer Jungfrau geschaffen: die Lieder von den Taten der Urzeit.

Aber es gibt noch eine andere Rune, die nicht unstet ist wie die lyrische, sondern als eine heilige Überlieferung gehütet wird, die aber auch nicht öffentlich und allgemeinsam ist wie die epische, sondern in großem Geheimnis von dem Wissenden dem Jünger, vorzugsweise dem Sohne, kundgegeben wird. Es ist dies die Zauberrune. Wie kaum in einem anderen Volk wurzelte im finnischen der Glaube an die Wundermacht des Wortes: des heimlichen urgegebenen Wortes; es ist der aller Magie zugrunde liegende Glaube an die Macht des Gebundenen über das Ungebundene, des strengen Wissens über die wimmelnde Gefahr. Das Wort ist der Herr der Elemente; wer es besitzt, kann schaffen und vernichten, kann alles Übel bannen und den Göttern selber seinen Willen auferlegen. Er singt seine Feinde zu Stein und wilde Tiere in Ketten; er tötet den Frost und zieht ihm seine Kleider aus; Kalma, der Tod, ist sein Waffengefährte. Er kennt den Ursprung aller Dinge und so werden alle Dinge ihm untertan; denn jedes schweifende Wesen wird zuschanden an dem Wissenden, der ihm seinen Ursprung entgegenspricht. Wenn er zu singen beginnt, „zerfließen die Berge wie Butter, die Felsen wie Fleisch der Schweine, die blauen Wälder wie Honig, vom Biere schwellen die Seen, die Tiefen werden erhaben, die Höhen sinken zu Tale." In der Ekstase spricht er sein Wort, unter gewaltsamen Bewegungen, mit einer neuen Stimme; da wird er zum Haltia, zum Dämon, und sein Tun ist dämonisch, bändigend, überwältigend. Darum ruft er, wenn er ans Werk geht, seine „Natur" an, sie möge unter dem Steine erwachen, die selber hart wie Stein sei, und fährt fort: „Natur des Ahnen, der Ahnin, Natur der Mutter, des Vaters, Natur meiner Voreltern aller, geselle dich zu der meinen, umhüll' mich mit feurigem Hemde, bekleid' mich mit flammendem Pelze, daß ich die Übel verwirre, die Erdunholde beschäme."*) War der Zusammenhang mit den Ahnen in der lyrischen

---

*) Die Zauberrunen, denen die Zitate entnommen sind, sind in Lönnrots Sammlung Suomen Kansan muinasia Loitsirunoja (Des finnischen Volkes alte Zauberrunen), Helsingfors 1880, veröffentlicht; eine englische Übersetzung in Abercrombys The Pre- and Protohistoric Finns, London 1898.

Rune unbewußt und musikalisch, in der epischen betrachtend und dichterisch, so ist
er in der magischen handelnd und dämonisch. Sie ist der leidenschaftlichste Ausdruck
der Tradition. Darum wird sie auch nie einem Fremden ungekürzt mitgeteilt; sie möchte
sonst ihre Kraft verlieren; wenn ein Tietäjä, ein Zauberer, nach langem Widerstreben
sich bereit erklärt, einem Sammler seine Runen mitzuteilen, so läßt er eine Stelle
weg oder verändert sie; wenn dem Spruch drei Worte fehlen, kann er dem Fremden
nicht nützen, seine Kraft bleibt bei seinem Eigner.

Die neuere Forschung hat die Frage erörtert, ob die Zauberrune älter sei als die
epische*). Wie immer sich das Historische entscheiden mag: in beiden, in der, die
nur erzählen, und in der, die umgestalten will, ja in dem ganzen finnischen Volksgesang äußert sich ein Volk mit der ungeteilten Kraft seiner Instinkte, aus der letzten
Ursprünglichkeit seines natürlichen Daseins und aus der gefühlgewordenen Ver-
bundenheit seiner Geschlechtsfolge. Der Laulaja umschließt in seiner Rune das
mythische Gedächtnis der Ahnen, der Tietäjä in seiner der Ahnen magische Gewalt.
So lebt das mythische, unhistorische Gedächtnis mitten im geschichtlichen Bewußtsein, so lebt die magische, unangepaßte Gewalt mitten in der naturkundigen Zweck-
weisheit einer neuen Zeit fort. Auch über das Alter der Runendichtung überhaupt
sind sehr verschiedene Ansichten geltend gemacht worden: die einen ließen sie in der
Zeit der Völkerwanderung, andere in der Zeit der Wikinger, andere in den letzten
Jahrhunderten des Mittelalters entstehen. Gleichviel: im entscheidenden Sinn ist sie
so alt wie das Volk, das sie geboren hat, mochte es sie auch, wie Wäinämöinens
Mutter ihr Kind, siebenhundert Jahre im Schoße tragen.

III.

Der bedeutendste unter den Laulajat, die für Lönnrot auf seinen Sammelfahrten
die Lieder sangen, aus denen er das finnische Epos aufbaute, der achtzigjährige
Arhippa Perttunen von Latwajärwi in Russisch-Karelen, führte all sein Wissen auf
seinen Vater zurück, „den großen Jiwana", der ein weit größerer Sänger gewesen
sei als er. Er erzählte Lönnrot, wie er als Kind den Vater zum abendlichen Fisch-
fang begleitete und wie da Jiwana Hand in Hand mit einem Gefährten beim Reisigfeuer
Nächte durchsang, ohne eine Rune zu wiederholen: „Ich war damals ein kleiner
Knabe und lauschte, so erlernte ich die wichtigsten Lieder. Aber viele davon habe
ich schon vergessen. Keiner meiner Söhne wird nach meinem Tode in solcher Art ein
Sänger bleiben, wie ich nach meinem Vater. Man kümmert sich nicht mehr so sehr
um den alten Gesang wie in meiner Kindheit, als er das Größte war sowohl bei

---

*) Als aus der Zauberrune entstanden, behandelt die epische Comparetti (Der Kalewala
oder die traditionelle Poesie der Finnen, deutsche Ausgabe, Halle 1892), als parallele, von
einander unabhängige Erscheinungen betrachtet die beiden Runenarten Kaarle Krohn (Wo
und wann entstanden die finnischen Zauberlieder? Finnisch-ugrische Forschungen I. II. Helsingfors 1901 f.)

der Arbeit, wie auch wenn man sich zur Mußezeit im Dorfe versammelte. Wohl hört man noch den und jenen bei Zusammenkünften singen, sonderlich wenn sie etwas zu trinken bekommen haben, aber selten ein Lied, das einigen Wert hätte. Statt dessen singen die Jungen nur ihre eigenen unanständigen Weisen, mit denen ich meine Lippen nicht beflecken möchte. Ach, wenn jemand in jener Zeit, so wie Ihr nun, Lieder gesucht hätte, er wäre nicht in zwei Wochen damit fertig worden, die allein niederzuschreiben, die mein Vater wußte."

Das schwermütige Gefühl der schwindenden Rune, das in diesen Worten des alten Laulaja spricht, hängt in einer bedeutsamen Weise mit dem Grundgefühl der Sammlergeneration zusammen, aus der Lönnrot hervorging. Dies ist ja aller nationalen Romantik eigen, daß sie die Schöpfung der Gewalten, deren natürliche Existenz im Leben des Volkes abzusterben beginnt, zu retten strebt, nicht unmittelbar, denn eine Einwirkung auf das triebhafte Volksleben ist ihr versagt, sondern durch Überführung in das Reich des ordnenden und erhaltenden Bewußtseins. Aber wie das Bewußtsein in der Welt gemeiniglich auf Kosten der Vitalität zustandekommt, so ist auch, was in die Sammlung eingeht, an Kraft und Wahrheit des Daseins nicht mehr das Gleiche wie damals, als es wild wuchs, den Kennern unbekannt oder verächtlich, Trost und Wonne den stillen Bauernherzen. Eine blauweiße Madonna des Luca über einer Haustür ist vom Atem all der Kindergeschlechter, die auf der Schwelle spielten, heilig angehaucht und man fühlt sich ihr seltsam ergeben, wie sie so herunterschaut und alles weiß ohne zu wissen; aber die Robbiawände des Bargello sind ein toter Schatz. Sammlungen des Volksgesangs sind Herbarien. Es sei denn, daß das ordnende und erhaltende Bewußtsein von jener einzigen Art ist, die nicht auf Kosten der Vitalität, sondern mit ihr wird und wächst: daß es ein schöpferisches Bewußtsein ist. Der Romantiker, der die volkstümliche Gewalt nur liebt, wird manches Schöne dem allgemeinen Gedächtnis bewahren, aber keine lebendige Ganzheit stiften, die die Ganzheit des gesungenen Sanges zu vertreten vermöchte; der Romantiker, der selbst ein Teil jener Gewalt ist, wird sie in ein neues Leben einsetzen. Solcherart ist Elias Lönnrots Werk gewesen. Die Kraft der finnischen Rune schlug in ihm noch einmal in breiterer Flamme als je zuvor auf; in einer Flamme, die die ganze riesenhafte tausendfach geformte Materie ergriff und zu einem großen Erzbild verschmolz.

Auch vor Lönnrot sind Runen gesammelt, geordnet, ja auch schon nach dem Inhalt aneinandergereiht worden. Ohne ihn gäbe es sicherlich würdige Sammlungen finnischer Volkslieder; aber nicht den Organismus des Kalewala. In ihm vereinigen sich die Kombinationsversuche der Forscher und die der Volkssänger selber. Er hatte die Klarheit des Forschers und die Kühnheit des Laulaja; und er hatte den Glauben eines schöpferischen Menschen. Was er wagte, kann man unwissenschaftlich nennen, weil er Lieder verschiedener Herkunft, verschiedenen Zusammenhangs, verschiedener Gattung durcheinander mischte, man kann es unkünstlerisch nennen, weil er Motive verflocht, die einander widersprachen, Gestalten zusammengoß, die einander unähnlich waren, Verse verlötete, die widereinander schrien; und alle die Verschiedenartigkeit, all der Widerspruch, sie sind noch im Epos drin, aufdringlich, unversöhnbar. Und dennoch: es ist lebende Substanz, es ist wirkende Einheit, es ist werkgewordene Schöpfung.

IV.

Als der arme Dorfschneider Lönnrot an einem Apriltag des Jahres 1802 sein viertes Kind mit der Nachbarsfrau zur Taufe sandte, geriet die auf dem weiten Weg in ein Schneegestöber und hatte, als sie das Ziel erreichte, den mitgegebenen Namen vergessen; so mußte der Pastor im Kalender nachschlagen und taufte den Knaben Elias. In diesem Zeichen stand Elias Lönnrots Kindheit; sie war preisgegeben. In der armseligen Hütte wurde das Mehl mit Flechten und Fichtenrinde gemischt; und wenn auch dieses Brot ausging, hungerte man. Als vollends der Krieg über das Land kam, mußten die Kinder betteln gehen; das tat der sechsjährige Elias so, daß er stumm an den Türen stand und wartete. Auf einer solchen Wanderschaft kam er einigen russischen Soldaten in die Quere; denen war der scheue Junge gerade recht für ihren gröhlenden Spaß: sie packten ihn und warfen ihn in einen Brunnen. All das brachte dem Knaben weder Schaden noch Bitterkeit; wenn er lief oder schwamm, vergaß er den Hunger; und gelang's ihm einmal nicht, dann las er, in den drei Büchern, die im Hause waren, Bibel, Gesangbuch, Katechismus, und da gelang es doch. Für eine Zeit kam der Zehnjährige in die Schule, um das geheimnisvolle Schwedisch zu erlernen; bald mußte er nach Haus zurück und dem Vater bei der Arbeit helfen; wieder erwirkte er es, daß er zur Schule kam, diesmal in die Hauptstadt; da er keine Bücher hatte, saß er, während ein Kamerad zu Mittag aß, mit dessen Buch auf der Treppe und spürte den Winterfrost nicht; drei Jahre lang half er sich durch, indem er dem Universitätsdiener für etliche Pfennige allerlei Arbeit leistete; dann trieb ihn die Not zum zweiten Male nach Hause zurück. Endlich nahm sich ein Pfarrgehilfe des jungen Elias an; auf seinen Rat zog der Siebzehnjährige nach altem Brauch wie einst Luther von Haus zu Haus, seine tiefe Schüchternheit gewaltsam überwindend, sang Psalmen und sammelte Korn ein, woraus zu Hause Brot gebacken wurde; damit versehen, wurde er in ein Gymnasium gebracht. Als der Brotvorrat zu schwinden begann, bekam Elias eine Stelle in einer Apotheke; tagsüber hatte er keinen freien Augenblick, aber in den Nächten lernte er so eifrig, daß er mit zwanzig Jahren die Hochschule beziehen konnte. Die studentische Korporation, in die er einzutreten wünschte — sie feiert jetzt ihr Jahresfest an Lönnrots Geburtstag —, wollte ihn erst nicht aufnehmen, weil er während seiner Schulzeit niedrige Arbeit getan hatte.

Sechs Jahre später, im Sommer 1828, tritt der Magister Lönnrot, der die Medizin zu seinem Fachstudium gemacht hat, seine erste Sammlerfahrt an, zu Fuß, seine Ersparnisse im Betrag von hundert Papierrubeln in der Tasche, als Bauer gekleidet, einen derben Stock in der Hand, die Tabakspfeife im Mundwinkel, den Ranzen auf

dem Rücken, die Flinte über der Schulter, im Knopfloch ein Band, daran eine Flöte
hängt. Er gibt sich für einen Bauernsohn aus, der seine Verwandten in Karelen besuchen will; doch widerfährt es ihm zuweilen, daß er für einen Landstreicher, ja
sogar für einen Räuber angesehen wird. Zumeist wird er sehr gastfrei aufgenommen.
Wenn er in einem Dorfe ankommt und mehrere Leute sich um ihn versammeln,
spielt er auf seiner Flöte, und lockt noch andere herbei; dann fühlt er sich, wie er
in seinem Tagebuch niederschreibt, „wie ein zweiter Orpheus oder, um es vater-
ländischer zu sagen, wie ein neuer Wäinämöinen". Ist das Spiel zu Ende, erfragt
er von den Zuhörern die Namen der sangeskundigen Bauern des Dorfes und sucht
sie auf. Da zieht er nun ein Heft von den unlängst erschienenen Volksliedersamm-
lungen aus der Tasche und liest daraus vor; die Bauern kennen bereits, was er
liest, wenn auch oft in anderer Fassung, sie horchen erstaunt und angeregt und kommen
bald selbst ins Singen. Nicht immer gerät es; vornehmlich die Zauberer bringen es
fertig, sogar dem Branntwein zu widerstehen. Aber allmählich kommt ein reicher
Ertrag zusammen, mit dessen Veröffentlichung bald darauf begonnen wird: „Kantele"
heißt die Sammlung.

Eine zweite Fahrt wird durch die Nachricht unterbrochen, daß in Helsingfors die
Cholera herrscht; Lönnrot kehrt zurück, pflegt die Kranken, wird selbst angesteckt,
überwindet die Krankheit und besteht sein Doktorexamen. Auf einer darauffolgenden
Sammlerreise haben ihn die Bauern im Verdacht, er sei einer der Brunnenvergifter,
die die Cholera ins Land gebracht haben. Kurze Zeit danach läßt er sich als Arzt
nieder, in einem entlegenen und wirtschaftlich unergiebigen Distrikt, den er gewählt
hat, um dem Gesanggebiet nahe zu sein. Bei seiner Ankunft ist in der Gegend eine
Hungerseuche ausgebrochen, die er einen Winter lang bekämpft, wieder mit einer
Unterbrechung, da er selbst fast dem Tode verfällt. Eine neue Fahrt folgt, die nicht
nur vielfältiges Material bringt, sondern auch den ersten großen, zugleich keimhaften
und entscheidenden Versuch zeitigt, die Lieder zu einer epischen Einheit zusammen-
zuschließen: Ende 1833 schreibt Lönnrot die „Liedersammlung von Wäinämöinen"
nieder, etwa fünftausend Verse in sechzehn Runen. Zwei Jahre später, 1835, ist
daraus das Kalewala in seiner ersten gedruckten Fassung geworden, das „alte Kalewala", mehr als 12 000 Verse in 32 Runen. Die Fahrten mehren sich; Mit-
arbeiter erstehen, die das Land durchziehen und dem Schöpfer des Volksepos ihre
Ernte zubringen; aus all dem Stoff gestaltet er das endgültige Werk, das 1849
erscheint, nahezu 23 000 Verse in 50 Runen. Hier erst sind durch Aufnahme neuen
lyrischen und magischen Materials die drei Stimmen des Volksgesangs, das epische
Gedicht, das Lied und der Zauberspruch in Wahrheit zu einem Chor verbunden
und aus der in unübersehbarer Fülle spielenden Flut der Rune ist eine Gestalt,
eine Einheit emporgestiegen.

Hunderttausend Varianten der Kalewalalieder ruhen in den Sammlungen der
Finnischen Literaturgesellschaft. Welch eine Welt! Und doch steht das einige Epos

ihnen gegenüber wie die schmale und auserwählte Wirklichkeit dem überreichen Chaos der Potentialität. Daß der finnische Volksgesang sich so zu einem — nicht minder als er lebendigen — Werke verengerte und objektivierte, ist Elias Lönnrots Tat, aus seiner Abstammung, aus seinem Lebensgang, aus seiner Seelenart geboren: aus dem in ihm sich vollendenden Mythos der Finnen. Denn der große Laulaja singt nicht bloß das mythische Dasein, er ist ein Stück von ihm; und Elias Lönnrot war der letzte der großen Laulajat.

Lönnrot hat sowohl zwischen den beiden Kalewalafassungen als später Sammlungen von Volksliedern, von Sprichwörtern, von Rätseln, von Zauberrunen (diese, bereits erwähnte, erschien 1880, vier Jahre vor seinem Tode) veröffentlicht, die für die finnische Volkskunde grundlegende Bedeutung haben; aber groß und eines Werkes Meister war er nur das eine Mal, als er nach seiner Laulajanatur schaffen durfte.

V.

Daß er die Seele eines Laulaja hatte und daß er ein Nachgeborener war, in dem der Sinn des Volkssängers, der Glaube an die Ureinheit des nationalen Mythos, Bewußtsein und Wille wurde, daraus ist Lönnrots Methode in der Gestaltung des Kalewala zu verstehen; eine Methode, die wir als den einzigen uns nach Material und nach Mitteilungen des Bearbeiters bekannten Weg der Entstehung eines Volksepos lückenlos überschauen können*).

Mag Lönnrot auch die erste Anregung zu seiner epischen Konzeption von Äußerungen und Versuchen einiger für Offian begeisterten, von Herder bestimmten, durch die Homerfrage tiefbewegten Männer empfangen haben, mögen ihm sodann die von den Laulajat selbst herrührenden Liederverknüpfungen, die er auf seinen Fahrten kennenlernte, einen unmittelbaren Antrieb gegeben haben: was ihn zuinnerst lenkte und lehrte, war der Glaube an die ursprüngliche Einheit.

Schon Porthan hatte durch Zusammenschiebung der Varianten den fiktiven „Urtext" eines Liedes wiederherzustellen gesucht, aber er tat es als Philologe, ohne zureichendes Verständnis für das flutende Leben des Gesanges, dem der Gott in jeder Stunde nahe ist und von dessen Wandlungen jede ihr eigenes Recht hat. Dieses Verständnis hatte Lönnrot. Darum vermeinte er nicht, einen ursprünglichen Text wiederherstellen zu können, sondern er wollte eine Einheit bilden, die der Einheit des alten Epos, an das er glaubte, nicht gliche, sondern entspräche; die das alte Epos gleichsam als Kristallisationskern, von dem vielfältigen Lied der Jahrhunderte umschlossen, in sich trüge; und die solchermaßen das ganze Leben des finnischen Volkes darstellte.

*) Eine gute, auf Ergebnissen der neueren finnischen Forschung, insbesondere der Arbeiten von Julius und Kaarle Krohn beruhende Darstellung der Entwicklung der einzelnen Motive enthält F. Ohrts Buch Kalewala som Folkedigtning og National-epos, Kopenhagen 1908, das auch über die vorlönnrotschen Versuche zusammenfassend berichtet.

Lönnrot wußte, daß dies nur durch einen Akt der Willkür, der Usurpation voll-
bracht werden konnte; aber dieser Akt war eben von je dem Laulaja eigen gewesen,
und indem Lönnrot usurpierte, ordnete er sich ein. Das sprach er in der Einleitung
zum neuen Kalewala dadurch aus, daß er die Worte des wagefrohen Leminkäinen
im Epos:

> Ich erhob mich selbst zum Sänger,
> Schuf mich selbst zum Zaubersprecher

auf sich anwandte.

Diese scheinbare Willkür ist in Wahrheit Vollstreckung und Vollendung. Die
neue finnische Forschung hat gezeigt, daß die epische und die magische Rune in verschiedenen Gegenden entstanden sind und auf ihren Wanderungen mannigfache Verbindungen eingingen; in Finnisch-Karelen verschmelzen diese Verbindungen zu neuen
Gesängen, die eine neue Art episch-magischer Dichtung konstituieren; in Russisch-
Karelen endlich reihen sich die Gesänge um einzelne herrschende Personen und Motive,
verknüpfen sich zu Zyklen; Russisch-Karelen ist das Sammelgebiet Elias Lönnrots,
der das zyklische Material zum Epos verschmolz. „Es gab nur eine Zeit und nur
eine Gegend, deren Gesangsart einem Manne die Möglichkeit darbot, das Kalewala-
epos zusammenzustellen." *) Womit nun freilich die spezifische Genialität dieses Mannes
als das unmittelbare und entscheidende Agens ausgesprochen ist, da ja mit ihm nicht
nur die Tätigkeit des letzten Kombinierens, sondern auch die nicht minder bedeutsame des Wählens hinzutritt, die recht eigentlich ein Privilegium des Genies ist.
Die Laulajat verknüpften Motive und Lieder zu zyklischen Gebilden; sie flochten
zur Schmückung eines Gesangs Stücke aus andern ein; ja sie erfannen auch selbst
wohl, wo es not tat, verbindende Verse. Aber Lönnrot war der erste und einzige,
der das Mannigfaltige besaß und das Eine aus ihm bestimmte.

Haim Steinthal sprach einmal**) von der immanenten Einheit, die das Epos, ehe
Lönnrot es heraushob, in den Liedern selbst hatte, ohne daß jemand von ihr wußte.
Aber das war nur eine dynamische Einheit, die Einheit gemeinsamen Werdens.
Und wohl mag eine Ureinheit sich in ihr kundgegeben haben, aber diese war eine
Einheit vor dem Liede: die elementare Einheit des mythenbildenden Volkstriebs
und seines Bilderspiels.

VI.

Wenn irgendeiner Dichtung, kommt dem Kalewala der Name eines Volksepos
zu: von des Volkes Urträumen geboren, im breiten Leben der Volkszeiten erwachsen,
empfing es die Bildung und den Zusammenhang von einem, der aus Blut und
Schicksal der tragenden, wesenerhaltenden Volksschichten gekommen war. Aber noch
durch etwas Anderes, Besonderes ist das Kalewala das finnische Volksepos: daß

*) Kaarle Krohn, Zur Kalewalafrage (Anzeiger der Finnisch-ugrischen Forschungen I).
**) Das Epos (Zeitschrift für Völkerpsychologie V 1868).

es die beiden Elemente des volkstümlichen Mythos, das imaginative und das aktive, die im alten Volksgesang sich gesondert als die epische und die magische Rune äußerten und allmählich erst unbeständige Verbindungen eingingen, endgültig in der gleichsam urkundlichen Form des Werkes vereinigte und so der Einheit des lebendigen Mythos einen einheitlichen Ausdruck schuf.

Der finnische Mythos ist seiner ganzen Art nach ein magischer: nicht des Gottes sondern des Menschen Macht ist sein eigentümlicher Gehalt. Die finnischen Götter sind vage Gebilde, ohne Eigenwillen, ohne Gemeinschaft, ohne eine Geschichte; alles, was von ihnen ausgesagt wird, fließt aus dem Wesen der magischen Handlung, die sie regiert. Sie sind nicht Verweser des Zornes und der Gnade, denen der Mensch als Bittsteller naht, sondern Bündel von Kräften, die der Magier in Bewegung setzt; sie sind Sendlinge und Werkzeuge dessen, der sie anruft; Zauber und Gegenzauber schleudern widereinander den Gott, den Wahllosen, wie ein Wurfgeschoß hinüber und herüber.

Freilich sollen ja auch die Heroen des Epos, Wäinämöinen, der Weltsänger, Ilmarinen, der Weltschmied, ursprünglich Götter sein, jener ein Gott des Wassers, dieser der Luft; und ihnen ist ja all dies eigen: Wille, Gemeinschaft, Geschichte. Aber was von ihnen erzählt wird, das wird von ihnen eben nicht als Göttern, sondern als zaubermächtigen Menschen erzählt. Von der einstigen göttlichen Natur Wäinämöinens reden nur versprengte Spuren, von der Ilmarinens kaum mehr als sein Name. Erst durch die Vermenschlichung haben sie eine Geschichte gewonnen, mit der sie jetzt all den Götterschemen gegenüberstehen wie das Gezeugte dem Gedachten.

Und diese Geschichte des Heros ist auch wieder nichts anderes, als eine Kette magischen Geschehens. Die Macht der Dinge und die Übermacht des Zauberers — das ist der Gegenstand der epischen Rune. Darum hat sie auch keine rechte Kontinuität, sie verläuft episodisch, explosiv: das Leben des Zauberers sind seine Machtäußerungen, die nicht eigentlich aufeinander folgen, von denen jede für sich steht als ein Ring, jede den Weltprozeß neu beginnend und beschließend. Denn das Reich der Magie ist keine Welt der Abfolge und des ursächlichen Zusammenhanges aller Vorgänge; das Wirkende und das Bewirkte sind seine Pole, zwischen ihnen die zuckende Tat, um sie das brandende Nichts.

Die wesentliche Tat aber in der finnischen Magie ist das Wort. Der finnische Zauberer ist der Runensprecher, der Runensänger. Durch das Wort werden im Epos Tierscharen, Wälder, Sterne erzeugt, Gewalten aus dem Wasser, aus der Wolke, aus der Erdtiefe berufen, Wunden geschlagen und geheilt, Menschen getötet und ins Leben zurückgebracht, der Frost ausgesandt und bezwungen, der Boden fruchtbar gemacht und dem Samenkorn göttliche Kraft verliehen. Wäinämöinen fehlen drei Worte, um ein Boot zu vollenden; er sucht sie vergebens in der Unterwelt und zwingt endlich den Urriesen Wipunen, in dessen Bauche zu ruhen, sie ihm auszuliefern. So waltet in allem Sein das schöpferische Wort. Wie der ägyptische Gott die Dinge als innere Worte in seinem Leibe trägt und sie schafft, indem er sie als Laute zum Munde hinauswirft, so schafft der finnische Zauberer die Dinge, die er singt.

Aus dem Glauben an die schöpferische Macht der Rune ist der finnische Volksgesang zu erfassen. Das Zauberlied ist das Dokument dieser Macht, das epische Lied der Bericht von ihr und ihre Verherrlichung. In ihm feiert der Gesang sich selber, indem er seine Macht erzählt. Aber erst durch die Aufnahme der Zauberrune wird der Akt vollkommen. Die Laulajat pflegen die Zauberrunen nur anzudeuten; Lönnrot erst hat sie wirklich in die epische Rune eingeführt.

Durch die Vereinigung der beiden Arten stellt das Kalewala den finnischen Mythos des Zauberers dar, vollendet es den finnischen Volksgesang, wird es zum Epos des schöpferischen Wortes.

Ich, sagt der Laulaja zuweilen, statt den Namen des Helden zu nennen, und erzählt die Tat, als habe er sie getan. In dieser naiven Kundgebung lebt der tiefe Sinn des Kalewala wie die Magie des Kindes in seinem Lächeln.

Erste Rune

Werde von der Luft getrieben,
Von dem Sinne aufgefordert,
Daß ans Singen ich mich mache,
Daß ich an das Sprechen gehe,
Daß des Stammes Lied ich singe,
Des Geschlechtes Sang ich sage;
Worte schmelzen mir im Munde,
Es entschlüpfen mir die Töne,
Wollen meiner Zung' enteilen,
Wollen meine Zähne spalten.   10

Goldner Freund, mein lieber Bruder,
Teurer, mit mir aufgewachsen!
Komm jetzt um mit mir zu singen,
Um vereint mit mir zu sprechen,
Da wir hier zusammentrafen,
Von verschiednen Seiten kommend;
Selten kommen wir zusammen,
Selten finden wir einander
In den kargen Länderstrecken,
Auf des Nordens armem Boden.   20

Laß uns Hand in Hand nun legen,
Unsre Finger sich verschränken,
Einen muntern Sang zu singen,
Unsern besten vorzutragen,
Daß die Teuern ihn vernehmen,
Die Geliebten ihn erfahren,
In der Jugend, die emporsteigt,
In dem wachsenden Geschlechte —
Diese Worte, die erhaltnen,
Diese Lieder, die erschloßnen   30

Aus dem Gürtel Wäinämöinens,
Aus der Esse Ilmarinens,
Von dem Schwerte Kaukomielis,
Von dem Bogen Joukahainens,
Von des Nordgefildes Marken,
Von den Fluren Kalewalas.

Diese sang voreinst mein Vater,
Wenn er an dem Beilschaft schnitzte,
Diese lehrte mich die Mutter,
Wenn sie ihre Spindel drehte,   40
Da ich als ein Kind am Boden,
Vor den Knien ihr mich wälzte,
Als ein jämmerlicher Milchbart,
Als ein Milchmaul klein von Wuchse;
Aber Sampo fehlten nimmer,
Aber Louhi Zauberworte:
Alt ward in den Worten Sampo,
Louhi schwand im Zaubersange,
In den Liedern starb Wipunen,
In dem Spiele Lemminkäinen.   50

Gibt noch manche andre Worte,
Zaubersprüche, die ich lernte,
Die vom Wegrand ich gelesen,
Von der Heide abgebrochen,
Vom Gesträuche abgerissen,
Von den Zweigen abgepflücket,
Die gepreßt ich aus den Gräsern,
Von den Stegen aufgehoben,
Da ich ging als Hirtenknabe,
Als ein Kindlein auf die Weide,   60

Auf die honigreichen Wiesen,
Auf die goldbedeckten Hügel,
Folgend Muurikki der schwarzen,
An der bunten Kimmo Seite.

Lieder schenkte selbst der Frost mir,
Sang gab mir der Regenschauer,
Andre Lieder brachten Winde,
Trugen mir des Meeres Wogen,
Worte fügten mir die Vögel,
Sprüche schuf des Baumes Wipfel. 70
Sammelt’ sie zu einem Knäuel,
Band zusammen sie zum Bündel;
Tat das Knäuel auf den Karren,
Warf das Bündel in den Schlitten;
Führte sie in meine Wohnung,
Mit dem Schlitten zu der Darre;
Tat sie auf des Speichers Bretter,
In den kupferreichen Kasten.

Lagen lange in der Kälte,
Weilten lange in dem Dunkel; 80
Soll das Lied ich aus der Kälte,
Aus dem Frost den Sang ich holen,
Meinen Kasten in die Stube,
Zu dem Tische meine Kiste,
Unter diese schönen Balken,
Dieses Dach, das weitberühmte,
Meine Liedertruhe öffnen,
Des Gesanges Schrein erschließen,
Soll das Knäuel ich entwirren,
Lösen dieses Bündels Knoten? 90
Werd’ ein gutes Lied nun singen,
Daß es wunderschön ertöne,
Hab’ ich Roggenbrot gegessen
Und vom Gerstentrank getrunken;
Sollte man kein Bier mir bringen
Und kein Dünnbier mir hier reichen,
Singe ich mit magrem Munde,
Singe ich bei bloßem Wasser
Zu der Freude unsres Abends,
Zu des schönen Tages Zierde, 100

Oder zu der Luft des Morgens,
Zum Beginn des neuen Tages.
Hörte oftmals also sagen,
Hörte oft im Liede singen:
Einzeln nahen uns die Nächte,
Einzeln leuchten uns die Tage,
Einzeln ward auch Wainämöinen,
Dieser ew’ge Zaubersänger,
Von der schönen Lüftetochter,
Die ihm Mutter war, geboren. 110
Jungfrau war das Kind der Lüfte,
Sie, die schöne Schöpfungstochter,
Trug gar lang ihr einsam Dasein,
Alle Zeit ihr Mädchenleben
In der Lüfte weiten Höfen,
Auf den flachgebahnten Planen.

Einsam ward ihr dort das Leben,
Unbehaglich ihr das Dasein,
Immerfort allein zu weilen,
So als Jungfrau dort zu hausen 120
In der Lüfte weiten Höfen,
In der langgestreckten Öde.

Nieder ließ sich da die Jungfrau,
Senkt’ sich auf des Wassers Fluten,
Auf des Meeres klaren Rücken,
Auf die freie Wogenfläche;
Fing ein Sturmwind an zu blasen,
Aus dem Osten böses Wetter,
Trieb das Meer zu wildem Schäumen,
Daß die Wellen wütend wogten. 130
Sturmwind wiegte dort die Jungfrau,
Mit ihr spielt’ des Meeres Welle
Auf dem blauen Wasserrücken,
Auf den weißbekränzten Fluten;
Schwanger blies der Wind die Jungfrau
Und das Meer verlieh ihr Fülle.

Und es trug des Leibes Schwere,
Seine Bürde sie mit Schmerzen
Ganze siebenhundert Jahre,
Trug sie neun der Mannesalter, 140

Ohne daß das Kind geboren,
Daß zum Vorschein es gekommen.
  Also schwamm als Wassermutter
Bald nach Osten, bald nach Westen,
Bald nach Norden, bald nach Süden,
Sie zu allen Himmelsrändern,
Angstvoll ob der Frucht des Windes,
Ob des Leibes schwerer Bürde,
Ohne daß das Kind geboren,
Daß zum Vorschein es gekommen. 150
  Fing da leise an zu weinen,
Redet Worte solcher Weise:
„Weh mir Armen ob des Schicksals,
Wehe mir ob meines Wanderns!
Dahin bin ich nun geraten,
Unterm Himmel hinzuirren,
Daß der Sturmwind mich hier wiege,
Daß die Welle mit mir spiele,
Auf den weiten Wasserstrecken,
Auf den schrankenlosen Fluten. 160
  „Wäre besser mir gewesen,
Wär' ich Jungfrau in den Lüften,
Als daß hier als Wassermutter
Durch die fremde Zeit ich treibe;
Frostig ist mir hier das Leben,
Schmerzhaft ist es hier zu weilen,
In den Wogen so zu irren,
In dem Wasser so zu wandern.
  „Ukko, du, o Gott der Höhe,
Du der Himmelswölbung Träger! 170
Komm herbei, du bist vonnöten,
Komm herbei, du wirst gerufen,
Lös' das Mädchen von den Qualen,
Von den argen Wehn das Weib du,
Komm geschwind, herbei komm eilend,
Eilend her, denn man bedarf dein!"
  Wenig Zeit war hingegangen,
Kaum ein Augenblick verflossen,
Sieh, herbei eilt eine Ente,
Fliegt heran der schöne Vogel, 180

Sucht zum Nest sich eine Stelle,
Späht nach einem Platz zur Wohnung.
  Fliegt nach Osten, fliegt nach Westen,
Fliegt nach Norden und nach Süden,
Kann kein solches Plätzchen finden,
Nicht die allerschlechtste Stelle,
Wo ihr Nest sie machen könnte,
Eine Stätte sich bereiten.
  Langsam schwebt sie, schaut rings um sich,
Sie besinnt und überlegt es: 190
„Baue ich mein Haus im Winde,
Auf den Wogen meine Wohnung,
Wird der Wind das Haus zerstören,
Weit die Wogen es entführen."
  Da erhebt die Wassermutter,
Sie, der Lüfte schöne Tochter,
Aus dem Meere ihre Knie,
Aus der Flut die Schulterblätter,
Wo die Ent' ein Nest sich bauen,
Wo sie friedlich weilen könnte. 200
  Entlein nun der schöne Vogel
Schwebt herbei und schaut rings um sich,
Sieht das Knie der Wassermutter
Auf dem blauen Meeresrücken,
Hält's für einen Wiesenhügel,
Meint, es wäre frischer Rasen.
  Hin nun fliegt sie, schwebet langsam,
Läßt sich auf das Knie dann nieder;
Bauet dort ihr Nestlein fertig,
Legt hinein die goldnen Eier, 210
Goldner Eier ganze sechse,
Siebentes ein Ei von Eisen.
  Setzt sich brütend auf die Eier,
Wärmt gemach des Knies Wölbung;
Brütet einen Tag, den zweiten,
Brütet auch am dritten Tage;
Schon bemerkt's die Wassermutter,
Sie, der Lüfte schöne Tochter,
Spürt nun, daß es heißer wurde,
Daß die Haut beginnt zu glühen, 220

Meint, daß ihr die Knie brennen,
Alle Adern ihr zerschmelzen.

Haſtig rührt ſie ihre Knie,
Schüttelt heftig ihre Glieder,
Daß die Eier in das Waſſer,
In die Flut des Meeres ſtürzen,
In der Flut in Stücke brechen
Und in Splitter ſich zerſchlagen.

Nicht verkommen ſie im Schlamme,
Nicht die Stücke in dem Waſſer,   230
Sondern werden ſchön verwandelt,
Schön geſtaltet alle Splitter:
Aus des Eies untrer Hälfte
Wird die niedre Erdenwölbung,
Aus des Eies obrer Hälfte
Wird des hohen Himmels Bogen;
Was ſich Gelbes oben findet,
Fängt als Sonne an zu ſtrahlen,
Was ſich Weißes oben findet,
Das beginnt als Mond zu ſcheinen;   240
Von dem Sprenkligen im Eie
Werden Sterne an dem Himmel,
Von dem Dunkeln in dem Eie
Wird Gewölke in den Lüften.

Und die Zeiten ſchwinden raſcher,
Immer fort und fort die Jahre
Bei der jungen Sonne Leuchten,
Bei des jungen Mondes Glanze;
Immer ſchwimmt die Waſſermutter,
Sie, der Lüfte ſchöne Tochter,   250
In den ſchlummerſtillen Wellen,
Auf der nebelreichen Fläche,
Vor ſich hat ſie nur die Fluten,
Hinter ſich den hellen Himmel.

Endlich in dem neunten Jahre,
Zu der Zeit des zehnten Sommers
Hebt ihr Haupt ſie aus dem Meere,
Ihre Stirn ſie aus den Wogen,
Sie fängt an, ein Werk zu ſchaffen,
Anzufertigen beginnt ſie   260

Auf dem klaren Meeresrücken,
Auf der weiten Wogenfläche.

Wo die Hand nur hin ſie ſtreckte,
Hoben ſich ſchon Landesſpitzen,
Wo ſie mit dem Fuße rührte,
Bildeten ſich Fiſchesgruben,
Wo ins Waſſer ſie ſich tauchte,
Senkten ſich des Meeres Tiefen,
Wo die Hüfte hin ſie wandte,
Da erſchienen ebne Ufer,   270
Wo den Fuß zum Land ſie lenkte,
Wurden Lachſesſammelplätze,
Wo der Kopf dem Lande nahte,
Da erwuchſen breite Buchten.

Schwamm noch weiter von dem Lande,
Ruht' ein wenig auf dem Rücken,
Schuf ſo Klippen in dem Meere,
Riffe, die dem Aug' verborgen,
Wo die Schiffe oft zerſchellen,
Wo der Männer Leben endet.   280
Schon gebildet waren Inſeln,
Klippen in dem Meer begründet,
Feſtgeſtellt der Lüfte Pfeiler,
Flur und Felder ſchon geſchaffen,
Bunt die Steine ſchon geſprenkelt,
Wohlgefurchet ſchon die Felſen,
Wäinämöinen nur der Sänger
War und blieb noch ungeboren.

Wäinämöinen alt und wahrhaft
Wandert noch im Leib der Mutter   290
Dreißig Sommer nacheinander,
Eine gleiche Zahl von Wintern,
In den ſchlummerſtillen Wellen,
Auf der nebelreichen Fläche.

Er beſinnt und überlegt es,
Wie zu ſein und wie zu leben
In dem nimmerhellen Raume,
In der unbequemen Enge,
Wo er nicht das Nordlicht ſchauen,
Nicht die Sonne kann gewahren.   300

Darauf spricht er diese Worte,
Läßt sich solcherart vernehmen:
„Lös', o Mond, befrei', o Sonne,
Bringe mich, o Bär am Himmel,
Von den ungewohnten Türen,
Von den unbekannten Pforten,
Hier aus diesem kleinen Neste,
Aus dem engen Aufenthalte!
Daß ich auf der Erde wandre,
Wie ein Menschenkind im Freien,   310
Daß des Himmels Mond ich schaue,
Daß die Sonne ich gewahre,
Daß den Bären ich erblicke,
Daß die Sterne ich betrachte!"

Da der Mond ihn nicht erlöset,
Nicht die Sonne ihn befreiet,
Wird das Sein ihm unbehaglich,
Ihm das Leben dort verdrießlich;
Sprengt der Festung schmale Pforte
Mit dem Finger ohne Namen,   320
Schlüpfet durch das Schloß, das starre,
Mit des linken Fußes Zehe,

Kriechet mit der Hand zur Schwelle,
Auf den Knien durch das Vorhaus.

Stürzt nun häuptlings sich ins Wasser,
Wendet mit der Hand die Wogen;
Also bleibt der Mann im Meere,
So der Held im Flutgetriebe.

Ruht im Meere fünf der Jahre,
Fünf der Jahre, ja gar sechse,   330
Selbst das siebente und achte;
Endlich hält er ein im Meere,
An der Landzung' ohne Namen,
An dem baumentblößten Strande.

Rafft sich auf den Knien zum Lande,
Wendet mit der Hand sich hastig,
Hebt sich um den Mond zu schauen,
Um die Sonne zu gewahren,
Um den Bären zu erblicken,
Um die Sterne zu betrachten.   340
Also wurde Wäinämöinen,
Dieser mächt'ge Zaubersänger,
Von der Lüfte schöner Tochter,
Die ihm Mutter war, geboren.

Zweite Rune

Alsobald schwang Wäinämöinen
Beide Füße auf die Heide,
Auf das meerumspülte Eiland,
Auf die baumentblößte Fläche.

Weilte darauf manche Jahre,
Lebte immerwährend weiter
Auf dem Eiland ohne Worte,
Auf der baumentblößten Fläche.

Dachte nach und überlegte,
Hegt' es lang in seinem Haupte:
Wer das Land ihm wohl besäen,
Wer den Samen streuen sollte?

Pellerwoinen, Sohn der Fluren,
Sampsa ist's, der Kleingeratne,
Der das Land ihm gut besäen,
Der den Samen streuen konnte.

Er besät das Land gar fleißig,
Wie das Land, so auch die Sümpfe,
Wie der Haine lockern Boden,
So die festen stein'gen Flächen.

Fichten sät er auf die Berge,
Tannen sät er auf die Hügel,
Heidekraut gibt er der Heide,
Zarte Schößlinge den Tälern.

Birken pflanzt er in die Brüche,
Erlen in die lockre Erde,
Feuchtes Land bekommt der Faulbaum,
Weichen Boden auch die Weide,
Heil'gen Ort die Eberesche,
Wasserland die Wasserweide,

Schlechten Boden der Wacholder,
Und die Eiche Stromesufer.

Höher wuchsen schon die Bäume,
Schon erstanden junge Sprossen,
Tannen mit den Blütenwipfeln,
In die Breite wuchsen Föhren,
Birken stiegen in den Brüchen,
Erlen in der lockern Erde,
In dem feuchten Land der Faulbaum,
Schlechtgebettet der Wacholder,
Schöne Beeren am Wacholder,
Gute Frucht am Faulbeerbaume.

Wäinämöinen alt und wahrhaft
Macht sich auf um zuzuschauen,
Wie des Sampsa Saat geraten,
Wie die Arbeit Pellerwoinens;
Sah die Bäume sich erheben,
Junge Sprossen munter wachsen,
Nur die Eiche will nicht keimen,
Wurzeln nicht der Baum Jumalas.

Ließ die Böse in der Freiheit
Ihres eignen Glücks genießen,
Wartet' annoch drei der Nächte,
Wartet' ebensoviel Tage,
Ging dann hin um zuzuschauen,
Als die Woche hingeschwunden:
Wachsen wollte nicht die Eiche,
Wurzeln nicht der Baum Jumalas.

Schaute dann der Mädchen viere,
Sah wohl fünf der Wasserbräute

Auf dem weichen Wiesenboden,
Auf dem feuchtbetauten Grase,
Auf der nebelreichen Spitze,
Auf dem dunstumwobnen Eiland;
Harkten da, was sie gemähet,
Zogen alles dann in Schwaden.

Aus dem Meere stieg ein Riese,
Stieg ein starker Held nach oben,
Drückt die Gräser, daß sie brennen,
Sie sich lichterloh entflammen,   70
Bis in Asche sie zergehen,
Bis sie ganz und gar verglühen.

Dort nun stand der Aschenhaufen,
Dort der Hügel trocknen Staubes,
Dahin tat ein zartes Blättchen,
Mit dem Blatt er eine Eichel,
Draus erwuchs die schöne Pflanze,
Stieg die üppig grüne Gerte
Gleich der Beere aus dem Boden,
In gegabelter Verzweigung.   80

Breitet aus schon ihre Äste,
Bauschet sich mit ihrer Krone,
Hebt den Wipfel bis zum Himmel,
Weit hinaus dehnt sie die Zweige,
Hält die Wolken auf im Laufe,
Läßt die Wölkchen selbst nicht ziehen,
Gönnt der Sonne nicht zu strahlen,
Gönnt dem Monde nicht zu leuchten.

Wäinämöinen alt und wahrhaft
Dachte nach und überlegte: 90
Könnte man den Stamm doch stürzen,
Diesen schlanken Baum hier fällen!
Traurig ist der Menschen Leben,
Mühsam ist des Fisches Schwimmen,
Wenn ihm nicht die Sonne scheinet,
Nicht das liebe Mondlicht leuchtet.

Nirgends gab es einen Helden,
Nirgends einen solchen Riesen,
Der den Eichenstamm ihm fällte,
Der die hundert Wipfel stürzte.   100

Wäinämöinen alt und wahrhaft
Sprach dann selber diese Worte:
„Mutter, die du mich getragen,
Schöpfungstochter, die mich nährte!
Send' mir von des Wassers Mächten
(Viel der Mächte sind im Wasser),
Diese Eiche umzustürzen,
Auszurotten ihre Bosheit,
Daß die Sonne wieder scheine,
Daß das liebe Mondlicht leuchte."   110

Da entstieg ein Mann dem Meere,
Hob ein Held sich aus den Wogen,
Zählt er gleich nicht zu den größten,
Keineswegs auch zu den kleinsten:
Lang gleich einem Männerdaumen,
Hoch wie eine Weiberspanne.

Kupfern war des Mannes Mütze,
Kupfern an dem Fuß die Stiefel,
Kupfern an der Hand die Handschuh',
Kupfern auch ihr Streifenzierat,   120
Kupfern war am Leib der Gürtel,
Kupfern war das Beil im Gürtel,
Daumenslänge hat der Beilschaft,
Seine Schneide Nagels Höhe.

Wäinämöinen alt und wahrhaft
Überlegte und besann es:
„Hat das Ausehn eines Mannes,
Hat das Wesen eines Helden,
Doch die Länge eines Daumens,
Kaum die Höh' des Rinderhufes."   130

Redet' darauf diese Worte,
Ließ sich selber so vernehmen:
„Was bist du wohl für ein Männlein,
Du armseligster der Helden,
Besser kaum als ein Verstorbner,
Schöner kaum als ein Verblichner?"

Sprach der kleine Mann vom Meere,
Antwort gab der Held der Fluten:
„Bin gar wohl ein Mann, wenn einer,
Von dem Heldenvolk im Wasser,   140

Komme um den Stamm zu fällen,
Am den Baum hier zu zertrümmern."
    Wäinämöinen alt und wahrhaft
Redet selber diese Worte:
„Nimmer haft du solche Kräfte,
Nimmer ift es dir gegeben,
Diesen großen Stamm zu ftürzen,
Diesen Sonderbaum zu fällen."
    Konnte kaum noch dieses sagen,
Kaum den Blick auf ihn noch lenken,   150
Als der Mann sich rasch verwandelnd
Sich zu einem Riesen reckte;
Schleift die Füße auf der Erde,
Mit dem Haupt trägt er die Wolken,
Übers Knie reicht ihm der Bartschmuck,
An die Ferfen seine Haare,
Klafterweite trennt die Augen,
Klafterbreit ftehn ihm die Hofen,
Zweithalb Klafter von dem Kniekopf,
Zwei der Klafter von der Hüfte.   160
    Wetzte hin und her das Eifen,
Strich behend die ebne Schneide
Mit sechs harten Kiefelfteinen
Und mit sieben Schleiffteinsenden.
    Fängt dann haftig an zu schreiten,
Hebt gar eilig seine Beine
Mit den überbreiten Hofen,
Die gebläht im Winde flattern,
Schwankt mit seinem erften Schritte
Hin auf lockern Sandesboden,   170
Taumelt mit dem zweiten Schritte
Hin auf Land von dunkler Farbe,
Mit dem dritten Schritte endlich
Tritt er an der Eiche Wurzeln.
    Haut den Baum mit seinem Beile,
Schlägt ihn mit der ebnen Schneide,
Einmal haut er, haut das zweite,
Schon zum dritten Male schlägt er,
Funken sprühen aus dem Beile,
Feuer fliehet aus der Eiche,   180

Will die Eiche niederwerfen,
Will den mächt'gen Baumftamm beugen.
    Endlich bei dem dritten Male
Konnte er die Eiche fällen,
Brechen den gewalt'gen Baumftamm
Und die hundert Wipfel senken;
Stieß der Eiche Stamm nach Often,
Warf die Wipfel hin nach Weften,
Schleuderte das Laub nach Süden
Und die Äfte nach dem Norden.   190
    Wer dort einen Zweig genommen,
Der gewann sich ew'ge Wohlfahrt,
Wer den Wipfel an sich brachte,
Hatte ew'ge Zauberkunde,
Wer vom Laube was geschnitten,
Dem ward ew'ge Liebeswonne.
    Was von Spänen ausgeftreuet,
Was von Splittern fortgeflogen
Auf den klaren Meeresrücken,
Auf den flachen Wellenspiegel,   200
Ward vom Winde dort gewieget,
Von den Wellen dort beweget
Wie ein Boot in Wafferwogen,
Wie ein Schiff in Meeresfluten.
    Nach dem Nordland trugen's Winde;
Nordlands Magd, die kleine Jungfrau,
Spülte ihren schönen Kopfputz,
Spült' und klopfte ihre Kleider
Auf des Strandes Waffersteinen,
Auf des Landes langer Spitze.   210
    Sah die Späne in den Fluten,
Sammelt' sie in ihren Ranzen,
Trug im Ranzen sie nach Hause,
Nach dem Hof im langberiemten,
Daß der Zaubrer daraus Pfeile,
Waffen sich der Schütze schaffe.
    Als die Eiche nun gefällt war,
Als gebeugt der ftolze Baumftamm,
Konnt' die Sonne wieder scheinen,
Konnt' das liebe Mondlicht leuchten,   220

Weit dahin die Wolken schweifen,
Wölben sich des Himmels Bogen
Auf der nebelreichen Spitze,
Auf dem dunstumwobnen Eiland.

Schön erhoben sich die Haine,
Willig wuchsen da die Wälder,
Baumesblätter, Erdenkräuter,
Vögel sangen in den Bäumen,
Lustig lärmten heitre Drosseln
Und der Kuckuck ließ sich hören.   230

Beeren wuchsen aus dem Boden,
Goldne Blumen auf den Fluren,
Kräuter mancher Art entstanden
Und Gewächse jeder Weise;
Nur die Gerste wollte noch nicht,
Nicht die schöne Saat gedeihen.

Wäinämöinen alt und wahrhaft
Ging dahin und überlegte
An dem Strand des blauen Meeres,
An des mächt'gen Wassers Rande;   240
Fand dort bald der Körner sechse,
Sieben schöne Samenkörner,
An dem Strand des großen Meeres,
In dem lockern, sand'gen Lande;
Barg sie in dem Marderfelle,
In des Sommereichhorns Beinhaut.

Ging den Boden zu besäen,
Ging den Samen auszustreuen
An den Rand des Kalewbrunnens,
An den Saum des Osmofeldes.   250

Sieh, da schnarrt vom Baum die Meise:
"Nicht gedeihet Osmos Gerste,
Nicht der Hafer von Kalewa,
Wird der Boden nicht bereitet,
Wird die Waldung nicht gelichtet,
Nicht mit Feuer abgesenget."

Wäinämöinen alt und wahrhaft
Ließ ein scharfes Beil sich machen,
Fing die Waldung an zu fällen
Und den Hain mit Kraft zu schwenden,   260

Fällte Bäume aller Arten,
Nur die Birke ließ er stehen,
Einen Ruheplatz den Vögeln,
Wo der Kuckuck rufen könnte.

Her vom Himmel kam ein Adler,
Durch die Lüfte angeflogen,
Kam die Sache anzuschauen:
"Weshalb ward denn so gelassen
Diese Birke unbeschädigt,
Nicht der schlanke Baum gefället?"   270

Wäinämöinen gab zur Antwort:
"Deshalb ward sie so gelassen,
Daß die Vögel auf ihr ruhen,
Daß des Himmels Aar hier sitze."

Sprach der Aar, des Himmels Vogel:
"Gut gewiß ist deine Sorge,
Daß die Birke du gelassen,
Daß der schlanke Baum geblieben
Als ein Ruheplatz den Vögeln,
Daß ich selber darauf sitze."   280

Feuer schlägt der Lüfte Vogel
Und verbreitet rasch die Flamme,
Bald versengt den Busch der Nordwind,
Nordost setzt ihn schnell in Asche,
Brennt die Bäume alle nieder,
Bis in Staub sie ganz zergehen.

Wäinämöinen alt und wahrhaft
Holt hervor der Körner sechse,
Holt die sieben Samenkörner
Aus dem Mardersack behende,   290
Aus der Haut des Sommereichhorns,
Aus dem Fell des Hermelines.

Geht das Land dann zu besäen,
Geht den Samen auszustreuen,
Redet selber diese Worte:
"Hingebeugt werf' ich den Samen
Durch des Schöpfers Fingerspalten,
Mit der Hand des Machterfüllten,
Hin auf dieses Land zu wachsen,
Aus dem Boden hier zu sprossen."   300

„Alte, die du unten weilest,
Erdenmutter, Flurengöttin,
Bring' den Rasen nun zum Drängen,
Bring' die Erde du zum Treiben;
Nimmer wird die Kraft der Erde,
Nimmer ihre Macht je fehlen,
Wenn die Geberinnen Gnade,
Huld der Schöpfung Töchter leihen.

„Steig, o Erde, auf vom Schlafe,
Von dem Schlummer, Land des Schöpfers,
Laß die Halme sich erheben,
Laß die Stengel auf sich richten,
Tausend Ähren auferstehen,
Hundertfach sie sich verbreiten
Durch mein Ackern, durch mein Säen,
Da ich also mich bemühe!

„Akko, du, o Gott der Höhe,
Du, o Vater in dem Himmel,
Der du im Gewölke waltest
Und die Wölklein alle lenkest!   320
Halte Rat im Wolkenraume,
Guten Rat im Luftbereiche,
Schick' von Osten eine Wolke,
Laß von Nordwest eine kommen,
Treibe andre her von Westen,
Sende welche aus dem Süden,
Laß vom Himmel Regen sprühen,
Laß die Wolken Honig träufeln,
Daß die Ähren sich erheben,
Daß die Saaten munter rauschen!"   330
Akko, er, der Gott der Höhe,
Er, der Vater in dem Himmel,
Hielt nun Rat im Wolkenraume,
Guten Rat im Luftbereiche,
Schickt' von Osten eine Wolke,
Ließ von Nordwest eine kommen,
Andre trieb er her vom Westen,
Sandte welche aus dem Süden,
Fügt' die Säume aneinander,

Stieß die Seiten rasch zusammen,   340
Ließ vom Himmel Regen sprühen,
Ließ die Wolken Honig träufeln,
Daß die Ähren sich erhoben,
Daß die Saaten munter rauschten;
Es erhoben sich die Halme,
Es erstanden farb'ge Ähren
Aus der Erde weichem Boden
Durch die Mühe Wäinämöinens.

Es verging der Tage nächster,
Zwei und drei der Nächte schwanden;   350
Als die Woche abgelaufen,
Ging der alte Wäinämöinen
Hin zur Saat um nachzusehen,
Wie sein Ackern, wie sein Säen,
Wie die Arbeit wohl gediehen;
Sieh, es wuchs die Saat nach Wunsche,
Ähren gab es mit sechs Kanten,
Halme fand er mit drei Knoten.

Wäinämöinen alt und wahrhaft
Schaute um sich, wandt' die Blicke,   360
Sieh, da kam des Frühlings Kuckuck
Und ersah die schlanke Birke:
„Weshalb ward denn so gelassen,
Ungefället diese Birke?"

Sprach der alte Wäinämöinen:
„Deshalb ist sie hier gelassen,
Diese Birke, daß sie wachse,
Dir ein Platz zum muntern Singen;
Rufe hier, o lieber Kuckuck,
Singe schön aus weicher Kehle,   370
Singe hell mit Silberstimme,
Singe klar mit Zinnesklange,
Rufe morgens, rufe abends,
Rufe um die Mittagsstunde,
Daß sich diese Stätte freue,
Daß die Wälder schöner wachsen,
Reichern Schatz die Küste spende
Und das Feld von Korne schwelle!"

Dritte Rune.

Wäinämöinen alt und wahrhaft
Lebte nun sein liebes Leben
Auf den Fluren von Wäinölä,
Auf den Flächen Kalewalas,
Sang dort seine ew'gen Lieder,
Sang beständig kunsterfahren.

Sang von einem Tag zum andern,
Nacht um Nacht in steter Folge,
Das Gedächtnis alter Zeiten,
Sang den Ursprung aller Dinge,　　10
Was die Kinder nimmer können,
Nicht ein jeder Held verstehet
Jetzt in diesen schlimmen Zeiten,
Bei dem sinkenden Geschlechte.

Weithin hörte man die Nachricht,
Weit verbreitet sich die Kunde
Von dem Liede Wäinämöinens,
Von dem Sang des starken Helden;
Hin nach Süden dringt die Kunde,
Nach dem Nordland kommt die Nachricht.

Allda lebte Joukahainen,
Dieser magre Lappenjüngling;
Einst zu Gast im Nachbardorfe
Hört' er wundersame Worte,
Daß man schöner singen könnte,
Beßre Lieder wüßt' zu schaffen
Auf den Fluren von Wäinölä,
Auf den Flächen Kalewalas,
Als er selber je vermochte,
Als vom Vater er erlernte.　　30

Wurde darob weidlich böse,
War die ganze Zeit voll Neides
Ob des Sangs von Wäinämöinen,
Daß er besser sei denn seiner;
Eilte bald zu seiner Mutter,
Hin zu ihr, der greisen Alten,
Sagt', er wolle gleich von hinnen,
Unverweilt sich fortbegeben
Zu den Stuben von Wäinölä,
Um mit Wäinö dort zu streiten.　　40

Es verbot's dem Sohn der Vater,
Wie der Vater, so die Mutter,
Hin nach Wäinölä zu gehen,
Um mit Wäinö dort zu streiten:
„Bannen wird man dich gewißlich,
Bannen dich und dir versenken
Mund und Kopf in Schneegefilde,
Deine Hand in rauhe Lüfte,
Daß den Arm du nimmer rührest,
Daß die Füße du nicht regest."　　50

Sprach der junge Joukahainen:
„Gut wohl ist des Vaters Wissen
Und noch besser das der Mutter,
Doch das eigne steht am höchsten;
Will mich gegenüberstellen
Und den Mann zum Kampfe fordern,
Übersinge, wer mich ansingt,
Überspreche, wer mich anspricht,
Singe, daß der beste Sänger
Bald als schlechtester erscheinet,　　60

Sing' ihm Steinschuh' an die Füße,
Hölzern Beinkleid an die Hüften,
Sing' ihm Steinlast auf das Brustbein,
Einen Steinblock auf die Schultern,
Steinern' Handschuh' an die Hände,
Eine Steinmütz' auf den Schädel."

Darauf ging er ungehorsam,
Nahm sein Roß rasch aus dem Stalle,
Feuer sprüht' aus dessen Nüstern,
Funken schlugen dessen Hufe;   70
Schirrte an das Roß voll Feuer,
Spannt' es an den goldnen Schlitten;
Setzt' sich selber in den Schlitten
Hob sich auf dem Hintersitze,
Schlug das Roß mit seiner Gerte,
Mit der perlenreichen Peitsche,
Lebhaft lief das Roß von dannen,
Leichten Laufes seine Wege.

Stürmte ungestüm von dannen,
Jagte einen Tag, den zweiten,   80
Jagte noch am dritten Tage;
Endlich an dem dritten Tage
Hält er auf Wäinöläs Fluren,
Auf den Flächen Kalewalas.

Wäinämöinen alt und wahrhaft,
Er, der ew'ge Zaubersprecher,
War gerade auf dem Wege,
Fuhr gelassen seine Straße
Auf den Fluren von Wäinölä,
Auf den Flächen Kalewalas.   90

Joukahainen jung und stürmisch
Kam ihm auf dem Weg entgegen,
Deichsel haftet an der Deichsel,
Riemen reibt sich an dem Riemen,
Kummet klappert an dem Kummet,
Krummholz an des Krummholzs Kante.

Blieben beide darauf stehen,
Blieben stehn und überlegten,
Wasser tropfte von dem Krummholz,
Von der Deichsel stieg der Dampf auf. 100

Fragt' der alte Wäinämöinen:
„Woher bist du denn von Hause,
Der so dumm drauf losgefahren,
Unbeholfen mir begegnet,
Der das Kummet mir zerschlagen
Und zerbrochen mir das Krummholz,
Meinen Schlitten mir beschädigt
Und zersplittert seine Leisten?"

Sprach der junge Joukahainen,
Redet Worte solcher Weise: 110
„Bin der junge Joukahainen,
Aber nenne dein Geschlecht nun,
Woher bist denn du von Hause
Und aus welcher Sippe, Ärmster?"

Wäinämöinen alt und wahrhaft
Nannte nunmehr seinen Namen,
Ließ sich also dann vernehmen:
„Bist du denn jung Joukahainen,
Nun so weich mir aus dem Wege,
Jünger bist du ja an Jahren."   120

Doch der junge Joukahainen
Redet Worte solcher Weise:
„Minder gilt hier Mannes Jugend,
Mannes Jugend, Mannes Alter;
Wer an Wissen höher stehet,
Wer an Weisheit mehr umfasset,
Der nur mag die Bahn behalten
Und der andre mag ihm weichen;
Bist du denn alt Wäinämöinen,
Du der ew'ge Zaubersänger,   130
Nun so wollen wir ans Singen,
An die Lieder wir uns machen,
Daß der Mann vom Mann was höre,
Einer mit dem andern streite."

Wäinämöinen alt und wahrhaft
Redet Worte solcher Weise:
„Werde wohl nicht viel vermögen,
Nicht gar viel zu singen wissen,
Habe ja mein liebes Leben
Nur gelebt in ödem Lande,   140

Auf den heimatlichen Fluren,
Nur den Kuckuck dort vernommen;
Doch dem sei nun wie ihm wolle,
Sage du, damit ich's höre,
Was denn weißt du mehr als andre,
Worin geht dein Wissen weiter?"

Sprach der junge Joukahainen:
„Weiß gar wohl so manche Dinge,
Dies verstehe ich von Grund aus,
Und erfasse ganz genau es: 150
In dem Dache ist das Rauchloch,
Und der Herd steht an dem Ofen.

„Lustig ist der Robbe Leben,
Fröhlich sind des Seehunds Tage,
Frißt die Lachse, die ihm nahen,
Schlingt die nachbarlichen Schnäpel.

„Schnäpel haben flache Felder,
Und die Lachse ebne Stätten;
Hechte laichen in der Kälte
In den wilden Winterstürmen;   160
Bange schwimmt der Barsch zur Herbstzeit
Krummen Nackens in den Tiefen,
Sommers laichet er im Trocknen,
Raschelt dann am Meeresufer.

„Sollte das genug nicht scheinen,
Weiß ich noch so manche Dinge,
Kann so manche Sache sagen:
Mit dem Renntier pflügt das Nordland,
Südland mit dem Mutterpferde,
Hinterlappland mit dem Elen.   170

„Kenn' die Bäum' des Pisaberges,
Auf dem Hornafels die Föhren,
Schlank sind auf dem Berg die Bäume,
Auf dem Hornafels die Föhren.

„Drei gibt es der Wasserfälle,
Ebensoviel große Seen,
Ebensoviel hohe Berge
Unter diesem Himmelsbogen:
Bei den Jämen Hälläpyörä,
Kaatrakoski in Karjala,   180

Nicht bestritten wird der Wuoksen,
Übertroffen der Imatra."

Sprach der alte Wäinämöinen:
„Kinderklugheit, Weiberweisheit
Ziemet nicht dem bärt'gen Helden,
Nimmer dem beweibten Manne;
Sage mir der Dinge Ursprung
Und erzähle mir ihr Wesen."

Sprach der junge Joukahainen,
Redet Worte solcher Weise: 190
„Kenne wohl der Meise Ursprung,
Weiß gar wohl, daß sie ein Vogel,
Daß die grüne Natter Schlange,
Fisch im Wasser ist der Kaulbarsch,
Weiß vom Eisen, daß es spröd ist,
Daß die schwarze Erde sauer,
Schmerzhaft ist das heiße Wasser,
Und des Feuers Hitz' gefährlich.

„Wasser ist der Salben ältste,
Schaum der Zaubermittel erstes,   200
Von den Ärzten ist der Schöpfer,
Von den Helfern Gott der erste.

„Aus dem Berge kam das Wasser,
Hoch vom Himmel fiel das Feuer,
Aus dem Rost entstand das Eisen,
Und das Kupfer kam aus Felsen.

„Ältstes Land sind feuchte Bühle,
Wie die Weid' der Bäume erster,
Tannen sind die ersten Häuser,
Blöcke sind die ersten Töpfe."   210

Wäinämöinen alt und wahrhaft
Redet selber diese Worte:
„Weißt du weiter was zu sagen,
Oder ist dein Schwatz zu Ende?"

Sprach der junge Joukahainen:
„Werd' wohl noch ein wenig wissen,
Mich entsinnen jener Zeiten,
Als ich ackerte die Meere
Und des Meeres Höhlen hackte,
Als ich grub der Fische Grotten   220

Und des Wassers Tiefen senkte,
Als die Seen ich ließ erstehen,
Berge aus dem Boden steigen,
Felsen sich zusammenhäufen.

„Ferner habe ich als sechster,
Ich als siebenter der Helden
Diese Erde hier erschaffen,
Hab' den Luftraum ich gewölbet,
Gründete der Lüfte Pfeiler,
Spannte aus des Himmels Bogen, 230
Seine Bahn befahl dem Mond ich
Und der Sonne ihre Wege,
Wies dem Bären seinen Ort an,
Streute Sterne aus am Himmel."

Sprach der alte Wäinämöinen:
„Bist ein überfrecher Lügner;
Nimmer warst du da zugegen,
Als man ackerte die Meere
Und des Meeres Höhlen hackte,
Als man grub der Fische Grotten 240
Und des Wassers Tiefen senkte,
Als die Seen da erstanden,
Berge aus dem Boden stiegen,
Felsen sich zusammenhäuften.

„Nimmer hat man dich gesehen,
Nicht gesehen, nicht gehöret,
Als die Erde ward erschaffen,
Als der Luftraum ward gewölbet,
Als die Pfeiler auch der Lüfte
Und der Himmel ward gegründet, 250
Als dem Mond die Bahn gewiesen
Und der Sonne ihre Wege,
Als der Bär an seinen Ort kam,
Ausgestreut die Sterne wurden."

Doch der junge Joukahainen
Gab zur Antwort solche Worte:
„Soll ich selbst Verstand nicht haben,
Werd' ich ihn beim Schwerte suchen;
Nun du alter Wäinämöinen,
Sänger mit dem breiten Maule, 260

Laß du uns die Schwerter messen,
Laß die Klingen uns beschauen!"

Sprach der alte Wäinämöinen:
„Nimmer fällt's mir ein zu fürchten
Deine Waffen, deine Weisheit,
Deine Schneide, deinen Scharfsinn;
Doch dem sei nun, wie ihm wolle,
Mit dir, der du so erbärmlich,
Werd' das Schwert ich nimmer messen,
Nie mit dir, dem armen Wichte." 270

Doch der junge Joukahainen
Zieht gar schief den Mund und schüttelt
Samt dem Haupt die schwarzen Haare,
Selber spricht er diese Worte:
„Wer sich scheut das Schwert zu messen
Und die Klinge zu beschauen,
Den werd' ich zum Schweine singen,
Ihn zum Rüsselträger zaubern,
Stecke Helden solchen Schlages
Diesen hierhin, jenen dorthin, 280
Drück' ihn in den Düngerhaufen,
Stoß' ihn in die Eck' des Viehstalls."

Anwirsch ward da Wäinämöinen,
Anwirsch ward er und ergrimmte,
Fing dann selber an zu singen,
Hob nun selber an zu sprechen;
Keine Kinderlieder sang er,
Kinderkram und Weiberwitze,
Sondern Sang des bärt'gen Helden,
Den die Kinder nimmer können, 290
Auch die Knaben nicht zur Hälfte,
Freiersleute nicht ein Drittel,
Jetzt in diesen schlimmen Zeiten,
Bei dem sinkenden Geschlechte.

Sang der alte Wäinämöinen,
Seen schwankten, Länder bebten,
Kupferberge selbst erdröhnten,
Starre Steine selbst erschraken,
Felsen flogen voneinander,
Klippen an dem Strand zerschellten. 300

Sang auf Joukahainens Krummholz
Zaubernd junge Baumessprossen,
Weidenbuschwerk auf das Kummet,
Weiden an des Riemens Ende,
Sang den schöngeschmückten Schlitten
In den See als schlechtes Strauchwerk,
Bannt' die perlenreiche Peitsche
An den Meeresstrand als Schilfrohr,
Sang das Roß mit weißer Stirne
An den Wasserfall als Steinblock.   310

Sang das Schwert mit goldnem Schafte
Dann als Blitzstrahl an den Himmel,
Bannt' des Bogens bunte Wölbung
Auf die Flut als Regenbogen,
Wandelte die flücht'gen Pfeile
Um zu Habichten, die kreisen,
Dann den Hund mit krummer Schnauze
Um zum Felsblock auf dem Boden.

Sang dem Mann die Mütz' vom Kopfe,
Wandelt' sie in Wolkenhaufen,   320
Sang die Handschuh' von den Händen
In den See als Wasserblumen,
Ließ das blaue wollne Wämschen
Lämmerwolken an dem Himmel,
Ließ die prächt'ge Gürtelbinde
Dort zu Sternenscharen werden.

Sang den Joukahainen selber
Bis zum Gurt in tiefe Sümpfe,
Bis zur Hüft' in Wasserwiesen,
Bis zum Arm in Sandestiefen.   330

Jetzt wohl mußte Joukahainen,
Mußt' er merken und begreifen,
Daß er diesen Weg gegangen,
Diese Fahrt er unternommen,
Um zu streiten und zu singen
Mit dem alten Wäinämöinen.

Wollte seinen Fuß bewegen,
Nicht vermocht' er ihn zu heben,
Wollt' den andern darauf wenden,
Doch er war mit Stein beschuhet.   340

Schon gerät jetzt Joukahainen
In gar große Angst und Sorge
Und versinkt in starken Jammer;
Redet Worte solcher Weise:
„O du weiser Wäinämöinen,
Zaubersprecher aller Zeiten,
Wende deinen starken Bannspruch,
Nimm zurück die Zauberworte,
Laß mich aus dem Schreckensloche,
Aus der unbequemen Enge,   350
Gute Zahlung will ich geben,
Ich gelob' ein kräftig Lösgeld!"

Sprach der alte Wäinämöinen:
„Was denn wirst du mir wohl geben,
Wenn ich meinen Bannspruch wende
Und zurück den Zauber nehme,
Aus dem Schreckensloch dich lasse,
Aus der unbequemen Enge?"

Sprach der junge Joukahainen:
„Hab' zu Hauf' zwei gute Bogen,   360
Wohl ein Paar gar schöner Bogen,
Schnell kann man den einen spannen,
Scharf zum Ziele schießt der andre;
Welcher dir gefällt, den wähle."

Sprach der alte Wäinämöinen:
„Nicht begehr' ich deine Bogen,
Nicht, o Narr, sind sie mir nütze,
Habe deren selber welche,
Alle Wände sind behangen,
Jeder Nagel eingenommen,   370
Gehn von selbst stets in die Waldung,
Ohne Helden zu dem Jagdwerk."
Sang den jungen Joukahainen
In den Sumpf sogleich noch tiefer.

Sprach der junge Joukahainen:
„Hab' zu Hauf' zwei gute Boote,
Wohl ein Paar gar schöner Boote,
Läuft das eine leicht im Meere,
Trägt das andre schwere Lasten,
Welches dir gefällt, das wähle!"   380

Sprach der alte Wäinämöinen:
„Nicht begehr' ich deine Boote,
Heg' nach ihnen kein Verlangen,
Habe deren selber welche,
Schon besetzt sind alle Walzen,
Alle Buchten voll von Booten,
Manche ziehen mit dem Winde,
Andre gehen ihm entgegen."
Sang den jungen Joukahainen
In den Sumpf sogleich noch tiefer. 390

Sprach der junge Joukahainen:
„Hab' zu Hauf' zwei gute Hengste,
Wohl ein Paar gar schöner Pferde,
Läuft das eine leichten Hufes,
Zieht das andre rasch in Riemen,
Welches dir gefällt, das wähle."

Sprach der alte Wäinämöinen:
„Nicht begehr' ich deine Hengste,
Brauche nicht die buntgefleckten,
Habe deren selber welche,   400
Stehen mir an jeder Krippe,
Stehen mir in jedem Stalle,
Klares Wasser auf dem Rücken,
Einen Fettsee auf dem Kreuzblatt."
Sang den jungen Joukahainen
In den Sumpf sogleich noch tiefer.

Sprach der junge Joukahainen:
„O du alter Wäinämöinen,
Wende deinen starken Bannspruch,
Nimm zurück die Zauberworte,   410
Geb' dir eine Mütz' voll Goldes,
Schenk' dir einen Hut voll Silber,
Aus dem Kriege bracht's mein Vater,
Holt' es aus dem harten Kampfe."

Sprach der alte Wäinämöinen:
„Sehn' mich nicht nach deinem Silber,
Frage nicht nach deinem Golde,
Hab' genug davon wohl selber,
Vollgestopft ist jede Kammer,
Jede Kiste bis zum Rande,   420

Gold mit ew'gem Mondesglanze,
Silber mit dem Sonnenschimmer."
Sang den jungen Joukahainen
In den Sumpf sogleich noch tiefer.

Sprach der junge Joukahainen:
„O du alter Wäinämöinen,
Laß mich aus dem Schreckensloche,
Aus der unbequemen Enge,
Will dir mein Getreide geben,
Ich versprech' dir meine Felder,   430
Um mein Leben auszulösen,
Um mich selber zu befreien!"

Sprach der alte Wäinämöinen:
„Geh mit den Getreidehaufen,
Fort mit deinen fetten Feldern,
Habe deren selber welche,
Felder fast an jeder Ecke,
Hab' Getreid' auf jedem Grunde,
Eigne Felder sind die besten,
Eigne Ernten stets die liebsten."   440
Sang den jungen Joukahainen
In den Sumpf nur immer tiefer.

Ward dem jungen Joukahainen
Endlich gar zu angst und bange,
Steckt schon bis zum ~~Knie~~ im Sumpfe,
Mit dem Barte in dem Boden,
Hat den Mund voll Moos und Erde,
Streift die Sträucher mit den Zähnen.

Sprach der junge Joukahainen:
„O du weiser Wäinämöinen,   450
Zaubersprecher aller Zeiten,
Sing zurück den Zaubersang doch,
Gönn' mir noch mein liebes Leben,
Laß mich aus dem Loche kommen,
Fort schon zieht der Fluß die Füße
Und der Sand ätzt mir das Auge.

„Wendest du die Zauberworte,
Tust du ab den bösen Bannspruch,
Geb' ich Aino, meine Schwester,
Geb' ich meiner Mutter Tochter,   460

Daß sie dir die Stube kehre,
Rein den Raum dir immer halte,
Blank die Bütten spül' und scheure,
Deines Bettes Tücher breite,
Goldne Decken wirk' und webe,
Honigbrot dir fleißig backe."

Wäinämöinen alt und wahrhaft
Wurde nun gar froh und munter,
Daß er Joukahainens Schwester
Für sein Alter so gewonnen.   470

Setzt sich auf den Freudefelsen,
Stellt sich auf den Stein des Sanges,
Singt ein Weilchen, singt von neuem,
Singt dann noch zum dritten Male,
Wendet so den starken Bannspruch,
Nimmt zurück die Zauberworte.

Kam der junge Joukahainen
Aus dem Sumpfe mit den Knieen,
Mit dem Barte aus dem Boden,
Kam sein Pferd vom Felsenblocke,   480
Aus des Ufers Strauch sein Schlitten,
Aus dem Schilfrohr seine Peitsche.

Stellt' in Ordnung seinen Schlitten,
Warf sich eilend auf den Sitz hin,
Fuhr davon mit trüber Laune,
Mit gar schlechter Herzensstimmung,
Hin zu seiner lieben Mutter,
Hin zu ihr, der greisen Alten.

Fuhr gar rauschend nach der Heimat,
Fuhr gar wunderlich nach Hause,   490
Brach den Schlitten an dem Dreschhaus,
Und die Deichsel an der Pforte.

An zu raten fing die Mutter
Und der Vater sprach die Worte:
„Wohl zum Scherz hast du den Schlitten,
Hast die Deichsel du zerbrochen!
Weshalb kommst so wunderseltsam
Und betroffen du nach Hause?"

Mußt' der junge Joukahainen
Reichlich Tränen nun vergießen,   500

Tiefen Hauptes, trüben Sinnes,
Schief geschoben seine Mütze,
Ließ er breit herab die Lippen
Und zum Mund die Nase hängen.

Fragte ihn nunmehr die Mutter,
Suchte sie ihn auszuforschen:
„Sag', was weinest du, mein Söhnchen,
Murrest du, mein Erstgeborner,
Läßt die Lippen also hängen
Und zum Mund die Nase sinken?"   510

Sprach der junge Joukahainen:
„Teure, die du mich getragen,
Wohl ist Grund ob des Geschehnen,
Ursach' ob des Vorgefallnen,
Wohl ist Grund zum Weinen heute,
Hab' ich Ursach' heut zu murren,
Ewig werde ich nun weinen,
Trauernd nun mein Leben tragen,
Da ich Aino, meine Schwester,
Meiner lieben Mutter Tochter,   520
Wäinämöinen hab' versprochen,
Ihm, dem Sänger, eine Gattin,
Ihm, dem Schwankenden, zur Stütze,
Und zum Schutz dem Winkelhocker."

Munter schlug alsdann die Mutter
Hand an Hand in Hast zusammen,
Redet Worte solcher Weise:
„Weine nicht, mein liebes Söhnchen,
Hast nicht Grund zum Weinen heute,
Nicht zum Weinen, nicht zum Trauern: 530
Immer hegt' ich diese Hoffnung,
Hielt sie fest im Lauf der Jahre,
Wünschte mir den wackern Helden,
Ihn, den starken Wäinämöinen,
Mir zu meinem Schwiegersohne,
Mir zum Tochtermann den Sänger."

Doch die Schwester Joukahainens
Fing gar bitter an zu weinen,
Weinte einen Tag, den zweiten,
Weinend stand sie an der Pforte,   540

Weinte ob des großen Kummers,
Ob des bittern Grams im Herzen.
  Hob die Mutter an zu sprechen:
„Warum weinst du, liebe Aino,
Hast ja einen großen Freier,
Kommst ins hohe Haus des Mannes,
Um am Fenster dort zu sitzen,
Auf den Bänken dort zu plaudern?"
  Doch die Tochter sprach die Worte:
„Mutter, die du mich getragen,   550
Wohl kann ich, o Liebe, weinen,
Weinen ob der schönen Flechte,
Ob des jungen Schmucks des Hauptes,
Ob der Weichheit meiner Haare,
Daß sie ganz und gar verborgen
Und bedeckt nun wachsen werden.
  „Weine nun mein junges Leben
Ob der lieben Sonne Liebe,
Ob des schönen Mondscheins Milde,
Ob der Herrlichkeit des Himmels,   560

Die als Kind ich muß verlassen
Und als Mädchen muß vergessen
Auf dem Schnitzplatz meines Bruders,
Unter meines Vaters Fenster."
  Sprach die Mutter zu der Tochter,
So die Alte zu der Jungen:
„Geh, o Törin, mit dem Grame,
Mit den Tränen, Mißgeratne,
Keinen Grund hast du zur Trauer,
Anlaß nicht, dich abzuhärmen: 570
Scheint doch Gottes schöne Sonne
Wohl auch anderswo auf Erden,
Nicht bloß in des Vaters Fenster,
Nicht bloß auf des Bruders Schnitzbank;
Beeren gibt es auf den Bergen,
Auf den Fluren viele Erdbeern,
Kannst sie dort, o Kummervolle,
Fort und fort dir selber pflücken,
Nicht bloß auf des Vaters Feldern,
Nicht bloß auf des Bruders Boden."   580

�֎✺✺✺✺✺✺✺✺✺✺✺✺✺✺✺✺ ✺✺✺ ✺✺✺✺✺✺✺✺✺✺✺✺✺✺✺✺

Vierte Rune

Aino, dieses junge Mädchen,
Joukahainens schöne Schwester,
Sing nun in den Busch nach Besen,
Sing um Quaste dort zu holen;
Brach dort einen für den Vater,
Einen brach sie für die Mutter,
Bindet dann den dritten Besen
Für den jüngsten ihrer Brüder.

Schon macht sie sich auf nach Hause,
Flattert aus dem Erlenwäldchen,   10
Kommt des Weges Wäinämöinen
Und erblickt im Busch die Jungfrau,
Auf dem Gras die schöngeschürzte,
Redet Worte solcher Weise:
„Nicht für andre trag, o Jungfrau,
Nein für mich nur trag, o Jungfrau,
An dem Halse Perlenschnüre,
Auf der Brust ein blankes Kreuzchen,
Wind' für mich die feine Flechte,
Schmück' für mich das Haar mit Seide."   20

Ihm zur Antwort gab die Jungfrau:
„Nicht für dich und nicht für andre
Hängt mir auf der Brust das Kreuzchen,
Schmücke ich mein Haupt mit Seide;
Brauch' nicht schiffgebrachte Kleider,
Sehn' mich nicht nach Weizenbroten,
Geh' in knappem Hausgewande,
Nähre mich von grober Kruste,
Bleib' bei meinem lieben Vater,
In der Nähe meiner Mutter."   30

Riß drauf von der Brust das Kreuzchen,
Von den Fingern fort die Ringe,
Fort vom Halse dann die Perlen,
Von dem Haupt die roten Schnüre,
Warf es alles auf den Boden,
Warf behend es in das Buschwerk,
Ging dann weinend ihrer Wege
Und mit Heulen fort nach Hause.

An dem Fenster saß der Vater,
Schnitzte dort am schönen Beilschaft: 40
„Weshalb weinst du, arme Tochter,
Arme Tochter, junges Mädchen?"

„Hab' wohl Grund zum Weinen, Vater,
Grund zum Kummer und zur Klage;
Deshalb wein' ich, lieber Vater,
Deshalb weine ich und klage:
Von der Brust fiel mir das Kreuzchen,
Meinem Gurt entglitt die Spange,
Ganz von Silber war das Kreuzchen,
Und die Spange war von Kupfer."   50

An der Pforte saß der Bruder,
Schnitzte dort am schönen Krummholz:
„Weshalb weinst du, arme Schwester,
Arme Schwester, junges Mädchen?"

„Hab' wohl Grund zum Weinen, Bruder,
Grund zum Kummer und zur Klage;
Deshalb wein' ich, lieber Bruder,
Deshalb weine ich und klage:
Von dem Finger fiel der Ring mir,
Von dem Hals die Perlenschnüre,   60

Golden war der Ring am Finger,
Silbern an dem Hals die Perlen."

An der Schwelle faß die Schwester,
Webte dort am goldnen Gürtel:
„Weshalb weinst du, arme Schwester,
Arme Schwester, junges Mädchen?"

„Hab' wohl Grund zum Weinen, Schwe-
Grund zum Kummer und zur Klage; [ster,
Deshalb wein' ich, liebe Schwester,
Deshalb weine ich und klage: 70
Von den Schläfen fiel das Gold mir,
Aus den Haaren mir das Silber,
Von dem Aug' die blaue Seide,
Von dem Kopf die roten Schnüre."

An der Tür des Vorratshauses
Sammelte die Mutter Sahne:
„Weshalb weinst du, arme Tochter,
Arme Tochter, junges Mädchen?"
„Mutter, die du mich getragen,
Mutter, die du mich gesäuget,   80
Hab' wohl Grund mich sehr zu grämen,
Bitterlich mich zu betrüben;
Deshalb wein' ich, arme Mutter,
Dies ist, Mütterlein, mein Kummer:
Ging hin in den Busch nach Besen,
Ging um Quaste dort zu brechen,
Brach dort einen für den Vater,
Brach den zweiten für die Mutter,
Band darauf den dritten Besen
Für den jüngsten meiner Brüder,   90
Fing dann an nach Haus' zu gehen,
Eilte heimwärts durch die Heide,
Aus dem Tal sprach da Osmoinen,
Kalewainen von der Schwende:
„Nicht für andre trag, o Mädchen,
Nein für mich nur trag, o Mädchen,
An dem Halse Perlenschnüre,
Auf der Brust ein blankes Kreuzchen,
Wind' für mich die feine Flechte,
Schmück' für mich das Haar mit Seide." 100

Riß drauf von der Brust das Kreuzchen,
Von dem Halse fort die Perlen,
Von dem Aug' die blaue Seide,
Von dem Kopf die roten Schnüre,
Warf es alles auf die Erde,
Warf behend es in das Buschwerk,
Sprach dann selber diese Worte:
„Nicht für dich und nicht für andre
Hängt mir auf der Brust das Kreuzchen,
Schmücke ich mein Haupt mit Seide;   110
Brauch' nicht schiffgebrachte Kleider,
Sehn' mich nicht nach Weizenbroten,
Geh' in knappem Hausgewande,
Nähre mich von grober Kruste,
Bleib' bei meinem lieben Vater,
In der Nähe meiner Mutter."

Sprach die Mutter zu der Tochter,
So die Alte zu der Jungen:
„Weine nicht mehr, teure Tochter,
Murre nicht, mein liebes Mädchen!   120
Iß ein Jahr lang gute Butter,
Wirst da lieblich runder werden,
Iß das zweite Jahr nur Schweinfleisch,
Wirst gar stattlich da gedeihen,
Und im dritten Sahnenkuchen,
Wirst die Schönste da von allen;
Geh zum Vorratshaus am Berge,
Öffne dort die beste Kammer,
Kisten stehen dort auf Kisten,
Kasten stehen dort auf Kasten,   130
Öffne dort die beste Kiste,
Hebe ab den bunten Deckel,
Findest goldner Gürtel sechse,
Findest sieben blaue Röcke,
Die des Mondes Tochter webte,
Die der Sonne Tochter nähte.

„Ging in meinen jungen Jahren,
In den Tagen meiner Jugend
In den Busch und suchte Beeren,
Suchte Himbeern an dem Berge,   140

Hört' des Mondes Tochter weben
Und der Sonne Tochter spinnen,
An dem Rand des blauen Haines,
An dem Saum des holden Laubwalds.

„Nahe trat an sie heran ich,
Stellte mich zu ihrer Seite
Und begann sie sanft zu bitten,
Sprach dann selber diese Worte:
,Gib dein Gold, o Mondes Tochter,
Gib dein Silber, Sonnentochter,   150
Diesem Mädchen ohne Habe,
Diesem Kinde, das dich bittet.'

„Gold gab mir des Mondes Tochter,
Silber mir die Sonnentochter,
Gaben Gold mir an die Schläfen,
Auf das Haupt mir schimmernd Silber,
Kam als Blume dann nach Hause,
Freudig nach des Vaters Höfen.

„Trug es einen Tag, den zweiten,
Aber schon am dritten Tage   160
Nahm das Gold ich von den Schläfen
Und das Silber mir vom Haupte,
Bracht' es hin zum Hauf' am Berge,
Tat es sorgsam in die Kiste;
Hat bis heute dort gelegen,
Hab' es nie mehr angesehen.

„Winde Seide um die Augen,
Bausche Gold um deine Schläfen,
Um den Hals schling helle Perlen,
Mit dem Goldkreuz zier' den Brustlatz,
Leg' dir an ein Hemd von Leinwand,
Aus dem allerfeinsten Flachse,
Zieh dir an den schmucken Tuchrock,
Schnüre ihn mit seidnem Gürtel,
Kleide dich mit seidnen Strümpfen,
Mit den Schuhn von schönem Leder,
Winde dir ums Haupt die Flechte,
Binde sie mit seidnen Bändern,
Schmück' mit Ringen deine Finger
Und den Arm mit goldner Spange.   180

„Kommst drauf also in die Stube,
Schreitest also aus dem Hause,
Wohl zur Freude der Verwandten,
Zu des ganzen Hauses Zierde,
Wandelet dann wie eine Blume,
Wie die Himbeer' an dem Wege,
Stattlich bist du mehr denn früher,
Schöner als zu andern Zeiten."

Also sprach sie zu der Tochter,
So die Mutter zu dem Mädchen;   190
Doch nicht achtet' ihrer Aino,
Hörte nicht der Mutter Rede,
Auf den Hof ging sie zu weinen,
Wandelte in schwerem Sinnen,
Sprach da Worte solcher Weise,
Ließ sich also dort vernehmen:
„Wie wohl ist der Sinn der Sel'gen,
Wie der glückbegabten Seele?
Also ist der Sinn der Sel'gen,
So der glückbegabten Seele,   200
Wie das Wasser, das da flutet,
Wie die Welle in dem Troge.
Wie der Sinn der Unglücksel'gen,
Wie der Sinn der grauen Ente?
Also ist der Armen Stimmung,
So der Sinn der grauen Ente,
Wie der Schnee in Daches Schatten,
Wie das Wasser in dem Brunnen.

„Oft schweift nun der Sinn der Schwachen,
Oft der Sinn des schwachen Mädchens   210
Angstvoll durch die Stoppelfelder,
Streichet mählich durch die Sträucher,
Wälzt sich weiter durch die Wiesen,
Drängt sich durch die dichten Büsche,
Schwarz wie Teer ist er beschaffen,
Weißer nicht das Herz als Kohlen.

„Besser wär' es mir gewesen,
Glücklicher wär's mir ergangen,
Wäre nimmer ich geboren,
Wär' ich nicht herangewachsen   220

Bis zu diesen bösen Tagen,
Zu dem freudenleeren Zeitraum;
Wär' ich doch nach sechs der Nächte,
In der achten schon gestorben,
Hätte da nicht viel benötigt,
Brauchte nur ein wenig Linnen,
Nur ein kleines Fleckchen Erde,
Etwas Tränen von der Mutter,
Weniger noch von dem Vater,
Von dem Bruder nur ein bißchen." 230
   Weinte einen Tag, den zweiten,
Wieder fragte da die Mutter:
„Weshalb weinst du, liebes Mädchen,
Weshalb härmst du dich, du Arme?"
   „Deshalb wein' ich armes Mädchen,
Härm' ich mich mein ganzes Leben,
Daß du mich hast hingegeben,
Mich, dein eigen Kind, versprochen
Ihm, dem alten Mann, zum Troste,
Ihm zu seines Alters Freude, 240
Ihm, dem Schwankenden, zur Stütze,
Und zum Schutz dem Winkelhocker;
Hätt'st mich lieber du versprochen
Unten in des Meeres Tiefe,
Schwester dort zu sein den Schnäpeln,
Freundin dort den flinken Fischen;
Besser ist's im Meer zu schwimmen,
In den Wogen dort zu weilen,
Schwester dort zu sein den Schnäpeln,
Freundin dort den flinken Fischen, 250
Als den alten Mann zu trösten,
Ihm, den Schwankenden, zu stützen,
Der in seinen Strümpfen strauchelt,
Übers Zweiglein stürzt am Wege."
   Geht drauf zu dem Haus am Berge,
Schreitet in die Vorratskammer,
Öffnet dort die schöne Kiste,
Hebet ab den bunten Deckel,
Findet goldner Gürtel sechse,
Findet sieben blaue Röcke, 260

Kleidet damit ihren Körper,
Schmückt sich mit dem allerschönsten,
Legt das Gold an ihre Schläfen,
Auf das Haar das helle Silber,
Blaue Seide um die Augen,
Rote Schnüre an die Stirne.
   Fängt dann an davonzuschreiten
Über Feld und über Heide, (Wiesen,
Schweift durch Sümpfe, schweift durch
Schweift durch schattenreiche Wälder, 270
Selber sang sie bei dem Gehen,
Sprach sie, als umher sie schweifte:
„Ach, von Jammer schwillt das Herz mir,
Eine Last trag' ich im Haupte;
Möge noch der Jammer wachsen,
Mög' die Last noch schwerer werden,
Daß ich armes Mädchen sterbe,
Daß ich Elende vergehe
An der großen Wucht des Kummers,
An des Grames bittern Nöten. 280
   „Meine Zeit ist schon gekommen,
Fort von dieser Welt zu eilen,
Unten hin zum Reiche Manas,
In des Totenreiches Räume;
Nicht beweinte mich der Vater,
Nicht betrübte sich die Mutter,
Nicht würd' feucht der Schwester Wange,
Trocken blieb des Bruders Auge,
Wenn ich in das Wasser stürzte,
In der Fische Flut versänke, 290
In die Meereswogentiefe,
Zu dem schwarzgefärbten Schlamme."
   Schreitet einen Tag, den zweiten,
Endlich an dem dritten Tage
Kam sie an die Meeresküste,
An das schilfbewachsne Ufer,
Langte an zur Dämmerstunde,
Und sie machte Halt im Dunkel.
   Dort verweinte sie den Abend,
Klagte sie die ganze Nacht durch, 300

Auf des Strandes Wassersteinen,
An des breiten Busens Kante;
In der ersten Morgenfrühe
Blickte sie zum Vorgebirge,
An dem Vorgebirg drei Jungfraun
Sah sie in den Wellen baden,
Aino macht sich rasch zur vierten,
Schließt sich an die schlanke Gerte.

Wirft das Hemd hin auf die Weide,
Auf die Espen ihre Kleidung, 310
Auf die Erde ihre Strümpfe,
Auf die Steine ihre Schuhe,
Auf den Ufersand die Perlen,
Auf das Strandgeröll die Ringe.

Ragt ein Stein dort voller Streifen,
Aus dem Meere goldenglänzend,
Auf den Stein zu schwimmt die Jungfrau
Und bewegt sich hin zum Felsblock;
Als sie nun dahin gelangt ist
Und zum Sitzen sich bereitet 320
Auf dem buntgestreiften Steine,
Auf dem glänzendglatten Felsblock,
Stürzt der Stein rasch in die Tiefe,
Fällt der Felsblock hin zum Grunde,
Mit dem Stein zugleich das Mädchen,
Aino auf des Felsblocks Fläche.

Also sank ins Meer das Hühnchen,
So verschwand das arme Mädchen,
Sprach noch selber beim Verscheiden,
Selber, als hinab sie rollte: 330
„Ging zum Meere, um zu baden,
Ging zum Wasser, um zu schwimmen,
Fiel hinein, ich armes Hühnchen,
Starb alsbald, ein armes Vöglein;
Nimmer fange du, mein Vater,
Nimmer während deines Lebens
Fische aus des Meeres Fluten,
Nie aus dieser Wasserstrecke.

„Ging zum Strande, mich zu waschen,
Ging zum Meere, um zu baden, 340

Fiel hinein, ich armes Hühnchen,
Starb alsbald, ein armes Vöglein;
Nimmer magst du, meine Mutter,
Nimmer während deines Lebens
Wasser in den Brotteig gießen
Aus der breiten Bucht am Hause.

„Ging zum Strande, mich zu waschen,
Ging zum Meere, um zu baden,
Fiel hinein, ich armes Hühnchen,
Starb alsbald, ein armes Vöglein; 350
Nimmer magst du, lieber Bruder,
Nimmer während deines Lebens,
Hier dein muntres Streitroß tränken,
Nie am Strande dieses Meeres!

„Ging zum Strande, mich zu waschen,
Ging zum Meere, um zu baden,
Fiel hinein, ich armes Hühnchen,
Starb alsbald, ein armes Vöglein;
Nimmer magst du, liebe Schwester,
Künftig während deines Lebens, 360
Nimmer deine Augen waschen
Mit dem Wasser dieser Fluten!
Alles Wasser aus dem Meere
Ist ja Blut aus meinen Adern,
Alle Fische in dem Meere
Sind ja Fleisch von meinem Körper,
Alle Sträucher an dem Strande
Sind ja meine Seitenknochen,
Alle Gräser an dem Ufer
Sind ja Haare meines Hauptes." 370
Also starb das junge Mädchen,
So verschwand das schöne Hühnchen.

Wer wohl wird die Nachricht melden,
Wer die Botschaft wohl berichten
Nach dem stolzen Haus der Jungfrau,
Nach dem Heimatshof der Schönen?
Wird der Bär die Nachricht melden,
Er die Botschaft hinberichten?
Nicht vermeldet er die Nachricht,
Stürzt sich auf die Rinderherde. 380

Wer wohl wird die Nachricht melden,
Wer die Botschaft wohl berichten
Nach dem stolzen Haus der Jungfrau,
Nach dem Heimatshof der Schönen?

Wird der Wolf die Nachricht melden,
Er die Botschaft hinberichten?
Nicht vermeldet er die Nachricht,
Stürzt sich auf die Lämmerherde.

Wer wohl wird die Nachricht melden,
Wer die Botschaft wohl berichten   390
Nach dem stolzen Haus der Jungfrau,
Nach dem Heimatshof der Schönen?

Wird der Fuchs die Nachricht melden,
Er die Botschaft hinberichten?
Nicht vermeldet er die Nachricht,
Stürzt sich auf die Gänseherde.

Wer wohl wird die Nachricht melden,
Wer die Botschaft wohl berichten
Nach dem stolzen Haus der Jungfrau,
Nach dem Heimatshof der Schönen?   400

Wird der Has' die Nachricht melden,
Er die Botschaft hinberichten?
Der gelobte es gar treulich:
„Nicht vertun will ich die Rede."
Haftig lief sodann der Hase,
Eilend hüpfte fort das Langohr,
Gar behende rannt' das Krummbein,
Jagt' geschwind mit schiefem Maule
Nach dem stolzen Haus der Jungfrau,
Nach dem Heimatshof der Schönen.   410

Lief behende hin zur Badstub',
Hockte an der Schwelle nieder,
Voll von Mädchen ist die Badstub',
Haben Besen in den Händen:
„Wirst, o Schielaug, bald gesotten,
Bald, o Breitaug, du gebraten
Als des Wirtes Abendessen,
Als der Wirtin Morgenbissen,
Als der Tochter Zwischenspeise,
Als des Sohnes Mittagsnahrung."   420

Doch der Hase gab zur Antwort,
Laut verkündet es das Großaug:
„Möge Lempo hierher kommen,
Um im Kessel hier zu kochen!
Bin gekommen zu berichten
Und zu melden euch die Botschaft:
Hingeschwunden ist die Schöne
Mit dem Zinnschmuck' auf dem Brustlatz,
Mit der schönen Silberspange,
Mit dem kupferreichen Gürtel,   430
In die Wellen hingesunken,
In des Meeres weite Tiefen,
Schwester dort zu sein den Schnäpeln,
Freundin dort den flinken Fischen."

Weinen mußte da die Mutter,
Viele Tränen fließen lassen,
Hob dann selber an zu sprechen,
Sprach mit Schmerzen diese Worte:
„Arme Mütter, treibet nimmer,
Nimmer während eures Lebens   440
Eure Töchter an zur Ehe,
Treibt sie nimmer an zur Heirat
Mit dem ungeliebten Freier,
So wie ich, die arme Mutter,
Angetrieben hab' die Tochter,
Dieses heißgeliebte Hühnchen!"

Weinte, daß die Tränen tropften,
Bittrer Tränen viele rannen
Aus den alten, blauen Augen
Auf die armen, alten Wangen.   450

Eine Träne floß, die zweite,
Bittrer Tränen viele rannen
Von den armen, alten Wangen
Auf die starkbewegten Brüste.

Eine Träne floß, die zweite,
Bittrer Tränen viele rannen
Von den starkbewegten Brüsten
Auf den feinen Saum des Kleides.

Eine Träne floß, die zweite,
Bittrer Tränen viele rannen   460

Von dem feinen Saum des Kleides
Auf die rotgeſtreiften Strümpfe.

Eine Träne floß, die zweite,
Bittrer Tränen viele rannen
Von den rotgeſtreiften Strümpfen
Auf die goldgeſtickten Schuhe.

Eine Träne floß, die zweite,
Bittre Tränen rannen reichlich
Von den goldgeſtickten Schuhen
Unter ihre beiden Füße, 470
Auf die Erde, ihr zu Frommen,
In das Waſſer, ihm zu Frommen.

Als ſie auf den Boden kamen,
Bildeten ſie breite Bäche,
Floſſen als drei große Flüſſe
Aus dem reichen Tränenwaſſer,
Das vom Haupt herabgekommen,
Von den Schläfen abgefloſſen.

Drei in jedem dieſer Bäche
Brauſen reißend Waſſerfälle, 480
In dem Schaum des Waſſerfalles
Stehen drei vereinte Felſen,
An dem Rande jedes Felſens
Hebet ſich ein goldner Hügel,
Auf der Spitze jedes Hügels
Wachſen auf drei ſchöne Birken,
In dem Wipfel jeder Birke
Sitzt ein goldnes Kuckucks-Kleeblatt.

Fangen alle an zu rufen,

Einer rufet: Liebe, Liebe, 490
Dann der andre: Freier, Freier,
Und der dritte: Freude, Freude.

Welcher „Liebe, Liebe" rufet,
Rufet alſo drei der Monde
Jener Jungfrau ohne Liebe,
Die nun in den Wogen ruhte.

Welcher „Freier, Freier" rufet,
Rufet alſo ſechs der Monde
Jenem Freier, der für immer
Ohn' Erhörung bleiben ſollte. 500

Welcher „Freude, Freude" rufet,
Rufet ſo das ganze Leben
Jener Mutter ohne Freude,
Die nun alle Tage weinte.

Alſo ſprach die arme Mutter,
Wenn des Kuckucks Ruf ſie hörte;
„Höre nicht, o arme Mutter,
Lange auf des Kuckucks Rufen;
Wenn des Kuckucks Ruf ertönet,
Wird das Herz mir hart beweget, 510
Tränen treten in die Augen,
Waſſer rollt mir auf die Wangen,
Tropfen wie die Erbſenkörner,
Breiter als die dickſten Bohnen,
Älter wird mein Ellenbogen,
Schwächer mir die Handgelenke,
Ja, der ganze Körper wankt mir,
Wenn des Kuckucks Ruf ich höre!"

Fünfte Rune

Schon gemeldet war die Nachricht,
Hinbefördert schon die Kunde
Von dem Untergang der Jungfrau,
Von dem Tod des schönen Mädchens.

Wäinämöinen alt und wahrhaft
Wurde darob gar verdrießlich,
Weinte abends, weinte morgens,
Weint' die ganzen lieben Nächte,
Da die Schöne hingeschwunden,
Da die Jungfrau so versunken   10
In des Meeres Wogenabgrund,
In die flutenreiche Tiefe.

Ging voll Sorgen und mit Seufzen,
Mit gar schwerbewegtem Herzen
An den Strand des blauen Meeres,
Redet Worte solcher Weise:
„Sag' mir, Antamo, du Schläfer,
Sage deine Träume, Fauler,
Wo des Wassers Götter weilen,
Wo Wellamos Jungfraun ruhen?"   20
Sprach drauf Antamo der Schläfer,
Also tat er kund die Träume:
„Dorten sind die Wassergötter,
Dort die Jungfrau von Wellamo:
Auf der nebelreichen Spitze,
Auf dem dunstumwobnen Eiland,
In des Meeres dunkler Tiefe,
Auf dem schwarzgefärbten Schlamme.

„Dorten sind die Wassergötter,
Sind die Jungfraun von Wellamo,   30
Sitzen in dem schmalen Stübchen,
Sitzen in der engen Kammer,
An dem buntgestreiften Steine,
In des dicken Felsblocks Wölbung."

Ging der alte Wäinämöinen
Zu dem Stapelplatz der Boote,
Schaut mit Sorgfalt auf die Angel
Und betrachtet seine Schnüre,
Nimmt die Angel in die Tasche,
In den Sack den Widerhaken,   40
Fängt dann rüstig an zu rudern,
Rudert zu des Eilands Ende,
Kommt zur nebelreichen Spitze,
Zu dem dunstumwobnen Ufer.

Machte dort sich an das Angeln,
Weilte stets bei seiner Fangschnur,
Wandte sich mit seinem Handnetz,
Ließ die Angel dort ins Wasser,
Angelte und zog den Haken;
Zitternd schwankt die Kupferrute,   50
Zischend rauscht der Silberfaden
Und das goldne Schnürchen sauset.

Endlich nun an einem Tage
Und in einer Morgenfrühe
Biß ein Fischlein in die Angel,
Saß ein Lachs am Eisenhaken;
Rasch zog er den Fisch ins Fahrzeug,
Legt' ihn auf des Bootes Boden.

Wendet sodann und beschaut ihn,
Redet selber diese Worte: 60

„Ist ein wundersames Fischlein,
Hab' dergleichen nie gesehen:
Glatter ist es als der Schnäpel,
Schimmernder denn Lachsforellen,
Falber ist es wohl als Hechte,
Flossenärmer als ein Weibchen,
Schuppenloser als ein Männchen,
Hat nicht Kopfputz wie ein Mädchen,
Nicht den Gurt der Wassertochter,
Hat nicht Ohren wie ein Hühnchen, 70
Ist als Meereslachs gestaltet,
Als ein Barsch aus tiefen Fluten."

Wäinämöinen hat im Gürtel
Stets mit Silberscheid' ein Messer,
Nimmt das Messer von der Seite,
Aus der silberreichen Scheide,
Um das Fischlein zu zerstückeln,
Um den Lachs rasch zu zerschneiden
Sich zu einem Morgenbissen,
Sich zur Speise in der Frühe, 80
Sich zu gutem Mittagsmahle,
Sich zur Abendkost ein Stückchen.

Fängt den Lachs an zu zerschneiden,
Will den Bauch des Fisches spalten,
Hurtig schlüpft der Lachs ins Wasser,
Springt ins Meer das bunte Fischlein
Aus des braunen Bootes Grunde,
Aus dem Nachen Wäinämöinens.

Hebt den Kopf dann aus den Wellen,
Streckt hervor die rechte Schulter 90
Mit dem fünften Stoß des Windes,
Bei dem sechsten Wasserwirbel,
Reicht hervor der Hände rechte,
Läßt der Füße linken blinken
Auf der siebenten der Fluten,
Auf der neunten Wogenwölbung.

Sprach zu ihm her diese Worte,
Ließ sich also dann vernehmen:
„O du alter Wäinämöinen!
Nimmer bin ich hergekommen 100

Als ein Lachs dir zum Zerschneiden,
Als ein Fischlein zum Zerstückeln,
Dir zu einem Morgenbissen,
Dir zur Speise in der Frühe,
Dir zu gutem Mittagsmahle,
Dir zur Abendkost ein Stückchen."

Sprach der alte Wäinämöinen:
„Weshalb bist du denn gekommen?"

„Deshalb war ich hergekommen,
Dir im Arm zu ruhn als Hühnchen, 110
Stets zur Seite dir zu sitzen,
Lebenlang dir zugesellet,
Dir das Lager zu bereiten,
Dir das Kissen hinzulegen,
Dir die Wohnung rein zu halten,
Auszukehren dort den Boden,
Feuer in die Stub' zu bringen,
Dort die Flamme anzufachen,
Dir zu backen dicke Brote,
Honigbrot dir zu bereiten, 120
Dir den Krug voll Bier zu bringen,
Aufzutragen dir die Speise.

„Bin ja nicht ein Lachs des Meeres,
Nicht ein Barsch aus Flutentiefen;
Bin ein Weib, ein junges Mädchen,
Joukahainens Schwester bin ich,
Die du lange Zeit begehrtest,
Unablässig dir ersehntest.

„O du alter Tropf, du Armer,
Wäinämöinen ohne Einsicht, 130
Nicht verstandst du festzuhalten
Mich, Wellamos Wellenjungfrau,
Ahtos auserwählte Tochter!"

Sprach der alte Wäinämöinen
Schiefen Hauptes, schlechter Laune:
„Bist du Joukahainens Schwester,
O so komme, bitt' ich, wieder."

Nimmer kommt sie nochmals wieder,
Nimmer während dieses Lebens,
Tauchte hastig in die Fluten, 140

Von des Meeres Oberfläche
In die buntgestreiften Steine,
In die leberfarbnen Spalten.

Wäinämöinen alt und wahrhaft
Mußte es da wohl besinnen,
Wie zu sein und wie zu leben;
Zog voll Fleiß das feine Netzlein
Kreuz und quer durch das Gewässer,
Durch die Buchten, durch die Engen,
Zog es durch das stille Wasser, 150
Durch den Spalt der Lachsgrundsklippen,
Durch die Fluten von Wäinölä,
Durch die Engen Kalewalas,
Durch die schauerlichen Tiefen,
Durch die großen Wasserwirbel,
Durch die Flüsse von Joukola,
Durch der Lappen Buchtenstrecken.

Fing gar viel von andern Fischen,
Fast von allen Wassertieren,
Aber nie mehr jenes Fischlein, 160
Das er stets im Sinne hatte,
Nicht Wellamos Wogenjungfrau,
Ahtos auserwählte Tochter.

War der alte Wäinämöinen
Tiefen Hauptes, trüben Sinnes,
Schief geschoben seine Mütze,
Redet selber diese Worte:
„O der übergroßen Narrheit,
O des einsichtslosen Mannes!
Wohl war mir Verstand gegönnet, 170
Urteil mir gewiß verliehen,
Mir ein großes Herz gegeben;
Hatte es in frühern Zeiten,
Nun in diesen schlimmen Tagen
Ist gewißlich es geschwunden
Mit dem Sinken meiner Kräfte;
Mein Verstand ist mir ermattet,
Meine Einsicht ist geflohen,
Mein Bedacht hat mich verlassen!
„Welche allzeit ich begehrte, 180

Unablässig mir ersehnte,
Sie, Wellamos Wogenjungfrau,
Sie, des Wassers jüngste Tochter,
Mir als Freundin für das Leben,
Mir als Gattin für das Alter,
Diese fing ich mit der Angel,
Zog sie rasch in meinen Nachen,
Konnte sie jedoch nicht halten,
Nicht nach meinem Hause bringen,
Ließ sie wieder in die Fluten, 190
In des Meeres dunkle Tiefen!"

Sing ein Stückchen dann der Straße,
Wanderte vergrämt und seufzend,
Schritt gerades Wegs nach Hause,
Redet Worte solcher Weise:
„Ehmals rief der liebe Kuckuck,
Früher er der Freuden=Kuckuck
Wie am Morgen, so am Abend,
Manchmal auch zur Mittagsstunde;
Was hat nun die schöne Kehle, 200
Was den hellen Ruf verdorben?
Kummer brach die schöne Kehle,
Wehmut hat sie überwunden;
Höre nun nicht mehr das Rufen,
Nicht nach Untergang der Sonne,
Mir zur Freude an dem Abend,
Mir zur Herzensluft am Morgen.

„Kann fürwahr nun nicht begreifen,
Wie zu sein und wie zu leben,
Wie in dieser Welt zu weilen, 210
Wie auf Erden hier zu wandeln;
Wär' die Mutter noch am Leben,
Wachte sie mir noch, die Alte,
Würde sie gewiß mir sagen,
Wie ich mich verhalten solle,
Um dem Kummer nicht zu weichen,
Um in Trübsinn nicht zu sinken,
Jetzt in diesen schlechten Tagen,
In des Grames bittern Nöten!"

Aus dem Grab erwacht die Mutter, 220

Aus der Tiefe gibt sie Antwort:
„Noch am Leben ist die Mutter,
Wach noch ist die alte Mutter,
Um dir deutlich es zu sagen,
Wie du dich verhalten sollest,
Um dem Kummer nicht zu weichen,
Um in Trübsinn nicht zu sinken,
Jetzt in diesen schlechten Tagen,
In des Grames bittern Nöten:
Gehe zu des Nordens Töchtern,   230
Findest dort weit schönre Kinder,

Doppelt lieblichere Mädchen,
Tücht'ger sind sie fünf- und sechsmal
Als Joukolas Narrendirnen,
Als des Lapplands träge Töchter.
  „Dorther nimm, o Sohn, ein Weibchen
Von des Nordlands besten Jungfraun,
Das von Ausehn reich an Anmut,
Das im Wuchse schöngestaltet,
Immer rasch ist auf den Füßen   240
Und voll Flinkheit in den Gliedern."

Sechste Rune

Wäinämöinen alt und wahrhaft
Rüstete sich aufzubrechen
Nach der grausig kalten Gegend,
Nach dem nimmerhellen Nordland.

Nahm sein Roß, das strohhalmleichte,
Nahm das erbsenrankengleiche,
Legte an den Zaum dem goldnen,
Tat die Halfter an dem schmucken,
Setzte ihm sich auf den Rücken,
Sprengte rittlings drauf von dannen,   10
Ritt gemächlich seines Weges
Und durchmaß im Trab die Strecke
Mit dem Roß, dem strohhalmleichten,
Mit dem erbsenrankengleichen.

Trabte durch Wäinöläs Fluren,
Durch die Flächen Kalewalas,
Immer näher rückt das Ziel ihm,
Weiter schwindet ihm die Heimat,
Sprengte längs der Meeresküste,
An der weiten Wasserfläche,   20
Trocken blieb der Huf des Rosses,
Unbefeuchtet seine Füße.

Doch der junge Joukahainen,
Dieser magre Lappenjüngling,
Hegte Groll seit langer Zeit her,
War seit vielen Tagen neidisch
Auf den alten Wäinämöinen,
Auf den ew'gen Zaubersprecher.

Schafft sich einen Feuerbogen,
Bildet wohl die edle Wölbung,   30
Fertigt sie aus feinem Eisen,
Gießt das Rückenstück aus Kupfer,
Legt es aus mit gutem Golde,
Spart auch nicht an Silberzierat.

Woher nimmt er wohl die Sehne,
Woraus mag den Strang er machen?
Aus des Hiisi-Elens Sehnen,
Aus des Lempo-Flachses Fäden.

Fertig war des Bogens Fügung,
Ganz vollendet war die Armbrust,   40
Schön von Anblick war der Bogen,
Kostbar war die gute Armbrust;
Auf dem Rücken stand ein Rößlein,
Längs des Schaftes lief ein Füllen,
Auf dem Bug schlief eine Jungfrau,
Und ein Häslein an der Kerbe.

Schnitzt' sich dann ein Häuflein Pfeile,
Dreifach waren sie befiedert,
Drechselte den Schaft aus Eichen,
Macht' die Spitz' aus harz'gem Holze;   50
War er mit dem Schnitzen fertig,
So befiedert' er die Pfeile
Mit der Schwalbe schmalen Federn,
Mit des Sperlings Schwanzgefieder.

Danach schärfte er die Pfeile,
Härtete die Bolzenspitzen
In dem schwarzen Saft der Schlange,
In dem Blute gift'ger Nattern.

Fertig hatte er die Pfeile,
Wohl bespannet seinen Bogen,   60

Wartete auf Wäinämöinen,
Daß den Wogenfreund er fasse,
Spähte morgens, spähte abends,
Spähte auch zur Mittagstunde.

Harrte lang auf Wäinämöinen,
Harrte lange, ward nicht müde,
Lauernd saß er an dem Fenster,
Wachte an des Zaunes Ecke,
Horchte an des Weges Ende,
Spähte an dem Ackersaume;   70
Auf dem Rücken hing der Köcher,
In dem Arm der gute Bogen.

Spähte dann noch weiter draußen,
Drüben an dem andern Hause,
An der Feuerspitze Ende,
An der Bucht der schmalen Zunge,
An dem Gischt des Wasserfalles,
An des heil'gen Stromes Strudel.

So an einem Tage endlich
Warf er um die Morgenstunde   80
Gegen Nordwest seine Blicke,
Wandte seinen Kopf zur Sonne,
Sah ein Dunkles auf dem Meere,
Auf den Fluten etwas Blaues:
„Steigt Gewölk wohl auf im Osten,
Oder ist's die Morgendämmrung?"

Nicht war es Gewölk im Osten,
Keineswegs die Morgendämmrung,
Wäinämöinen war's der alte,
Dieser ew'ge Zaubersprecher,   90
Zog dort seinen Weg zum Nordland,
Ritt drauf los zum Düsterlande,
Auf dem Roß, dem strohhalmleichten,
Auf dem erbsenrankengleichen.

Hastig faßte Joukahainen,
Dieser magre Lappenjüngling,
Seinen flammenschnellen Bogen,
Wendete den schöngeformten
Nach dem Haupte Wäinämöinens,
Um den Wogenfreund zu töten.   100

Doch da fragte ihn die Mutter,
Forscht' ihn aus die greise Alte:
„Wohin wendest du den Bogen,
Den mit Eisen wohlbeschlagnen?"

Joukahainen gab zur Antwort,
Redet Worte solcher Weise:
„Dahin wende ich den Bogen,
Den mit Eisen wohlbeschlagnen:
Nach dem Haupte Wäinämöinens,
Um den Wogenfreund zu töten,   110
Wäinämöinen will ich treffen,
Ihn, den ew'gen Zaubersprecher,
Durch das Herz und durch die Leber,
Durch das Fleisch des Schulterblattes."

Sie verwehrte ihm zu schießen,
Nicht erlaubte es die Mutter:
„Schieße nicht auf Wäinämöinen,
Töte nicht den Sohn Kalewas,
Wäinö ist von großem Stamme,
Ist ein Schwestersohn des Schwagers.   120

„Schießest du auf Wäinämöinen,
Tötest du den Sohn Kalewas,
Dann entfliehet alle Freude,
Schwindet der Gesang von hinnen;
Besser ist die Freud' auf Erden,
Schöner der Gesang hier oben,
Als in Unterweltsgefilden,
In des Totenreiches Höfen."

Doch der junge Joukahainen
Übersann nur kurze Zeit es,   130
Hielt zurück sich nur ein Weilchen;
Trieb die eine Hand zum Schießen,
Wollte es die andre hindern,
Auf die Sehne drückt der Finger.

Endlich sprach er diese Worte,
Ließ sich solcherweise hören:
„Möge immerhin entfliehen
Alle Freude von der Erde,
Mögen alle Lieder schwinden,
Schießen werd' ich, unbekümmert."   140

Spannt dann seinen Feuerbogen,
Stützt die kupferreiche Waffe
Auf das linke seiner Knie,
Stemmt den rechten seiner Füße,
Zieht den Pfeil dann aus dem Köcher,
Holt hervor den federreichen,
Wählt den allergradsten Bolzen,
Mit dem allerbesten Schafte,
Diesen setzt er auf den Bogen,
Fügt ihn an die Flachsessehne.　150

Richtet dann den Feuerbogen
An der rechten seiner Schultern,
Stellt sich hin um loszuschießen
Auf den alten Wäinämöinen,
Redet selber diese Worte:

„Geh nun los, du Birkenspitze,
Strecke dich, du Fichtenrücken,
Gleite ab, du Flachsessehne;
Wenn die Hand zu niedrig zielet,
Mag der Pfeil sich höher richten,　160
Zielt die Hand zu sehr nach oben,
Mag der Pfeil nach unten gehen!"

Rasch bewegte er den Drücker,
Schoß den ersten Pfeil behende,
Viel zu hoch enteilte dieser,
Aber seinen Kopf zum Himmel,
Daß die Wolken schier zerbersten,
Daß die Lämmerwolken wirbeln.

Schoß dann weiter unbekümmert,
Schoß den zweiten seiner Pfeile,　170
Viel zu niedrig eilte dieser,
In des Mutterbodens Tiefe,
Der zur Unterwelt schier einsinkt,
Seine Kruste jäh zerspaltend.

Alsbald schoß er ab den dritten,
Grade ging der Pfeile dritter
In die Milz des blauen Elens,
Traf des alten Wäinämöinens
Roß mit strohhalmleichtem Körper,
Traf das erbsenrankengleiche　180

Durch das Fleisch am Kummetknochen,
Durch die linke seiner Schultern.

Wäinämöinen so der alte
Griff die Flut mit seinen Fingern,
Teilte mit der Hand die Wogen,
Schlug mit seiner Faust die Brandung,
Von des blauen Elens Rücken,
Von dem Roß, dem leichten, stürzend.

Es entstand ein großer Sturmwind,
In dem Meere mächt'ge Wallung,　190
Trug den alten Wäinämöinen,
Schwemmt' ihn weiter fort vom Lande
Auf den weiten Wasserstrecken,
Auf der freien Meeresfläche.

Darauf prahlte Joukahainen
Selber laut auf diese Weise:
„Wirst, o alter Wäinämöinen,
Nimmermehr mit wachen Augen,
Nimmermehr in deinem Leben,
Nie solang das Mondlicht leuchtet,　200
Durch Wäinöläs Fluren wandeln,
Durch die Flächen Kalewalas!

„Schwimm dahin nun sechs der Jahre,
Sieben Sommer treib einher nun,
Rauschend fahr dahin acht Jahre
In den weiten Wasserstrecken,
In den schrankenlosen Fluten,
Wie die Tanne sechs der Jahre,
Wie die Fichte sieben Jahre,
Acht der Jahre wie ein Baumstumpf!"　210

Ging dann wieder in die Stube,
Wo die Mutter also fragte:
„Hast auf Wäinö du geschossen,
Hast du Kalews Sohn getroffen?"

Gab der junge Joukahainen
Ihr zur Antwort diese Worte:
„Hab' auf Wäinö wohl geschossen,
Habe Kalews Sohn getroffen,
Daß er nun das Meer durchfege,
Er die Fluten munter kehre;　220

In des Meeres Wellenwirbel,
In des Wassers Wogentiefe
Fiel der Alte mit den Fingern,
Stürzt' er mit dem Handgelenke,
Krümmte sich auf eine Seite,
Blieb dann auf dem Rücken liegen,
Um so durch die Flut zu treiben,

Durch die Wellen hinzusteuern."
    Doch die Mutter sprach die Worte:
„Schlecht hast du getan, du Ärmster,   230
Daß auf Wäinö du geschossen,
Daß du Kalews Sohn getroffen,
Ihn, den Helden Suwantolas,
Ihn, die Zierde Kalewalas."

Siebente Rune

Wäinämöinen alt und wahrhaft
Schwamm so durch die tiefen Wo-
Wandert wie ein Zweig der Tanne, ⟨gen,
Wie ein dürres Reis der Fichte,
Wandert sechs der Sommertage,
Sechs der Nächte nacheinander,
Vor sich nur des Meeres Fluten,
Hinter sich den klaren Himmel.

Schwimmt sodann noch zwei der Nächte
Zwei der allerlängsten Tage;   10
Endlich in der Nächte neunter,
Nach Verlauf des achten Tages
Überfällt ihn große Plage,
Fühlt er tiefes Mißbehagen,
Denn der Zehe fehlt der Nagel
Und dem Finger die Gelenke.

Wäinämöinen, er, der Alte,
Spricht da selber diese Worte:
„Wehe mir, dem armen Jungen,
Wehe mir, dem Unglücksjungen,   20
Daß das eigne Land verlassend
Aus der Heimat ich gegangen,
Um nun unter freiem Himmel
Tag' und Monde hier zu wandern,
Von dem Sturme stark geschaukelt,
Von den Wogen arg gewieget,
Auf den weiten Wasserstrecken,
Auf den schrankenlosen Fluten;
Frostig ist mir hier das Leben,
Schmerzhaft ist es hier zu weilen,   30

Immerfort in diesen Wogen,
Auf dem Wasser hinzuziehen.

„Weiß ja nicht, wie ich hier leben,
Wie ich mich verhalten solle
Jetzt in diesen schlechten Zeiten,
In den harten Unheilstunden:
Soll mein Haus im Wind ich bauen,
Auf den Wogen meine Stube?

„Baute ich mein Haus im Winde,
Fänd's im Winde keine Stütze,   40
Baut' ich meine Stub' im Wasser,
Würd' das Wasser sie entführen."

Her von Lappland kam ein Vogel,
Aus dem Dämmerland ein Adler,
Nicht gehört er zu den größten,
Keineswegs auch zu den kleinsten,
Streift das Meer der eine Flügel,
Reicht der andre an den Himmel,
Durch die Wogen fegt der Bürzel,
An die Klippen schlägt der Schnabel.   50

Fliegt umher und hält dann inne,
Schaut sich um und blickt nach hinten,
Sieht den alten Wäinämöinen
Auf dem blauen Meeresrücken:
„Weshalb bist du, Mann, im Meere,
Du, o Held, im Schoß der Wogen?"

Wäinämöinen alt und wahrhaft
Redet selber diese Worte:
„Deshalb bin ich Mann im Meere,
Ich, der Held, im Schoß der Wogen,   60

Ging zum Nordland um zu freien
Um des Düsterlandes Jungfrau.

„Ritt im Trabe meines Weges
Längs der großen Meeresfläche,
Da geriet ich eines Tages
Um die Zeit der Morgenstunde
An die Bucht von Luotola,
An die Strömung von Joukola,
Da ward mir mein Roß erschossen,
Von dem Pfeil, der mich bedrohte.   70

„Stürzte darauf in das Wasser,
Mit den Fingern in die Fluten,
Daß der Sturm mich heftig wiegte,
Daß die Wogen mich bewegten.

„Her von Nordwest kam ein Sturmwind,
Her von Ost ein starker Windstoß,
Dieser trieb mich weit vom Lande,
Führt' mich fort in ferne Strecken;
Ward geschaukelt viele Tage,
Schwamm umher gar viele Nächte   80
In den weiten Wasserstrecken,
In den schrankenlosen Fluten;
Kann auch nimmer hier erfahren,
Merken nicht und nicht begreifen,
Wie ich endlich sterben werde,
Was wohl früher wird geschehen,
Ob vor Hunger ich verkomme,
Ob ins Wasser ich versinke."

Sprach der Aar, der Lüfte Vögel:
„Sei du keineswegs bekümmert,   90
Setze dich auf meinen Rücken,
Richt' dich auf am Bürzelknochen,
Will dich aus dem Meere tragen,
Wohin auch dein Sinn begehret;
Wohl gedenk' ich noch des Tages,
Denke noch der guten Zeiten,
Als die Waldung von Kalewa,
Osmos Hain du niederbranntest,
Doch die Birke du verschontest,
Ihn, den schlanken Baum, dort ließest   100

Einen Ruheplatz den Vögeln,
Selber mir zu einem Sitze."

Drauf erhebet Wäinämöinen
Seinen Kopf rasch aus den Fluten,
Steigt dann mutig aus dem Meere,
Hebt sich kräftig aus den Wogen,
Setzt sich auf des Adlers Flügel,
Auf des Vogels Bürzelknochen.

Fort trägt drauf der Lüfte Vogel
Wäinämöinen, ihn, den Alten,   110
Führt ihn auf der Bahn der Winde,
Auf des Frühlingssturmes Wegen
Zu des Nordens weiten Grenzen,
Nach dem trüben Sariola;
Läßt dort Wäinämöinen nieder,
Selber rauscht er durch die Lüfte.

Wäinämöinen weinte dorten,
Weinte dort und klagte grämlich
An dem Strand des weiten Meeres,
An der unbekannten Spitze,   120
Wohl mit hundert Seitenwunden,
Tausendfach vom Wind geschlagen,
Mit dem Barte voller Unrat
Und den wild zerzausten Haaren.

Weinte zwei, ja drei der Nächte,
Weinte ebensoviel Tage,
Wußte keinen Weg zu gehen,
Keinen Pfad dort aufzufinden,
Der ihn nach der Heimat führte,
Nach bekannten Länderstrichen,   130
In das Land, wo er geboren,
Wo bis dahin er gelebet.

Nordlands Magd, die kleine Jungfrau,
Dieses hellgelockte Mädchen,
Hatte mit der Sonn' gewettet,
Mit der Sonne, mit dem Monde,
Stets zugleich sich zu erheben
Und zusammen zu erwachen;
Aber sie stand auf vor ihnen,
Vor dem Mond und vor der Sonne,   140

Eh' den Hahn sie hören konnte,
Eh' der Henne Sohn gekrähet.

Zu Beginn schor sie fünf Schafe,
Schor sodann auch noch sechs Lämmer,
Sammelte zum Tuch die Wolle,
Wählt' sie aus zu dem Gewande,
Lang bevor der Morgen graute,
Eh' die Sonne sich erhoben.

Wusch darauf die langen Tische,
Kehrte rein des Bodens Bretter   150
Mit dem zweigereichen Besen,
Mit dem blätterreichen Quaste;
Scharrt' den Kehricht dann zusammen
Sorglich auf der Kupferschaufel,
Bracht' den Unrat fort nach außen,
Durch die Tür zum Ackerfelde,
Zu des letzten Feldes Kante,
An des untern Zaunes Ende;
Blieb dort bei dem Kehricht stehen,
Horchte auf und dreht' den Körper,   160
Hörte von dem Meer her weinen,
Von dem andern Flussesufer.

Hastig eilte sie nach Hause,
Eilt' behende in die Stube,
Sprach, als sie dort angekommen,
Und berichtete getreulich:
„Hörte von dem Meer her weinen,
Von dem andern Flussesufer."

Louhi, sie, Pohjolas Wirtin,
Nordlands zähnearme Alte,   170
Eilte nach dem Hof geschwinde
An die Öffnung ihrer Pforte,
Neigte dann ihr Ohr zu lauschen,
Redet selber diese Worte:
„Also weinen nimmer Kinder,
Also jammern nimmer Weiber,
Also weinen bärt'ge Helden,
Männer mit behaartem Kinne."

Stieß den Nachen in das Wasser,
In die Flut den dreibretthohen,   180

Selbst begann sie schnell zu rudern,
Ruderte und strebte eilends
Hin zum alten Wäinämöinen,
Zu dem Helden, der da weinte.

Wirklich weinte Wäinämöinen,
Jammerte der Freund der Wogen
An dem Bach beim Weidenbusche,
Vor dem dichten Faulbaumhaine,
Mund und Bart, die bebten beide,
Doch er öffnet nicht die Lippen.   190

Sprach die Wirtin von Pohjola,
Sprach ihn an und redet also:
„O du alter Mann im Elend,
Bist in fremdes Land geraten!"

Wäinämöinen alt und wahrhaft
Hebt sein Haupt da in die Höhe,
Redet Worte solcher Weise:
„Weiß das selber zur Genüge,
Daß ich bin in fremdem Lande,
Auf ganz unbekannten Strecken;   200
In der Heimat war mir wohler
Und zu Hause stand ich höher."

Louhi, sie, des Nordlands Wirtin,
Redet Worte solcher Weise:
„Möchte gern von dir erfahren,
Und erlaubt sei es zu fragen,
Wer denn bist du von den Männern,
Wer wohl aus der Zahl der Helden?"

Wäinämöinen alt und wahrhaft
Redet selber solche Worte: 210
„Ward genannt in frühern Zeiten,
Ward zuvor betrachtet immer
Als Erfreuer an dem Abend,
Als ein Sänger in den Tälern,
Auf den Fluren von Wäinölä,
Auf den Flächen Kalewalas;
Glaube mich in meinem Elend
Selber fast nicht mehr zu kennen."

Louhi, sie, des Nordlands Wirtin,
Redet Worte solcher Weise: 220

„Steig, o Mann, nun aus der Nässe,
Komm, betritt die neuen Pfade,
Daß dein Unglück du erzählest,
Dein Geschick du mir berichtest!"

Nahm den Mann so fort vom Weinen,
So den Helden vom Gewimmer,
Zog ihn in das Boot behende,
Setzt' ihn an des Fahrzeugs Steuer,
Machte selbst sich an das Rudern,
Ruderte mit allen Kräften   230
Grades Weges nach Pohjola,
In ihr Haus führt sie den Fremden.

Speiste da den Hungermatten,
Trocknete den ganz Durchnäßten,
Wärmte ihn gar manche Stunde,
Wärmte ihn und schafft' ihm Hitze,
Machte bald den Mann genesen
Und gesund den starken Helden;
Fragt' ihn dann und forschte fleißig,
Redet selber diese Worte: 240
„Weshalb hast, o Wäinämöinen,
Du, o Wogenfreund, geweinet
In dem schlechten Aufenthalte,
An dem Strande dieses Meeres?"

Wäinämöinen alt und wahrhaft
Redet Worte solcher Weise:
„Habe Grund genug zum Weinen,
Grund genug mich abzuhärmen,
Hab' gar lang im Meer geschwommen
Und die Wogen fortgestoßen   250
In den weiten Wasserstrecken,
In den schrankenlosen Fluten.

„Deshalb weine ich so lange,
Quäl' ich mich solang ich lebe,
Daß ich aus dem Heimatlande,
Aus vertrauten Länderstrecken
Zu der fremden Tür gekommen,
Zu den unbekannten Pforten,
Wo mich alle Bäume beißen,
Jeder Ast sucht mich zu schlagen,   260

Jede Birke will mich stechen,
Jede Erle will mich schneiden;
Nur der Wind ist mein Bekannter,
Nur die Sonne mir befreundet
In den fremden Länderstrecken,
Bei den unbekannten Türen."

Louhi, sie, des Nordlands Wirtin,
Redet darauf diese Worte:
„Weine nicht, o Wäinämöinen,
Klage nicht, o Freund der Wogen;   270
Gut ist's hier für dich zu weilen,
Schön die Zeit hier zuzubringen,
Lachs vom Teller hier zu essen,
Von dem andern Fleisch der Säue."

Sprach der alte Wäinämöinen
Selber Worte solcher Weise:
„Nimmer mag ich fremde Speise,
Sei der Hof mir noch so gastlich;
Mehr doch gilt der Mann im Lande,
Und zu Hause steht er höher;   280
Gib, o gütiger Jumala,
Gnadenreich gewähr's, o Schöpfer,
Daß nach Hause ich gelange,
Nach dem lieben Heimatlande!
Besser ist's im eignen Lande
Wasser aus dem Schuh zu trinken,
Als im fernen fremden Lande
Honigtrank aus goldner Schale."

Louhi, sie, des Nordlands Wirtin,
Redet Worte solcher Weise: 290
„Was denn wirst du mir wohl geben,
Wenn ich dich nach Hause schaffe,
An den Saum des eignen Feldes,
Hin zur Badstub' deiner Heimat?"

Sprach der alte Wäinämöinen:
„Was wohl wünschst du zu erhalten,
Wenn du mich nach Hause schaffest,
An den Saum des eignen Feldes,
Daß den Kuckuck dort ich rufen,
Dort die Vögel singen höre?   300

Willst du eine Mütz' voll Goldes,
Einen Hut voll schönen Silbers?"

Louhi, sie, des Nordlands Wirtin,
Redet Worte solcher Weise:
„O du weiser Wäinämöinen,
Zaubersprecher aller Zeiten,
Nimmer werd' nach Gold ich fragen,
Nimmer mich um Silber kümmern:
Gold taugt uns zum Kinderspielwerk,
Silber uns zu Schlittenschellen;   310
Kannst du mir den Sampo schmieden,
Mir den bunten Deckel hämmern
Aus der Schwanenfeder Spitze,
Aus der Milch der güsten Färse,
Einem einz'gen Gerstenkorne,
Einer einz'gen Schafwollflocke,
Ja, dann geb' ich meine Tochter,
Dir die Liebliche zum Lohne,
Bringe dich zum Heimatlande,
Daß du dort die Vögel singen,   320
Dort den Kuckuck rufen hörest
An dem Saum des eignen Feldes."

Wäinämöinen alt und wahrhaft
Redet Worte solcher Weise:
„Nicht kann ich den Sampo schmieden,
Nicht den bunten Deckel hämmern;
Bring' mich nach dem Heimatlande,
Werde Ilmarinen senden,
Daß den Sampo er dir schmiede,
Dir den bunten Deckel hämmre,   330
Deine Tochter sich gewinne,
Daß die Jungfrau er beglücke.

„Dieser ist ein Schmied, wenn einer,
Ist ein Meister in den Künsten,

Hat den Himmel schon geschmiedet,
Hat der Lüfte Dach gehämmert,
Nirgend sieht man Hammerspuren,
Nirgend eine Spur der Zange."

Louhi, sie des Nordlands Wirtin,
Redet Worte solcher Weise: 340
„Dem nur geb' ich meine Tochter
Und versprech' mein Kind nur jenem,
Der den Sampo für mich schmiedet,
Der den bunten Deckel hämmert
Aus der Schwanenfeder Spitze,
Aus der Milch der güsten Färse,
Einem einz'gen Gerstenkorne
Und aus einer Schafwollflocke."

Schirrt drauf an das muntre Füllen,
Spannt das braune vor den Schlitten,
Setzt den alten Wäinämöinen
In den hengstgezognen Schlitten,
Spricht drauf Worte solcher Weise,
Läßt sich selber so vernehmen:
„Heb' dein Haupt nicht in die Höhe,
Strecke nicht hervor den Körper,
Wenn das Roß nicht schon ermüdet,
Wenn nicht schon der Abend da ist;
Hebst dein Haupt du in die Höhe,
Reckest du den Kopf nach außen,   360
Wird gewißlich Unheil kommen,
Dich ein bös' Geschick ereilen."

Schlug der alte Wäinämöinen
Nun den Hengst, auf daß er liefe,
Daß der Mähne Flachs sich rührte,
Lärmte so des Weges weiter
Aus dem nimmerhellen Nordland,
Aus dem düstern Sariola.

❋❋❋❋❋❋❋❋❋❋❋❋❋❋❋❋❋❋❋❋ ❋❋❋❋❋❋❋❋❋❋❋❋❋❋❋❋❋❋❋❋

Achte Rune

Nordlands wunderschöne Jungfrau,
Eine Zier von Land und Wasser,
Saß grad' auf der Lüfte Bogen,
Glänzte an des Himmels Wölbung
In dem strahlenden Gewande,
In dem schimmerhellen Kleide;
Webte ein Geweb' von Goldstoff,
Wirkte sorgsam Silber drunter,
Golden war das Weberschiffchen
Und der Weberkamm von Silber. 10

Lustig sauft' das Weberschiffchen,
Flog die Spule durch die Hände,
Knarrend regten sich die Schäfte,
Rauscht' der Silberkamm in Eile
Am Geweb' der schönen Jungfrau,
Die mit Silber sorgsam wirkte.

Wäinämöinen alt und wahrhaft
Jagte lärmend auf dem Wege
Aus dem nimmerhellen Nordland,
Aus dem düstern Sariola; 20
War gar wenig noch gefahren,
War sehr weit nicht fortgekommen,
Hört des Weberschiffleins Schwirren
Grade über seinem Haupte.

Hob den Kopf da in die Höhe,
Schaute rasch empor zum Himmel:
Steht ein Bogen schön am Himmel,
Eine Jungfrau auf dem Bogen,
Webet ein Gewand von Goldstoff,
Wirket rauschend mit dem Silber. 30

Wäinämöinen alt und wahrhaft
Hält gleich an mit seinem Rosse,
Redet Worte solcher Weise,
Läßt sich selber also hören:
„Komm, o Jungfrau, in den Schlitten,
Setze dich an meine Seite!"

Antwort gibt ihm so die Jungfrau,
Also redet sie und fragt ihn:
„Was wohl soll ich in dem Schlitten,
Was das Mädchen in dem Fahrzeug?" 40

Wäinämöinen alt und wahrhaft
Gab ihr Antwort solcher Weise:
„Deshalb sollst du in den Schlitten,
Du o Jungfrau hier dich setzen,
Daß du Honigbrot mir backest,
Daß das Bier du mir bereitest,
Auf den Bänken munter singest,
An dem Fenster dich erfreuest
In den Räumen von Wäinölä,
Auf den Höfen Kalewalas." 50

Doch die Jungfrau redet also,
Gibt zur Antwort diese Worte:
„Sing zum bunten Blumenfelde,
Schaukelt' auf der gelben Heide
Gestern in der Abendspäte,
Nach dem Sonnenuntergange,
Hörte dort ein Vöglein singen,
Hörte eine Drossel zwitschern,
Singen von dem Sinn des Mädchens,
Von dem Sinn der Schwiegertochter. 60

„Fragte da den guten Vogel,
Sprach zu ihm auf diese Weise:
,O du liebe Ackerdroffel,
Singe, daß ich's recht vernehme,
Wie ist's beffer wohl zu leben,
Wie zu leben angenehmer:
Als ein Mädchen bei dem Vater
Oder bei dem Mann als Gattin?'

„Auskunft gab der liebe Vogel,
Also zwitscherte die Droffel: 70
,Sonnenhell find Sommertage,
Heller noch die Mädchenfreiheit,
Kalt wohl ist im Froft das Eifen,
Kälter lebt die Schwiegertochter,
Gleicht das Mädchen, das zu Haufe,
Einer Beer' auf gutem Boden,
Ach, so ist die Frau beim Manne
Wie ein Hund nur an der Kette,
Selten wird dem Knechte Gnade,
Nimmermehr der Frau gewähret.'"   80

Wäinämöinen alt und wahrhaft
Redet felber diefe Worte:
„Albern ist des Vogels Singen,
Dummes Zeug der Droffel Zwitfchern;
Kind stets bleibt zu Hauf' das Mädchen,
Wird als Frau erft recht geehret;
Komm, o Jungfrau, in den Schlitten,
Setze dich an meine Seite;
Bin als Mann nicht zu verachten,
Schlechter nicht als andre Helden."   90

Klüglich antwortet das Mädchen,
Redet Worte folcher Weife:
„Möchte dann für einen Helden,
Dann für einen Mann dich achten,
Wenn du mir ein Haar gefpalten
Mit dem Meffer ohne Spitze,
Wenn ein Ei du eingeknotet,
Ohne daß die Schling' zu merken."

Wäinämöinen alt und wahrhaft
Spaltete das Haar behende   100

Mit dem Meffer ohne Spitze,
Das der Schärfe fehr entbehrte,
Bracht' das Ei dann in den Knoten,
Ohne daß die Schling' zu merken;
Bat das Mädchen in den Schlitten,
Bat fie auf den Sitz zu kommen.

Klüglich antwortet das Mädchen:
„Nimmer komm' ich in den Schlitten,
Wenn den Stein du mir nicht fchäleft,
Einen Stock aus Eis mir haueft,   110
Ohne daß die Splitter fpringen,
Ohne daß ein Spänchen fprühet."

Wäinämöinen alt und wahrhaft
Ift doch keineswegs verlegen,
Schälet rafch des Steines Rinde,
Haut den Stock ihr aus dem Eife,
Ohne daß die Splitter fpringen,
Ohne daß ein Spänchen fprühet;
Ruft die Jungfrau in den Schlitten,
Ruft auf feinen Sitz das Mädchen.   120

Klüglich antwortet das Mädchen,
Redet Worte folcher Weife:
„Möchte dem mich nur gefellen,
Der ein Boot mir zimmern könnte
Aus den Splittern meiner Spindel,
Aus den Stücken meiner Spule,
In das Waffer dann es führte,
In die Flut das neue Schifflein,
Ohne mit dem Knie zu ftoßen,
Ohn' es mit der Hand zu faffen,   130
Mit dem Arme es zu wenden,
Mit der Schulter es zu leiten."

Spricht der alte Wäinämöinen
Selber Worte diefer Weife:
„Niemand lebt wohl auf der Erde,
Niemand unterm Himmelsdache,
Der gleich mir ein Fahrzeug bauet,
Niemand, der gleich mir es zimmert."

Nimmt darauf der Spindel Splitter,
Nimmt der Spule krummes Ende,   140

Eilet fort das Boot zu bauen,
Hundert Bretter drein zu zimmern,
Zu dem stahlgefüllten Berge,
Zu dem eisenreichen Felsen.

Zimmert' um die Wett' am Boote,
Baute prahlerisch den Nachen,
Zimmert' einen Tag, den zweiten,
Zimmerte am dritten Tage;
Nicht geriet die Axt an Steine,
Nicht die Schneide an den Felsen. 150
Endlich an dem dritten Tage
Lenkte Hiisi rasch den Beilschaft,
Lempo faßte an der Schneide,
Gab dem Schafte kräft'ge Stöße,
Daß die Axt zum Steine schnellte
Und die Schneide hin zum Felsen;
Ab vom Steine prallt' das Eisen,
In das Fleisch fuhr da die Schneide,
In das Knie des armen Mannes,
In die Zehe Wäinämöinens, 160
Lempo trieb ins Fleisch das Eisen,
Hiisi fügt' es in die Adern,
Heftig flutete der Blutstrom,
Schoß hervor mit starkem Strahle.
Wäinämöinen alt und wahrhaft,
Dieser ew'ge Zaubersprecher,
Redet Worte solcher Weise,
Läßt auf diese Art sich hören:
„O du Beil mit scharfem Schnabel,
O du Axt mit ebner Schneide, 170
Dachtest einen Baum zu beißen,
Eine Fichte zu verwunden,
Eine Föhre zu befehden,
Eine Birke anzufallen,
Hast die Sehnen mir versehret,
Hast die Adern mir durchschnitten!"
Hebt dann an mit Zaubersprüchen,
Selbst beginnt er da zu sprechen
Ursprungsworte heilgewaltig,
Jedes Grundwort recht vollkommen; 180

Nicht besinnt er sich auf ein'ge
Große Worte von dem Eisen,
Daß er einen Riegel schaffe
Und ein festes Schloß bereite
Jenen Wunden durch das Eisen,
Die der blaue Mund gerissen.
Schon in Bächen floß der Blutstrahl,
Brauste wie ein Strom im Sturze,
Überzog die Beerensträucher
Und die Kräuter auf den Fluren; 190
Gab gewiß dort keinen Rasen,
Der nicht überschwemmet worden
Von dem ungeheuren Blutstrom,
Der gar rauschend vorwärts jagte
Aus dem Knie des braven Helden,
Aus der Zehe Wäinämöinens.
Wäinämöinen alt und wahrhaft
Pflückte Flechten von den Steinen,
Holte Moos sich aus dem Sumpfe,
Rupfte Rasen von dem Boden, 200
Um das große Loch zu stopfen,
Um die Wunde zu verschließen,
Hatte aber kein Gelingen,
Konnt' das Blut durchaus nicht stillen.
Wurde von dem Schmerz gepeinigt,
Schon empfand er große Mühsal;
Wäinämöinen alt und wahrhaft
Fing gar heftig an zu weinen,
Schirrte dann sein Roß behende,
Spannt' das braune vor den Schlitten, 210
Setzte sich alsdann mit Mühe
Und erhob sich in dem Schlitten.
Schlug das Roß mit seiner Gerte,
Klatschte mit der prächt'gen Peitsche;
Munter lief das Roß von dannen,
Daß die Bahn gar bald zurückblieb,
Bis sie einem Dorfe nahten,
Wo der Weg sich dreifach teilte.
Wäinämöinen alt und wahrhaft
Fuhr den untersten der Pfade 220

Hin zum untersten der Höfe,
Fragte an der Schwelle stehend:
„Ist wohl in dem Hause jemand,
Der des Eisens Taten schauen,
Der des Helden Schmerz erkennen,
Der die Wunde heilen könnte?"

Saß ein Knabe auf dem Boden,
An dem Ofen dort ein Kindlein;
Gab zur Antwort diese Worte:
„Niemand ist in diesem Hause,		230
Der des Eisens Taten schauen,
Der des Helden Schmerz erkennen,
Der dem Leid ein Ende setzen,
Der die Wunde heilen könnte;
Wohnt vielleicht in anderm Hause,
Fahre du zu anderm Hause."

Wäinämöinen alt und wahrhaft
Schlug das Roß mit seiner Gerte,
Rauschte hurtig fort des Weges,
War ein wenig nur gefahren		240
Auf dem mittelsten der Pfade
Zu dem mittelsten der Höfe,
Fragte an der Schwelle stehend,
Forschte also an dem Fenster:
„Ist wohl in dem Hause jemand,
Der des Eisens Taten schauen,
Der den Blutfluß hemmen könnte,
Der der Adern Strömung stillte?"

Lag ein altes Weib bedecket,
Vor dem Ofen das gespräch'ge,		250
Gab sofort zur Antwort dieses,

Klappert mit der Zähne Dreizahl:
„Niemand ist in diesem Hause,
Der des Eisens Taten schauet,
Der des Blutes Ursprung wüßte,
Der die Schmerzen stillen könnte;
Wohnt vielleicht in anderm Hause,
Fahre du zu anderm Hause."

Wäinämöinen alt und wahrhaft
Schlug das Roß mit seiner Gerte,		260
Rauschte rasch dahin des Weges,
War gar wenig noch gefahren
Auf dem obersten der Pfade
Zu dem obersten der Höfe,
Fragte an der Schwelle stehend,
An des Schirmdachs starker Stütze:
„Ist wohl in dem Hause jemand,
Der des Eisens Taten schauen,
Der die Blutflut bannen könnte
Und dem Strom ein Ende setzen?"		270

Auf dem Ofen saß ein Alter,
An dem Ofenfirst ein Graubart,
Von dem Ofen kreischt der Alte,
Ruft der Greis mit grauem Barte:
„Größeres ward schon gedämmet,
Stärkeres ward schon bezwungen
Durch drei Worte nur des Schöpfers,
Durch Erzählung von dem Ursprung,
Bäch' und Seen selbst bezähmet,
Ströme selbst mit jähem Sturze,		280
Buchten an des Landes Spitzen,
Baien an den schmalsten Zungen."

Neunte Rune

Nun erhob sich Wäinämöinen
Selber rasch auf seinem Schlitten,
Steiget ohne alle Hilfe
Und erhebt sich ohne Stütze,
Schreitet näher zu der Hütte
Und begibt sich in die Stube.

Dort wird eine Silberkanne,
Eine goldne hergetragen,
Doch sie fasset nur gar wenig,
Nur die allerkleinste Menge   10
Von dem Blute Wäinämöinens,
Aus der Wunde dieses Helden.

Von dem Ofen brummt der Alte,
Ruft der Greis mit grauem Barte:
„Wer denn bist du von den Männern,
Wer wohl aus der Zahl der Helden?
Von dem Blut sind sieben Boot voll,
Acht der allergrößten Zuber
Dir von deinen Knieen, Ärmster,
Auf den Boden hingeflossen;   20
Andre Worte mag ich wissen,
Doch nicht kenne ich das erste,
Von dem Ursprunge des Eisens,
Von des Unheilerzes Wachsen.“

Sprach der alte Wäinämöinen,
Redet Worte solcher Weise:
„Kenn’ ja selbst des Eisens Ursprung,
Weiß gar wohl des Stahls Entstehung:
Luft ist die urerste Mutter,
Wasser ist der ältste Bruder,   30

Eisen ist der jüngste Bruder,
In der Mitte steht das Feuer.

„Akko, er, der Schöpfer oben,
Selber er, der Gott im Himmel,
Schied das Wasser von den Lüften,
Von dem Wasser dann die Erde,
Angeboren war das Eisen,
Angeboren, konnt’ nicht wachsen.

„Akko, Gott der Himmelsräume,
Rieb sich seine beiden Hände,   40
Drückte beide an einander
Auf des linken Kniees Spitze;
Da entstanden drei der Mädchen,
Drei vollkommne Schöpfungstöchter,
Mütter sie des Eisenrostes,
Sie des Stahls mit blauem Munde.

„Fingen schwingend an zu gehen,
An dem Wolkenrand zu schreiten,
Ihre vollen Brüste strotzten,
Daß die Warzen sie bedrängten,   50
Ließen ihre Milch zur Erde,
Ihrer Brüste Fülle fließen
In die Erde, in die Sümpfe,
In die schlummerreichen Wogen.

„Schwarze Milch entströmte einer,
Von den drein der ältsten Jungfrau,
Weiße Milch vergoß die zweite,
Welche in der Mitte stehet,
Rote Milch zuletzt die dritte,
Von den drein die allerjüngste.   60

„Wo die schwarze Milch geflossen,
Da entstand das weiche Eisen,
Wo die weiße Milch vergossen,
Da ward harter Stahl geschaffen,
Wo die rote Milch geströmet,
Bildete sich sprödes Eisen.

„Dauerte ein kurzes Weilchen,
Will das Eisen schon besuchen
Seinen lieben ältern Bruder,
Will das Feuer kennen lernen.   70

„Doch das Feuer raset furchtbar,
Regt gewaltig seine Kräfte,
Will den Armen da verbrennen,
Seinen lieben Eisenbruder.

„Doch das Eisen flieht von dannen,
Rettet sich durch rasches Laufen
Aus des tollen Feuers Fäusten,
Aus der bösen Flamme Rachen.

„Fliehend birgt sich dann das Eisen,
Sucht sich eilend eine Zuflucht   80
In den schwankend weichen Sümpfen,
In den sprudelreichen Quellen,
Auf der Moore breitem Rücken,
An des jähen Berges Abhang,
Wo die Schwäne Eier legen,
Wo die Gänse fleißig brüten.

„In dem Sumpfe steckt das Eisen,
Dehnt sich aus im Wasserlande,
Ist verborgen zwei der Jahre,
Bleibt im dritten noch verborgen   90
Zwischen zweier Bäume Stümpfen,
Unter dreier Birken Wurzeln;
War jedoch noch nicht entronnen
Seines Bruders wilden Händen,
Sollte noch zum zweiten Male
Kommen in des Feuers Stube,
Daß zu Speeren und zu Schwertern
Es allda geschmiedet würde.

„Auf dem Sumpfe liefen Wölfe,
Von der Heide kamen Bären,   100

Der Morast bebt unterm Wolfstritt,
Unterm Bärenschritt die Heide,
Kam ans Licht das rost'ge Eisen,
Kamen starken Stahles Stangen,
Wo des Wolfes Füße gingen,
Wo des Bären Tatzen weilten.

„Ilmarinen war geboren,
War geboren und gewachsen,
Auf dem Kohlenberg geboren,
Auf der Kohlenflur gewachsen,   110
In der Hand den Kupferhammer,
In der Faust die kleine Zange.

„In der Nacht ward er geboren,
Baut am Tage seine Schmiede,
Sucht zur Schmiede eine Stelle,
Wo der Blasbalg auszubreiten:
Sieht im Sumpfe einen Streifen,
Eine Ecke im Moraste,
Geht dorthin, sie anzuschauen,
In der Nähe zu betrachten,   120
Dorthin schafft er seine Bälge,
Dorthin setzt er seine Esse.

„Eilet auf des Wolfes Tritten,
Folgt der Bärentatzen Spuren,
Sieht des Eisens junge Sprossen,
Sieht die Barren schönen Stahles
In des Wolfes großen Spuren,
In des Bären breiten Tritten.

„Redet Worte solcher Weise:
,O du armes, liebes Eisen,   130
Bist fürwahr an schlechter Stelle,
Bist gar niedrig hier gebettet,
Wo der Wolf im Sumpfe schreitet,
Stets des Bären Tatzen drücken!‘

„Dachte nach und überlegte:
Was wohl würde daraus werden,
Wenn ich es ins Feuer brächte,
In die Esse es versetzte?

„Sehr erschrak das arme Eisen,
Es erschrak, ihm wurde bange,   140

Als vom Feuer es nur hörte,
Von des Feuers tollem Treiben.

„Sprach der Schmieder Ilmarinen:
,Also sei es keinesweges,
Nicht verbrennt das Feuer Freunde,
Schadet nimmer den Verwandten!
Kommst du in den Hof des Feuers,
Naheft du dem Sitz der Flamme,
Wirst gar schön empor du wachsen,
Wirst gar kräftig du gedeihen,   150
Wirst zum guten Schwert des Mannes,
Wirst zur Schnall' am Weibergürtel.'

„An dem Ende dieses Tages
Ward das Eisen aus dem Sumpfe,
Aus dem Wasserland gegraben,
Nach der Esse hingetragen.

„In das Feuer tat der Schmied es,
Legt' es in die Feueresse,
Setzt' den Blasbalg in Bewegung,
Ließ ihn dreimal kräftig fauchen: 160
Da zerfloß zu Brei das Eisen,
Es zerdehnte sich in Blasen,
Wurde gleich dem Weizenbreie,
Weich wie Teig zum Roggenbrote
In des Schmiedes großem Feuer,
Durch die Kraft der lichten Flamme.

„Da, ach, schrie das arme Eisen:
,Ilmarinen, lieber Schmied du,
Nimm mich gleich doch fort von hinnen
Aus des roten Feuers Qualen!'   170

„Sprach der Schmied da Ilmarinen:
,Nehm' ich dich jetzt aus dem Feuer,
Wirst gar furchtbar du geraten,
Viel zu wild du dich gebärden,
Deinen eignen Bruder schneiden,
Deiner Mutter Kind verwunden.'

„Darauf schwor das arme Eisen,
Schwor's den stärksten aller Eide
Bei der Esse, bei dem Amboß,
Bei dem Hammer, bei dem Schlegel,   180

Redet Worte solcher Weise,
Läßt auf diese Art sich hören:
,Gibt wohl Bäume noch zu beißen,
Kann der Steine Herz verzehren,
Werde nicht den Bruder schneiden,
Nicht der Mutter Kind verwunden;
Besser ist es mir zu leben
Und vorzüglicher mein Dasein,
Wenn ich in Gesellschaft wandre
Und als Händewerkzeug diene,   190
Als den eignen Stamm zu zehren,
Als Verwandte zu verwunden.'

„Darauf riß Schmied Ilmarinen,
Dieser ew'ge Schmiedekünstler,
Aus dem Feuer rasch das Eisen,
Legt es auf die Amboßfläche,
Schmiedet bis es weich geworden,
Hämmert draus gar scharfe Dinge,
Hämmert Speere, hämmert Äxte,
Hämmert mancherlei Geräte.   200

„Fehlt dem Eisen noch ein wenig,
Noch gebricht es ihm an etwas:
Noch nicht zischt des Eisens Zunge,
Noch nicht wuchs der Mund des Stahles,
Hart gedieh noch nicht das Eisen,
Von dem Wasser nicht befeuchtet.

„Dachte nun Schmied Ilmarinen
Selber nach und überlegte,
Streute aus ein wenig Asche,
Legte von der Lauge etwas   210
Zu des Stahles Schmiedewasser,
Zu des Eisens Härtungssafte.

„Kostete mit seiner Zunge,
Prüfte gut mit seinem Sinne,
Redet selber diese Worte:
,Nein, es taugt die Masse nimmer
Zu des Stahles Schmiedewasser,
Zu des Eisens Härtungssafte.'

„Eine Biene flog vom Boden,
Blaugeflügelt aus dem Grase,   220

Flog umher und hielt dann inne
An des Schmiedes Feueresse.

   „Sprach der Schmied da diese Worte:
,Bienchen, du behendes Männlein,
Bringe Honig auf den Flügeln,
Hole Süße auf der Zunge
Aus der Krone von sechs Blumen,
Aus der Spitz' von sieben Kräutern,
Um den Stahl hier zu bereiten,
Um das Eisen anzurichten!'   230

   „Hiisis Vöglein, die Hornisse
Sah es und vernahm die Worte,
Schaute von des Daches Firste,
Sitzend in der Birkenrinde,
Als das Eisen dort bereitet,
Als der Stahl geschmiedet wurde.

   „Flog mit Schnelligkeit von dannen,
Streute alle Schrecken Hiisis,
Trug das Zischen böser Schlangen,
Trug das schwarze Gift der Nattern, 240
Trug die Säure der Ameisen,
Trug geheimes Gift der Frösche
Zu des Stahles Schmiedewasser,
Zu des Eisens Härtungssafte.

   „Ilmarinen selbst, der Schmieder,
Er, der ew'ge Schmiedekünstler,
Glaubte da und war der Meinung,
Daß das Bienchen angelanget,
Ihm gebracht des Honigs Süße,
Honigseim ihm zugetragen,   250
Redet Worte solcher Weise:
,Sieh, das ist mir gar ersprießlich
Zu des Stahles Schmiedewasser,
Zu des Eisens Härtungssafte.'

   „Dahin taucht er nun den Stahl ein,
Stößt hinein das arme Eisen,
Als er's aus dem Feuer holte,
Als er's aus der Esse brachte.

   „Tückisch mußt' der Stahl da werden,
Raserei befiel das Eisen,   260

Brach erbärmlich seine Eide,
Fraß nach Hundeart die Ehre,
Schnitt den Bruder ohn' Erbarmen,
Tobte gegen die Verwandten,
Ließ das Blut gar reichlich fließen,
Aus der Wunde heftig brausen.“

   Von dem Ofen brummt der Alte,
Murrt der Kopf aus seinem Barte:
„Kenne nun des Eisens Ursprung,
Kenn' des Stahles böse Sitten.   270

   „O du armes, böses Eisen,
Armes Eisen, rauhes Sumpferz,
Stahl, des schlimmen Zaubers Beute,
Also bist du einst entstanden,
Also furchtbar du geworden,
Allzusehr bist du gewachsen!

   „Damals warst du ohne Größe,
Ohne Größe, ohne Kleinheit,
Ohne Schönheit und Gestaltung,
Ohne ränkevolle Arglist,   280
Als in Milchgestalt du ruhtest,
Als du frisch noch warst geborgen
In der Jungfrau schönen Brüsten,
In des Mädchens vollem Busen,
An dem langen Wolkensaume,
Unterhalb des Himmelsplanes.

   „Damals warst du ohne Größe,
Ohne Größe, ohne Kleinheit,
Als im Schlamme du noch ruhtest,
Gleich dem klaren Wasserstrahle 290
Auf des Sumpfes breitem Rücken,
An des Felsens jähem Abhang,
Als ein Erdenkloß du wurdest,
Du zu rost'gem Staub verwandelt.

   „Damals warst du ohne Größe,
Ohne Größe, ohne Kleinheit,
Als das Elen dich im Sumpfe,
Als das Renntier dich geschlagen,
Als des Wolfes Tritt dich drückte,
Dich die Bärentatzen kratzten.   300

„Damals warst du ohne Größe,
Ohne Größe, ohne Kleinheit,
Als du aus dem Sumpf gezogen,
Aus der schwarzen Erd' gefördert,
Zu der Schmiede wardst geführet,
In die Esse Ilmarinens.

„Damals warst du ohne Größe,
Ohne Größe, ohne Kleinheit,
Als in Klumpenform du zischtest
Und wie siedend Wasser walltest   310
In der wilden Feuerstätte,
Als den starken Eid du schworest
Bei der Esse, bei dem Amboß,
Bei dem Hammer, bei dem Schlegel,
Bei des Schmiedes Arbeitsplatze,
Bei der Esse heißer Stätte.

„Jetzt wohl bist du sehr gewachsen,
Bist in wilde Wut geraten,
Hast den starken Eid gebrochen,
Fraß'st nach Hundeart die Ehre,   320
Da du deinen Stamm gestoßen,
Dein Geschlecht du hast mißhandelt!

„Wer denn trieb zu schlechten Taten,
Wer verführte dich zur Bosheit,
War's dein Vater, deine Mutter,
War's der älteste der Brüder,
War's die jüngste deiner Schwestern,
Oder sonst wer deines Stammes?

„Nicht dein Vater, nicht die Mutter,
Nicht der älteste der Brüder,   330
Nicht die jüngste deiner Schwestern,
Nicht ein Mann von deinem Stamme,
Nein, du selber hast das Unheil,
Hast das Todeswerk begonnen.

„Komm, erkenne deine Untat,
Mache gut was du verbrochen,
Eh' ich's deiner Mutter sage,
Ehe ich's der Alten klage;
Mehr der Mühe für die Mutter,
Große Pein ist's für die Alte,   340

Wenn der Sohn als Missetäter,
Wenn das Kind verwegen handelt!

„Hör', o Blut, nun auf zu fließen,
Warmer Strahl, hervorzuquellen,
An die Stirne mir zu spritzen,
An die Brust mir herzubrausen,
Steh, o Blut, gleich einer Mauer,
Stehe still gleich einem Zaune,
Stehe wie ein Schwert im Meere,
Wie das Riedgras in dem Moose,   350
Wie ein Felsblock auf dem Felde,
Wie ein Stein im Wasserfalle!

„Sollt' jedoch dein Sinn dich treiben,
Daß behende du dich rührest,
Nun, so rühre dich im Fleische,
Lauf geschwinde um die Knochen;
Drinnen ist es dir viel besser,
Unterhalb der Haut dir schöner,
In den Adern dort zu rauschen,
Um die Knochen dich zu rühren,   360
Als zur Erd' herabzufließen,
In dem Staube zu verrinnen.

„Sollst, o Milch, nicht auf den Boden,
Blut, nicht auf den Rasen fließen,
In das Gras nicht, Zier der Männer,
Auf den Hügel, Gold der Helden,
Deine Wohnung ist im Herzen,
In der Lunge ist dein Keller;
Dahin kehre rasch zurück du,
Dahin eile nun behende,   370
Bist ein Bach nicht, hier zu fließen,
Nicht ein See, dich auszubreiten,
Quell nicht im Morast, zu sprudeln,
Lache nicht, dahinzurieseln.

„Halte ein, hör' auf zu fließen,
Rotes Blut, laß ab zu rinnen,
Werde still und bleibe stehen;
Stand ja selbst der Fall von Tyrjä,
Inne hielt der Fluß der Toten,
Trocken wurden Meer und Himmel   380

In dem großen Dürresommer,
In dem Feuerjahr voll Qualen.

„Wenn du dieses nicht befolgest,
Denke ich noch andrer Wege,
Kann noch andre Mittel finden:
Ruf' herbei des Hiisi Kessel,
Daß darin das Blut ich koche,
Es gar heftig dort erhitze,
Daß kein Tröpflein mir entrinne,
Von dem roten Saft entkomme,   390
Nicht das Blut zur Erde fließe,
Aus der Wunde niederbrause.

„Sollt' in mir der Mann nicht stecken,
Nicht ein Held im Sohn des Alten,
Der des Blutes Strömung hemmet,
Der der Adern Gießbach dämmet,
O, so wird der Vater droben,
Jumala, der Herr der Wolken,
Er, der mächtigste der Männer,
Er, der kräftigste der Helden,   400
Wohl den Schlund des Blutes stopfen,
Seine Strömung endlich stillen.

„Ukko, du, o Schöpfer oben,
Jumala im Himmelsraume,
Komm herbei, du bist vonnöten,
Komm, du wirst herbeigerufen,
Drücke mit den kräft'gen Händen,
Dränge mit dem starken Daumen
Fest zusammen diese Wunde
Und verschließ die böse Öffnung,   410
Lege drauf die milden Blätter,
Streue aus die goldnen Blumen,
Daß des Blutes Bahn geschlossen,
Daß gedämmt die Strömung werde,
Daß sie nicht zum Bart mir spritze,
Auf die Kleider mir nicht brause!"

So nun stillte er die Strömung,
Hemmte so die Bahn des Blutes,
Schickte dann den Sohn zur Schmiede,
Um dort Salbe zu bereiten   420

Aus des Grases zarten Fasern,
Aus der Blüt' der Tausendkrone,
Aus dem Honig, der geträufelt,
Aus des süßen Seimes Tropfen.

In die Schmiede ging der Knabe,
Um die Salbe zu bereiten,
Traf am Wege eine Eiche,
Also fragte er die Eiche:
„Hast du Honig in den Zweigen,
Hast du Seim an deiner Rinde?"   430
Klüglich antwortet die Eiche:
„Ja, noch gestern tropfte Honig
Mir an meine breiten Zweige,
An dem Wipfel blieb er hängen,
Von den Wolken, die da rauschten,
Von dem Duft der Lämmerwolken."

Nahm der Eiche feine Spänchen,
Nahm des Holzes mürbste Brocken,
Nahm gar viele gute Gräser,
Nahm verschiedenart'ge Kräuter,   440
Welche nicht in diesen Ländern,
Nicht an allen Stellen wachsen.

Tat sie auf der Esse Feuer,
Ließ die Masse tüchtig kochen,
Brocken von der Eichenrinde,
Gräser lieblich anzusehen.

Kochend rasselte der Kessel
Drei der Nächte nacheinander,
Drei der Tage in dem Frühling;
Schaute dann nach seiner Salbe,   450
Ob sie nun schon recht geraten,
Ob das Mittel jetzt schon tauge.

Noch nicht fertig war die Salbe,
Nicht nach Wunsche noch das Mittel,
Fügt noch Gräser in die Masse,
Kräuter mannigfacher Arten,
Die von anderswo geholet,
Wohl aus hundert Meilen Ferne,
Dort gepflückt von neun der Zaubrer
Und von acht der besten Seher.   460

Kochte nun noch drei der Nächte,
Neun der Nächte nacheinander,
Hob den Kessel ab vom Feuer
Und besah die Salbe sorgsam,
Tüchtig war die Salbe endlich
Und das Zaubermittel fertig.

War dort eine äst'ge Espe,
Wuchs am Rande des Gefildes,
War gar grausam durchgebrochen,
War fast völlig umgeworfen;　　470
Salbte diese mit der Masse,
Strich sie mit dem Zaubermittel,
Sprach dann Worte solcher Weise:

„Ist die Salbe dazu tauglich,
Auf die Wunde sie zu streichen,
Auf den Schaden sie zu gießen,
Wachse, Espe, dann zusammen,
Werde schöner noch denn früher."

Und sogleich genas die Espe,
Wurde schöner noch denn früher,　　480
Wuchs gar stattlich mit der Krone,
Ward gar kräftig mit dem Stamme.

Also probte er die Salbe,
Prüfte er das Zaubermittel:
Probt' es an gespaltnen Steinen,
An gesprungnen Felsenblöcken,
Rasch vereinten sich die Hälften
Und zusammen flog Getrenntes.

Aus der Schmiede kam der Knabe,
Als die Salbe er bereitet　　490
Und das Mittel angerichtet,
Legt' es in die Hand des Alten:
„Hier nun hast du kräft'ge Salbe,
Hast du ein bewährtes Mittel,
Bindet Berge fest zusammen,
Füget Fels und Fels in eines."

Mit der Zunge prüft' der Alte,
Kostete mit seinem Munde,
Fand das Mittel gar vortrefflich,
Fand die Salbe gut geraten.　　500

Schmierte darauf Wäinämöinen,
Heilte ihn, den Schwergeprüften,
Schmierte oben, schmierte unten,
Strich ihm einmal auch die Mitte,
Sprach dann Worte solcher Weise,
Ließ auf diese Art sich hören:
„Nicht mein Fleisch ist's, das dich anrührt,
Rührt dich an das Fleisch des Schöpfers,
Kraft, die wirkt, ist nicht die meine,
Wirkt die Kraft des Allgewalt'gen,　　510
Der dich anspricht, ist nicht mein Mund,
Spricht dich an der Mund Jumalas;
Ist in meinen Lippen Süße,
Süßer sind Jumalas Lippen,
Ist in meinen Händen Milde,
Milder sind des Schöpfers Hände."

Als die Salbe aufgestrichen,
Als das Mittel aufgelegt ist,
Wirkt es, daß zusammensinket
Von dem Schmerze Wäinämöinen,　　520
Hierhin sich und dorthin wendet,
Nirgends aber Ruhe findet.

Da verbannt der Greis die Schmerzen,
Treibt er fort die starken Qualen
Nach des Schmerzenberges Mitte,
Zu des Qualenhügels Gipfel,
Um den Steinen Leid zu bringen,
Um den Felsen Pein zu schaffen.

Greift nach einem Bündel Seide,
Schneidet Streifen in die Breite,　　530
Reißt die Streifen auseinander,
Macht aus ihnen gute Binden,
Bindet dann mit dieser Seide
Und umwickelt mit der schönen
Wäinämöinens Knie, das kranke,
Und des armen Mannes Zehen.

Redet Worte solcher Weise,
Läßt auf diese Art sich hören:
„Gottes Seide dient zur Binde,
Gottes Stoff dient zur Umhüllung　　540

An dem guten Knie des Mannes,
An den Zehen voller Kräfte!
Blicke her, o Gott voll Milde,
Schütze uns, o starker Schöpfer,
Daß wir nicht in Unglück kommen,
Wir dem Schaden nicht verfallen!"
　　Wäinämöinen alt und wahrhaft
Ward gar bald der Hilfe inne
Und genas an allen Gliedern,
Schön gedieh das Fleisch am Leibe,　550
Wurde unten ganz geheilet,
In der Mitt' des Schmerzes ledig,
An den Seiten ohne Schaden,
Oben ohne alle Narben,
Wurde schöner noch denn früher,
Besser als er je gewesen;
Schon vermag der Fuß zu gehen,
Schon das Knie sich zu bewegen,
Fühlt nicht mehr die kleinste Plage,
Alle Pein ist nun geschwunden.　560
　　Hob der alte Wäinämöinen
Seine Augen in die Höhe,
Blickte mit gar großer Freude

Auf zum Himmel überm Haupte,
Sprach dann Worte solcher Weise,
Ließ auf diese Art sich hören:
„Dorther kommet stets die Gnade,
Dorther die bewährte Hilfe,
Dorther, von dem Himmel droben,
Von dem machterfüllten Schöpfer.　570
　　„Sei gepriesen nun, Jumala,
Hoch gelobet du, o Schöpfer,
Daß du Hilfe mir gewähret,
Deinen Schutz mir zugewendet
Bei den gar zu harten Schmerzen,
Bei dem Leid durch Eisenschärfe!"
　　Sprach der alte Wäinämöinen
Ferner Worte solcher Weise:
„Zimmre nicht, o Volk der Zukunft,
Nicht, o Volk, das nun emporsteigt,　580
Um die Wette je ein Fahrzeug,
Prahlend nicht des Bootes Wölbung,
Gott nur setzt dem Werk ein Ende,
Er, der Schöpfer, nur Vollendung,
Nimmer wird der Held sie finden,
Nie des Kräft'gen Hand sie fassen."

::

Zehnte Rune

Wäinämöinen alt und wahrhaft
Nahm sein Roß von brauner Farbe,
Schirrte nun den Hengst behende,
Spannt' den braunen vor den Schlitten,
Setzte selbst sich in den Schlitten
Und erhob sich auf dem Sitze.

Schlug das Roß mit seiner Gerte,
Ließ die perlenreiche tönen,
Rasch enteilt das Roß des Weges,
Eilet, daß der Weg entschwindet,   10
Heftig lärmt des Schlittens Kufe
Und es knarrt das trockne Krummholz.

Rauschend jagte er von dannen
Über Sümpfe, über Felder,
Über flachgebahnte Fluren,
Reiste einen Tag, den zweiten,
Endlich an dem dritten Tage
Kam er an die lange Brücke,
Auf die Fluren Kalewalas,
An den Rand des Osmofeldes.   20

Sprach dort Worte solcher Weise,
Ließ sich selber so vernehmen:
„Friß, o Wolf, den Träumegucker,
Töt', o Krankheit, jenen Lappen!
Sagte, daß ich nicht nach Hause,
Nie solang ich seh' gelange,
Nimmermehr in diesem Leben,
Nie, solang das Mondlicht leuchtet,
Auf die Fluren von Wäinölä,
Auf die Flächen Kalewalas."   30

Fing der alte Wäinämöinen
Darauf kundig an zu singen,
Sang da eine schöne Tanne
Blühend und mit goldnen Zweigen,
Bis zum Himmel reicht der Wipfel,
Ragt gerade ins Gewölke,
In die Lüfte gehn die Zweige,
Dehnen sich bis an den Himmel.

Sang dann weiter zauberkundig,
Einen Mond sang er zu leuchten   40
In der Tanne goldnen Wipfel,
Sang den Bären in die Zweige.

Jagte lärmend drauf von dannen,
Grade nach der goldnen Heimat,
Tiefen Hauptes, trüben Sinnes,
Schief geschoben seine Mütze,
Da den Schmieder Ilmarinen,
Ihn, den ew'gen Hämmerkünstler,
Er als Lösung hat versprochen,
Um sein eigen Haupt zu retten,   50
Nach dem nimmerhellen Nordland,
Nach dem düstern Sariola.

Als sein Roß er angehalten
An dem neuen Felde Osmos,
Hob der alte Wäinämöinen
Rasch sich aus dem bunten Schlitten;
Aus der Schmiede hört man klopfen,
In dem Kohlenhause hämmern.

Wäinämöinen alt und wahrhaft
Tritt nun selber in die Schmiede,   60

Findet dort Schmied Ilmarinen,
Der gar unverdrossen hämmert;
Sprach der Schmieder Ilmarinen:
„O du alter Wäinämöinen,
Wo hast du so lang gesäumet,
Bist so lange du gewesen?"
    Wäinämöinen alt und wahrhaft
Redet selber diese Worte:
„Dort hab' ich so lang gesäumet,
Meine ganze Zeit verlebet,   70
In dem nimmerhellen Nordland,
In dem düstern Sariola,
Auf des Lappenlandes Straßen,
Auf der Zauberkund'gen Wegen."
    Sprach der Schmieder Ilmarinen,
Redet Worte solcher Weise:
„O du alter Wäinämöinen,
Zaubersprecher aller Zeiten,
Was erzählst du von der Reise,
Von der Fahrt zum Heimatlande?"   80
    Sprach der alte Wäinämöinen:
„Habe viel dir zu erzählen:
Eine Jungfrau ist im Nordland,
In dem kalten Dorf ein Mädchen,
Das sich keinem Freier füget,
Das den besten Mann verschmähet;
Wohl das halbe Nordland preiset
Sie als allerschönste Jungfrau:
Von den Schläfen strahlet Mondlicht,
Von den Brüsten Licht der Sonne,   90
Von den Schultern Licht des Bären,
Von dem Rücken sieben Sterne.
    „Lieber Schmieder Ilmarinen,
Hämmerkünstler aller Zeiten,
Geh die Jungfrau zu gewinnen,
Schau' sie an, die Schöngelockte!
Wenn den Sampo du ihr schmiedest,
Du den bunten Deckel zierest,
Wird zum Lohne dir das Mädchen,
Für das Werk die schöne Jungfrau."   100

    Sprach der Schmieder Ilmarinen:
„O du alter Wäinämöinen,
Hast mich ja bereits versprochen
Nach dem nimmerhellen Nordland,
Um dein eignes Haupt zu lösen,
Um dich selber zu befreien!
Gehe nicht, solang ich lebe,
Nicht, solang das Mondlicht leuchtet
Nach des düstern Nordlands Höfen,
Nach den Häusern Sariolas,   110
Wo die Männer man verzehret
Und ins Meer die Helden senket."
    Sprach der alte Wäinämöinen
Selber Worte solcher Weise:
„Weiß dir noch ein andres Wunder,
Eine Tann' mit Blütenkrone,
Blütenkron' und goldnen Zweigen,
An dem Rand des Osmofeldes,
In dem Wipfel strahlt das Mondlicht,
Licht des Bären in den Zweigen."   120
    Sprach der Schmieder Ilmarinen:
„Glaube nicht, daß dieses wahr sei,
Wenn ich's selber nicht gesehen,
Mit den Augen nicht geschauet."
    Sprach der alte Wäinämöinen:
„Glaubst du es auf keine Weise,
Nun so komm und laß uns schauen,
Ob es wahr ist, ob gelogen!"
    Gingen drauf um zuzuschauen
Dieser Tanne Blütenkrone,   130
Erst der alte Wäinämöinen,
Dann der Schmieder Ilmarinen;
Als sie dahin angekommen,
An den Rand des Osmofeldes,
Hemmt' alsbald der Schmied die Schritte,
Um die Tanne zu bewundern,
In den Zweigen Licht des Bären,
Licht des Mondes in dem Wipfel.
    Sprach der alte Wäinämöinen
Selber Worte solcher Weise: 140

„Steig hinauf, mein lieber Bruder,
Um den Mond herabzuholen,
Um den Bären herzubringen
Von der Tanne goldnem Wipfel!"

Ilmarinen nun, der Schmieder,
Klettert' auf des Baumes Wipfel
Hoch empor zum Himmelsbogen,
Um den Mond herabzuholen,
Um den Bären einzufangen
Von der Tanne goldnem Wipfel.   150

Sprach der Tanne Blütenwipfel,
Redete die üpp'ge Krone:

„Mächt'ger Mann du, bar der Sinne,
Held du, gänzlich unerfahren!
Stiegest, Tor du, in die Zweige,
In den Wipfel wie ein Knabe,
Um des Mondes Bild zu holen,
Falsche Sterne mitzunehmen."

Rasch begann da Wäinämöinen
Und mit voller Kraft zu singen,   160
Sang, daß starker Sturmwind brauste,
Wild der Wind die Luft bewegte,
Worte sprach er solcher Weise,
Ließ auf diese Art sich hören:
„Nimm, o Wind, ihn in dein Fahrzeug,
Trage ihn mit deinem Boote
Rasch davon, daß er gelange
Nach dem nimmerhellen Nordland!"

Es erbraust ein starker Sturmwind,
Hebt sich tosend in die Lüfte,   170
Raubt den Schmieder Ilmarinen,
Führt ihn eilig fort von hinnen
Nach dem nimmerhellen Nordland,
Nach dem trüben Sariola.

Also fuhr Schmied Ilmarinen
Fort von dannen, fort im Fluge,
Fuhr so auf der Bahn des Windes,
Auf des Frühlingssturmes Wegen,
Über Mond und unter Sonne,
Streifte an des Bären Schultern;   180

Hielt dann bei dem Hof Pohjolas,
An dem Badeweg Sarjolas,
Angehöret von den Hunden,
Nicht gewittert von den Kläffern.

Louhi, sie, Pohjolas Wirtin,
Nordlands zähnearme Alte,
Stand dort selber auf dem Hofe,
Sprach geschwinde diese Worte:
„Wer denn bist du von den Männern,
Wer wohl aus der Zahl der Helden?   190
Kamst hieher auf Windes Bahnen,
Auf dem Schlittenpfad des Sturmes,
Wardst nicht angebellt vom Hunde,
Wardst vom Wollschwanz nicht beachtet."

Sprach der Schmieder Ilmarinen:
„Bin fürwahr nicht hergekommen,
Daß die Hunde mich hier hetzen,
Daß die Wollschwanzschar mich schände
An den unbekannten Türen,
Bei den fremden Eingangspforten."   200

Suchte nun des Nordlands Wirtin
Den Gekommnen auszuforschen:
„Ist dir je bekannt geworden,
Hast gehört du und erfahren
Von dem Schmiede Ilmarinen,
Dem geschickten Hämmerkünstler?
Lange wird er schon erwartet,
Lange hier herbeigesehnet,
An des Nordlands weiten Grenzen,
Daß er neu den Sampo schmiede."   210

Sprach der Schmieder Ilmarinen
Selber Worte dieser Weise:
„Bin gewiß bekannt geworden
Mit dem Schmiede Ilmarinen,
Bin ja selber Ilmarinen,
Der geschickte Hämmerkünstler."

Louhi, sie, Pohjolas Wirtin,
Nordlands zähnearme Alte,
Ging geschwinde in die Stube,
Redet Worte solcher Weise: 220

„Hör' mich, meine junge Tochter,
Du das beste meiner Kinder,
Kleide dich ins allerschönste,
Allerhellste der Gewänder,
Schmück' dich mit dem klarsten Brustlatz,
Mit dem feinsten Tuch den Busen,
Mit dem zartesten den Nacken,
Mit dem leuchtendsten die Schläfen,
Daß die Wangen rosig glänzen
Und dein Angesicht erstrahle!   230
Schon gekommen ist der Schmieder,
Der geschickte Ilmarinen,
Daß er uns den Sampo schmiede,
Uns den bunten Deckel hämmre."

    Nordlands wunderschöne Tochter,
Eine Zier von Land und Wasser,
Nahm die auserlesnen Kleider,
Der Gewänder allerreinste,
Legt sie an und rückt zurecht sie,
Krönt sich mit dem schönen Kopfschmuck, 240
Tut sich um den Gurt aus Kupfer,
Golden glänzt die Gürtelspange.

    Kam vom Vorratshaus zur Stube,
Kam behende her vom Hofe,
War voll Schönheit an den Augen,
An den Ohren hochgestaltet,
Mit gar strahlendem Gesichte,
An den Wangen schöngerötet,
Gold erglänzte an dem Busen,
Silber schimmert' auf dem Haupte.   250
    Nordlands Wirtin führte selber
Ilmarinen nun, den Schmieder,
In Pohjolas Wohngebäude,
In das Haus von Sariola,
Sättigte den Mann mit Speisen,
Gab ihm auch genug zu trinken
Und bewirtete ihn trefflich;
Fing drauf also an zu sprechen:
„O du Schmieder Ilmarinen,
Hämmerkünstler aller Zeiten,   260

Kannst du mir den Sampo schmieden,
Mir den bunten Deckel hämmern
Aus der Schwanenfeder Spitze,
Aus der Milch der güsten Färse,
Aus dem kleinen Korn der Gerste,
Aus des Sommerschafes Wolle,
So erhältst die Maid zum Lohne,
Für das Werk du meine Tochter."

    Sprach der Schmieder Ilmarinen,
Redet selber diese Worte: 270
„Werde wohl den Sampo schmieden,
Dir den bunten Deckel hämmern
Aus der Schwanenfeder Spitze,
Aus der Milch der güsten Färse,
Aus dem kleinen Korn der Gerste,
Aus des Sommerschafes Wolle,
Da den Himmel ich geschmiedet,
Ich der Lüfte Dach gehämmert,
Eh der Anbeginn begonnen,
Ehe irgendwas gemacht war."   280

    Ging den Sampo dann zu schmieden,
Ging den bunten Deckel hämmern,
Fragte nach der Schmiedestätte,
Suchte nach dem Schmiedezeuge,
War dort keine Schmiedestelle,
Keine Schmiede, keine Bälge,
Keine Esse und kein Amboß,
Keine Hämmer, keine Schlegel.

    Sprach der Schmieder Ilmarinen,
Redet Worte solcher Weise: 290
„Alte Weiber nur verzweifeln,
Schufte lassen was zur Hälfte,
Nicht der schlechteste der Männer,
Nicht der schläfrigste der Helden!"

    Suchte für die Ess' ein Plätzchen,
Für die Bälge eine Stelle
In den Grenzen dieses Landes,
An dem Rand der Nordgefilde.

    Suchte einen Tag, den zweiten,
Endlich an dem dritten Tage   300

Kam ein buntgestreifter Steinblock,
Kam ein Fels ihm zu Gesichte:
Dahin läßt der Schmied sich nieder,
Dort bereitet er sich Feuer,
Einen Tag stellt er die Bälge,
An dem andern Tag die Esse.

Ilmarinen nun, der Schmieder,
Er, der ew'ge Hämmerkünstler,
Tat die Stoffe in das Feuer,
In die Esse seine Arbeit, 310
Stellte Knechte an den Blasbalg,
Trieb sie an, um stets zu schüren.

Hastig traten sie den Blasbalg,
Schürten voller Fleiß die Kohlen,
Schafften drei der Sommertage,
Drei der Sommernächte emsig,
Steine wuchsen an den Fersen,
Blöcke an der Zehen Spitzen.

An dem ersten Tage beugte
Selbst der Schmieder Ilmarinen 320
Sich herab um nachzuschauen
Auf dem Boden seiner Esse,
Was wohl aus dem Feuer käme,
Aus der Flamme sich erhöbe.

Aus dem Feuer dringt ein Bogen
Mit dem Goldesglanz des Mondes,
Golden ganz mit Silberspitzen,
An dem Schaft von buntem Kupfer.

Schön von Anblick ist der Bogen,
Doch im Wesen bösgeartet: 330
Frägt nach einem Kopfe täglich,
Zwei verlangt er an dem Festtag.

Selbst der Schmieder Ilmarinen
Kann sich seiner nicht erfreuen,
Bricht den Bogen auseinander,
Wirft ihn wieder in das Feuer;
Läßt die Knechte weiter blasen,
Läßt sie unverdrossen schüren.

An dem zweiten Tage beugte
Selbst der Schmieder Ilmarinen 340

Sich herab um nachzuschauen
Auf dem Boden seiner Esse;
Aus dem Feuer dringt ein Nachen,
Dringt ein Boot mit rotem Scheine,
Golden ist der Bord verzieret,
Kupfern sind die Ruderhaken.

Schön von Anblick ist der Nachen,
Doch im Wesen bösgeartet:
Zieht ganz ohne Not zum Kampfe,
Ohne Anlaß zu dem Streite. 350

Selbst der Schmieder Ilmarinen
Kann sich seiner nicht erfreuen,
Bricht das Boot in tausend Trümmer,
Wirft es wieder in das Feuer;
Läßt die Knechte weiter blasen,
Läßt sie unverdrossen schüren.

An dem dritten Tage beugte
Selbst der Schmieder Ilmarinen
Sich herab um nachzuschauen
Auf dem Boden seiner Esse; 360
Eine Kuh dringt aus dem Feuer,
Golden strahlen ihre Hörner,
An der Stirn der Bär vom Himmel,
Auf dem Kopf das Rad der Sonne.

Schön von Anblick ist die Kuh wohl,
Doch im Wesen bösgeartet:
Schläft beständig in dem Walde,
Läßt die Milch zu Boden laufen.

Selbst der Schmieder Ilmarinen
Kann sich ihrer nicht erfreuen, 370
Schneidet sie in kleine Stücke,
Wirft sie wieder in das Feuer;
Läßt die Knechte weiter blasen,
Läßt sie unverdrossen schüren.

An dem vierten Tage beugte
Selbst der Schmieder Ilmarinen
Sich herab um nachzuschauen
Auf dem Boden seiner Esse;
Aus dem Feuer drängt ein Pflug sich,
Golden strahlet seine Spitze, 380

Kupfern ist der Schaft des Pfluges,
Silbern ist der Knopf am Schafte.

Schön von Anblick ist der Pflug wohl,
Doch im Wesen bösgeartet:
Er durchwühlt die Fruchtgelände
Und durchfurcht die Grasgefilde.

Selbst der Schmieder Ilmarinen
Kann sich seiner nicht erfreuen,
Bricht den Pflug gar rasch in Stücke,
Wirft ihn wieder in die Esse;   390
Läßt die Winde kräftig blasen,
Läßt den Sturm das Feuer schüren.

Rasch erbrausten da die Winde,
Ostwind blies und Westwind wehte,
Kräftig war des Südwinds Schnauben,
Gar gewaltig stürmt' der Nordwind,
Blasen einen Tag, den zweiten,
Blasen fort am dritten Tage,
Aus dem Fenster sprüht das Feuer,
Aus der Türe fliegen Funken,   400
Auf zum Himmel Staubgewölke,
Mit den Wolken mischt der Rauch sich.

Ilmarinen nun, der Schmieder,
Beugte an dem dritten Tage
Sich herab um nachzuschauen
Auf dem Boden seiner Esse;
Sah den Sampo schon entstehen,
Sah den bunten Deckel wachsen.

Ilmarinen nun, der Schmieder,
Er, der ew'ge Hämmerkünstler,   410
Schmiedet mit behenden Schlägen,
Klopfet mit dem kräft'gen Hammer,
Schmiedet kunstgerecht den Sampo,
Daß er Mehl auf einer Seite,
Auf der zweiten Salz er mahle,
Auf der dritten Geld in Fülle.

Frisch geschmiedet mahlt der Sampo,
Schaukelt hin und her der Deckel,
Mahlt ein Maß beim Tagesanbruch,
Mahlt ein Maß, daß man es esse,   420

Mahlt ein zweites zum Verkaufen,
Mahlt ein drittes zum Verwahren.

Freudvoll war des Nordens Alte,
Brachte dann den großen Sampo
Nach des Nordlands Felsenberge,
In das Herz des Kupferhügels,
Schließt ihn hinter neun der Schlösser,
Wurzeln läßt er dorten schießen,
Tief neun Klafter in die Erde,
In den Mutterboden eine,   430
Eine an den Rand des Wassers,
In des Berges Fuß die dritte.

Jetzt erbittet Ilmarinen
Sich die Tochter, die verheißne,
Redet Worte solcher Weise:
„Wirst du mir die Jungfrau geben,
Da der Sampo nun vollendet
Und so schön der bunte Deckel?"

Nordlands wunderschöne Tochter
Redet selber diese Worte: 440
„Wer würd' wohl im nächsten Jahre,
Wer im übernächsten Sommer
Hier zum Ruf den Kuckuck bringen,
Wer die Vöglein hier zum Singen,
Wenn ich in die Fremde zöge,
Ich die Beer' in fremde Länder!

„Sing' das Hühnchen hier verloren,
Und verirrte sich das Gänslein,
Ging der Mutter Kirsch' von hinnen
Und die rote Preiselbeere,   450
Würd' der Kuckuck ganz verschwinden,
Hastig fort die Vöglein flattern
Von dem Gipfel dieser Höhe,
Von den Hängen dieses Hügels.

„Werde in der Welt wohl nimmer
Von den Mädchentagen scheiden,
Werd' der Arbeit nie entsagen,
Nie den sommerlichen Sorgen;
Angepflückt blieb' ja die Beere,
Unerfüllt von Sang das Ufer,   460

Undurchwandelt blieb die Waldung
Und der Hain des Spieles ledig."

Ilmarinen nun, der Schmieder,
Dieser ew'ge Hämmerkünstler,
Tiefen Hauptes, trüben Sinnes,
Schief geschoben seine Mütze,
Fing nun an zu überlegen,
Hegte lange es im Kopfe,
Wie er sollt' nach Hause reisen,
In bekanntes Land gelangen   470
Aus dem nimmerhellen Nordland,
Aus dem düstern Sariola.

Sprach die Wirtin von Pohjola:
"O du Schmieder Ilmarinen,
Weshalb bist du trüber Laune,
Schiebest schief du deine Mütze,
Treibet dich dein Sinn zu gehen
Nach dem frühern Heimatlande?"

Sprach der Schmieder Ilmarinen:
"Dahin gehen die Gedanken,   480
Nach der Heimat, dort zu sterben,
In dem Land zur Ruh' zu kommen."

Nordlands Wirtin drauf verpflegte
Wohl mit Speis' und Trank den Helden,
Setzt' ihn an des Bootes Ende,

Hin zum kupferreichen Ruder,
Ließ den Wind dann kräftig wehen,
Ließ den Nordwind heftig blasen.

Ilmarinen, er, der Schmieder,
Er, der ew'ge Hämmerkünstler,   490
Reist nach seinem Heimatlande
Auf dem blauen Meeresrücken;
Reiste einen Tag, den zweiten,
Endlich an dem dritten Tage
Kommt der Schmied in seine Heimat,
Nach dem Ort, wo er geboren.

Fragt der alte Wäinämöinen
Da den Schmieder Ilmarinen:
"Ilmarinen, lieber Bruder,
Hämmerkünstler aller Zeiten,   500
Hast den Sampo du geschmiedet,
Du den Deckel schön verzieret?"

Sprach der Schmieder Ilmarinen,
Selber redete der Meister:
"Ja, schon mahlt der neue Sampo,
Schwingt sich hin und her der Deckel,
Mahlt ein Maß beim Tagesanbruch,
Mahlt ein Maß, daß man es esse,
Mahlt ein zweites zum Verkaufen,
Mahlt ein drittes zum Verwahren." 510

Elfte Rune

Müssen jetzt von Ahti sprechen,
Von dem muntern Schelm jetzt singen.
Ahti, dieser Inselländer,
Lempis Sohn, der Leichtgesinnte,
Wuchs im hochgebauten Hause,
An der lieben Mutter Seite,
An dem Rand der breiten Meerbucht,
An dem Bug der fernen Spitze.

Kauko nährte sich von Fischen,
Wuchs empor, verzehrte Barsche,   10
Wurde Mann, der besten einer,
Blühte auf mit rotem Blute,
War am Haupte gar vortrefflich
Und von Wuchs wohl ausgezeichnet;
War jedoch nicht ohne Fehler,
Frevelhaft in seinen Sitten:
Nur bei Weibern war sein Leben,
Schwärmte stets umher zur Nachtzeit,
Zu der Mädchen muntern Freuden,
Zu dem Tanz der Schöngelockten.   20

Kyllikki hieß Saaris Jungfrau,
Saaris Jungfrau, Saaris Blume,
Wuchs im hochgebauten Hause,
Schoß gar herrlich in die Höhe,
Sitzend in des Vaters Wohnung,
Auf dem Hochsitz dort sich schaukelnd.

Weithin war ihr Ruhm gedrungen,
Weither kamen Freiersleute
Nach dem Haus der schönen Jungfrau,
Nach dem Hof der Vielgepriesnen.   30

Für ihr Söhnchen wirbt die Sonne —
Nicht will sie zum Sonnenlande,
An der Sonne Seit' zu leuchten
In der Sommertage Eifer.

Für den Sohn wirbt auch der Mond —
Nicht will sie zum Haus des Mondes,
An des Mondes Seit' zu scheinen
Und den Luftkreis zu durchlaufen.

Für den Sohn hält auch der Stern an —
Nicht will sie zur Sternesheimat,   40
Lange in der Nacht zu flimmern
An dem winterlichen Himmel.

Freier kamen auch aus Estland,
Andre kamen von den Ingern —
Nimmer will die Jungfrau gehen,
Selber gibt sie dies zur Antwort:
„Ganz umsonst wird Gold verschwendet,
Wird verbraucht von euch das Silber,
Werde nicht nach Estland gehen,
Will nicht jetzt und will nicht später   50
In dem Wasser Estlands rudern,
Nicht das eilandreiche messen,
Nicht die Fische Estlands essen,
Nicht die Fischsupp' Estlands schlürfen.

„Geh' auch nicht zum Ingerlande,
Zu den unwirtsamen Ufern,
Hunger ist dort und nur Hunger,
Fehlt an Holz und fehlt an Spänen,
Fehlt an Wasser, fehlt an Weizen,
Fehlet auch an Roggenbroten."   60

Lemminkäinen leichtgemutet,
Selbst der schöne Kaukomieli
Unternimmt es nun zu gehen,
Um die Saariblum' zu werben,
Um ein Bräutchen hochgefeiert,
Um die schöngelockte Jungfrau.

Doch die Mutter will ihn warnen,
Rät ihm ab die greise Alte:
„Wirb nicht, du mein liebes Söhnlein,
Um ein Mädchen höhrer Abkunft;   70
Nicht wirst du geduldet werden
In dem großen Stamme Saaris."

Sprach der muntre Lemminkäinen,
Selbst der schöne Kaukomieli:
„Bin ich nicht aus hohem Hause,
Nicht aus gar zu großem Stamme,
Werde ich nach meinem Wuchse,
Nach dem Aussehn eine wählen."

Immer noch verbot die Mutter
Lemminkäinen hinzugehen   80
Zu dem großen Stamme Saaris,
Zu dem weitverzweigten Hause:
„Lachen werden dort die Mädchen,
Dort die Weiber dich verspotten."

Wenig achtet's Lemminkäinen,
Redet selber diese Worte:
„Werd' der Weiber Lachen hemmen,
Werd' der Mädchen Kichern dämpfen,
Werf' ein Kindlein an den Busen,
Eine Bürde auf die Arme,   90
Das beendigt wohl das Schmähen,
Machet wohl dem Spott ein Ende."

Solche Worte sprach die Mutter:
„Weh mir Armen um mein Leben!
Solltest du die Saari-Weiber,
Du die keuschen Jungfraun schänden,
Wird ein großer Streit entstehen,
Wird ein arger Kampf erwachsen,
Werden alle Saarifreier,
Hundert Mann mit ihren Schwertern 100

Auf dein Haupt, du Armer, stürzen,
Auf den einen alle fallen."

Nicht beachtet Lemminkäinen
Seiner lieben Mutter Warnung,
Nahm sein Roß, das gutgebaute,
Schirrte rasch sein edles Füllen,
Jagte rauschend dann von hinnen
Nach dem großen Saaridorfe,
Um die Saariblum' zu werben,
Um ein Bräutchen hochgefeiert.   110

Es verlachten ihn die Weiber,
Schmähten ihn die Mädchen weidlich,
Als er seltsam in die Gasse,
Seltsam auf den Hof gefahren,
Seinen Schlitten umgeworfen,
Hastig an die Pfort' geschleudert.

Zog der muntre Lemminkäinen
Schief den Mund und schiefen Hauptes
Schüttelt' er die schwarzen Haare,
Redet selber diese Worte: 120
„Hab dergleichen nie gesehen,
Nie gesehen noch gehöret,
Daß die Weiber mich verlachen,
Nie der Mädchen Spott erlitten."

Wenig achtet's Lemminkäinen,
Redet selber diese Worte:
„Gibt's wohl Raum im Saarilande,
Platz auf Saaris weiten Flächen,
Ort für mich zu muntern Spielen,
Einen Boden mir zum Tanze,   130
Zu der Lust der Saarijungfraun,
Zu dem Reihn der Schöngelockten?"

Sprachen da die Saarijungfraun,
Gaben Antwort an der Landzung':
„Raum genug ist hier auf Saari,
Platz genug auf Saaris Flächen,
Dir ein Ort zu muntern Spielen
Und ein Boden dir zum Tanze:
Kannst ein Hirt am Schwendenlande,
Kannst dort Hirtenknabe werden;   140

Mager sind die Kinder Saaris,
Fett genug der Pferde Füllen."

Wenig achtet's Lemminkäinen,
Trat in Dienst als Hirtenknabe,
War bei Tage auf der Weide,
Nachts beim Jubel muntrer Mädchen,
Bei den Spielen dieser Jungfraun,
Bei dem Tanz der Schöngelockten.

Lemminkäinen leichtgemutet,
Selbst der schöne Kaukomieli   150
Hatte bald der Weiber Lachen,
Bald gedämpft den Spott der Mädchen,
Gab dort keine einz'ge Tochter,
Keins der noch so keuschen Mädchen,
Die er nicht alsbald umfaßte
Und an ihrer Seite weilte.

Unter allen gab's nur eine
In dem großen Stamme Saaris,
Die sich nichts aus Freiern machte,
Nicht den Männern Gunst erteilte: 160
Kyllikki, die feine Jungfrau,
Saaris allerschönste Blume.

Lemminkäinen leichtgemutet,
Selbst der schöne Kaukomieli
Trug zu Ende hundert Stiefel
Und zerrudert' hundert Ruder,
Als er um das Mädchen freite,
Um Kyllikki sich bemühte.

Kyllikki, die feine Jungfrau,
Redet selber diese Worte: 170
"Weshalb schweifst du hier, du Schwächling,
Drehst dich wie ein Regenpfeifer,
Lauerst auf des Landes Mädchen,
Spähst nach zinngeschmückten Gürteln?
Habe keine Zeit zu gehen,
Eh' den Stein ich ganz zerrieben,
Eh' den Stößel ich zerstampfet,
Eh' den Mörser ich zerstoßen.

"Nicht beacht' ich solche Wichte,
Solche Wichte, solche Wische,   180

Wünsche einen schlanken Gatten,
Bin ja selber schlanken Leibes,
Einen Stattlichen begehr' ich,
Bin ja selber wohlgestaltet,
Will ihn von dem schönsten Wuchse,
Bin ja selber schön gewachsen."

Wenig Zeit war hingegangen,
Kaum ein halber Mond verflossen,
Als an eines Tages Ende,
Um die Zeit der Abendstunde   190
Munter dort die Jungfraun spielten,
Alle Schönen lieblich tanzten
In dem Hain am Wiesenrande,
Auf der schönen Bodenfläche,
Kyllikki vor allen andern,
Saaris weitberühmte Blume.

Kam der leichtgelaunte Bursche,
Kam der muntre Lemminkäinen
Mit dem eignen Hengst gefahren,
Mit dem auserlesnen Pferde   200
Mitten auf den grünen Spielplatz,
In den Tanz der schönen Mädchen;
Rafft Kyllikki in den Schlitten,
Reißt die Jungfrau hin zum Sitze,
Ziehet rasch das Leder über,
Bindet schnell zurecht die Leiste.

Schlug das Roß mit seiner Peitsche,
Lärmte heftig mit den Riemen,
Jagte voller Hast von dannen,
Sprach beim Jagen diese Worte: 210
"Nimmer dürfet ihr, o Mädchen,
Von mir irgend Kunde geben,
Daß ich zu euch hergefahren,
Daß die Jungfrau ich entführet!

"Falls ihr nicht gehorchen solltet,
Wird's euch, Mädchen, schlimm bekommen,
Sing' zum Kriege eure Freier,
Unter Schwerter eure Männer,
Daß ihr nie bei Mond und Sonne
Sie mehr höret, sie mehr sehet,   220

Nimmer auf den Gassen gehend,
Nimmer auf den Fluren fahrend!"

Jämmerlich klagt da Kyllikki,
Wimmert Saaris schöne Blume:
„Laß mich endlich doch in Freiheit,
Laß das Kind aus deinen Händen,
Laß nach Haus mich lieber wandern
Zu der Mutter, die da weinet!

„Wirst du mich nicht von dir lassen,
Daß ich fort nach Hause gehe,   230
O, so hab' ich fünf der Brüder,
Sieben Vaterbrüdersöhne,
Die des Häsleins Spur verfolgen,
Die die Jungfrau wiederfordern."

Als er dennoch sie nicht losließ,
Fing das Mädchen an zu weinen,
Redet selber diese Worte:
„Bin umsonst geboren, Ärmste,
Und umsonst bin ich erwachsen,
All mein Leben ging umsonst hin,   240
Da ich einem schlechten Manne,
Einem Toren zugefallen,
Einem ewig Kampfbegier'gen,
Einem fehdetollen Fechter."

Sprach der muntre Lemminkäinen,
Er, der schöne Kaukomieli:
„Liebes Herzblatt, o Kyllikki,
Du mein honigsüßes Beerchen,
Sei nun ohne alle Sorge,
Werd' dich immer liebreich halten: 250
Auf dem Schoße, wenn ich esse,
An dem Arme, wenn ich wandre,
In den Händen, wenn ich stehe,
Ruhe ich, an meiner Seite!

„Sag', wozu doch diese Sorgen,
Dieses kummervolle Seufzen,
Klagst du deshalb voller Kummer,
Seufzest darum voller Sorgen,
Daß mir Küh' und Nahrung fehlen,
Ich an Vorrat Mangel leide?   260

„Sei nun ohne alle Sorge,
Habe wohl genug der Kühe,
Wohl genug, die Milch mir spenden,
Auf dem Sumpfe Ackerbeerchen,
Auf dem Berg die Erdbeerfarbne,
Preiselbeerchen auf dem Felde,
Sind gar schön auch ungefüttert,
Hübsch von Ausehn ungehütet,
Nicht braucht abends sie zu binden,
Morgens man nicht sie zu lösen,   270
Nicht das Futter vorzuwerfen,
Nicht das Salz zur Morgenstunde.

„Oder klagst du deshalb sorgend,
Seufzest darum voller Kummer,
Daß ich nicht von großem Stamme,
Nicht aus hohem Haus geboren?

„Bin ich nicht von großem Stamme,
Nicht aus hohem Haus geboren,
Hab' ich doch ein Schwert voll Feuer,
Eine flammenreiche Klinge,   280
Die gewiß ist großen Stammes,
Ist aus mächtigem Geschlechte,
Ist bei Hiisi scharf geschliffen,
Bei den Göttern blankgescheuert,
Damit will dem Stamm ich Höhe,
Größe dem Geschlechte geben,
Mit dem Schwerte voller Feuer,
Mit der flammenreichen Klinge."

Angstvoll seufzte da das Mädchen,
Redet selber diese Worte: 290
„O du Ahti, Lempis Söhnlein,
Willst du diese Maid besitzen
Lebelang als Ehehälfte,
Als ein Hühnchen dir im Arme,
So beschwör' mit ew'gem Eide,
Daß du nimmer ziehst zum Kriege,
Wenn nach Gold du Sehnsucht trügest,
Wenn nach Silber ein Gelüste."

Lemminkäinen leichtgemutet
Redet Worte solcher Weise: 300

„Ich beschwör's mit ew'gem Eide,
Werde in den Krieg nicht ziehen,
Wenn nach Gold ich ein Gelüste,
Ich nach Silber Sehnsucht trage!
Schwöre du mir gleicherweise,
Daß du nicht zum Dorfe gehest,
Wenn zum Tanzen ein Gelüste,
Wenn zum Spiel dich Sehnsucht treibet!"

Also schwuren sie die Eide,
Legten ab ein stark Gelübde   310
Vor dem offenkund'gen Gotte,
Unter des Allmächt'gen Antlitz,
Ahti, nicht zum Krieg zu ziehen,
Kylli, nicht zum Dorf zu gehen.

Lemminkäinen leichtgemutet
Trieb den Hengst mit seiner Gerte,
Schlug das Rößlein mit den Zügeln,
Redet selber diese Worte:
„Lebet wohl, ihr Wiesen Saaris,
Tannenwurzeln, Kienholzstümpfe,   320
Die im Sommer ich durchstreifte,
Die im Winter ich durchirrte,
Die in wolkenschweren Nächten,
Die in Wettern ich durcheilte,
Als ich dieses Haselhühnchen,
Dieses wilde Entlein jagte!"

Ließ das Rößlein munter springen,
Bald erschien die liebe Heimat,
Solche Worte sprach die Jungfrau,
Ließ sich selber also hören: 330
„Lustig scheint mir dort die Hütte,
Gleichet einem Hungerloche,
Wem wohl sollte sie gehören,
Welchem ehrberaubten Manne?"

Sprach der muntre Lemminkäinen
Selber Worte solcher Weise:
„Quäle dich nicht ob der Stube,
Seufze nicht ob dieser Stätte,
Werde andre Stuben bauen,
Werde bessere dir zimmern   340

Aus den allerschönsten Balken,
Aus den allerbesten Sparren."

So gelangte Lemminkäinen
Wieder nach der lieben Heimat
An die Seite seiner Mutter,
In die Nähe dieser Alten.

Solche Worte sprach die Mutter,
Ließ auf diese Art sich hören:
„Lange bist du fortgeblieben,
Lange, Sohn, in fremden Ländern."   350

Sprach der muntre Lemminkäinen
Selber Worte dieser Weise:
„Haben doch die Weiber müssen
Und die keuschen Jungfern zahlen
Für den Spott, für das Gelächter,
Daß sie über mich gekichert,
Nahm die beste in den Schlitten,
Setzte sie auf meine Decke,
Setzt' zurecht sie auf dem Boden,
Schwang sie unters Fell behende,   360
So vergalt ich das Gelächter,
So der Mädchen lang' Gespötte.

„Mutter, die du mich getragen,
Teure, die mich auferzogen,
Hab' erlanget, was ich wollte,
Hab' erreicht das Angestrebte;
Breite aus die besten Pfühle,
Für den Kopf die weichsten Kissen,
Daß im eignen Land ich schlafe
An der zarten Jungfrau Seite."   370

Sprach die Mutter diese Worte,
Ließ sich selber also hören:
„Jumala, sei nun gelobet,
Hochgepriesen sei, o Schöpfer,
Gabst mir eine Schwiegertochter,
Welche gut das Feuer schüret,
Trefflich am Gewebe wirket,
Kunstvoll ihre Spindel drehet,
Ausgezeichnet ist im Waschen,
In dem Walken der Gewänder!   380

„Preise selber du dein Schicksal,
Hast es gut getroffen, Lieber,
Gut gefüget hat's der Schöpfer,
Gut fürwahr der Gnadenreiche;
Rein ist auf dem Schnee die Ammer,
Eine Rein're dir zur Seite,
Weiß der Schaum wohl auf dem Meere,
Weißer die von dir Erkorene,
Schlank im Meere wohl die Ente,
Eine Schlankre dir befohlen,   390
Strahlend ist der Stern am Himmel,

Strahlender die dir Verlobte.
    „Weiter mache nun den Boden,
Größer baue du die Fenster,
Zimmre fertig neue Wände,
Baue um die ganze Stube,
Vor der Stube auch die Schwelle,
An der Schwelle neue Türen,
Da du diese Maid gewonnen,
Da die Schöne du erlesen,   400
Sie, die Jungfrau höhrer Abkunft,
Die aus größrem Stamm geboren."

✿✿✿

Zwölfte Rune

Ahti Lemminkäinen selber,
Er, der schöne Kaukomieli,
Lebte nun beständig weiter
An der zarten Jungfrau Seite,
Weder zog er hin zum Kriege,
Noch Kyllikki nach dem Dorfe.

Da geschah's an einem Tage
Um die Zeit der Morgenstunde,
Fort ging Ahti Lemminkäinen,
Ging zum Ort, wo Fische laichen,   10
War am Abend nicht zurück noch,
Nicht beim Anbruch selbst der Nachtzeit,
Nach dem Dorfe ging Kyllikki,
Zu dem Tanz der muntern Mädchen.

Wer wird wohl die Nachricht melden,
Wer die Botschaft überbringen?
Ahtis Schwesterlein Ainikki,
Diese meldete die Nachricht,
Überbrachte so die Botschaft:
„Ahti, du mein lieber Bruder!   20
Nach dem Dorfe ging Kyllikki,
Hin zu fremden Eingangspforten,
Zu dem Spiel der Dorfesjugend,
Zu dem Tanz der Schöngelockten."

Ahti, der geschickte Bursche,
Selbst der muntre Lemminkäinen
Ward gar unwirsch und verdrießlich,
War gar lange Zeit voll Zornes,
Selber sprach er diese Worte:
„Mutter, meine teure Alte,   30

Wasche mir mein Hemd geschwinde
In der Jauche schwarzer Schlangen,
Trockne es in großer Eile,
Da zum Kampf ich mich begebe,
Zu der Nordlandskinder Feuern,
Zu der Lappensöhne Fluren:
Nach dem Dorfe ging Kyllikki,
Hin zu fremden Eingangspforten,
Zu dem Spiel der muntern Mädchen,
Zu dem Tanz der Schöngelockten."   40

Sprach Kyllikki solche Worte,
Redet rasch auf diese Weise:
„O geliebter Mann, mein Ahti,
Ziehe nimmer hin zum Kriege!
Ich erblickte eingeschlafen,
Eingeschlummert solche Träume:
Feuer flog wie in der Esse,
Flammen schlugen hastig um sich
Unter dieses Hauses Fenstern,
Von dem Rande dieser Wände,   50
Flogen dann in diese Stube,
Schäumten gleich dem Wasserfalle
Von dem Boden auf zur Decke,
Von dem Fenster hin zum Fenster."

Lemminkäinen leichtgemutet
Redet Worte solcher Weise:
„Glaube nicht an Weiberträume,
Gebe nichts auf Weiberschwüre;
Mutter, die du mich getragen,
Bringe mir das Kriegeshemde,   60

Trag herbei den Rock des Kampfes;
Dorthin treibt mich das Gelüfte,
Bier des Krieges will ich trinken,
Honigtrank des Krieges koften."

Sprach die Mutter solche Worte:
„Lieber Ahti, du mein Söhnchen,
Ziehe nimmer hin zum Kriege!
Haben selber Bier im Haufe
In den Erlenholzgefäßen,
Hinter starken Eichenzapfen,   70
Diefes ift für dich zum Trinken,
Kannft den ganzen Tag felbft trinken."

Sprach der muntre Lemminkäinen:
„Nimmer mag ich Bier zu Haufe,
Trinke lieber reines Waffer
Von beteerter Ruderfpitze,
Süßer ift mir dies Getränke,
Als zu Haufe alle Biere;
Bringe mir das Kriegeshemde,
Trag herbei den Rock des Kampfes! 80
Nach des Nordlands Stuben zieh' ich,
Zu der Lappenföhne Fluren,
Gold von ihnen dort zu fordern,
Silber mir dorther zu holen."

Sprach die Mutter Lemminkäinens:
„Lieber Ahti, du mein Söhnchen,
Haben felber Gold zu Haufe,
Silber in der Vorratskammer,
Noch am letztverfloff'nen Tage,
In des Morgens frühfter Stunde   90
Ackerte der Knecht den Acker,
Pflügte er das Feld voll Schlangen,
Einen Deckel hob die Pflugfchar,
Aus dem Kaften Geld in Fülle,
Hunderte war'n dort geborgen,
Taufende dort angefammelt,
Bracht' den Kaften in die Kammer,
Setzt' ihn an des Speichers Ende."

Sprach der muntre Lemminkäinen:
„Mag des Haufes Vorrat nimmer, 100

Hol' mir Silber aus dem Kriege,
Halte dies bei weitem höher,
Als das ganze Gold zu Haufe,
Als das ausgepflügte Silber;
Bringe mir das Kriegeshemde,
Trag herbei den Rock des Kampfes!
Nach dem Nordland will ich ziehen,
Zu dem Streit mit Lappenkindern.

„Dorthin treibt mich das Gelüfte,
Dorthin ftrebet all mein Sinnen,   110
Will mit eignen Ohren hören,
Sehn mit meinen eignen Augen,
Gibt's im Düfterland ein Mädchen,
Eine Jungfrau in dem Nordland,
Die fich nicht um Freier kümmert,
Nicht den Männern Gunft erteilet."

Sprach die Mutter Lemminkäinens:
„Lieber Ahti, du mein Söhnchen,
Haft im Haufe ja Kyllikki,
Eine Hausfrau, weit die befte;   120
Seltfam wären zwei der Weiber
In dem Bette eines Mannes."

Sprach der muntre Lemminkäinen:
„Kyllikki läuft gern zum Dorfe,
Laß fie nur zu jedem Spiele,
Laß in jedem Haus fie fchlafen,
Bei der Dorfesjugend Freuden,
Bei dem Tanz der Schöngelockten!"

Abzuhalten fucht die Mutter,
Warnet ihn die teure Alte: 130
„Gehe nicht, mein liebes Söhnchen,
Nach des Nordlands fernen Stuben,
Ohne irgend Zauberkunde,
Ohne Weisheit zu befitzen,
Zu der Nordlandskinder Feuern,
Zu der Lappenföhne Fluren!
Zauberfpruch fingt dort der Lappe,
Bannt dich da der Turjaländer
Mit dem Munde in die Kohlen,
Kopf und Arm dir in die Flamme, 140

Deine Hand in heiße Asche,
Auf die gluterfüllten Steine."

   Sprach der muntre Lemminkäinen:
„Einst schon wollten mich die Zaubrer,
Wollt' die Natternbrut mich bannen,
Drei der Lappen wohl verbündet
In der Nacht zur Zeit des Sommers,
Nackt auf einem Felsen stehend,
Ohne Gurt und ohne Röcke,
Ohne Faden auf dem Leibe;   150
Haben das von mir gewonnen,
Haben das von mir erhalten,
Was die Axt vom Stein gewinnet,
Was der Bohrer von dem Felsen,
Was der Klotz vom glatten Eise,
Was der Tod aus leerer Stube.

   „Anders hatte man gedrohet,
Anders ging die Sach' vonstatten:
Drohten zaubernd mich zu bannen,
Drohten tief mich zu versenken   160
In den Sumpf, daß ich getreten,
In den Schmutz gestecket würde,
Bis zum Kinn in Morasterde,
Bis zum Bart in argen Boden,
Aber ich, ein Mann, wenn einer,
War auch dabei nicht in Nöten,
Ich erhob mich selbst zum Sänger,
Schuf mich selbst zum Zaubersprecher,
Sang die Zaubrer mit den Pfeilen,
Sang die Schützen mit den Waffen,   170
Sang die Kund'gen mit den Messern,
Sie, die Sänger mit dem Stahle,
Zu Tuonis Wasserfalle,
Zu dem grausenhaften Sturzbach,
Zu den allerhöchsten Strudeln,
Zu den allerschlimmsten Wirbeln;
Dorten mögen sie nun schlummern,
Dort die Zaubrer ruhig schlafen,
Bis das Gras nach oben schießet
Durch den Kopf und durch die Mütze,   180

Durch der Zaubrer Schulterblätter,
Durch das Fleisch an ihren Seiten,
Der in Schlaf versunknen Zaubrer,
Der in Schlummer festgebannten."

   Immer warnet noch die Mutter
Lemminkäinen vor dem Gehen,
Will den Sohn die Mutter halten
Und das Weib den Mann bestimmen:
„Gehe, Liebster, nicht von hinnen
Nach dem Dorfe voller Kälte,   190
Nach dem nimmerhellen Nordland!
Schaden drohet dort beständig,
Schaden dort dem armen Manne,
Unglück dir, o Lemminkäinen;
Sagst du's auch mit hundert Zungen,
Kann ich dir nicht Glauben schenken:
Nimmer bringst mit deinem Singen
Du des Nordens Volk zu Falle,
Kannst ja nicht die Turjasprache,
Nicht der Lappen Zunge reden."   200

   Lemminkäinen kämmte grade,
Selbst der muntre Kaukomieli
Seines Hauptes schöne Haare,
Glättete der Locken Fülle;
Wirft zur Wand den Kamm jetzt heftig,
Schleudert ihn zum Ofenpfosten,
Redet Worte solcher Weise,
Läßt sich selber also hören:
„Dann trifft Unglück Lemminkäinen,
Schaden dann den wackern Knaben,   210
Wenn dem Kamm je Blut entströmet,
Rote Tropfen seinen Zähnen."

   Ging der muntre Lemminkäinen
Nach dem nimmerhellen Nordland,
Trotzend dem Verbot der Mutter,
Nicht beachtend ihre Warnung.

   Rüstet sich, legt um den Gürtel,
Ziehet an ein Hemd von Eisen,
Schließt den Gurt, aus Stahl geschmiedet,
Redet selber diese Worte: 220

„Kräft'ger ist der Mann im Panzer,
In dem Eisenhemde besser,
Mächt'ger mit dem Stahlesgürtel
Unter jenen Zauberkund'gen,
Daß den Schlimmsten er nicht fürchte,
Nicht den Stärksten selbst beachte."

Griff darauf nach seinem Schwerte,
Raffte rasch das feuerschneid'ge,
Das bei Hiisi scharf geschliffen,
Bei den Göttern blankgescheuert,   230
Band es sich an seine Seite,
Steckt' es in der Scheide Leder.

Wo ist's, wo der Mann sich hütet,
Sich der Kecke Held beschirmet?
Wahret dorten sich ein wenig,
Dort beschirmet sich der Kecke,
An der Türe unterm Balken,
In der Stub' am Fackelpfosten,
An dem Eingang vor dem Hofe,
An dem letzten Gartenpförtchen.   240
Wohl in acht nimmt sich der Mann auch
Ferner vor dem Weibervolke,
Doch die List ist stark genug nicht,
Zuverlässig nicht die Vorsicht,
Gleichfalls hat er sich zu hüten
Vor der Heldenschar Begegnung,
Wo der Weg sich doppelt teilet,
Auf des blauen Steines Rücken,
An dem schwankenden Moraste,
An dem wogenreichen Strudel,   250
Bei dem Sturz des Wasserfalles,
Bei des starken Wirbels Strömung.

Sprach der muntre Lemminkäinen
Selber Worte solcher Weise:
„Steigt empor, ihr Schwertes Männer,
Ihr, der Erde ew'ge Helden,
Aus den Brunnen, Streitaxtträger,
Aus den Bächen, Bogenschützen!
Komm, o Wald, mit deinen Mannen,
Dickicht du mit deinen Scharen,   260

Berggreis du mit deinen Kräften,
Wasser-Hiisi, mit den Grausen,
Wassermutter, mit den Mächten,
Wasseralte, mit den Haufen,
Mädchen ihr aus allen Tälern,
Zartbesäumt aus allen Quellen,
Zu dem Schutz des einz'gen Mannes,
Als Genossenschaft des Helden,
Daß der Zaubrer Pfeil erstumpfe,
Ihre Schneiden nichts vermögen,   270
Nichts der Kund'gen Eisenmesser,
Nichts der Schußgewandten Waffen.

„Sollte das genug nicht scheinen,
Weiß ich mir noch andre Mittel,
Wende meinen Hauch nach oben,
Hin zum Alten in den Himmel,
Der die Wolken all' beherrschet,
Der die Lämmerwolken lenket.

„Ukko, du, o Gott der Höhe,
Alter Vater in dem Himmel,   280
Der du durch die Wolken redest,
Durch die Luft dich offenbarest!
Reiche mir ein Schwert von Feuer,
Und von Feuer sei die Scheide,
Daß der Not ich widerstehe,
Daß das Unheil ich bezwinge,
Daß die Zaubrer aus der Erde,
Aus dem Wasser ich vernichte,
Alle, die mir gegenüber,
Alle, die im Rücken stehen,   290
Überm Haupte, an den Seiten,
Rings um mich an allen Enden,
Daß in ihren Pfeil die Zaubrer,
In das eigne Messer stürzen,
Daß in ihres Schwertes Schneide
Bannend ich die Bösen werfe!"

Pfeifend zaubert Lemminkäinen,
Selbst der schöne Kaukomieli
Rasch sein Füllen aus dem Busche,
Von dem Feld das goldbemähnte,   300

5*

Spannt sein Roß in das Geschirre,
Spannt das braune in die Deichsel,
Setzt sich selber in den Schlitten
Und erhebt sich auf dem Sitze,
Schlägt das Pferd mit seiner Peitsche,
Knallet mit der knotenreichen;
Hurtig läuft das Pferd von dannen,
Schlingt den Weg in Eil' der Schlitten,
Daß der Silbersand errauschet,
Daß die goldne Fläche dröhnet. 310

Reiste einen Tag, den zweiten,
Reiste noch am dritten Tage,
Endlich an dem dritten Tage
Traf ein Dorf er auf dem Wege.

Lemminkäinen leichtgemutet
Jagte rauschend auf dem Wege,
Auf der unteren der Straßen,
Nach dem unteren der Höfe,
Fragte an des Hauses Schwelle,
An des Erkers Pfeiler also: 320
„Ist wohl in der Stube jemand,
Der die Brustbedeckung lösen,
Der die Deichselstangen senken,
Der das Kummet heben könnte?"

Sprach ein Kindlein von dem Boden,
Von der Schwelle da ein Knabe:
„Niemand ist in dieser Stube,
Der die Brustbedeckung lösen,
Der die Deichselstangen senken,
Der das Kummet heben könnte." 330

Wenig kümmert's Lemminkäinen,
Schlug das Roß mit seiner Peitsche,
Lärmte mit der perlenreichen,
Stürmte hastig auf dem Wege,
Auf der mittleren der Straßen
Nach dem mittleren der Höfe,
Fragte an des Hauses Schwelle,
Redet an dem Schirmdach also:
„Ist hier in der Stube jemand,
Der die Zügel abzunehmen, 340

Der von Brust und Joch die Riemen
Abzulösen wohl verstünde?"

Von dem Ofen ruft die Alte,
Von der Bank die gar Geschwätz'ge:
„Findest wohl in diesem Hause,
Wer die Zügel ab dir nehmen,
Wer die Brustbedeckung lösen,
Wer die Deichsel senken könnte:
Findest hier wohl zehn der Männer,
Hundert selbst, wenn du begehrest, 350
Welche dich von hier befördern,
Pferde dir zum Reisen geben,
Schurke, dich nach Haus zu bringen,
Nach der Heimat, schlimmer Bursche,
Hin zu deines Vaters Sitze,
Zu dem Aufenthalt der Mutter,
Zu dem Bruder an der Pforte,
Zu den Schwestern auf der Treppe,
Eh' der Tag zu End' gekommen,
Eh' die Sonne sich gesenket." 360

Wenig kümmert's Lemminkäinen,
Redet Worte dieser Weise:
„Tot sollt' man die Alte schießen,
Sie, das Wackelkinn, erschlagen."
Ließ sein Roß von dannen eilen,
Stürmte hastig auf dem Wege,
Auf der oberen der Straßen,
Hin zum oberen der Höfe.

Als der muntre Lemminkäinen
Nun zu diesem Hof gekommen, 370
Sprach er Worte solcher Weise,
Ließ auf diese Art sich hören:
„Stopf', o Hiisi, du dem Hunde,
Stopfe, Lempo, ihm die Schnauze,
Schließe du das Maul dem Kläffer,
Zügle du des Hundes Zähne,
Daß er nicht die Stimm' erhebe,
Wenn der Mann vorübergehet!"

Als er auf den Hof getreten,
Schlug er mit der Peitsch' die Erde, 380

Aus dem Boden stieg ein Nebel,
In dem Nebel stand ein Männlein,
Löste rasch die Brustbedeckung,
Senkte dann die Deichselstangen.

Lemminkäinen leichtgemutet
Lauschte dann mit offnen Ohren,
Ohne daß es jemand merkte,
So daß niemand es gewahrte;
Hörte auf dem Hofe Lieder,
Durch die moos'gen Fugen Worte,   390
Durch die Wände hört' er spielen,
Durch die Bretter hört' er singen.

Warf dann einen Blick nach innen,
Blinzelt' heimlich in die Stube;
Voll von Zaubrern war die Stube,
Angefüllt von lauter Sängern,
An den Wänden waren Spieler,
Seher an der Türe Mündung,
Kund'ge saßen auf den Bänken,
Böse Zaubrer an dem Ofen,   400
Sangen lauter Lappenlieder,
Schrillten lauter Hiisi-Weisen.

Lemminkäinen leichtgemutet
Nimmt nun andere Gestalt an,
Wagt's, sein Aussehn zu verwandeln,
Läßt den Winkel, tritt ins Innre,
Dringt hinein in das Gebäude,
Redet selber solche Worte:
„Schön ist der Gesang, der endet,
Gut ein Lied, das kurz gefaßt ist,   410
Besser ist's die Weisheit sparen,
Als zur Hälfte abzubrechen."

Selbst die Wirtin von Pohjola
Schreitet vorwärts auf der Diele,
Eilet auf des Bodens Mitte,
Redet selber diese Worte:
„War ein Hund bislang vorhanden,
War ein Welp von Eisenfarbe,
Freund von Fleisch, ein Knochenbeißer,
Schlürfte gern von frischem Blute: 420

Wer denn bist du von den Männern,
Wer wohl aus der Zahl der Helden,
Daß du in die Stub' gekommen,
In die Wohnung eingedrungen,
Von dem Hunde ungehöret,
Von dem Bläffer nicht gewittert!"

Sprach der muntre Lemminkäinen:
„Bin fürwahr nicht hergekommen
Ohne Kunst und ohne Wissen,
Ohne Macht und ohne Klugheit,   430
Ohne Zaubermacht vom Vater,
Ohne Rüstung von den Vorfahrn,
Daß mich deine Hunde fressen,
Mich die Bläffer packen sollten.

„Meine Mutter hat gewaschen
Mich als zarten, kleinen Knaben
Dreimal in der Nacht des Sommers,
Neunmal in der Nacht des Herbstes,
Daß auf jedem Weg ich weise,
Zauberstark in allen Landen,   440
Als ein Sänger sei zu Hause,
Als ein Kund'ger in der Fremde."

Lemminkäinen leichtgemutet,
Er, der schöne Kaukomieli,
Fing nun selbst an zu beschwören,
Stimmte an die Zauberlieder,
Feuer sprüht der Saum des Pelzes,
Flammen glänzen in den Augen
Bei dem Sange Lemminkäinens,
Bei dem Sange, bei dem Zauber.   450

Sang die allerbesten Sänger
Zu den allerschlechtsten Sängern,
Stopft die Münder voll mit Steinen,
Füllt mit Felsgeröll die Kehlen
Diesen trefflichsten der Sänger,
Diesen kundigsten der Zaubrer.

Bannte drauf die stolzen Männer,
Diesen hierhin, jenen dorthin:
Auf die schößlingsarmen Fluren,
Auf die ungepflügten Strecken,   460

In die Seen ohne Fische,
Wo die Barsche nimmer weilen,
Nach dem wilden Rutjafalle,
In den flammenheft'gen Wirbel,
In die schaumbedeckten Ströme,
Zu des Wasserfalles Steinen,
Um als Feuer dort zu brennen,
Um als Funken dort zu knistern.

Lemminkäinen leichtgemutet
Sang die Männer samt den Schwertern, 470
Sang die Helden samt den Waffen,
Sang die Alten, sang die Jungen,
Sang in Zauber die inmitten;
Einen ließ er unverzaubert,
Einen schlechten Herdenhüter,
Einen Alten ohne Augen.

Naßhut, er, der Herdenhüter,
Redet selber solche Worte:
„O du muntrer Lemminkäinen,
Haft du Alte, haft du Junge, 480
Haft die Mittlern festgesungen,
Weshalb willst du mich verschonen?"

Sprach der muntre Lemminkäinen:
„Deshalb hab' ich dich verschonet,
Weil du elend bift zu schauen,
Schändlich auch schon unverzaubert,
Haft du doch in jungen Jahren
Als ein Hirte voller Bosheit
Deiner Mutter Kind entehret,
Deine Schwester du geschändet, 490
Alle Pferde du verdorben,
Alle Füllen abgemattet
Auf den Sümpfen, auf den Feldern,
An dem schlammbewegten Ufer."

Naßhut, er, der Herdenhüter,
Ward gar hitzig und verdrießlich,
Schritt dann durch die Tür nach außen,
Quer den Hof durch zu dem Felde,
Lief zum Fluß des Totenlandes,
Zu des heil'gen Stromes Wirbeln, 500
Lauert dort auf Kaukomieli,
Wartet dort auf Lemminkäinen,
Bis er aus dem Nordland wieder
Nach der lieben Heimat kehret.

Dreizehnte Rune

Sprach der muntre Lemminkäinen
Zu der Alten von Pohjola:
„Gib, o Alte, nun das Mädchen,
Bring' mir deine schöne Tochter,
Mir die beste aus der Menge,
Aus der Mädchenschar die längste!"
    Antwort gab des Nordlands Wirtin,
Ließ sich solcherart vernehmen:
„Gebe dir nicht meine Tochter,
Geb' dir nicht das liebe Mädchen,   10
Nicht die beste, nicht die schlechtste,
Nicht die längste, nicht die kürz'ste,
Hast ja längst schon eine Hausfrau,
Heimgeführet eine Wirtin."
    Sprach der muntre Lemminkäinen:
„Kylli bind' ich fest im Dorfe,
An des Dorfes Eingangspforten,
An den fremden Einfahrtstoren,
Will von hier ein beßres Weibchen;
Bringe mir nun deine Tochter,   20
Sie, die köstlichste der Jungfraun,
Lieblichste der Schöngelockten!"
    Sprach die Wirtin von Pohjola:
„Gebe nimmer meine Tochter
Einem Manne ohne Nutzen,
Einem Helden ohne Frommen;
Bitte dann um meine Tochter,
Wirb um sie, die Blumenkrone,
Wenn das Elentier des Hiisi
Von dem Hiisifeld du holtest."   30

Es beschlug nun Lemminkäinen
Seinen Wurfspieß gleich behende,
Spannt die Sehne auf den Bogen
Und bereitet seine Pfeile,
Redet selber diese Worte:
„Schon beschlagen ist mein Wurfspieß,
Alle Pfeile in Bereitschaft,
Schon bespannet ist der Bogen,
Habe nun für beide Füße
Nur noch Schneeschuh' zu besorgen."   40
    Lemminkäinen leichtgemutet
Dachte nach und überlegte,
Woher er die Schneeschuh' schaffen,
Wie er sie gewinnen könnte.
    Schreitet zu dem Hofe Kauppis,
Zu der Schmiede von Lyylikki:
„O du weiser Wuojaländer,
Kauppi, du der Lappen schönster,
Mache mir zwei gute Schneeschuh',
Glätte sie, daß schmuck sie werden,   50
Daß das Elentier des Hiisi
Ich von Hiisis Felde fange."
    Lyylikki gibt ihm zur Antwort,
Kauppi den Bescheid geschwinde:
„Gehst umsonst, o Lemminkäinen,
Um das Elentier zu jagen:
Wirst ein Stückchen morschen Holzes
Mit gewalt'ger Müh' erlangen."
    Wenig kümmert's Lemminkäinen,
Redet selber diese Worte: 60

„Mache mir die Schneeschuh' fertig,
Schaff' daß sie zustande kommen,
Gehen will ich und das Elen
Von dem Felde Hiisis fangen."

Lyylikki, der Schneeschuhmacher,
Kauppi, Meister des Gewerbes,
Schnitzt zur Herbsteszeit die Schneeschuh',
Glättet sie im Lauf des Winters,
Hobelt einen Tag den Stockschaft,
Macht den Ring am zweiten Tage. 70

Fertig war der linke Schneeschuh,
Fertig wurde auch der rechte,
Fertig war der Stockschaft worden,
Angefüget schon das Ringlein;
Einen Otter galt der Stockschaft,
Einen Fuchs der Ring des Stockes.

Schmierte dann mit Fett die Schneeschuh',
Mit dem Talg des raschen Renntiers,
Selber überlegt' er also,
Äußerte er diese Worte: 80
„Sollt' in diesen Jünglingsscharen,
In dem wachsenden Geschlechte
Einer dieser Schneeschuh' linken
Und den rechten wohl bewegen?"

Sprach der muntre Lemminkäinen,
Dieser Schelm mit roten Wangen:
„Wohl wird in den Jünglingsscharen,
In dem wachsenden Geschlechte
Einer dieser Schneeschuh' linken,
Wird den rechten er bewegen." 90

Band den Köcher auf den Rücken,
Nahm den Bogen auf die Schulter,
Nahm den Stock in seine Hände,
Ging den linken Schneeschuh schieben,
Ging den rechten fortzustoßen,
Redet selber diese Worte:
„Nicht ist da in Gottes Weltraum,
Unter diesem Himmelsbogen,
Hier in diesem Wald zu finden
Solch ein Läufer mit vier Füßen, 100

Den man nicht erreichen sollte,
Prächtig nicht erbeuten könnte
Mit des Kalewsohnes Schneeschuhn,
Mit den Schritten Lemminkäinens."

Hiisis Anholdschar vernahm es,
Juutas' Haufe hört' die Rede,
Hiisi schuf geschwind ein Elen,
Juutas bracht' hervor ein Renntier,
Seinen Kopf aus faulem Stamme,
Aus den Weidenästen Hörner, 110
Aus des Strandes Schilf die Füße,
Beine aus des Sumpfes Gatter,
Aus dem Zaunstock seinen Rücken,
Adern aus den dürren Stoppeln,
Augen aus den Nixenblumen,
Ohren aus den Wasserblättern,
Seine Haut aus Fichtenrinde
Und das Fleisch aus faulem Holze.

Hiisi lehret so sein Elen,
Redet zu ihm solche Worte: 120
„Laufe nun, o Elen Hiisis,
Eile rasch, du edler Renner,
Zu des Renntiers Brutstatt eile,
Zu der Lappensöhne Fluren,
Daß der Jäger Schweiß vergieße
Und vor allen Lemminkäinen!"

Darauf lief das Elen Hiisis,
Trabte das entsandte Renntier
Längs des Nordlands Vorratskammern,
Längs der Lappensöhne Fluren, 130
Stürzte um des Hauses Zuber,
Warf vom Feuer ab die Kessel,
Alles Fleisch hinab zur Asche,
Auf den Herd die ganze Suppe.

Es erhob sich starkes Lärmen
Auf der Lappensöhne Fluren,
Denn die Lappenhunde bellten,
Und die Lappenkinder weinten,
Und die Lappenweiber lachten,
Und die andern alle murrten. 140

Lemminkäinen leichtgemutet
Eilte nach dem Elentiere,
Aber Sümpfe, über Felder,
Aber ausgedehnte Fluren,
Feuer sprühte aus den Schneeschuhn,
Rauch erhob sich von dem Stocke,
Nicht zu sehen ist das Elen,
Nicht zu sehen, nicht zu hören.

Aber Höhn und Täler glitt er,
Glitt durch Länder überm Meere,   150
Eilt durch alle Öden Hiisis,
Eilt durch alle Fluren Kalmas,
Vor des Todes Rachen selber,
An die Grenz' von Kalmas Hofe,
Auf schon sperrt der Tod den Rachen,
Kalma selber senkt den Kopf schon,
Um den Helden zu erfassen,
Lemminkäinen zu verschlucken,
Konnten ihn doch nicht erreichen,
Konnten nicht an ihn gelangen.   160

War ein Streifen nicht durchfahren,
Unberührt ein Einödwinkel
In des Nordens weiten Grenzen,
In der Lappen breitem Lande;
Glitt nun hin ihn zu durcheilen,
Diesen Winkel zu durchforschen.

Als zum Ende er gelanget,
Höret er ein großes Lärmen
Von des Nordlands weiter Grenze,
Von der Lappensöhne Fluren,   170
Höret dort die Hunde bellen,
Hört die Lappenkinder weinen,
Hört die Lappenweiber lachen,
Hört die andern Lappen murren.

Lemminkäinen leichtgemutet
Macht sich auf, um hinzugleiten
Nach dem Ort, wo Hunde bellen,
Zu der Lappensöhne Fluren.

Spricht, als er dorthin gekommen,
Fragt, als er den Ort erreichte: 180

„Weshalb lachen hier die Weiber,
Lachen Weiber, weinen Kinder,
Weshalb jammern hier die Greise,
Bellen hier die dunkeln Hunde?"

„Deshalb lachen hier die Weiber,
Lachen Weiber, weinen Kinder,
Jammert hier die Schar der Greise,
Bellen hier die dunkeln Hunde:
Hiisis Elen kam gelaufen,
Eilend mit dem glatten Hufe,   190
Stürzte um des Hauses Zuber,
Warf vom Feuer ab die Kessel,
Schüttet' aus die ganzen Speisen,
Auf den Herd die ganze Suppe."

Stieß der leichtgelaunte Bursche,
Er, der muntre Lemminkäinen
In den Schnee den linken Schneeschuh
Wie die Natter in die Stoppeln,
Schob die Fichtenschiene vorwärts
Gleich der Schlange voller Leben,   200
Selber sprach er bei dem Gleiten,
Also mit dem Stock bewaffnet:

„Möcht' der Lappen Männer jeder
Mir das Elentier hertragen,
Möcht' der Lappen Weiber jedes
Diese Kessel mir hier waschen,
Möcht' der Lappenkinder jedes
Späne mir zusammenlesen,
Möcht' der Lappen Kessel jeder
Mir das Elentier hier kochen!"   210

Sammelt alle Kraft im Ansturm,
Stößt nach hinten, strebt nach vorne;
Schnellt sich fort zum ersten Male,
Schon entschwindet er den Augen,
Schnellt sich fort zum zweiten Male,
Nicht vermag man ihn zu hören,
Bei dem dritten Male stürzt er
Auf des Hiisi-Elens Rücken.

Nimmt dann einen Pfahl von Ahorn,
Schabet sich ein Band von Birken,   220

Womit er das Elen fesselt,
In die Eichenhürde bringet:
„Hier verbleibe, Hiisis Elen,
Hüpfe hier, du wilder Flüchtling.“

    Streichelt dann des Elens Rücken,
Klopfet ihm das Fell am Nacken;
„Darauf möcht' ich gerne weilen,
Darauf wär' mir süß zu schlafen
An der zarten Jungfrau Seite,
Bei dem schlankgewachsnen Hühnchen.“230

    Zornig wurde Hiisis Elen,
Wild begann es auszuschlagen,
Selber sprach es diese Worte:
„Lempo soll sein Fell dir betten,
Drauf zu schlafen mit der Jungfrau,
Drauf zu weilen mit dem Mädchen!“

    Stemmt sich mit den Füßen, dränget
Und zerreißt das Band von Birken,
Bricht den Ahornpfahl in Stücke,
Wirft die Eichenhürde nieder,   240
Fängt dann an davon zu rennen,
Eilig gleitet es von hinnen
Über Sümpfe, über Felder,
Über Berge voller Strauchwerk,
Daß das Aug' es nicht erblicket,

Nicht das Ohr das Elen höret.

    Darauf ward der muntre Bursche
Gar verdrießlich und voll Ärger,
Ward voll Ärger und gar unwirsch,
Gleitet nach dem Elentiere;   250
Gibt nun einen Schwung dem Fuße,
Da zerbricht der linke Schneeschuh,
Sinket ganz und gar zusammen,
An dem Grund biegt sich der rechte,
Am Beschlage birst der Wurfspieß
Und der Stützstock an der Scheibe;
Unterdessen eilt das Elen,
Daß sein Kopf nicht mehr zu sehn ist.

    Darauf schaute Lemminkäinen
Tiefen Hauptes, trüben Sinnes,   260
Auf die Trümmer der Geräte,
Redet selber diese Worte:
„Magst du nie in deinem Leben,
Wer du seiest von den Männern,
Trotzvoll in den Wald geraten,
Hiisis Elen dort zu jagen,
Wie ich Ärmster hingegangen,
Dort die Schneeschuh' ganz verdorben,
Meinen Stock zerbrochen habe,
Meinen Wurfspieß ganz verbogen.“ 270

Vierzehnte Rune

Lemminkäinen leichtgemutet
Dachte nach und überlegte,
Welchen Weg er einzuschlagen,
Welche Bahn zu gehen hätte:
Sollt' er Hiisis Elen lassen,
Selber heim nach Hause kehren,
Oder noch einmal versuchen,
Nochmals auf den Schneeschuhn schleichen,
Gunst erbittend von der Waldfrau,
Freundschaft von den Hainesjungfraun. 10

   Redete drauf diese Worte,
Ließ auf solche Art sich hören:
„Akko, du, o Gott der Höhe,
Lieber Vater in dem Himmel!
Mache mir zurecht die Schneeschuh'
Und verleihe ihnen Schnelle,
Daß ich damit gleiten könne
Über Sümpfe, über Länder,
Grade nach dem Lande Hiisis,
Durch des Nordlands weite Flächen, 20
Zu des Hiisi-Elens Pfaden,
Zu des wilden Renntiers Tritten.

   „Angeleitet geh' zum Wald ich,
Ohne Heldenschar zur Arbeit,
Auf dem Wege Tapiolas,
Längs des Hauses von Tapio;
Gruß euch, Berge, Gruß euch, Höhen,
Gruß euch, weite Tannenwälder,
Gruß euch, falbe Espenhaine,
Gruß auch denen, die euch grüßen! 30

   „Wald, sei gnädig, gütig, Öde,
Holder Tapio, mir günstig;
Bring' den Mann nun zu den Hügeln,
Führ' ihn freundlich zu den Höhen,
Wo er seine Beute findet,
Wo er seinen Lohn erlanget!

   „Nyyrikki, o Sohn Tapios,
Reiner Mann mit roter Mütze!
Mache Kerben längs des Weges,
Wegezeichen an dem Berge, 40
Daß ich Dummer richtig gehe,
Wildfremd hier die Wege treffe,
Während ich die Beute suche,
Um die Gabe mich bemühe.

   „Mielikki, des Waldes Wirtin,
Hehre Mutter, schöngestaltet!
Laß dein Gold nun vorwärts wandern,
Laß das Silber sich bewegen
Vor dem Manne, der da suchet,
Auf dem Pfad des Spurbedachten. 50

   „Hol' hervor die goldnen Schlüssel
Von dem Ringe an dem Schenkel,
Öffne Tapios Vorratskammer,
Und erschließ die Burg des Waldes,
Während ich auf Beute laure,
Ich den Jagdgewinn hier suche!

   „Willst du's selber nicht verrichten,
O, so schicke deine Mägde,
Sende deine Dienerinnen
Und befiehl es deinen Leuten! 60

Wirst mir nimmer Wirtin scheinen,
Haft du in dem Dienst nicht Mägde,
Haft du nicht ein Hundert Mägde,
Tausend, die dein Wort erfüllen,
Um die Herde ganz zu hüten
Und das Wild mit Sorg' zu pflegen.

„Kleingewachsne Magd des Waldes,
Honigmund'ges Mädchen Tapios!
Blase auf der Honigflöte,
Pfeife auf der süßen Pfeife   70
Vor der gnäd'gen Wirtin Ohren,
Vor der holden Waldeswirtin,
Daß sie bald die Töne höre,
Von der Ruhe sich erhebe;
Denn sie hört mich ganz und gar nicht
Und erwacht nicht aus dem Schlafe,
Ob ich auch beharrlich bitte
Und mit goldner Zunge rufe!“

Lemminkäinen leichtgemutet
Zieht beständig ohne Beute,   80
Eilt durch Sümpfe, eilt durch Felder,
Eilt durch düstre Urwaldwildnis,
Wo Jumalas Kohlenhügel,
Hiisis Glutgefilde liegen.

Gleitet einen Tag, den zweiten,
Endlich an dem dritten Tage
Kommt er zu dem großen Berge,
Steigt er auf den großen Felsen,
Wendet seinen Blick nach Nordwest,
Durch die Sümpfe hin nach Norden; 90
Es erscheinen Tapios Höfe,
Golden strahlen alle Türen
Durch die Sümpfe her von Norden,
Durch das Buschwerk an dem Berge.

Lemminkäinen leichtgemutet
Eilt sogleich nun hin zur Stelle,
Schleicht sich heimlich nah und näher,
Steht bald unter Tapios Fenstern;
Macht verborgen sich ans Lauern,
Kauernd an dem sechsten Fenster,   100

Geberinnen saßen drinnen,
Ausgestreckt des Waldes Mütter,
Alle in der Werktagskleidung,
In den starkbeschmutzten Lumpen.

Sprach der muntre Lemminkäinen:
„Weshalb sitzt du, Waldeswirtin,
In der schlechten Werktagskleidung,
Wälzst du dich in Arbeitslumpen?
Bist gar schmutzig anzuschauen,
Ungeheuerlich von Ansehn,   110
Garstiger Gestalt erscheinst du
Und von überplumpem Leibe.

„Als ich sonst im Walde weilte,
Waren dort der Burgen dreie,
Eine hölzern, eine beinern,
Steinern war der Burgen dritte,
Goldne Fenster, sechs in Reihen,
Waren dort an allen Seiten,
Blickte rasch durch sie nach innen,
Während an der Wand ich hockte,   120
Sah den Wirt des Tapiohofes,
Sah des Tapiohofes Wirtin,
Tellerwo, die Tapiojungfrau,
Mit den andern Tapioleuten
Alle goldgewandet rauschen,
Sich im Silberkleid bewegen;
Selbst die Waldfrau, sie, die Wirtin,
Die dem Wandrer wohlgewogne,
Hatt' am Arme goldne Spangen,
Goldne Ringe an den Fingern,   130
Ihren Kopf in goldnem Schmucke,
Hatt' ihr Haar in goldner Binde,
Goldne Ringe an den Ohren,
Schöne Perlen an dem Halse.

„Holde Wirtin in dem Walde,
Honigmutter von Metsola,
Zieh dir ab die schlechten Strohschuh',
Ab die Sohl' von Birkenrinde,
Ziehe aus die Arbeitslumpen,
Ab das Hemd der Werkeltage,   140

Ziehe an die Wonnekleidung,
Tue an das Hemd des Festes,
Während ich im Walde weile,
Meine Beute dort erspähe!
Überdrüssig bin ich wahrlich,
Bin gewiß gar sehr verdrießlich,
Ganz umsonst hier zu verweilen,
Ohne Fang zu allen Zeiten,
Wenn nicht du ihn mir gewährest,
Du mir nicht Erholung spendest,   150
Zögernd ist der Tag ohn' Freude,
Lang der Abend ohne Beute.

„O graubärt'ger Greis des Waldes
Mit dem Strauchhut, mit dem Moospelz!
Kleid' die Wälder nun in Leinwand,
Hülle du in Tuch die Haine,
Gib den Espen warmen Umhang,
Gib den Erlen weiche Kleider,
Leih den Fichten schönes Silber,
Schmück' mit Gold die schlanken Tannen,
Fichten mit dem Kupfergürtel,
Föhren mit dem Silbergurte,
Birken mit den goldnen Blumen,
Ihren Stamm mit goldnen Schellen,
Mach' es wie in frühern Zeiten,
Als die Tage besser waren,
Als dem Monde gleich die Tannen,
Sonnengleich die Föhren strahlten,
Honigduft den Wald erfüllte,
Honigseim die blauen Haine,   170
Würze an den Weiderändern,
Öl an Sumpfesrändern strömte!

„Waldes Tochter, holde Jungfrau,
Tuulikki, Tapios Tochter!
Treib' das Wild her zu den Halden,
Zu den weitgedehnten Fluren;
Ist es nicht bereit zum Laufen,
Ist's zu faul dahin zu eilen,
O, so nimm vom Busch die Gerte,
Eine Birke aus dem Tale,   180

Auf die Flanken sie zu schwingen,
An die Seiten sie zu schlagen,
Mache, daß sie eilig springen,
Hastig sich hierherbewegen,
In den Weg dem Mann, der suchet,
Ihrer Spur beständig folgend.

„Kommt das Wildbret auf den Fußsteig,
Laß es auf dem Fußsteig laufen,
Halte vor die beiden Hände,
Hüte es von beiden Seiten,   190
Daß das Wildbret nicht entrinne,
Nach der Seite nicht entweiche;
Sollte dennoch es entfliehen,
Nach der Seite hin entweichen,
Führ' es an dem Ohr zum Wege,
An dem Horne auf den Fußsteig!

„Lieget Reisig auf dem Wege,
Schieb es fort zum Wegesrande,
Liegen Bäume auf der Erde,
O, so brich sie rasch in Stücke!   200
„Sollt' ein Zaun dazwischen kommen,
Stoß ihn um, den Abhang nieder,
Fünf der Weidenringe nimm ihm,
Sieben Pfähle aus der Reihe!

„Wird der Weg vom Fluß zerschnitten,
Wird der Pfad vom Bach durchqueret,
Mach' aus Seide eine Brücke,
Einen Steig aus rotem Tuche,
Daß den Sund es überschreite,
Durch den Fluß das Wild gelange, 210
Durch den Strom des weiten Nordlands,
Durch den Schaum des Wasserfalles!

„Du, o Wirt vom Hof Tapios,
Wirtin du vom Hof Tapios,
O graubärt'ger Greis des Waldes,
Goldner König in dem Walde,
Mimerkki, des Waldes Wirtin,
Gabenmutter in dem Walde,
Alte in dem blauen Mantel,
Rotbestrumpfte Sumpfeswirtin!   220

Komme nun das Gold zu tauschen,
Komm das Silber umzuwechseln,
Gold hab' ich von Mondes Alter,
Silber von der Sonne Alter,
Aus dem Kriege ist's gewonnen,
In der Schlacht mit Müh' errungen,
Nützt sich ab im Beutel liegend,
Schwindet hin im Zundersacke,
Wird das Gold nicht ausgetauschet,
Wird das Silber nicht gewechselt!" 230
Lemminkäinen leichtgemutet
War nun lang dahingeglitten,
Sang am Waldesende Lieder,
In dem Innern dreier Haine,
Macht geneigt des Waldes Wirtin,
Selber auch den Wirt des Waldes,
Günstig sich die Jungfraun alle,
Stimmt für sich die Tapiotöchter.

Scheuchen auf und treiben weiter
Hiisis Elen aus dem Dickicht,　　　240
Jenseits von dem Tapioberge,
An dem Saum von Hiisis Schlosse,
Zu dem Manne, der da suchet,
Daß die Beute er erreichte.

Lemminkäinen leichtgemutet
Läßt da seinen Fangstrick fallen
Auf des Hiisi-Elens Schultern,
Auf den Hals des großen Füllens,
Daß es nicht mit Füßen schlage,
Wenn den Rücken er ihm streichelt. 250
Lemminkäinen leichtgemutet
Redet nunmehr diese Worte:
„Herr des Waldes, Wirt des Landes,
Schönes Wesen auf der Heide,
Mielikki, des Waldes Mutter,
Gabenmutter in dem Walde!
Komm herbei das Gold zu nehmen,
Komm das Silber auszuwählen,
Lege auf die Erd' dein Leintuch,
Breite aus dein feines Tüchlein　260

Unter diesem hellen Golde,
Unter diesem schönen Silber,
Daß es nicht zur Erde falle,
Nicht im Schmutz verstreuet werde!"
Darauf ging er nach dem Nordland,
Sprach, als er dorthin gekommen:
„Hab' das Hiisi-Elen endlich
Von dem Hiisifeld gefangen,
Gib, o Alte, deine Tochter,
Gib die Jungfrau mir zur Gattin!" 270
Louhi, Nordlands alte Wirtin,
Gab zur Antwort solche Worte:
„Dann erst geb' ich meine Tochter,
Dir zur Gattin dann die Jungfrau,
Wenn du Zügel hast dem Rosse,
Angelegt dem roten Renner,
Hiisis schaumbedecktem Füllen
Auf des Hiisifeldes Grenzen."
Lemminkäinen leichtgemutet
Nahm nun seine goldnen Zügel,　　280
Nahm die Halfter, die aus Silber,
Ging dahin das Roß zu suchen,
Aufzuspähn das gelbbemähnte
Von des Hiisifeldes Grenzen.

Hastig schritt er fort des Weges,
Hob behende sich von hinnen
Zu den grünen Ackerfluren,
Zu des heil'gen Feldes Grenzen,
Suchte dorten nach dem Rosse,
Suchte nach dem gelbbemähnten,　290
Trug im Gurt des Rosses Zügel,
Auf der Schulter seine Riemen.

Suchte einen Tag, den zweiten,
Endlich an dem dritten Tage
Stieg er hin zum großen Berge,
Klettert' auf des Steines Rücken,
Warf die Blicke hin nach Osten,
Wandte seinen Kopf zur Sonne,
Sah das Roß dort auf der Heide,
In dem Tann das gelbbemähnte,　300

Feuer sprühet aus den Haaren,
Rauch erhebt sich von der Mähne.

Also redet Lemminkäinen:
„Akko, du, o Gott der Höhe,
Akko, der die Wolken lenket,
Der die Lämmerwolken leitet!
Öffne doch des Himmels Wölbung,
Du die ganze Luft wie Fenster,
Lasse Eisenhagel fallen,
Lasse Eisesklumpen regnen   310
Auf des guten Rosses Mähnen,
Auf des Hiisi-Weißstirns Rücken!“

Akko, er, der Schöpfer oben,
Jumala, der Herr der Wolken,
Riß die Luft nun auseinander,
Brach entzwei des Himmels Wölbung,
Regnet Reif und Eisesschollen,
Regnet Schloßen, die von Eisen,
Kleiner als der Kopf des Rosses,
Größer als der Kopf des Menschen,   320
Auf des guten Rosses Mähnen,
Auf des Hiisi-Weißstirns Rücken.

Ging der muntre Lemminkäinen
In die Nähe um zu sehen
Und genau es zu betrachten,
Sprach dann selber diese Worte:
„Gutes Roß des Hiisilandes,
Schäumend Pferd des großen Berges,
Bringe deine goldne Schnauze,
Stecke nun dein Haupt von Silber   330
In die schönen goldnen Ringe,
In die silberreichen Zügel!
Werde nimmer schlimm dich halten,
Nicht zu scharf dich vorwärts treiben
Auf des Weges kleiner Strecke,
Auf der Bahn von kurzer Dauer
Zu des Nordlands hohen Stuben,
Zu der bösen Schwiegermutter,
Werd' dich nicht mit Riemen streichen,
Mit der Gerte dich nicht führen,   340

Werde dich mit Seide streichen,
Mit der Decke Kante führen.“

Hiisis Roß, das rotbehaarte,
Hiisis schaumbedecktes Füllen
Steckte seine goldne Schnauze,
Steckt' sein Haupt von schönem Silber
In die schönen goldnen Ringe,
In die silberreichen Riemen.

Also zäumte Lemminkäinen
Endlich nun das Roß des Hiisi,   350
Tat die Zügel an die Schnauze,
An das Silberhaupt die Halfter,
Setzt sich auf des Rosses Rücken,
Auf das Kreuz von Hiisis Weißstirn.

Schlägt das Roß mit seiner Peitsche,
Schwinget rasch die Weidengerte,
Eilet eine Strecke Weges,
Wiegt sich auf des Landes Höhen,
Zu den Bergen hin nach Norden,
Zu des Schneegebirges Hügeln,   360
Kommt dann zu des Nordlands Stuben,
Tritt dort aus dem Hof ins Zimmer,
Spricht, als er dort angekommen,
Als zum Nordland er gelanget:
„Hab' das große Roß gezäumet,
Hiisis Füllen schon geschirret
Von den grünen Ackerfluren,
Von des heil'gen Feldes Grenzen,
Hab' das Hiisi-Elen dorten
Auf dem Hiisifeld gefangen;   370
Gib, o Alte, deine Tochter,
Gib die Jungfrau mir zur Gattin!“

Louhi, Nordlands alte Wirtin,
Redet selber diese Worte:
„Dann erst geb' ich meine Tochter,
Geb' ich dir zur Braut die Jungfrau,
Wenn den Schwan im Fluß du schießest,
In dem Strom den starken Vogel,
In des Tuoni schwarzem Flusse,
In des heil'gen Stromes Wirbeln,   380

Darfst es einmal nur versuchen,
Einen Pfeil darfst du nur senden."

Lemminkäinen leichtgemutet,
Er, der schöne Kaukomieli
Ging den Schwan nun aufzusuchen,
Ging den Langhals zu entdecken
In dem schwarzen Flusse Tuonis,
In den Tiefen von Manala.

Eilig zog er nun von dannen,
Lief dahin mit schnellen Schritten,   390
Hin zum Fluß des Totenlandes,
Zu des heil'gen Stromes Wirbeln,
Mit dem Bogen auf der Schulter,
Mit dem Köcher auf dem Rücken.

Naßhut, jener Herdenhüter,
Nordlands Greis mit blinden Augen,
Stand dort an dem Fluß Tuonelas,
An des heil'gen Stromes Wirbeln;
Spähte um sich in die Runde,
Ob nicht Lemminkäinen käme.   400

Dann an einem Tage endlich
Sah den muntern Lemminkäinen
Er herbei und näher schreiten
Zu dem Flusse von Tuonela,
An den Rand des Wasserfalles,
Zu des heil'gen Stromes Wirbeln.

Lässet aus der Flut aufschießen,
Aus den Wogen eine Schlange,
Stößt sie pfeilgleich durch das Herz ihm,
Durch die Leber Lemminkäinens,   410
Durch die linke Achselhöhle
Hin zum rechten Schulterblatte.

Fühlt der muntre Lemminkäinen
Nun gar heftig sich getroffen,
Redet selber solche Worte:
"Schlimm hab' ich daran gehandelt,
Daß ich nicht erfragen mochte
Von der Mutter, meiner Alten,
Nur zwei kleine Zauberworte,
Wenn es hoch kommt drei der Worte, 420

Wie zu sein und wie zu leben
In den Tagen voller Unheil:
Kenne nicht die Pein der Schlange,
Nicht die Qual der Wassernatter.

"Mutter, die du mich getragen,
Die mit Mühsal mich erzogen!
Wüßtest du und könntest schauen,
Wo dein Sohn, der Arme, weilet,
Kämest da herbeigeeilet,
Kämst um rascher mir zu helfen,   430
Um den armen Sohn zu lösen,
Daß er nicht zur Stelle sterbe,
Nicht als Jüngling hier entschlafe,
Frischen Blutes nicht verderbe."

Nordlands Greis mit blinden Augen,
Naßhut, dieser Herdenhüter,
Stürzt den muntern Lemminkäinen,
Senket ihn, den Sohn Kalewas,
In den schwarzen Fluß Tuonelas,
In den allerschlimmsten Strudel,   440
Sinkt der muntre Lemminkäinen
In des Wasserfalles Tosen,
Mit der wilden Strömung Rauschen
In des Totenlandes Räume.

Tuonis Sohn, der blutbefleckte,
Haut den Mann mit seinem Schwerte,
Schlägt drauf los mit scharfer Klinge,
Hauet einmal, daß es funkelt,
Schlägt den Mann in fünf der Stücke,
Schneidet ihn in achte gar noch,   450
Wirft sie in den Fluß Tuonelas,
In die tiefe Flut Manalas:
"Strecke dich nun ewig dorten,
Mit dem Bogen, mit den Pfeilen,
Schieße Schwäne in dem Flusse,
Wasservögel in den Fluten."

So war Lemminkäinens Ende,
Starb der unverdroßne Freier
In dem schwarzen Strome Tuonis,
In der Tiefe von Manala.   460

Fünfzehnte Rune

Lemminkäinens alte Mutter
Dachte stets in ihrem Hause:
„Wohin ist wohl Lemminkäinen,
Wo mein Kauko hingeraten?
Höre nichts von seiner Heimkehr
Von der Fahrt in weite Ferne."

Ach, nicht wußt's die arme Mutter,
Nicht die mühvoll ihn getragen,
Wo ihr Fleisch sich nun bewegte,
Wo ihr eigen Blut sich regte,   10
Ob er nach dem Fichtenberge,
Nach dem Heideland gegangen,
Oder auf des Meeres Rücken,
Auf die schaumbedeckten Fluten,
Oder in das Kriegsgetümmel,
In die grausenhaften Schlachten,
Wo das Blut in Wadenhöhe,
Wo das rote kniehoch flutet.

Kyllikki, die schöne Hausfrau,
Blickt sich um nach allen Seiten   20
In dem Hause Lemminkäinens,
In dem Hofe Kaukomielis,
Schaut am Abend nach dem Kamme,
Blickt darauf am frühen Morgen;
Da geschah's an einem Tage,
Um die Zeit der Morgenstunde,
Daß das Blut dem Kamm entströmte,
Rot es von den Zähnen tropfte.

Kyllikki, die schöne Hausfrau,
Redet Worte solcher Weise: 30

„Mir ist nun mein Mann geschwunden,
Mir mein Kauko nun verloren
Auf den unbewohnten Stegen,
Auf den unbekannten Pfaden,
Blut entströmet jetzt dem Kamme,
Rote Tropfen seinen Zähnen."

Lemminkäinens Mutter selber
Schaute auf den Kamm, die Alte,
Fing voll Kummer an zu weinen:
„Weh mir Armen ob des Lebens,   40
Ob des Daseins mir Unsel'gen,
Schon ist mir mein liebes Söhnchen,
Schon das Kind der Unglücksvollen
In gar schlechte Tag' gekommen,
Unheil hat den armen Knaben,
Schaden Kauko nun betroffen,
Blutig strömt es aus dem Kamme,
Rote Tropfen aus den Zähnen."

Rafft den Saum mit ihren Händen,
Mit den Armen ihre Hülle,   50
Eilends macht sie auf den Weg sich,
Eilt und läuft aus allen Kräften,
Berge macht ihr Gang erbeben,
Täler steigen, Hügel sinken,
Hohes Land neigt sich zur Niedrung,
Tiefen recken sich zur Höhe.

Kommt nun zu des Nordlands Stuben,
Fragt und heischt nach ihrem Sohne,
Fragt und redet solche Worte:
„O du Wirtin von Pohjola,   60

Wo haſt du den Lemminkäinen,
Meinen Sohn du hingeſendet?"

Louhi, Nordlands alte Wirtin,
Gab zur Antwort ſolche Worte:
"Weiß von deinem Sohne gar nicht,
Wo er irgend hingeraten;
Spannt' den Hengſt an ſeinen Schlitten,
Gab ein Roß ihm voller Feuer;
Iſt vielleicht im Schnee verſunken,
In des Meeres Eis erſtarret,   70
Oder in des Wolfes Rachen,
In des Bären Schlund gefallen."

Sprach die Mutter Lemminkäinens:
"Sagſt gewiß nur lauter Lügen,
Mein Geſchlecht verzehrt der Wolf nicht,
Nicht der Bär den Lemminkäinen,
Mit dem Finger wirft er Wölfe,
Mit den Händen Bären nieder;
Wirſt du mir nicht wahrhaft ſagen,
Was du Lemminkäinen tateſt,   80
Stürme ich die Tür der Darre,
Sprenge ich des Sampo Angeln."

Sprach die Wirtin von Pohjola:
"Hab' den Mann gar wohl geſpeiſet,
Hab' zu trinken ihm gegeben,
Hab' ihn ganz und gar geſättigt,
An des Bootes End' geſetzet,
Um die Strömung zu durchſchiffen,
Nimmer kann ich's aber wiſſen,
Wo der Arme hingeraten,   90
In den Schaum des Waſſerfalles,
In des Strudels heft'ge Wirbel."

Sprach die Mutter Lemminkäinens:
"Sagſt gewiß nur lauter Lügen,
Rede nun genau die Wahrheit,
Deinen Lügen mach' ein Ende,
Wohin tatſt du Lemminkäinen,
Stürzteſt du den Kalewhelden?
Oder Untergang ſoll kommen,
Tod ſoll dich ſogleich erreichen."   100

Sprach die Wirtin von Pohjola:
"Wahrheit ſprech' ich nun gewißlich,
Schickte ihn die Elentiere,
Sie, die ſtolzen mir zu fangen,
Große Hengſte mir zu zügeln,
Füllen ins Geſchirr zu zwingen,
Schickte ihn den Schwan zu ſuchen,
Mir den Vogel einzufangen,
Kann es aber nimmer wiſſen,
Ob in Unglück er geraten   110
Und wodurch er aufgehalten,
Hörte nicht, daß er gekommen,
Um die Braut hier anzuhalten,
Um die Tochter nun zu freien."

Den Verſchwundnen ſucht die Mutter,
Banget um den Fortgeratnen,
Eilt durch Sümpfe gleich dem Wolfe,
Geht durch Wälder gleich dem Bären,
Schwimmt dem Otter gleich durch Waſſer,
Wandert durch die Flur dem Dachs gleich,
Wie der Igel durch die Landzung',
Wie der Haſ' an Sees Ufern;
Wälzt die Steine auf die Seite,
Stürzt die Stämme hügelabwärts,
Fegt das Reiſig von den Wegen,
Aus dem Fallholz baut ſie Brücken.

Lange ſucht ſie den Verſchwundnen,
Sucht ihn, ohne ihn zu finden;
Frägt die Bäume nach dem Sohne,
Forſcht nach dem verlornen Kinde,   130
Und der Fichtenbaum ſpricht ſchnaubend,
Kluge Antwort gibt die Eiche:
"Sorge trag' ich um mich ſelber,
Kann für deinen Sohn nicht ſorgen,
Trage ſelbſt ein hartes Schickſal,
Unglück iſt mein Teil geworden,
Daß in Keile ich zerſchnitten,
Daß in Scheite ich zerſchlagen,
Daß als Brennholz ich verzehret,
Ich gefällt beim Schwenden werde."   140

Lange sucht sie den Verschwundnen,
Sucht ihn, ohne ihn zu finden;
Kommt ein Weg ihr da entgegen,
Diesen frägt sie nun mit Flehen:
„Weglein du, von Gott geschaffen,
Haft du meinen Sohn gesehen,
Meinen Apfel, meinen goldnen,
Mein geliebtes Silberstöcklein?"

Klüglich gibt er ihr die Antwort,
Also spricht der Weg zur Mutter: 150
„Sorge trag' ich um mich selber,
Kann für deinen Sohn nicht sorgen,
Trage selbst ein hartes Schicksal,
Unglück ist mein Teil geworden,
Daß von Hunden ich durchlaufen,
Daß von Reitern ich durchstrichen,
Daß von Schuhen ich getreten
Und gedrückt vom Absatz werde."

Lange sucht sie den Verschwundnen,
Sucht ihn, ohne ihn zu finden; 160
Kommt der Mond desselben Weges,
Flehend spricht sie so zum Monde:
„Goldner Mond, von Gott geschaffen,
Haft du meinen Sohn gesehen,
Meinen Apfel, meinen goldnen,
Mein geliebtes Silberstöcklein?"

Und der Mond, von Gott geschaffen,
Gibt ihr klüglich diese Antwort:
„Sorge trag' ich um mich selber,
Kann für deinen Sohn nicht sorgen, 170
Trage selbst ein hartes Schicksal,
Unglück ist mein Teil geworden,
Einsam in der Nacht zu wandern,
Bei dem härtsten Frost zu leuchten,
In dem Winter streng zu wachen
Und im Sommer hinzuschwinden."

Lange sucht sie den Verschwundnen,
Sucht ihn, ohne ihn zu finden,
Kommt die Sonne ihr entgegen,
Flehend spricht sie so zur Sonne: 180

„Sonne, du von Gott geschaffne,
Haft du meinen Sohn gesehen,
Meinen Apfel, meinen goldnen,
Mein geliebtes Silberstöcklein?"

Wissen mußt' es wohl die Sonne,
Also gibt sie ihr zur Antwort:
„Schon verkommen ist dein Söhnlein,
Schon gestorben er, der Ärmste,
In dem schwarzen Flusse Tuonis,
In Manalas Urgewässer, 190
In den Wasserfall gestürzet,
In den Wirbel hingesunken,
In den Gründen von Tuonela,
In den Tiefen von Manala."

Lemminkäinens Mutter selber
Überkam ein stilles Weinen,
Zu des Schmiedes Esse ging sie:
„Ilmarinen du, o Schmieder,
Schmiedetst früher, schmiedetst gestern,
Schmiede auch am heut'gen Tage 200
Eine Hark' mit Schaft von Kupfer
Und mit Zähnen starken Eisens,
Hundert Klafter lang die Zähne,
Und der Schaft fünfhundert Klafter."

Macht der Schmieder Ilmarinen,
Er, der ew'ge Hämmerkünstler,
Gleich den Kupferschaft der Harke,
Macht sodann die Eisenzähne,
Hundert Klafter lang die Zähne,
Gibt dem Schaft fünfhundert Klafter. 210

Selbst die Mutter Lemminkäinens
Nimmt die Harke starken Eisens,
Fliegt zum Flusse von Tuonela,
Also bittet sie die Sonne:
„Sonne, du von Gott geschaffne,
Leuchtendes Geschöpf des Schöpfers,
Send' ein Weilchen glüh'nde Strahlen,
Schein' ein zweites, daß man schwitze,
Brenn' ein drittes voller Schärfe,
Schläfre ein die bösen Leute, 220

Mache matt das Volk Manalas
Und ermüd' das Reich Tuonis."

Die von Gott geschaffne Sonne,
Sie, das liebe Kind des Schöpfers,
Flieget zu der Birke Höhlung,
Senkt sich auf der Erle Krümmung,
Schickt ein Weilchen glüh'nde Strahlen,
Scheint ein zweites, daß man schwitzet,
Brennt ein drittes voller Schärfe,
Schläfert ein die böse Menge,   230
Machet matt das Volk Manalas,
Junge Männer mit den Schwertern,
Alte Männer an den Stäben,
Die inmitten mit den Speeren,
Schwebend hebt sie sich von dannen,
Steigt empor zum Himmelsplane,
An die langgewohnte Stelle,
An die alte Stätte wieder.

Lemminkäinens Mutter nimmt nun
Ihre Harke starken Eisens,   240
Harkt und sucht nach ihrem Sohne
In des Wasserfalles Brausen,
In der wilden Strömung Tosen,
Harket, ohne ihn zu finden.

Tiefer läßt sie sich hernieder,
Steigt hinab in das Gewässer,
Bis zum Strumpfband in die Fluten,
Bis zum Gürtel in die Wogen.

Harkte da nach ihrem Sohne
Durch des Tuoniflusses Länge,   250
Harkte drauf dem Strom entgegen,
Harkte einmal, dann das zweite,
Fischte auf das Hemd des Sohnes,
Fischt' es auf mit trübem Sinne,
Harkte noch zum zweiten Male,
Fing die Strümpfe samt dem Hute,
Fing die Strümpfe gar bekümmert,
Fing den Hut voll Gram im Herzen.

Immer tiefer schritt darauf sie
In die Tiefen von Manala,   260

Zog die Harke nach der Länge,
Zog sodann sie in die Quere,
Zog sie drittens schräg durchs Wasser,
Endlich bei dem dritten Male
Haftet eine große Garbe
In der Harke starkem Eisen.

War jedoch nicht eine Garbe,
War der muntre Lemminkäinen,
Selbst der schöne Kaukomieli,
Hängend in der Harke Zacken   270
Mit dem Finger ohne Namen,
Mit des linken Fußes Zehe.

Es erhob sich Lemminkäinen,
Er, der muntre Sohn Kalewas,
In der starken Kupferharke
Auf des Wassers klarer Fläche;
Doch es fehlten manche Teile,
Eine Hand, des Kopfes Hälfte,
Mindre Glieder auch und kleine,
Und zumal der Lebensodem.   280

Tief in Sinnen war die Mutter,
Unter Weinen sprach sie also:
„Kann ein Mann aus solchem werden,
Kann der Held wohl neu erstehen?"

Hört ein Rabe diese Worte,
Gibt ihr Antwort solcherweise:
„Ist kein Mann im Hingeschwundnen,
Nicht in dem Verkommnen einer,
Schnäpel fraßen längst die Augen,
Hechte spalteten die Schultern;   290
Wirf den Mann nur in die Fluten,
In die Strömung von Tuonela,
Daß zur Robbe er dort werde,
Er zum Walfisch dort gedeihe."

Doch die Mutter Lemminkäinens
Wirft den Sohn nicht in das Wasser,
Ziehet noch mit frischem Mute
Durch das Wasser ihre Harke
Nach der Läng' des Tuoniflusses,
Nach der Länge, nach der Breite, 300

Fängt die Hand, des Kopfes Hälfte,
Fängt den halben Rückenknochen,
Fängt des Hüftbeins eine Seite,
Viele andre mindre Glieder,
Setzt daraus den Sohn zusammen,
Ihn, den muntern Lemminkäinen.

Füget Fleisch dann zu dem Fleische,
Paßt die Knochen aneinander,
Bindet ein Glied an das andre,
Preßt die Adern fest zusammen.   310
Selber bindet sie die Adern,
Knüpft die Enden aller Adern,
Zählt die Fäden aller Adern,
Redet dabei solche Worte:
„Schlankgewachsne Adernjungfrau,
Suonetar, der Adern Göttin,
Schöne Spinnerin der Adern,
Mit dem schlanken Spindelholze,
Mit dem kupferreichen Wertel,
Mit dem eisenreichen Rade;   320
Komm herbei, du bist vonnöten,
Komm herbei, du wirst gerufen,
In dem Arm das Adernbündel,
Auf dem Schoß das Häutebündel,
Um die Adern festzubinden,
Ihre Enden festzuknüpfen
In den aufgeborstnen Wunden,
In den Löchern, die noch klaffen!
„Sollte daran nicht genug sein,
Lebet oben in den Lüften   330
Eine Maid im Kupfernachen,
In dem Boot mit rotem Steuer;
Komm, o Jungfrau, aus den Lüften,
Mädchen, von des Himmels Nabel,
Stoß den Nachen durch die Adern,
Fahre heftig durch die Glieder,
Rudre durch der Knochen Höhlung,
Durch die Fügung der Gelenke!
„Leg' die Adern an die Stelle,
Bringe sie in ihre Lage,   340

Schließe du die großen Adern,
Laß die Pulse sich begegnen,
Dann vereinige die Sehnen
Und der kleinen Adern Enden!
„Nimm dir eine weiche Nadel,
Seidnen Faden zieh ins Öhr ein,
Nähe mit der weichen Nadel,
Mit der zinnernen verknüpfe
Aller Adern feine Enden,
Bind' sie mit dem Seidenfaden!   350
„Sollte daran nicht genug sein,
Jumala, du Offenkund'ger,
Schirre deine raschen Füllen,
Rüste deine starken Renner,
Fahre her im bunten Schlitten
Durch die Knochen, durch die Glieder,
Durch das Fleisch, das sich beweget,
Fahre rauschend durch die Adern,
Füg' das Fleisch fest an die Knochen,
Bind' die Adern an die Adern,   360
Senke Silber in die Fugen,
Gold du in die Aderspalten!
„Wo die Haut entzweigegangen,
Dort laß neue Haut entstehen,
Wo die Adern durchgerissen,
Binde du sie fest zusammen,
Wo das Blut davongeflossen,
Laß sich neues Blut ergießen,
Wo die alten Knochen brachen,
Dort laß neue Knochen wachsen,   370
Wo das Fleisch sich abgelöset,
Binde fest das Fleisch zusammen,
Banne es an seine Stelle,
Setze es in seine Lage,
Bein an Bein und Fleisch zum Fleische,
Füge Glieder an die Glieder!"
Lemminkäinens alte Mutter
Schuf den Mann, den starken Helden,
Wieder so zum frühern Leben,
Zur Gestalt, die einst er hatte.   380

Festgeschlossen war'n die Adern,
Festgeknüpfet ihre Enden,
Doch der Mann konnt' noch nicht sprechen,
Noch gebrach's am Wort dem Sohne.

Da bedachte sich die Mutter,
Ließ sich also dann vernehmen:
„Woher Salbe nun erhalten,
Woher Honigtropfen holen,
Damit ich den Schwachen schmiere,
Ihn, den Schlechtgefahrnen, heile,   390
Daß der Mann zum Sprechen komme,
Seinen Mund zu Liedern öffne?

„Bienchen, du, o Honigvöglein,
König du der Waldesblumen,
Gehe nun und hole Honig,
Schaff' den süßen Seim zur Stelle
Aus dem lieblichen Metsola,
Aus dem wachen Tapiola,
Von dem Kelche mancher Blume,
Aus der Faser manches Grases,   400
Daß ich ihm die Schmerzen stille,
Seine Übel völlig heile!"

Bienchen, dieses flinke Vöglein,
Flieget rasch und flattert weiter
Nach dem lieblichen Metsola,
Nach dem wachen Tapiola;
Pflücket Blumen von der Wiese,
Kocht den Honig mit der Zunge,
Kocht ihn aus sechs Blumenspitzen,
Aus der Blüt' von hundert Gräsern,   410
Kommt dann rasch herangesummet,
Kommt geschwind herbeigeflogen,
Alle Flügel voll von Honig,
Voll von süßem Seim die Federn.

Selber Lemminkäinens Mutter
Nahm behende diese Salben,
Salbte damit den Geschwächten,
Will den Schlechtgefahrnen heilen;
Ohne Wirkung blieb die Salbe,
Nicht gewann der Mann die Sprache.   420

Redet darauf diese Worte:
„Bienchen, du mein liebes Vöglein,
Fliege du nach andern Seiten,
Fliege über neun der Meere,
Zu der Insel in den Fluten,
Zu den honigreichen Fluren,
Zu den neuen Stuben Tuuris,
Zu Palwoinens unbedeckten,
Dort ist wonniglicher Honig,
Dort sind wundergute Salben,   430
Welche jeder Ader dienen,
Den Gelenken Nutzen schaffen;
Bringe mir von diesen Salben,
Bring' von diesen Zaubermitteln,
Daß den Schaden ich bedecke,
Ich die Wunden wohl bestreiche!"

Bienchen, dieses flinke Männlein,
Flattert nun empor nach hinten,
Flieget über neun der Meere,
Fliegt zur Hälft' des zehnten Meeres,   440
Flieget einen Tag, den zweiten,
Flieget auch am dritten Tage
(Läßt sich nicht im Schilfe nieder,
Ruhet nicht auf einem Blättchen)
Zu der Insel auf dem Meere,
Zu den honigreichen Fluren,
Zu des Wasserfalles Brausen,
Zu des heil'gen Stromes Wirbeln.

Dorten ward gekocht der Honig,
Ward die Salbe angefertigt   450
In den kleinen Tongefäßen,
In den hübschen Kupferkesseln
Von der Größe eines Daumens,
Von der Fingerspitze Breite.

Bienchen, dieses flinke Männlein,
Sammelt fleißig diese Salben;
Wenig Zeit war hingegangen,
Kaum ein Augenblick verflossen,
Kommt es schon herbeigesummet,
Eifrig kommt's herbeigeeilet,   460

Sechs der Schalen in den Armen,
Ihrer sieben auf dem Rücken,
Randgefüllt mit guter Salbe,
Voll von starkem Zaubermittel.

Selber Lemminkäinens Mutter
Schmierte dann mit diesen Salben,
Ihn mit neun verschiednen Salben
Und mit acht der Zaubermittel;
Ohne Wirkung blieben alle,
Hilfe konnten sie nicht bringen.   470

Sprach nun Worte solcher Weise,
Ließ auf diese Art sich hören:
„Bienchen, du, der Lüfte Vöglein,
Fliege nun zum dritten Male
In die Höhe auf zum Himmel,
Fliege über neun der Himmel,
Honig gibt es dort in Fülle,
Süßen Seim soviel man wünschet,
Den der Schöpfer hat gesegnet,
Jumala behaucht, der Reine,   480
Als er seine Kinder salbte
Bei dem Leid durch böse Mächte;
Tauch' die Flügel in den Honig,
Deine Federn in die Süße,
Bringe Honig auf den Flügeln,
Süßen Seim auf deiner Hülle,
Um die Schmerzen hier zu stillen,
Um die Wunden auszuheilen."

Bienchen nun, das liebe Vöglein,
Redet Worte solcher Weise: 490
„Wie soll ich dahingeraten,
Ich, ein Männlein ohne Kräfte?"

„Wirst gar gut von hinnen fliegen,
Wirst gar schön nach oben rauschen,
Über Mond und unter Sonne,
Durch des Himmels schöne Sterne;
Fliegend wirst am ersten Tage
Du Orions Schläf' umfächeln,
An dem zweiten kommst du nahe
An des Bären Schulterblätter,   500

Hebst sodann dich an dem dritten
Auf der sieben Sterne Rücken;
Kurz ist dann der Weg von dorther,
Gar gering nur ist die Strecke
Zu dem Sitz des heil'gen Gottes,
Zu des Sel'gen Aufenthalte."

Bienchen hebt sich von der Erde,
Mit den Flügeln von dem Rasen,
Flattert auf mit sanftem Fächeln,
Flieget mit den kleinen Flügeln,   510
Streift des Mondes Hof im Fluge,
Wandert an dem Saum der Sonne,
An des großen Bären Schultern,
Auf der sieben Sterne Rücken,
Schwebet zu des Schöpfers Keller,
In des Machterfüllten Kammern;
Dort bereitet man das Mittel,
Dort zerreibet man die Salbe
In den silberreichen Töpfen,
In den Kesseln lautern Goldes;   520
In der Mitte kocht der Honig,
An den Seiten sanfter Balsam,
Nektar auf der Mittagseite
Und gen Mitternacht die Salben.

Bienchen nun, der Lüfte Vöglein,
Sammelt Honig dort in Fülle,
Süßen Seim nach Wunsch des Herzens;
Wenig Zeit war hingegangen,
Kommt es schon herbeigesummet,
Kommt es schon herangesäuselt,   530
Hundert Hörnchen in den Armen,
Tausend andre Traggefäße,
Voll von Honig, voll von Wasser,
Voll der allerbesten Salben.

Lemminkäinens Mutter selber
Nahm sie in den Mund behende,
Kostete mit ihrer Zunge,
Prüfte streng in ihrem Sinne:
„Dieses ist die rechte Salbe,
Ist des Mächt'gen Zaubermittel,   540

Womit Gott der Höchste salbet,
Selbst den Schmerz der Schöpfer stillet."

Darauf salbte sie den Schwachen,
Heilte sie den Schlechtgefahrnen,
Salbt die Knochen längs den Fugen,
Streicht die Spalten der Gelenke,
Salbet oben, salbet unten,
Streicht sodann des Leibes Mitte,
Redet Worte solcher Weise,
Läßt sich solcherart vernehmen: 550
"Stehe auf von deinem Schlafe,
Hebe dich aus deinem Schlummer
Von der Stätte des Verderbens,
Von dem unheilvollen Lager!"

Es erwacht der Mann vom Schlafe,
Er erhebt sich aus dem Schlummer,
Ist jetzt schon der Worte mächtig,
Redet selber mit der Zunge:
"Freilich hab' ich fest geschlafen,
Hab' ich, Fauler, lang geschlummert,   560
Habe wundersüß geschlafen,
War in tiefen Schlaf versunken."

Sprach die Mutter Lemminkäinens,
Redet selber diese Worte:
"Länger hättest du geschlafen,
Hätt'st noch länger so gelegen
Ohne deine arme Mutter,
Ohne mich, die dich getragen.

"Sage nun, mein armes Söhnchen,
Sage mir, damit ich's höre: 570
Wer denn bracht' dich nach Manala,
Sandte dich zum Flusse Tuonis?"

Sprach der muntre Lemminkäinen,
Gab zur Antwort seiner Mutter:
"Naßhut, er, der Herdenhüter,
Aus dem Schlummerland ein Blinder
Hat gebracht mich nach Manala,
Mich gesandt zum Flusse Tuonis,
Schickt' die Schlange aus dem Wasser,
Schickt' die Natter aus den Fluten   580

Gegen mich, den Schwergeplagten,
Konnte mich vor ihr nicht schützen,
Kannte nicht die Pein der Schlange,
Nicht die Qual der Wassernatter."

Sprach die Mutter Lemminkäinens:
"O du Mann geringer Einsicht,
Wähntest Zaubrer zu bezaubern,
Lappensöhne fest zu bannen,
Kennest nicht die Pein der Schlange,
Nicht die Qual der Wassernatter: 590
In dem Wasser ist ihr Ursprung,
In der Flut entstand die Schlange,
Aus dem guten Hirn der Ente,
Aus dem Mark der Meeresschwalbe;
Syöjätär spie in das Wasser,
Warf den Speichel auf die Wogen,
Wasser trieb ihn in die Länge,
Weich beschien ihn dann die Sonne,
Wurde von dem Wind gewieget,
Von der Wasserluft geschaukelt,   600
Von der Flut zum Strand getrieben,
Von der Brandung ausgeworfen."

Lemminkäinens Mutter wiegte
Nun im Schoße ihren Liebling
Wiederum zum frühern Leben,
Wiegt' ihn ins gewohnte Dasein,
Daß er noch ein wenig besser,
Schöner noch als einstens wurde;
Fragt den Sohn dann, ob es ihm wohl
Noch an irgend etwas mangle.   610

Sprach der muntre Lemminkäinen:
"Mangelt mir an vielen Dingen,
Dort ist meines Herzens Ruhstatt,
Dort verweilen meine Sinne:
Immer bei des Nordlands Jungfraun,
Bei den schöngelockten Mädchen;
Nordlands schimmelohr'ge Alte
Gibt mir nimmer ihre Tochter,
Wenn den Vogel ich nicht schieße,
Nicht den Schwan gefangen nehme   620

Aus dem Flusse von Tuoni,
Aus des heil'gen Stromes Wirbeln."
  Sprach die Mutter Lemminkäinens
Selber Worte solcher Weise:
„Laß die Schwäne du in Frieden,
Laß die Enten ruhig schwimmen
In dem schwarzen Flusse Tuonis,
In den wilden Wasserwirbeln,
Gehe nach der Heimat Grenzen
Mit der schmerzgeprüften Mutter; 630
Sollst dein Glück vor allem preisen,
Gott, den Offenkund'gen, loben,
Daß er rechte Hilf' gewähret,
Dich zum Leben hat erwecket
Von Tuonis sichern Pfaden,

Aus den Gründen von Manala;
Selber hätt' ich nichts vollführet,
Nicht das Kleinste ausgerichtet
Ohne Jumalas Erbarmen,
Ohne Hilf' des wahren Schöpfers!" 640
  Lemminkäinen leichtgemutet
Ging gerades Wegs nach Hause
Mit der vielgeliebten Mutter,
Mit der übermächt'gen Alten.
  Dort nun lasse ich den Kauko,
Ihn, den muntern Lemminkäinen,
Laß' ihn aus dem Liede lange,
Wende meinen Sang geschwinde,
Lenke ihn zu andern Dingen,
Sende ihn auf neue Bahnen. 650

❋❋

Sechzehnte Rune

Wäinämöinen alt und wahrhaft,
Er, der ew'ge Zaubersprecher,
Zimmerte an seinem Boote,
Arbeitet' am neuen Fahrzeug
An der nebelreichen Spitze,
Auf dem dunstumwobnen Eiland;
Doch an Holz gebrach's dem Zimmrer,
Bretter fehlten ihm zum Boote.

Wer soll Bauholz ihm nun suchen,
Wer die Eichenstämme schaffen   10
Zu dem Boote Wäinämöinens,
Zu dem Boden seines Fahrzeugs?

Pellerwoinen, Sohn der Fluren,
Sampsa, er, der Kleingeratne,
Mußte wohl die Bäume suchen,
Mußt' die Eichenstämme schaffen
Zu dem Boote Wäinämöinens,
Zu dem Boden seines Fahrzeugs.

Schreitet also auf dem Wege
Nach den östlichen Gefilden,   20
Geht zu einem Berg, zum zweiten,
Wandert zu dem dritten Berge,
Mit dem Goldbeil auf der Schulter,
An dem Beil ein Schaft von Kupfer,
Kommt ihm eine Esp' entgegen
Von der Höhe dreier Klafter.

Wollte da die Espe fällen,
Mit der Axt sie niederhauen,
Doch die Espe sprach die Worte,
Redet eilends selber also: 30

„Mann, was willst du von mir haben,
Was begehrst du zu erhalten?"

Sampsa Pellerwoinen gab ihr
Drauf zur Antwort diese Worte:
„Das will ich, o Espe, haben,
Dieses suche und begehr' ich:
Nur ein Boot für Wäinämöinen,
Bauholz zu des Sängers Nachen!"

Wunderlich sprach da die Espe,
Redet so die hundertäst'ge: 40
„Fließen würd' das Boot und sinken,
Würde es aus mir gezimmert,
Bin voll Höhlen in dem Stamme,
Dreimal hat in diesem Sommer
Mir das Herz der Wurm gefressen,
An der Wurzel mir gelegen."

Sampsa Pellerwoinen ging nun
Seines Weges weiter vorwärts,
Wanderte mit steten Schritten
Nach den nördlichen Gefilden.   50

Trat entgegen ihm die Fichte,
Sechs der Klafter mißt an Höh' sie;
An den Baum setzt er die Axt an,
Schlägt auf ihn mit seiner Hacke,
Frägt ihn dann und spricht die Worte:
„Wirst, o Fichte, du wohl taugen
Zu dem Boote Wäinämöinens,
Zu des Sängers Schiffbauholze?"

Heft'ge Antwort gab die Fichte,
Grollte so mit lauter Stimme: 60

„Nimmer tauge ich zum Boote,
Nicht zum Nachen mit sechs Rippen,
Ist mein Stamm doch voller Schäden;
Dreimal schrie in diesem Sommer
In dem Wipfel mir ein Rabe,
In den Zweigen eine Krähe."

Sampsa Pellerwoinen ging nun
Immer weiter seines Weges,
Wanderte mit steten Schritten
Nach den sommerlichen Ländern,   70
Trat entgegen ihm die Eiche,
Neun der Klafter mißt ihr Umkreis.

Fragte da und sprach die Worte:
„Solltest du wohl, Eiche, taugen
Zu dem Mutterholz des Nachens,
Zu dem Boden eines Kriegsboots?"

Klüglich antwortet die Eiche,
Gibt zur Antwort diese Worte:
„Habe wohl genug des Holzes
Zu dem Kiele eines Bootes,   80
Habe wahrlich keine Schäden,   ·
Keine Höhlen in dem Innern;
Dreimal hat in diesem Sommer,
In der wärmsten Zeit des Jahres
Meine Mitt' die Sonn' durchwandert,
In der Kron' der Mond geschienen,
In den Zweigen rief der Kuckuck,
In dem Wipfel ruhten Vöglein."

Sampsa Pellerwoinen nahm nun
Stracks das Beil von seiner Schulter,   90
Schlug den Baum mit seinem Beile,
Mit der ebnen Schneid' die Eiche,
Lag gar bald der Baum gefället,
Bald der ragende zu Boden.

Hieb zuerst den Wipfel nieder,
Spaltete den Stamm des Baumes,
Zimmerte das Holz des Bodens,
Fügte ungezählte Bretter
Zu des Sängers schönem Nachen,
Zu dem Boote Wäinämöinens.   100

Wäinämöinen alt und wahrhaft,
Dieser ew'ge Zaubersprecher,
Baut sein Boot mit Zauberkunde,
Formt mit mächt'gem Sang den Nachen
Aus den Stücken einer Eiche,
Aus den Trümmern eines Baumes.

Singt ein Lied und legt den Boden,
Singt ein zweites, setzt die Seiten,
Singet dann zum dritten Male,
Haut zugleich die Ruderpflöcke,   110
Festiget der Rippen Enden,
Fügt zusammen ihre Kanten.

Da die Rippen schon befestigt
Und die Seiten festgefüget,
Fehlt es ihm noch an drei Worten,
Um die Leisten anzusetzen,
Um des Bootes Vordersteven
Und den Hinterstamm zu enden.

Wäinämöinen alt und wahrhaft,
Dieser ew'ge Zaubersprecher,   120
Redet Worte solcher Weise:
„Weh mir Ärmstem ob des Lebens,
Nicht gelangt das Boot ins Wasser,
In die Flut das neue Fahrzeug!"

Dachte nach und überlegte,
Wo er wohl die Worte fände,
Er die Zaubersprüch' erhielte,
Aus dem Hirne flücht'ger Schwalben,
Aus dem Kopf der Schwäneherde,
Aus der Gänseherde Schultern.   130

Ging die Worte nun zu suchen,
Tötet einen Haufen Schwäne,
Eine ganze Schar von Gänsen,
Tötet endlos viele Schwalben,
Kann die Worte noch nicht finden,
Nicht ein Wort und nicht ein halbes.

Dachte nach und überlegte:
„Werd' vielleicht die Worte finden
An des Sommerrenntiers Zunge,
In dem Mund des weißen Eichhorns." 140

Ging die Worte aufzusuchen,
Ging die Sprüche zu erhaschen,
Renntier' tötet er ein Feld voll,
Eichhörnchen fällt er in Haufen,
Findet dort der Worte viele,
Können alle ihm nicht helfen.

Dachte nach und überlegte:
„Hundert Worte werd' ich finden
In den Häusern von Tuoni,
In Manalas ew'gen Höfen."   150

Ging um aus Tuonis Reiche
Sich die Worte nun zu holen,
Eilte hin mit raschen Schritten,
Eine Woche lang durch Sträucher,
Ging durch Elsbeerbäum' die zweite,
Durch Wacholder drauf die dritte,
Schon erschien die Insel Tuonis,
Schon der Hügel von Manala.

Wäinämöinen alt und wahrhaft
Rief mit lauterhobner Stimme   160
In dem Flusse von Tuonela,
In den Tiefen von Manala:
„Bring' ein Boot, Tuonis Tochter,
Eine Fähre, Kind Manalas,
Daß ich durch die Enge komme,
Durch den Fluß hindurch gelange!"

Tuonis kleingeratne Tochter,
Sie, die Jungfrau von Manala,
Wusch gerade ihre Wäsche,
Spülte klopfend ihre Kleider   170
An dem dunkeln Flusse Tuonis,
In den Tiefen von Manala;
Redet Worte solcher Weise,
Läßt sich solcherart vernehmen:
„Kommen wird das Boot dich holen,
Wenn den Grund du angegeben,
Der dich brachte nach Manala,
Angetötet von der Krankheit,
Nicht vom Tod hinweggeraffet,
Jäh nicht von Gewalt vernichtet."   180

Wäinämöinen alt und wahrhaft
Gab zur Antwort diese Worte:
„Tuoni brachte mich zur Stelle,
Mana zog mich von der Erde."

Tuonis kleingeratne Tochter,
Sie, die Jungfrau von Manala,
Redet Worte solcher Weise:
„Kenne schon den Lügensprecher,
Hätt' dich Tuoni hergeleitet,
Mana aus der Welt gezogen,   190
Würde Tuoni selbst dich bringen,
Manalainen selbst dich führen,
Tuonis Hut auf deinen Schultern,
Manas Handschuh' an den Händen;
Sag' die Wahrheit, Wäinämöinen,
Was dich nach Manala führte."

Wäinämöinen alt und wahrhaft
Gab zur Antwort diese Worte:
„Eisen bracht' mich nach Manala,
Stahl mich in das Reich Tuonis."   200

Tuonis kleingeratne Tochter,
Sie, die Jungfrau von Manala,
Redet Worte solcher Weise:
„Kenne schon den Lügensprecher,
Hätt' dich Eisen hergeführet,
Stahl dich nach dem Reich Tuonis,
Würde Blut vom Kleide triefen,
Würd' es rot herniederrauschen;
Sprich die Wahrheit, Wäinämöinen,
Sage nunmehr sie getreulich!"   210

Wäinämöinen alt und wahrhaft
Gab zur Antwort diese Worte:
„Wasser bracht' mich nach Manala,
Wogen nach dem Reich Tuonis."

Tuonis kleingeratne Tochter,
Sie, die Jungfrau von Manala,
Redet Worte solcher Weise:
„Kenne schon den Lügensprecher,
Brächt' dich Wasser nach Manala,
Wogen nach dem Reich Tuonis,   220

Würd' es naß vom Kleide fließen,
Von dem Saume niedertriefen;
Sag' nun doch genau die Wahrheit,
Was dich nach Manala führte."

Log der alte Wäinämöinen
Drauf zu wiederholtem Male:
„Feuer bracht' mich nach Manala,
Flammen in das Reich Tuonis."

Tuonis kleingeratne Tochter,
Sie, die Jungfrau von Manala,   230
Redet Worte solcher Weise:
„Sehe wohl, daß du gelogen,
Brächt' dich Feuer nach Manala,
Flammen nach dem Reich Tuonis,
Wären dir versengt die Locken,
Wär' dein Bart nicht ohne Schaden.

„O du alter Wäinämöinen,
Willst das Boot von hier du haben,
Mußt du streng die Wahrheit sagen,
Mußt dem Lug ein Ende machen,   240
Weshalb kamst du nach Manala,
Ungetötet von der Krankheit,
Nicht vom Tod hinweggeraffet,
Jäh nicht von Gewalt vernichtet?"

Sprach der alte Wäinämöinen:
„Hab' ein wenig ich gelogen
Und die Wahrheit nicht gesprochen,
Will ich sie nun treulich sagen:
Baut' ein Boot mit Zauberkunde,
Sprüche singend einen Nachen,   250
Sang da einen Tag, den zweiten,
An dem dritten Tag zerbrach ich
Meiner Lieder schönen Schlitten,
Brach die Kufen meines Sanges,
Ging, um aus dem Reich Tuonis
Einen Bohrer mir zu holen,
Daß den Schlitten ich mir bessern,
Ihn zusammenfügen könnte;
Bring' mir jetzt das Boot herüber,
Schaffe du mir deine Fähre,   260

Daß ich durch den Sund hier komme,
Über diesen Fluß gelange!"

Tuonis Tochter zankte weidlich,
Manas Jungfrau schalt und schmähte:
„Toller Mensch in deiner Narrheit,
Mann, von Schwachsinn du befallen!
Ohne Grund und ohne Krankheit
Nach Tuonis Reich zu kommen;
Besser wär' es dir gewesen
Nach dem eignen Land zu gehen,   270
Viele sind's, die hierher kommen,
Viele nicht, die heimwärts kehren."

Sprach der alte Wäinämöinen:
„Alte Weiber mögen weichen,
Nicht ein Mann, sei's auch ein schlechter,
Nicht ein Held, sei's auch der schwächste;
Bring' dein Boot, Tuonis Tochter,
Deine Fähre, Kind Manalas."

Tuonis Tochter bringt den Nachen,
Führt den alten Wäinämöinen   280
Durch die Flut der Wasserenge,
Durch den Fluß zum andern Ufer,
Redet selber diese Worte:
„Wehe dir, o Wäinämöinen,
Kamst ins Reich Tuonis lebend,
Ungestorben nach Manala!"

Tuonetar, die gute Wirtin,
Sie, die Alte von Manala,
Bringet Bier herbei in Krügen,
In Gefäßen mit zwei Henkeln,   290
Redet selber diese Worte:
„Trink, o alter Wäinämöinen!"

Wäinämöinen alt und wahrhaft
Schaute lange auf den Bierkrug,
Frösche laichen in dem Innern,
Würmer ringeln an den Wänden;
Redet Worte solcher Weise:
„Nicht bin ich hieher gekommen,
Daß Manalas Krug ich trinken,
Tuonis Becher leeren sollte,   300

Trunken wird des Bieres Trinker,
Wer die Kanne leert, geht unter."

Sprach die Wirtin von Tuonela:
„O du alter Wäinämöinen,
Weshalb kamst du nach Manala,
In die Stuben von Tuonela,
Ehe Tuoni dich verlangte,
Eh' dich Mana abgerufen?"

Sprach der alte Wäinämöinen:
„Zimmerte an meinem Boote,   310
Baute an dem neuen Nachen,
Hatte nötig drei der Worte,
Um des Bootes Hintersteven
Und den Vorderstamm zu enden;
Da ich diese nicht gefunden,
Auf der Welt nicht hab' erlanget,
Mußt' ich nach dem Reich Tuonis,
Mußt' ich nach Manala gehen,
Um die Worte zu erlangen,
Um die Sprüche zu erlernen."   320

Spricht die Wirtin von Tuonela,
Redet Worte solcher Weise:
„Tuoni gibt die Worte nimmer,
Nicht gewährt die Sprüche Mana,
Kannst nicht wieder fort von hinnen,
Nie im Laufe deines Lebens
Nach der lieben Heimat wandern,
Nach dem eignen Lande ziehen."

Senkte dann in Schlaf den Helden,
Legt' zur Ruh' den Angekommnen   330
Auf Tuonis Lagerfellen;
Reglos lag der Mann in Schlummer,
Lag der Held in Schlaf versunken,
Schläft der Mann, die Kleider wachen.

War ein Weib im Reich Tuonis,
Eine wackelkinn'ge Alte,
Spinnerin von Eisenfäden,
Gießerin von Kupferdrähten,
Spann ein Netz von hundert Klaftern,
Strickte eins von tausend Maschen   340

Während einer Nacht des Sommers
Und auf einem Stein im Wasser.

War ein Greis im Reich Tuonis,
Drei der Finger hatt' der Alte,
Knüpfen konnt' er Eisennetze,
Kupfernetze er bereiten,
Knüpfte eins von hundert Klaftern,
Strickte eins von tausend Maschen
In derselben Nacht des Sommers,
Auf demselben Stein im Wasser.   350

Tuonis Sohn mit Hakenfingern,
Eisenspitz'gen Hakenfingern
Zog das Netz von hundert Klaftern
Durch den Fluß im Reich Tuonis,
In die Breite, in die Länge,
Zog es hin in schräger Richtung,
Damit Wäinö nicht entkomme,
Nicht der Wogenfreund entschlüpfe,
Nimmer in dem Lauf der Zeiten,
Nie, solang das Mondlicht leuchtet, 360
Aus den Häusern von Tuoni,
Aus Manalas ew'gen Höfen.

Wäinämöinen alt und wahrhaft
Redet selber solche Worte:
„Scheint nicht Unheil schon zu kommen,
Not auf mich hereinzubrechen
In den Stuben von Tuonela,
In Manalas ew'gen Höfen?"

Rasch verwandelt er das Ausehn,
Nimmt er andere Gestalt an,   370
Gehet schwarzgefärbt zum Meere,
Geht als Riedgras in das Röhricht,
Kriechet als ein Wurm von Eisen,
Schlüpft als Schlangenleib behende
Durch den Fluß im Reich Tuonis,
Mitten durch Tuonis Fischgarn.

Tuonis Sohn mit Hakenfingern,
Eisenspitz'gen Hakenfingern,
Ging des Morgens in der Frühe
Seine Netze zu beschauen,   380

Findet hundert Lachsforellen,
Tausende von kleinen Fischen,
Findet nur nicht Wäinämöinen,
Nicht den alten Freund der Wogen.
  Als der alte Wäinämöinen
Aus Tuonis Reich gekommen,
Sprach er Worte solcher Weise,
Ließ auf diese Art sich hören:
„Nimmer, Jumala, du Guter,
Magst du einen solchen dulden,   390
Der von selbst zu Mana gehet,
In Tuonis Reich sich dränget!
Viele sind's, die hingekommen,
Wen'ge die hinweggezogen
Aus den Häusern von Tuoni,
Aus Manalas ew'gen Höfen."

Sprach sodann noch diese Worte,
Ließ sich solcherart vernehmen
Zu der Jugend, die emporsteigt,
Zu dem wachsenden Geschlechte: 400
„Übet nie, o Menschenkinder,
Nie im Laufe dieser Zeiten
Unrecht an den Schuldentblößten,
Schadet nie den Anschuldvollen,
Daß ihr nicht den Lohn empfanget
In den Häusern von Tuoni:
Dorten ist der Schuld'gen Stätte,
Dort der Lasterhaften Lager:
Unter glühend heißen Steinen,
Unter brennend hitz'gen Fliesen,   410
Eine Decke wird aus Schlangen,
Ellen Nattern dort gebreitet."

Siebzehnte Rune

Wäinämöinen alt und wahrhaft
Hatt' die Worte nicht erlanget
Aus den Häusern von Tuonela,
Aus Manalas ew'gen Höfen,
Dachte stets in seinem Sinne
Und erwog's in seinem Kopfe,
Wo er wohl die Worte fände,
Wo die günst'gen Sprüch' erlangte.

Kommt ein Hirte ihm entgegen,
Redet Worte solcher Weise: 10
„Hundert Worte kannst du finden,
Tausend Lieder du erkunden
Aus dem Munde des Wipunen,
Aus dem Bauch des Krafterfüllten;
Führet wohl ein Weg zur Stelle,
Führt ein Fußsteig zu dem Orte,
Nicht gehört er zu den besten,
Auch nicht zu den allerschlimmsten;
Eine Strecke mußt du laufen
Auf der Weibernadeln Spitzen, 20
Mußt dann eine Strecke gehen
Auf der Männerschwerter Schneiden,
Endlich mußt du vorwärtsschreiten
Auf der Heldenbeile Schärfen."

Wäinämöinen alt und wahrhaft
Überlegt nun diese Wandrung,
Schreitet zu des Schmiedes Esse,
Redet Worte solcher Weise:
„Ilmarinen, lieber Schmieder,
Schmiede du mir Schuh' aus Eisen, 30

Mache Handschuh' mir aus Eisen,
Schmiede mir ein Hemd aus Eisen,
Einen Hebebaum aus Eisen,
Gegen Lohn aus Stahl den Kolben,
Lege Stahl genug nach innen,
Überziehe ihn mit Eisen;
Worte geh' ich jetzt mir holen,
Sprüche will ich mir verschaffen
Aus dem Bauch des Krafterfüllten,
Antero Wipunens Munde." 40

Ilmarinen selbst, der Schmieder,
Redet Worte solcher Weise:
„Längst gestorben ist Wipunen,
Längst Antero hingeschwunden,
Nicht mehr legt er seine Fallen,
Stellet nicht mehr seine Schlingen,
Kannst von ihm nicht Worte holen,
Nicht einmal des Wortes Hälfte."

Wäinämöinen alt und wahrhaft
Gehet dennoch nichts beachtend, 50
Läuft den ersten Tag behende
Auf der Weibernadeln Spitzen,
Schwingt sich an dem zweiten Tage
Auf der Männerschwerter Schneiden,
Schreitet sicher dann am dritten
Auf der Heldenbeile Schärfen.

Wipunen, der Liederreiche,
Er, der Alte, stark an Kräften,
Lag mit seinen Liedern dorten,
Mit den Sprüchen ausgestrecket, 60

Auf den Schultern wuchs die Espe,
Auf den Schläfen eine Birke,
Eine Erle auf dem Kinne,
Auf dem Barte wuchsen Weiden,
Auf der Stirn die Eichhorntanne,
Eine Fichte aus den Zähnen.

Schon erscheinet Wäinämöinen,
Zieht das Schwert, entblößt das Eisen
Aus der Scheide starken Leders,
Aus dem Gurt von Rückenleder,   70
Fällt die Espe von den Schultern,
Fällt die Birke von den Schläfen,
Von dem Kinn die breiten Erlen,
Von dem Bart die Weidenbüsche,
Von der Stirn die Eichhorntanne,
Fällt die Fichte an den Zähnen.

Stößt die lange Eisenstange
In den großen Mund Wipunens,
In die klaffend offnen Kiefer,
Durch das Kinn, das ewig klappert,   80
Redet Worte solcher Weise:
„Stehe auf, o Knecht des Menschen,
Aus dem unterird'schen Schlafe,
Aus dem ewiglangen Schlummer!"

Wipunen, der Liederreiche,
Ist alsbald vom Schlaf erwachet,
Fühlt gar heftig sich getroffen
Und von scharfem Schmerz gepeinigt,
Beißet in die Eisenstange,
Beißt die weiche Oberfläche,   90
Kann den Stahl nicht gleichfalls beißen,
Nicht des Eisens Herz verzehren.

Wäinämöinen, er, der Alte,
Stolpert an dem Munde stehend
Mit dem einen Fuß ins Innre,
Gleitet mit dem linken Fuße
In den großen Mund Wipunens,
Mitten durch die Backenknochen.

Wipunen, der Liederreiche,
Öffnet g eich den Mund noch breiter, 100

Weitet aus der Kiefer Winkel,
Schlingt den Mann mit seinem Schwerte,
Schluckt ihn rauschend durch die Kehle,
Ihn, den alten Wäinämöinen.

Wipunen, der Liederreiche,
Redet Worte solcher Weise:
„Habe manches schon gegessen,
Eine Zieg', ein Schaf gespeiset,
Eine güste Kuh verschlucket,
Einen Eber wohl verschlungen,   110
Nie doch hab' ich solche Speise,
Solchen Bissen nie gekostet."

Selbst der alte Wäinämöinen
Redet Worte solcher Weise:
„Seh' schon mein Verderben nahen,
Seh' den Tag des Unheils kommen,
Hier in dieser Hürde Hiisis,
Hier in diesem Pferche Kalmas."

Er besinnt und überlegt es,
Wie zu sein und wie zu leben;   120
In dem Gurt steckt ihm ein Messer
Mit dem Schaft von Masernholze,
Zimmert aus dem Schaft ein Fahrzeug,
Baut ein Boot sich zauberkundig,
Rudert fleißig mit dem Schifflein
Durch den Darm nach beiden Enden,
Rudert fort durch alle Gänge,
Schlängelt sich durch alle Winkel.

Wipunen, der Liederreiche,
Fühlt sich dadurch nicht belästigt;   130
Darum macht nun Wäinämöinen
Selber sich zu einem Schmiede,
Fängt das Eisen an zu hämmern,
Macht sein Hemd geschwind zur Werkstatt,
Aus den Ärmeln macht er Bälge,
Aus dem Pelz den Blasebalg dann,
Aus dem Hosenpaar die Röhren,
Aus den Strümpfen dann die Mündung,
Brauchet seine Knie als Amboß,
Seinen Arm braucht er als Hammer.   140

Schmiedet so mit großem Lärmen,
Hämmert zu mit lautem Klopfen,
Schmiedet ohne Rast die Nächte,
Schmiedet auch am Tage emsig
In des Krafterfüllten Bauche,
In des Großgewalt'gen Busen.

Wipunen, der Liederreiche,
Redet Worte solcher Weise:
„Wer wohl bist du von den Männern,
Wer wohl aus der Zahl der Helden? 150
Hab' verzehret hundert Helden,
Tausend Männer wohl verschlungen,
Nie gegessen deinesgleichen:
Kohlen steigen auf zum Munde,
Brände kommen an die Zunge,
Eisenschlacken in die Kehle.

„Gehe, Scheusal, auf die Wandrung,
Fliehe fort, du Landesplage,
Eh' ich deine Mutter suche,
An die Mächtige mich wende! 160
Sage ich es deiner Mutter,
Offenbare ich's der Alten,
Hat die Mutter mehr zu leiden,
Große Schmerzen dann die Alte,
Wenn der Sohn so schlecht gehandelt,
Wenn das Kind so schlimm geraten.

„Kann es auch nicht recht begreifen,
Kann es wahrhaft nicht ergründen,
Wie du, Hiisi, hergewandert,
Wie du, Scheusal, eingedrungen, 170
Mich zu beißen, mich zu plagen,
Mich zu fressen, zu verzehren;
Bist du Krankheit, die der Schöpfer,
Siechtum, das Jumala sandte,
Oder bist du Menschenmachwerk,
Bist von anderen geschaffen,
Bist du etwa angeworben,
Gegen Geld hieher gedungen?

„Bist du Krankheit, die der Schöpfer,
Siechtum, das Jumala sandte, 180

So vertraue ich dem Schöpfer,
Übergebe mich Jumala,
Nicht verläßt der Herr die Guten,
Nicht verdirbt er je den Braven.

„Bist du aber Menschenmachwerk,
Bist hervorgebracht als Übel,
Werd' ich dein Geschlecht erfahren,
Deinen Ursprung wohl erkunden.

„Früher kam von dort das Übel,
Ward von dort gesandt das Unheil, 190
Aus dem Umkreis mächt'ger Zaubrer,
Von der Trift der Sangeskund'gen,
Von dem Sitze böser Geister,
Von der Zeichendeuter Fluren,
Von des Totengottes Heide,
Aus dem Inneren der Erde,
Aus des Abgeschiednen Hofe,
Aus dem Haus des Hingeschwundnen,
Aus dem aufgeworfnen Boden,
Aus der oft durchwühlten Erde, 200
Aus des Kiesands Wirbelkreisen,
Aus des Sandes ew'gem Klirren,
Aus den vielgekrümmten Tälern,
Aus den moosberaubten Sümpfen,
Aus den schwankenden Morasten,
Aus dem wilden Schoß der Quellen,
Aus des Hiisi-Waldes Hürden,
Aus den Schluchten von fünf Bergen,
Von des Kupferberges Seiten,
Von des erzgefüllten Gipfel, 210
Von der Tanne vollem Brausen,
Von der Fichte stetem Schnauben,
Von der hohlen Föhre Wipfel,
Aus dem morschen Kiefernstamme,
Aus dem Jammerloch des Fuchses,
Von der Flur der Elentiere,
Aus des Bären Felsenhöhlen,
Aus des Breitbeins Steingemächern,
Von den weiten Nordlandsgrenzen,
Aus des Lappenlandes Öde, 220

Aus den schößlingsarmen Hainen,
Von den ungepflügten Feldern,
Von den großen Schlachtgefilden,
Von der Männer Kampfesstätte,
Von dem Plan der welken Kräuter,
Von dem Blute, das da dampfet,
Von des weiten Meeres Rücken,
Von der öden Wasserfläche,
Von dem schwarzen Schlamm des Meeres,
Aus der Tausendklaftertiefe,   230
Aus den sausend starken Strömen,
Aus den wildbewegten Wirbeln,
Aus dem heft'gen Kutjafalle,
Aus des Wassers kräft'ger Wendung,
Von des Himmels hintrer Hälfte,
Von dem Rand der dürren Wolken,
Von dem Pfad der Frühlingsstürme,
Von des Windes Ruhestätten.

„Bist von dort du hergeraten,
Bist du, Übel, hergeeilet   240
In das Herz, das nichts verschuldet,
In den Bauch, der nichts verbrochen,
Ihn zu fressen, zu verzehren,
Ihn zu beißen, ihn zu spalten?

„Weich von hinnen, Hund des Hiisi,
Stürze nieder, Welp Manalas,
Geh mir, Scheusal, aus dem Leibe,
Aus der Leber mir, du Untier,
Laß das Herzblatt unverzehret,
Laß die Milz mir ungestöret,   250
Meinen Magen ungewalket,
Meine Lunge ungewendet,
Meinen Nabel undurchbohret,
Meine Seiten ungefährdet,
Quäle nicht den Rückenknochen,
Hau nicht los auf meine Hüften!

„Sollt'ich selbst nicht Manns genug sein,
Werd' ich einen bessern stellen,
Um das Unheil wegzuschaffen,
Um das Scheusal zu vernichten.   260

7*

„Ruf von unten Erdenmütter,
Ruf der Felder alte Wirte,
Aus der Erde Schwertesmänner,
Aus dem Sand berittne Helden
Mir zur Hilfe, mir als Mächte,
Mir zur Stütze, mir zum Schutze
Bei den mühereichen Qualen,
Bei den überharten Schmerzen.

„Wenn du dieses nicht beachtest,
Dies dich nicht zum Weichen bringet,   270
Komm, o Wald, mit deinen Männern,
Mit dem Volk, Wacholderheide,
Föhrenhain, mit deiner Sippe,
Binnensee, mit deinen Kindern,
Hundert Mannen mit den Schwertern,
Tausend Helden, stahlgewandet,
Diesen Hiisi heimzusuchen,
Ihn, den Unhold, zu zerdrücken!

„Wenn du dieses nicht beachtest,
Dies dich nicht zum Weichen bringet,   280
Steig empor, o Wassermutter,
Blaubemützet aus den Wogen,
Weichen Saumes aus der Quelle,
Aus dem Schlamme reingestaltet
Zu dem Schutz des schwachen Helden,
Zu des kleinen Mannes Beistand,
Daß ich schuldlos nicht gefressen,
Krankheitlos getötet werde!

„Wenn du dieses nicht beachtest,
Dies dich nicht zum Weichen bringet,   290
Urgeschaffne Schöpfungstochter,
Urgeschaffne, Goldne, Schöne,
Du, die älteste der Frauen,
Du, die früheste der Mütter,
Komm, die Schmerzen zu erkennen,
Komm, das Unheil abzuwenden,
Diese Qualen zu entfernen,
Diese Plage fortzuschaffen.

„Willst du dieses nicht beachten,
Willst du nicht von hinnen weichen,   300

Akko an des Himmels Nabel,
An dem Rand der Donnerwolke,
Komm herbei, du bist vonnöten,
Komm geschwind, du wirst gerufen,
Schlechte Werke wegzuschaffen,
Die Bezaubrung fortzutreiben
Mit dem feuerschneid'gen Schwerte,
Mit der funkenreichen Klinge."

„Scheusal, gehe auf die Wandrung,
Fliehe fort, du Landesplage,   310
Nimmer ist dir hier ein Lager,
Wenn du seiner auch benötigst;
Anderswo setz' deine Stätte,
Weiter fort du die Behausung,
Bei dem Wohnsitz deines Wirtes,
Auf den Wegen deiner Wirtin!

„Bist du dann dorthin gekommen,
An der Fahrten Ziel gelanget,
In die Nähe deiner Schöpfer,
Zu den Triften der Erzeuger,   320
Gib ein Zeichen, daß du da bist,
Heimlich künde mir die Ankunft,
Tose wie des Donners Krachen,
Blitze wie des Feuers Schimmer,
Stoße an die Tür vom Hofe,
Zieh ein Brett herab vom Fenster,
Schlüpfe darauf in das Innre,
Fliege flatternd in die Stube,
Fasse an des Fußes Sehne,
An der Ferse schmalste Stelle,   330
Pack' den Wirt im fernsten Winkel,
An der Türe du die Wirtin,
Grabe aus des Wirtes Auge,
Und zerbrich den Kopf der Wirtin,
Bieg die Finger du zu Haken,
Krumm dreh' ihnen du die Köpfe!

„Sollte dieses wenig frommen,
Flieg als Hahn du auf die Gasse,
Als ein Küchlein zu dem Hofe,
Mit der Brust zum Kehrichthaufen,   340

Scheuch' die Rosse von der Krippe,
Von dem Freßtrog du das Hornvieh,
Drücke du in Mist die Hörner,
Auf den Boden hin die Schwänze,
Dreh' die Augen aus den Höhlen
Und zerbrich mit Kraft die Nacken.

„Bist du Krankheit, die vom Winde
Her zu mir gesandt, geblasen,
Von der Frühlingsluft geführet,
Von dem Froste hergeleitet,   350
Gehe auf dem Weg des Windes,
Auf der Bahn der Frühlingslüfte,
Ohne auf dem Baum zu sitzen,
Auf der Erle auszuruhen,
Grade zu dem Kupferberge,
Zu dem kupferreichen Gipfel,
Daß der Wind dich dorten wiege,
Dort die Lüfte dich behüten!

„Bist vom Himmel du gekommen,
Von den regenlosen Wolken,   360
Steige dann zurück zum Himmel
Und erheb' dich in die Lüfte,
Ins Gewölk, das ausgestreute,
Zu den flimmerhellen Sternen,
Daß du feuergleich dort brennest,
Daß du flammengleich dort glühest
Auf der Sonne langer Laufbahn,
An des Mondes rundem Hofe!

„Bist du von der Flut geführt,
Von dem Wasser hergetrieben,   370
Mögst du zu dem Wasser kehren,
In die Fluten wieder jagen,
Zu dem Rand des schlamm'gen Schlosses,
Zu des Wasserberges Rücken,
Daß dich dort die Fluten wiegen,
Dort die Wogen fleißig schaukeln!

„Bist du von den Fluren Kalmas,
Aus der Hingeschiednen Wohnung,
Kehre in die Heimat wieder,
Kehre zu den Höfen Kalmas,   380

In den aufgeworfnen Boden,
In die oft durchwühlte Erde,
Wo das Volk hineingesunken,
Wo die starke Schar gefallen!

„Bist du, Tor, von dort gekommen,
Aus des Hiisiwaldes Hürden,
Aus des Föhrendickichts Winkel,
Aus des Fichtenhaines Hütte,
Banne ich dich nun von hinnen
Zu des Hiisiwaldes Hürden,   390
Zu des Fichtenhaines Hütte,
In des Föhrendickichts Winkel,
Daß du dort verbleiben mögest,
Bis des Bodens Bretter faulen,
Schwamm sich an die Wände setzet
Und herab die Decke stürzet.

„Werde dich, o Schlechter, bannen,
Werd', o Unhold, dich vertreiben
Zu des alten Bären Wohnung,
In das Haus der alten Bärin,   400
In die sumpfdurchzognen Täler,
In die Moore, die nicht auftaun,
In die schaukelnden Moraste,
In den heft'gen Schoß der Quellen,
In die Seen ohne Fische,
In die barschberaubten Wasser.

„Findst du dort auch keine Stätte,
Werde ich dich weiter bannen,
Nach des Nordlands fernen Grenzen,
Zu dem breiten Land der Lappen,   410
Zu den schößlingsarmen Fluren,
Zu dem ungepflügten Boden,
Ohne Mond und ohne Sonne,
Ohne alle Tageshelle;
Dort ist's wonnig dir zu leben,
Dort vergnüglich dir zu flattern,
An den Bäumen hängen Elen,
Edelhirsche im Gehölze,
Daß der Mann den Hunger stille,
Daß er seine Gier befried'ge.   420

„Weiter bann' ich dich, den Schlechten,
Banne ich und treib' von hinnen
Dich zum heft'gen Rutjafalle,
Zu dem wildbewegten Wirbel,
Wo die Bäume niedersinken,
Wo die Föhren niederstürzen,
Mit dem Stamm die großen Fichten,
Mit der Krone breite Föhren;
Schwimme da, du böser Heide,
In dem Schaum des Wasserfalles,   430
Wirble durch die weiten Fluten,
Weile in den engen Wogen!

„Findst du dort auch keine Stelle,
Werd' ich dich von hinnen bannen
In den schwarzen Fluß Tuonis,
In den ew'gen Strom Manalas,
Daß du nie in deinem Leben
Von der Stelle dort entkommest,
Wenn ich selbst dich nicht befreie,
Dich zu lösen mich bereite,   440
Fahrend mit neun fetten Hammeln,
Die ein einzig Schaf getragen,
Fahrend mit neun starken Stieren,
Die dieselbe Kuh geworfen,
Fahrend mit neun hübschen Hengsten,
Die da Füllen einer Stute.

„Fragest du nach Reisepferden,
Wünschest Rosse du zum Zuge,
Werde Rosse ich dir leihen,
Werd' ein Reisepferd dir geben: 450
Hiisi hat ein Pferd voll Schönheit,
Auf dem Berg ein rotgemähntes,
Feuer sprühet aus dem Maule,
Flammenhell sind seine Nüstern,
Hufe hat es ganz von Eisen,
Stählern sind des Rosses Beine,
Kann bergaufwärts sich erheben,
In dem Tale sich bewegen,
Wenn der Reiter selber tüchtig,
Wenn er krafterfüllt einherjagt.   460

„Sollte dieses nicht genügen,
Mögest du des Hiisi Schneeschuh',
Lempos Erlenschuh' erhalten,
Einen Stab des bösen Mannes,
Daß du in das Land des Hiisi,
Nach dem Walde Lempos schreitest,
Hiisis ganzes Land durchschneidest,
Dieses Bösen Land durchgleitest;
Liegen Steine auf dem Wege,
Spreng' sie krachend auseinander,   470
Liegen Zweige in die Länge,
Brich entzwei sie ohne Zögern,
Steht ein Held quer auf dem Wege,
Schiebe eilend ihn zur Seite!

„Rühre dich, du Überläst'ger,
Fliehe, schlechter Mann, von hinnen,
Ehe noch der Tag beginnet,
Eh' der Morgenschimmer dämmert,
Eh' die Sonne sich erhebet,
Eh' den Hahn man krähen höret,   480
Zeit ist's, Arger, nun zu gehen,
Zeit, o Schlechter, zu entfliehen,
Bei dem Mondschein zu entschwinden,
In dem Lichte fortzuwandern!

„Fliehst du, Böser, nicht von hinnen,
Gehst, o Hund, du nicht geschwinde,
Nehme ich des Adlers Fänge,
Nehme ich des Vampyrs Krallen,
Nehm' des Vogels Fleischeszangen,
Nehm' des Habichts spitze Zacken,   490
Daß den Schlechten ich zerdrücke,
Daß das Scheusal ich bezwinge,
Daß der Kopf nicht mehr erzittre,
Nicht der Atem überwalle.

„Einstmals floh der grause Lempo,
Floh das liebe Muttersöhnchen,
Als mir Beistand Gott verliehen,
Seine Hilf' der Schöpfer brachte;
Fliehe du, o Mutterloser,
Scheide, schöpfungsfremder Unhold,   500

Ziehe, herrenloser Kläffer,
Weiche, mutterloser Welp du,
Während diese Zeit entschwindet,
Dieser Mond zu Ende gehet!"

Wäinämöinen alt und wahrhaft
Redet selber diese Worte:
„Herrlich ist mir's hier zu bleiben,
Angenehm hier zu verweilen,
Statt des Brotes dient die Leber
Und das Fett ist mir die Zukost,   510
Gut zu kochen sind die Lungen,
Gute Kost gewährt der Speck mir.

„Werde meine Schmiedestätte
Tiefer in das Herzfleisch setzen,
Werd' den Hammer kräft'ger schlagen
In die allerweichsten Stellen,
Daß du nie in deinem Leben,
Nie von mir befreiet werdest,
Wenn ich nicht die Worte höre,
Nicht die Zaubersprüche lerne,   520
Nicht sie allesamt vernehme,
Tausend gute Zauberweisen;
Nimmer darf das Wort verborgen,
Nicht versteckt die Sprüche bleiben,
In die Erde nicht versinken,
Wenn die Kund'gen auch vergehen."

Wipunen, der Liederreiche,
Er, der krafterfüllte Alte,
Hat im Munde großen Zauber,
Unbegrenzte Kunst im Busen,   530
Öffnete der Worte Kiste,
Machte auf der Lieder Lade,
Um gar guten Sang zu singen,
Um den besten vorzutragen:
Sprüche von dem tiefen Ursprung,
Urgewalt'ge Anfangsworte,
Welche Kinder nimmer kennen,
Nicht ein jeder Held verstehet,
Jetzt in diesen schlimmen Zeiten,
Bei dem sinkenden Geschlechte.   540

Sang den Ursprung bis zum Grunde,
Fug und Ordnung nach den Zauber,
Wie sich nach des Schöpfers Willen,
Auf des Machterfüllten Fordrung
Von ihm selbst die Luft geschieden,
Aus der Luft sich Wasser trennte,
Aus dem Wasser dann die Erde,
Aus der Erde die Gewächse.

Sang, wie einst der Mond geschaffen
Und die Sonne eingesetzt ward,   550
Wie des Luftraums Pfeiler wurden,
Wie die Sterne an dem Himmel.

Wipunen, der Liederreiche,
Sang in Fülle, sang voll Kunde,
Nimmer ward gehört, gesehen,
Nie solang die Zeiten dauern,
Der ein beßrer Sänger wäre,
Ein erfahrenerer Meister;
Worte trieb der Mund in Menge,
Schickt' die Zunge gar geschwinde   560
Gleich des Füllens raschen Beinen,
Gleich des Reitpferds schnellen Hufen.

Singt so tagelang die Lieder,
Singt die Nächte nacheinander,
Seinem Sange lauscht die Sonne,
Stehen bleibt der Mond im Laufe,
Auf dem Meere stehn die Wellen,
In der Bucht die großen Wogen,
Inne hält des Flusses Strömung,
Mit dem Schäumen selbst der Rutja,   570
Stille hält im Bett der Wuoksen,
Stille steht sogar der Jordan.

Als der alte Wäinämöinen
So die Worte hat vernommen,
Sie genugsam angehöret,
Gute Sprüche sich verschaffet,
Bricht er auf, davonzugehen
Aus dem Munde von Wipunen,
Aus dem Bauch des Krafterfüllten,
Aus des Großgewalt'gen Busen.   580

Sprach der alte Wäinämöinen:
„O du Antero Wipunen,
Öffne deinen Mund nun weiter,
Tue auf der Kiefer Winkel,
Möchte aus dem Bauch zur Erde,
Nach der Heimat wieder wandern!"

Wipunen, der Liederreiche,
Redet Worte solcher Weise:
„Manches habe ich verzehret,
Tausende bereits verschlungen,   590
Nie doch einen Mann dergleichen,
Wie den alten Wäinämöinen,
Bist geschickt hereingekommen,
Tuest gut, daß du nun gehest."

Antero Wipunen öffnet
Die gewalt'gen Backenknochen,
Gibt dem Munde größre Weite,
Sperret auf der Kiefer Winkel,
Selbst der alte Wäinämöinen
Schreitet aus dem Mund des Kund'gen,   600
Aus dem Bauch des Krafterfüllten,
Aus des Großgewalt'gen Busen,
Gleitet eilends aus dem Munde,
Schlüpft behende auf die Fluren,
Wie ein muntres, goldnes Eichhorn,
Wie der Marder mit der Goldbrust.

Ging nun weiter fort des Weges,
Kam bald zu des Schmiedes Esse,
Sprach der Schmieder Ilmarinen:
„Hast die Worte du vernommen,   610
Hast die Sprüche du erhalten,
Um des Bootes Rand zu zimmern,
Um den Hinterstamm zu binden,
Um den Vorderstamm zu fügen?"

Wäinämöinen alt und wahrhaft
Redet selber diese Worte:
„Wohl erhielt ich hundert Worte,
Hörte tausend Zaubersprüche,
Das Verborgene empfing ich,
Offenbar ward das Geheime."   620

Ging dann hin zu seinem Boote,
Zu der Stätte weiser Arbeit,
Bringt das Boot gar bald zustande,
Bindet fest des Randes Leisten,

Macht den Hintersteven fertig,
Fügt den Vorderstamm zusammen,
Angezimmert wurde also,
Ohne Spän' das Boot vollendet.

Achtzehnte Rune

Wäinämöinen alt und wahrhaft
Dachte nach und überlegte
Hinzugehn und heimzuführen
Eine schöngelockte Jungfrau
Aus dem nimmerhellen Nordland,
Aus dem düstern Sariola,
Nordlands weitberühmte Tochter,
Nordlands Braut, die Ohnegleiche.

Gibt dem Boote blaue Decke,
Kleidet rot des Nachens Hälfte,　　10
Schmückt mit Gold das vordre Ende,
Ziert es aus mit gutem Silber;
Drauf an einem schönen Morgen,
In des Tages erster Frühe
Stößt das Fahrzeug er ins Wasser,
In die Flut das plankenreiche
Von den borkentblößten Rollen,
Von den runden Fichtenblöcken.

Richtet auf den starken Mastbaum,
Ziehet Segel auf die Masten,　　20
Ziehet auf ein rotes Segel,
Zieht ein Segel blauer Farbe,
Steigt dann selbst hinab ins Fahrzeug,
Gehet in sein neues Schifflein,
Geht um durch das Meer zu steuern,
Um die blaue Bahn zu furchen.

Redet Worte solcher Weise,
Läßt sich also dann vernehmen:
„Komm nun in das Boot, Jumala,
In das Schiff, Erbarmungsreicher,　　30

Zu dem Schutz des schwachen Helden,
Zu des kleinen Mannes Stütze
Auf den weiten Wogenflächen,
Auf den schrankenlosen Fluten!

„Wiege, Wind, den schönen Nachen,
Treibe, Welle, mir mein Schifflein,
Ohne daß ich Ruder brauche
Und das Wasser damit schlage
Auf des Meeres weitem Rücken,
Auf der offnen Wogenfläche!"　　40

Annikki mit gutem Namen,
Sie, der Nacht und Dämmrung Tochter,
Die am Abend noch geschäft'ge,
Die am frühen Morgen wache,
Hatte Wäsche durchzuklopfen,
Hatte Kleider auszuspülen
An der roten Brücke Ende,
An des breiten Steges Kante,
Auf der nebelreichen Spitze,
Auf dem dunstumwobnen Eiland.　　50

Blickt rundum nach allen Seiten
In die wolkenfreien Lüfte,
Blickt nach oben hin zum Himmel,
Blickt vom Strande hin zum Meere:
Oben schien gar schön die Sonne,
Unten schimmerten die Wogen.

Warf die Augen hin zum Meere,
Wandt' den Kopf gerad' zur Sonne;
An des Suomiflusses Mündung,
Bei des Wäinöstromes Ausfluß　　60

Sieht sie auf dem Meer ein Dunkles,
Sieht ein Blaues auf den Wogen.

Redet Worte solcher Weise,
Läßt sich selber also hören:
„Dunkles auf dem Meer, was bist du,
Du was, Blaues auf den Wogen?
Bist du eine Gänseherde
Oder auch ein Schwarm von Enten,
Nun so schwinge dich im Fluge
In die Höhe zu dem Himmel!   70

„Bist von Lachsen eine Schar du
Oder sonst ein Schwarm von Fischen,
Nun so plätschre doch im Schwimmen,
Tauche nieder in die Wogen.

„Bist du eine Felsenklippe
Oder in der Flut ein Baumstamm,
Möge dich die Welle decken,
Dich die Woge überspülen."

Weiter rückte da das Fahrzeug,
Segelte das junge Schifflein   80
Längs der nebelreichen Spitze,
Längs dem dunstumwobnen Eiland.

Annikki mit gutem Namen
Sah nun schon das Fahrzeug kommen,
Sah das plankenreiche nahen,
Ließ sich solcherart vernehmen:
„Bist du meines Bruders Fahrzeug,
Du der Nachen meines Vaters,
Eile rascher nach der Heimat,
Wende dich zum eignen Lande,   90
Kehre diesem Strand die Spitze,
Anderm Strande zu das Steuer;
Bist du, Boot, aus fremder Ferne,
Schwimm hinaus und immer weiter,
Kehre anderm Strand die Spitze,
Diesem Strande zu das Steuer!"

War kein Boot des Heimatlandes,
War auch nicht aus fremder Ferne,
War der Nachen Wäinämöinens,
War des ew'gen Sängers Fahrzeug;   100

Kommt bereits in größre Nähe,
Eilt herbei zur Unterredung,
Bringt ein Wort und holt ein andres,
Und ein drittes wird gewechselt.

Annikki mit gutem Namen,
Sie, der Nacht und Dämmrung Tochter,
Fraget so gewandt zum Fahrzeug:
„Wohin ziehst du, Wäinämöinen,
Wohin du, o Freund der Wogen,
Wohin eilst du, Zier des Landes?"   110

Darauf redet Wäinämöinen
Er, der Alte, her vom Boote:
„Bin auf Lachsfang ausgezogen,
Zu dem Laichen muntrer Lachse
In dem schwarzen Strom Tuonis,
In des schilf'gen Baches Tiefe."

Annikki mit gutem Namen
Redet Worte solcher Weise:
„Sprich nicht lauter leere Lügen!
Kenne gut der Fische Laichzeit,   120
Früher fuhr mein Vater oftmals,
Fuhr gar oft der greise Alte,
Lachse aus dem Fluß zu fangen,
Lachsforellen mitzubringen:
Netze lagen in dem Boote,
Voll von Garnen war das Fahrzeug,
Netze hier und dorten Schnüre,
Große Stangen an den Seiten,
Gabeln unter'n Ruderbänken,
Lange Stöcke bei dem Steuer;   130
Wohin gehst du, Wäinämöinen,
Ziehst du aus, o Freund der Wogen?"

Sprach der alte Wäinämöinen:
„Zog hinaus zum Gänsejagen,
Zu dem Spiel der Buntbeschwingten,
Um die speichelreichen Vögel
In dem Sachsensund zu fangen,
Auf der offnen Wogenfläche."

Annikki mit gutem Namen
Redet Worte solcher Weise: 140

„Kenne wohl den Wahrheitsprecher,
Kann den Lügner bald entdecken;
Früher fuhr mein Vater oftmals,
Fuhr gar oft der greise Alte
Aus um Gänse einzufangen,
Rotgeschnäbelte zu jagen:
Wohl bespannet war der Bogen,
Aufgezogen war die Sehne,
Schwarze Hunde an der Koppel,
An der Kette festgebunden,　150
Welpe liefen an dem Strande,
Kläffer eilten durch die Steine;
Sprich die Wahrheit, Wäinämöinen,
Wohin soll die Reise gehen?"
　Spricht der alte Wäinämöinen:
„Wie nun wenn ich fernhin ziehe,
Hin zum großen Kampfgetümmel,
Wo die Schlacht die Köpfe gleichmacht,
Wo das Schienbein blutbeflecket,
Bis zum Knie besprengt die Beine?"　160
　Wieder antwortet Annikki,
Sie, die Zinngeschmückte, redet:
„Kenne wohl den Gang zum Kampfe,
Früher ging mein Vater oftmals
Hin zum großen Kampfgetümmel,
Wo die Schlacht die Köpfe gleichmacht:
Hundert Männer saßen rudernd,
Tausend Müß'ge standen drinnen,
An der Spitze hingen Bogen,
Schwerter an den Ruderbänken;　170
Sage endlich doch die Wahrheit,
Ohne allen Lug getreulich,
Wohin gehst du, Wäinämöinen,
Steuerst du, o Freund der Wogen?"
　Spricht der alte Wäinämöinen,
Läßt sich solcherart vernehmen:
„Komm, o Mädchen, in mein Fahrzeug,
Steig, o Jungfrau, in den Nachen,
Dann will ich die Wahrheit sagen
Ohne allen Lug getreulich."　180

Annikki, die Zinngeschmückte,
Gibt zur Antwort solche Worte:
„Mag der Wind ins Boot dir steigen
Und der Sturm in deinen Nachen!
Will dein Boot dir kentern machen,
Stürz' es samt dem Vorderstamme,
Wenn die Wahrheit du nicht meldest,
Wohin du zu gehen denkest,
Nicht genau die Wahrheit meldest
Und das Lügen nicht beendest."　190
　Spricht der alte Wäinämöinen,
Läßt sich solcherart vernehmen:
„Will genau die Wahrheit sagen,
Log ich auch zuvor ein wenig:
Ging die Jungfrau heimzuführen,
Um das Mädchen anzuhalten
Aus dem nimmerhellen Nordland,
Aus dem düstern Sariola,
Wo die Männer man verzehret
Und ins Meer die Helden senket."　200
　Annikki mit gutem Namen,
Sie, der Nacht und Dämmrung Tochter,
Als die Wahrheit sie gehöret
Ohne allen Lug getreulich,
Läßt die Tücher ungeklopfet,
Läßt die Röcke ungespület
An des breiten Steges Kante,
An der roten Brücke Ende,
Raffet mit der Hand die Röcke,
Mit der Faust faßt sie die Säume,　210
Macht sich hastig auf von dannen,
Eilt alsbald in starkem Laufe,
Kommt so in das Haus des Schmiedes,
Hurtig geht sie hin zur Esse.
　Dorten weilte Ilmarinen,
Er, der ew'ge Hämmerkünstler,
Schmiedet eine Bank aus Eisen,
Schmückt sie sorgsam aus mit Silber,
Ruß liegt armhoch auf dem Kopfe,
Kohlen klafterhoch am Halse.　220

Hin zur Türe tritt Annikki,
Redet Worte solcher Weise:
„Bruder, Schmieder Ilmarinen,
Hämmerkünstler aller Zeiten!
Schmiede mir ein Weberschiffchen,
Schmied' mir feine Fingerringe,
Zwei, ja drei der Ohrgehänge,
Fünf, ja sechs der Gürtelketten,
Werde dir die Wahrheit sagen,
Ohne allen Lug getreulich!"   230

Spricht der Schmieder Ilmarinen:
„Sagest du mir gute Worte,
Schmied' ich dir ein Weberschiffchen,
Schmied' dir feine Fingerringe,
Schmied' ein Kreuz dir für den Busen,
Bess're aus dir deinen Kopfschmuck;
Sagst du aber schlechte Worte,
Brech' ich deinen Schmuck in Stücke,
Werfe ihn dir in das Feuer,
Stoße ihn in meine Esse."   240

Annikki mit gutem Namen
Redet Worte solcher Weise:
„O du Schmieder Ilmarinen,
Denkst du wohl noch heimzuführen
Die du einstmals dir verlobet,
Dir zum Weibe auserlesen?

„Schmiedest ohne aufzuhören,
Hämmerst ja zu allen Zeiten,
Rossen machst du Sommers Hufe,
Schmiedest Winters dazu Eisen,   250
Nachts baust du an deinem Schlitten,
Machst die Seiten an dem Tage,
Um zur Brautfahrt hinzuwandern,
Nach dem Nordland aufzubrechen,
Dahin eilet nun ein Schlaurer,
Kommt dir nun zuvor ein Flinkrer,
Führt hinweg was dir gehöret,
Nimmt für sich was du geliebet,
Zwei der Jahre angeblicket,
Drei der Jahre drum geworben;   260

Wisse, schon fährt Wäinämöinen
Auf des blauen Meeres Rücken,
In dem Boot mit goldnem Schnitzwerk,
An dem Kupfersteuer sitzend,
Nach dem nimmerhellen Nordland,
Nach dem düstern Sariola."

Eine Pein kommt da dem Schmiede,
Schwere Zeit dem Eisenmanne,
Aus der Faust prallt ihm die Zange,
Aus der Hand sinkt ihm der Hammer.   270

Spricht der Schmieder Ilmarinen:
„Annikki, du liebe Schwester!
Werde dir ein Weberschiffchen,
Feine Fingerringe schmieden,
Zwei, ja drei der Ohrgehänge,
Fünf, ja sechs der Gürtelketten,
Wärme du die süße Badstub',
Füll' mit Rauch die Honigkammer
Mit den feingespaltnen Scheiten,
Mit den klein gebrochnen Spänen,   280
Gib mir auch ein wenig Asche
Und bereit' ein wenig Lauge,
Daß den Kopf ich damit wasche,
Meine Glieder damit rein'ge
Von den Kohlen seit dem Herbste,
Von den Schlacken seit dem Winter!"

Annikki mit gutem Namen
Wärmet heimlich drauf die Badstub',
Heizt mit Holz, das Wind gebrochen,
Das der Donnerkeil zerschlagen,   290
Sammelt Steine aus dem Strome,
Mehrt durch Sprengen drauf die Hitze,
Durch das Wasser aus der Quelle,
Aus dem sanftbewegten Borne,
Bricht dann Besen im Gebüsche,
Macht aus Laub die weichen Quaste,
Bäht die honigreichen Besen
Auf des süßen Steines Spitze,
Macht aus saurer Milch die Lauge,
Macht aus Knochenmark die Seife,   300

Macht aus glattem Stoff die Seife,
Macht sie aus geschmeid'ger Masse,
Um des Freiers Kopf zu waschen,
Seine Glieder rein zu reiben.

Und der Schmieder Ilmarinen,
Er, der ew'ge Hämmerkünstler,
Schmiedet was die Jungfrau wünschte,
Bessert aus den Schmuck des Kopfes,
Während sie die Badstub' heizte,
Eilend ihm das Bad besorgte;   310
Legt ihr alles in die Hände,
Also redet nun die Jungfrau:
„Hab' die Badstub' schon geheizet,
Schon gewärmt die dampf'ge Kammer,
Habe schon gebäht die Besen,
Schon geschwungen dort die Quaste;
Bade du nun zur Genüge,
Gieße Wasser nach Belieben,
Wasch das Haupt zu Flachses Weiße,
Deine Augen gleich dem Schneeglanz!" 320

Ilmarinen, er, der Schmieder,
Geht nun selber hin zu baden,
Wäscht sich dorten zur Genüge,
Scheuert blank den ganzen Körper,
Wäscht die Augen, daß sie glänzen,
Wäscht die Schläfen, daß sie blühen,
Seinen Hals so weiß wie Eier,
Seine Glieder, daß sie strahlen;
Kommt ins Zimmer aus dem Bade,
Kommt, daß man ihn kaum erkennet, 330
Wunderschön sind seine Wangen,
Wohlgerötet ihre Fläche.

Redet Worte solcher Weise:
„Annikki, geliebte Schwester!
Bringe mir ein Hemd von Leinwand,
Bringe mir die besten Kleider,
Daß ich meine Glieder schmücke,
Daß ich mich zum Freien rüste!"

Annikki mit gutem Namen
Holt ihm nun ein Hemd von Leinwand 340

Für die schweißbefreiten Glieder,
Für den unbedeckten Körper,
Holt ihm enggewirkte Hosen,
Die die Mutter selber nähte,
Für die schmutzbefreiten Hüften,
Deren Knochen nicht zu sehen.

Holet ihm dann weiche Strümpfe,
Die einst seine Mutter strickte,
Um das Schienbein zu bedecken,
Um die Waden zu verhüllen;   350
Darauf Schuhe, die gut passen,
Schöne Stiefel aus der Fremde,
Auf die Strümpfe sie zu ziehen,
Die die Mutter einst genähet;
Ein Gewand von blauer Farbe,
Unten von der Leberfarbe,
Auf das Hemd von schöner Leinwand,
Die aus reinstem Flachs bereitet;
Dann den Rock aus wollnem Zeuge,
Wohl verbrämt mit Tuchesstreifen, 360
Aufs Gewand von blauer Farbe,
Das das neuste von den neuen;
Einen Pelz mit tausend Knöpfen,
Ausgeschmückt mit hundert Zierden,
Auf den Rock aus wollnem Zeuge,
Welchen feines Tuch umkreiset;
Noch den Gürtel um die Hüften,
Die mit Gold gezierte Binde,
Die die Mutter einst gestricket,
Die als Mädchen sie gewirket;   370
Buntgezierte Handschuh' ferner,
Fingerhandschuh' goldenkantig,
Von den Lappen angefertigt,
Auf die schöngeformten Hände;
Eine Mütze, die sich hebet
Auf dem Haupt mit goldnen Locken,
Die der Vater einst gekaufet,
Als zum Freien er sich schmückte.

Ilmarinen, er, der Schmieder,
Kleidet sich und macht sich fertig, 380

Achtet, daß die Kleider passen,
Redet dann zu seinem Knechte:
„Schirre mir das flinke Füllen
Vor den buntgeschmückten Schlitten,
Daß ich auf die Fahrt mich mache,
Nach dem Nordland hin verreise!"

Also gibt der Knecht zur Antwort:
„Haben grade sechs der Rosse,
Pferde, welche Hafer fressen,
Welches soll ich davon schirren?"   390

Spricht der Schmieder Ilmarinen:
„Nimm den besten von den Hengsten,
Spann' das Füllen ins Geschirre,
Vor den Schlitten du das falbe,
Setze sechs der Kuckucksvögel,
Sieben von den blauen Vögeln,
Daß sie an dem Krummholz zwitschern,
An des Joches Riemen lärmen,
Daß die Mädchen haftig aufschaun,
Sich die Jungfraun staunend freuen;   400
Bringe her das Fell des Bären,
Mir zum Sitz sei es bereitet,
Bringe auch die Haut der Robbe
Her als Decke auf den Schlitten!"

Darauf spannt der stets gewärt'ge,
Der mit Geld bezahlte Diener
Ins Geschirr das flinke Füllen,
Vor den Schlitten hin das falbe,
Stellet sechs der Kuckucksvögel,
Sieben von den blauen Vögeln,   410
Daß sie an dem Krummholz zwitschern,
An des Joches Riemen lärmen;
Bringt herbei das Fell des Bären,
Daß der Wirt sich darauf setze,
Bringt sodann die Haut der Robbe
Her als Decke auf den Schlitten.

Selbst der Schmieder Ilmarinen,
Er, der ew'ge Hämmerkünstler,
Flehet nun zu Ukko oben,
Betet also zu dem Donn'rer: 420

„Sende frischen Schnee, o Ukko,
Lasse weiche Flocken fallen,
Daß der Schlitten drüber gleite,
Auf dem Schnee vorübersause!"

Frischen Schnee entsendet Ukko,
Läßt die weichen Flocken fallen,
Deckt der Heidekräuter Stiele
Und verbirgt die Beerenbüschel.

Setzt der Schmieder Ilmarinen
Nun sich in den Eisenschlitten,   430
Redet Worte solcher Weise,
Läßt auf diese Art sich hören:
„Glück, sei nun bei meinen Zügeln,
Gott, beschütze du den Schlitten,
Nicht zerreißt das Glück die Zügel,
Nicht zerschmettert Gott den Schlitten!"

Raffet mit der Hand die Zügel,
Mit der andern dann die Peitsche,
Schlägt das Roß mit seiner Peitsche,
Redet selber diese Worte: 440
„Weißstirn, jage nun von dannen,
Tummle dich, du Flachsesmähne!"

Springend jagt das Roß des Weges
An des Meeres sand'gem Ufer,
An dem Rand des Honigholmes,
An des Erlenhügels Seite,
Lärmend jagt es hin am Strande,
Rauschend durch den Kies am Ufer,
In die Augen fliegt der Flugsand
Und das Meer spritzt an den Busen.   450

Jagt so einen Tag, den zweiten,
Jagt auch noch am dritten Tage.
Endlich an dem dritten Tage
Holt er ein den Wäinämöinen,
Redet Worte solcher Weise,
Läßt auf diese Art sich hören:
„O du alter Wäinämöinen,
Laß uns friedlich uns vergleichen,
Daß, obwohl wir um die Wette
Um die Jungfrau uns bewerben,   460

Sie nicht wider ihren Willen,
Sondern frei dem Manne folge!"

Sprach der alte Wäinämöinen:
"Will in Frieden mich vergleichen,
Mit Gewalt sie nicht zu nehmen,
Wider ihren Willen nimmer:
Daß sie dem gegeben werde,
Welchem sie sich selbst bestimmet;
Werd' nicht lange Feindschaft tragen,
Zähen Groll werd' ich nicht hegen." 470

Fuhren drauf des Weges fürder,
Jeglicher auf seinem Pfade,
Rauschend schoß das Boot am Strande,
Schoß der Hengst, die Erde bebte.

Wenig Zeit war hingegangen,
Kaum ein Augenblick verflossen,
Sieh, da bellte schon der Haushund
Und des Hofes Wächter kläffte
In dem nimmerhellen Nordland,
In dem düstern Sariola;   480
Anfangs murrte er nur leise,
Knurrte dann zuweilen zornig,
Auf dem Ackerrain gelagert,
Seinen Schwanz zu Boden senkend.

Sprach der Hauswirt von Pohjola:
"Sehe, Tochter, nachzuschauen,
Laut gegeben hat der Graue,
Angeschlagen hat das Langohr!"

Klüglich antwortet die Tochter:
"Bin zurzeit nicht müßig, Vater,   490
Muß den großen Stall besorgen,
Muß die große Herde hüten,
Muß mit breitem Steine mahlen,
Fein das Mehl durch Siebe lassen,
Fein das Mehl und breit die Steine,
Und gering die Kraft zum Mahlen."

Leise bellt des Schlosses Unhold,
Knurrt nur selten und voll Ärger,
Spricht der Hauswirt von Pohjola:
"Sehe, Alte, nachzuschauen,   500

Laut gegeben hat der Fahle,
Angeschlagen hat der Torwart!"

Also antwortet die Alte:
"Hab' nicht Muße noch Verlangen,
Muß die große Wirtschaft sätt'gen,
Muß das Mittagsmahl besorgen,
Muß das große Brot bereiten,
Muß den Teig recht kräftig kneten,
Groß das Brot, das Mehl vom feinsten,
Und gering die Kraft zum Backen."   510

Spricht der Hauswirt von Pohjola:
"Immer haben Weiber Eile,
Mädchen immer viel zu schaffen,
Wenn am Ofen sie sich braten,
In dem Bette lang sich strecken;
Sehe du, Sohn, nachzuschauen!"

Also antwortet der Bursche:
"Hab' nicht Zeit um nachzuschauen,
Muß das stumpfe Beil jetzt schleifen,
Einen großen Block zerhauen,   520
Einen Haufen Holz nun spalten,
Es in feine Scheite schlagen,
Groß der Haufen, fein die Scheite,
Und gering die Kraft zum Hauen."

Immer bellte noch der Kläffer,
Immer knurrte noch der Hofwart,
Lärmte noch der Hund, der garst'ge,
Klagte noch des Hügels Wächter,
Sitzend auf dem Saum des Feldes,
Seinen Schwanz nach oben krümmend.   530

Sprach der Hauswirt von Pohjola:
"Ohne Grund bellt nicht der Fahle,
Nimmer schlägt er an vergebens,
Knurret nicht der Föhren wegen."

Geht nun selber nachzuschauen,
Schreitet durch den Raum des Hofes
Zu des Feldes letztem Rande,
Zu dem hintersten der Äcker.

Schauet auf des Hundes Schnauze,
Sieht die Nase hingerichtet   540

Zu des Sturmeshügels Spitze,
Zu des Erlenberges Rücken;
Sieht nun wohl die ganze Wahrheit,
Was der Graue so gebellet,
So geklagt die Zier des Bodens,
So geheult der Wollschwanzträger;
Rotgefärbt ein Fahrzeug segelt
An dem Strand des Lempibusens
Und ein bunter Schlitten eilet
An dem Strand des Honigholmes.   550
    Geht der Hauswirt von Pohjola
Alsogleich in seine Stube,
Macht sich auf nach seinem Hause,
Läßt sich solcherart vernehmen:
„Fremde sind schon unterwegs her
Auf des blauen Meeres Rücken,
Angefahren kommt ein Schlitten
An dem Strand des Honigholmes,
Angesegelt kommt ein Fahrzeug
An dem Strand des Lempibusens."   560
    Spricht die Wirtin von Pohjola:
„Woher nehmen wir ein Zeichen,
Weshalb her die Fremden kommen?
Mach' dich auf, mein kleines Mädchen,
Leg' erlesnen Zweig ins Feuer,
Von dem Ebereschenholze!
Fließet er von rotem Blute,
Werden wir in Krieg geraten,
Fließt dagegen reines Wasser,
So verharren wir im Frieden."   570
    Nordlands Magd, die kleine Jungfrau,
Sie, ein Mädchen gar bescheiden,
Legt erlesnen Zweig ins Feuer,
Von dem Ebereschenholze;
Fließet nicht von rotem Blute,
Nicht von Blute, nicht von Wasser,
Honig sieht hervor sie fließen,
Süßen Seim zum Vorschein kommen.
    Aus dem Winkel spricht Suowakko,
Redet aus dem Bett die Alte: 580

„Fließet Honig aus dem Holze,
Träufelt es von süßem Seime,
Sind die Gäste, die jetzt kommen,
Eine große Schar von Freiern."
    Darauf geht des Nordlands Wirtin,
Mit der Wirtin auch die Tochter
Gar geschwinden Schritts zum Hofe,
Eilen rasch hinaus ins Freie,
Werfen ihre Augen dorthin,
Wenden ihren Kopf zur Sonne;   590
Sehen aus der Ferne kommen,
Angesegelt einen Nachen,
Hundert Bretter hat die Barke,
Die im Lempibusen kreuzet,
Bräunlich scheint das Boot von unten,
Rötlich glänzt die obre Hälfte,
Voller Kraft stützt an dem Steuer
Sich ein Mann aufs Kupferruder;
Laufen sehen sie das Füllen,
Sie den roten Schlitten gleiten,   600
Fahren ihn, den buntgeschmückten,
An dem Strand des Honigholmes;
Sechs der goldnen Kuckucksvögel
Lärmen an dem Krummholzbogen,
Sieben blaugefärbte Vögel
Singen an des Joches Riemen,
Sitzt ein stolzer Held im Schlitten,
Hält die Zügel in den Händen.
    Spricht die Wirtin von Pohjola,
Redet selber diese Worte: 610
„Welchem Manne willst du folgen,
Wenn sie kommen dich zu freien,
Als Gefährtin für das Leben,
Als ein heißgeliebtes Hühnchen?
    „Welcher mit dem Boote kommet,
Mit dem roten Fahrzeug schiffet,
Das im Lempibusen kreuzet,
Ist der alte Wäinämöinen,
Führt im Schiffe guten Vorrat,
Schätze auf des Bootes Boden.   620

„Welcher in dem Schlitten fähret,
In dem buntgeschmückten gleitet
An dem Strand des Honigholmes,
Ist der Schmieder Ilmarinen,
Kommet her mit leeren Händen,
Hat den Schlitten voll mit Sprüchen.

„Treten sie in unsre Stube,
Bring' du Honigtrank im Kruge,
Bringe ihn im doppelohr'gen,
Leg' den Krug in dessen Hände,   630
Dem zu folgen du gesonnen;
Gib ihn nur dem Wäinämöinen,
Der im Schiffe Güter brachte,
Schätze auf des Bootes Boden!"

Doch des Nordlands schöne Tochter
Gibt zur Antwort solche Rede:
„Teure, die du mich getragen,
Mutter, die mich auferzogen!
Werde nicht den Reichtum wählen,
Nicht den Mann mit großen Schätzen,   640
Wähl' den Mann mit güt'ger Stirne,
Den an allen Gliedern schönen;
Nimmer ward in frühern Zeiten
Wohl ein Mädchen je verkaufet;
Ohne Schätze folgt die Jungfrau
Ilmarinen, ihm, dem Schmiede,
Der den Sampo hat geschmiedet,
Der den Deckel hat gehämmert."

Spricht die Wirtin von Pohjola:
„O du kleines dummes Schäflein!   650
Wählst den Schmieder Ilmarinen,
Dessen Stirn vom Schweiße triefet,
Seine Laken rein zu spülen
Und des Schmiedes Kopf zu waschen."

Also antwortet die Tochter,
Redet Worte solcher Weise:
„Will den Wäinämöinen nimmer,
Nicht den alten Mann beschützen,
Würde Mühe mit ihm haben,
Langeweile mit dem Greise."   660

Drauf gelangte Wäinämöinen
Früher an das Ziel der Reise,
Stößt den rotgefärbten Nachen,
Setzt das dunkelfarb'ge Fahrzeug
Auf die eisenfesten Rollen,
Auf die kupferreichen Walzen,
Dringt dann selber in die Stube,
Geht geschwinde ein zum Hause,
Redet auf dem Boden stehend,
Vor der Türe, unterm Balken,   670
Redet Worte solcher Weise,
Läßt auf diese Art sich hören:
„Willst du, schöne Jungfrau, werden
Mir Gefährtin für das Leben,
Meine Tage mit mir teilen
Als ein heißgeliebtes Hühnchen?"

Nordlands Maid, die schöne Jungfrau
Gibt geschwinde diese Antwort:
„Hast du schon das Boot gezimmert,
Schon gebaut das große Fahrzeug   680
Aus den Splittern meiner Spindel,
Aus den Trümmern meiner Spule?"

Spricht der alte Wäinämöinen,
Redet selber solche Worte:
„Hab' ein gutes Boot gezimmert,
Wohl gefüget diesen Nachen,
Daß dem Winde stand er halte
Und dem Wetter widerstehe,
Wenn er durch die Wogen treibet,
Auf dem Meeresrücken gleitet,   690
Wie ein Bläschen sich erhebet,
Wie ein Blättchen sich beweget
Durch des Nordlands weite Fluten,
Durch die schaumbedeckten Wogen."

Nordlands schöngewachsne Tochter
Gibt zur Antwort diese Worte:
„Mir gefällt kein Mann vom Meere,
Keiner der auf Wogen weilet,
Seinen Sinn entführen Stürme,
Sein Gehirn zersprengen Winde,   700

Deshalb mag ich dir nicht folgen,
Mag ich mich an dich nicht binden
Als Gefährtin für das Leben,

Als ein heißgeliebtes Hühnchen,
Dir die Schlafstatt zu besorgen,
Dir das Kissen zu bereiten."

Neunzehnte Rune

Selbst der Schmieder Ilmarinen,
Er, der ew'ge Hammerkünstler,
Drang nun hastig in die Stube,
Stürzte eilig in die Wohnung.

Honigtrank ward da gereichet,
Süßer Seim im Krug gegeben
In die Hände Ilmarinens;
Solche Worte sprach der Schmieder:
„Nimmer wird, solang ich lebe,
Nicht, solang das Mondlicht leuchtet,   10
Diesen Trank mein Mund berühren,
Eh' mein Eigentum ich schaue;
Ist nicht fertig die Ersehnte,
Deretwegen lang ich wachte?"

Sprach die Wirtin von Pohjola,
Redet Worte solcher Weise:
„Große Müh' gibt die Ersehnte,
Mühe sie, um die man wachte;
Noch nicht ist der Fuß im Schuhe,
Und der zweite ist's noch wen'ger: 20
Dann erst ist die Jungfrau fertig,
Um von dir gefreit zu werden,
Wenn das Schlangenfeld du ackerst,
Du das natternreiche pflügest,
Ohne daß die Pflugschar schreitet,
Ohne daß der Holzpflock bebet;
Hiisi hat es einst gepflüget,
Lempo mit dem Roß durchfurchet,
Mit der kupferreichen Pflugschar,
Mit dem blitzend scharfen Eisen,   30

In der Hälfte ließ mein Söhnlein
Ungeackert es einst liegen."

Ilmarinen, er, der Schmieder,
Gehet in der Jungfrau Stube,
Redet selber diese Worte:
„Du, der Nacht und Dämmrung Tochter,
Denkest du noch jener Zeiten,
Als den Sampo ich geschmiedet,
Als den Deckel ich gehämmert,
Und du schwurest kräft'ge Eide   40
Vor dem offenbaren Gotte,
Vor des Mächt'gen Angesichte,
Legtest ab ein groß Gelübde,
Mir, dem guten Mann zu folgen
Als Gefährtin für das Leben,
Als ein heißgeliebtes Hühnchen?
Nicht will dich die Mutter geben,
Mir die Tochter nicht gewähren,
Wenn ich nicht das Feld voll Schlangen,
Nicht das natternreiche pflüge."   50

Von der Braut wird ihm da Hilfe,
Solchen Rat gibt ihm die Jungfrau:
„O du Schmieder Ilmarinen,
Hämmerkünstler aller Zeiten!
Schmiede eine goldne Pflugschar,
Schmück' sie aus mit schönem Silber!
Wirst das Schlangenfeld dann ackern,
Wirst das natternreiche pflügen."

Ilmarinen, er, der Schmieder,
Leget Gold drauf in die Esse,   60

8*

Läßt das Silber dort zerschmelzen,
Schmiedet daraus eine Pflugschar,
Schmiedet Schuhe sich aus Eisen,
Schmiedet Schienen aus dem Stahl sich,
Zieht sie dann an seine Füße
Und befestigt sie am Schienbein,
Legt sich an ein Hemd von Eisen,
Einen Gurt vom besten Stahle,
Große Handschuh', die aus Eisen,
Fäustlinge, so hart wie Steine,   70
Holt sich nun ein Roß voll Feuer,
Schirrt das schöngewachsne Füllen,
Gehet um das Feld zu pflügen,
Um den Acker zu durchfurchen.

Häupter schaut er, die sich drehen,
Köpfe, die beständig zischen,
Redet Worte solcher Weise:
„Schlange du, von Gott geschaffne,
Wer erhob wohl deinen Rachen,
Wer entsandte dich und machte,   80
Daß den Kopf du aufrecht hältest,
Du den Hals nach oben streckest;
Weiche fort nun aus dem Wege,
Gehe in die Stoppeln, Arge,
Schlüpfe du in dichtes Buschwerk,
Schwinge dich auf gras'ge Plätze!
Hebest du den Kopf von daher,
Wird dir Akko ihn zerbrechen,
Mit den stahlgespitzten Pfeilen,
Mit den eisenharten Schloßen."   90
Pflügt dann dieses Feld voll Schlangen,
Und durchfurcht das Land voll Nattern,
Hebt die Schlangen bei dem Pflügen,
Hebt die Vipern bei dem Ackern,
Spricht, als er zurückgekommen:
„Hab' gepflügt das Feld voll Schlangen,
Hab' durchfurcht das Land voll Nattern,
Umgewandt das vipernreiche,
Gibst du mir nun deine Tochter,
Überläßt mir die Geliebte?"   100

Spricht die Wirtin von Pohjola,
Läßt sich solcherart vernehmen:
„Werd' dir dann die Tochter geben,
Dir die Jungfrau dann bescheren,
Wenn du Tuonis Bären bringest,
Wenn Manalas Wolf du zügelst
Aus dem Hain des Totenreiches,
Von den Grenzen von Manala;
Hundert gingen ihn zu zügeln,
Keiner ist zurückgekehret."   110

Selbst der Schmieder Ilmarinen
Geht nun in des Mädchens Stube,
Redet Worte solcher Weise:
„Ist ein Werk mir auferleget,
Zügeln soll den Wolf Manalas,
Ich den Bären Tuonis bringen
Aus dem Hain des Totenreiches,
Von den Grenzen von Manala."

Von der Braut wird ihm da Hilfe,
Solchen Rat gibt ihm die Jungfrau: 120
„O du Schmieder Ilmarinen,
Hämmerkünstler aller Zeiten!
Schmied' aus Stahl dir gute Zügel,
Mache Riemen du aus Eisen
Dir auf einem Stein im Wasser,
In der Brandung von drei Strömen,
Damit bringst den Bären Tuonis,
Zügelst du den Wolf Manalas."

Ilmarinen drauf, der Schmieder,
Er, der ew'ge Hämmerkünstler,   130
Schmiedet sich von Stahl erst Zügel,
Machet Riemen dann aus Eisen
Sich auf einem Stein im Wasser,
In der Brandung von drei Strömen.

Geht die Tiere dann zu zügeln,
Redet selber diese Worte:
„Terhenetär, Nebeltochter,
Siebe mit dem Sieb den Nebel,
Streue nebelreichen Schatten,
Wo die wilden Tiere weilen,   140

Daß sie mich nicht kommen hören,
Nicht vor mir die Flucht ergreifen!"
  Zügelt dann des Wolfes Rachen,
Fesselt mit der Kett' den Bären
Von den Fluren von Tuoni,
Aus des blauen Haines Innerm,
Spricht, als er zurückgekommen:
„Gib mir, Alte, deine Tochter,
Hab' gebracht den Bär Tuonis,
Zügelte den Wolf Manalas." 150
  Spricht die Wirtin von Pohjola,
Läßt sich solcherart vernehmen:
„Gebe dir erst dann das Entlein,
Rüste aus das blaue Vöglein,
Wenn den großen Hecht du fangest,
Du den fetten Fisch erhaschest
Aus dem Flusse von Tuoni,
Aus den Tiefen von Manala,
Ohne daß ein Garn du stellest,
Ohne daß ein Netz du ziehest; 160
Hundert wollten ihn schon fangen,
Keiner ist zurückgekehret."
  Bangnis überkommt den Schmied da,
Er gerät in große Drangsal,
In des Mädchens Stube geht er,
Redet selber solche Worte:
„Ist ein Werk mir auferleget,
Größer ist's noch als das frühre:
Soll den großen Hecht nun fangen,
Ihn, den fetten Fisch, erhaschen 170
Aus dem schwarzen Fluß Tuonis,
Aus den Tiefen von Manala
Ohne Garn und ohne Netze,
Ohne Werkzeug andrer Weise."
  Von der Braut wird ihm da Hilfe,
Solchen Rat gibt ihm die Jungfrau:
„O du Schmieder Ilmarinen,
Lasse deine Sorge fahren!
Schmiede einen Aar aus Feuer,
Einen großen Flammenvogel! 180

Dieser wird den Hecht dir fangen,
Dir den fetten Fisch erhaschen
Aus dem schwarzen Fluß Tuonis,
Aus den Tiefen von Manala."
  Selbst der Schmieder Ilmarinen,
Er, der ew'ge Hämmerkünstler,
Schmiedet einen Aar aus Feuer,
Einen großen Flammenvogel,
Bildet Klauen ihm aus Eisen,
Macht aus hartem Stahl die Krallen, 190
Nimmt zu Flügeln Bootesränder,
Hebt sich selber auf die Flügel,
Setzt sich auf des Vogels Rücken,
Auf des Adlers Bürzelknochen.
  Dann ermahnt er so den Adler,
Unterweist den Flammenvogel;
„Adler du, mein lieber Vogel,
Fliege nun, wie ich dich heiße,
Nach dem schwarzen Fluß Tuonis,
Nach den Tiefen von Manala, 200
Pack' den großen Hecht Tuonis,
Fange mir der Fische fettsten!"
  Rasch entfliegt der schöne Adler,
Schwingt sich auf in schnellem Fluge,
Um den großen Hecht zu fangen,
Diesen Fisch mit grausen Zähnen,
Aus dem Flusse von Tuoni,
Aus den Tiefen von Manala,
Streift die Flut der eine Flügel,
Reicht der andre bis zum Himmel, 210
In das Meer schlägt er die Krallen,
Wetzt den Schnabel an den Klippen.
  Darauf gehet Ilmarinen,
Geht der Schmieder zu durchsuchen
Tuonis Fluß mit schwarzen Wogen,
Ihm zur Seite wacht der Adler.
  Aus dem Wasser stieg ein Unhold,
Fest griff er nach Ilmarinen,
In den Nacken fuhr der Adler,
Drehte um den Kopf des Unholds, 220

Stieß ihn nieder in die Tiefe,
Drängt' ihn in den Schmutz des Schlammes.

Schon erschien der Hecht Tuonis,
Kam der Wasserhund geschlichen,
War nicht von den kleinsten Hechten,
Nicht gehört' er zu den größten:
Zwei der Beile lang die Zunge,
Harkenstielen gleich die Zähne,
Wie drei Ströme breit der Rachen,
Sieben Boote breit der Rücken,   230
Wollte nach dem Schmiede schnappen,
Ilmarinen gleich verschlingen.

Kam der Adler nun geschwinde,
Senkte sich der Lüfte Vogel,
Nicht gehört' er zu den kleinsten,
Keineswegs auch zu den größten:
Hundert Klafter maß sein Schnabel,
Wie sechs Ströme war der Rachen,
Sechs der Speere lang die Zunge,
Fünf der Sensen lang die Krallen;   240
Spähet nach dem großen Hechte,
Nach dem flinken, fetten Fische,
Schießt herab nach diesem Fische,
Eilet zu dem großen Hechte.

Darauf drückt der Hechte größter,
Er, der flinke, fette Schwimmer,
Stark des Adlers große Krallen
In des klaren Wassers Tiefe,
In die Höhe strebt der Adler,
Hebt sich in die freien Lüfte,   250
Rühret auf des Schlammes Schwärze
Auf des Wassers klarem Spiegel.

Fliegt ein Weilchen, hält dann inne,
Will es noch einmal versuchen,
Schlägt die eine seiner Klauen
In des Ungeheuers Schulter,
In des Wasserhundes Seite,
Schlägt die andre seiner Klauen
In den Berg von hartem Stahle,
In den Fels von festem Eisen,   260

Von dem Steine prallt die Klaue,
Gleitet ab vom Eisenfelsen,
In die Tiefe taucht der Hecht schon,
Zieht sich in des Wassers Gründe,
Reißt sich aus des Adlers Fängen,
Aus des Riesenvogels Krallen,
Spuren hat er an den Seiten,
Starke Spalten an den Schultern.

Darauf stürzt mit Eisenklauen
Noch einmal der Aar von oben,   270
Flammen strahlen seine Flügel,
Feuer funkelt aus den Augen,
Packt den Hecht mit seinen Klauen,
Packt den Wasserhund gewaltig,
Holt den Schuppenhecht zur Höhe,
Rafft das Ungetüm des Wassers
Aus der Fluten großer Tiefe
An des Wassers klaren Spiegel.

So erhascht der starke Adler
Bei dem dritten Male endlich   280
Tuonis Hecht, der Fische schlimmsten,
Ihn, den flinken, fetten Schwimmer,
Aus dem Fluß des Totenreiches,
Aus den Tiefen von Manala,
Nicht erkannte man das Wasser
Vor des großen Hechtes Schuppen,
Nicht konnt' man die Luft erkennen
Vor des großen Adlers Federn.

Trug der Aar mit Eisenklauen
Nun den Hecht, den schuppenreichen, 290
In der Eiche hohe Zweige,
In der Föhre breite Krone,
Machte sich daran zu kosten,
Schlitzte auf den Bauch des Hechtes,
Rupfte durch die Brust des Fisches,
Trennte ab den Kopf vom Rumpfe.

Sprach der Schmieder Ilmarinen:
„Adler, du verruchter Bursche,
Was bist du denn für ein Vogel,
Was bist du denn für ein Flattrer,   300

Daß vom Fang du haft gekoftet,
Aufgeschlitzt den Bauch des Hechtes,
Ganz zerrauft die Bruft des Fisches,
Durchgebissen ihn am Kopfe!"

Doch der Aar mit Eisenklauen
Eilte hitzig nur noch weiter,
Hob sich höher in die Lüfte,
An den Rand der langen Wolke,
Wolken bebten, Lüfte braußten,
Schief geriet des Himmels Decke,   310
Akkos Bogen sprang in Stücke
Und des Mondes Hörner brachen.

Selber trug nun Ilmarinen,
Trug der Schmied den Kopf des Fisches
Als Geschenk zur Schwiegermutter,
Redet Worte solcher Weise:
"Dieser wird für immer dienen
Als ein Stuhl in Nordlands Stube."

Sprach dann Worte solcher Weise,
Ließ auf diese Art sich hören: 320
"Hab' das Schlangenfeld gepflüget,
Hab' das Natternland durchfurchet,
Zügelte den Wolf Manalas,
Fesselte Tuonis Bären,
Fing den Hecht, den schuppenreichen,
Ihn, den flinken, fetten Schwimmer,
Aus dem Fluß des Totenreiches,
Aus den Tiefen von Manala;
Wirft die Tochter du mir geben,
Mir die Jungfrau nun bescheren?"   330

Sprach die Wirtin von Pohjola:
"Schlecht haft du daran gehandelt,
Daß den Kopf du abgetrennet,
Aufgeschlitzt den Bauch des Hechtes,
Durchgerupft die Bruft des Fisches
Und von seinem Fleisch gekoftet."

Selbft der Schmieder Ilmarinen
Gab zur Antwort solche Worte:
"Nie erlangt man ohne Schaden
Beute, sei's vom beften Orte,   340

Habe sie aus Tuonis Flusse,
Aus Manala sie geholet;
Ift nun fertig die Ersehnte,
Deretwegen lang ich wachte?"

Sprach die Wirtin von Pohjola,
Redet selber diese Worte:
"Fertig ift nunmehr die Jungfrau,
Deretwegen lang du wachteft,
Gebe dir mein liebes Entlein,
Rüfte aus das feine Böglein,   350
Für den Schmieder Ilmarinen
Als Gefährtin für das Leben,
Als Genossin seiner Tage,
Als ein heißgeliebtes Hühnchen."

Auf dem Boden saß ein Knabe,
Von dem Boden sang er also:
"Schon erschien in diesen Stuben,
Kam in unser Schloß ein Vogel,
Flog von Osten her ein Adler,
Durch die Lüfte her ein Habicht,   360
Mit dem Flügel an den Wolken,
An den Wogen mit dem andern,
Kehrt die Fluten mit dem Schweife,
Mit dem Kopf reicht er zum Himmel;
Blicket um sich in die Runde,
Fliegt ein Weilchen, hält dann inne,
Fliget auf das Schloß der Männer,
Klopfet mit dem großen Schnabel;
Eisern ift das Dach der Männer,
Kann nicht in das Innre dringen.   370

"Blicket um sich in die Runde,
Fliegt ein Weilchen, hält dann inne,
Fliget auf das Schloß der Weiber,
Klopfet mit dem großen Schnabel;
Kupfern ift das Dach der Weiber,
Kann nicht in das Innre dringen.

"Blicket um sich in die Runde,
Fliegt ein Weilchen, hält dann inne,
Fliget auf das Schloß der Mädchen,
Klopfet mit dem großen Schnabel;   380

Leinen ist das Dach der Mädchen,
Kann bald in des Innre dringen.

„Flieget auf des Schlosses Rauchfang,
Läßt herab sich zu der Decke,
Rückt den Laden sacht beiseite,
Setzt sich auf des Schlosses Fenster,
Auf die Wände grünbefiedert,
Hundertfedrig auf die Balken.

„Schauet auf die Schöngelockte,
Blicket auf die Zopfgeschmückte,   390
Auf die beste von den Jungfraun,
Auf der Schönen allerschönste,
Auf der Perlengleichen hellste,
Auf der Blüh'nden schimmerzartste.

„Mit den Klaun packt sie der Adler,
Greift sie rasch der Habichtsvogel,
Er entführt des Schwarmes Beste,
Sie, die zierlichste der Enten,
Sie, die glänzendste und weichste,
Sie, die weißeste und frischste,   400
Sie entführt der Lüfte Vogel,
Hält sie mit den langen Klauen,
Die ihr Köpfchen hoch emporträgt,
Die am lieblichsten von Wuchs ist
Und die feinsten Bürzelfedern
Und den allersanftsten Flaum hat."

Sprach die Wirtin von Pohjola,
Redet Worte solcher Weise:
„Woher mußtest du, o Gastfreund,
Hörtest du, o goldner Apfel,   410
Daß die Jungfrau hier emporwuchs,
Daß ihr Flachshaar sie umwehte?
Glänzte wohl des Mädchens Silber,
Ward gerühmt das Gold des Mädchens,
Schien von uns zu euch die Sonne,
Leuchtete der Mond der Ferne?"

Sprach der Knabe von dem Boden,
Schwatzte so der junge Sprößling:
„Daher mußte es der Gastfreund,
Fand den Weg des Glückes Maulwurf   420

Nach dem Haus der Weitberühmten,
Nach dem Hof der schönen Jungfrau:
Guten Ruf genoß der Vater,
Der das große Schiff entsandte,
Bessern Ruf noch hatt' die Mutter,
Die das dicke Brot gebacken,
Weizenbrot zurechtgeknetet,
Um die Gäste zu bewirten.

„Also wußte es der Gastfreund,
So erfuhr's der ferne Fremdling,   430
Daß die Jungfrau aufgewachsen,
Daß das Mädchen groß geworden:
Kam einst auf den Hof gegangen,
Zu der Kammer hingeschritten,
In des Morgens erster Frühe,
Zu der Zeit der ersten Dämmrung,
Wirbelnd stieg der Ruß in Streifen,
Dick erhob sich Rauchgewölke
Aus dem Haus der schönen Jungfrau,
Aus dem Hof der Schlankgewachsnen,   440
Selber mahlte da die Jungfrau,
Schwang die Kurbel an der Mühle,
Gleich dem Kuckuck singt die Kurbel,
Entengleich die Seitenlöcher,
Heimchengleich ertönt das Mehlsieb,
Perlengleich die Steine klingen.

„Ging dann noch zum zweiten Male,
Wandelt' an dem Rand des Feldes,
Auf der Wiese war die Jungfrau,
Regt' sich auf dem Blumenanger,   450
Färbte rot in Eisentöpfen,
Kocht' in Kesseln gelbe Farbe.

„Ging nun noch zum dritten Male
Zu der schönen Jungfrau Fenster,
Hörte dort die Jungfrau weben,
Hört den Weberkamm sich rühren,
Hört das Schifflein munter schlüpfen
Gleich dem Hermelin durch Steine,
Hört des Kammes Zähne lärmen
Gleich dem Spechte in dem Baume,   460

Hört den Weberbaum sich wenden
Gleich dem Eichhorn in den Zweigen."

    Sprach die Wirtin von Pohjola,
Redet selber diese Worte:
„Sieh da, sieh, mein liebes Mädchen!
Habe ich nicht stets gesprochen:
Singe du nicht in dem Tanne,
Lärme nicht in Talesgründen,
Wölbe nicht so sehr den Nacken,
Zeige nicht so sehr die Arme,   470
Nicht des jungen Busens Anmut,
Nicht die Stattlichkeit des Wuchses!

    „Mahnte dich den ganzen Herbst lang,
Warnte dich den ganzen Sommer,
Sprach dir zu auch schon im Frühjahr,
Schon zur Zeit des zweiten Säens:
Laß du ein Versteck uns bauen,
Kleine Fenster daran zimmern,
Wo die Jungfrau weben könne
Und die Schäfte dort bewegen,   480
Angehört vom Suomivolke,
Von den Freiern aus Suomi."

    Sang der Knabe von dem Boden,
Der zwei Wochen alte schwatzte:
„Ist gar leicht ein Pferd zu bergen,
In dem Haus das schöngeschweifte,
Schwer ist's eine Jungfrau bergen,
Im Versteck die langgelockte;
Tue du ein Schloß von Steinen

In die Mitte selbst des Meeres,   490
Halte dort dein liebes Mädchen
Und erziehe dort dein Hühnchen,
Nicht verborgen bleibt das Mädchen,
Und nicht wächst's zu seiner Höhe,
Ohne daß die Freier kämen,
Große Freier und Bewerber,
Hohe Helme auf den Köpfen,
Stahlbeschlagen ihre Rosse."

    Selbst der alte Wäinämöinen
Tiefen Hauptes, trüben Sinnes,   500
Wanderte den Weg nach Hause,
Redet Worte solcher Weise:
„Weh' mir abgelebtem Manne,
Der ich dieses nicht gemerket,
Daß in junger Zeit man freien,
Eine Frau sich suchen müsse!
Alles muß fürwahr den reuen,
Welchen frühe Heirat reuet,
Daß als Jüngling er schon Kinder,
Jung schon eine Wirtschaft hatte."   510

    So verbot es Wäinämöinen,
Nicht erlaubt's der Freund der Wogen,
Daß ein Alter noch aufs Freien
Einer schönen Jungfrau sinne,
Er verbot im Trotz zu schwimmen,
Um die Wette hinzurudern,
Um ein Mädchen so zu werben
Und den Jüngern zu bekämpfen.

✼✼✼✼✼✼✼✼✼✼✼✼✼✼✼✼✼✼✼✼ ✼✼✼✼ ✼✼✼✼✼✼✼✼✼✼✼✼✼✼✼✼✼

Zwanzigste Rune

Welche Weisen sollen wir nun,
Welche Lieder wir jetzt singen?
Laßt uns diese Weisen singen,
Diese Lieder jetzt beginnen:
Von dem Schmause in Pohjola,
Von der Zaubrer Trinkgelage.

Lange rüstet man zur Hochzeit,
Lang bereitet man den Vorrat
In Pohjolas großen Stuben,
In den Häusern Sariolas.　　　　10

Was wohl wurde hingeschaffet,
Was wohl wurde hingetragen
Zu des Nordens langem Schmause,
Zu der Scharen Trinkgelage,
Zu der Sättigung der Leute,
Zu des großen Schwarms Bewirtung?

Wuchs ein Ochse in Karjala,
War ein fetter Stier in Suomi,
Nicht der größte, nicht der kleinste,
War ein Kalb gehör'ger Größe:　　　　20
Schwang den Schweif im Lande Häme,
Regt' das Haupt am Kemiflusse,
Hundert Klafter lang die Hörner,
Hundertfünfzig breit am Maule,
Eine Woche sprang ein Wiesel
Längs dem Weidenband am Halse,
Einen Tag lang flog die Schwalbe
In dem Zwischenraum der Hörner,
Eilt' mit Mühe zu dem Ziele,
Ohne in der Mitt' zu ruhen,　　　　30

Einen Monat lief das Eichhorn
Von der Schulter bis zum Schweife,
Konnte zu der Spitz' nicht kommen,
Eh' der Monat noch verflossen.

Dieses Kalb gewalt'ger Größe,
Dieser starke Stier Suomis
Ward geleitet aus Karjala
Zu des Nordlands Flurengrenzen,
Hundert Männer an den Hörnern,
Tausend hielten an dem Maule,　　　　40
Als den Stier sie weiter führten,
Nach dem Nordland hin ihn schafften.

Vorwärts schritt der Stier des Weges
An dem Sunde Sariolas,
Frißt das Gras an Sumpfesquellen,
An die Wolken streift der Rücken,
War ein Schlächter nicht zu finden,
Keiner, der den Ochsen fällte,
Aus der Zahl der Nordlandsöhne,
In dem Schwarm des großen Volkes,　　　　50
In dem wachsenden Geschlechte,
In der Schar der Altgewordnen.

Kam ein Alter aus der Fremde,
Wirokannas aus Karjala,
Redet Worte solcher Weise:
„Warte, warte, armer Ochse,
Wenn ich mit der Keule komme,
Wenn ich mit dem Kolben haue
Auf den Schädel dir, o Armer,
Wirst du nicht im nächsten Sommer　　　　60

Je dein Maul mehr wenden können,
Mit der Schnauze nicht mehr stoßen
Hier auf diesem Ackergrunde,
An dem Sunde Sariolas!"

   Ging der Alte um zu hauen,
Wirokannas an die Arbeit,
Palwoinen nun an das Schlachten;
Seinen Kopf bewegt der Ochse
Und verdreht die schwarzen Augen,
Auf die Tanne springt der Alte,   70
In das Dickicht Wirokannas,
In den Weidenbusch Palwoinen.

   Emsig sucht man einen Metzger,
Der den Stier wohl schlachten könnte,
Aus dem Lande der Karelen,
Aus Suomis großen Räumen,
Aus dem stillen Land der Russen,
Aus dem kühnen Land der Schweden,
Von der Lappen breiten Grenzen,
Aus dem Zauberland von Turja,   80
Sucht ihn aus dem Totenreiche,
Aus Manalas niederm Lande,
Suchte wohl und konnt' nichts finden,
Forschte lange, doch vergebens.

   Emsig suchte man den Metzger,
Forschte nach dem Schlächter weiter
Auf des Meeres klarem Rücken,
Auf den ausgedehnten Fluten.

   Stieg ein Mann nun aus dem Meere,
Stieg ein Held dort aus den Fluten,   90
Aus der klaren Meerestiefe,
Aus der offnen Wasserfläche,
Nicht gehört er zu den größten,
Keineswegs auch zu den kleinsten:
Unter einer Schale schlief er,
Unter einem Siebe stand er.

   War ein Alter eisenfäustig,
Eisenfarbig anzuschauen,
Auf dem Kopf ein Felsenhütlein,
Felsenschuhe an den Füßen,   100

In der Hand' ein goldnes Messer,
Kupfern war der Schaft des Messers.

   Also fand nun seinen Schlächter,
Fand nun endlich seinen Töter,
Seinen Mörder Suomis Ochse,
Dieses Wundertier den Metzger.

   Kaum erblickt er seine Beute,
Stürzt er auf des Stieres Nacken,
Drückt den Stier er auf die Kniee,
Drückt er ihn zur Erde nieder.   110

   War es viel was man erlangte?
Nicht gar viel ward dort erlanget;
Hundert Zuber nur mit Fleische,
Hundert Klafter bracht' man Würste,
Sieben Bootvoll von dem Blute,
Von dem Fette sechs der Tonnen
Zu dem Schmause von Pohjola,
Zum Gelage Sariolas.

   Eine Stube war im Nordland,
Eine breite, große Stube,   120
Hatte neun der Klafter Länge,
In die Breite sieben Klafter,
Kräht ein Hahn auf ihrem Dache,
Hört man unten nicht die Stimme,
Bellt ein Hündlein in dem Grunde,
Kann man's an der Tür nicht hören.

   Selbst die Wirtin von Pohjola
Schreitet auf des Bodens Dielen,
Gar geschäftig in der Mitte,
Sie bedenkt und überlegt es: 130
„Woher soll ich Bier bekommen,
Wie das Dünnbier recht bereiten
Zu der hochzeitlichen Rüstung,
Zu des Schmauses Zubereitung?
Nicht versteh' ich es zu brauen,
Kenne nicht des Bieres Ursprung."

   War ein Alter auf dem Ofen,
Von dem Ofen sprach er also:
„Bier entstehet aus der Gerste,
Aus dem Hopfen gut Getränke,   140

Doch entsteht's nicht ohne Wasser,
Ohne Kraft des wilden Feuers.

  „Hopfen war der Sohn des Remu,
Zarter Keim fiel er zur Erde,
Gleich dem Wurm in Pflugesfurchen,
Wie die Ameis' hingewühlet
Zu dem Rand des Kalewbrunnens,
Zu dem Saum des Osmofeldes;
Dorten wuchs der junge Schößling,
Dort erhob sich rasch die Ranke,   150
Schlang um einen Baum sich hurtig,
Wand empor sich bis zum Wipfel.

  „Gerste sät der Greis des Glückes
An die Spitz' des Osmofeldes,
Schön gedieh die junge Gerste,
Wuchs gar herrlich in die Höhe
An des Osmofeldes Spitze,
Auf des Kalewsohnes Acker.

  „Wenig Zeit war hingegangen,
Von dem Baume summt der Hopfen,   160
Von dem Felde spricht die Gerste,
Aus dem Kalewbrunn' das Wasser:
,Wann wohl kommen wir zusammen,
Kommt das eine zu dem andern?
Traurig ist's, allein zu leben,
Schöner zwei und drei zusammen.'

  „Osmotar, die Bier bereitet,
Kapo, die das Dünnbier brauet,
Nimmt nun Körner von der Gerste,
Fasset sechs der Gerstenkörner,   170
Greifet sieben Hopfenspitzen,
Schöpfet Wasser acht der Löffel,
Setzt den Kessel auf das Feuer,
Läßt die Mischung munter sieden,
Brauet Bier so aus der Gerste
In des Sommers heißen Tagen
An der nebelreichen Landzung',
Auf dem dunstumwobnen Eiland;
Tut den Trunk in neue Eimer,
In das Rund von Birkenzubern.   180

  „Hatte nun das Bier gebrauet,
Bracht' jedoch es nicht in Gärung,
Dachte nach und überlegte,
Redet Worte solcher Weise:
,Was soll ich hieher nun bringen,
Was zu dieser Masse schaffen,
Daß das Bier in Gärung komme,
Daß das Dünnbier gut gerate?'

  „Kalewatar, diese Jungfrau
Mit den wohlgeformten Fingern,   190
Die gar rasch sich stets beweget,
Die beständig leichtbeschuhte,
Schreitet emsig auf den Dielen,
Rührt sich eifrig auf dem Boden,
Schafft das eine, schafft das andre
Munter zwischen beiden Kesseln,
Siehet einen Splitter liegen,
Hebt den Splitter von dem Boden.

  „Dreht und wendet diesen Splitter:
,Was wohl könnte daraus werden   200
In des schönen Mädchens Händen,
In der guten Jungfrau Fingern,
Wenn ich ihn in Kapos Hände,
Zu der guten Jungfrau bringe?'

  „Trägt ihn in die Hände Kapos,
Zu der guten Jungfrau Fingern,
Kapo reibet ihre Hände,
Reibet beide aneinander,
Beide an den Oberschenkeln,
Es entstand ein weißes Eichhorn.   210

  „Also ratet sie dem Sohne,
Gibt dem Eichhorn diese Weisung:
,Du mein Eichhorn, Gold der Höhen,
Hügelblume, Landesfreude,
Laufe hin, wohin ich schicke,
Ich dich schicke und entsende,
Nach dem lieblichen Metsola,
Nach dem wachen Tapiola,
Steige auf die kleinen Bäume,
Klüglich auf die Hürdengipfel,   220

Daß dich nicht der Adler packe,
Nicht des Himmels Vogel greife,
Bringe Zapfen von der Tanne,
Von der Fichte schmale Fasern,
Bringe sie in Kapos Hände,
Zu dem Bier der Osmotochter!'

„Rasch enteilt das muntre Eichhorn,
Wirbelt fort der flinke Buschschweif,
Läuft gar schnell durch lange Wege,
Schreitet rasch durch weite Räume,   230
Durch der Wälder Läng' und Breite,
Springet drittens in die Quere
Nach dem lieblichen Metsola,
Nach dem wachen Tapiola.

„Schaut da drei der schlanken Tannen,
Vier der zarten Fichtenbäume,
Hebt sich zu der Tann' im Tale,
Zu der Fichte auf der Heide,
Wird vom Adler nicht gepacket,
Nicht vom stolzen Himmelsvogel.   240

„Bricht nun Zapfen von der Tanne,
Spitzen von den Fichtenästen,
Birgt die Zapfen in den Klauen,
Wickelt sie in seine Pfoten,
Trägt sie in die Hände Kapos,
Zu der guten Jungfrau Fingern.

„Kapo legt sie nun zum Dünnbier,
Osmotar legt sie zum Biere,
Nicht gerät das Bier in Gärung,
Nicht will sich der Trank erheben.   250

„Osmotar, die Bier bereitet,
Kapo, die das Dünnbier brauet,
Überlegt es unablässig:
,Was soll ich dazu noch bringen,
Daß das Bier in Gärung komme,
Daß das Dünnbier gut gerate?'

„Kalewatar, diese Jungfrau
Mit den wohlgeformten Fingern,
Die gar rasch sich stets beweget,
Die beständig leichtbeschuhte,   260

Schreitet emsig auf den Dielen,
Rührt sich eifrig auf dem Boden,
Schafft das eine, schafft das andere
Munter zwischen beiden Kesseln,
Sieht ein Spänchen auf dem Boden,
Hebt das Spänchen auf vom Boden.

„Dreht und wendet dieses Spänchen:
,Was wohl könnte daraus werden
In des schönen Mädchens Händen,
In der guten Jungfrau Fingern,   270
Wenn ich's in die Hände Kapos,
Zu der guten Jungfrau bringe?'

„Trägt es in die Hände Kapos,
Zu der guten Jungfrau Fingern,
Kapo reibet ihre Hände,
Reibet beide aneinander,
Beide an den Oberschenkeln.
Es entsteht ein Goldbrustmarder.

„Also ratet sie dem Marder,
Gibt dem Sohne solche Weisung: 280
,Du mein Marder, du mein Vöglein,
Du mein Schöner mit dem Goldfell,
Gehe hin, wohin ich schicke,
Ich dich schicke und entsende:
Zu des Bären Felsengrotten,
Zu des Brummers Waldeshöhlen,
Wo die Bären sich bekämpfen,
Dort ein hartes Leben führen,
Sammle Speichel mit den Klauen,
Schöpfe Schaum mit deinen Pfoten,   290
Bring' ihn in die Hände Kapos,
Zu der Osmotochter Schultern!'

„Schon versteht den Lauf der Marder,
Eilet fort mit goldnem Bauche,
Läuft geschwind die langen Wege,
Schreitet rasch durch weite Strecken,
Durch der Flüsse Läng' und Breite,
Springet durch der Flüsse Quere
Zu des Bären Felsengrotten,
Zu des Brummers Steingewölben,   300

Wo die Bären sich bekämpfen,
Sie ein hartes Leben führen
In den Felsen voller Eisen,
In den stahlgefüllten Bergen.

   „Schaum entrann dem Maul des Bären,
Speichel da dem grausen Rachen,
Faßt den Schaum mit seinen Pfoten,
Sammelt Speichel mit den Klauen,
Bringt ihn in die Hände Kapos,
Zu der guten Jungfrau Fingern.   310

   „Osmotar legt ihn zum Biere,
Kapo legt ihn zu dem Dünnbier,
Nicht gerät das Bier in Gärung,
Sprudelt nicht der Trank der Männer.

   „Osmotar, die Bier bereitet,
Kapo, die das Dünnbier brauet,
Überlegt es unablässig:
,Was soll ich dazu noch holen,
Daß das Bier in Gärung komme,
Daß das Dünnbier gut gerate?'   320

   „Kalewatar, diese Jungfrau
Mit den wohlgeformten Fingern,
Die gar rasch sich stets beweget,
Die beständig leichtbeschuhte,
Schreitet emsig auf den Dielen,
Rührt sich eifrig auf dem Boden,
Schafft das eine, schafft das andre
Munter zwischen beiden Kesseln,
Sieht ein Schötlein auf dem Boden,
Hebt das Schötlein auf vom Boden.   330

   „Dreht und wendet dieses Schötlein;
,Was wohl könnte daraus werden
In des schönen Mädchens Händen,
In der guten Jungfrau Fingern,
Wenn ich's in die Hände Kapos,
Zu der guten Jungfrau bringe?'

   „Trägt es in die Hände Kapos,
Zu der guten Jungfrau Fingern,
Kapo reibet ihre Hände,
Reibet beide aneinander,   340

Beide an den Oberschenkeln,
Es entsteht daraus ein Bienchen.

   „Also ratet sie dem Vöglein,
Gibt dem Bienchen diese Weisung:
,Bienchen, du mein flinkes Vöglein,
König du der Wiesenblumen,
Fliege hin, wohin ich schicke,
Ich dich schicke und entsende:
Zu den Inseln auf dem Meere,
Zu den Klippen in den Fluten,   350
Wo ein Mädchen eingeschlafen
Mit gelöstem Kupfergürtel,
An den Seiten Gras voll Honig,
Süßes Kraut an ihrem Saume;
Bring' den Seim mit deinen Flügeln,
Bring' in deiner Hülle Honig
Aus den zarten Kräuterspitzen,
Aus den goldnen Blütenkelchen,
Bring' ihn in die Hände Kapos,
Zu der Osmotochter Schultern!'   360

   „Fliegt davon das flinke Vöglein,
Flieget schon und eilt geschwinde,
Flieget rasch die langen Wege,
Kürzet bald die weiten Strecken
Durch der Meere Läng' und Breite,
Flieget drittens in die Quere
Nach den Inseln auf dem Meere,
Nach den Klippen in den Fluten,
Sieht die Jungfrau dort im Schlummer,
Sieht die zinngeschmückte liegen   370
Auf der namenlosen Wiese,
An dem Rand des Honigfeldes,
An den Hüften goldne Kräuter,
An dem Gürtel Silbergräser.

   „Taucht die Flügel in den Honig,
Taucht die Federn in die Süße
Von den zarten Kräuterspitzen,
Von den goldnen Blütenblättern,
Trug ihn in die Hände Kapos,
Zu der guten Jungfrau Fingern.   380

„Osmotar tat ihn zum Biere,
Kapo legte ihn zum Dünnbier,
Endlich kam das Bier in Gärung,
Stieg der junge Trank nach oben
Auf des neuen Eimers Boden,
In dem Rund des Birkenzubers,
Schäumte auf bis an die Griffe,
Floß da über alle Ränder,
Wollte auf die Erde rieseln,
Wollt' sich auf den Boden senken. 390

„Wenig Zeit war hingegangen,
Kaum ein Augenblick verflossen,
Stürzten zu dem Trank die Helden,
Vor den andern Lemminkäinen,
Trunken wurde Ahti Kauko,
Trunken ward der muntre Bursche
Von dem Bier der Osmotochter,
Von der Kalewtochter Dünnbier.

„Osmotar, die Bier bereitet,
Kapo, die das Dünnbier brauet,   400
Sprach da Worte solcher Weise:
Weh mir Armen ob des Lebens,
Daß das Bier ich schlecht gestellet,
Es nicht ordentlich gelagert,
Daß es aus dem Zuber fließen,
Auf den Boden fluten mußte.'

„Von dem Baume sang der Rotschwanz,
Von dem Dache her die Drossel:
,Ist durchaus kein schlecht Getränke,
Ist fürwahr ein gut Getränke;   410
In die Fässer mußt du's füllen,
In die Keller mußt du's schaffen
In den festen Eichenfässern,
Die mit Kupfer gut bereifet.'

„Also war des Biers Entstehung,
War des Kalewdünnbiers Ursprung,
Daher hat es guten Namen,
Ist's von ehrenvollem Rufe,
Da es wahrlich gut geartet,
Braven Männern gut zu trinken,   420

Weiber bald zum Lachen bringet,
Männern gute Laune spendet,
Brave Männer sehr erfreuet,
Nur den Tor zu Streichen treibet."
      Als die Wirtin von Pohjola
So des Bieres Ursprung hörte,
Sammelt' Wasser sie im Zuber,
Bis zur Hälfte des Gefäßes,
Legte Gerste zur Genüge
Und hinein viel Hopfensprossen;   430
Fing das Bier dann an zu brauen
Und das Wasser umzurühren
Auf des neuen Eimers Boden,
In dem Rund des Birkenzubers.

      Mondelang heizt man die Steine,
Kochet sommerlang das Wasser,
Holz braucht man von ganzen Hainen,
Ganze Brunnen voll von Wasser;
Lichter werden so die Haine
Und der Quellen Wasser schwindet,   440
Da zum Biere es verwendet,
Zu dem Dünnbier ward getragen.
Zu des Nordens großem Schmause,
Zum Gelag des guten Haufens.

      Rauch erhebt sich auf dem Eiland,
Feuer auf der Landzung' Ende,
Schwarz steigt auf des Rauches Schwaden,
Dick der Dampf da in die Lüfte
Von dem Sitz des wilden Feuers,
Aus den weitgedehnten Flammen,   450
Füllt des Nordlands halbe Strecke,
Ganz die Heimat der Karelen.

      Alles Volk blickt auf zum Himmel,
Blickt gar ängstlich in die Höhe:
„Woher mag der Rauch wohl kommen,
Mag der Dampf zum Himmel steigen?
Ist für Kriegesbrand zu schmächtig,
Allzugroß für Hirtenfeuer."
      Lemminkäinens alte Mutter
Ging am Morgen in die Frühe   460

Wasser aus dem Quell zu holen,
Sah des Rauches dicke Schwaden
In der Gegend von Pohjola,
Redet Worte solcher Weise:
„Ist wohl Rauch vom Kriegesfeuer,
Von den Flammen großer Feindschaft."

Selbst der Inselländer Ahti,
Er, der schöne Kaukomieli,
Blickte um sich in die Runde,
Dachte nach und überlegte: 470
„Möchte wohl es näher sehen,
In der Nähe es betrachten,
Wo der Rauch den Ursprung habe
Und der Dampf, der da emporsteigt,
Ob es Rauch von Kriegesfeuer,
Von den Flammen großer Feindschaft."

Kauko blickte scharfen Auges
Auf den Ort der Rauchesmasse,
War nicht Feuer eines Krieges,
Flammen nicht von großer Feindschaft, 480
War das Feuer von dem Biere,
Flammen von dem Dünnbierbrauen
An dem Sunde Sariolas,
An der Klippenbucht der Landzung'.

Fleißig blickte Kauko dorthin,
Drehte schief das eine Auge,
Schielte mit dem andern Auge
Und verzog den Mund allmählich;
Redete beim letzten Blicke,
Sprach vom Sunde her die Worte: 490
„O geliebte Schwiegermutter,
Nordlands wohlgesinnte Wirtin!
Braue Bier von rechter Güte,
Mache Dünnbier, das was tauget,
Als Getränk dem großen Haufen
Und zumal dem Lemminkäinen
Bei dem eignen Hochzeitsfeste
Mit der vielgeliebten Tochter!"

Fertig war das Bier geworden,
War der Männer Trank bereitet, 500

Ward das rote Bier gelagert,
Ward das Dünnbier fortgeführet,
In der Erde nun zu schlafen,
In dem festen Felsenkeller,
In den starken Eichenfässern,
Hinter kupferreichen Zapfen.

Fertig ließ Pohjolas Wirtin
Darauf alle Speisen kochen,
Ließ die Kessel alle brausen,
Ließ die Pfannen alle zischen, 510
Backte ferner große Brote,
Klopfte große Massen Breies
Zu des guten Volkes Nahrung,
Zu des großen Haufens Speisung
Bei des Nordens langem Schmause,
Beim Gelage Sariolas.

Fertig backte sie die Brote,
Klopfte bald den Brei auch fertig,
Wenig Zeit war hingegangen,
Kaum ein Augenblick verflossen, 520
Als das Bier im Fasse pochte,
Dünnbier in dem Keller rauschte:
„Käm' doch einer, mich zu trinken,
Einer bald, mich auszuschlürfen,
Daß mit Ehren man mich rühme,
Mich nach rechter Art besinge."

Ward gesucht nach einem Sänger,
Einem wohlerfahrnen Sänger,
Der gehörig preisen könnte,
Schöne Lieder tönen ließe; 530
Einen Lachs bringt man getragen,
Einen Hecht als guten Sänger,
Singen ist nicht Lachses Sache,
Ist dem Hecht nicht angemessen,
Lachse haben schiefe Kiefer,
Hechte weitgespreizte Zähne.

Ward gesucht nach einem Sänger,
Einem wohlerfahrnen Sänger,
Der gehörig preisen könnte,
Schöne Lieder tönen ließe; 540

Einen Knaben bracht' getragen,
Holte man herbei als Sänger,
Singen ist nicht Knabensache,
Nicht des speichelreichen Kindes,
Kinder haben krumme Zungen,
Zungen mit gebogner Wurzel.

Hitzig ward das Bier im Fasse,
Heftig fluchte das Getränke
In den festen Eichenfässern,
Hinter kupferreichen Zapfen: 550
„Schaffet ihr nicht einen Sänger,
Einen wohlerfahrnen Sänger,
Der gehörig preisen könnte,
Schöne Lieder tönen ließe,
Schlage ich durch alle Reifen,
Werde ich den Boden sprengen."

Darauf ließ Pohjolas Wirtin
Überall zur Hochzeit laden,
Sandte Boten um zu bitten,
Redet selber diese Worte: 560
„Mach' dich auf, mein kleines Mädchen,
Dienerin, du Vielgeschäft'ge!
Ruf die Leute nun zusammen,
Zum Gelag die Männerscharen,
Bitte Arme, bitte Dürft'ge,
Bitte Blinde, Mühbeladne,
Bitte Lahme, bitte Krüppel,
Bring' die Blinden du in Booten,
Bring' zu Rosse her die Lahmen,
Schlepp' die Krüppel her im Schlitten! 570
„Lade ein das ganze Nordvolk,
Lade ein das Volk Kalewas,
Lad den alten Wäinämöinen,
Diesen wohlbestallten Sänger,
Lade nur nicht Kaukomieli,
Nicht den Inselländer Ahti!"

Antwort gibt das kleine Mädchen,

Redet Worte solcher Weise:
„Warum soll ich Kaukomieli,
Soll den Ahti ich nicht laden?"   580

Darauf gibt des Nordlands Wirtin
Diese Worte ihr zur Antwort:
„Deshalb sollst den Kaukomieli,
Sollst den Ahti du nicht laden,
Weil er stets auf Händel ausgeht
Als ein nimmermüder Raufbold,
Übet Frevel auf der Hochzeit,
Schaden stiftet er beim Schmause,
Kränkt und höhnt die keuschen Mädchen
In den festlichen Gewändern."   590

Antwort gibt die kleine Dien'rin,
Redet Worte solcher Weise:
„Wie erkenn' ich Kaukomieli,
Daß ich ihn nicht hierher lade,
Kenn' ja nicht des Ahti Wohnung,
Nicht die Heimat Kaukomielis."

Sprach die Wirtin von Pohjola,
Redet selber diese Worte:
„Leicht erkennst du Kaukomieli,
Leicht den Inselländer Ahti,   600
Ahti wohnet auf der Insel,
An dem Wasser er, der Muntre,
An des breiten Busens Seite,
An der Kaukospitze Biegung."

Darauf trug das kleine Mädchen,
Trug die Magd, für Geld gemietet,
Nach sechs Richtungen die Ladung,
Brachte sie nach acht der Seiten,
Lud das ganze Volk des Nordlands,
Lud das ganze Volk Kalewas,   610
Lud die allerärmsten Häusler,
Tagelöhner enggekleidet,
Nur den einz'gen Lemminkäinen,
Ahti ließ sie ungeladen.

Einundzwanzigste Rune

Selbst die Wirtin von Pohjola,
Sie, die Alte Sariolas,
War gerade nicht zu Hause,
War mit Arbeiten beschäftigt,
Hörte Peitschenknall vom Sumpf her,
Von dem Strand den Schlitten rauschen,
Warf die Augen hin nach Nordwest,
Kehrte ihren Kopf zur Sonne,
Dachte nach und überlegte:
„Was für Volk ist's, das dort lauert 10
An dem Strande, o ich Arme,
Sind es große Kriegerscharen?"

Ging heran, danach zu spähen,
Aus der Näh' es zu betrachten,
Waren keine Kriegerscharen,
War das große Volk der Freier,
In dem Haufen war der Eidam,
In der guten Männer Mitte.

Selbst die Wirtin von Pohjola,
Sie, die Alte Sariolas,   20
Als den Eidam sie erblicket,
Redet Worte solcher Weise:
„Glaubte, daß der Wind dort stürme,
Daß ein Haufen Holz dort stürze,
Daß der Meeresstrand erbrause,
Daß der Kiesand lärmend tose,
Ging heran, danach zu spähen,
Aus der Näh' es zu betrachten,
War kein Wind, der dorten stürmte,
War kein Holz, das dort gestürzet, 30

Nicht erbraust der Strand des Meeres,
Nicht getobet hat der Kiesand,
Waren meines Eidams Leute,
Waren zweimal hundert Männer.

„Wie erkenne ich den Eidam,
In der Männer Schar den Eidam?
Kenntlich ist er in dem Haufen
Wie der Elsbeerbaum im Walde,
Wie die Eiche in dem Haine,
Wie der Mond im Sternenhaufen.   40

„Fährt dort mit dem schwarzen Rosse,
Das dem gieren Wolfe gleichet,
Einem beutefrohen Raben,
Einer Lerche, die da flattert,
Sechs der goldnen Drosseln zwitschern
An der Wölbung seines Krummholzs,
Sieben blaue Vöglein trällern
An den Riemen seines Joches."

Lärmen hört man von der Straße,
Deichseln auf dem Wege knarren,   50
Auf den Hof gelangt der Eidam
Und des Eidams Schar zum Hause,
In dem Haufen stand der Eidam,
In der guten Männer Mitte,
Stand dort nicht zu sehr nach vorne,
Stand auch nicht zu sehr nach hinten.

„Knaben kommt und Helden eilet,
Auf den Hof, ihr längsten Männer,
Um das Brustband abzunehmen,
Um die Riemen rasch zu lösen,   60

Am die Deichsel schnell zu senken,
Am den Eidam einzuholen!"

Eilends lief das Roß des Eidams,
Hurtig zog's den bunten Schlitten
Längs des Hofs des Schwiegervaters;
Sprach die Wirtin von Pohjola:
"O du Knecht, den ich gemietet,
Schönster Diener in dem Dorfe!
Nimm nun rasch das Roß des Eidams,
Löse schnell das weißbestirnte   70
Aus dem kupfernen Geschirre,
Aus dem zinnbeschlagnen Bande,
Aus den guten Lederriemen,
Aus dem Krummholz, das von Weiden,
Führe du das Roß des Eidams,
Leite du es gar bedächtig
Mit den seidenzarten Zügeln,
An dem silberreichen Zaume,
Auf den weichen Platz zum Wälzen,
Auf die flachgebahnten Fluren,   80
Auf die stillen Schneegefilde,
Auf das Land von Milchesfarbe!

"Tränke dann das Roß des Eidams
Aus der Quelle in der Nähe,
Deren Naß stets munter fließet,
Gleich den Molken lebhaft sprudelt
An dem Fuß der goldnen Tanne,
An der schattenreichen Fichte.

"Füttre dann das Roß des Eidams
Aus dem goldnen Futterkasten,   90
Aus der kupferreichen Schachtel
Mit gelesnem Korn und Gerste,
Mit gekochtem Sommerweizen,
Mit gestampftem Sommerroggen!

"Führe dann das Roß des Eidams
Zu der allerbesten Krippe,
Zu der allerhöchsten Stelle,
Zu der hintersten der Hürden,
Binde dort das Roß des Eidams
Fest an gute, goldne Ringe,   100

An die eisenreichen Haken,
An die Stütz' von Masernholze;
Gib dem Rosse meines Eidams
Eine Mulde voll von Hafer,
Eine zweite heugefüllet
Und voll Spreu gib ihm die dritte!

"Striegle dann das Roß des Eidams
Mit der Bürst' aus Fischesgräten,
Daß die Haare nicht verderben,
Nicht der Schweif beschädigt werde;   110
Decke du das Roß des Eidams
Mit der silberreichen Decke,
Mit dem golddurchwirkten Tuche,
Mit der kupferreichen Hülle!

"Küchlein ihr, des Dorfes Knaben,
Führt den Eidam in die Stube,
Mit dem unbedeckten Haupte,
Mit den Händen ohne Handschuh!

"Möchte sehen, ob der Eidam
In die Stube wohl gelanget,   120
Ohn' die Türe auszuheben,
Ohn' die Pfosten wegzuschaffen,
Ohn' das Querholz zu erhöhen,
Ohn' die Schwelle zu vertiefen,
Ohn' die Eckwand einzureißen
Und die Balken zu verrücken!

"Nicht gelangt zur Stub' der Eidam,
In die Wohnung nicht dies Kleinod,
Ohn' die Türe auszuheben,
Ohn' die Pfosten wegzuschaffen,   130
Ohn' das Querholz zu erhöhen,
Ohn' die Schwelle zu vertiefen,
Ohn' die Eckwand einzureißen
Und die Balken zu verrücken,
Eine Kopfläng' ist der Eidam,
Eine Ohrenlänge höher.

"Hebet nun der Türe Querholz,
Daß er nicht die Mütze lüfte,
Laßt die Schwelle tiefer werden,
Daß sein Absatz sie nicht stoße,   140

Schaffet fort die Seitenpfosten,
Öffnet weit die Eingangstüre,
Wenn herein der Eidam schreitet,
Der Vortreffliche hier eintritt!

„Preis dir, freundlicher Jumala,
Eingetreten ist der Eidam!
Möchte in die Stube blicken,
Meine Augen dahin richten,
Ob die Tische dort gewaschen,
Ob die lange Bank begossen, 150
Ob die Planken wohl gescheuert
Und die Bretter wohl gekehret!

„Blicke in der Stube Innres,
Kann es durchaus nicht erkennen,
Nicht, aus welchem Holz die Stube
Und das Schutzdach wohl gezimmert,
Wo die Wände hergenommen
Und woraus die Planken wurden.

„Igelknöchern sind die Seiten,
Renntierknochen sind im Grunde, 160
Vielfraßknöchern ist die Türwand,
Lämmerknöchern ist das Querholz.

„Apfelhölzern sind die Sparren,
Masernholz die schönen Pfosten,
Wasserlilien sind am Ofen,
Brachsenschuppen an der Decke.

„Eisern ist die lange Sitzbank,
Deutsche Planken sind die andern,
Goldgeschmückt sind alle Tische,
Seide deckt den ganzen Boden. 170

„Kupfern sind des Ofens Wände,
Gute Steine sind am Herde,
Meeresstein am Dach des Ofens,
Kalews Baum dient zum Verschlage.“

In die Stube dringt der Freier,
Eilt behende in die Wohnung,
Redet Worte solcher Weise:
„Heil gewähre, o Jumala,
Diesem weitberühmten Dache,
Diesem schöngebauten Hause!“ 180

Sprach die Wirtin von Pohjola:
„Heil sei dir und deinem Kommen
In den kleinen Raum der Hütte,
In das Haus, das niedrig stehet,
In die fichtenholzne Wohnung,
In die föhrenholzne Stube!

„Heda, Mädchen, das mir dienet,
Du gedungne Magd des Dorfes!
Bringe Feuer mit der Rinde,
Bring' es auf des Kienspans Spitze, 190
Daß den Eidam ich betrachte,
Ich des Freiers Augen schaue,
Ob sie bläulich oder rötlich,
Oder weißlich wie die Linnen.“

Brachte nun das kleine Mädchen,
Die gedungne Magd des Dorfes
Feuer mit der Birkenrinde,
Bracht' es auf des Kienspans Spitze.

„Auf der Rinde lärmt das Feuer,
Schwarz erhebet sich der Teerrauch, 200
Eidams Auge würd' geräuchert
Und geschwärzt des Antlitzs Farbe;
Bringe Feuer mit der Kerze,
Mit dem Licht von weißem Wachse!“

Brachte nun das kleine Mädchen,
Die gedungne Magd des Dorfes
Feuer mit der langen Kerze,
Mit dem Licht von weißem Wachse.

Glänzend ist der Rauch des Wachses,
Hell das Feuer von der Kerze, 210
Macht des Eidams Augen sichtbar,
Läßt des Eidams Wangen glänzen.

„Sah nunmehr des Eidams Augen,
Sind nicht bläulich, sind nicht rötlich,
Sind nicht weißlich wie die Linnen,
Glänzen wie der Schaum des Meeres,
Bräunlich wie des Meeres Binsen,
Schön zu schauen wie das Schilfrohr!

„Küchlein ihr, des Dorfes Knaben,
Führt nun diesen meinen Eidam 220

Zu dem hochgelegnen Sitze,
Zu dem allerhöchsten Platze,
An der blauen Wand den Rücken,
Mit dem Kopf zum roten Tische,
Allen Gästen zugewendet,
Mit der Brust zum Lärm des Haufens!"

Darauf speist des Nordlands Wirtin,
Speist und tränkt sie ihre Gäste,
Sättigt sie mit weicher Butter,
Füttert sie mit Sahnenkuchen, 230
Ihre eingeladnen Gäste,
Vor den andern ihren Eidam.

Aufgeschichtet waren Lachse,
An den Seiten Schweinebraten,
Vollgefüllet die Geschirre,
Daß die Ränder kaum noch halten,
Zu der Eingeladnen Speisung,
Und des Eidams vor den andern.

Sprach die Wirtin von Pohjola:
"Mach' dich auf, mein kleines Mädchen, 240
Bringe Bier her in den Krügen,
Bring' es in den doppelöhr'gen
Für die eingeladnen Gäste,
Für den Eidam vor den andern!"

Brachte nun das kleine Mädchen,
Sie, die Magd, für Geld gemietet,
Her den Krug, daß er nun wirke,
Daß der reifenreiche wandre,
Daß die Bärte von dem Hopfen,
Weiß sie von dem Schaume fließen 250
Bei den eingeladnen Gästen
Und vor allem bei dem Eidam.

Was geschah nun wohl dem Biere,
Was wohl sprach das reifenreiche,
Als es in des Sängers Nähe,
Zum Verherrlicher gekommen,
Zu dem alten Wäinämöinen,
Zu des Sanges ew'ger Stütze,
Ihm, der kunstreich war in Liedern
Und der Zaubersprecher bester? 260

Nahm das Bier vor allen andern,
Redet Worte solcher Weise:
"Liebes Bier, du schön Getränke,
Laß die Leut' nicht schweigend trinken;
Treib die Männer zum Gesange,
Zu dem Lied mit goldnem Munde!
Wundern müssen sich die Wirte,
Also sprechen muß die Wirtin:
,Schon verwelket sind die Lieder,
Frohe Zungen schon verstummet, 270
Habe schlechtes Bier gebrauet,
Schwachen Trank hier eingegossen,
Da die Sänger gar nicht singen,
Liedersprecher sich nicht rühren,
Nicht die goldnen Gäste lärmen
Und der Jubelkuckuck schweiget.'

"Wer soll hier ein Lied erheben,
Wessen Zunge hier ertönen
Bei des Nordlands großem Schmause,
Beim Gelage Sariolas? 280
Nimmer singen ja die Bänke
Ohne Leute, die drauf sitzen,
Und der Boden kann nicht reden
Ohne Leute, die drauf schreiten,
Munter werden nicht die Fenster,
Wenn die Wirte nicht dran stehen,
Und des Tisches Kanten schweigen,
Wenn nicht Männer ihn umgeben,
Nimmer wird das Rauchloch jubeln,
Wenn, der drunter ist, nicht jubelt." 290

Auf dem Boden saß ein Knabe,
Auf der Ofenbank ein Milchbart,
Sprach der Knabe von dem Boden,
Von der Ofenbank das Kindlein:
"Bin noch klein und jung an Jahren,
Bin gar schwach und dünn am Leibe,
Aber sei dem, wie ihm wolle,
Da die Fetteren nicht singen,
Nicht die Kräftigeren sprechen
Und die Stärkern sich nicht rühren, 300

Will ich magrer Knabe singen,
Ich, das dürre Kindlein, trällern,
Aus dem magern Leibe singen,
Ob auch fettberaubt die Hüften,
Zu des Abends größrer Freude,
Zu des schönen Tages Ehre."

Auf dem Ofen lag ein Alter,
Redet Worte solcher Weise:
„Singen sollen hier nicht Kinder,
Nicht die schwachen Wesen wimmern,   310
Lügenreich sind Kinderlieder,
Eitel sind der Mädchen Weisen:
Laß das Lied dem Weisheitsvollen,
Dem, der auf der Wandbank sitzet!"

Selber sprach drauf Wäinämöinen,
Er, der Alte, diese Worte:
„Gibt es hier in dieser Jugend,
In dem großen Stamme einen,
Der die Hand zur Hand wohl legte,
Der sie aneinander fügte,   320
Der ans Singen sich dann machte,
Frohe Lieder dann erhöbe
Zu des Tagesendes Freude,
Zu des schönen Abends Ehre?"

Sprach der Alte von dem Ofen:
„Nie hat vormals man vernommen,
Nie vernommen, nie gesehen,
Nie, solang die Zeiten währen,
Einen Sänger, der da besser,
Einen weisern Zaubersprecher,   330
Als ich war, da ich geträllert,
Da als Kind ich oft gesungen,
Sang wohl über alle Fluten,
Macht' die Heide widerhallen,
Rief hinein ins Tannendickicht,
Sprach mein Lied im tiefen Haine.

„Stark und schön war meine Stimme,
Meine Weisen waren herrlich,
Waren wie des Flusses Strömen,
Wie das Rauschen eines Wassers,   340

Glitten wie auf Schnee der Schneeschuh,
Auf der Flut die Segelschiffe;
Ich vermag es nicht zu sagen,
Nimmer kann ich es verstehen,
Was die starke Stimm' gebrochen,
Was die liebe Stimm' gesenket,
Nicht mehr ist sie gleich dem Flusse,
Strömt nicht mehr mit Flutenfülle,
Gleicht der Hark' auf Stoppelfeldern,
Einer Fichte auf der Schneetrift,   350
Einem Schlitten in dem Sande,
Einem Boot auf trocknen Steinen."

Selbst der alte Wäinämöinen
Redet Worte solcher Weise:
„Wenn kein anderer erscheinet,
Um mit mir zugleich zu singen,
Mach' ich mich allein ans Sagen,
Lass' allein die Lieder schallen,
Da zum Sänger ich geschaffen,
Da zum Sprecher ich geboren,   360
Frag' im Dorf nicht nach dem Wege,
Nach der Lieder Ziel nicht Fremde."

Selbst der alte Wäinämöinen,
Er, des Sanges ew'ge Stütze,
Macht sich an das Werk der Freude,
An die Tat des Liedersingens,
Läßt die Freudenlieder tönen,
Kräft'ge Worte laut erschallen.

Sang der alte Wäinämöinen,
Sang und ließ nun Weisheit hören,   370
Fehlt' ihm nicht an guten Worten,
Nicht an Stoff zu schönen Liedern,
Eher fehlt's dem Fels an Steinen
Und dem See an Wasserrosen.

Sang der alte Wäinämöinen
Zu des langen Abends Freude,
Daß die Weiber alle lachten,
Froh der Männer Laune wurde,
Daß sie lauschten, daß sie staunten
Ob der Weisen Wäinämöinens,   380

Welche Staunen allen Hörern,
Staunen auch den Müß'gen brachten.
  Sprach der alte Wäinämöinen,
Redet, als das Lied zu Ende:
„Wenig taugt fürwahr mein Singen,
Meines Zaubers Kunst und Wissen,
Nur Geringes kann ich wirken,
Nichtig ist all mein Vermögen;
Wenn der Schöpfer singen wollte,
Mit dem sanften Munde sprechen,   390
Säng' er wundermächt'ge Lieder,
Sänge große Zauberworte.

  „Säng' des Meeres Flut zu Honig,
Meeres Sand zu schönen Erbsen,
Meeres Schlamm zu gutem Malze,
Säng' zu Salz den Kies des Meeres,
Säng' zu Kornland breite Haine,
Laubwald rasch zu Weizenfluren,
Berge bald zu süßen Kuchen,
Steine schnell zu Hühnereiern.   400

  „Sänge große Zauberworte,
Redete und schüfe redend,
Zauberte zu diesem Hofe
Voll von Kühen eine Hürde,
Ställe voll von buntgestirnten,
Fluren voll von milchbegabten,
Hundert Hörnerträgerinnen,
Tausend euterfette Kühe.

  „Sänge große Zauberworte,

Redete und schüfe redend   410
Einen Luchspelz unserm Wirte,
Einen Tuchrock unsrer Wirtin,
Feine Schuhe ihren Töchtern,
Rote Hemden ihren Söhnen.

  „Gib für alle Zeit, Jumala,
Füge es, wahrhaft'ger Schöpfer,
Daß auf diese Art man lebe,
Daß man also sich befinde
Auf dem Schmause von Pohjola,
Beim Gelage Sariolas,   420
Daß das Bier in Strömen fließe,
Sich der Honigtrank ergieße
In den Stuben von Pohjola,
In Sariolas Wohngebäuden,
Daß die Tage man hier singe,
An dem Abend freudig lärme
Unterm Walten des Wirtes
Und solang die Wirtin lebet!

  „Spende, Jumala, Belohnung,
Gib, o Schöpfer, du Vergeltung   430
Unserm Wirt an seinem Tische,
Unsrer Wirtin in dem Speicher,
Ihren Söhnen bei den Netzen,
Ihren Töchtern an dem Webstuhl,
Daß ja keiner Reu' empfinde,
Niemand in dem nächsten Jahre,
Über dieses lange Schmausen,
Über dieses Trinkgelage!"

Zweiundzwanzigste Rune

Als die Hochzeit man gefeiert,
Zur Genüge dort geschmauset
Auf der Hochzeit in dem Nordland,
Auf dem Fest des Düsterlandes,
Sprach die Wirtin von Pohjola
Zu dem Eidam Ilmarinen:
„Warum sitzst du, Hochgeborner,
Wacheft du, o Auserlesner,
Sitzst du um des Vaters willen,
Weilst der Mutter du zu Liebe,   10
Ob des Glanzes unsrer Stube,
Ob der Zier der Hochzeitsgäfte?

   „Sitzst nicht um des Vaters Willen,
Weilst der Mutter nicht zu Liebe,
Ob der Klarheit nicht der Stube
Und der Zier der Hochzeitsgäfte,
Sitzest um der Jungfrau willen,
Weilst aus Liebe zu dem Mädchen,
Ob des Glanzes der Ersehnten,
Ob der Zier der Schöngelockten.   20

   „Bräutigam, mein lieber Bruder,
Warte noch nach langem Warten,
Nicht ist die Geliebte fertig,
Nicht gerüftet die Genossin,
Halb nur ist das Haar geflochten,
Ungeflochten ist die Hälfte.

   „Bräutigam, mein lieber Bruder,
Warte noch nach langem Warten,
Nicht ist die Geliebte fertig,
Nicht gerüftet die Genossin,   30

Angezogen ist ein Ärmel,
Leergeblieben ist der andere.

   „Bräutigam, mein lieber Bruder,
Warte noch nach langem Warten,
Nicht ist die Geliebte fertig,
Nicht gerüftet die Genossin,
Schon beschuht an einem Fuße,
An dem andern nicht beschuhet.

   „Bräutigam, mein lieber Bruder,
Warte noch nach langem Warten,   40
Nicht ist die Geliebte fertig,
Nicht gerüftet die Genossin,
Eine Hand steckt schon im Handschuh,
Unbedeckt ist noch die andre.

   „Bräutigam, mein lieber Bruder,
Haft gewartet unermüdlich,
Fertig ist nun die Geliebte,
Ganz gerüftet nun dein Entlein.

   „Gehe nun, verkaufte Jungfrau,
Folge nun, erkauftes Hühnchen!   50
Nah ist deine Abschiedsstunde,
Schon erschien die Zeit der Trennung,
Bei dir steht der dich entführet,
In der Tür der dich geleitet,
Schon zerbeißt das Roß die Zügel
Und der Schlitten harret deiner.

   „Warst du hold dem Brautkaufgelde,
Warst du rasch die Hand zu geben,
Eifrig das Geschenk zu nehmen,
Dir das Ringlein anzustecken,   60

O, so sei nun hold dem Schlitten,
Eifrig sei ihn zu besteigen,
Rasch zu ziehen in die Fremde,
Voller Eile fortzureisen!

„Haft nicht viel, o junges Mädchen,
Hingeblickt nach beiden Seiten,
Haft es nicht im Kopf erwogen,
Ob nicht übereilt der Handel,
Ob du's ewig nicht beweinen,
Jahr um Jahr nicht wirst beklagen, 70
Daß das Vaterhaus du ließest,
Aus der Heimat fort du zogest,
Von der lieben Mutter Seite,
Von dem Hof, wo sie dich aufzog.

„Wie so schön war dir das Leben
In des Vaters Wohngebäuden,
Wuchseft wie die Blum' am Wege,
Wie die Erdbeer' auf dem Felde,
Stiegst in Butter aus dem Bette,
In die Milch du von dem Schlafe, 80
Von dem Lager du in Weizen,
Von der Streu zu frischer Butter,
Konnteft du nicht Butter essen,
Schnittft vom Schweinefleisch du Scheiben.

„Wareft niemals, Kind, in Sorgen,
Hatteft niemals viel zu denken,
Ließeft alle Sorg' den Föhren,
Die Gedanken den Staketen,
Allen Kummer Sumpfesfichten
Und der Birke auf dem Sande, 90
Flattertft selber gleich dem Blättlein,
Gleich dem muntern Schmetterlinge,
Eine Beer' auf Heimatboden,
Eine Himbeer' auf den Fluren.

„Gehest nun aus diesem Hause,
Wanderst hin zu anderm Hause,
Hin zu einer andern Mutter,
Hin zu fremdem Hausgesinde,
Anders ist es hier, dort anders,
Anders in dem andern Hause, 100

Anders blasen dort die Hörner,
Anders knarren dort die Türen,
Anders drehn sich dort die Pforten,
Anders zischen dort die Angeln.

„Nicht kannst du zur Türe finden,
Nicht die Pforte richtig drehen
Wie des Hauses eigne Töchter,
Kannst das Feuer auch nicht schüren,
Kannst den Ofen nicht so heizen,
Wie es wünscht der Herr des Hauses. 110

„Wähnteft du, o junges Mädchen,
Dachteft du in deinem Sinne,
Nur auf eine Nacht zu gehen
Und am Tag zurückzukehren?
Wanderst nicht auf eine Nacht nur,
Nicht auf eine, nicht auf zwei nur,
Bist auf längre Zeit gewandert,
Gingst auf Tage und auf Monde,
Für dein Leben von des Vaters,
Von der Mutter Wohngebäuden; 120
Länger ist ein Stück der Hofraum
Und die Schwelle etwas höher,
Wenn du einmal wiederkehreft,
Wieder in die Heimat kommeft."

Ach es seufzt das arme Mädchen,
Seufzet sehr und holet Atem,
In dem Herzen hat sie Kummer,
Wasser tritt ihr in die Augen,
Redet selber diese Worte:
„Also glaubt' ich's, also dacht' ich's, 130
Meint' es so, solang ich lebe,
Sprach in meinen Blütejahren:
Haft als Jungfrau keinen Anwert,
In dem Schutze deiner Eltern,
Auf dem Boden deines Vaters,
In dem Haus der alten Mutter;
Dann erst preist man dich als Jungfrau,
Wenn du zu dem Manne ziehest,
Auf der Schwell' mit einem Fuße,
Mit dem andern in dem Schlitten, 140

Bist um einen Kopf dann größer,
Eine Ohrenlänge höher.

„Hoffte dies, solang ich lebe,
Schaute drauf zur Zeit des Wachsens,
Wünscht' es gleich dem guten Jahre,
Gleich des schönen Sommers Ankunft;
Schon erfüllet ist mein Hoffen,
Nahgekommen meine Abfahrt,
Auf der Schwell' mit einem Fuße,
Mit dem andern in dem Schlitten,   150
Kann jedoch nicht recht erkennen,
Was den Sinn mir umgeändert,
Sehe nicht mit Freud' im Herzen,
Scheide nicht mit großem Jubel
Aus dem lieben, goldnen Hause,
Wo als Mädchen ich geweilet,
Aus dem Hof, wo ich gewachsen,
Von des Vaters Aufenthalte,
Sehe, Arme, voller Sorgen,
Scheide mit Verdruß im Herzen,   160
Gleichwie in den Arm der Herbstnacht,
Auf das dünne Eis des Frühjahrs,
Keine Spur bleibt auf dem Eise,
Auf der Glätte bleibt kein Fußtritt.

„Wie wohl ist der Sinn der andern,
Wie die Stimmung andrer Bräute?
Andre kennen nicht die Sorge,
Tragen nicht ein traurig Herze,
Wie ich Arme es nun trage
Und mir schwere Sorge mache,   170
Schwarz wie Kohle ist das Herz mir,
Düsterfarben meine Sorge.

„Also ist der Sinn der Sel'gen,
Der Beglückten Stimmung also,
Wie des Frühlingstages Anbruch,
Wie des Frühlingsmorgens Sonne;
Welche Stimmung hab' ich Arme,
Welchen Sinn ich Trauerreiche?
Gleich dem flachen Strand der Seen,
Gleich dem dunkeln Rand der Wolke,   180

Gleich der finstern Nacht des Herbstes,
Trübe wie der Tag im Winter,
Ach, weit trüber als sie alle,
Finstrer als die Nacht des Herbstes."

Eine arbeitsreiche Alte,
Welche stets im Hause weilte,
Redet Worte solcher Weise:
„Siehst du nun, o junges Mädchen!
Weißt du noch, wie ich gesprochen,
Hundertmal zu dir geredet: 190
Blicke du nicht froh zum Freier,
Nimmer auf den Mund des Freiers,
Auf die Farbe seiner Augen,
Auf den stolzen Schritt der Füße!
Hält den Mund er voller Anmut,
Wirft die Augen voller Schönheit,
Wohnt auf seinem Kinn doch Lempo
Und der Tod in seinem Munde.

„Also mahnt' ich stets die Jungfrau,
Riet ich dem Geschwisterkinde: 200
Kommen große Freiersleute,
Große Freier und Bewerber,
Gib du ihnen diese Antwort,
Sage du von deiner Seite,
Rede Worte solcher Weise,
Laß auf diese Art dich hören:
,Niemals wird es mir geziemen,
Nie geziemen und gefallen
Fortzuziehn als Schwiegertochter,
In die Knechtschaft fortzuwandern,   210
Nimmer wird ein solches Mädchen
Füglich in der Knechtschaft leben,
Nimmer lerne ich gehorchen,
Nimmer unterwürfig werden;
Sagt' ein Wörtlein mir der andre,
Gäb' ich zwei gewiß zur Antwort,
Käm' er mir an meine Haare
Und geriet' er an die Locken,
Würde ich mich ihm entwinden,
Würde ihn gar schlimm zerzausen.'   220

„Dieses haſt du nicht beachtet,
Nicht gehört auf meine Worte,
Gingſt mit Willen in das Feuer,
Wiſſentlich in Teeres Brühe,
Eilteſt in des Fuchſes Schlitten,
Zu des Bären breiten Tatzen,
Daß der Schlitten dich entführte,
Dich der Bär ins Weite trüge
Zu der Knechtſchaft bei dem Schwäher,
Untertan der Schwiegermutter.   230

„Gingſt von Hauſe nach der Schule,
Zu der Pein vom Hof des Vaters,
Hart iſt's dir zur Schul' zu gehen,
Qualvoll, Arme, dort zu weilen,
Zügel ſind dir ſchon gekaufet,
In Bereitſchaft Sklavenfeſſeln,
Nicht für irgendeinen andern,
Nein, für dich, du Unglücksvolle.

„Wirſt gar bald die Härte ſpüren,
Spüren wirſt du, Preisgegebne,   240
Deines Schwähers Kinn von Knochen,
Seines Weibes ſtarre Zunge,
Deines Schwagers kalte Worte,
Deiner Schwägrin ſtolzen Nacken.

„Höre, Jungfrau, was ich rede,
Was ich rede, was ich ſpreche!
Warſt ein Blümlein in dem Hauſe,
Eine Freud' im Hof des Vaters,
Seinen Mond nannt' dich der Vater,
Sonnenſchein nannt' dich die Mutter, 250
Waſſerſchimmer dich der Bruder,
Blauen Schleier dich die Schweſter;
Geheſt nun zu anderm Hauſe,
Hin zu einer fremden Mutter,
Nimmer gleichet ſie der eignen,
Nie der Mutter eine Fremde,
Selten gibt ſie rechte Weiſung,
Selten ratet ſie zum Beſten,
Beſenreis ſchilt dich der Schwäher,
Lappenſchlitten dich die Schwieger, 260

Treppenſtufe dich der Schwager,
Weiberſchrecken dich die Schwägrin.

„Dann erſt würdſt du gut erſcheinen,
Würde man dich gelten laſſen,
Stiegeſt du als Dampf nach außen,
Kämeſt du als Rauch gezogen,
Flögeſt du gleichwie ein Blättlein,
Eilteſt du gleich einem Funken.

„Biſt als Vogel nicht geflogen,
Biſt als Blättlein nicht geflattert, 270
Biſt als Funken nicht geeilet,
Nicht als Rauch hinausgezogen,

„O du Jungfrau, meine Schweſter,
Haſt getauſcht ſchon, und was alles!
Haſt vertauſcht den lieben Vater
Gegen einen böſen Schwäher,
Haſt vertauſcht die gute Mutter
Gegen eine ſtrenge Schwieger,
Haſt vertauſcht den wackern Bruder
Gegen einen argen Schwager,   280
Haſt vertauſcht die ſanfte Schweſter
Gegen eine ſpött'ſche Schwägrin,
Haſt vertauſcht das Leinenlager
Gegen rußbedeckte Steine,
Haſt vertauſcht das klare Waſſer
Gegen ſchmutzgefärbten Moder,
Haſt vertauſcht die ſand'gen Ufer
Gegen ſchwarzen Schlamm des Grundes,
Haſt vertauſcht die lieben Haine
Gegen öde Heideſtrecken,   290
Haſt vertauſcht die Beerenhügel
Gegen ſtarre Stoppelfelder.

„Wähnteſt du, o junges Mädchen,
Dachteſt alſo du, o Hühnchen:
Sorgenende, Arbeitsmindrung
Würd' dir bringen dieſer Abend,
Würdeſt fortgeführt zum Schlummer
Und um Ruhe zu genießen?

„Du wirſt nicht geführt zum Schlummer,
Nicht um Ruhe zu genießen,   300

Dich erwartet nichts als Wachen
Und der harte Schlag der Sorgen,
Deiner harrt die Last des Kummers
Und der Bann der bösen Laune.

„Solang du kein Kopftuch hatteſt,
Hatteſt du auch keinen Kummer,
Solang dir der Schleier fehlte,
Fehlte es dir auch an Trübſal;
Erſt das Kopftuch bringt dir Kummer,
Erſt das Linnen böſe Laune,   310
Durch das Tuch kommt dir die Trübſal
Und das grenzenloſe Grämen.

„Wie iſt doch im Haus die Jungfrau!
So iſt ſie im Haus des Vaters
Wie der König in dem Schloſſe,
Fehlt ihr einzig an dem Schwerte!
Anders geht's der Schwiegertochter,
Alſo lebt ſie bei dem Manne
Wie in Rußland der Gefangne,
Fehlt ihr einzig an der Wache.   320

„Tut ſie auch zur Zeit die Arbeit,
Müht ſich ab nach Kraft der Schultern,
Daß der Schweiß das Antlitz decket,
Daß die Stirn von Schaum erglänzet,
Kommet dann die Ruheſtunde,
Wird zum Feuer ſie verurteilt,
In die Eſſe ſie getrieben,
Sie der Hölle übergeben.

„Brauchen würde da die Arme,
Brauchen dort das arme Mädchen 330
Lachſes Sinn und·Kaulbarſchzunge,
Laune von dem Barſch im Teiche,
Rotaugs Mund und Weißfiſchs Magen,
Und der Trauerente Klugheit.

„Auch nicht eine kann's begreifen,
Nicht von neunen eine faſſen,
Keine von der Mutter Töchtern,
Die in ihrer Hut verweilen,
Woher wohl der Freſſer ankommt,
Wo für ſie der Nager aufwächſt,   340

Fleiſchesfreſſer, Knochennager,
Der ihr Haar den Lüſten preisgibt
Und zerzauſt die ſchönen Locken,
Daß ſie wild im Winde flattern.

„Weine, weine, junges Mädchen,
Weinſt du, weine aus dem Grunde,
Wein' die Hände voll von Tränen,
Deine Fauſt voll Sehnſuchtszähren,
Tropfen auf den Hof des Vaters,
Teiche auf des Hauſes Boden,   350
Weine, daß die Stube fließet,
Daß die Bretter überfluten!
Weinſt du jetzt nicht zur Genüge,
Weinſt du, wenn du wiederkehreſt,
In das Haus des Vaters kommeſt
Und erſtickt den Alten findeſt
In dem Rauch der Badeſtube,
Einen trocknen Quaſt im Arme.

„Weine, weine, junges Mädchen,
Weinſt du, weine aus dem Grunde, 360
Weinſt du jetzt nicht zur Genüge,
Weinſt du, wenn du wiederkehreſt,
In das Haus der Mutter kommeſt
Und die alte Mutter findeſt
An der Hürde ohne Atem,
Einen Strohbund in den Armen.

„Weine, weine, junges Mädchen,
Weinſt du, weine aus dem Grunde,
Weinſt du jetzt nicht zur Genüge,
Weinſt du, wenn du wiederkehreſt, 370
Du zu dieſem Hauſe kommeſt,
Deinen muntern Bruder findeſt
Auf der Gaſſe umgeworfen,
Auf dem Hofe hingeſunken.

„Weine, weine, junges Mädchen,
Weinſt, du, weine aus dem Grunde,
Weinſt du jetzt nicht zur Genüge,
Weinſt du, wenn du wiederkehreſt,
Du zu dieſem Hauſe kommeſt,
Deine ſanfte Schweſter findeſt   380

Auf dem Wege hingestürzet,
In dem Arm ein alter Schlegel."

Und das arme Mädchen seufzte,
Seufzte sehr und holte Atem,
Fing gar schmerzlich an zu weinen,
Brach in Schluchzen aus und Klagen.

Weinte ihre Hand voll Tränen,
Ihre Faust voll Sehnsuchtszähren,
Weinte naß den Hof des Vaters,
Teiche auf des Hauses Boden,   390
Redet Worte solcher Weise,
Läßt sich selber also hören:

„O ihr Schwestern, meine Lieben,
Ihr Gefährten meines Lebens,
Ihr Gespielinnen der Jugend,
Höret, was ich euch nun sage!
Kann es gar nicht recht begreifen,
Was es ist, das ihn mir auflädt,
Den Verdruß, der mich bedrücket,
Diesen Kummer, der mich peinigt,   400
Diese Trauer, die ich trage,
Diese bittere Betrübnis.

„Anders dacht' ich's, anders glaubt' ich's,
Hofft' es anders stets im Leben,
Wollte wie der Kuckuck gehen,
Wollte auf den Hügeln rufen,
Wenn gelangt zu diesen Tagen,
Ich zu diesem Ziel gekommen:
Gehe nun nicht wie der Kuckuck
Auf den Hügeln munter rufen,   410
Bin der Wasserente ähnlich,
Wenn sie auf den weiten Wogen
In dem kalten Wasser schwimmet,
Sich im Eiseswasser schüttelt.

„O mein Vater, meine Mutter,
Meine Eltern, ihr Geliebten!
Wohin wollet ihr mich führen,
Wohin bringt ihr mich, die Arme,
Daß ich diese Tränen weine,
Daß ich solche Leiden trage,   420

Daß ich solche Sorgen habe,
Solchen Kummer nun empfinde!

„Hättst du lieber, arme Mutter,
Hättest du, die mich getragen,
Liebe, die mir Milch gegeben,
Holde, die du mich gesäuget,
Einen Holzklotz eingewickelt,
Einen kleinen Stein gewaschen,
Statt zu waschen deine Tochter,
Statt zu wickeln deinen Liebling   430
Zu der Sorgen großer Fülle,
Zu dem harten Herzeleide!

„Mancher spricht zwar zu mir solches,
Mancher hegt zwar diese Meinung:
Nimmer hast du, Törin, Sorgen,
Kummer du auf keine Weise!
Redet nicht, o guten Leute,
Sprecht nicht also, meine Lieben!
Habe leider mehr der Sorgen,
Als im Wasserfalle Steine,   440
Als auf schlechtem Boden Weiden,
Heidekraut auf dürren Fluren;
Nicht vermöcht' ein Roß zu ziehen,
Gut beschlagen nicht zu schleppen,
Ohne daß das Krummholz bebet,
Ohne daß das Kummet zittert,
Diese meine Sorgen alle,
Meine ganze dunkle Trauer."

Sang ein Knabe von dem Boden,
Von dem Ofen her ein Kindlein: 450
„Weshalb, Jungfrau, willst du weinen,
Willst du große Sorgen nähren?
Laß die Trauer du den Pferden,
Kummer du dem schwarzen Wallach,
Laß die Eisenmäul'gen klagen,
Jammern die mit großen Köpfen;
Beßre Köpfe haben Pferde,
Beßre Köpfe, härtre Knochen,
Mehr trägt ihres Nackens Krümmung,
Stärker ist des Körpers Masse.   460

„Brauchst ja keineswegs zu weinen
Und dich also abzuhärmen:
Nimmer führt man dich in Sümpfe,
Nicht zum Rande eines Grabens;
Fortgeführt aus Fruchtgefilden,
Kommest du zu reichern Feldern,
Fortgeführt aus Biergebäuden,
Kommest du zu Bier in Fülle.

„Schauest du auf deine Seite,
Hin zu deiner rechten Hüfte,   470
Sieh, da steht der Mann zum Schutze,
Er, der Frische, dir zur Seite,
Gut der Mann, das Roß vortrefflich,
Stallgerät von allen Arten,
Haselhühner blähn sich munter,
Fliegen an des Krummholzs Wölbung,
Drosseln haben ihre Freude,
Singen lustig in den Riemen,
Sechs der goldnen Kuckucksvögel
Flattern an des Rosses Kummet,   480
Sieben schöne blaue Vöglein
Rufen vorne auf dem Schlitten.

„Sei, o Liebe, nicht in Sorgen,
Nicht in Kummer, Mutterkindlein,
Kommst ja nicht in schlechtre Lage,
Kommst in eine beßre Lage,
An des Ackermannes Seite,
Unter dieses Pflügers Mantel,
Unters Kinn des Broterzeugers,
In den Arm des Fischeanglers,   490
An den Schweiß des Elenfängers,

In das Bad des Bärenjägers!

„Hast der Männer allerbesten,
Einen Helden du gewonnen,
Nimmer müßig ist sein Bogen,
An dem Nagel nicht sein Köcher,
Läßt die Hunde nicht im Hause,
Nicht auf weichem Lager ruhen.

„Dreimal ist in diesem Frühjahr
Schon in frühster Morgenstunde   500
Er vom Feuer aufgestanden,
Auf dem Reisigbett erwachet,
Dreimal schon in diesem Frühjahr
Ist der Tau ins Aug' gefallen,
Haben Zweige ihn gebürstet,
Haben Äste ihn gekämmet.

„Macht, daß alle Haufen eilen,
Daß die Herde sich vermehret,
Unserm Bräutigam gehören
Herden, die durch Wälder wandern,   510
Über Bergesrücken laufen,
In des Tales Niedrung gehen,
Hunderte von Hörnerträgern,
Tausend euterfette Kühe,
Auf den Fluren viel Getreide,
In den Tälern großer Vorrat,
Erlenwaldung voller Kornland,
Bachesufer voll von Gerste,
Klippenränder voll von Hafer,
Wasserufer voll von Weizen,   520
Geld in lauter großen Haufen,
Pfenn'ge gleich den kleinen Steinchen."

Dreiundzwanzigste Rune

Nun soll guten Rat die Jungfrau,
Weisung soll die Braut empfangen;
Wer wird wohl den Rat erteilen,
Wird das Mädchen unterweisen?

Osmotar, die Vielerfahrne,
Diese schöne Kalewtochter,
Gab nun guten Rat der Jungfrau,
Lehre gab sie der Verwaisten,
Wie mit Freude sie wohl leben,
Wie mit Ruhm sie weilen könnte,   10
Freudvoll in dem Haus des Mannes,
Ruhmvoll bei der Schwiegermutter.

Redet Worte solcher Weise,
Läßt auf diese Art sich hören:
„Bräutlein, meine liebe Schwester,
Zartes Laub des jungen Schößlings,
Höre nun, was ich dir sagen,
Was ich wiederholen werde!
Ziehst, o Blume, nun von hinnen,
Wanderst, Erdbeerlein, ins Weite,   20
Reisest fort, o buntes Tüchlein,
Schreitest, zartes Sammetläppchen,
Aus dem weitberühmten Hofe,
Aus dem schönen Wohngebäude,
Kommest nun zu anderm Hause,
Ziehest ein in fremde Wirtschaft,
Anders ist's in anderm Hause
Und in fremder Wirtschaft anders,
Voll Gedanken ist das Gehen
Und die Arbeit dort voll Umsicht,   30

Nicht wie auf der Heimat Fluren,
Auf der eignen Mutter Feldern:
Singen war dort in den Tälern,
Lustig Krähen in den Gängen.

„Gehest du aus diesem Hause,
Kannst du alles andre nehmen,
Drei der Dinge laß im Hause:
Träume, die am Tage kommen,
Deiner Mutter liebe Worte
Und das Kosten frischer Butter!   40

„Alles andre nimm hinüber,
Nur den Träumeranzen lasse
Du den Mädchen in dem Hause,
An des Ofens breiter Kante;
Auf die Bank wirf die Gesänge
Und dein frohes Lied ans Fenster,
Deine Mädchenschaft zum Besen,
An den Bettuchsaum die Wildheit,
An den Herd die bösen Streiche,
Auf den Boden deine Trägheit,   50
Oder gib sie der Gespielin,
Füll' den Schoß der Brautgefährtin,
Daß sie in den Busch sie führe,
Auf das Heideland sie trage!

„Neue Sitte ist zu lernen
Und die frühre zu vergessen,
Vaterliebe zu verlassen,
Schwäherliebe zu erlernen,
Tiefer mußt du dich nun bücken,
Gute Worte mußt du spenden!   60

„Neue Sitte ist zu lernen
Und die frühre zu vergessen,
Mutterliebe zu verlassen
Gegen Schwiegermutterliebe,
Tiefer mußt du dich nun bücken,
Gute Worte mußt du spenden!

„Neue Sitte ist zu lernen
Und die frühre zu vergessen,
Bruderliebe zu verlassen,
Schwagerliebe zu erlernen,　　70
Tiefer mußt du dich nun bücken,
Gute Worte mußt du spenden!

„Neue Sitte ist zu lernen
Und die frühre zu vergessen,
Schwesterliebe zu verlassen,
Mußt die Schwägerin nun lieben,
Tiefer mußt du dich nun bücken,
Gute Worte mußt du spenden!

„Mögst du nie in deinem Leben,
Nie, solang der Mond dir leuchtet,　80
Sittenlos dem Hause nahen,
Tugendlos der Männerwohnung!
Nach den Sitten frägt die Wohnung,
Nach den Sitten stets die gute,
Nach dem Sinne forschen Männer,
Nach dem Sinn der Männer bester;
Umsicht wird erst recht erfordert,
Wenn's dem Haus an Ordnung mangelt,
Sorgfalt sonderlich benötigt,
Wenn untauglich selbst der Mann ist.　90
„Ist der Greis ein Wolf im Winkel,
Bärin im Verschlag die Alte,
Schlange auf der Schwell' der Schwager,
Haken auf dem Hof die Schwägrin,
Gleiche Ehre mußt du geben,
Tiefer mußt du dich dort bücken,
Als zur Seite deiner Mutter,
Als in deines Vaters Stube
Vor dem Vater du dich bücktest
Und die Mutter du verehrtest.　　100

„Wirst nun immer haben müssen
Klugen Sinn und rasche Fassung,
Stets Gedanken reich an Kräften,
Immer Einsicht ohne Wechsel,
An dem Abend scharfe Augen,
Um das Licht gut wahrzunehmen,
An dem Morgen scharfe Ohren,
Um des Hahnes Ruf zu hören!
Hat der Hahn einmal gekrähet,
Noch das zweite nicht gerufen,　　110
Muß die Junge sich erheben,
Ruhig schlafen noch die Alten.

„Wenn der Hahn nicht krähen sollte,
Nicht des Wirtes Vogel rufen,
Mußt den Mond als Hahn du halten
Und den Großen Bär als Mahner,
Öfters mußt hinaus du gehen,
Gehen auf den Mond zu blicken,
Von dem Bären zu erfahren,
Von den Sternen Rat zu holen!　　120
„Steht der Große Bär gerade
Mit dem Kopf gewandt nach Süden,
Mit dem Schwanze hin nach Norden,
Dann ist's Zeit dir aufzustehen
Von des jungen Mannes Seite,
Aus des Lebensfrischen Armen,
Feuer aus der Asch' zu suchen,
Einen Funken in der Kiste,
Feuer auf das Holz zu blasen
Achtsam, ohn' es auszubreiten.　　130
„Ist kein Feuer in der Asche,
Ist kein Funke in der Kiste,
Rüttle dann den lieben Gatten,
Schmeichle deinem Mann, dem Schönen:
Gib mir Feuer, o Geliebter,
Einen Funken, liebes Beerlein!
„Hast den Feuerstein, den kleinen,
Etwas Zunder du erhalten,
Schlag dann eilends an das Feuer,
Steck' den Kienspan in die Klammer,　140

Mach' dich auf den Weg zum Viehstall,
Um die Herde dort zu füttern;
Brüllt die Kuh der Schwiegermutter
Und das Roß des Schwähers wiehert,
Reißt am Strang die Kuh des Schwagers
Und das Kalb der Schwägrin blöket,
Daß ihm Heu gereichet werde,
Klee ihm vorgeworfen werde.

„Geh gebücket durch die Hürde,
Mit gesenktem Kopf im Viehhof,   150
Freundlich füttere die Kühe,
Sanftgesinnt die Lämmerherde,
Reiche gutes Stroh den Kühen,
Trank den Kälbern, den geplagten,
Zarte Halme gib den Füllen,
Weiches Heu den jungen Lämmern,
Tritt nur ja nicht auf die Schweine,
Stoß nicht mit dem Fuß die Ferkel,
Trag den Freßtrog zu den Schweinen,
Zu den Ferkeln hin die Mulde!   160

„Nimmer magst du ruhn im Viehhof
Nimmer schlafen in der Hürde;
Haft den Viehhof du besuchet,
Du die Herde überschauet,
Dann enteile rasch von dannen,
Stürme gleich dem Schnee zum Hause!
Drinnen weinet schon ein Kindlein,
Wimmert dorten in dem Bette,
Sprechen kann ja nicht das Arme,
Sagen nicht das Sprachberaubte,   170
Ob es frieret oder hungert,
Ob ihm etwas zugestoßen,
Eh' die Wohlbekannte heimkommt,
Eh' der Mutter Stimm' es höret.

„Kommst du darauf in die Stube,
Komm selbviert du in die Stube:
In der Hand ein Wasserfäßlein,
In dem Arm den Blätterbesen,
In dem Mund ein Feuerhölzchen,
Selber bist du dann die vierte!   180

„Kehre dann des Bodens Dielen,
Kehre du der Tische Flächen,
Schütte Wasser auf die Bretter,
Schütt's nicht auf den Kopf des Kindes;
Siehst ein Kind du auf dem Boden,
Ist es auch ein Kind der Schwägrin,
Hebe du es auf ein Bänklein,
Wasch die Augen, glätt' die Haare,
Gib ein Brötlein in die Hände,
Streiche Butter auf das Brötlein,   190
Ist kein Brötlein in dem Hause,
Gib ihm in die Hand ein Spänchen!

„Willst du dann die Tische waschen,
Spätestens am Schluß der Woche,
Wasch die Fläche, wasch die Seiten,
Darfst die Füße nicht vergessen,
Übergieß die Bänk' mit Wasser,
Kehre ordentlich die Wände,
Nach der Reihe alle Bänke,
Nach der Länge alle Wände!   200

„Was an Staub sich auf den Tischen,
An den Fenstern angesetzet,
Kehre emsig mit dem Flügel,
Wisch' ihn mit dem Wasserlappen,
Daß der Staub sich nicht verbreite,
Nicht zur Decke sich erhebe!

„Kehr' den Ruß dann von der Decke,
Schabe fleißig ab die Schwärze,
Denke an die Schornsteinstützen,
Darfst die Sparren nicht vergessen,   210
Daß die Stube man erkenne,
Sie für einen Wohnort halte!

„Höre, Jungfrau, was ich spreche,
Was ich spreche, was ich sage,
Gehe nimmer ohne Kleidung,
Nie vom Tuche unbedecket,
Schreite niemals ohne Linnen,
Niemals gehe ohne Schuhe,
Sehr verdrießen würd's den Gatten,
Murren würde dein Geliebter!   220

„Hüte du mit großer Sorgfalt
Auf dem Hof die Ebereschen!
Heilig sind die Ebereschen,
Heilig Ebereschenzweige,
Heilig Laub ist auf den Zweigen,
Doch am heiligsten die Beeren,
Die das Mädchen gut beraten,
Die Verwaiste unterrichten,
Wie sie nach dem Sinn des Mannes,
Nach des Gatten Herzen lebe.   230

„Habe Ohren wie die Mäuse,
Rasche Füße wie die Hasen,
Schwinge deinen jungen Nacken,
Biege deinen Hals, den schönen,
Wie der wachsende Wacholder,
Wie des Elsbeerbaumes Wipfel!

„Immer mußt du fleißig wachen,
Fleißig wachen und dich hüten,
Daß du nimmer niedersinkest,
Nicht der Länge nach zum Ofen,   240
Nicht in deinen Kleidern ausruhst,
Nicht aufs Bett dich niederstreckest!

„Von dem Pflügen kommt der Schwager,
Aus dem Vorratshaus der Schwäher,
Von dem Arbeitsplatz dein Gatte,
Von dem Fällen dein Geliebter,
Bringe rasch das Wasserfäßlein,
Trage du herbei das Handtuch,
Bücke dich zur Erde tiefer,
Rede Worte, die recht freundlich! 250

„Mit dem Mehlmaß in den Armen
Kommt herbei die Schwiegermutter,
Lauf ihr auf den Hof entgegen,
Bücke dich recht tief zur Erde,
Nimm das Mehlmaß aus den Armen,
Trage es geschwind ins Zimmer!

„Solltest du nicht selber wissen,
Nicht von selber es verstehen,
Welche Arbeit wohl zu machen,
Welche Sache anzufangen,   260

Frage du alsdann die Alte:
,O geliebte Schwiegermutter,
Was ist nun hier wohl zu machen,
Welche Arbeit zu verrichten?'

„Antwort gibt dir dann die Alte,
Solches spricht die Schwiegermutter:
,Also mußt du es nun machen,
Diese Arbeit nun verrichten:
Stampfe fleißig, mahle kräftig,
Setz' den Mühlstein in Bewegung, 270
Trage ferner frisches Wasser,
Knete dann mit Kraft den Brotteig,
Trage Scheite in die Stube,
Daß den Ofen man erwärme,
Backe dann die Brote fertig,
Dörre du die dicken Kuchen,
Spüle rein das Eßgeschirre,
Wasche rein die Trinkgefäße.'

„Hörst du von der Schwiegermutter,
Von der Alten, was zu schaffen,   280
Nimm das Korn dann von den Steinen,
Eile in die Mühlenkammer;
Bist du dorten hingekommen,
Bist du in der Mühlenkammer,
Sing dann nicht mit muntrer Kehle,
Lärme nicht aus vollem Halse,
Laß des Steines Kurbel singen,
Lärmen du die Seitenlöcher;
Stöhne du dabei nicht heftig,
Seufze nicht solang du mahlest,   290
Damit nicht der Schwäher glaube,
Nicht die Schwiegermutter denke,
Daß vor Anmut du so stöhnest,
Du vor Ärger also seufzest!

„Siebe dann das Mehl geschwinde,
Bring's im Deckel dann zur Stube,
Backe drauf das Brot mit Freude,
Knete es mit großer Sorgfalt,
Daß das Mehl nicht hier beisammen,
Dort das Teiggemisch verbleibe!   300

„Siehst den Eimer schräg du stehen,
Nimm den Eimer auf die Schulter,
Nimm das Schöpffaß in die Arme,
Mach' dich auf zum Wasserholen,
Trag den Eimer voller Anmut,
Bring' ihn an des Tragholzs Spitze,
Komm zurück dann gleich dem Winde,
Schreite gleich den Frühlingslüften,
Weil' nicht lange bei dem Wasser,
Säume ja nicht bei dem Brunnen,   310
Daß der Schwäher nicht vermute,
Nicht die Schwiegermutter denke,
Daß dein Bild du angeschauet,
Daß dich selbst du angestaunet,
Deine Frische in dem Wasser,
Deine Schönheit in dem Brunnen!

„Gehest du zum Holzeshaufen,
Um dort Scheite auszuziehen,
Wirf dann nicht zurück die Scheite,
Nimm auch Scheite von den Espen,   320
Greife ruhig nach den Scheiten,
Ohne viel damit zu lärmen,
Daß der Schwäher nicht vermute,
Nicht die Schwiegermutter denke,
Daß vor Ärger du sie werfest,
Du vor Ingrimm damit lärmest!

„Gehst du nach dem Vorratshause,
Gehest du um Mehl zu holen,
Ruhe nicht im Vorratshause,
Bleib nicht lange auf dem Wege,   330
Daß der Schwäher nicht vermute,
Nicht die Schwiegermutter denke,
Daß das Mehl du dort verteilest,
Weibern in dem Dorf es schenkest.

„Gehst du das Geschirr zu waschen,
Die Gefäße auszuspülen,
Wasch die Kannen an den Henkeln,
An den Streifen du die Krüge,
Wasch die Schalen, wasch die Ränder,
Wasch die Löffel, wasch die Stiele!   340

„Gib du acht auf deine Löffel
Und behüte das Geschirre,
Daß nicht Hunde es verschleppen,
Katzen nicht von dannen führen,
Nicht die Vögel es zerstreuen,
Kinder es vom Orte tragen;
Kinder sind gar viel im Dorfe,
Viele gibt's mit kleinen Köpfen,
Die die Kannen fort dir tragen,
Fort die Löffel nehmen könnten!   350

„Ist die Badestund' gekommen,
Führe Wasser, trage Besen,
Bähe Quaste in Bereitschaft
In der rauchbefreiten Badstub',
Ohne lange dort zu weilen,
Ohne in dem Bad zu säumen,
Daß der Schwäher nicht vermute,
Nicht die Schwiegermutter denke,
Daß du auf der Bank dich streckest,
Auf der Schwitzbank du dich wälzest!   360

„Kommst du darauf in die Stube,
Lad den Schwäher dann zum Bade:
‚O geliebter Schwiegervater,
Schon in Ordnung ist die Badstub',
Wasser samt den Besen fertig,
Alle Bretter gut gekehret,
Gehe, bad' dich zur Genüge
Und begieße dich hinlänglich,
Werde selbst die Hitze mehren,
Unterhalb der Schwitzbank stehend.'   370

„Kommet dann die Zeit zum Spinnen,
Kommt die Zeit, zu der man webet,
Gehe nicht ins Dorf nach Fingern,
Übers Bächlein nicht nach Kunde,
Nicht um Rat nach andern Höfen,
Um den Weberkamm zu Fremden!

„Selber spinne du die Fäden,
Mit der eignen Hand den Einschlag,
Drehe du die Wolle schlaffer,
Doch die Leinenfäden fester;   380

Wickle du recht fest den Garnknäul,
Wirf ihn darauf auf die Haspel,
Wickle du ihn auf die Winde,
Schräge hin zum Weberbaume,
Schlage kräftig mit dem Kamme,
Heb' den Weberschaft behende,
Webe gutes Tuch zu Röcken,
Fertige von Wolle Kleider,
Du von einer Flocke Wolle,
Von dem Haar des Winterlammes,   390
Von des Sommerschafes Wolle,
Von dem Flaum des Sommerbockes!

  „Höre nun, was ich dir sage,
Was ich dir nun wiederhole!
Braue Bier du von der Gerste,
Von dem Malz ein süß Getränke,
Brau's aus einem Gerstenkorne,
Mit dem Holz des halben Baumes!

  „Malzest du die Gerste süßlich,
Schmecke du dann von dem Malze,   400
Rühre du es nicht mit Haken,
Wend' es nicht mit einem Stocke,
Rühr' es emsig mit den Händen,
Wend' es mit der Hände Höhlung,
Sehe öfters nach der Badstub',
Laß die Keime nicht verderben,
Nicht die Katze dorten sitzen,
Auf dem Malz den Kater schlafen,
Fürchte dich nicht vor dem Wolfe,
Vor dem wilden Tier des Waldes,   410
Wenn du zu der Badstub' schreitest,
Um die Mitternacht des Weges!

  „Kommt ein Fremder nun zu Gaste,
Ärgre dich nicht ob des Gastes,
Immer muß ein guter Hausstand
Vorrat für die Gäste haben,
Überflüss'ge Fleischesbissen,
Manche schöne weiche Brote!

  „Lad den Fremden ein zu sitzen,
Rede freundlich mit dem Gaste,   420

Füttere den Gast mit Worten,
Bis das Essen endlich fertig!

  „Zieht er wieder aus dem Hause,
Hat er Lebewohl gesprochen,
Dann geleite nicht den Fremden
Weiter als bis zu der Türe,
Daß dein Gatte sich nicht ärgre,
Dein Geliebter böse werde!

  „Hast du einmal Lust bekommen,
Selber in das Dorf zu gehen,   430
Bitte, eh' ins Dorf du gehest,
Nimm Erlaubnis für die Fremde;
Während du dich dort befindest,
Führe Reden voller Klugheit,
Darfst das eigne Haus nicht tadeln,
Nicht die Schwiegermutter schmähen!

  „Fragen in dem Dorf die Schnuren
Oder andre Fraun des Dorfes:
,Gibt die Schwiegermutter Butter,
Wie die Mutter einst zu Hause?'   440
Darfst du keinesweg erwidern:
,Nein, sie gibt mir keine Butter!'
Sage, daß sie stets gegeben,
Mit dem Löffel dir gereichet,
War's auch einmal nur im Sommer,
Und dazu noch Winterbutter!

  „Höre ferner, was ich sage,
Was ich dir nun wiederhole!
Gehest du aus diesem Hause,
Kommst du zu dem andern Hause,   450
Darfst die Mutter nicht vergessen,
Du die Teure nicht verschmerzen!
Leben gab dir ja die Mutter,
Säugte dir die schönen Brüste
Aus den eignen beiden Brüsten,
Aus dem schimmernd schönen Leibe,
Manche Nacht verbracht' sie schlaflos,
Manches Mahl hat sie vergessen,
Als sie dich, ihr Kind, gewieget,
Dich, die Kleine, treu gewartet.   460

„Wer der Mutter könnt' vergessen,
Wer die Teure je verschmerzte,
Gehe nimmer nach Manala,
Guten Muts ins Reich Tuonis,
In Manala wird bezahlet,
Wird gar fürchterlich vergolten,
Wenn der Mutter man vergessen,
Man die Teure bald verschmerzet,
Tuonis Töchter kommen drohend,
Manas Jungfraun schelten also: 470
‚Konntst die Mutter du vergessen,
Sie, die Teure, du verschmerzen?
Große Mühe hatt' die Mutter
Und Beschwerde da getragen,
Als sie in der Badstub' liegend,
Auf dem Strohbund ausgestrecket
Dich hervor zum Dasein brachte,
Eine solche hat geboren.'"

Eine Alte saß am Boden,
Auf der Decke eine Greisin,   480
Die des Dorfes Schwellen alle,
Die der Leute Wege kannte,
Redet Worte solcher Weise,
Läßt auf diese Art sich hören:
„Sang der Hahn bei seiner Gattin,
Rief der Henne Sohn zur Schönen,
Sang die Kräh' im Ostermonat,
Schaukelt' sich im Frühlingsmonde;
Singen sollte ich wohl lieber,
Jene ohne Sang verbleiben,   490
Jene sind im Haus der Teuren,
Nahe stets bei den Geliebten,
Ich bin ohne Schatz und Stätte,
Alle Zeit ich ohne Liebe.

„Höre, Schwester, was ich spreche,
Gehst du in das Haus des Mannes,
Folge nicht dem Sinn des Mannes,
Wie ich Ärmste bin gefolget
Seinem Sinn, der Lerche Zunge,
Meines stolzen Gatten Herzen.   500

„War ein Blümlein, das da sproßte,
Voll Gedeihn ein Heideröschen,
Stieg als junges Reis nach oben,
Schoß empor als schlanke Jungfrau,
Ackerbeerchen hieß ich allen,
Goldner Liebling war mein Name,
Entlein war ich bei dem Vater,
Wildes Gänslein bei der Mutter,
Wasservogel bei dem Bruder,
Silberfinklein bei der Schwester;   510
Ging der Blume gleich des Weges,
Wie die Himbeer' auf dem Acker,
Raschelte im Sand des Ufers,
Wiegte mich auf Blumenhügeln,
Sang beständig in den Tälern,
Trällerte auf jedem Hügel,
Spielte froh in jedem Wäldchen,
Freute mich in allen Hainen.

„Trieb das Maul den Fuchs zur Falle
Und die Zung' das Hermelinchen,   520
Trieb der Sinn zur Manneswohnung,
Hin zu anderm Haus das Mädchen;
Dazu wurde sie geschaffen,
Dazu ward gewiegt die Tochter:
Einem Mann als Weib zu folgen,
Untertan der Schwiegermutter.

„Eilt' die Beer' in andern Boden
Und zu anderm See der Faulbaum,
Eilt' die Preiselbeer' zum Leiden
Und die Erdbeer' ins Verderben,   530
Jeder Baum schien mich zu beißen,
Jede Erle mich zu schneiden,
Jede Birke mich zu greifen,
Jede Espe mich zu packen.

„Kam als Frau zur Männerwohnnng,
Ward geführt zur Schwiegermutter,
Dorten wären, wie man sagte,
Als ich hingeleitet wurde,
Sechs der Stuben, die von Tannen,
Doppelt wär' die Zahl der Kammern, 540

Speichergrund des Haines Ränder,
Blumengrund der Gasse Ränder,
Gerstengrund des Baches Ränder,
Hafergrund der Heide Ränder,
Kisten voll gedroschnen Kornes,
Andre voll von ungedroschnem,
Hundert eingezahlte Gelder,
Hundert andre, die noch ausstehn.

„War gar töricht hingekommen,
Hatte dumm die Hand gegeben,   550
Auf sechs Balken ruht' die Hütte,
War gestützt von sieben Pfählen,
Voller Härte war'n die Haine,
Voller Ungunst alle Büsche,
Alle Gänge voller Sorgen,
Böser Laune alle Wälder,
Kisten voll von wildem Hasse,
Andre voll geheimer Ränke,
Hundert ausgesprochne Worte,
Hundert andre, die noch ausstehn.   560
„Ließ mich's dennoch nicht verdrießen,
Suchte dort mit Ruhm zu leben,
Hoffte Ehre zu erlangen,
Strebte Liebe zu gewinnen:
Eilte Feuer anzumachen,
Suchte Späne aufzusammeln,
Stieß die Stirn da an die Türe,
Meinen Kopf an ihren Pfosten,
An der Tür war'n fremde Augen,
Finstre Augen am Verschlage,   570
Scheele auf des Bodens Mitte.
In dem Hintergrund gar böse;
Feuer sprühte aus dem Munde,
Brände schossen von der Zunge,
Aus dem Mund des garst'gen Schwähers,
Von der Zung' des Liebelosen.

„Ließ mich's dennoch nicht verdrießen,
Irgendwie im Haus zu leben,
Strebt' in Gnade dort zu weilen
Und in Demut mich zu fügen;   580

Hüpfte mit des Hasen Beinen,
Ging mit Hermelinchens Tritten,
Legte mich gar spät zur Ruhe,
Bettlergleich erhob ich früh mich;
Habe, Ärmste, keine Ehre,
Keine Liebe dort gefunden,
Hätt' ich Berge auch gewendet,
Felsen ich entzweigespalten.

„Stampfte grobes Mehl gar mühsam,
Voll Geduld die großen Körner,   590
Daß die Schwiegermutter äße,
Mit der Feuerkehle schluckte
An dem Ehrensitz des Tisches
Aus der goldgeschmückten Schale:
Selbst aß ich, die Schwiegertochter,
Mehl, das abgeschabt vom Mühlstein,
Tisch war mir des Herdes Platte,
Löffel war mir eine Kelle.

„Oftmals bracht' ich Unglückssel'ge,
Ich, des Hauses Schwiegertochter,   600
Frisches Moos vom sumpf'gen Boden,
Backte es zu meinem Brote,
Brachte Wasser aus dem Brunnen,
Schlürft' es aus dem Schöpfgefäße;
Aß die Fische, Unglücksvolle,
Und verzehrte dann die Stinte,
Wenn ich mich zum Netze beugte,
In des Bootes Mitte schwankte,
Konnte Fische nicht erhalten
Aus der Hand der Schwiegermutter,   610
Daß sie auch für einen Tag nur,
Für ein einz'ges Mahl genügten.

„Sommers sammelt' ich die Halme,
Grub den Dünger aus im Winter
Wie die andern Tagelöhner,
Wie der Knecht, der sich vermietet,
Und im Haus der Schwiegermutter
Wurde immer auserlesen
Mir der allerlängste Flegel,
Mir die allerschwerste Breche,   620

Mir am Strand das stärkste Klopfholz,
Mir die größte Düngergabel,
Niemals ward an mein Ermatten,
Nie geglaubt an meine Schwäche,
Traf Ermattung selbst die Männer,
Sanken kräft'ge Füllen nieder.

„Also tat ich, armes Mädchen,
Stets zu rechter Zeit die Arbeit,
Dreht' mich in dem Schweiß der Glieder;
Kam darauf die Ruhestunde,　630
Ward zum Feuer ich verurteilt,
Ich der Hölle übergeben.

„Ward nach Herzensluft getadelt,
Ward bewegt die Lästerzunge
Über meine reinen Sitten,
Über meinen guten Namen,
Wörter regneten hernieder,
Stürzten über mich, die Arme,
Wie die wilden Feuerfunken
Oder wie ein Eisenhagel.　640

„Hab' darum noch nicht verzweifelt,
Hätte ferner noch gelebet,
Um der alten Frau zu helfen,
Beigesellt der Feuerkehle,
Aber das verdarb die Laune,
Das erweckte großen Kummer,
Als der Gatte ward zum Wolfe,
Ward zum Bären umgewandelt,
Abgekehrt mir aß und ruhte,
Abgekehrt die Arbeit machte.　650

„Dann erst habe ich geweinet,
In der Kammer überleget,
Dachte an die frühern Tage,
An des Lebens gute Zeiten
Auf des Vaters großem Hofe,
In der Mutter schönem Hause.

„Fing dann also an zu reden,
Selber sprach ich solche Worte:
,Wohl verstand die liebe Mutter
Mich, den Apfel, aufzuziehen,　660

Wußt' die Pflanze wohl zu hegen,
Nicht jedoch sie umzusetzen;
Setzte ja die zarte Pflanze
In gar unfruchtbare Erde,
In gar schlimmbestellten Boden,
An der Birke harte Wurzeln,
Daß ihr Leben sie durchweine,
Ihre Monde dort durchjammre.

,,Hätte doch gewiß getauget
Auch für glücklichere Orte,　670
Auch für ausgedehntre Höfe
Und für breiten, schönen Boden,
Einem besseren Gefährten,
Einem blühendern gesellet;
Bin an einen wanst'gen Tölpel,
Einen Lümmel wohl geraten,
Hat den Körper einer Krähe,
Von dem Raben seine Nase,
Seinen Mund vom gier'gen Wolfe
Und das Übrige vom Bären.　680

,,,Hätt' erhalten einen solchen,
Wär' zum Hügel ich gegangen,
Hätt' am Wege einen Kienstrunk,
Einen Erlenstumpf gefunden,
Hätt' ihm ein Gesicht aus Rasen,
Einen Bart aus garst'gen Flechten,
Hätt' den Kopf gemacht vom Lehme,
Augen ihm von Feuerkohle,
Ohren aus der Birkenrinde,
Und aus Weidenzweigen Beine.'　690

„Sang ein Lied in dieser Weise,
Seufzte tief aus meinen Sorgen,
Mußte es mein Gatte hören,
An der Wand sich grad befinden;
Als von dort er nun gekommen,
In die Tür der Kammer tretend,
Da erkannt' ich's schon am Gange,
Nahm ich's ab aus seinen Schritten:
Ohne daß ein Luftzug wehte,
Flatterten ihm seine Haare,　700

Zornig fletſcht' er ſeine Zähne,
Hin und her rollt' er die Augen,
In der Hand ſchwang eine Eſche,
Einen Stock er in den Armen,
Holte aus um mich zu ſchlagen,
Schlug damit nach meinem Kopfe.

„Als gekommen drauf der Abend,
Als zum Schlaf er ſich verfügte,
Nahm zur Hand er eine Rute,
Eine Lederpeitſch' vom Nagel,   710
Nicht für irgendeinen andern,
Nein, für mich, die Mühbeladne.

„Selber ging ich dann zur Ruhe,
Ging am Abend endlich ſchlafen,
Legt' mich an des Gatten Seite,
Dieſer ließ mich an die Seite,
Stieß mich dann mit ſeinen Armen,
Reichlich mit den böſen Händen,
Viel mit jener dicken Gerte,
Mit dem Peitſchenſtiel von Fiſchbein. 720

„Sprang da von der kühlen Seite,
Aus dem Bette voller Kälte,
Hinter mir her ſprang der Gatte,
Stürmte mir nach durch die Türe,
Fuhr ins Haar mit wilden Händen,
Raufte mich an meiner Stirne,
Warf die Haare fort zum Winde,
Streute ſie in alle Lüfte.

„Welcher Ausweg war zu finden,
Wer wohl hätte Rat geſpendet?   730
Machte mir von Stahl die Schuhe,
Legte Riemen dran aus Kupfer,
Wartete nun an der Hauswand,
Lauſchte auf der Gaſſe Boden,
Bis der Böſe ausgetobet,
Bis zur Ruhe er gekommen;
Nicht wollt' er zur Ruhe kommen,
Nicht von ſeinem Toben laſſen.

„Endlich überkam mich Kälte,
Als verſtoßen ich dort weilte,   740

An der Wand dort bleiben mußte,
Draußen vor des Hauſes Türe;
Dachte nach und überlegte:
Werde doch nicht ewig dulden,
Dieſen Zorn nicht länger tragen,
Und nicht länger die Verachtung
Hier in dieſem Lempohaufen,
In dem Neſt der böſen Geiſter.

„Schied da von den ſchönen Stuben,
Vom geliebten Aufenthalte,   750
Machte mich nun auf zu wandern
Über Sümpfe, über Felder,
Wandert' über weite Fluren,
Zu des Bruders Ackergrenze;
Trockne Tannen rauſchten dorten,
Schönbekränzte Fichten lärmten,
Alle Krähen krächzten dorten,
Alle Elſtern lärmten rufend:
,Nicht iſt hier jetzt deine Heimat,
Nicht der Platz, wo du geboren.'   760

„Ließ mich's dennoch nicht verdrießen,
Ging zum Hofe meines Bruders,
Schon die Pforte redet' zu mir,
Alle Felder ſprachen alſo:
,Weshalb kommſt du nach der Heimat,
Was, o Elende, zu hören?
Längſt geſtorben iſt dein Vater,
Hingeſunken deine Mutter,
Fremd geworden iſt dein Bruder
Und ſein Weib gleicht einer Ruſſin.' 770

„Ließ mich's dennoch nicht verdrießen,
Ging nun grade hin zur Stube,
Langte mit der Hand zur Klinke,
Kalt war ſie in meinen Händen.

„Als ich in die Stub' gekommen,
Blieb ich in der Türe ſtehen;
Stolz ſtand da die Frau des Hauſes,
Kam nicht, um mich zu begrüßen,
Nicht um mir die Hand zu geben;
Doch ich ſelbſt war ſtolz nicht minder, 780

Ging nicht, um sie zu begrüßen,
Nicht um ihr die Hand zu geben,
Legte meine Hand zum Ofen,
Kalt erschienen seine Steine,
Kehrt' die Hände zu den Kohlen,
Ohne Hitze war die Kohle.

„Auf der Bank da lag mein Bruder,
Streckte sich dort an dem Ofen,
Ruß saß klasterhoch am Halse,
Spannenhoch an allen Gliedern,   790
Asche ellenhoch am Kopfe,
Kohlenstaubes eine Spanne.

„Fragt der Bruder so die Fremde,
Heischet also von dem Gaste:
,Woher kommst du übers Wasser?'
Darauf gab ich ihm zur Antwort:
,Kennst du nicht die eigne Schwester,
Nicht das ältre Kind der Mutter?
Kinder sind wir einer Mutter,
Beide Junge eines Vogels,   800
Von derselben Gans gebrütet,
Aus demselben Nest des Feldhuhns.'
Fing der Bruder an zu weinen,
Wasser ihm im Aug' zu fließen.

„Sprach der Bruder zu dem Weibe,
Flüsterte zu seiner Lieben:
,Bringe meiner Schwester Speise!'
Scheelen Blickes bracht' die Schwägrin
Kohl mir aus dem Haus zur Mahlzeit,
Wo das Fett der Hund gefressen,   810
Abgeleckt das Salz der Kläffer,
Wo der Schwarze schon gefrühstückt.

„Sprach der Bruder zu dem Weibe,
Flüsterte zu seiner Lieben:
,Bringe Bier du unserm Gaste!'

Scheelen Blickes bracht' die Schwägrin
Wasser drauf dem Gast zum Tranke,
War nicht Wasser, das zu brauchen,
War der Schwester Augenwasser,
Händewasser meiner Schwägrin.   820

„Ging nun wieder fort vom Bruder,
Eilte aus dem Heimatsitze,
Ging behende fortzuwandern,
Fing da, Ärmste, an zu schreiten,
An den Ufern hin zu gehen,
Mühevoll mich fortzuschleppen
Stets zu unbekannten Türen,
Hin zu lauter fremden Pforten,
Zu dem Strand die armen Kinder,
Elend in des Dorfes Obhut.   830

„Gibt der Leute jetzt gar manche,
Viele gibt es, die da sprechen,
Mit gar böser Stimme reden,
Mich mit scharfen Reden stechen,
Gibt der Leute jetzt gar wenig,
Welche Güte mir erweisen,
Die mit Milde zu mir sprechen,
Die mich an den Ofen führen,
Wenn ich aus dem Regen komme,
Ich vor Kälte Zuflucht suche,   840
Mit dem Rock von Reif bezogen,
Mit dem Pelz von Eis bedecket.

„Hätte nie in meiner Jugend,
Hätte niemals es geglaubet,
Wenn es hunderte gesprochen,
Tausend Zungen wiederholet,
Daß solch Unglück mich befallen,
Solches Elend kommen sollte,
Wie es auf mein Haupt gekommen,
Wie es nun mich hat befallen."   850

<h1 style="text-align:center">Vierundzwanzigste Rune</h1>

Schon empfing den Rat die Jungfrau,
Weisung ward der Braut gegeben;
Rede nun zu meinem Bruder,
Zu dem Bräutigame sprech' ich:
„Bräutigam, mein lieber Bruder,
Von den Brüdern du der beste,
Meiner Mutter Kinder liebstes,
Du, der sanfteste der Söhne,
Höre, was ich jetzt dir sage,
Was ich sage, was ich spreche   10
Von dem Hänfling, der nun dein ist,
Von dem Hühnchen, das du fingest!

  „Lobe, Bräutigam, dein Schicksal,
Lobe du, was du erhalten,
Lobst du, lobe aus dem Grunde,
Gutes hast du ja gewonnen,
Gutes hat verliehn der Schöpfer,
Gutes gnädig er gewähret!
Danke du nun auch dem Vater,
Mehr noch danke du der Mutter,   20
Daß sie solch ein stattlich Mädchen,
Eine solche Braut gewieget!

  „Lauter ist bei dir die Jungfrau,
Glänzend hell die dir Gesellte,
Eine Lichte ist dein eigen,
Eine Schöne dir gegeben,
Eine Starke dir am Busen,
Eine Blühende zur Seite,
Stark um dreschen dir zu helfen,
Wohl geeignet Heu zu mähen,   30

Stattlich, um mit Kraft zu waschen,
Mit Bedacht das Zeug zu bleichen,
Kunstvoll Fäden gut zu spinnen,
Kräftig am Gewand zu weben.

  „Läßt den Weberkamm so tönen,
Wie der Kuckuck auf dem Berge,
Läßt das Schifflein also gleiten,
Wie das Hermelin im Holze,
Also rasch dreht sie die Spule,
Wie das Eichhornmaul die Eichel,   40
Fest hat nie das Dorf geschlafen,
Nie der Schloßbezirk geschlummert
Vor des Weberkammes Klappern,
Vor des Weberschiffleins Schnarren.

  „Bräutigam, du lieber Jüngling,
Schöner Sproß des Männerstammes!
Schmiede eine scharfe Sense,
Statt' sie aus mit gutem Stiele,
Schnitz' ihn an der Pforte Schwelle,
Hämmre sie auf einem Baumstumpf;   50
Wenn dann Sonnenschein gekommen,
Führ' die Jungfrau auf die Wiese,
Schaue, wie das Heu da rauschet,
Wie das harte Gras da zischet,
Wie das Riedgras dorten kreischet,
Wie der Sauerampfer sauset,
Wie die Hügelchen verschwinden,
Wie die jungen Sprossen brechen!

  „Ist ein andrer Tag gekommen,
Reiche ihr das Weberschifflein,   60

Gib des Weberkammes Kette,
Einen Weberbaum auch passend
Und den Webertritt, den schönen,
Gib ihr sämtliches Geräte,
Führ' die Jungfrau dann zum Webstuhl,
Reiche ihr des Kammes Kette,
Dann wird hoch der Kamm ertönen,
Wird der Webstuhl laut beweget,
Bis zum Dorfe tönt das Klappern,
Weiter noch des Kammes Rauschen,   70
Das bemerken bald die Alten,
Fragen so des Dorfes Weiber:
‚Wer wohl webet am Gewebe?'
Antwort mußt du ihnen geben:
‚Meine Goldne ist's, die webet,
Ist mein Herzenskind, das klappert;
Lockerte sich wohl ein Faden,
Schlug sich gar hinein ein Knoten?'
‚Lockerte sich nicht ein Faden,
Schlug sich nicht hinein ein Knoten,   80
Also webt des Mondes Tochter,
Also webt der Sonne Tochter,
So des Großen Bären Tochter,
So gerät's der Sterne Tochter.'

„Bräutigam, du lieber Jüngling,
Schöner Sproß des Männerstammes!
Machest du dich auf die Reise,
Fährst du dann von dieser Stelle
Mit der zarten Jungfrau weiter,
Mit dem anmutvollen Hühnchen,   90
O, so achte auf das Finklein,
Achte auf den hübschen Hänfling,
Fahre du sie nicht in Gruben,
Fahr nicht gegen Zaunes Ecken,
Laß sie nicht auf Stämme fallen,
Laß sie nicht auf Steine stürzen!
Niemals ward im Haus des Vaters,
Niemals in dem Hof der Mutter
Je in Gruben sie gefahren,
Niemals gegen Zaunes Ecken,   100

Umgeworfen nicht auf Stämme,
Nicht auf Steine hingestürzet.

„Bräutigam, du lieber Jüngling,
Schöner Sproß des Männerstammes!
Lasse nimmer du die Jungfrau,
Lasse nie dein Schätzlein gehen,
Daß sie in den Ecken hocke,
Daß sie in den Winkeln krame!
Niemals hat im Haus des Vaters,
Niemals in der Mutter Stube   110
In den Ecken sie gehocket,
In den Winkeln sie gekramet,
Saß beständig an dem Fenster,
Wiegt' sich auf des Bodens Mitte,
Abends zu des Vaters Freude,
Morgens zu der Mutter Wonne.

„Niemals magst du, armer Gatte,
Niemals dieses Hühnchen führen
Zu dem Mörser, der voll Sumpfkraut,
Um die Lohe dort zu stoßen,   120
Brot aus schlechtem Stroh zu backen,
Rindenbrotteig dort zu kneten!
Niemals ward im Haus des Vaters,
Nie im Hof der schönen Mutter
Sie geführet zu dem Mörser,
Um die Lohe drin zu stoßen,
Brot aus schlechtem Stroh zu backen,
Rindenbrotteig dort zu kneten!

„Führen magst du dieses Hühnchen
Auf getreidereiche Fluren,   130
Aus der Roggenlad' zu schöpfen,
Aus der Gerstenlad' zu nehmen,
Starkes Brot zurecht zu kneten,
Gutes Bier daraus zu brauen,
Weizenbrote schön zu backen
Und den Teig zurecht zu klopfen!

„Bräutigam, mein lieber Bruder,
Mögst du nimmer dieses Hühnchen,
Niemals unser liebes Gänslein
Je zu Tränen kommen lassen!   140

Käme je ein schlechtes Stündchen,
Hätt' die Jungfrau Langeweile,
Spann' den Braunen an die Deichsel,
Ins Geschirre du den Schimmel,
Bring' ins Vaterhaus die Jungfrau,
Nach der lieben Mutter Stube!

„Niemals mögst du dieses Hühnchen,
Niemals unsern hübschen Hänfling
Gleich der Dienerin behandeln,
Der bezahlten Magd gleich halten,   150
Nie den Keller ihr verbieten,
Nie die Vorratskammer schließen!
Niemals hat im Vaterhause,
In dem Hof der lieben Mutter
Sie als Dienerin gegolten,
Ward der Magd sie gleichgestellet,
Nie vom Keller abgehalten,
Nimmer von dem Vorratshause;
Schnitt das Weizenbrot beständig,
Schaute nach den Hühnereiern,   160
Auf der Milchgefäße Reihen,
Auf der Biergefäße Inhalt,
Morgens tat sie auf die Kammer,
Abends schloß sie ihre Türe.

„Bräutigam, du lieber Jüngling,
Schöner Sproß des Männerstammes!
Hältst du gut die liebe Jungfrau,
Dann wirst freundlich du empfangen,
Kommst du in das Haus des Schwähers,
In die Näh' der Schwiegermutter,   170
Wirst dann selber du gespeiset,
Wirst gespeiset, wirst getränket,
Ausgespannet wird dein Rößlein,
In den Stall sodann geführet,
Dort gefüttert, dort getränket,
Ihm gebracht der Haferscheffel.

„Niemals mögst du unsre Jungfrau,
Diesen hübschen Hänfling schelten,
Daß sie nicht aus großem Stamme,
Nicht aus breitem Haus geboren!   180

Groß ist unsrer Jungfrau Herkunft,
Ihr Geschlecht von weitem Stamme:
Sät man eine Metze Bohnen,
Würde jedem eine Bohne,
Sät von Flachs man eine Metze,
Jedem eine Faser werden.

„Nimmer magst du, armer Gatte,
Diese Jungfrau schlecht behandeln,
Mit des Knechtes Peitsch' sie lehren,
Mit dem Lederriemen schlagen,   190
Mit der Gert' zum Jammern bringen,
An der Scheune sie zum Ächzen!
Niemals ward die Jungfrau früher,
Niemals in dem Vaterhause,
Mit des Knechtes Peitsch' belehret,
Mit dem Lederriem geschlagen,
Nicht zum Jammern je getrieben
Mit der Gerte an der Scheune.

„Vor ihr stehe gleich der Mauer,
Stell' dich gleich der Türe Pfeiler,   200
Laß die Mutter sie nicht schlagen,
Deinen Vater sie nicht schelten,
Keinen Gast sie je bedrohen,
Keine Nachbarn sie beschimpfen;
Treibt zum Schlagen die Verwandtschaft,
Andres Volk dich an zur Zücht'gung,
Mögst du's übers Herz nicht bringen,
An der Liebsten so zu handeln,
Die du drei Jahr hast erwartet,
Unablässig du umworben!   210

„Rate, Gatte, deinem Mädchen,
Unterweise deinen Apfel,
Rate ihr sowohl im Bette,
Als auch draußen vor der Türe,
Tue so, das ganze Jahr lang;
Ein Jahr sprich zu ihr mit Worten,
In dem zweiten mit den Augen,
Mit dem Fuße stampf' im dritten!

„Wenn sie dieses nicht beachtet,
Dieses sie nicht kümmern sollte,   220

Hole dann ein Rohr des Röhrichts,
Schachtelhalme hol' vom Felde,
Rate damit deinem Mädchen,
Rat ihr so im vierten Jahre,
Schrecke sie mit diesen Halmen,
Mit des Grases straffen Rändern,
Streiche sie noch nicht mit Riemen,
Schlage sie noch nicht mit Ruten!

„Wenn sie dieses nicht beachtet,
Dieses sie nicht kümmern sollte, 230
Hole eine Rut' vom Walde,
Eine Birke aus dem Tale,
Trag sie unter deinem Pelze,
Daß der Nachbar es nicht wisse,
Zeige sie dann deinem Weibe,
Ihr zur Schande, ohn' zu schlagen.

„Wenn sie dieses nicht beachtet,
Dieses sie nicht kümmern sollte,
Dann belehr' sie mit der Rute,
Mit dem frischen Birkenzweige 240
Innerhalb des Hauses Ecken,
In den moosgefüllten Wänden,
Strafe sie nicht auf der Wiese,
Schlag sie nicht am Saum des Feldes,
Hörbar würd' der Lärm im Dorfe
Und der Streit in andern Häusern,
Bei dem Nachbarn das Geweine,
In dem Walde das Getöse!

„Mußt stets auf die Schultern klopfen,
Ihres Rückens Fleisch erweichen, 250
Niemals auf die Augen schlagen,
Auch die Ohren nicht berühren,
Kämen Beulen an die Schläfe,
Blaue Flecken an die Augen,
Würde bald die Schwägrin fragen,
Es der Schwiegervater merken,
Es des Dorfes Pflüger sehen
Und des Dorfes Weiber lachen:
,Ist wohl in dem Krieg gewesen,
Ist im Kampfe mitgezogen, 260

Oder ward vom Wolf zerfleischet,
Arg zerkratzt vom Bär des Waldes,
Oder war der Wolf ihr Gatte,
War der Bär ihr Ehgenosse?'"

Auf dem Ofen lag ein Alter,
Wärmte sich ein Bettler oben,
Von dem Ofen sprach der Alte,
Er, der Bettler, von dort oben:
„Niemals mögst du, armer Gatte,
Nie dem Sinn des Weibes folgen, 270
Ihrem Sinn, der glatten Zunge,
So wie ich, der arme Knabe!
Kaufte Fleisch und kaufte Brote,
Kaufte Butter, kaufte Bier auch,
Kaufte Fische jeder Gattung,
Speisen von verschiednen Arten,
Gutes Bier vom eignen Lande,
Weizen ich aus fremden Ländern,

„Doch es wollt' nicht gut gedeihen,
Wollte sich nicht gut gestalten; 280
Kam mein Weib in unsre Stube,
Wie um mich am Haar zu reißen,
Mit verändertem Gesichte
Und mit wild verdrehten Augen;
Stöhnt' und fauchte unablässig,
Redete gar böse Worte,
Nannte mich nur einen Breitsteiß,
Schimpfte mich stets einen Hackklotz.

„Doch ich wußt' ein neues Mittel,
Einen andern Weg zu finden: 290
Schält' ich einen Zweig der Birke,
Nannt' umarmend sie mich Vöglein,
Schnitt ich des Wacholders Wipfel,
Grüßt' sie mich als goldnen Liebling,
Schlug ich sie mit Weidenruten,
Fiel alsbald sie um den Hals mir."

Ach, das arme Mädchen seufzte,
Seufzte sehr und holte Atem,
Fing gar heftig an zu weinen,
Redet Worte solcher Weise: 300

„Nahe ist das Scheiden andrer,
Vor der Türe ihre Trennung,
Näher ist mein eignes Scheiden,
Näher meine eigne Trennung,
Wird mir doch so schwer das Scheiden,
Gar bedrückend mir das Fortgehn
Von dem weltberühmten Dorfe,
Von dem wunderschönen Hofe,
Wo so schön ich aufgewachsen,
Freudvoll in die Höh' geschossen   310
In den Zeiten meines Wachstums,
In dem Lauf der Kinderjahre.

„Habe früher nicht gewähnet,
Habe nie daran geglaubet,
Nie gewähnet, daß ich scheide,
Nicht geglaubt an eine Trennung
Von dem Saume dieses Hügels,
Von dem Rücken dieses Berges;
Jetzt wohl glaub' ich's, daß ich scheide,
Sehe ich es, daß ich gehe,   320
Leer schon ist der Krug des Abschieds,
Schon das Abschiedsbier getrunken,
Schon der Schlitten umgewendet
Mit dem Vorderteil nach außen,
Mit der Seite zu dem Stalle,
Zu dem Viehhof mit den Leisten.

„Wie vergelte ich beim Scheiden,
Wie, ich Arme, bei der Trennung,
Wohl die Milch der lieben Mutter,
Wie die Güte meines Vaters,   330
Wie die Liebe meines Bruders,
Wie die Freundlichkeit der Schwester?

„Dank sei dir, du lieber Vater,
Für das ganze frühre Leben,
Für die Kost, die ich genossen,
Für die allerbesten Bissen.

„Dank sei dir, du liebe Mutter,
Für das Wiegen in der Kindheit,
Daß die Kleine du getragen,
Mit den Brüsten mich genähret.   340

„Dank sei dir, du lieber Bruder,
Dir, o Bruder, dir, o Schwester,
Dank sei auch dem Hausgesinde,
Allen Freunden meiner Jugend,
Den Genossen meines Lebens,
Denen zugesellt ich aufwuchs.

„Magst du nie, o lieber Vater,
Niemals du, geliebte Mutter,
Du auch nicht, mein Stamm voll Größe,
Du nicht, werte Schar der Vettern,   350
Mögt ihr niemals Sorgen haben,
Nie in großen Kummer kommen,
Daß in andres Land ich ziehe,
Daß ich anderswohin gehe!
Scheint ja doch des Schöpfers Sonne,
Leuchtet doch der Mond des Schöpfers,
Schimmern auch des Himmels Sterne,
Liegt das Licht des Großen Bären
Ausgebreitet in den Lüften
Anderswo auch auf der Erde,   360
Nicht allein im Hof des Vaters,
Auf der lieben Jugendstätte.

„Freilich muß nunmehr ich scheiden
Von dem goldnen Heimatshause,
Von dem Saale meines Vaters,
Von der Mutter offnem Keller;
Lasse Sümpfe, lasse Felder,
Lasse meine Rasenplätze,
Lasse meine klaren Bäche,
Lasse meine sand'gen Ufer,   370
Daß die Weiber sich dort baden,
Dort die Hirtenknaben plätschern.

„Laß' den Watenden die Sümpfe,
Laß' den Furchenden die Felder,
Laß' den Ruhenden die Wälder,
Laß' den Schwärmenden die Heiden,
Laß' den Schreitenden die Zäune,
Laß' den Wandelnden die Gassen,
Laß' den Laufenden die Höfe,
Laß' den Stehenden die Wände,   380

Laſſ' den Säubernden die Dielen,
Laſſ' den Kehrenden die Bretter,
Laſſ' den Renntieren die Felder,
Laſſ' den Luchſen frei die Haine,
Gänſen laſſe ich die Fluren,
Allen Vögelein die Büſche.

„Scheide wahrlich nun von hinnen,
Scheide an des andern Seite,
In die Arme einer Herbſtnacht,
Auf das glatte Eis des Frühjahrs, 390
Daß man keine Spuren wahrnimmt,
Auf der Glätte nicht die Tritte,
Auf der Kruſte nicht der Röcke,
Auf dem Schnee des Saumes Eindruck.

„Kehr' ich einſtmals hieher wieder,
Komm' ich nach der lieben Heimat,
Hört die Mutter nicht die Stimme,
Nicht der Vater mehr das Weinen,
Wenn ich über ihren Schläfen,
Über ihren Köpfen lage; 400
Schon iſt junges Gras gewachſen,
Schon Wacholder aufgeſchoſſen
Auf dem Leibe meiner Mutter,
Auf dem Haupt der lieben Alten.

„Wenn ich wieder einſt erſcheine
Auf dem weitgeſtreckten Hofe,
Wird mich niemand ſonſt erkennen,
Einzig zwei der kleinſten Dinge:
Unten an dem Zaun das Bändchen,
An des Feldes End' die Stange, 410
Hab' gar jung ſie eingeſtecket,
Hab' als Mädchen es gebunden.

„Meiner Mutter güſte Hauskuh,
Die gar klein noch ich getränket,
Die als Kalb ich ſtets gefüttert,
Brüllt mir zu mit ſchwacher Stimme
Von des Hofes Kehrichthaufen,
Von den winterlichen Fluren,
Dieſe wird mich noch erkennen,
Daß ich Tochter bin des Hauſes. 420

„Meines Vaters Lieblingspferdchen,
Das gar klein ich ſtets gefüttert,
Das als Mädchen ich geſättigt,
Wiehert wohl mit ſchwacher Stimme
Von des Hofes Kehrichthaufen,
Von den winterlichen Fluren,
Dieſes wird mich noch erkennen,
Daß ich Tochter bin des Hauſes,

„Meines Bruders Lieblingshündchen,
Das als Kind ich oft gefüttert, 430
Das als Mädchen ich belehret,
Bellt mir zu mit ſchwacher Stimme
Von des Hofes Kehrichthaufen,
Von den winterlichen Fluren,
Dieſes wird mich noch erkennen,
Daß ich Tochter bin des Hauſes.

„Andre werden mich nicht kennen,
Wenn ich nach der Heimat komme,
Sind die Furten auch dieſelben,
Meine Wohnung noch die alte, 440
An dem Platz des Schnäpels Buchten,
Unverrücket noch die Netze.

„Leb' nun wohl, geliebte Stube,
Stube mit dem Bretterdache,
Iſt gar gut zurückzukehren,
Schön hieher zurückzuwandern!

„Lebe wohl, geliebtes Vorhaus,
Vorhaus mit dem Bretterboden,
Iſt gar gut zurückzukehren,
Schön hieher zurückzuwandern! 450

„Lebe wohl, o Hof des Hauſes,
Hof mit deinen Ebereſchen,
Iſt gar gut zurückzukehren,
Schön hieher zurückzuwandern!

„Lebet wohl, die ich verlaſſe,
Land und Wald mit deinen Beeren,
Raine ihr mit euren Blumen,
Heide du mit deinem Kraute,
Seeen mit den hundert Inſeln,
Tiefe Sunde mit den Schnäpeln, 460

Schöne Hügel mit den Fichten,
Waldesschluchten mit den Birken!"
    Schwang der Schmieder Ilmarinen
Drauf die Jungfrau in den Schlitten,
Schlug das Roß mit seiner Peitsche,
Redet Worte solcher Weise:
„Lebet wohl, des Seees Ufer,
Seees Ufer, Feldes Ränder,
Alle Fichten auf dem Berge,
Lange Bäume in dem Walde,   470
Elsbeerbaum an dieser Wohnung,
An dem Brunnen du Wacholder,
Alle Beeren auf dem Boden,
Beerenstiele, Graseshalme,
Weidenbüsche, Tunnenwurzeln,
Erlenblätter, Birkenrinde!"
    Also ging nun Ilmarinen
Von dem Hofe von Pohjola;
Singend blieben dort die Kinder,
Sangen Lieder solcher Weise: 480
„Flog hieher ein schwarzer Vogel,
Eilte durch den Wald behende,
Wußt' das Entlein zu gewinnen,
Lockte fort von hier die Beere,
Nahm uns unsern lieben Apfel,
Führte fort den Fisch des Wassers,
Täuschte sie mit kleiner Münze,
Lockte sie mit blankem Silber;
Wer führt uns nun zu dem Wasser,
Wer wird uns am Bache tränken?   490
Stehen bleiben nun die Eimer,
An dem Nagel bleibt die Stange,
Angekehret bleibt der Boden,
Angefeget auch die Bretter,

Dick von Schmutz des Bechers Ränder
Und des Kruges Ohren dunkel!"
    Selbst der Schmieder Ilmarinen
Eilte mit der jungen Gattin,
Daß der Schlitten heftig zischte,
An den Ufern von Pohjola,   500
An des Honigsundes Seite,
An des sand'gen Berges Rücken,
Steine rollen, Sand erhebt sich,
Auf dem Wege rauscht der Schlitten,
An dem Joch die Eisenringe,
Laut ertönt die Maserstütze,
Kreischend auch die Weidenbänder,
Zittern muß das Faulbaumkrummholz,
Winseln muß der Deichsel Schlinge,
Kupferringe müssen klirren   510
Bei dem Lauf des guten Rosses,
Bei dem Trab des weißgestirnten.
    Jagte einen Tag, den zweiten,
Jagte auch am dritten Tage,
Eine Hand hat er am Lenkseil,
In der Jungfrau Arm den andern,
Einen Fuß zur Seit' des Schlittens,
Von dem Filz bedeckt den andern.
    Lustig lief das Roß des Weges,
Daß die Bahn sich stets verkürzte, 520
Endlich an dem dritten Tage,
Als die Sonne sich schon senkte,
Kam des Schmiedes Haus zum Vorschein,
Rückte Ilmas Wohnung näher,
Stieg empor der Ruß in Streifen,
Dichtes Rauchgewölk nach oben,
Aus der Stube raucht es munter,
Dampft es reichlich zu den Wolken.

Fünfundzwanzigste Rune

Lang schon hatte man gewartet,
Lang geharrt und ausgeschauet,
Ob die Brautschar bald erschiene
In dem Hause Ilmarinens;
Triefen mußten da die Augen
Allen Alten an den Fenstern,
Schwanken mußten junge Kniee
Bei dem Warten an der Pforte,
Kinderfüße mußten frieren
Bei dem Stehen an den Wänden,			10
Schuh' der Männerschar zerreißen
Bei dem Streifen an dem Strande.

Endlich nun an einem Morgen
War's, an einem schönen Tage,
Als man von dem Wald her Lärmen,
Dorther Schlitten rauschen hörte.
Lokka, sie, die gute Wirtin,
Sie, die schöne Kalewtochter,
Redet Worte solcher Weise:
„Dieses ist des Sohnes Schlitten,			20
Endlich kommt er von Pohjola
An der Seite seiner Gattin.

„Wende dich zu diesem Lande,
Eile her zu diesem Hofe,
Zu der Stub', des Vaters Erbschaft,
Die der Vorfahr schon gezimmert!"
Ilmarinen, er, der Schmieder,
Eilt gerades Wegs nach Hause,
Zu der Stube seines Vaters,
Die der Vorfahr schon gezimmert;			30

Haselhühner zwitschern fröhlich
Auf dem frischgebognen Krummholz,
Munter rufen Kuckucksvögel
An dem Vorderteil des Schlittens,
Und das Eichhorn hüpfet lustig
An der Deichsel, die von Ahorn.
Lokka, sie, die gute Wirtin,
Sie, die schöne Kalewtochter,
Redet Worte solcher Weise,
Läßt auf diese Art sich hören:			40
„Auf den Neumond harrt die Dorfschaft,
Jugend auf der Sonne Aufgang,
Kinder auf die Erdbeerplätze,
Aufs beteerte Boot das Wasser;
Ich hab' nicht den Mond erwartet,
Auf die Sonne nicht geharret,
Habe meinen Freund erwartet,
Meinen Freund und seine Gattin,
Schaute morgens, schaute abends,
Wußt' nicht, wohin er geraten,			50
Ob er eine Kleine großziehn,
Eine Magre mästen mochte,
Denn ich sah ihn nimmer kommen,
Ob er's mir auch fest versprochen,
Heimwärts bald den Schritt zu wenden,
Ehe seine Spur erkaltet.

„Immer schaute ich am Morgen,
Hatt' es tagelang im Sinne,
Ob des Lieben Schlitten käme,
Ob er auf dem Wege rauschte			60

11

Her zu diesem kleinen Hofe,
Zu dem schmalen Wohngebäude;
Wäre auch sein Roß von Halmen,
Aus zwei Stücken nur sein Schlitten,
Würd' ich ihn den allerfeinsten
Unter allen Schlitten preisen,
Wenn er meinen Lieben brächte,
Meinen Schönen mir nach Hause.

„Harrte so die ganze Zeit lang,
Schaut' hinaus im Lauf des Tages, 70
Schaute mit gebognem Haupte,
Daß die Haare sich verschoben,
Daß die Augen breiter wurden,
Harrte daß mein Lieber käme
Her zu diesem kleinen Hofe,
Zu dem schmalen Wohngebäude;
Endlich ist er doch gekommen,
Wiederum zurückgekehret,
Hat zur Seit' ein frisches Antlitz,
Neben sich zwei rote Wangen.   80

„Bräutigam, mein lieber Bruder,
Schirre aus das Weißgestirnte,
Führe fort das gute Rößlein
Zu dem längstgewohnten Grase,
Zu dem frischgeschnittnen Hafer;
Bringe dann uns deine Grüße,
Grüße uns und grüß' die andern,
Grüße du das Volk des Dorfes.

„Hast die Grüße du beendigt,
So erzähl', was du erlebtest;   90
Bist du ohne Abenteuer,
Stets gesund den Weg gewandert,
Als du gingst zur Schwiegermutter,
In das Haus des Schwiegervaters,
Hast die Jungfrau du gewonnen,
Eingestürzt der Festung Pforte,
Hast der Jungfrau Schloß genommen,
Umgestoßen du die Wände,
Gingst zur Schwell' der Schwiegermutter,
Saßst du auf der Bank des Wirtes?   100

„Doch ich seh' es, ohn' zu fragen,
Merk' es, ohne viel zu forschen,
Wohlgemut zog er des Weges,
Unversehrt macht' er die Reise,
Er gewann mit Macht ein Gänslein,
Stürzte ein der Festung Pforte,
Bracht' zu Fall die Burg von Brettern,
Stürmte rasch die Lindenwände,
Als er ging zur Schwiegermutter,
In das Haus des Schwiegervaters;   110
Seht in seinem Schutz das Entlein,
Ihm im Arme seht das Hühnchen,
Ihm zur Seit' die lautre Jungfrau,
Ihm gepaart die glänzend helle.

„Wer wohl bracht' hieher die Lüge,
Breitet' aus die schlechte Kunde,
Daß der Freier leer erschienen,
Daß das Roß umsonst gelaufen?
Nicht erschien der Freier ledig,
Nicht umsonst ist's Roß gelaufen,   120
Hat wohl etwas herzuziehen,
Muß die weiche Mähne schütteln,
Ist von Schweiße ganz gebadet,
Von dem Schaume übergossen,
Weil es uns das Küchlein herzog,
Her zu uns die Blüh'nde brachte.

„Steige, Schöne, aus dem Schlitten,
Gute, komm von deinem Sitze,
Komm herunter ungehoben,
Steige ungetragen nieder,   130
Will ein Junger dich umfangen,
Dich ein Dreister niederholen!

„Hebe dich von deinem Sitze,
Lös' dich von des Schlittens Ende,
Komm den schönen Weg gegangen,
Auf dem leberfarbnen Boden,
Den die Säue gut geebnet,
Den die Ferkel festgetreten,
Den die Lämmer gleichgemacht,
Reingefegt der Rosse Mähnen!   140

„Schreite mit des Gänsleins Schritten,
Tripple mit des Entleins Tritten
Auf den Hof, den reingewaschnen,
Auf die flachgestreckten Fluren,
Auf den Hof des Schwiegervaters,
Wo die Schwiegermutter waltet,
Zu dem Zimmerplatz des Bruders,
Zu der Schwester blauer Wiese,
Setze deinen Fuß zur Treppe,
Schreite auf die Vorhausdiele,   150
Steige in den duft'gen Hausflur,
Geh dann in die innern Stuben,
Unter diese schönen Balken,
Unters Dach, das weitgerühmte!

„Schon in diesem letzten Winter,
Schon im Sommer, der vergangen,
Rief die Entenknochendiele
Laut nach dir, sie zu betreten,
Tönte hier die goldne Decke,
Daß du bald darunter stündest,   160
Und es freuten sich die Fenster
Auf dein Sitzen an den Fenstern.

„Schon in diesem letzten Winter,
Schon im Sommer, der vergangen,
Sehnte knarrend sich der Türgriff
Nach der Hand, der ringgezierten,
Knisternd neigte sich die Schwelle
Der Behenden feinem Rocksaum,
Offen standen alle Pforten,
Dich, die Pförtnerin, erwartend.   170

„Schon in diesem letzten Winter,
Schon im Sommer, der vergangen,
Wandte sich die ganze Stube
Ihr zu, die sie ordnen sollte,
Drehte sich die Vorhausdiele
Ihr zu, die sie putzen sollte,
Und es zwitscherte die Scheune
Ihr zu, die sie fegen sollte.

„Schon in diesem letzten Winter,
Schon im Sommer, der vergangen,   180

Sah der Hof sich um gar heimlich,
Ob du Späne holen kämest,
Beugte sich die Vorratskammer,
Ob du kämst, sie zu besuchen,
Und es bogen sich die Balken
Für der jungen Frau Gewänder.

„Schon in diesem letzten Winter,
Schon im Sommer, der vergangen,
Girrte oft nach dir die Gasse,
Daß du da wärst, drauf zu wandern,   190
Rückten alle Hürden näher,
Daß du ihrer warten möchtest,
Und es schoben sich die Ställe,
Um dem Entlein Platz zu machen.

„Schon an diesem heut'gen Tage,
Schon am letztverfloßnen Tage
Hat gar früh die Kuh gebrüllet
Nach des Morgenbündels Spendrin,
Hat das Füllen früh gewiehert
Nach der Geberin des Heues,   200
Hat das Frühlingslamm geblöket
Nach der Mehrerin der Bissen.

„Schon an diesem heut'gen Tage,
Schon am letztverfloßnen Tage
Saßen Alte an den Fenstern,
Liefen Kinder an dem Strande,
Standen Weiber an den Wänden,
Knaben an der Tür der Vorstub',
Um der jungen Frau zu harren,
Um das Bräutlein zu erwarten.   210

„Heil dir, Hof, mit deiner Fülle,
Heil des Hauses starken Helden,
Scheune, dir, mit deiner Fülle,
Heil dir, Scheune, samt den Gästen,
Vorhaus, dir, mit deiner Fülle,
Birkendach, samt deinem Volke,
Stube, dir, mit deiner Fülle,
Bretterreiche, samt den Kindern,
Heil, o Mond, dir, Heil dir, König,
Heil dir, junges Brautgefolge!   220

11*

Nicht ist früher hier gewesen,
Weder früher noch auch gestern
Solch ein stattlich Brautgefolge,
Eine Schar von solcher Schönheit.

„Bräutigam, mein lieber Bruder,
Streife ab die roten Binden
Und entfern' die seidnen Tücher,
Zeig' dein Marderchen, das liebe,
Das du fünf der Jahr' umworben,
Acht der Jahre angeschauet!   230

„Brachtest du dir, was du wünschtest?
Wünschtest einen schönen Kuckuck,
Eine Weiße von dem Lande,
Eine Frische aus dem Wasser.

„Doch ich seh' es, ohn' zu fragen,
Merk' es, ohne viel zu forschen,
Hast gebracht den schönen Kuckuck,
Hast die blaue Ent' geborgen,
Hast das grünste aller Reiser
Aus dem schönbelaubten Busche,   240
Hast den frischsten aller Zweige
Von dem frischen Elsbeerbaume."

Saß ein Kindlein auf dem Boden,
Sprach das Kindlein von dem Boden:
„Bruder, was du mit dir schleppest,
Ist ein Teerholzstumpf an Schönheit,
Ist so schlank wie eine Teertonn',
Hoch wie's Fußgestell der Haspel.

„Siehst du, Bräutigam, du Armer,
Hast es lebelang erhoffet,   250
Meintst ein Mädchen hundertfachen,
Tausendfachen Werts zu holen;
Hast erlangt von hundertfachem,
Tausendfachem Wert ein Wichtchen,
Eine Krähe von dem Sumpfe,
Von dem Zaun die flücht'ge Elster,
Von dem Feld die Vogelscheuche,
Aus dem Staub den schwarzen Vogel!

„Was hat sie bisher geleistet,
Was in dem verflossnen Sommer,   260

Wenn sie Handschuh' nicht gestricket,
Wenn sie Strümpfe nicht gewirket!
Leer kommt sie in diese Stube,
Ohne Gaben zu dem Schwäher,
Mäuse rasseln in dem Kasten,
Langgeöhrte in der Kiste."

Lokka, sie, die gute Wirtin,
Sie, die schöne Kalewtochter,
Hört die wunderliche Märe,
Redet Worte solcher Weise: 270
„Böses Kind, was schwatzest du da,
Hast gar ungeschickt gesprochen!
Möge man von andern fabeln,
Schmähung möge andre treffen,
Niemals aber diese Jungfrau,
Nie das Volk in diesem Hause!

„Schlecht fürwahr hast du geredet,
Arge Rede kam vom Munde
Eines Kalbs, das nachts geboren,
Eines Hunds, der einen Tag alt;   280
Trefflich ist des Freiers Jungfrau,
Ist die beste ihres Landes,
Gleicht der reifen Preiselbeere,
Gleicht der Erdbeer' auf dem Berge,
Gleicht dem Kuckuck auf dem Baume,
Gleicht dem Vöglein in der Esche,
Einem Flattrer auf der Birke,
Einer Weißbrust auf dem Ahorn.

„Nimmer hättest du aus Deutschland,
Hätt'st aus Estland nie erhalten   290
Eine Jungfrau solcher Schönheit,
Eine Ente solcher Anmut,
Eine solche Zier im Antlitz,
Einen solchen Stolz im Wuchse,
Solche Weiße an den Armen,
Einen Nacken solcher Wölbung.

„Nicht kam sie mit leeren Händen,
Pelze hat sie mitgeführet,
Eingebracht hat sie Gewänder,
Und Gewebe trägt sie mit sich.   300

„Und gar viel hat diese Jungfrau
Mit der Spindel schon geleistet,
Mit der Spule schon geschaffen,
Mit den Fingern wohl bereitet,
Kleider von dem hellsten Glanze
Hat im Winter sie entfaltet,
Hat im Frühjahr sie gebleichet,
Hat im Sommer sie getrocknet,
Flatternd lange, feine Laken,
Schwellend weiche, schöne Kissen,   310
Schwingend leichte seidne Tücher,
Schimmernd bunte wollne Decken.

„Gutes Weibchen, schönes Weibchen,
Weibchen mit der frischen Farbe,
Warst zu Hause hoch gepriesen,
In dem Vaterhaus als Tochter,
Sei hier allzeit hoch gepriesen
Bei dem Mann als Schwiegertochter!

„Nimmer darfst du Sorge hegen,
Dich dem Kummer nicht ergeben,   320
Führt man dich doch nicht in Sümpfe,
Nicht zum Rande eines Grabens,
Fortgeführt aus Fruchtgefilden,
Kommst du zu weit reichern Feldern,
Fortgeführt aus Bieresstuben,
Zu weit größrer Bieresfülle!

„Gute Jungfrau, schönes Weibchen,
Dies will ich von dir erfragen:
Sahst du, als du hergekommen,
Schöngespitzte Korneshaufen,   330
Roggenmieten schöngewipfelt?
Sie gehören diesem Hause,
Wohl geackert hat dein Gatte,
Dort geackert und gesäet.

„Teures Mädchen, liebe Jungfrau,
Will dir nunmehr dieses sagen:
Wußtest du ins Haus zu kommen,
Wisse nun im Haus zu bleiben,
Ist gar gut hier für ein Weibchen,
Schön für eine Schwiegertochter,   340

Dir zur Hand die Milchgeschirre
Und das Butterfaß zu Diensten!

„Ist gar gut hier für das Mädchen,
Schön dem Hühnchen zu gedeihen,
Sind hier breite Badstubbretter
Und gar weite Stubenbänke,
Wie dein Vater gilt der Wirt hier,
Deiner Mutter gleich die Wirtin,
Gleich dem Bruder hier die Söhne,
Gleich der Schwester hier die Töchter.   350

„Sollte je die Lust dir kommen,
Du Verlangen je verspüren
Nach den Fischen deines Vaters,
Nach des Bruders Haselhühnern,
Fordre sie nicht von dem Schwager,
Keineswegs auch von dem Schwäher,
Fordre sie von deinem Gatten,
Bitte ihn, der her dich brachte!
Gibt in diesem großen Walde
Keins der Tiere auf vier Füßen,   360
Keinen Vogel in den Lüften,
Keinen Schwinger von zwei Flügeln,
Gibt auch keinen in dem Wasser
Von den besten Fischesschwärmen,
Den dein Gatte nicht zu fangen,
Er nicht zu erbeuten wüßte.

„Ist gar gut hier für das Mädchen,
Schön dem Hühnchen zu gedeihen,
Braucht den Mühlstein nicht zu drehen,
Nicht den Mörser zu bestellen,   370
Wasser mahlet hier den Weizen,
Für den Roggen wallt die Strömung,
Die Gefäße wäscht die Flut hier
Und der Meeresschaum bespült sie.

„O du vielgeliebtes Dörflein,
Du, der schönste Fleck der Erde!
Rasen unten, oben Felder,
In dem Zwischenraum das Dörflein,
Unten an dem Dorf der Meerstrand,
An dem Strand das liebe Wasser,   380

Wo die Enten gerne schwimmen,
Wasservögel gern verweilen."

Darauf ward die Schar gespeiset,
Ward gespeiset und getränket
Mit der Fleischesbissen Fülle,
Mit den allerschönsten Broten,
Mit dem Bier aus guter Gerste,
Mit der besten Weizenwürze.

War in Menge dort zu essen,
Viel zu essen, viel zu trinken   390
In den rotgefärbten Schüsseln,
In den schöngeformten Mulden,
Kuchen gab es dort zu brechen,
Butterbissen zu verteilen,
Schnäpel gab's dort zu zerstückeln,
Schöne Lachse zu zerlegen
Mit den feinen Silbermessern,
Mit den goldgeschmückten Schneiden.

Biere strömten unbezahlbar,
Honigtrank mit Geld nicht käuflich,   400
Biere von der Sparren Ende,
Honigtrank dort aus dem Holzpflock,
Biere zu der Lippen Netzung,
Honigtrank zur Sinnerquickung.

Wer wird wohl ein Lied nun singen,
Wer hier wohl zum Sänger taugen?
Wäinämöinen alt und wahrhaft,
Er, der ew'ge Zaubersprecher,
Fing dort selber an zu singen,
Machte sich ans Werk der Lieder,   410
Redet Worte solcher Weise,
Läßt auf diese Art sich hören:
"Goldne Brüder, meine Teuren,
Ihr, Verwandte, reich an Worten,
Ihr Gefährten sprachbegabet,
Höret was ich jetzt euch sage!
Selten stehn die Gäns' beisammen,
Selten Schwestern gegenüber,
Selten Brüder sich zur Seite,
Einer Mutter Kinder selten   420

In den kargen Länderstrecken,
Auf des Nordens armem Boden.

"Sollen wir zum Sange schreiten,
An das Werk der Lieder gehen?
Singen ziemt gar wohl dem Sänger,
Rufen wohl dem Frühlingskuckuck,
Färben wohl der Bläue Göttin,
Weben wohl der Webegöttin.

"Singen selbst der Lappen Kinder,
Fröhlich diese Grasbeschuhten,   430
Wenn das grobe Fleisch des Elens,
Eines Renntiers sie gespeiset;
Weshalb sollte ich nicht singen,
Nicht auch unsre Kinder singen
Nach der roggenreichen Speise,
Nach dem Mahl aus gutem Mehle?

"Singen selbst der Lappen Kinder,
Lärmen sie, die Grasbeschuhten,
Eine Schale Wasser trinkend,
Bittre Tannenrinde kauend;   440
Weshalb sollte ich nicht singen,
Nicht auch unsre Kinder singen
Bei dem schönen Gerstentranke,
Bei dem gutgebrauten Biere?

"Singen selbst der Lappen Kinder,
Lärmen sie, die Grasbeschuhten,
Wenn sie an dem ruß'gen Feuer,
An des Herdes Kohlen liegen;
Weshalb sollte ich nicht singen,
Nicht auch unsre Kinder singen   450
Unter diesen schönen Balken,
Unterm Dach, dem weitgerühmten?

"Ist gar gut hier für die Männer,
Lieblich für die Fraun zu weilen,
An dem Busen der Biertonnen,
In der Nähe der Metzuber,
Unfern von dem Schnäpelsunde,
Bei dem Netzzug von den Lachsen,
Wo die Speise nimmer fehlet,
Niemals sich der Trank verringert.   460

„Ist gar gut hier für die Männer,
Lieblich für die Fraun zu weilen,
Sorge stört hier nicht beim Essen,
Kummer plagt hier nicht das Leben,
Sorglos ißt man nach Belieben,
Und man lebt ganz ohne Kummer
Unterm Walten dieses Wirtes
Und solang die Wirtin lebet.

„Wen soll ich zuerst nun preisen,
Erst den Wirt, die Wirtin eher? 470
Tu' es wie der Vorzeit Helden,
Die den Wirt stets früher priesen,
Der das Haus im Sumpf geschaffen,
Aus dem Walde es errichtet,
Tannen mit der Wurzel holte,
Mit dem Wipfel schlanke Fichten,
Sie an gute Stellen brachte,
Sie gar fest zusammenfügte
Zu dem großen Haus des Stammes,
Zu dem schönen Wohngebäude, 480
Wände aus dem Walde schaffte,
Balken von dem großen Berge,
Sparren aus des Busches Dickicht,
Bretter von den Beetenfluren,
Rinde von dem Faulbaumberge
Und das Moos vom schwanken Moore.

„Sorgsam ist das Haus gezimmert,
Steht an einem sichern Orte,
Hundert Männer hatten Arbeit,
Tausend standen auf dem Dache, 490
Als man dieses Haus erbaute,
Als man diese Bretter fügte.

„Wohl hat dieser gute Hauswirt,
Als er dieses Haus erbaute,
Vieles Haar im Sturm verloren,
Ward vom Wetter arg verzauset,
Oftmals hat der gute Hauswirt
Handschuh' auf dem Stein gelassen,
Seinen Hut oft auf den Ästen,
In den Sumpf gesenkt die Strümpfe. 500

„Oftmals ist der gute Hauswirt
Schon zur Zeit des frühsten Morgens,
Eh' die andern sich erhoben,
Ungehört vom ganzen Dorfe,
Von dem Feuer aufgestanden,
Aus der Reisighütte trat er,
Zweige kämmten ihm die Haare,
Tau wusch ihm die klaren Augen.

„Seither hat der gute Hauswirt
Freunde in das Haus gezogen, 510
Voll von Sängern sind die Bänke,
Freud'ger Gäste voll die Fenster,
Voll gespräch'gen Volks der Boden,
Lärmender voll die Verschläge,
Voll von Stehenden die Wände,
Voll von Wandrern ist der Zaunweg,
Viele schreiten längs des Hofraums,
Viele kreuz und quer durchs Grundstück.

„Habe so den Wirt gepriesen,
Preise nun die liebe Wirtin, 520
Die die Speisen angefertigt,
Die den langen Tisch gefüllet.

„Dickes Brot hat sie gebacken,
Kräft'gen Brei sie uns geklopfet
Mit den leichtbewegten Armen,
Mit den zehn geschmeid'gen Fingern,
Ließ gar schön die Brote steigen,
Speiste ihre Gäste reichlich
Mit des Schweinefleisches Fülle,
Mit den schwellenden Pasteten; 530
Krummgebogen ward die Schneide,
Abgedrückt der Schaft des Messers,
Als den Lachs man schnitt in Stücke,
Spaltete der Hechte Köpfe.

„Oftmals ist die gute Wirtin,
Ist die Hausfrau voller Umsicht
Vor dem Hahne aufgestanden,
Vor der Henne Sohn geeilet,
Um fürs Hochzeitsmahl zu sorgen,
All die Arbeit zu verrichten, 540

Um die Hefe zu bereiten
Und das gute Bier zu brauen.

   „Trefflich hat die gute Wirtin,
Hat die Hausfrau voller Umsicht
Dieses Bier für uns bereitet,
Ließ den süßen Trank sie fließen
Aus dem keimereichen Korne,
Aus dem süßgewürzten Malze,
Das sie nicht mit Holz gerühret,
Mit der Stange nicht durchwühlet, 550
Sondern mit der Hand gewendet,
Umgekehret mit den Armen
In der raucherfüllten Badstub',
Auf den gutgekehrten Brettern.

   „Auch nicht ließ die gute Wirtin,
Sie, die Hausfrau voller Umsicht,
Diese Keim' zum Aufbruch kommen,
Nicht das Malz nach Erde schmecken,
Ging gar oftmals in die Badstub',
Um die Mitternacht alleine, 560
Hatte vor dem Wolf kein Bangen,
Fürchtet' nicht des Waldes Raubtier.

   „Hab' die Wirtin so gepriesen,
Werde nun den Werber preisen!
Wer wohl ward gewählt zum Werber,
Wer gewählt den Weg zu weisen?
Werber ist im Dorf der beste,
Ja, des Dorfes Glück der Führer.

   „Unser Werber ist bekleidet
Mit dem Tuchrock aus der Fremde, 570
Schließt ihm stramm an beiden Armen,
Sitzt ihm trefflich an dem Leibe.

   „Unser Werber ist bekleidet
Mit dem engen Oberrocke,
In dem Sande schleift der Saum ihm,
Auf dem Boden seine Schleppe.

   „Etwas kommt vom Hemd zum Vor-
Schimmert nur hervor ein wenig, (schein,
Ist, als hätt's die zinngeschmückte
Mondestochter selbst geweber. 580

   „Unser Werber ist bekleidet
Um den Leib mit wollnem Gürtel,
Den der Sonne Tochter webte,
Mit den bunten Fingern wirkte
In den feuerlosen Zeiten,
Als das Feuer man nicht kannte.

   „Unser Werber ist bekleidet
An dem Fuß mit seidnen Strümpfen,
An den Strümpfen seidne Bänder,
Schöngestreifte Binderiemen, 590
Ganz bestickt mit hellem Golde,
Reich verziert mit Silberfäden.

   „Unser Werber ist bekleidet
Mit den besten deutschen Schuhen,
Gleich den Schwänen in dem Flusse,
Gleich dem Wasserhuhn am Ufer,
Gleich den Gänsen auf den Zweigen,
Wandervögeln im Gesträuppe.

   „Unser Werber ist geschmücket
Mit den goldgelockten Haaren, 600
Schöngeflochten ist sein Goldbart,
Auf dem Kopfe sitzt die Mütze,
Ragt empor bis an die Wolken,
Dringet durch des Waldes Wipfel,
Nicht für hundert Mark erhält man,
Nicht für tausend solche Mütze.

   „Hab' den Werber so gepriesen,
Preise nun die Brautgefährtin!
Woher kam die Brautgefährtin,
Woher nahm man die Beglückte? 610

   „Daher kam die Brautgefährtin,
Ward geholet die Beglückte,
Jenseits von der Burg Tanikas,
Von dem neuerbauten Schlosse.

   „Nein, sie kam uns nicht von dorther,
Nimmermehr aus jener Gegend;
Daher kam die Brautgefährtin,
Daher nahm man die Beglückte:
Vom Gewässer ob der Dwina,
Von den weitgedehnten Buchten. 620

„Nein, sie kam uns nicht von dorther,
Nimmermehr aus jener Gegend;
Wuchs ein Erdbeerlein im Lande,
Auf der Flur die Preiselbeere,
Auf dem Feld das zarte Kräutlein,
In dem Hain die goldne Blume,
Daher kam die Brautgefährtin,
Daher nahm man die Beglückte.

„Zierlich ist der Mund der Holden
Wie das Weberschiff im Suomi,   630
Ihre Augen schimmern freundlich
Wie die Sterne an dem Himmel,
Ihre Schläfen strahlen weithin
Wie das Mondlicht auf dem Meere.

„Zierat trägt die Brautgefährtin:
An dem Halse goldne Ketten,
Auf dem Kopfe goldne Schnüre,
An den Händen goldne Bänder,
An den Fingern goldne Ringe,
An den Ohren Goldgehänge,   640
An den Schläfen goldne Schlingen,
Perlen an den Augenbrauen.

„Glaubte, daß der Mond schon schiene,
Als die goldne Spange blitzte,
Glaubte, daß die Sonne leuchte,
Als des Hemdes Kragen glänzte,
Glaubt', ein Schiff käm' hergesegelt,
Als der Kopfputz sich bewegte.

„Lobte so die Brautgefährtin,
Will die ganze Schar beschauen,   650
Ob die Gästeschar wohl schön ist,
Ob die Alten gar gewaltig,
Ob die Jungen gar gelenkig,
Stattlich wohl der ganze Haufen!

„Hab' die ganze Schar betrachtet,
Wenn ich sie auch früher kannte;
Nie ist hier zuvor gewesen,
Wird so bald auch nicht erscheinen
Eine Schar von solchem Aussehn,
Nie ein Haufe solcher Schönheit,   660

Alte Leute so gewaltig,
Junge Leute so gelenkig;
Hellgekleidet ist der Haufen,
Wie die Waldung bei dem Reise,
Unten gleich der Morgenröte,
Oben gleich dem Tagesanbruch.

„Überflüssig gab's des Silbers,
Gab's des Goldes bei den Gästen,
Taschen Geldes auf den Feldern,
Beutel Geldes auf den Gassen   670
Für die eingeladnen Gäste,
Zu der Gäste größrer Ehre."

Wäinämöinen alt und wahrhaft,
Er, des Sanges ew'ge Stütze,
Schwang sich nun in seinen Schlitten,
Fuhr gerades Wegs nach Hause;
Sang beständig seine Lieder,
Sang beständig kunsterfahren,
Singt ein Liedlein, singt ein zweites,
Bei dem dritten seine Lieder,   680
Klingt die Kufe an dem Steine,
Hängt die Leiste an den Baumstumpf,
Bricht der Schlitten des Gesanges,
Wird die Kufe krumm gebogen,
Krachend reißt entzwei die Leiste,
Stürzen nieder breit die Seiten.

Sprach der alte Wäinämöinen,
Redet selber solche Worte:
„Ist wohl hier in dieser Jugend,
In dem wachsenden Geschlechte,   690
Oder in der Schar der Alten,
In dem sinkenden Geschlechte
Einer, der ins Reich Tuonis,
In das Haus von Mana ginge,
Der den Bohrer von Tuoni,
Mir aus Manas Haus ihn brächte,
Daß ich einen neuen Schlitten,
Einen neuen Sitz mir zimmre?"

Was die jungen Leute sprachen,
War zugleich der Alten Antwort: 700

„Nicht ist hier in dieser Jugend,
Auch nicht in der Schar der Alten,
Nirgends in dem großen Stamme
Solch ein Held, solch ein Beherzter,
Daß er nach dem Reich Tuonis,
Nach dem Hause Manas ginge,
Dir den Bohrer von Tuoni,
Dir aus Manas Haus ihn holte,
Daß du einen neuen Schlitten,
Einen neuen Sitz dir zimmerst."   710

Sing der alte Wäinämöinen,
Er, der ew'ge Zaubersprecher,
Wiederum ins Reich Tuonis,
Wandert zu dem Hause Manas,
Bringt den Bohrer von Tuoni,
Holt ihn aus dem Hause Manas.

Sang der alte Wäinämöinen
Einen blauen Hain zum Vorschein,
Ebne Eichen in dem Haine

Und gar schlanke Ebereschen,   720
Zimmert sie zu seinem Schlitten,
Krümmet sie zu seiner Kufe,
Sucht sie aus zu seinen Leisten,
Wendet sie zu seinem Krummholz,
Bringt den Schlitten so zustande,
Einen neuen so in Ordnung,
Spannt das Füllen ins Geschirre,
Spannt es vor den braunen Schlitten,
Setzt sich selber in den Schlitten,
Läßt sich auf dem Sitze nieder;   730
Ohne Gerte läuft das Rößlein,
Ungeschlagen von der Peitsche,
Zu dem längstgewohnten Futter,
Zu der gutverwahrten Nahrung,
Bringt den alten Wäinämöinen,
Ihn, den ew'gen Zaubersprecher,
Zu der eignen Türe Öffnung,
Hin zu seiner eignen Schwelle.

Sechsundzwanzigste Rune

Ahti weilte auf der Insel,
An der Bucht der Kaukospitze,
Ackerte auf seinem Felde
Und durchfurchte seine Fluren,
War gar fein sein Ohr gebildet,
Sein Gehör war scharf geartet.

Hörte Lärmen her vom Dorfe,
Hört' Geräusch vom Seegestade,
Von dem glatten Eise Tritte,
Von der Flur des Schlittens Rasseln;　10
Durch den Sinn fährt ihm der Einfall,
Durch das Hirn ihm der Gedanke:
Hochzeit hält das Volk Pohjolas,
Heimlich hält es ein Gelage.

Bog den Kopf, den Mund verzog er,
Schüttelte die schwarzen Haare,
Gar erbost, verließ sein Blut da
Seiner armen Wangen Fläche;
Stand zur Stunde ab vom Pflügen,
Mitten auf dem Feld vom Furchen,　20
Stieg zu Pferde auf der Stelle,
Ritt gerades Wegs nach Hause
Zu der vielgeliebten Mutter,
In die Nähe dieser Alten.

Sprach, als er sein Ziel erreichte,
Redet angekommen also:
„Liebe Mutter, teure Alte,
Schaffe Speise gar geschwinde,
Daß der Hungrige sie esse,
Daß der Gier'ge sie verschlinge;　30

Laß zugleich die Badstub' heizen,
Laß mir schnell ein Bad bereiten,
Daß der Mann den Leib sich wasche,
Daß der Helden Zier sich rein'ge!"

Schafft die Mutter Lemminkäinens
Darauf Speise gar geschwinde,
Daß der Hungrige sie esse,
Daß der Gier'ge sie verschlinge,
Während man das Bad bereitet,
Man in Ordnung bringt die Badstub'.　40

Lemminkäinen leichtgemutet
Nahm in Eile ein die Speise,
Eilends ging er nach dem Bade,
Schritt er nach dem Badehause;
Dort nun wusch sich blank der Buchfink,
Säuberte den Leib der Dompfaff,
Wusch die Stirn zu Flachses Weiße
Und den Hals zu hellem Glanze.

Kam zur Stube aus dem Bade,
Worte solcher Weise sprach er:　50
„Liebe Mutter, teure Alte,
Geh zur Kammer auf dem Berge,
Bringe mir mein Hemd, das feine,
Hol' den Rock, den wohlbestellten,
Daß ich mich mit ihm bekleide,
Ihn an meine Glieder lege!"

Fragte ihn zuvor die Mutter,
Forscht' ihn aus die alte Hausfrau:
„Wohin gehest du, mein Söhnchen,
Gehst du einen Luchs zu jagen,　60

Gehst ein Elen einzuholen,
Gehst ein Eichhorn du zu schießen?"
  Sprach der muntre Lemminkäinen,
Er, der schöne Kaukomieli:
„Mutter, die du mich getragen,
Gehe keinen Luchs zu jagen,
Geh' kein Elen einzuholen,
Auch kein Eichhorn mir zu schießen;
Gehe zu dem Schmaus Pohjolas,
Zu dem heimlichen Gelage;   70
Bringe mir mein Hemd, das feine,
Hol' den Rock, den wohlbestellten,
Daß zur Hochzeit ich ihn anzieh',
Beim Gelage ihn gebrauche!"
  Ihrem Sohn verbot's die Mutter,
Ihrem Mann riet ab die Gattin,
Warnten ihn zwei gute Frauen,
Drei der Schöpfungstöchter wehrten
Lemminkäinen hinzuziehen
Zu dem Schmause von Pohjola.   80
  Sprach die Mutter zu dem Sohne,
So die Alte zu dem Kinde:
„Gehe nicht, mein liebes Söhnchen,
Du, mein Söhnchen, lieber Kauko,
Zu dem Schmause von Pohjola,
Zum Gelag des großen Haufens,
Nicht gebeten bist du dorthin,
Wirst dort keineswegs erwartet!"
  Lemminkäinen leichtgemutet
Ließ sich solcherart vernehmen: 90
„Eingeladen kommen Schlechte,
Angebeten eilt der Gute;
Habe eine ew'ge Ladung,
Eine unabläss'ge Botschaft:
Dieses Schwertes Feuerschneide,
Diese funkenreiche Klinge."
  Lemminkäinens Mutter suchte
Immer noch ihn abzuhalten:
„Gehe doch nicht, liebes Söhnchen,
Zu dem Schmause von Pohjola!   100

Reich an Schrecken ist die Straße,
Große Wunder auf dem Wege,
Dreimal droht der Tod dem Manne,
Dreimal droht ihm das Verderben."
  Sprach der muntre Lemminkäinen,
Er, der schöne Kaukomieli:
„Immer sehn den Tod die Alten,
Überall sie das Verderben,
Niemals wird der Mann sich fürchten,
Nie so sehr in Acht sich nehmen;   110
Aber sei dem wie ihm wolle,
Sage mir, damit ich's höre,
Wie ist denn der Schrecken erster,
Wie der letzte doch beschaffen?"
  Sprach die Mutter Lemminkäinens,
Gab zur Antwort so die Alte:
„Sag' den Tod dir nach der Wahrheit,
Nicht nach deinem eignen Wunsche,
Sage dir der Tode ersten,
Dieses ist der Tode erster: 120
Bist ein wenig du gewandert,
Einen Tag du schon gereiset,
Kommet dir ein Strom voll Feuer
Auf des Weges Mitt' entgegen,
In dem Strom ein Feuersprudel,
In dem Sturz ein Feuereiland,
Auf dem Land ein Feuerhügel,
Auf dem Holm ein Feueradler:
Nächtens wetzt er seine Zähne,
Schärft bei Tage seine Klauen   130
Für die Fremden, die da kommen,
Für die Leute, die ihm nahen."
  Sprach der muntre Lemminkäinen,
Er, der schöne Kaukomieli:
„Davon mögen Weiber sterben,
Nimmer so ein Held vergehen;
Weiß dagegen schon ein Mittel,
Einen guten Rat zu finden:
Schaff' aus Erlenholz ein Roß mir,
Einen Helden mir aus Erlen,   140

Daß er mir zur Seite wandre,
Daß vor mir einher er ziehe;
Selber tauche ich als Ente
In die Wogen rasch hinunter,
Unter jenes Adlers Klauen,
Unter jenes Vogels Krallen;
Mutter, die du mich getragen,
Sag' den andern mir der Tode!"
   Sprach die Mutter Lemminkäinens:
„Dieses ist der Tode zweiter: 150
Bist ein wenig du gewandert
In dem Lauf des zweiten Tages,
Kommt da eine Feuergrube,
Liegt dir mitten auf dem Wege,
Streckt sich weithin gegen Osten,
Ohne Ende hin nach Westen,
Angefüllt mit heißen Steinen,
Voll von Blöcken, die da glühen;
Hundert sind dorthin geraten,
Tausend dort hineingesunken,   160
Hundert schwertbewehrte Männer,
Tausend eisenfeste Rosse."
   Sprach der muntre Lemminkäinen,
Er, der schöne Kaukomieli:
„Davon wird der Mann nicht sterben,
Nimmer so ein Held vergehen;
Kenne einen Rat dagegen,
Einen Rat und einen Ausweg:
Zaubre aus dem Schnee den Mann mir,
Einen Helden aus dem Eise,   170
Dräng' ihn in des Feuers Masse,
Treib' ihn in die Pein der Flammen,
Daß er in den Gluten bade
Mit dem Badequast aus Kupfer;
Selber schlüpf' ich von der Seite,
Dränge ich mich durch das Feuer,
Daß der Bart mir nicht versenget,
Nicht verbrannt die Locken werden;
Mutter, die du mich getragen,
Sag' den letzten mir der Tode!"   180

   Sprach die Mutter Lemminkäinens:
„Dieses ist der Tode dritter:
Bist du noch ein Stück gegangen,
Einen Tag sodann gewandert,
Bis zur Pforte von Pohjola,
Zu der allerengsten Stelle,
Stürzt ein Wolf sich dir entgegen
Und ein Bär ist ihm zur Seite
An der Pforte von Pohjola,
In dem allerengsten Gange;   190
Hundert wurden dort verschlungen,
Dort zerrissen tausend Helden,
Weshalb sollt' man dich nicht fressen,
Nicht den Unbeschützten töten?"
   Sprach der muntre Lemminkäinen,
Er, der schöne Kaukomieli:
„Mag das Jungschaf man verzehren,
Blutig es in Stücke reißen,
Nicht den Mann, auch nicht den schlechtsten,
Nicht den trägsten auch der Helden! 200
Bin umgürtet mit der Binde,
Mit dem Leibgurt eines Mannes,
Trage eines Helden Spangen,
Werde nimmermehr geraten
In das Maul dem Wolf Untamos,
In des bösen Antiers Rachen.
   „Weiß ein Mittel gegen Wölfe,
Einen Rat auch gegen Bären:
Zaubre Zügel an das Wolfsmaul,
Eisenketten an den Bären,   210
Oder stoße ihn zu Häcksel,
Siebe ihn in kleine Stücke;
Komme darauf in das Freie,
Bringe meinen Weg zu Ende."
   Sprach die Mutter Lemminkäinens:
„Bist dann nimmer noch zu Ende;
Hattest du auf deinem Wege,
Auf der Reise große Wunder,
Drohten dir schon drei der Schrecken,
Drohte dreifach das Verderben,   220

Wartet, bist du hingekommen,
Dein am Ort der schlimmste Schrecken:
Bist ein wenig du gewandert,
Kommst du zu dem Hof Pohjolas,
Eisern ist der Zaun geschmiedet
Und von Stahl die Umfangsmauer,
Von der Erde bis zum Himmel,
Von dem Himmel bis zur Erde,
Speere sind die Zaunstaketen,
Sind mit Schlangen ganz durchflochten, 230
Sind mit Nattern festgebunden,
Sind mit Eidechsen bekleidet;
Lassen ihre Schwänze spielen,
Lassen ihre Köpfe zischen,
Heiser in den Lüften rauschen,
Kopf nach außen, Schwanz nach innen.

„Auf der Erde liegen Schlangen,
Nattern ausgestreckt am Boden,
Zischen oben mit den Zungen,
Schwingen unten ihre Schwänze;   240
Eine, gräßlicher als alle,
Liegt querüber vor dem Tore,
Länger als des Daches Balken,
Dicker als des Ganges Stützen,
Zischet oben mit der Zunge,
Hebet drohend ihren Rachen,
Hebt ihn gegen keinen andern,
Hebt ihn gegen dich, den Armen."

Sprach der muntre Lemminkäinen,
Er, der schöne Kaukomieli: 250
„Davon mögen Kinder sterben,
Nimmer so ein Held vergehen;
Weiß das Feuer zu bezaubern
Und die Flammen zu ermüden,
Weiß die Schlangen wegzubannen
Und die Nattern fortzutreiben;
Pflügte noch am vor'gen Tage
Einen Acker voll von Schlangen,
Ackerte ein Feld voll Nattern
Mit ganz unbedeckten Händen,   260

Hielt die Schlangen mit den Fingern,
In den Händen fest die Nattern,
Tötete der Schlangen viele,
Hunderte von schwarzen Nattern,
Schlangenblut ist an den Nägeln,
Natternfett noch an den Händen;
Werde nicht so bald drum stürzen,
Keineswegs so bald geraten
In der Schlange Schlund als Bissen,
Nicht der Nattern Beute werden;   270
Selbst zerdrücke ich die Schlechten,
Preß' die Garstigen zusammen,
Bann' die Schlangen auf die Seite,
Aus dem Wege fort die Nattern,
Schreite in den Hof Pohjolas,
Dringe in der Stube Innres."

Sprach die Mutter Lemminkäinens:
„Gehe nimmer du, mein Söhnchen,
Nach der Stube von Pohjola,
In das Wohnhaus Sariolas!   280
Schwertumgürtet sind dort Männer,
Helden dort in Kriegesrüstung,
Von dem Hopfentrank berauschet,
Wild vom übervielen Trinken,
Zaubern dich, den Unglücksel'gen,
An des Schwertes Feuerspitze;
Beßre wurden so verzaubert,
Stärkre also überwunden."

Sprach der muntre Lemminkäinen,
Er, der schöne Kaukomieli: 290
„Habe früher schon geweilet
In den Stuben von Pohjola,
Mich verzaubert nicht ein Lappe,
Zwingt kein Turjaländer nieder,
Selbst verzaubre ich den Lappen,
Zwinge jeden Turjaländer,
Sing' entzwei ihm seine Schultern,
In das Kinn ihm eine Öffnung,
Singe ihm entzwei die Kiefer,
Singe ihm die Brust in Stücke."   300

Sprach die Mutter Lemminkäinens:
„O mein Sohn, mein unglückjel'ger,
Denkst du noch an frühre Dinge,
Prahlst du mit dem einst'gen Gange:
Freilich hast du schon geweilet
In den Stuben von Pohjola,
Bist dort in dem See geschwommen,
Hast versucht die Laichkraut-Seen,
Bist den Strom hinabgefahren
Mit der Strömung hingestürzet,   310
Hast erprobt Tuonis Wasser
Und gemessen Manas Fluten;
Wäreft dort noch heut'gen Tages
Ohne deine schlimme Mutter.

„Höre nun, was ich dir sage:
Kommst du nach Pohjolas Stuben,
Ist der Holm gefüllt mit Stäben
Und der Hof mit lauter Stangen,
Alle voll von Menschenköpfen;
Ohne Kopf der Pfähle einer,   320
Daß auf dieses Pfahles Spitze
Dort dein Haupt gepflanzet werde."

Sprach der muntre Lemminkäinen,
Er, der schöne Kaukomieli:
„Narren mögen das beachten,
Taugenichtse das bedenken,
Fünf, ja sechs der Kriegesjahre,
Wohl auch sieben Kampfessommer,
Helden können drauf nicht achten,
Nicht im mindesten es meiden;   330
Bringe mir mein Kriegeshemde,
Meine alte Kampfesrüstung,
Selbst hol' ich das Schwert des Vaters,
Schaue meines Alten Klinge,
Hat gar lange kalt gelegen,
Lange an geheimer Stelle,
Hat beständig dort geweinet,
Nach dem Träger dort verlanget!"

Nahm darauf das Kriegeshemde,
Nahm die alte Kampfesrüstung,   340

Seines Vaters treue Klinge,
Seines Alten Kriegsgesellen;
Stützt die Spitze auf den Boden,
Stößt die Schneide auf die Diele,
In der Hand biegt sich die Klinge
Wie des Faulbaums frischer Wipfel,
Wie der wachsende Wacholder;
Sprach der muntre Lemminkäinen:
„Schwerlich ist in Nordlands Stuben,
In den Räumen Sariolas,   350
Wer mit diesem Schwert sich messen,
Diese Klinge schauen möchte."

Von der Wand nimmt er den Bogen,
Nimmt den festen von dem Pflocke,
Redet Worte solcher Weise,
Läßt auf diese Art sich hören:
„Werde einen Mann den heißen,
Den als-Helden anerkennen,
Der mir meinen Bogen krümmen,
Der die Sehne spannen könnte   360
In den Stuben von Pohjola,
In den Räumen Sariolas."

Lemminkäinen leichtgemutet,
Er, der schöne Kaukomieli,
Ziehet an das Kriegeshemde,
Leget an die Kampfesrüstung,
Redet dann zu seinem Knechte,
Läßt auf diese Art sich hören:
„O du Knecht, den ich gekaufet,
Den mit Geld ich mir gewonnen!   370
Rüste eilends mir mein Streitpferd,
Schirre an das edle Kampfroß,
Daß ich zu dem Schmause ziehe,
Zum Gelag des Lempohaufens!"

Gar gehorsam, wohlberaten,
Geht geschwind der Knecht zum Hofe,
Schirret an das mut'ge Streitroß,
Rüstet wohl das feuerrote,
Spricht, als er zurückgekommen:
„Hab' getan, was mir befohlen,   380

Hab' das Roß schön ausgerüstet,
Hab' das Pferd wohl angeschirret."

Kam dem muntern Lemminkäinen
Schon die Zeit um fortzugehen,
Treibt die Rechte, wehrt die Linke,
Seine Fingersehnen schmerzen;
Sing drauf wie er es beschlossen,
Sing geradwegs, ohne Bangen.

Ihrem Sohne riet die Mutter,
Ihrem Kinde so die Alte   390
An der Türe, unterm Balken,
An dem Ruheplatz des Kessels:
„O mein einz'ges, liebes Söhnchen,
Du mein Kind und meine Stütze!
Eilst du zu dem Trinkgelage,
Kommest du wohin du wolltest,
Trink zur Hälfte nur die Kanne,
Nur zur Mitte du die Schale,
Andern laß die andre Hälfte,
Sie, die schlechtre, einem Schlechtern,   400
Schlangen ruhen in der Schale,
Würmer auf der Kanne Boden!"

Ferner ratet sie dem Sohne,
Gibt dem Kinde feste Weisung
An dem letzten Feldesende,
Bei der allerletzten Pforte:
„Eilst du zu dem Trinkgelage,
Kommest du wohin du wolltest,
Sitze halb nur auf dem Sitze,
Schreite nur mit halbem Schritte,   410
Andern laß die andre Hälfte,
Sie, die schlechtre einem Schlechtern,
So nur kannst ein Mann du werden,
Dich als echter Held bewähren,
Mitten durch die Scharen schreitend,
Durchs Getümmel offen gehend,
In dem Haufen starker Helden,
In der Menge mut'ger Männer!"

Darauf setzte Lemminkäinen
Eilig sich in seinen Schlitten;   420

Schlug das Roß mit seiner Gerte,
Strich es mit der perlenreichen,
Munter flog das Roß von dannen,
Lief das Pferd mit ihm ins Weite.

War ein wenig nur gefahren,
Nur ein Stündchen weit gereiset,
Einen Birkhahnschwarm erblickt er,
Eilig flattern auf die Hühner,
Hastig rauschen fort die Vögel
Vor dem raschen Lauf des Rosses.   430

Liegen bleiben ein'ge Federn
Auf dem Weg von Birkhahnflügeln,
Diese sammelt Lemminkäinen,
Steckt sie sorgsam in die Tasche,
Weiß ja nicht, was da mag kommen,
Was geschehen auf der Strecke:
Alles kann im Haus man brauchen,
Kann in Nöten man verwenden.

Fährt ein wenig nur noch weiter,
Wandert nur ein Stücklein Weges,   440
Da beginnt das Roß zu schnaufen,
Fängt das Schlappohr an zu stutzen.

Lemminkäinen leichtgemutet,
Er, der schöne Kaukomieli,
Hebet sich auf seinem Sitze,
Beugt sich vor um zuzuschauen;
Sieht, wie's seine Mutter sagte,
Wie die Alte ihm bekräftigt:
Zieht ein Strom sich voller Feuer
Vor dem Pferde in die Quere,   450
In dem Strom ein Feuersprudel,
In dem Sturz ein Feuereiland,
Auf dem Land ein Feuerhügel,
Auf dem Holm ein Feueradler,
Seine Kehle schäumet Feuer,
In dem Schlunde fließen Flammen,
Feurig glühen seine Federn,
Knistern von den Feuerfunken.

Lange sah er schon den Kauko,
Schon von ferne Lemminkäinen: 460

„Wohin willst du, Kauko, gehen,
Wohin, Lemminkäinen, reisen?"

Sprach der muntre Lemminkäinen,
Er, der schöne Kaukomieli:
„Gehe zu dem Schmaus Pohjolas,
Zu dem heimlichen Gelage;
Wende dich zur Seit' ein wenig,
Weich ein Stückchen aus dem Wege,
Laß den Wandersmann nach vorne
Und zumal den Lemminkäinen,   470
Seitlich laß ihn weiter reisen,
An der Kante vorwärts ziehen!"

Solche Antwort gab der Adler,
Kreischend mit der Feuerkehle:
„Lasse wohl den Wandrer vorwärts
Und zumal den Lemminkäinen,
Laß' durch meinen Schlund ihn schreiten,
Ihn durch meine Kehle wandern,
Dorthin soll dein Weg dich führen,
Dorthin sollst von hier du ziehen   480
Zu dem langen Gastgebote,
Zu der Feier ohne Ende."

Wenig achtet's Lemminkäinen,
War darum nicht sehr in Sorgen,
Rasch griff er in seine Tasche,
Fuhr behend in seinen Beutel,
Nahm heraus die Birkhahnfedern,
Rieb behutsam sie zu Flocken
Zwischen seinen beiden Händen,
Zwischen allen seinen Fingern,   490
Da entstand ein Birkhuhnhaufen,
Eine Schar von Haselhühnern;
Trieb sie in den Schlund des Adlers,
In den Rachen ihm zur Nahrung,
In die Kehle voller Feuer,
In des Flammenvogels Zähne;
Selber kam er so von dannen,
Macht sich frei am ersten Tage.

Schlug das Roß mit seiner Gerte,
Rauschte mit der perlenreichen,   500

Grade eilt sein Roß von dannen,
Rennt mit Lärm das Füllen weiter.

Fuhr ein wenig auf dem Wege,
Ritt ein kleines Stückchen vorwärts,
Plötzlich scheut das gute Rößlein,
Fängt da wieder an zu wiehern.

Ahti hebt sich von dem Sitze,
Macht sich auf um zuzuschauen,
Sieht, wie's seine Mutter sagte,
Wie die Alte ihm bekräftigt: 510
Eine Feuergrube dehnt sich,
Liegt ihm mitten auf dem Wege,
Streckt sich weithin gegen Osten,
Ohne Grenze hin nach Westen,
Angefüllt mit heißen Steinen,
Voll von Blöcken, die da glühen.

Wenig achtet's Lemminkäinen,
Also betet er zu Akko:
„Akko, du, o Gott der Höhe,
Lieber Vater in dem Himmel!   520
Send' aus Nordwest eine Wolke,
Eine zweite du aus Westen,
Eine dritte aus dem Osten,
Laß sie steigen aus dem Nordost,
Stoß die Ränder aneinander,
Laß den Zwischenraum sich füllen,
Sende klafterhohen Schneefall,
Lasse Schnee in Speerschaftshöhe
Auf die heißen Steine fallen,
Auf die Blöcke, die da glühen!"   530

Akko, er, der Gott der Höhe,
Er, der Vater in dem Himmel,
Schickt aus Nordwest eine Wolke,
Eine zweite dann aus Westen,
Eine dritte aus dem Osten,
Läßt sie steigen aus dem Nordost,
Stößt die Wolken aneinander,
Läßt die Zwischenräume schwinden;
Sendet klafterhohen Schneefall,
Läßt den Schnee in Speerschaftshöhe 540

12

Auf die heißen Steine fallen,
Auf die Blöcke, die da glühen;
Aus dem Schnee entsteht ein Weiher,
Dort ein See mit starken Wogen.

Darauf zaubert Lemminkäinen
Dorthin eine Eisesbrücke
Aber diesen schnee'gen Weiher
Von dem einen Rand zum andern,
So entkommt er dieser Drangsal,
Macht sich frei am zweiten Tage.   550
Schlug das Roß mit seiner Peitsche,
Rauschte mit der perlenreichen,
Hastig trabt das Roß von dannen,
Eilet weiter auf dem Wege.
Lief nun eine Meil', die zweite,
Rannte noch ein kleines Stückchen,
Hält dann plötzlich wieder inne,
Rührt sich nicht von seiner Stelle.|
Lemminkäinen leichtgemutet
Springt gleich auf um zuzuschauen;   560
Steht ein Wolf dort an der Pforte,
Steht ein Bär ihm gegenüber
An der Pforte von Pohjola,
An des langen Ganges Ende.
Greift der muntre Lemminkäinen,
Selbst der schöne Kaukomieli
Gar behende in die Tasche,
Suchet rasch in seinem Beutel,
Holt des Mutterschafes Wolle,
Reibt behutsam sie zu Flocken   570
In der Höhlung seiner Hände,
Zwischen allen seinen Fingern.
Bläst dann einmal auf die Hände,
Schafe läßt er rasch enteilen,
Eine ganze Lämmerherde,
Eine Herde lust'ger Böcklein;
Auf die Schafe stürzt der Wolf sich,
Und der Bär an seiner Seite,
Lemminkäinen leichtgemutet
Wandert weiter auf dem Wege.   580

Fuhr noch eine kleine Strecke,
Kam zum Hofe von Pohjola;
Das Geheg' war ganz aus Eisen,
War aus Stahl der Zaun bereitet,
Hundert Klafter in der Erde,
Tausend Klafter hin zum Himmel,
Speere waren die Staketen,
Ganz mit Schlangen sie durchflochten
Und mit Nattern festgebunden
Und mit Eidechsen bekleidet,   590
Ließen ihre Schwänze spielen,
Ließen ihre Köpfe zischen,
Schwangen die gewalt'gen Köpfe,
Kopf nach außen, Schwanz nach innen.
Lemminkäinen leichtgemutet
Fing nun an zu überlegen:
„Ist wie's meine Mutter sagte,
Wie die Alte wiederholte:
Hier der Zaun, der ungeheure,
Von der Erde bis zum Himmel,   600
Tief zwar kriechen unten Schlangen,
Tiefer ist der Zaun gezogen,
Hoch zwar fliegen oben Vögel,
Höher ist der Zaun gezogen."
Dennoch war da Lemminkäinen
Nicht in Not und in Bedrängnis,
Holt sein Messer aus der Scheide,
Holt hervor den Stahl, den wilden,
Hauet auf den Zaun mit Hitze,
Bricht in Stücke die Staketen,   610
Macht ein Loch im Eisenzaune,
Stürzt die starke Natternhürde
Zwischen fünf der festen Pfähle,
Zwischen sieben hohen Stangen;
Selber fährt er darauf weiter
Zu dem Tore von Pohjola.
Auf dem Weg lag eine Schlange,
Quergelagert an dem Eingang,
Länger als die Stubenbalken,
Dicker als die Eingangsstützen,   620

Hundert Augen hat die Schlange,
Tausend Zungen hat die Natter,
Augen von des Siebes Größe,
Zungen dick wie Speeresschäfte,
Zähne wie der Stiel der Harke,
Sieben Boote mißt ihr Rücken.

Nicht getraut sich Lemminkäinen
Mit den Händen anzugreifen
Diese hundertäug'ge Schlange,
Diese tausendzüng'ge Natter.   630
Spricht der muntre Lemminkäinen,
Er, der schöne Kaukomieli:
„Schwarzes Kriechtier, unterird'sches,
Wurm du von Tuonis Farbe,
Der du in den Stoppeln schleichest,
An des Lempokrautes Wurzel,
Durch den Rasen dich bewegest,
An der Bäume Wurzel kriechest!
Wer wohl sandt' dich aus den Stoppeln,
Trieb dich von des Grases Wurzeln, 640
Auf dem Boden hier zu kriechen,
Auf dem Wege hier zu schleichen?
Wer erhob wohl deinen Rachen,
Wer entsandte dich und machte,
Daß den Kopf du aufrecht haltest,
Du den Hals nach oben streckest,
War's dein Vater, deine Mutter,
War's der älteste der Brüder,
War's die jüngste deiner Schwestern,
War's ein andrer Stammverwandter? 650
„Schließ den Mund, den Kopf verstecke
Und verbirg die leichte Zunge,
Wickle dich nun ganz zusammen,
Ringle dich zu einer Rolle,
Gib den Weg mir frei, den halben,
Laß den Wandrer weiter ziehen,
Oder gehe fort vom Wege,
Gehe, Böse, ins Gesträuße,
Weich hinweg in Heidekräuter,
Geh, verbirg dich in dem Moose,   660

Gleite wie ein Büschel Wolle,
Schwinde wie ein Span der Espe!
Steck' den Kopf du in den Rasen,
Birg ihn in dem morschen Grabe,
In dem Torf ist deine Wohnung,
Unterm Rasen deine Stätte;
Hebest du den Kopf von dorten,
Wird ihn Akko dir zerschlagen
Mit den stahlbeschlagnen Pfeilen,
Mit den wilden Eisenschloßen!"   670
Also redet Lemminkäinen,
Nicht beachtet es die Schlange,
Zischet unablässig weiter,
Streckt hervor die grause Zunge,
Saust mit aufgesperrtem Rachen
Nach dem Kopfe Lemminkäinens.
Da gedenket Lemminkäinen
Jener alten Zauberworte,
Die gehört er von der Alten,
Von der Mutter er gelernet;   680
Spricht der muntre Lemminkäinen,
Er, der schöne Kaukomieli:
„Wenn du dieses nicht beachtest,
Wenn du nicht von hinnen weichest,
Wirst in arger Pein du schwellen,
Wirst in schwerer Not dich blähen,
Wirst, o Böse, du zerbersten,
Schlechte du, in drei der Stücke,
Wenn ich deine Mutter suche,
Wenn ich deine Alte finde;   690
Kenne, Untier, deinen Ursprung,
Weiß, wie, Scheusal, du entstanden,
Syöjätär ist deine Mutter,
Dieses Meerweib deine Alte.
„Syöjätär, sie spie ins Wasser,
Warf den Speichel in die Wogen,
Dieser ward gewiegt vom Winde,
Von dem Wasserzug geschaukelt,
Ward gewiegt dort sechs der Jahre,
Ward getrieben sieben Sommer   700

12*

Auf dem klaren Meeresrücken,
Auf den hochgetürmten Wogen,
Länglich zog ihn dort das Wasser,
Sonnenschein verlieh ihm Weichheit,
An das Land trug ihn die Brandung,
Zu dem Strande ihn die Fluten.

„Kamen drei der Schöpfungstöchter
Zu dem Strand des wilden Meeres,
Zu des lauten Meers Gestade,
Sahn am Strand den Speichel liegen, 710
Sprachen Worte solcher Weise:
,Was wohl könnte daraus werden,
Wenn der Schöpfer ihm das Leben,
Wenn er Augen ihm verliehe?'

„Diese Rede hört der Schöpfer,
Läßt sich solcherart vernehmen:
,Schlechtes kommt nur von dem Schlechten,
Böses von der Bösen Auswurf,
Wenn ich ihm das Leben gäbe,
Wenn ich Augen ihm verliehe.' 720

„Diese Worte hörte Hiisi,
Der zu böser Tat Bereite,
Machte selber sich zum Schöpfer,
Hiisi gab dem Speichel Leben,
Diesem Geifer einer Garst'gen,
Den Syöjätär ausgeworfen;
Daraus wurde eine Schlange,
Wurde eine schwarze Natter.

„Woher kam ihr wohl das Leben?
Aus dem Kohlenhaufen Hiisis. 730
Woraus ward das Herz geschaffen?
Aus dem Herzen der Syöjätär.
Woher kam das Hirn der Schlechten?
Aus dem Schaum des heft'gen Stromes.
Woher kam der Sinn dem Untier?
Aus dem Gischt des Wasserfalles.
Woher kam der Kopf der Schlimmen?
Aus dem Samen einer Bohne.

„Woher kamen denn die Augen?
Aus des Lempoflachses Samen. 740
Woher denn des Scheusals Ohren?
Aus dem Laub der Lempobirke.
Woraus ward der Mund geschaffen?
Aus der Spange der Syöjätär.
Woraus ward der Schlechten Zunge?
Aus dem Speere Keitolainens.
Woraus denn der Argen Zähne?
Aus der Tuonigerste Acheln.
Woraus denn der Garst'gen Zahnfleisch?
Aus der Kalmatochter Zahnfleisch. 750

„Woraus ist gebaut der Rücken?
Aus des Hiisi Feuergabel.
Woraus ist der Schwanz gebildet?
Aus des bösen Kobolds Haarzopf.
Woraus sind die Eingeweide?
Aus des Todesgottes Gürtel.

„Dieses war dein Stamm, o Schlange,
Dies die Kunde deiner Ehre;
Schwarzes Kriechtier, unterird'sches,
Wurm du von Tuonis Farbe, 760
Von der Erd- und Heidefarbe,
Von der Farb' des Regenbogens!
Geh dem Wandrer aus dem Wege,
Weich dem Helden, der da reiset,
Gib dem Wandrer frei die Straße,
Laß den Lemminkäinen ziehen
Zu dem Schmause von Pohjola,
Zu dem wohlbestellten Mahle!"

Sieh, da krümmte sich die Schlange,
Macht' sich fort die hundertäug'ge, 770
Wandte sich die dicke Natter,
Kroch davon zu andern Orten,
Gab dem Wandrer frei die Straße,
Ließ den Lemminkäinen ziehen
Zu dem Schmause von Pohjola,
Zu dem heimlichen Gelage.

Brachte jetzt schon meinen Kauko,
Ahti, diesen Inselländer,
Oft vorbei dem Todesrachen
Und der Zungenwurzel Kalmas
Nach dem Hofe von Pohjola,
Zu der heimlichen Versammlung;
Jetzt wohl muß ich es erzählen,
Muß getreulich es berichten,
Wie der muntre Lemminkäinen,
Dieser schöne Kaukomieli 10
In Pohjolas Haus gekommen,
In Sariolas Wohngebäude,
Angebeten zu dem Schmause,
Angeladen zum Gelage.

 Lemminkäinen leichtgemutet,
Dieser Schelm mit roten Wangen,
Schritt als er hereingetreten
In die Mitte von der Stube,
Daß der Lindenboden schwankte,
Daß die Tannenstube dröhnte. 20

 Sprach der muntre Lemminkäinen
Selber Worte solcher Weise:
„Gruß mir selbst, da ich erscheine,
Gruß auch allen, die mich grüßen!
Höre, Wirt du von Pohjola,
Gibt es wohl auf diesem Hofe
Gerste für das Roß zu fressen,
Für den Mann hier Bier zu trinken?"

 Selber saß der Wirt Pohjolas
An des langen Tisches Ende, 30

Gab von dort ihm solche Antwort,
Ließ auf diese Art sich hören:
„Gibt gar wohl auf diesem Hofe
Für das Roß ein freies Plätzchen;
Werd's auch nimmer dir versagen,
Wenn du dich gebührlich aufführst,
Wenn du an der Tür verharrest,
An der Türe, unterm Balken,
In dem Raum der beiden Kessel,
In der Nähe der drei Haken." 40

 Warf der muntre Lemminkäinen
Hitzig seine schwarzen Haare
Von der dunkeln Kesselfarbe,
Redet Worte solcher Weise:
„Lempo mag hierher geraten,
An der Türe stehen bleiben,
Daß er sich am Ruß beschmiere,
An der Schwärze sich beflecke!
Niemals hat zuvor mein Vater,
Niemals hat mein lieber Alter 50
Je an solchem Ort gestanden,
An der Türe, unterm Balken;
War beständig Platz zu finden,
Raum auch für das Roß im Stalle,
Eine Stube für die Männer,
Winkel waren für die Handschuh',
Pflöcke für die Fußbekleidung,
Wände für der Männer Schwerter;
Weshalb sollte ich's nicht finden
Wie zuvor mein lieber Vater?" 60

Schritt nun tiefer in die Stube,
Wendet sich zum Tischesende,
Setzt sich an den Rand der Langbank,
An des Fichtenbänkchens Spitze,
Daß die lange Bank sich senkte,
Daß die Fichtenbank sich beugte.

Sprach der muntre Lemminkäinen:
„Komm als Gast wohl nicht gelegen,
Daß man nicht entgegen bringet
Bier dem Gaste der erschienen."   70

Ilpotar, die gute Wirtin,
Gab zur Antwort diese Worte:
„O du junger Lemminkäinen,
Haft mir nicht des Gastes Aussehn!
Kommst mir auf den Kopf zu treten,
Meine Schläfen tief zu beugen;
Unser Bier steht noch als Gerste,
Noch als Malz steht das Getreide,
Ungeknetet noch der Weizen,
Und das Fleisch noch nicht gesotten, 80
Hätteft gestern kommen sollen
Oder an dem nächsten Tage."

Zieht der muntre Lemminkäinen
Schief den Mund, den Kopf verdreht er,
Schüttelt seine schwarzen Haare,
Redet selber diese Worte:
„Schon gegessen ist die Speise,
Schon beendet das Gelage,
Alles Bier ist schon verteilet,
Aller Met schon zugemessen,   90
Alle Kannen fortgetragen,
Fortgekramt schon alle Krüge.

„O du Wirtin von Pohjola,
Du des Düsterlandes Langzahn!
Hieltst die Hochzeit schlechter Weise,
Ludeft ein nach Art der Hunde,
Bukeft Brote großer Dicke,
Brauteft Bier von schöner Gerste,
Ließt an sechs der Stellen laden,
Sandtft an neun die Hochzeitsbitter; 100

Ludeft Arme, ludeft Dürft'ge,
Ludeft Abschaum und Gesindel,
Ludst die allerärmsten Häusler,
Tagelöhner enggekleidet,
Ludeft alles Volk zur Hochzeit,
Mich nur ließt du ungeladen.

„Wie wohl konnt' das mir geschehen,
Da ich selber Gerste sandte?
Andre brachten sie in Kellen,
Ließen sie gar spärlich rinnen,   110
Während ich gefüllte Maße,
Ganze Viertel ausgeschüttet
Von der eignen guten Gerste,
Von dem Korn, das ich gesäet.

„Bin fürwahr nicht Lemminkäinen,
Nicht ein Gast von gutem Namen,
Wenn kein Bier mir gleich gebracht wird,
Nicht den Topf man setzt aufs Feuer,
In dem Topfe keine Speise,
Nicht ein Liespfund Schweinefleisches, 120
Daß ich esse, daß ich trinke
Nun am Ziele meiner Reise."

Ilpotar, die gute Wirtin
Redet Worte solcher Weise:
„Heda, du mein kleines Mädchen,
Dienerin, du stets geschäft'ge,
Laß im Topfe Speise kochen,
Bringe Bier herbei dem Fremden!"

Kleingestaltet war das Mädchen,
Wäsch'rin war sie der Gefäße,   130
Wischerin von allen Löffeln,
Schaberin der Speisekellen,
Ließ im Topf nun Speise kochen,
Knochen nur und Fischesköpfe,
Kraut und Stengel alter Rüben,
Rinde nur von hartem Brote,
Brachte Bier dann in dem Kruge,
Eine Kanne schlechten Dünnbiers,
Daß es Lemminkäinen trinke,
Daß er sich den Durst vertreibe,   140

Redet selber diese Worte:
„Bist du wohl der Männer rechter,
Dieses Bier hier auszutrinken,
Diese Kanne auszuleeren?"

Lemminkäinen leichtgemutet
Schaute nun in diese Kanne:
Auf dem Boden liegen Schlangen,
In der Mitte schwimmen Nattern,
An den Rändern kriechen Würmer,
Gleiten Eidechsen beweglich.   150

  Sprach der muntre Lemminkäinen,
Zornig brummte Kaukomieli:
„Fort nach Tuonela der Träger,
Der die Kanne mir gereichet,
Ehe noch der Mond sich hebet,
Eh' der Tag zu Ende gehet!"

  Redet darauf diese Worte:
„O du Bier, du schlecht Getränke!
Bist zuschanden nun geworden
Und in üble Lag' geraten;   160
Doch das Bier, das werd' ich trinken
Und den Satz zur Erde werfen
Mit dem Finger ohne Namen
Und mit meinem linken Daumen."

  Greifet nun in seine Tasche,
Suchet nun in seinem Beutel,
Holt hervor draus eine Angel,
Aus der Tasch' den Widerhaken,
Läßt ihn in den Krug dann sinken,
In das Bier hinab ihn fallen,   170
An der Angel haften Schlangen,
An dem Haken böse Nattern,
Zieht empor an hundert Frösche,
Tausend rabenschwarze Würmer,
Wirft sie alle auf den Boden,
Läßt sie auf die Diele fallen;
Ziehet dann sein scharfes Messer,
Aus der Scheid' das wilde Eisen,
Schneidet ab die Schlangenköpfe,
Spaltet alle Natternhälse,   180

Schlürft das Bier dann mit Behagen,
Voller Lust den Trank, den dunkeln,
Redet Worte solcher Weise:
„Kam wohl nicht als Gast gelegen,
Da man mir kein Bier gegeben,
Das da besser wär' zu trinken,
Nicht mit voller Hand es reichte,
Nicht in größerem Gefäße,
Daß man keinen Hammel schlachtet,
Keinen großen Stier erschlaget,   190
In die Stub' den Ochsen schaffet,
In das Haus den Hufeträger."

  Selbst der Hauswirt von Pohjola
Redet Worte solcher Weise:
„Weshalb bist du hergekommen,
Wer denn hat dich eingeladen?"

  Spricht der muntre Lemminkäinen,
Er, der schöne Kaukomieli:
„Schön wohl ist der Gast geladen,
Schöner doch der Angeladne: 200
Höre, Sohn des Pohjaländers,
Selber du, o Wirt Pohjolas,
Gib mir Bier für bare Zahlung,
Gib für Geld mir nun zu trinken!"

  Nordlands Hauswirt wurde unwirsch,
Wurde unwirsch und verdrießlich,
Wurde böse, wurde zornig,
Zaubert auf der Erd' ein Teichlein
Vor die Füße Lemminkäinens,
Redet Worte solcher Weise: 210
„Hier ist dir ein Fluß zum Trinken,
Ist ein See dir auszuschlürfen."

  Wenig kümmert's Lemminkäinen,
Redet Worte solcher Weise:
„Bin kein Kalb, das Weiber pflegen,
Bin kein Ochs mit einem Schweife,
Der des Flusses Wasser trinken,
Pfützenwasser lecken möchte."

  Selber fängt er an zu zaubern,
Macht sich selber nun ans Singen,   220

Zaubert einen Stier am Boden,
Einen Stier mit goldnen Hörnern,
Dieser schlürfet' aus die Pfütze,
Trinkt das Wasser mit Behagen.

Doch der lange Sohn des Nordens
Schaffet einen Wolf durch Zauber,
Setzt ihn auf der Stube Boden
Zu des fetten Stiers Verderben.

Lemminkäinen leichtgemutet
Zaubert einen weißen Hasen,   230
Daß er auf dem Boden springe
Vor dem Rachen jenes Wolfes.

Doch der lange Sohn des Nordens
Zaubert einen Hund gefräßig,
Daß er jenen Hasen töte,
Daß das Schielaug er zerreiße.

Lemminkäinen leichtgemutet
Zaubert auf das Dach ein Eichhorn,
Daß es auf den Balken springe,
Daß der Hund dahin nun belle.   240

Doch der lange Sohn des Nordens
Zaubert einen Goldbrustmarder,
Dieser schnappte nach dem Eichhorn,
Das da saß am End' des Balkens.

Lemminkäinen leichtgemutet
Zauberte ein rotes Füchslein,
Dieses fraß den Goldbrustmarder,
Tötete den schöngefärbten.

Doch der lange Sohn des Nordens
Zauberte nun eine Henne,   250
Daß sie auf dem Boden flattre
Vor dem Maul des roten Fuchses.

Lemminkäinen leichtgemutet
Schuf nun sprechend einen Habicht,
Mit der Zung' den leichtgekrallten,
Daß die Henne er zerreiße.

Sprach der Hauswirt von Pohjola,
Redet selber diese Worte:
„Besser wird der Schmaus nicht werden,
Wenn der Gäste Zahl nicht abnimmt; 260

Hab' zu schaffen, geh, du Fremder,
Fort vom guten Trinkgelage!
Zieh von dannen, Hiisis Auswurf,
Fort von allem Menschenvolke,
In dein Haus, du garst'ge Kröte,
Eile, Böser, in die Heimat!"

Sprach der muntre Lemminkäinen,
Er, der schöne Kaukomieli:
„Nicht läßt sich ein Mann so treiben,
Nicht der schlechteste der Männer, 270
Von dem Platze sich verscheuchen,
Von der Stelle sich verjagen."

Darauf riß der Wirt Pohjolas
Seine Klinge von den Wänden,
Griff nach ihr, der feuerschneid'gen,
Redet Worte solcher Weise:
„O du Ahti, Inselländer,
Auf, du schöner Kaukomieli,
Laß uns unsre Schwerter messen,
Unsre Klingen nun beschauen,   280
Ob mein Schwert wohl besser sein mag,
Ob deins, Inselländer Ahti!"

Sprach der muntre Lemminkäinen:
„Was wohl tauget meine Klinge,
Ist an Knochen fast zerbrochen,
Ist an Schädeln ganz verschrammet!
Aber sei dem wie ihm wolle,
Wenn das Gastgebot nicht besser,
Laß uns messen, laß uns schauen,
Wessen Schwert das beßre sein mag! 290
Hat mein Vater doch vor Zeiten
Ohne Scheu das Schwert gemessen,
Sollt' im Sohn der Stamm sich ändern,
In dem Kinde schlechter werden?"

Nahm das Schwert, ergriff das Eisen,
Zog die Klinge voller Feuer
Aus der filzbedeckten Scheide,
Von dem Gurt aus Rückenleder;
Maßen dann und schauten beide
Ihrer beiden Schwerter Länge;   300

Länger um ein kleines Stückchen
War das Schwert des Nordlandswirtes,
Wie der Schmutzrand an dem Nagel,
Wie ein Halbgelenk des Fingers.

Sprach der Inselländer Ahti,
Er, der schöne Kaukomieli:
„Länger ist dein Schwert befunden,
Dir gehört der Hiebe erster."

Darauf haut der Wirt Pohjolas
Hitzig los mit heft'gen Schlägen, 310
Treffen will er, kann nicht treffen,
Zielt auf Lemminkäinens Scheitel,
Endlich haut er an den Balken,
Rasselnd an das Türgesimse,
Krachend bricht entzwei der Balken,
Nieder stürzt das Türgesimse.

Spricht der Inselländer Ahti,
Er, der schöne Kaukomieli:
„Was verbrach der arme Balken,
Was verübte das Gesimse, 320
Daß du auf den Balken hauest,
Das Gesimse du zertrümmerst?

„Höre nun, o Sohn des Nordens,
Du selbst, Hauswirt von Pohjola!
Schwer ist's, in der Stube Hader,
Bei den Weibern auszufechten,
Nur besudelt wird die Stube,
Blutgefleckt der ganze Boden!
Gehn wir lieber hin nach außen,
Auf dem Felde dort zu kämpfen, 330
Auf den Fluren uns zu schlagen,
Schöner ist das Blut im Hofe,
Besser auf dem freien Platze,
Auf dem Schnee weit angemeßner!"

Nach dem Hofe gehn sie beide,
Finden dorten eine Kuhhaut,
Breiten aus sie auf dem Hofe,
Stellen auf die Haut sich beide.

Sprach der Inselländer Ahti:
„Höre nun, o Sohn des Nordens! 340

Länger ist wohl deine Klinge,
Und dein Schwert ist grausenvoller,
Möchtest es wohl nötig haben,
Früher eh' die Trennung nahet,
Eh' dein Hals in Stücke gehet;
Schlage los, o Sohn des Nordens!"

Los schlug nun der Sohn des Nordens,
Einmal schlug er, schlug das zweite,
Schlug dann noch zum dritten Male,
Konnt' jedoch nicht recht ihn treffen, 350
Nicht einmal das Fleisch ihm ritzen,
Nicht ein Stückchen Haut ihm nehmen.

Sprach der Inselländer Ahti,
Er, der schöne Kaukomieli:
„Laß ein wenig mich versuchen,
Längst schon ist an mir die Reihe!"

Doch der Hauswirt von Pohjola
Achtet nicht auf diese Worte,
Schlägt beständig, ohn' zu ruhen,
Zielet immer, ohn' zu treffen. 360

Feuer sprühet aus dem Eisen,
Flammen aus der scharfen Klinge
In den Händen Lemminkäinens,
Weiter strahlt der Glanz der Funken,
Er ergießt sich hin zum Nacken,
Zu dem Hals des Pohjaländers.

Sprach der schöne Kaukomieli:
„O du Hauswirt von Pohjola!
Also strahlt dein Hals, du Armer,
Wie der Morgen von der Röte." 370

Darauf wandt' der Sohn des Nordens,
Selbst der Hauswirt von Pohjola
Seine Augen um zu schauen
Auf des eignen Halses Röte;
Da gerad haut Lemminkäinen
Mit der Klinge gar geschwinde,
Schlägt den Mann mit seinem Schwerte,
Trifft ihn mit der Eisenwaffe.

Schlug einmal mit kräft'gem Hiebe,
Schlug den Kopf ihm von den Schultern, 380

Von dem Halse ihm den Schädel,
Wie vom Stengel eine Rübe,
Wie vom Halme eine Ähre,
Wie vom Fische eine Flosse;
Daß der Kopf zu Boden stürzet,
Auf den Hof des Mannes Schädel,
Wie vom Pfeil erschlagen hinsinkt
Von dem Baum die Auerhenne.

Waren hundert Pfähle dorten,
Tausend Pfeiler auf dem Hofe,　　390
Hundert Köpfe auf den Pfählen,
Ohne Kopf der Pfähle einer;
Nahm der muntre Lemminkäinen
Nun den Kopf des armen Wirtes,
Bracht' den Schädel von dem Hofe
Auf die Spitze jenes Pfahles.

Kehrt der Inselländer Ahti,
Er, der schöne Kaukomieli,
Drauf zurück in jene Stube,
Redet Worte solcher Weise:　　400

„Bringe Wasser, schlechtes Mädchen,
Daß ich meine Hände wasche
Von dem Blut des argen Wirtes,
Aus des bösen Mannes Wunde!"

Nordlands Alte wurde unwirsch,
Wurde unwirsch und verdrießlich,
Zaubert Männer samt den Schwertern,
Helden, die gar wohl gerüstet,
Hundert Männer mit den Schwertern,
Tausend, die da Waffen tragen,　　410
Zum Verderben Lemminkäinens,
An den Hals von Kaukomieli.

Wahrlich kamen nun die Zeiten
Und erschien der Tag des Abschieds,
Endlich wurd' es zu beschwerlich,
Wurd' es gar zu unbehaglich
Ihm, dem Ahti, dort zu bleiben,
Lemminkäinen dort zu weilen,
Auf dem Schmause von Pohjola,
Bei dem heimlichen Gelage.　　420

✻✻✻✻✻✻✻✻✻✻✻✻✻✻✻✻✻✻✻✻✻✻✻✻✻✻✻✻✻✻✻✻✻✻✻✻✻

Achtundzwanzigste Rune

Ahti, er, der Inselländer,
Lemminkäinen leichtgemutet
Eilte nun sich fortzumachen,
Drängte nun davonzufliehen
Aus dem nimmerhellen Nordland,
Aus dem dunklen Hause Saras.

    Stürmend ging er aus der Stube,
Eilte gleich dem Rauch zum Hofe,
Um der Untat zu entfliehen,
Um dem Frevel zu entlaufen.   10

    Als er auf den Hof gekommen,
Blicket er nach allen Seiten,
Suchet wo sein Roß er fände,
Siehet nirgends stehn das Rößlein,
Einen Block nur auf dem Felde,
Auf der Flur ein Weidendickicht.

    Wer wohl sollte hier nun raten,
Wer ihm gute Weisung geben,
Daß sein Kopf ihm nicht gefährdet,
Nicht das Haar beschädigt würde,   20
Daß er nicht die feinen Locken
Auf Pohjolas Hofe ließe?
Lärm schon hört man aus dem Dorfe
Und Getös von andern Häusern,
Schimmern sieht man's schon im Dorfe,
Augen an den Fenstern funkeln.

    Darauf mußte Lemminkäinen,
Er, der Inselländer Ahti,
Sich in andern Körper bannen,
Mußte anders sich gestalten;   30

Flog als Adler in die Höhe,
Wollte auf zum Himmel steigen,
Doch die Sonne dörrt die Wangen,
Und der Mond bleicht ihm die Brauen.

    Lemminkäinen leichtgemutet
Betete zu Ukko also:
„Ukko, du, o Gott voll Güte,
Weiser Mann du in dem Himmel,
Der die Donnerwolken lenket,
Der die Lämmerwolken leitet!   40
Leih mir eine Nebelhülle,
Schaff mir eine kleine Wolke,
Damit ich in ihrem Schutze
Nach der Heimat nun enteile,
An der lieben Mutter Seite,
Hin zu ihr, der greisen Alten!"

    Flieget dann beständig weiter,
Schaut sich einmal um nach hinten,
Sieht da einen grauen Habicht;
Feurig glühen seine Augen   50
Wie des Pohjaländers Augen,
Wie des frühern Nordlandswirtes.

    Also sprach der graue Habicht:
„Heda, Ahti, lieber Bruder,
Denkst du noch an unsre Kämpfe,
An den Streit mit gleichen Köpfen?"
    Sprach der Inselländer Ahti,
Er, der schöne Kaukomieli:
„Habicht du, mein schöner Vogel!
Richte deinen Flug nach Hause;   60

Sage, bist du angekommen
In dem nimmerhellen Nordland:
,Schwer ist es den Aar zu fangen,
Diesen Starken zu zerreißen.'"

Eilte nun gerades Weges
Hin zu seiner lieben Mutter,
Im Gesichte voll von Sorgen,
Von Betrübnis in dem Herzen.

Ihm entgegen kam die Mutter
Als er auf dem Wege wandert,   70
Längs des Zaunes vorwärts schreitet,
Hastig fragte ihn die Mutter:
„Du der jüngste meiner Söhne,
Du das stärkste meiner Kinder!
Weshalb bist du so verdrießlich,
Da du aus Pohjola heimkehrst,
Wardst am Trinkkrug du gekränket
Bei dem Schmause von Pohjola?
Wardst am Trinkkrug du gekränket,
Sollst du einen bessern haben,   80
Den dein Vater einst im Kriege,
In dem Kampfe hat erbeutet."

Sprach der muntre Lemminkäinen:
„Mutter, die du mich getragen!
Wär' am Trinkkrug ich gekränket,
Würde selbst den Wirt ich kränken,
Kränken würd' ich hundert Helden,
Tausend Männer wohl belehren."

Sprach die Mutter Lemminkäinens:
„Weshalb bist du denn verdrießlich,   90
Wardst du an dem Roß beschimpfet,
In dem Wettlauf überwunden?
Wardst du an dem Roß beschimpfet,
Sollst du dir ein bessres kaufen
Mit dem Reichtum deines Vaters,
Mit dem Gelde deines Alten!"

Sprach der muntre Lemminkäinen:
„Mutter, die du mich getragen!
Wär' ich an dem Roß beschimpfet,
In dem Wettlauf überwunden,   100

Würd' ich selbst den Wirt beschimpfen,
Würd' die Rosselenker zwingen,
Starke Männer mit den Pferden,
Helden auch mit ihren Rossen."

Sprach die Mutter Lemminkäinens:
„Weshalb bist du so verdrießlich,
So betrübt in deinem Herzen,
Da du aus Pohjola kommest,
Wardst von Weibern du verspottet,
Von den Mädchen ausgelachet?   110
Wardst von Weibern du verspottet,
Von den Mädchen ausgelachet,
Kannst du andere verlachen,
Andre Weiber du verspotten."

Sprach der muntre Lemminkäinen:
„Mutter, die du mich getragen!
Wär' von Weibern ich verspottet,
Von den Mädchen ich verlachet,
Würd' ich selbst den Wirt verspotten,
Alle Mädchen ich verlachen,   120
Würde hundert Jungfraun trotzen,
Tausend andern Frauenzimmern."

Sprach die Mutter Lemminkäinens:
„Was geschah dir denn, mein Söhnchen?
Ist dir etwas zugestoßen
Auf dem Wege nach Pohjola,
Hast du gar zuviel gegessen,
Viel gegessen und getrunken,
Hast auf deiner Ruhestätte
Schlechte Träume du gesehen?"   130

Sprach der muntre Lemminkäinen
Darauf Worte dieser Weise:
„Alte Weiber mögen denken,
Was sie in dem Traum gesehen!
Kenn' die Träume meiner Nächte,
Besser noch des Tages Träume;
Mutter, du, o liebe Alte!
Fülle meinen Sack mit Wegkost,
Lege Mehl mir in die Tasche,
Lege Salz in meinen Beutel,   140

Weiter muß dein Sohn nun wandern,
Muß nun aus dem Lande ziehen,
Aus dem lieben, goldnen Hause,
Aus dem wunderschönen Hofe;
Männer schärfen ihre Schwerter,
Wetzen ihre Lanzenspitzen."

Hastig fragte ihn die Mutter,
Forschte nach dem Grund in Eile:
„Weshalb schärfen sie die Schwerter,
Wetzen sie die Lanzenspitzen?"   150
Sprach der muntre Lemminkäinen,
Er, der schöne Kaukomieli:
„Deshalb schärfen sie die Schwerter,
Wetzen ihre Lanzenspitzen:
Gegen meinen Kopf, den armen,
Gegen meinen Unglücksnacken;
Schlimme Dinge sind geschehen
Auf dem Hofe von Pohjola:
Tötete den Pohjaländer,
Ihn, den Wirt Pohjolas selber.   160
Auf zum Kampf hob sich das Nordland,
Zu dem Streit der wilde Haufen,
Gegen mich, den Mühbeladnen,
Alle gegen mich, den einen."

Diese Worte sprach die Mutter,
Redet' zu dem Kind die Alte:
„Hab' es dir wohl vorgesaget,
Habe dich gar sehr gewarnet,
Habe dringlich dir geboten,
Nach dem Nordland nicht zu gehen;   170
Konntest ja beim Rechte bleiben,
In der Mutter Hause wohnen,
In dem Schutze deiner Alten,
Nahe ihr, die dich getragen,
Wäre dann kein Krieg entstanden,
Hätte sich kein Streit erhoben.

„Wohin willst du nun, mein Söhnchen,
Wohin willst du, Ärmster, eilen,
Um der Untat zu entfliehen,
Vor dem Frevel dich zu bergen,   180

Daß dein Kopf dir nicht gefährdet,
Nicht dein Hals gespalten werde,
Nicht beschädigt deine Haare,
Nicht die feinen Locken fallen?"
Sprach der muntre Lemminkäinen:
„Kenne keine solche Stelle,
Wo ich Zuflucht finden könnte,
Mich verbergen nach der Untat;
Mutter, die du mich getragen,
Wohin willst du, daß ich fliehe?"   190
Sprach die Mutter Lemminkäinens,
Redet selber diese Worte:
„Weiß nicht, was ich dir befehlen,
Wohin ich dich soll entsenden;
Werd' zur Föhre auf dem Berge,
Zum Wacholder auf dem Felde,
Dort auch könnt' dich Unglück treffen,
Könnte Anheil dich befallen:
Oftmals wird des Berges Föhre
Zu dem Leuchtspan ja zerschnitten,   200
Oftmals wird der Feldwacholder
Zu Staketen abgeschälet.

„Steig als Birke in die Niedrung
Oder in den Hain als Erle,
Dort auch könnt' dich Unglück treffen,
Könnte Anheil dich befallen:
Oftmals wird des Tales Birke
Zu dem Scheiterstoß zerhacket,
Oftmals wird der Hain von Erlen
Bei dem Schwenden umgehauen.   210
„Werd' zur Beere auf dem Berge,
Auf der Heid' zur Preiselbeere,
Eine Erdbeer' auf dem Felde,
Eine Schwarzbeer' auf dem Boden,
Dort auch könnt' dich Unglück treffen,
Könnte Anheil dich befallen:
Würden dich die Mädchen pflücken,
Dich die Zinngeschmückten rauben.

„Werd' zum Hechte in dem Meere,
Werd' zum Schnäpel in dem Flusse,   220

Dort auch könnt' dich Unglück treffen,
Könnte Unheil dich befallen:
Würde dort ein junger Fischer
Seine Netz' ins Wasser lassen,
Junge dich im Garn entführen,
Alte mit dem Netze fangen.

„Werd' zum Wolfe in dem Walde,
In dem Dickicht du zum Bären,
Dort auch könnt' dich Unglück treffen,
Könnte Unheil dich befallen: 230
Würd' ein Jüngling, schwarz vom Feuer,
Seinen großen Speer dort spitzen
Zu dem Untergang des Wolfes,
Und dem Bären zum Verderben."

Sprach der muntre Lemminkäinen,
Redet Worte solcher Weise:
„Kenne selber wohl das Schlimme,
Bin der bösen Stellen kundig,
Wo der Tod mich packen könnte,
Hartes Schicksal mich ereilen;   240
Mutter, die du mich geboren,
Die du Milch dem Kind gegeben!
Wohin willst du, daß ich fliehe,
Wohin willst du mich entsenden?
Vor dem Munde steht der Tod mir,
Schon an meinem Bart das Unheil,
Morgen gilt's den Kopf des Mannes,
Ist vollendet das Verderben."

Sprach die Mutter Lemminkäinens
Selber Worte dieser Weise: 250
„Werd' dir eine gute Stelle,
Eine wohlgelegne nennen,
Wohin sich der Schuld'ge bergen,
Flüchten kann der Missetäter;
Kenn' ein Land geringer Strecke,
Eine Stelle kleinen Umfangs,
Ungeplündert, unbezwungen,

Unberührt vom Männerschwerte;
Schwöre mir mit ew'gem Eide,
Mit dem wahrhaften und kräft'gen,   260
Daß in sechs, in zehn der Sommer
Du in keinen Kampf wirst ziehen,
Wenn nach Silber auch Gelüste,
Wenn nach Gold du Sehnsucht trügest."

Sprach der muntre Lemminkäinen:
„Schwöre dir mit kräft'gem Eide,
Daß ich nicht im ersten Sommer,
Schwöre, daß ich nicht im zweiten
Zu dem großen Kampfe ziehe,
Zu dem Tummelplatz der Schwerter;   270
Hab' noch Wunden an der Schulter,
Auf der Brust noch tiefe Löcher
Von den frühern Kampfesfreuden,
Von vergangnen Schlägereien
Auf den großen Streiteshügeln,
Auf dem Schlachtgefild der Männer."

Sprach die Mutter Lemminkäinens
Selber Worte solcher Weise:
„Nimm du nun das Boot des Vaters,
Sehe nun, um dich zu bergen,   280
Fahre über neun der Meere
Und die Hälfte noch des zehnten
Zu der Insel in der Weite,
Zu der Klippe in dem Wasser;
Dort verbarg sich einst dein Vater,
Hielt sich sicher im Verstecke
In der Zeit des Kriegessommers,
In dem harten Kampfesjahre,
War gar gut dort zu verweilen,
Schön die Zeit dort zuzubringen;   290
Birg dich ein Jahr und das zweite,
Komm nach Hause in dem dritten
Zu des Vaters trauten Stuben,
Zu der Eltern Landungsplatze!"

Neunundzwanzigste Rune

Lemminkäinen leichtgemutet,
Selbst der schöne Kaukomieli
Nimmt in seinen Sack nun Wegkost,
In den Spankorb Sommerbutter,
Auf ein Jahr zum Essen Butter,
Schweinefleisch nimmt er fürs zweite;
Geht nun um sich zu verbergen,
Geht und eilet gar behende,
Redet Worte solcher Weise:
„Gehe nun und flieh von dannen   10
Auf die Zeit von dreien Sommern,
Für die Frist von fünf der Jahre,
Laß das Land von Würmern fressen,
Laß im Hain die Luchse ruhen,
Sich im Feld das Renntier wälzen,
Auf der Flur die Gänse hausen.
„Lebe wohl, o gute Mutter!
Wenn das Volk des Nordens kommet,
Aus dem Düsterland der Haufen,
Wenn nach meinem Kopf sie fragen,   20
Sage, daß ich fortgegangen,
Daß die Heimat ich verlassen,
Als ich jenes Land geschwendet,
Dessen Ernte jetzt uns reifte."
Zog das Boot dann in das Wasser,
In die Fluten seinen Nachen
Von den stahlbeschlagnen Rollen,
Von den kupferreichen Walzen,
Ziehet auf den Mast die Segel,
An die Rahen rasch die Leinwand;   30

Setzt sich selber an das Ende,
Schickt sich an das Boot zu lenken,
Stützt sich auf den Vordersteven,
Lehnt am starken Steuerruder.
Redet Worte solcher Weise,
Läßt sich selber also hören:
„Wehe, Wind, in meine Segel,
Treibe, Luft, des Bootes Körper,
Laß den Nachen du nun eilen,
Laß das Fichtenfahrzeug ziehen   40
Zu dem unbekannten Eiland,
Zu der Landzung' ohne Namen!"
Wiegt der Wind den schönen Nachen,
Treibet ihn des Meeres Brandung
Auf des Wassers klarem Rücken,
Auf der weitgedehnten Öde;
Wiegt ihn dorten zwei der Monde,
Wiegt ihn fast den ganzen dritten.
Sitzen Mädchen auf der Landzung',
An dem Strand des blauen Meeres,   50
Wenden sich nach allen Seiten,
Kopf und Augen nach dem Meere,
Eine wartet auf den Bruder,
Auf den Vater eine andre,
Doch vor allen Mädchen harret,
Die den Bräutigam erwartet.
Schon von ferne sehn sie Kauko,
Sehen bald des Kauko Fahrzeug,
Ist gleich einer Hängewolke
Mitten zwischen Flut und Himmel.   60

Also denken da die Mädchen,
Reden so des Eilands Jungfraun:
„Was ist auf dem Meer dies Fremde,
Dieses Wunderding im Wasser?
Bist du eins von unsern Schiffen,
Bist ein Boot du von dem Eiland,
Kehr' gerades Wegs nach Hause,
Zu des Eilands Stapelplatze,
Daß die Rede wir vernehmen,
Kunde aus dem fremden Lande,   70
Ob das Strandvolk nun in Frieden,
Oder ob's im Kampfe lebet!"

Heftig bauscht der Wind das Segel,
Eilig tragen es die Wogen,
Stößt der muntre Lemminkäinen
Schnell den Nachen an die Klippen,
Treibt zur Inselspitz' sein Schifflein,
Zu des Eilands scharfer Kante.

Sprach, als er dorthin gekommen,
Fragte, als er dort erschienen;   80
„Gibt es Platz wohl auf der Insel,
Raum wohl auf des Eilands Fluren,
Daß das Boot ans Land ich ziehe,
Auf das Trockne es dann stürze?"

Sprachen so des Eilands Jungfraun,
Antwort gaben so die Mädchen:
„Ist wohl Platz hier auf der Insel,
Raum hier auf des Eilands Fluren,
Daß das Boot ans Land du ziehest,
Daß du es aufs Trockne stürzest: 90
Rollen sind hier in Bereitschaft,
Angefüllt der Strand mit Walzen,
Hättest du auch hundert Boote,
Kämst du auch mit tausend Nachen."

Darauf zog nun Lemminkäinen
An das Land sein Boot, der Muntre,
Auf die Rollen seinen Nachen,
Redet selber diese Worte:
„Gibt es Platz wohl auf der Insel,
Raum wohl auf des Eilands Fluren, 100

Einen kleinen Mann zu bergen,
Einen von geringen Kräften
Vor dem großen Kampfgetöse,
Vor dem Lärm der Schwerterklingen?"

Sprachen so des Eilands Jungfraun,
Antwort gaben so die Mädchen:
„Gibt wohl Platz auf dieser Insel,
Raum hier auf des Eilands Fluren,
Einen kleinen Mann zu bergen,
Einen von geringen Kräften: 110
Haben hier gar viele Schlösser,
Haben hier gar schöne Höfe,
Kämen hundert auch der Helden,
Ja selbst tausend starke Männer."

Sprach der muntre Lemminkäinen,
Redet Worte dieser Weise:
„Gibt es Platz wohl auf der Insel,
Raum wohl auf des Eilands Fluren,
Von dem Birkenwald ein Stückchen
Und ein Bröckchen andern Bodens, 120
Wo den Wald ich fällen könnte,
Mir ein Schwendenland bereiten?"

Sprachen da des Eilands Jungfraun,
Antwort gaben so die Mädchen:
„Gibt kein Plätzchen auf der Insel,
Raum nicht auf des Eilands Fluren,
Wo dein Rücken ruhen könnte,
Land nicht von des Scheffels Größe,
Wo den Wald du fällen könntest,
Schwendenland dir dort bereiten: 130
Alles Land ist schon verteilet,
Jedes Feld schon zugemessen,
Schon verloset ist die Waldung,
Alle Wiesen haben Herren."

Sprach der muntre Lemminkäinen,
Fragt der schöne Kaukomieli:
„Gibt es Platz wohl auf der Insel,
Raum wohl auf des Eilands Fluren,
Wo ich meine Lieder singen,
Langen Sang erheben könnte?   140

Worte schmelzen mir im Munde,
Keimen mir aus meinem Zahnfleisch."

Sprachen so des Eilands Jungfraun,
Antwort gaben so die Mädchen:
„Gibt wohl Platz hier auf der Insel,
Raum hier auf des Eilands Fluren,
Wo du deine Lieder singen,
Guten Sang du kannst erheben,
Wo du in dem Haine spielen,
Auf dem Felde du kannst tanzen." 150

Drauf begann nun Lemminkäinen,
Er, der Muntre, frisch zu singen,
Ließ im Hofe Ebereschen,
Eichen auf der Flur entstehen,
Glatte Zweige an den Eichen,
Eicheln drauf an jedem Zweige,
An den Eicheln goldne Kugeln,
Einen Kuckuck an der Kugel:
Wenn der Kuckuck rufen wollte,
Schäumte Gold ihm aus dem Schnabel, 160
Floß das Kupfer von den Seiten,
Kam herabgerauscht das Silber,
Floß dahin zu goldnen Hügeln,
Floß dahin zu Silberbergen.

Ferner sang noch Lemminkäinen,
Ferner zauberte er singend,
Zaubert' Sand zu schönen Perlen,
Steine, daß sie hoch erglänzten,
Bäume, daß sie rot sich färbten,
Blumen, daß sie golden strahlten. 170

Ferner sang noch Lemminkäinen,
Zaubert' einen Born im Hofe,
Auf ihn einen goldnen Deckel,
Auf den Deckel einen Schöpfkrug,
Daß die Burschen Wasser tränken,
Daß die Maid die Augen wüsche.

Teiche sang er auf die Fluren,
Blaue Enten in die Teiche,
Goldenschläfig, silberköpfig,
Ihre Zehen ganz aus Kupfer. 180

Staunen da des Eilands Jungfraun,
Wundern sich der Insel Mädchen
Ob des Sangs von Lemminkäinen,
Ob der Zauberkraft des Helden.

Sprach der muntre Lemminkäinen,
Er, der schöne Kaukomieli:
„Sänge wohl ein gutes Liedlein,
Würde schönen Sang erheben,
Wär' ich unter einem Dache,
Säß' an eines Tisches Ende; 190
Wenn nicht eine Stube da ist,
Wenn ich nicht auf Brettern stehe,
Werf' ich meine Sprüch' zum Haine,
Meine Lieder ich zum Walde."

Sprachen so des Eilands Jungfraun,
Redeten der Insel Mädchen:
„Haben Stuben dich zu laden,
Schöne Höfe dort zu weilen,
Aus dem Frost das Lied zu führen
Und von draußen deine Worte." 200

Lemminkäinen leichtgemutet,
Als zur Stube er gekommen,
Zauberte zum Vorschein Krüge
Auf des langen Tisches Kante,
Krüge, die mit Bier gefüllet,
Kannen mit dem Honigtranke,
Schüsseln, die gar schwer belastet,
Schalen, die gefüllt bis oben;
Bier genug war in den Krügen,
Honigtrank in jenen Kannen, 210
Butter dort in großer Menge,
Schweinefleisch genug vorhanden
Zu der Speisung Lemminkäinens,
Zur Befried'gung Kaukomielis.

Kauko ist von stolzen Sitten,
Macht sich nicht daran zu essen
Ohne Messer reich an Silber,
Ohne goldverzierte Klinge.

Schafft ein Messer reich an Silber,
Singt ihm eine goldne Klinge, 220

Ist darauf recht nach Belieben,
Trinkt das Bier mit Wohlbehagen.

Drauf bewegt sich Lemminkäinen
Durch die Dörfer nach der Reihe
Zu der Inseljungfraun Freude,
Zu der Schöngelockten Wonne;
Wo den Kopf er hingewendet,
Kam ein Mund ihm schon entgegen,
Wo die Hand er hingerichtet,
Ward die Hand ihm schon ergriffen. 230

Wanderte umher zur Nachtzeit
In den dunkelsten Verstecken;
Sah wohl dort nicht eins der Dörfer,
Wo nicht zehn der Höfe waren,
Sah nicht einen dort der Höfe,
Wo nicht zehn der Töchter waren,
Sah nicht eines dort der Mädchen,
Keine von der Mutter Töchtern,
Neben der er nicht geruhet,
Deren Arm er nicht ermüdet. 240

So erkannt' er tausend Bräute,
Und er schlief mit hundert Witwen,
Waren zwei nicht in dem Zehend,
Drei nicht in dem ganzen Hundert,
Die er ungebraucht als Mädchen,
Unbeschlafen ließ als Witwen.

Also brachte Lemminkäinen,
Er, der Muntre, zu sein Leben
In dem Laufe dreier Sommer
In des großen Eilands Dörfern, 250
Zu der Inseljungfraun Freude,
Zu der Wonne aller Witwen;
Ließ nur eine unerfreuet,
Eine arme, alte Jungfrau,
Auf der langen Landzung' Spitze,
In dem zehnten jener Dörfer.

Dachte schon an seine Reise,
Um zur Heimat sich zu wenden,
Kam die arme, alte Jungfrau,
Redet selber dieser Worte: 260

„Lieber Kauko, schöner Jüngling,
Willst du nicht auch mich bedenken,
Wünsch' ich, wenn du weiter reisest,
Daß dein Boot auf Felsen laufe."

Nicht erhebt er vor dem Hahn sich,
Eh' der Henne Sohn gekrähet,
Daß die Jungfrau sein genieße,
Daß die arme Maid sich freue.

Drauf an einem Tage endlich
Faßte er zur Abendstunde 270
Den Entschluß nun aufzustehen
Vor dem Monde, vor dem Hahne.

Er erhob sich vor der Zeit noch,
Vor der angesetzten Stunde,
Macht sich auf um zu durchwandern
Alle Dörfer nach der Reihe,
Daß die Jungfrau sein genieße,
Daß die arme Maid sich freue.

Als allein des Nachts er gehet,
Durch die Dörferreihe wandert, 280
Zu der langen Landzung' Ende,
Zu dem zehnten jener Dörfer,
Sah er keinen von den Höfen,
Wo nicht drei der Häuser waren,
Sah er von den Häusern keines,
Wo nicht drei der Helden waren,
Sah er von den Helden keinen,
Der sein Schwert dort nicht geschliffen,
Der sein Beil nicht scharf gewetzet
Zum Verderben Lemminkäinens. 290

Lemminkäinen leichtgemutet
Redet Worte dieser Weise:
„Ach, das Tagsgestirn erhebt sich,
Auf geht nun die liebe Sonne
Aber aller Männer ärmstem,
Aber meinem Unglückshalse!
Lempo mag nun wohl den Helden
Mit dem Hemde sein beschützen,
Ihn mit seinem Mantel decken
Und in seiner Kappe bergen, 300

Wenn ihn hundert überfallen,
Tausend Männer ihn bedrängen!"
    Ließ die Jungfrau unumarmet,
Der Umarmungen vergaß er,
Wandte sich zu seinem Boote,
Er, der Arme, zu dem Nachen:
Doch verbrannt ist der zu Asche,
Ganz und gar in Staub verwandelt.
    Merkte, daß ihm Unheil drohte,
Daß ihm Unglückstage nahten,   310
Fing ein Schifflein an zu zimmern,
Sich ein neues Boot zu bauen.
    Bauholz fehlt dem Zimmermanne,
Bretter um das Boot zu bauen;
Findet dort nur karges Bauholz
Und gar wenig kleine Bretter,
Fünf der Stücke einer Spule,
Sechs der Trümmer einer Spindel.
    Zimmert sich darauf ein Fahrzeug,
Baut sich einen neuen Nachen,   320
Macht mit Kunde dieses Fahrzeug,
Macht es voller Zauberweisheit,
Haut mit einem Schlag die Hälfte,
Mit dem zweiten dann die andre,
Hauet noch zum dritten Male,
Und schon fertig ist das Fahrzeug.
    Schiebt das Boot dann in das Wasser,
Stößt das Fahrzeug in die Fluten,
Redet Worte solcher Weise,
Läßt sich selber also hören: 330
"Schwimm als Blase auf den Wogen,
Als Seerose auf den Fluten!
Leih, o Aar, mir drei der Federn,
Drei, o Aar, und zwei, o Rabe,
Zu des kleinen Bootes Stütze,
Zu des schlechten Nachens Reling!"
    Setzt sich auf des Bootes Boden,
Wendet sich zum Hintersteven,
Tiefen Hauptes, trüben Sinnes,
Schief geschoben seine Mütze,   340

Daß er nachts nicht bleiben durfte,
Nicht bei Tage dort verweilen
Bei der Inseljungfraun Freuden,
Bei dem Tanz der Schöngelockten.
    Sprach der muntre Lemminkäinen,
Er, der schöne Kaukomieli:
"Scheiden muß von hier der Bursche,
Reisen von den hies'gen Häusern,
Von den Freuden dieser Jungfrau,
Von dem Tanze dieser Schönen;   350
Doch bei diesem meinem Scheiden,
Meinem Gehen von dem Orte
Freuen sich die Jungfrau nimmer,
Scherzen nicht die Schöngelockten
In den Stuben voller Trübsal,
In den unglückfel'gen Höfen."
    Weinten wohl des Eilands Jungfraun,
Jammerten der Landzung' Mädchen:
"Weshalb gingst du, Lemminkäinen,
Schiedest du, der Helden bester,   360
Singst du ob der Mädchen Keuschheit,
Oder ob des Weibermangels?"
    Sprach der muntre Lemminkäinen,
Er, der schöne Kaukomieli:
"Sing nicht ob der Mädchen Keuschheit,
Nimmer ob des Weibermangels;
Würde hundert Weiber haben,
Könnte tausend Mädchen nehmen:
Deshalb geh' ich Lemminkäinen,
Scheide ich, der Helden bester,   370
Da mich Sehnsucht nun ergriffen,
Sehnsucht nach dem Heimatlande,
Nach des eignen Landes Erdbeern,
Nach des eignen Berges Himbeern,
Nach der eignen Landzung' Mädchen,
Nach des eignen Hofes Hühnern."
    Fuhr der muntre Lemminkäinen
Mit dem Schifflein in die Weite;
Kam ein Wind und trieb das Fahrzeug,
Kamen Wogen, die es trugen   380

Auf des Meeres blauem Rücken,
Auf der weitgedehnten Öde;
An dem Strande stehn die Armen,
Auf den Steinen dort die Zarten,
Weinen sehr des Eilands Jungfraun,
Jammern sehr die goldnen Mädchen.

So lang weinten dort die Jungfraun,
Jammerten des Eilands Mädchen,
Als der Mastbaum noch zu sehen
Und die Eisenpflöcke schimmern;   390
Weinten nimmer nach dem Mastbaum,
Nimmer nach den Eisenpflöcken,
Weinten nach dem Mann am Maste,
Der das Schotenseil regieret.

Selber weinte Lemminkäinen,
Weinte er und war betrübet,
Solang noch zu sehn die Insel
Und des Eilands Berge schimmern;
Weinte nimmer nach der Insel,
Nimmer nach des Eilands Bergen,   400
Weinte nach der Insel Mädchen,
Nach den Gänslein jener Berge.

Fuhr der muntre Lemminkäinen
Auf des Meeres blauem Rücken,
Segelt' einen Tag, den zweiten,
An dem dritten Tage aber,
Da begann ein Wind zu toben
Und der Himmelsrand erbebte,
Kam ein großer Sturm aus Nordwest,
Scharfe Winde aus dem Osten,   410
Rissen ab des Bootes Seiten,
Stießen um des Nachens Wölbung.

Stürzt' der muntre Lemminkäinen
Mit den Händen in das Wasser,
Mußte mit den Fingern rudern,
Mit den Füßen mußt' er steuern.

Schwamm die Tage, schwamm die Nächte,
Steuerte mit allen Kräften,
Siehet da ein kleines Wölkchen,
Eine Hängewolk' im Westen,   420

Welche sich in Land verwandelt,
Sich zum Vorgebirg gestaltet.

Stieg ans Land und ging zum Hause,
Fand die Wirtin dort beim Backen,
Ihre Töchter bei dem Kneten:
„O du wohlgesinnte Wirtin,
Wenn du meinen Hunger kenntest,
Meine Lage du verstündest,
Eiltest du behend zur Kammer,
Gar geschwind zum Biergemache,   430
Brächtest Bier mir eine Kanne,
Mir ein Stücklein Schweinefleisches,
Tätest dieses hin zu braten,
Gäbest drauf ein wenig Butter,
Um den müden Mann zu speisen,
Um den Helden hier zu tränken;
Bin geschwommen Nächt' und Tage
Auf des breiten Meeres Wogen,
Und es schützten mich die Winde,
Gnade spendeten die Fluten."   440

Ging die wohlgesinnte Wirtin
Nach dem Vorratshaus am Berge,
Schnitt sich Butter in der Kammer,
Holt' ein Stücklein Schweinefleisches,
Hieß es dann am Feuer braten,
Um den Hungrigen zu speisen,
Brachte Bier ihm in der Kanne,
Um den müden Mann zu tränken;
Gab ihm einen neuen Nachen,
Gab ein Boot, das ganz vollendet,   450
Daß der Mann von dannen ziehe,
Zu der Heimat Grenzen reise.

Drauf gelangte Lemminkäinen
Zu der Heimat lieben Grenzen,
Sah das Land und sah die Ufer,
Sah die Inseln, sah die Sunde,
Sah die alten Landungsplätze,
Sah die frühern Wohnungsstätten;
Sah den Berg mit seinen Fichten,
Alle Hügel mit den Tannen,   460

Sah nur nicht die Stube stehen,
Nicht die Wände sich erheben;
Wo die Stube einst gestanden,
Hebt ein Faulbaumhain die Wipfel,
Fichten stehen auf dem Hausberg
Und Wacholder hin zum Brunnen.

Sprach der muntre Lemminkäinen,
Er, der schöne Kaukomieli:
„Hab' in diesem Hain gespielet,
Auf den Steinen mich geschaukelt,   470
Auf dem Rasen mich getummelt,
Mich gewälzt am Ackersaume;
Wer entführte denn die Stube,
Wer zerbrach das schöne Dächlein?
Nieder brannte man die Stube,
Und der Wind entführt' die Asche."

Da begann er sehr zu weinen,
Weinte einen Tag, den zweiten,
Weinte nicht um seine Stube,
Jammert' nicht um seine Kammer,   480
Weinte um des Hauses Traute,
Um die Teure in der Kammer.

Sah da einen Vogel fliegen,
Einen Adler sich bewegen,
Wandte sich zu ihm und fragt' ihn:
„Adler, du mein lieber Vogel,
Könntest du es mir nicht sagen,
Wo die Mutter wohl geblieben,
Die getragen mich, die Holde,
Die Liebreiche, die mich säugte?"   490

Nicht entsann sich da der Adler,
Wußte nichts der dumme Vogel,
Meint der Aar, daß sie gestorben,
Und der Rab', daß sie verschwunden,
Daß vom Schwerte sie gefallen,
Daß dem Beile sie erlegen.

Sprach der muntre Lemminkäinen,
Er, der schöne Kaukomieli:
„Holde, die du mich getragen,
Liebreiche, die du mich säugtest!   500

Bist nun tot, die mich getragen,
Bist dahin, du liebe Mutter,
Staub schon ist dein Leib geworden,
Tannen wachsen auf dem Haupte,
Auf den Fersen dir Wacholder,
Auf den Fingerspitzen Weiden.

„Hab' nun meinen Lohn, Betörter,
Hab', Unsel'ger, meine Strafe,
Daß mein Schwert ich dort gemessen,
Daß die Waffen ich getragen   510
Zu dem Hofe von Pohjola,
Zu des Düsterlandes Grenzen,
Untergang ward meinem Stamme,
Hingerafft ward meine Mutter."

Schaut sich um nach allen Seiten,
Siehet gar gelinde Spuren,
Die das Gras herabgetreten
Und das Heidekraut zerdrücket;
Sehet um den Weg zu finden,
Um die Richtung zu erspähen;   520
Zu dem Walde führt der Fußweg,
Dorthin leitet ihn die Richtung.

Sehet eine Meil', die zweite,
Eilet noch ein Stücklein Landes
In des schatt'gen Haines Dickicht,
In den Schoß der düstern Waldung;
Sieht dort ein verstecktes Hüttlein,
Eine kleine Winkelstube
In der Höhlung zweier Felsen,
In der Mitte dreier Tannen,   530
Drinnen seine liebe Mutter,
Sieht sie dort, die greise Alte.

Darauf freut sich Lemminkäinen,
Er, der muntre, sehr im Herzen;
Redet Worte solcher Weise,
Läßt auf diese Art sich hören:
„Vielgeliebte du, o Mutter,
Die du mich hast aufgezogen!
Bist, o Mutter, noch am Leben,
Liebe Alte, nicht entschlummert,   540

Glaubte schon, du seist gestorben,
Meinte, daß man dich getötet,
Mit dem Schwerte dich vernichtet,
Mit dem Speere dich gemordet,
Weinte aus dem Kopf die Augen,
Meine Wangen mir zuschanden."

Sprach die Mutter Lemminkäinens:
„Freilich bin ich noch am Leben,
Mußte damals wohl entfliehen,
Im Verstecke mich verbergen,   550
In dem Dunkel dieses Haines,
In dem Schoß der düstern Waldung;
Kam mit Krieg das Volk des Nordens,
Zog zum Streit der ferne Haufen
Gegen dich, den Mühbeladnen,
Gegen dich, den Unheilvollen,
Brannte unser Haus zu Asche
Und zerstörte unsern Hofraum."

Sprach der muntre Lemminkäinen:
„Mutter, die du mich getragen,   560
Sei du nur nicht trüber Stimmung,
Laß die Traurigkeit du fahren!
Werde eine neue Stube,
Eine bessere dir zimmern,
Werde nach dem Nordland ziehen,
Werd' das Lempovolk vertilgen."

Sprach die Mutter Lemminkäinens
Selber Worte dieser Weise:
„Lange bist du, Sohn, geblieben,
Hast, o Kauko, du geweilet   570
Dort in jenen fernen Ländern,

Stets bei jenen fremden Türen,
Auf der Landzung' ohne Namen,
Auf dem unbekannten Eiland."

Sprach der muntre Lemminkäinen,
Er, der schöne Kaukomieli:
„War gar gut dort zu verweilen,
Lieblich war es dort zu schweifen,
Rötlich glänzten dort die Bäume,
Bläulich schimmerten die Fluren,   580
Silbern dort der Föhren Zweige,
Golden dort der Heide Blumen;
Berge gab es dort aus Honig,
Felsen ganz aus Hühnereiern,
Met troff dort aus trocknen Tannen,
Milch entströmte dürren Fichten,
Butter floß aus allen Ecken,
Bier aus allen Zaunstaketen.

„War gar gut dort zu verweilen,
Köstlich war es, dort zu säumen;   590
Darin nur war schlimm das Leben,
Deshalb ungewohnt zu weilen:
Fürchten tat man für die Mädchen,
Wähnte, daß die Frauenzimmer,
Diese schlechten Lumpendinger,
Dieses schlimmgeratne Völkchen
Von mir arg behandelt würde,
Übermäßig nachts besuchet:
Hab' die Mädchen doch gemieden,
Mich gehütet vor den Töchtern,   600
Wie der Wolf die Schweine meidet
Und den Hühnerhof der Habicht."

Dreissigste Rune

Ahti, der gewandte Bursche,
Er, der muntre Lemminkäinen,
Geht des Morgens in der Frühe,
Zu der Zeit der ersten Dämmrung
Zu der Schiffe Lagerstätte,
Zu dem Landungsplatz der Boote.

Dorten weint der Bretternachen,
Stöhnt aus seinen Eisenpflöcken:
„Muß, ich Ärmster, hier nun liegen,
Muß gar elend hier vertrocknen: 10
Ahti rudert nicht zum Kriege,
Nicht in sechs, in zehn der Sommer,
Wenn nach Silber auch Gelüste
Und nach Gold er Sehnsucht trüge."

Schlägt der muntre Lemminkäinen
Auf das Boot mit seinem Handschuh,
Mit dem buntverbrämten Fäustling,
Redet selber diese Worte:
„Sorge nicht, du Fichtenfläche
Mit den auserlesnen Leisten,   20
Wirst schon noch zum Kriege ziehen,
Zu dem Kampfe dich bewegen,
Bist vielleicht schon voll von Rudrern
Bei des nächsten Tages Ende."

Geht nun hin zu seiner Mutter,
Redet selber diese Worte:
„Weine nicht, o liebe Mutter,
Klage nicht, o teure Alte,
Wenn ich jetzt von dannen gehe,
Zu dem Kampfplatz mich bewege;   30

Meinen Sinn erfaßt der Einfall,
Mein Gehirn faßt der Gedanke,
Daß des Nordens Volk ich tilge,
An den Schlechten Rache nehme."

Abzuhalten sucht die Mutter,
Warnet ihren Sohn die Alte:
„Gehe nicht, mein liebes Söhnchen,
Zu dem Kampfe nach Pohjola!
Dorten könnte Tod dich treffen,
Könnt' Verderben dich ereilen."   40

Wenig achtet's Lemminkäinen,
Denkt nur noch daran zu gehen
Und gelobt sich aufzubrechen,
Redet Worte solcher Weise:
„Wo wohl find' ich den Gefährten,
Einen Mann samt seinem Schwerte
Mir zur Hilfe in dem Kampfe,
Mir, dem Kräftigen, zum Beistand?

„Wohlbekannt ist mir Tiera,
Kuura ist wohlvertraut mir,   50
Diesen nehm' ich als Gefährten,
Diesen Mann mitsamt dem Schwerte,
Mir zur Hilfe in dem Kampfe,
Mir, dem Kräftigen, zum Beistand."

Wandert durch die Dörferreihe
Hin am Weg zum Hof Tieras,
Spricht, als er dorthin gekommen,
Redet, als er dort erschienen:
„Tiera mein, du Vielbewährter,
Liebster, bester du der Freunde!   60

Denkſt du noch der alten Zeiten,
Was wir beide einſt erlebten,
Als wir zogen in Gemeinſchaft
Auf die großen Kampfgefilde;
Gab da wohl nicht eins der Dörfer,
Wo nicht zehn der Höfe waren,
Gab da wohl der Höfe keinen,
Wo nicht zehn der Helden waren,
Gab da wohl der Helden keinen,
Keinen von den ſtarken Männern,   70
Den wir beide nicht getötet,
Den wir nicht geſtürzet hätten."

An dem Fenſter ſaß der Vater,
Schnitzte dort am Schaft des Speeres,
Auf der Kammer Schwell' die Mutter,
Klopfte dort im Butterfaſſe,
An dem Gattertor die Brüder
Zimmerten an einem Schlitten,
An der Brücke End' die Schweſtern
Walkten dort die wollnen Tücher.   80
Sprach der Vater von dem Fenſter,
Von der Schwelle her die Mutter,
Von dem Gattertor die Brüder,
Von der Brücke ſo die Schweſtern:
„Tiera hat nicht Zeit zum Kämpfen,
Seine Lanze nicht zum Kriegen;
Tiera ſchloß nun großen Handel,
Einen Kauf er für ſein Leben,
Nahm ſoeben ſich ein Weibchen,
Eine Wirtin ſich zu eigen,   90
Unberührt ſind noch die Brüſte,
Unermüdet noch der Buſen."

Tiera ſaß dort an dem Herde,
Kuura auf dem Rand des Ofens;
Einen Fuß beſchuht er oben,
Auf der Ofenbank den andern,
Nimmt den Gürtel um beim Tore,
Schnallt ihn zu erſt weiter draußen;
Tiera greift nach ſeinem Speere,
Nicht gehört er zu den größten,   100

Keineswegs auch zu den kleinſten,
Iſt ein Speer von Mittelgröße:
An dem Rande ſteht ein Rößlein,
Auf der Fläche läuft ein Füllen,
An der Fügung heulen Wölfe,
An dem Ringe brummen Bären.

Schüttelte nun ſeine Lanze,
Schüttelt' ſie und ſchwang ſie klirrend,
Warf den Schaft dann einen Klafter
In den lehm'gen Grund des Ackers,   110
In den feſten Wieſenboden,
In die hügelleere Erde.

Tiera ſtieß da ſeine Lanze
Mitten unter Ahtis Lanzen,
Ging ſodann und ſtürmt' voll Eile
Als des Ahti Streitgenoſſe.

Schob der Inſelländer Ahti
Seinen Nachen in die Fluten,
Gleich der Schlange in den Stoppeln,
Gleich der Natter voller Leben,   120
Segelte nun hin nach Nordweſt
Zu dem Meere von Pohjola.

Doch die Wirtin von Pohjola
Ließ den Froſt, den Böſen, ziehen
Zu dem Meere von Pohjola,
Zu der weitgedehnten Öde,
Selber ſprach ſie dieſe Worte
Gab ihm Weiſung und befahl ihm:
„Hör' mich, Froſt, mein kleines Söhnchen,
Liebling, den ich auferzogen,   130
Gehe hin, wohin ich ſchicke,
Ich dich ſchicke und entſende,
Laß des Burſchen Boot erfrieren,
Lemminkäinens ſchnellen Nachen
Auf des Meeres klarem Rücken,
In der weitgedehnten Öde!
Mach', daß auch der Wirt erfrieret,
In dem Boote er, der Muntre,
Daß er nimmer dort entrinnet,
Nicht entkommt, ſolang er lebet,   140

Wenn ich selber ihn nicht löse,
Wenn ich selbst ihn nicht befreie!"

Frost, der Sohn aus schlechtem Stamme,
Dieser Knab' von üblen Sitten,
Ging das Meer nun kalt zu machen,
Ging die Fluten fest zu bannen;
Während er des Weges schreitet,
Auf dem Lande hin noch wandert,
Nimmt er alles Laub den Bäumen,
Nimmt die Fasern er den Gräsern. 150

Als er darauf hingekommen
Zum Gestad des Nordlandmeeres,
Zu den ungeheuren Ufern,
Ließ er in der Nächte erster
Buchten dort und Seen erfrieren,
Ließ des Meeres Strand erstarren,
Ließ es selber doch noch offen,
Angebannet noch die Fluten;
Ist ein Finklein auf der Fläche,
Ist ein Wippsterz auf den Wogen, 160
Nicht erfroren sind die Klauen,
Nicht erstarrt das kleine Köpfchen.

Drauf erst in der Nächte zweiter
Fing er an sich breit zu machen,
Ward er übermäßig schamlos,
Wuchs er an zu großer Frechheit;
Ließ es reichlich da gefrieren,
Schuf da grimmig arge Kälte,
Fror das Eis zu Ellendicke,
Sandte Schnee von Klafterhöhe, 170
Ließ des Muntern Boot erfrieren,
Ahtis Fahrzeug in den Wogen.

Wollte Ahti selbst, den Helden,
In dem Eis erfrieren lassen;
Frug bereits nach seinen Fingern,
Forderte schon seine Zehen;
Unwirsch ward da Lemminkäinen,
Unwirsch ward er und verdrießlich,
Drängt den Frost da in das Feuer,
Stößt ihn in die Eisenschmelze. 180

Hält den Frost mit seinen Händen,
Faßt den Bösen mit den Fäusten,
Redet Worte solcher Weise,
Läßt auf diese Art sich hören:
„Frost, du böser Sohn des Nordwinds,
Du gewalt'ger Sohn des Winters,
Laß die Finger mir nicht frieren,
Rühre nicht an meine Zehen,
Packe du nicht meine Ohren,
Laß den Kopf mir nicht erstarren! 190

„Hast genug ja noch zu bannen,
Vieles kannst du frieren machen,
Laß der Menschen Haut in Ruhe
Und den Leib der Mutterkinder;
Sümpfe laß und Land erstarren,
Laß die kalten Steine frieren
Und die Weiden in dem Wasser,
Laß die Espen lieber bersten,
Schäle ab der Birken Rinde
Und zerzause du die Tannen, 200
Aber schon' die Haut der Menschen
Und das Haar der Weibgebornen!

„Wenn dir dies genug nicht scheinet,
Laß du andres noch erfrieren,
Laß die heißen Steine frieren
Und die glutenreichen Blöcke,
Starke Eisenfelsen frieren,
Berge, die mit Stahl gefüllet,
Laß den Wuoksen du erstarren,
Laß den Imatra verstummen, 210
Stopfe du des Strudels Kehle,
Schlag den grausen Gischt in Fesseln!

„Soll ich deinen Ursprung sagen,
Deine Herkunft ich verkünden?
Wohlbekannt ist mir dein Ursprung,
Weiß genau, wie du geworden:
Frost erwuchs im Weidenbusche,
In dem Birkenhain der rauhe,
An dem Rand vom Haus Pohjolas,
An des Düsterlandes Stube 220

Von dem Vater voller Frevel,
Von der Mutter voller Schande.

  „Wer hat wohl den Frost gesäuget,
Hat dem rauhen Kraft gegeben,
Da die Mutter Milch nicht hatte,
Ihr die Brüste gänzlich fehlten?

  „Nattern haben ihn gesäuget,
Schlangen haben ihn gesättigt
Mit den Warzen ohne Spitze,
Mit den ausgedörrten Eutern;   230
Wiegen mußt' den Frost der Nordwind,
Böses Wetter bracht' zum Schlafen
Ihn in schlechten Weidenbächen,
In den schwellenden Morästen.

  „Schlimm geartet ward der Knabe,
Ward erfüllt von argem Sinne,
War kein Name noch erfunden
Diesem mißgeratnen Knaben,
Ward ein Name ihm gegeben,
Ihm der Name Frost verliehen.   240

  „Lebte darauf an den Zäunen,
Weilte stets in dem Gesträuche,
Sommers wiegt' er sich in Sümpfen,
Auf des Moores weitem Rücken,
Winters lärmt' er in den Fichten,
Stürmt' er in den Tannenhainen,
Tobt' er in den Birkenwäldern,
Wütet' er in Erlenbüschen,
Ließ dort Baum und Kraut erfrieren,
Machte alle Fluren eben,   250
Biß die Blätter von den Bäumen,
Nahm den Kräutern ihre Blüten,
Riß die Rinde von den Föhren,
Löst' die Borke von den Fichten.

  „Bist du schon zu groß geworden
Und bereits zu hoch gewachsen,
Willst mich selber du erstarren,
Meine Ohren schwellen lassen,
Willst die Füße du mir nehmen,
Meine Fingerspitzen rauben?   260

„Sollst mich nicht erstarren lassen,
Nimmer machst du mich erfrieren:
Werde Feuer in die Strümpfe,
In die Schuhe Brände stecken,
Kleine Kohlen in die Säume,
Glut ich unter meine Riemen,
Daß der Frost mich nicht erfasse,
Mich die Kälte nicht berühre.

  „Dorthin werd' ich dich nun bannen,
Zu des Nordens weiten Grenzen;   270
Bist dahin du angekommen,
In die Heimat du gelanget,
Laß die Kessel dort erkalten,
Auf des Ofens Herd die Kohlen,
In dem Teig der Frauen Hände,
Auf des Weibes Schoß den Knaben,
Alle Milch du bei den Schafen,
In der Stute Leib das Füllen!

  „Solltest du auch dies nicht achten,
Werde ich von hier dich bannen   280
In des Hiisi Kohlenhaufen,
Zu dem Ofenherd des Lempo;
Dringe dort du in das Feuer,
Setze dort dich auf den Amboß,
Daß der Schmied dich mit dem Hammer,
Mit dem Schlegel tüchtig walke,
Mit dem Hammer kräftig schlage,
Mit dem Schlegel dich zermalme.

  „Solltest du auch dies nicht achten,
Solltest nicht von hinnen weichen,   290
Kenn' ich eine andre Stelle,
Einen angemeßnen Ort dir:
Deinem Mund des Sommers Stätte,
Deiner Zunge seine Wohnung,
Daß du lebenslang gefangen
Niemals dich von dorten losmachst,
Wenn ich selber dich nicht löse,
Wenn ich selbst dich nicht befreie."

  Endlich merkt der Sohn des Nordwinds,
Er, der Frost, daß Unheil nahet,   300

Bittet selber jetzt um Gnade,
Redet Worte solcher Weise:
„Wollen wir uns so vergleichen,
Daß der eine nicht dem andern
Schade in dem Lauf der Zeiten,
Nie solang das Mondlicht glänzet.

„Hörst du, daß ich Kälte brachte,
Daß ich übel mich betragen,
Stoße dann mich in das Feuer,
Dränge dann mich in die Flammen, 310
Zwischen heiße Schmiedekohlen,
In die Esse Ilmarinens,
Führe meinen Mund zum Sommer,
Meine Zung' zu seiner Stätte,
Daß ich lebenslang gefangen
Nie von dort befreiet werde!"

Ließ der muntre Lemminkäinen
In dem Eise seinen Nachen,
Ließ zurück das Kriegesfahrzeug,
Zog dann selber fort des Weges; 320
Tiera folgte als Gefährte
Seines muntern Freundes Spuren.

Ging nun auf dem ebnen Eise,
Schritt behende auf der Glätte;
Schreitet einen Tag, den zweiten,
Endlich an dem dritten Tage
Kommt die Hungerspitz' zum Vorschein,
Wird das schlimme Dörflein sichtbar.

Schreitet zu der Burg der Spitze,
Redet Worte solcher Weise: 330
„Gibt's wohl Fleisch in diesem Schlosse,
Fische hier auf diesem Hofe
Für die Helden, die ermüdet,
Für die Männer, die ermattet?"
War kein Fleisch dort in dem Schlosse,
Fische nicht auf diesem Hofe.

Sprach der muntre Lemminkäinen,
Er, der schöne Kaukomieli:
„Feuer mag die Burg verzehren,
Wasser sie von dannen führen!" 340

Sing dann selber immer weiter,
Schritt dann vorwärts durch die Wildnis
Auf den hüttenlosen Strecken,
Auf den unbekannten Wegen.

Schor der muntre Lemminkäinen,
Er, der schöne Kaukomieli,
Weiche Wolle von den Steinen,
Schnitt sich Fasern von den Felsen,
Flocht sie sich zurecht zu Strümpfen,
Macht' sich Schuhe draus behende 350
Gegen die Gefahr des Frostes
Und der Kälte arges Wüten.

Ging den Weg nun zu erkunden
Und die Richtung aufzusuchen;
Zu dem Walde ging die Richtung,
Führte ihn die Bahn des Weges.

Sprach der muntre Lemminkäinen,
Er, der schöne Kaukomieli:
„O du Tiera, lieber Bruder!
Böses ist uns widerfahren, 360
Müssen Tage, Monde wandern,
Ewig an dem Himmelsrande."

Tiera redet diese Worte,
Läßt sich selber also hören:
„Sind zur Rache, ach, wir Armen,
Zur Vergeltung, Unglücksvolle,
In den großen Krieg gezogen
Nach dem nimmerhellen Nordland,
Um das Leben zu verwirken,
Um für immer zu vergehen 370
An den allerschlimmsten Stellen,
Auf den unbekannten Wegen.

„Können es ja nimmer wissen,
Nimmer wissen es und sagen,
Welcher Weg uns wohl mag führen,
Welcher Fußsteig uns geleiten,
An des Waldes Rand zu sterben,
Auf den Flächen umzukommen,
In dem Heimatland der Raben,
Auf der Krähe Ackerfeldern. 380

„Fleißig schleppen hier die Raben,
Tragen hier die bösen Vögel,
Fleisch erhaschen hier die Vögel,
Heißes Blut die gier'gen Krähen,
Ihren Schnabel tauchen Raben
In den Leichnam von uns Armen,
Tragen das Gebein auf Steine,
Tragen es zu stein'gen Klippen.

„Ach, nicht weiß die arme Mutter,
Sie, die mühvoll mich getragen,   390
Wo ihr Fleisch sich jetzt befindet,
Wo ihr Blut sich jetzt beweget,
Ob auf großen Sumpfesflächen,
Ob im Kampf mit gleichen Köpfen,
Oder auf des Meeres Rücken,
Auf den weitgestreckten Fluten,
Oder an dem Tannenhügel,
In dem dichtverwachsnen Busche.

„Gar nichts kann die Mutter wissen
Von dem ärmsten ihrer Söhne,   400
Denket nur, er sei gestorben,
Wähnt, er sei schon umgekommen;
Also weinet da die Mutter,
Klaget so die greise Alte:
,Dort nun ist mein armes Söhnchen,
Dort, der Unglücksel'gen Stütze,
Säet aus die Saat Tuonis,
Egget bei den Häusern Kalmas;
Wohl erlangt von meinem Sohn nun,
Von dem Kind der ganz Verlaßnen 410
Volle Ruhe nun der Bogen,
Daß die edle Waffe dorret,
Schön kann sich der Vogel mästen,
In dem Laub das Feldhuhn flattern,
Bären nun gemächlich leben,
Auf der Flur das Renntier spielen.' "

Sprach der muntre Lemminkäinen,
Er, der schöne Kaukomieli:
„Also ist es nun, o Mutter,
Ärmste, die du mich getragen!   420

Hast der Hühner Schar gezogen,
Einen ganzen Schwarm von Schwänen,
Kam der Wind, sie zu zerstreuen,
Lempo, um sie zu zersprengen,
Eins hierher, dorthin das andre,
Und das dritte irgendwohin.

„Wohl gedenk' ich frührer Zeiten,
Trag' im Sinne beßre Tage,
Wanderten da gleich der Blume,
Gleich der Beere in der Heimat;   430
Mancher sah auf unser Antlitz,
Schaute, wie wir schön gewachsen,
Anders als in dieser Stunde,
Als in dieser Zeit voll Anheil:
Da den Wind allein wir kennen,
Und allein die Sonne schauen,
Doch auch sie verhüllen Wolken
Und der Regendunst verdeckt sie.

„Aber nicht soll's mich bekümmern,
Bange soll es mich nicht machen,   440
Wenn nur froh die Mädchen leben,
Wenn die Schöngelockten schwatzen,
Wenn die Weiber alle lachen,
Süßgestimmt die Bräute stehen,
Wenn sie nicht vor Sehnsucht weinen,
Nicht vor Kummer sich verzehren.

„Noch sind wir hier nicht verzaubert,
Nicht verzaubert und verhexet,
Auf den Wegen hier zu sterben,
Auf der Reise hinzusinken,   450
In der Jugend hinzustürzen
Und so frisch noch umzukommen.

„Was die Zaubrer immer zaubern,
Was die Seher auch beschwören,
Soll die eignen Häuser treffen,
Auf die eigne Heimat fallen,
Mögen selber sich verzaubern,
Ihre Kinder sie behexen,
Ihr Geschlecht zum Tode bringen,
Zu Verderben die Verwandtschaft! 460

„Niemals hat mein Vater früher,
Niemals er, der greise Alte,
Einem Zaubrer sich gebeuget,
Einem Lappensohn gefronet;
Also redete mein Vater,
Also rede ich auch selber:
Schirme mich, o starker Schöpfer,
Hüte mich, holder Jumala,
Schütz' mit deinen Gnadenarmen
Mich, mit deinen mächt'gen Kräften, 470
Vor den Anschlägen der Männer,
Vor der Weiber bösen Plänen,
Vor der Bartgeschmückten Reden,
Vor der Bartberaubten Reden!
Sei du uns zu ew'ger Hilfe,
Uns ein zuverläss'ger Hüter,
Daß der Knab' nicht fortgerate,
Sich der Mutter Kind verliere
Von dem Wege seines Schöpfers,
Dem von Jumala bestimmten!" 480

Schuf der muntre Lemminkäinen,
Selbst der schöne Kaukomieli,
Dann aus Sorgen rasche Rosse,
Schwarze Pferde aus dem Kummer,
Zügel aus den bösen Tagen,
Sättel aus geheimem Schaden:
Hebt sich auf des Rosses Rücken,
Auf das Kreuz des weißgestirnten,
Macht sich schweren Schritts von dannen
An der Seite seines Tiera, 490
Jagt am Strande gar beschwerlich,
In dem Sande voller Mühe
Hin zu seiner lieben Mutter,
Hin zu ihr, der greisen Alten.

Lasse nun den Kauko länger
Fort aus meinem Liede bleiben,
Weise Tiera auf die Wege,
Daß er nach der Heimat komme,
Selber will den Sang ich wenden,
Ihn auf andre Pfade führen. 500

Einunddreissigste Rune

Ihre Hühnchen zog die Mutter,
Einen großen Schwarm von Schwänen,
Setzt die Hühnchen hin zum Zaune,
In den Fluß sie ihre Schwäne;
Kommt ein Adler, scheucht sie aufwärts,
Kommt ein Habicht und zerstreut sie,
Kommt ein Falke und zersprengt sie:
Einen trägt er nach Karjala,
Führt ins Rußenland den zweiten,
Läßt den dritten in der Heimat.   10

    Der nach Rußland Fortgeführte
Wuchs heran zum Handelsmanne,
Der nach Karjala Getragne
Wuchs heran und hieß Kalerwo,
Der zu Haus Zurückgelaßne
Namens Untamoinen mußte
Zu des Vaters Unglück wachsen,
Zu dem Herzeleid der Mutter.

    Untamoinen setzt die Netze
In den Fischbezirk Kalerwos;   20
Kalerwoinen sieht die Netze,
Nimmt in seinen Sack die Fische;
Untamo, der Arggesinnte,
Wird gar böse und verdrießlich,
Schafft sich Krieger mit den Fingern,
Mit den Händen einen Haufen,
Um der Fische Eingeweide,
Um der Barsche Brut zu streiten.

    Streiten beide da und kämpfen,
Keiner wird des andern Meister;   30

Schlägt er heftig auf den andern,
Wird er selber auch geschlagen.

    Darauf nun zum andern Male
An dem zweiten, dritten Tage
Säte Kalerwoinen Hafer
Hinter Antamoinens Wohnung.

    Antamoinens Schaf, das Lecke,
Fraß den Hafer Kalerwoinens;
Kalerwoinens Hund, der böse,
Riß Antamos Schaf in Stücke.   40

    Antamo droht nun gewaltig
Kalerwoinen, seinem Bruder,
Kalerwos Geschlecht zu töten,
Groß und klein dort zu erschlagen,
Zu vernichten das Gesinde,
Zu verbrennen seine Stube.

    Schuf sich Männer schwertumgürtet,
Helden, deren Hand bewaffnet,
Knaben mit dem Speer am Gürtel,
Auf der Schulter Äxte tragend;   50
Zog dann zu dem großen Streite
Gegen seinen eignen Bruder.

    Dessen schöne Schwiegertochter
Saß grad in des Fensters Nähe,
Blickt nach außen aus dem Fenster,
Redet Worte solcher Weise:
„Seh' ich dichten Rauch dort steigen
Oder eine dunkle Wolke
An dem Saume jenes Feldes,
An dem Rand des neuen Ganges?"   60

Keineswegs war es ein Nebel,
Dichter Rauch war es durchaus nicht,
Waren Untamoinens Helden,
Zogen dorten zu dem Streite.

Kamen Untamoinens Helden,
Sie, die Männer schwertumgürtet,
Brachten um Kalerwos Scharen,
Töteten die große Sippe,
Brannten seinen Hof zu Asche,
Machten gleich ihn ebnen Fluren.   70

Blieb allein das Weib Kalerwos
Mit der Frucht in ihrem Leibe,
Nahmen sie Untamos Helden
Mit sich nach den Heimathöfen,
Daß die Stube sie dort kehre,
Rein den Boden dorten fege.

Wenig Zeit war hingegangen,
Ward ein kleiner Knab' geboren
Von der unglückfel'gen Mutter;
Wie wohl sollte man ihn nennen?   80
Kullerwo nannt' ihn die Mutter,
Kampfesgut nannt' ihn Untamo.

Ward der kleine Knab' geleget,
Ward das Kind, das vaterlose,
In die Wiege nun gebettet,
Daß es dort geschaukelt werde.

Schaukelt sich dort in der Wiege,
Schaukelt, daß die Haare flattern,
Einen Tag und auch den zweiten,
Aber schon am dritten Tage   90
Schlägt der Knabe mit den Füßen,
Schlägt nach vorne, schlägt nach hinten,
Sprengt mit Macht die Wickelbänder,
Kriecht heraus auf seine Decke,
Schlägt die Lindenwieg' in Stücke
Und zerreißet alle Windeln.

Schien als wollt' er gut gedeihen,
Als wollt' tauglich er geraten;
Untamola hofft gewißlich,
Daß er einstmals, groß gewachsen,   100

Mannhaft und verständig werde,
Heldenmüt'gen Sinn erwerbe,
Als ein Knecht von hundertfachem,
Tausendfachem Wert sich weise.

Wuchs nun zwei und drei der Monde,
Aber schon im dritten Monde
Als ein Knab' von Knieeshöhe
Fing er also an zu sinnen:
„Wenn ich größer bin geworden,
Wenn mein Körper Kraft bekommen,   110
Will ich meines Vaters Wunden,
Meiner Mutter Tränen rächen."

Untamoinen hört die Worte,
Redet selbst auf diese Weise:
„Meinem Haus bringt er Verderben,
In ihm wächst Kalerwo wieder."

Überlegten nun die Männer
Und die Weiber alle rieten,
Wo den Knaben hin man stecken,
Wie zum Tod ihn schaffen könnte.   120

Ward gesetzet in ein Fäßlein,
In ein Tönnlein eingesperret,
Zu dem Wasser so geführet,
Also in die Flut versenket.

Darauf ging man nachzuschauen
Nach Verlauf von zweien Nächten,
Ob im Wasser er ertrunken,
Ob im Faß er umgekommen.

War im Wasser nicht ertrunken,
Nicht im Fasse umgekommen,   130
Aus dem Faß war er gekrochen,
Saß nun auf der Wogen Rücken,
In der Hand ein Kupferstöcklein,
An der Spitz' ein Seidenschnürchen,
Angelte des Meeres Fische,
Maß des Meeres Wassermenge:
Wasser ist im Meer hinlänglich,
Daß es zwei der Löffel füllet,
Würde es genau gemessen,
Käm' ein wenig auf den dritten.   140

Antamoinen überlegte:
„Wohin soll ich mit dem Knaben,
Wie Vernichtung ihm bereiten,
Welchem Tod ihn überliefern?"

Er befahl dem Knecht zu sammeln
Hartes Holz von trocknen Birken,
Fichten mit vielhundert Zweigen,
Bäume, die mit Harz gefüllet,
Um den Knaben zu verbrennen,
Kullerwo zugrund zu richten. 150

Aufgestapelt und gesammelt
Wurde trocknes Holz der Birke,
Fichten mit vielhundert Zweigen,
Bäume, die mit Harz gefüllet,
Tausend Schlitten voll mit Rinde,
Hundert Klafter dürrer Eschen;
Feuer ward aufs Holz geworfen,
Prasselnd brannt' der Scheiterhaufen,
Dorthin ward der Knab' geschleudert,
Mitten in die Glut des Feuers. 160

Brannte einen Tag, den zweiten,
Brannte noch am dritten Tage,
Hin ging man um nachzuschauen:
Bis zum Knie saß er in Asche,
In den Funken bis zum Arme,
In der Hand den Kohlenhaken,
Um das Feuer anzuschüren,
Um die Kohlen dicht zu scharren;
Nicht ein Härchen war versenget,
Nicht verletzet eine Locke. 170

Antamo ward gar verdrießlich:
„Wohin soll ich mit dem Knaben,
Wie Vernichtung ihm bereiten,
Ihn dem Tode überliefern?"
Läßt an einen Baum ihn hängen,
Ihn an eine Eiche knüpfen.

Drei der Nächte schon vergingen,
Ebensoviel auch der Tage,
Antamoinen überlegte:
„Zeit ist's nun um nachzusehen, 180

Ob Kullerwo schon verkommen,
An dem Galgen schon gestorben."

Sandte seinen Knecht zu schauen,
Dieses bracht' der Knecht als Antwort:
„Nicht verkommen ist Kullerwo,
Nicht am Galgen er gestorben,
Ritzet Bilder in die Rinde
Mit dem Stift in seinen Händen,
Voll von Bildern ist der Baum schon,
Voller Schnitzwerk ist die Eiche, 190
Männer sind dort und auch Schwerter,
Speere an der Männer Seite."

Was soll Antamo beginnen
Mit dem unglücksel'gen Knaben;
Welchen Tod er auch bereitet,
Welch Verderben er auch aussinnt,
Nicht fällt in des Todes Rachen,
Nimmermehr verkommt der Knabe.

Mußte endlich doch ermüden
In der Lust ihn zu verderben, 200
Mußte Kullerwo erziehen,
Ihn, den Knecht, gleich seinem Kinde.

Antamoinen sprach die Worte,
Redet selbst auf diese Weise:
„Wirst du schicklich dich betragen,
Stets wie sich's gebühret leben,
Sollst in diesem Haus du bleiben,
Sollst du Knechtes Dienste leisten,
Sollst du Lohn dafür erhalten,
Nach Verdienst du ihn bekommen, 210
Um den Leib ein schönes Gurtband,
Oder Streiche an die Ohren."

Als Kullerwo nun gewachsen,
Eine Spanne hoch geworden,
Schickte er ihn an die Arbeit,
Hieß er an das Werk ihn gehen,
Hieß ein kleines Kind ihn warten,
Ihn ein Daumenlanges wiegen:
„Pflege dieses Kind mit Sorgfalt,
Gib ihm Essen, iß auch selber, 220

Spül' die Linnen in dem Flusse,
Wasch des Kindes kleine Kleider!"

Wartet's einen Tag, den zweiten,
Bricht die Arme ihm, die Augen
Sticht er aus, am dritten Tage
Läßt er vollends es verderben,
Wirft die Linnen in das Wasser
Und die Wiege in das Feuer.

Untamoinen überlegte:
„Nimmer wird er dazu taugen,   230
Kleine Kinder gut zu warten,
Daumenlange gut zu wiegen;
Weiß nicht, wozu ihn gebrauchen
Und zu welchem Werk verwenden;
Soll er mir die Waldung fällen?"
Hieß ihn nun die Waldung fällen.

Kullerwo, der Sohn Kalerwos,
Redet Worte solcher Weise:
„Dann erst will ein Mann ich heißen,
Wenn ein Beil die Hände halten,   240
Bin dann besser anzuschauen,
Schöner als ich sonst gewesen,
Dünke mich gleich fünf der Männer,
Sechs der Helden gleich an Werte."

Ging zum Schmiede in die Esse,
Redet Worte solcher Weise:
„Höre, Schmied, mein lieber Bruder,
Schmiede mir ein gutes Beilchen,
Eine Axt, dem Mann gewachsen,
Arbeitstauglich mir ein Eisen!   250
Gehe nun die Waldung fällen,
Will nun starke Birken hauen."

Das Gebotne tut der Schmieder,
Schmiedet ihm die Axt geschwinde;
Nach dem Mann gerät die Axt wohl,
Arbeitstauglich ihm das Eisen.

Kullerwo, der Sohn Kalerwos,
Schleift nun seine Axt aus Eisen,
Schleift das Beil wohl einen Tag lang,
Fertigt einen Schaft am Abend.   260

Macht sich auf den Weg zu schwenden,
Zu dem hochgelegnen Waldmoor,
Zu dem besten Zimmerholze,
Zu den stärksten Balkenstämmen.

Fällt mit seinem Beil die Bäume,
Haut sie mit der ebnen Schneide;
Haut mit einem Hieb die guten,
Schlechtere mit einem halben.

Hastig fällt er fünf der Bäume,
Acht der Stämme mit der Wurzel,   270
Redet darauf diese Worte,
Läßt sich selber also hören:
„Lempo mag solch Werk verrichten,
Hiisi mag hier Balken fällen!"   (stumpf,

Schwingt sich dann auf einen Baum-
Ruft drauf mit gar heller Stimme,
Läßt sein Pfeifen laut erschallen,
Redet Worte solcher Weise:
„So weit mag der Wald nun stürzen,
Mögen schlanke Birken fallen,   280
Als man meine Stimme höret
Und ich meine Lieder pfeife!

„Mög' kein Schößling sich erheben,
Aufrecht mög' kein Hälmchen stehen,
Nicht solang die Zeiten währen
Und das goldne Mondlicht glänzet,
Wo Kalerwos Sohn geschwendet,
Auf des guten Mannes Neuland!

„Sollt' die Erde Saat empfangen
Und die Keime sich erheben,   290
Sollten Halme dort erstehen,
Stengel sich empor gestalten,
Mögen niemals Ähren reifen,
Nie sie sich mit Korne füllen."

Untamoinen der Behende
Ging darauf um nachzuschauen,
Wie Kalerwos Sohn geschwendet,
Wie der neue Knecht gehauen:
Nimmer eine Schwende schien es,
Nimmer eines Jünglings Arbeit.   300

Antamoinen überlegte:
„Nicht zu diesem tauglich ist er:
Ganz verdirbt er gute Balken,
Fällt vom Zimmerholz das beste;
Weiß nicht, wozu ihn gebrauchen
Und zu welchem Werk verwenden;
Soll er einen Zaun mir ziehen?"
Hieß ihn einen Zaun nun ziehen.

Kullerwo, der Sohn Kalerwos,
Fing nun an den Zaun zu ziehen,   310
Großgewalt'ge Fichtenstämme
Steckte er als Zaunstaketen,
Ungeteilte hohe Tannen
Pflanzte er als kleine Pfähle,
Band sodann sie fest zusammen
Mit den längsten Ebereschen,
Macht den Zaun ganz ohne Lücke,
Läßt in ihm gar keine Pforte,
Redet Worte solcher Weise,
Läßt sich selber also hören: 320
„Wer als Vogel sich nicht hebet,
Nicht mit zwei der Flügel flattert,
Möge nicht herüber kommen
Über diesen Zaun Kullerwos."

Her des Wegs kommt Antamoinen,
Tritt heran um zu betrachten
Des Kalerwosohns Umzäunung,
Seines Knechtes aus dem Kriege.

Sieht den Zaun ganz ohne Lücke,
Ohne Spalten, ohne Löcher,   330
Von der Erde aufgeführet,
Bis zu dem Gewölk erhoben.

Redet Worte solcher Weise:
„Nicht zu diesem ist er tauglich:
Hat den Zaun ganz ohne Lücke,
Ohne Pforte ihn gezogen,
Hat zum Himmel ihn erhoben,

Ihn geführt bis zu den Wolken,
Nicht kann ich hinüberkommen,
Kann durch keine Öffnung dringen;   340
Weiß nicht, wozu ihn gebrauchen
Und zu welchem Werk verwenden;
Soll er Roggen für mich dreschen?"
Hieß ihn Roggen für sich dreschen.

Kullerwo, der Sohn Kalerwos,
Fing nun an das Korn zu dreschen:
Drosch das Korn zu feinem Staube
Und zu eitler Spreu die Halme.

Kam der Wirt nun angeschritten,
Kam um selber nachzuschauen,   350
Wie Kalerwos Sohn gedroschen,
Wie geklopft hat Kullerwoinen:
Lag als feiner Staub der Roggen
Und als Spreu die Halme dorten.

Antamo geriet in Zorn nun:
„Ist als Arbeitsmann nicht tauglich,
Welches Werk er auch verrichtet,
Töricht wird das Werk verdorben;
Soll ich ihn nach Rußland führen,
Ihn nach Karjala verkaufen,   360
An den Schmieder Ilmarinen,
Daß er dort den Hammer schwinge?"

Er verkauft den Sohn Kalerwos
Und verhandelt nach Karjala
Ihn dem Schmieder Ilmarinen,
Dem erfahrnen Hammermeister.

Wieviel gab der Schmied als Zahlung?
Gab gar viel der Schmied als Zahlung:
Gab für ihn zwei alte Kessel,
Gab drei halbe Eisenhaken,   370
Fünf schon abgenutzte Sensen,
Sechs ganz unbrauchbare Karste
Für den untauglichen Burschen,
Für den Knecht, der ohne Nutzen.

✳✳✳✳✳✳✳✳✳✳✳✳✳✳✳✳✳✳✳ ✳ ✳ ✳ ✳✳✳✳✳✳✳✳✳✳✳✳✳✳

Zweiunddreissigste Rune

Kullerwo, der Sohn Kalerwos,
Er, der Sohn mit blauen Strümpfen,
Mit den schönen gelben Locken,
Mit den Schuhn aus feinem Leder,
Heischte gleich im Haus des Schmiedes,
An dem Abend schon vom Wirte
Arbeit für denselben Abend,
Von der Wirtin für den Morgen:
„Nennen soll man mir die Arbeit,
Soll ihr einen Namen geben,   10
Welche Arbeit soll ich leisten,
Welchem Werk mich unterziehen?"

Schmieder Ilmarinens Hausfrau
Übersann es drauf im stillen,
Welche Arbeit leisten sollte
Der für Geld gekaufte Diener;
Ließ den Knecht als Hirten dienen,
Macht' ihn zu der Herde Hüter.

Doch die übermüt'ge Wirtin,
Die zu Spott geneigte Schmiedsfrau,   20
Bäckt ein Brot für ihren Hirten,
Gibt dem Brote große Dicke,
Hafer unten, Weizen oben,
Einen Stein legt sie dazwischen.

Streicht das Brot mit flüss'ger Butter,
Streicht mit Fett des Brotes Rinde,
Gibt es darauf ihrem Knechte,
Gibt's als Nahrung ihrem Hirten;
Selbst belehrt sie so den Diener,
Redet Worte solcher Weise: 30

„Sollst dies Brot nicht eher essen,
Als die Herd' zum Wald getrieben!"

Ilmarinens Hausfrau sendet
Drauf die Herde auf die Weide,
Redet Worte solcher Weise,
Läßt auf diese Art sich hören:
„In die Schwende schick' die Küh' ich,
Sie, die Milchesspenderinnen,
Zu den Espen die Gehörnten,
Zu den Birken hin die Rinder;   40
Daß sie Fett von dort sich holen,
Daß sie reichen Talg erlangen
Von dem offnen Land am Haine,
Von der weiten Waldeslichtung,
Aus dem hohen Birkenholze,
Aus den niedern Espenbüschen,
Aus den goldnen Tannenhainen,
Aus der silberhellen Wildnis.

„Hüte sie, holder Jumala,
Schütze sie, o starker Schöpfer,   50
Schütze vor des Schadens Pfaden,
Schirme sie vor jedem Übel,
Daß sie nicht in Drangsal kommen,
Daß sie Schande nicht erleiden!

„Wie im Haus du sie gehütet,
In der Hürde sie geschützet,
Also hüt' sie in dem Freien,
Schütz' sie außerhalb der Hürde,
Daß die Herde schön gerate,
Daß der Wirtin Vieh gedeihe   60

Nach des Gutgesinnten Willen,
Gegen den des Bösgesinnten!

   „Scheinen schlecht dir meine Hirten,
Schlimm dir meine Hirtenmädchen,
Mach’ die Weide dann zum Hirten,
Erlen zu der Kühe Hütern,
Ebereschen ihr zu Wärtern,
Laß den Faulbaum sie geleiten,
Eb’ nach ihr die Wirtin suchet
Und das andre Volk sich ängstigt!   70

   „Will die Weide sie nicht hüten,
Nicht die Eberesche warten,
Nicht die Erl’ die Kühe treiben,
Nicht der Faulbaum sie geleiten,
O, dann sende beßre Leute,
Laß der Schöpfung schöne Töchter
Meines Viehes du dann warten,
Sie die ganze Herde schützen!
Hast der Mädchen ja gar viele,
Hunderte, die dir gehorchen,   80
In der Lüfte Räumen leben,
Sie, die guten Schöpfungstöchter.

   „Suwetar, du Auserlesne,
Etelätär, Schöpfungsalte,
Hongatar, du gute Wirtin,
Katajatar, schöne Jungfrau,
Pihlajatar, kleines Mädchen,
Tuometar, Tapios Tochter,
Mielikki, du Schnur des Waldes,
Tellerwo, du Maid Tapios!   90
Hütet ihr mir meine Herden
Und besorget meine Prächt’gen,
In dem Sommer voller Sorgfalt,
In der Laubzeit voller Güte,
Während Laub am Baume rauschet,
Gräser sich am Boden wiegen.

   „Suwetar, du Auserlesne,
Etelätär, Schöpfungsalte,
Breite aus die weichen Säume,
Lege hin die Linnenschürze,   100

Meine Herde zu bedecken,
Meine Kleinen zu beschirmen,
Daß kein böser Wind sie störe,
Sie nicht von dem Regen leiden.

   „Hüt’ vor Unglück meine Herde,
Schirm’ sie vor des Übels Pfaden,
Vor den bodenlosen Sümpfen,
Vor den sprudelreichen Quellen,
Vor den schwankenden Morästen,
Vor den tiefen Schlammesgruben,   110
Daß sie nicht in Drangsal komme,
Daß sie Schande nicht erleide,
Daß kein Huf in Sumpf versinke,
Keiner im Morast ausgleite
Gegen Gottes hohen Willen,
Gegen des Glücksel’gen Ratschluß!

   „Hol’ ein Hirtenhorn von weitem,
Hol’ es von des Himmels Nabel,
Bring ein Honighorn vom Himmel,
Ein gar süßes von der Erde!   120
Blase mächtig mit dem Horne,
Laß das klangreiche erschallen,
Blase daß die Hügel blühen,
Daß die Fluren schöner wachsen,
Daß in Liebreiz sich die Haine,
Wälder sich in Anmut kleiden,
Daß aus allen Sümpfen Honig,
Würze aus den Quellen ströme!

   „Gib dann Nahrung meiner Herde,
Sätt’ge meine lieben Rinder,   130
Nähr’ sie mit der Honigspeise,
Tränk’ sie mit dem Honigtranke!
Nähre sie mit goldnem Heue,
Mit des Silbergrases Spitzen,
Von den sanftbewegten Quellen,
Von den starkbewegten Strudeln,
Von den wilden Wasserfällen,
Von den Flüssen schnellen Laufes,
Von den goldbeglänzten Hügeln,
Von den silberhellen Hainen!   140

„Grabe du auch goldne Brunnen
An der Weide beiden Seiten,
Daß die Herde Wasser trinke,
Daß der Honig rieseln möge
In die aufgeblähten Euter,
In die strotzend vollen Brüste,
Daß die Adern kräftig schwellen,
Daß die Milch in Flüssen fließe,
Bäche sich von Milch ergießen,
Milch in Strömen mutig schäume,   150
Milch in Fällen mächtig brause,
Durch die Gänge fleißig sprudle,
Jederzeit sich auszuschenken,
Jedesmal zu überströmen,
Allem Übelsinn zum Trotze
Und vorbei den Zauberfingern,
Daß die Milch nicht nach Manala,
Nicht zugrund die Gabe gehe!

„Viele gibt es und gar böse,
Die die Milch zu Mana führen,   160
Die der Herde Sab' vernichten,
Die der Kühe Spend' entführen;
Wenig sind es, aber Gute,
Die die Milch zurück von Mana,
Saure Milch zurück vom Dorfe,
Frische anderswoher holen.

„Niemals je hat meine Mutter
In dem Dorfe Rat gesuchet,
Weisheit nicht in andern Höfen;
Holte sich die Milch von Mana,   170
Saure Milch von den Verwahrern,
Frische Milch sie her von andern;
Ließ von dort die gute Gabe,
Sie aus weiter Ferne kommen,
Kommen aus dem Reich Tuonis,
Aus Manala, aus der Erde,
Einsam in der Nacht sie kommen,
Heimlich in dem Dunkel kommen,
Daß es nicht die Schlechten hörten,
Nicht die Taugenichtse merkten,   180

Daß nicht Mißgunst sie beträfe,
Nicht der böse Neid ereilte.

„Also sprach stets meine Mutter,
Selber sprech' auch ich die Worte:
Wohin geht der Kühe Gabe,
Wohin ist die Milch geschwunden;
Ist zu Fremden sie getragen,
In des Dorfes Höf' gebannet,
In den Schoß der Dorfesbuhlen,
In den Arm der Übelwill'gen,   190
Oder an die Bäum' geraten,
Zu dem Walde hin geschwunden,
In dem Haine ausgebreitet,
Auf den Fluren ausgegossen?

„Nicht nach Mana soll sie eilen,
In die Fremd' der Kühe Gabe,
In den Schoß der Dorfesbuhlen,
In den Arm der Übelwill'gen,
Auch an Bäume nicht geraten,
Nicht soll sie zum Walde schwinden,   200
Ausgebreitet sein im Haine,
Auf den Fluren ausgegossen;
Ist zu Hause selbst vonnöten,
Jederzeit wird sie gebrauchet,
In dem Hause harrt die Wirtin
Mit dem Milchgefäß in Händen.

„Suwetar, du Auserlesne,
Etelätär, Schöpfungsalte,
Seh' und füttre nun Syötikki,
Gib zu trinken der Juotikki,   210
Milch in Fülle der Hermikki,
Neuen Vorrat der Tuorikki,
Milch verleihe der Mairikki,
Frische Milch du der Omena,
Aus des hellen Grases Spitzen,
Aus den schönen Schmielengräsern,
Aus der üpp'gen Muttererde,
Aus den honigreichen Wiesen,
Von dem würzig süßen Rasen,
Von dem beerenreichen Boden,   220

Durch der Heide Blumenjungfraun,
Durch die zarten Grasesjungfraun,
Durch der Wolke Milchverleih'rin,
Durch des Himmels Nabeljungfrau,
Daß sie milchgefüllte Euter,
Stets gar angeschwollne tragen,
Für das kurze Weib zu melken,
Für die kleine Magd zu drücken!

„Steige, Jungfrau, aus dem Tale,
Aus dem Sumpf mit weichem Saume,   230
Aus dem Quell, du mildes Mädchen,
Schöngestaltet aus dem Schlamme!
Nimm du Wasser aus der Quelle,
Meine Herde zu befeuchten,
Daß die Herde schön gerate,
Daß der Wirtin Vieh gedeihe,
Ehe noch die Wirtin kommet,
Ehe noch die Hirtin schauet,
Sie, die ungeschickte Wirtin,
Sie, die ganz verzagte Hirtin.   240

„Mielikki, des Waldes Wirtin,
Gabenreiche Herdenmutter!
Schick' die längsten deiner Mägde,
Deiner Dienerinnen beste,
Daß die Herde sie behüten,
Nach dem Vieh voll Sorgfalt schauen
In der großen Zeit des Sommers,
In des Schöpfers warmer Jahrzeit,
Die uns Jumala verliehen,
Gnadenvoll er uns gegeben!   250

„Tellervo, Tapios Jungfrau,
Waldestochter, üpp'gen Wuchses,
Weichbekleidet, zarten Saumes,
Schön mit goldgelockten Haaren,
Die die Herde du beschützest,
Sorge für das Vieh der Wirtin
In dem freundlichen Metsola,
In dem wachen Tapiola,
Hüte meine Herde trefflich,
Sorge kräftig für die Rinder!   260

„Hüte sie mit schönen Händen,
Streichle sie mit zarten Fingern,
Bürst' sie zu dem Glanz des Luchses,
Kämm' sie glatt wie Fischesflossen,
Mach' ihr Fell wie das des Seehunds,
Wie des wilden Schafes Wolle!
Kommt der Abend, naht das Dunkel,
Zieht die Dämmerung hernieder,
Führ' die Herde mir nach Hause
Vor der guten Wirtin Augen,   270
Schwankes Wasser auf dem Rücken,
Auf dem Kreuze milch'ge Seen!

„Wenn die Sonne heimwärts wandert,
Wenn der Abendvogel singet,
Rede selbst zu meinem Viehe,
Sprich du zu den Hörnerträgern:
‚Nun nach Haus, ihr Krummgehörnten,
Milchbegabte, eilet heimwärts!
Gut ist's euch zu Haus zu weilen,
Weich der Boden dort zum Schlafen,   280
Grausig ist's im Wald zu schweifen,
An dem Strande hinzutoben;
Damit ihr nach Hause kommet,
Werden Weiber Feuer machen
Auf dem honigreichen Rasen,
Auf dem beerenreichen Lande.'

„Nyyrikki, du Sohn Tapios,
Waldessohn im blauen Rocke!
Stelle lange Tannenstämme,
Fichten mit dem breiten Wipfel   290
Du als Brücken in dem Schmutze,
Auf des Bodens schlechten Stellen,
In des Sumpfes flüss'gen Strecken,
In den schwankenden Morästen!
Laß die Krummgehörnten gehen,
Laß die Doppelhuf'gen schreiten,
Eilen zu des Rauches Wolken,
Ohne Fehl und ohne Schaden,
Ohne in den Sumpf zu sinken,
Ohne in den Schmutz zu fallen!   300

„Wenn die Herde drauf nicht achtet,
Nicht des Nachts nach Hause wandert,
Pihlajatar, kleines Mädchen,
Katajatar, schöne Jungfrau,
Schneid' ein Birkenreis im Haine,
Eine Rute in dem Busche,
Eine Ebereschengerte,
Eine Peitsche von Wacholder
Hinter Tapios grünem Schlosse,
Jenseits von dem Faulbaumberge,   310
Treib die Herde nach dem Hofe,
Zu der Heizungszeit der Badstub',
Treib des Hauses Herd' nach Hause,
Waldes Herde nach Metsola!

„Bärlein du, des Waldes Apfel,
Der die Honigtatze wölbet!
Laß uns gütlich uns vergleichen,
Laß uns einen Frieden schließen
Für die ganze Zeit des Lebens,
Ja, für alle unsre Tage,   320
Daß du nicht behufte Rinder,
Nicht die Milchkuhscharen stürzest
In der großen Zeit des Sommers,
In des Schöpfers warmer Jahrzeit.

„Hörest du des Glöckchens Töne,
Hörst die Klänge du des Hornes,
Lege dich dann auf die Wiese,
Bette dich dann auf dem Rasen,
Steck' die Ohren in die Stoppeln,
Deinen Kopf drück' in die Bühle,   330
Oder fliehe in das Dickicht,
Gehe nach der Moosbehausung,
Fort nach andern Landesstrecken,
Laufe dann zu andern Hügeln,
Daß du nicht das Glöckchen hörest,
Nicht der Hirten Unterredung!

„Höre, Bärlein, du mein Teurer,
Schöner mit den Honigtatzen!
Nicht verbiet' ich dir zu schweifen
Und der Herde dich zu nähern,   340

Nur zu schnappen mit der Zunge,
Mit dem bösen Mund zu greifen,
Mit den Zähnen zu zerreißen,
Mit den Tatzen sie zu packen.

„Geh im Bogen um die Weide,
Schleiche um die milch'gen Fluren,
Fern du von der Glocke Tönen,
Abseits von des Hirten Stimme!
Ist die Herde auf den Fluren,
Sollst zum Sumpf du dich begeben,   350
Rauschet durch den Sumpf die Herde,
Sollst du nach dem Dickicht fliehen,
Geht die Herde auf dem Berge,
Schreite zu dem Fuß des Berges,
Geht die Herd' am Berge unten,
Magst du auf dem Berge gehen,
Zieht die Herde nach dem Felde,
Mache du dich auf zum Busche,
Geht die Herde in dem Busche,
Mögest du zum Felde ziehen!   360
Wandre gleich dem goldnen Kuckuck,
Gleich dem silbergrauen Täubchen,
Gleich dem Schnäpel rück' zur Seite,
Gleite wie der Fisch im Wasser,
Fliege wie ein Flöckchen Wolle,
Wie ein Büschel leichten Flachses;
Birg die Klauen in den Haaren,
In dem Zahnfleisch du die Zähne,
Daß die Herde nicht erschrecke,
Daß dem kleinen Vieh nicht bange!   370

„Laß die Rinder du in Ruhe,
Die Behuften du in Frieden,
Laß die Herde sicher wandern,
Voller Ordnung vorwärts schreiten
Durch die Sümpfe, durch die Felder,
Durch des Waldes Flurenstrecken,
Ohne je sie anzurühren,
Ohne je dich zu vergreifen!

„Denke an die alten Schwüre
An dem Strome von Tuonela,   380

An dem jähen Wasserfalle,
Vor den Knien des höchsten Schöpfers:
Urlaub ward dir dort gewähret,
Dreimal in dem Lauf des Sommers
Dem Getön zu nahn der Glöckchen,
Dem Bereich des Schellenklanges,
Aber nicht ward dir gestattet,
Urlaub ward dir nicht gewähret,
Böse Handlung zu beginnen,
Dich der Schandtat zu ergeben. 390
    „Sollt' dich Bosheit überkommen,
Deine Zähne Lust verspüren,
Wirf die Bosheit in den Laubwald,
Dein Gelüste an die Föhren!
Haue du in faule Bäume,
In der Birken morsche Stämme,
Krümme Zweige überm Wasser,
Wühl' in weichen Beerenhügeln!
    „Hast Verlangen du nach Nahrung,
Trägst nach Speise du Begierde, 400
Friß dann Schwämme in dem Walde,
Mach' dich an der Ameis' Haufen,
Raffe roter Stengel Wurzeln,
Honigbissen von Metsola,
Nur nicht meine Nahrungskräuter,
Nur nicht meine Lebensgräser!
    „Fängt Metsolas Honigkufe
Schon mit Zischen an zu gähren
Auf den goldbeglänzten Hügeln,
Auf den silberhellen Bergen; 410
Dort ist Speise für den Gier'gen,
Dort Getränke für den Durst'gen,
Ohne daß die Nahrung ausgeht,
Ohne daß der Trank verschwindet.
    „Laß uns denn uns so vergleichen,
Einen ew'gen Frieden schließen,
Daß wir gar vergnüglich leben
Und gar schön im ganzen Sommer,
Beider ist das Land gemeinsam,
Doch die Wegkost ist verschieden. 420

„Hast du aber Lust zu kämpfen,
Willst nach Krieges Art du leben,
Wollen wir im Winter kämpfen,
Zu der Schneezeit wir uns schlagen!
Kommt der Sommer, tau'n die Sümpfe,
Werden wärmer schon die Quellen,
Sollst du nicht mehr hieher nahen,
Wo die goldne Herde hörbar!
    „Kommest du zu diesem Lande,
Näherst du dich diesen Hainen, 430
Werden wir beständig schießen;
Sind die Schützen nicht zu Hause,
Haben wir gar kund'ge Weiber,
Stets im Hause auch die Wirtin,
Daß sie dir den Weg verderbe,
Hemmnis deinem Pfad bereite,
Daß du keinen Schaden übest,
Gierig niemals dich vergreifest
Gegen Gottes hohen Willen,
Gegen des Glücksel'gen Ratschluß. 440
    „Ukko, du, o Gott der Höhe!
Hörst du, daß es wirklich Ernst wird,
Dann verwandle meine Kühe
Und verzaubre meine Herde,
Meine Lieben mach' zu Steinen,
Meine Teuren du zu Stämmen,
Schreitet durch das Land der Unhold,
Wandert dort einher der Klumpen.
    „Wäre ich ein Bär geworden,
Lebte ich als Honigtatze, 450
Würd' ich nimmer also hausen
Vor den Füßen alter Weiber;
Anderswo auch gibt es Strecken,
Weiter auch noch gibt es Hürden,
Für den Müß'gen zu durchwandern,
Für den Faulen zu durcheilen,
Gehe wund du deine Tatzen,
Daß der Waden Fleisch verschwinde,
In des blauen Haines Tiefe,
In den Schoß der schönen Waldung. 460

„Kannst durch Zapfenheiden wandern,
Kannst durch Sand gar luftig rauschen,
Ist ein Weg für dich gebahnet
An dem Meeresstrand zu gehen
Zu des Nordlands weiten Grenzen,
Zu des Lappenlandes Strecken;
Dort ist's wonnig dir zu leben,
Angenehm dir dort zu weilen,
Sommers ohne Schuh' zu wandern,
Ohne Socken in dem Herbste   470
Auf dem weiten Sumpfesrücken,
Auf den breiten Mooresgründen.

„Magst du dich nicht dorthin wenden
Oder kannst den Weg nicht finden,
Lauf auf einer andern Straße,
Schreite hastig auf dem Pfade
Zu dem Haine von Tuonela
Oder zu den Fluren Kalmas!
Sümpfe gibt es dort zu treten,
Heideland dort zum Ergehen,   480
Dort sind Kirjos, dort sind Karjos,
Dort sind viele andre Rinder
Mit den eisenfesten Riemen,
Mit zehn Fesseln für die Hälse,
Fett erhalten dort die Magern,
Fleischig werden dort die Knochen.

„Seid mir gnädig, Hain und Waldung,
Huldreich sei mir, blaue Wildnis,
Gebet Ruhe meinen Rindern,
Frieden der behuften Herde   490
In der großen Zeit des Sommers,
In des Herren heißer Jahrzeit!

„Kuippana, des Waldes König,
Du, des Waldes froher Graubart,
Halt' beisammen deine Hunde,
Zähme deine jungen Kläffer!
Steck' ein Schwämmchen in ein Nasloch,
Eine Eichel in das andre,
Daß sie nicht die Pferde wittern,
Den Geruch des Viehs nicht spüren! 500

Bind die Augen du mit Seide,
Schließ die Ohren du mit Binden,
Daß sie nicht die Wandrer hören,
Nicht die Schreitenden erblicken!

„Sollte das noch nicht genügen,
Sollten dies sie nicht beachten,
Scheuche fort dann deine Kinder,
Treibe deine Brut von dannen;
Laß sie ziehn aus diesen Hainen,
Fort von diesen Ufern eilen,   510
Von den schmalen Weidestrecken,
Von den weitgedehnten Rändern!
Birg in Höhlen deine Hunde,
Binde fest die muntern Kläffer
Mit den goldgeschmückten Fesseln,
Mit den silberreichen Riemen,
Daß sie keinen Frevel üben,
Keiner Schandtat sich ergeben!

„Sollte das noch nicht genügen,
Sollten darauf sie nicht achten,   520
Akko, du, o goldner König,
Du, o Herrscher, silberstrahlend,
Höre meine goldnen Worte,
Meine herzgeborne Rede!
Leg' ein Ebereschenbändlein
Um die abgestumpfte Schnauze,
Sollte dieses Band nicht halten,
Gieße dann ein Band aus Kupfer,
Sollte Kupfer stark nicht scheinen,
Schmiede dann ein Band aus Eisen! 530
Sollt' das Eisenband zerreißen,
Sollte dieses selbst verderben,
Stoße eine goldne Stange
Durch das Kinn und durch den Kiefer;
Fest mußt du die Enden schlagen,
Mußt sie auf das beste klopfen,
Daß die Backen sich nicht rühren,
Nicht die Zähne sich bewegen,
Wenn das Eisen sich nicht löset,
Mit dem Stahl nicht wird zerteilet, 540

Mit dem Messer nicht verletzet,
Mit dem Beile nicht gesprenget!"
  Ilmarinens Wirtin sandte,
Sie, die kluge Frau des Schmiedes,
Aus dem Stalle dann die Kühe,
Ließ die Herde auf die Weide,
Stellt dahinter dann den Hirten,
Daß der Knecht die Kühe treibe.

Dreiunddreissigste Rune

Kullerwo, der Sohn Kalerwos,
Nahm die Wegkost in den Ranzen,
Trieb die Kühe längs des Sumpfes,
Selber lief er auf der Heide,
Redet also bei dem Gehen,
Wiederholet diese Worte:
„O ich aller Knaben ärmster,
O ich unglückfel'ger Knabe!
Wohin bin ich nun geraten,
Bin in Müßiggang geraten,   10
Soll der Ochsen Schwänze hüten,
Soll die Kälber nun bewachen,
Soll durch lauter Sümpfe wandern,
Soll auf schlechtem Boden gehen."

    Läßt sich nieder auf den Rasen,
Setzet sich auf sonn'gem Platze,
Singend spricht er diese Worte,
Läßt im Lied sich also hören:
„Sonne Jumalas, o scheine,
Leuchte du, des Schöpfers Spindel,   20
Auf des Schmiedes Herdenhüter,
Auf den armen Hirtenknaben,
Nicht auf Ilmarinens Stube,
Nicht vor seiner Hausfrau Augen!
Gar vortrefflich lebt die Wirtin,
Schneidet sich nur Weizenbrote,
Schöne Kuchen sich in Stücke
Und bestreicht sie dick mit Butter;
Trocknes Brot nur hat der Hirte,
Trockne Rinde zum Zermalmen,   30

Müht sich ab am Haferbrote,
Schneidet das mit Spreu gefüllte,
Nährt sich von dem harten Strohbrot,
Schluckt voll Mühsal Fichtenrinde,
Wasser schlürft aus Birkenbechern,
Trinkt er von des Grases Spitzen.

    „Gehe, Sonne, wandre, Holde,
Sinke, liebe Zeit Jumalas!
Gehe, Sonne, in die Tannen,
Holde, wandre ins Gebüsche,   40
Eile zum Wacholderhaine,
Fliege zu der Erlen Fläche,
Send' den Hirten nun nach Hause
Zu dem butterreichen Brote,
Um das frische zu zermalmen,
Um die Kuchen auszuhöhlen!"
    Ilmarinens Hausfrau hatte
Bei des Hirtenknaben Singen,
Bei dem Rufen Kullerwoinens
Längst ihr Butterbrot gegessen,   50
Selbst das frische sich zerschnitten,
Schon den Kuchen ausgehöhlet,
Heiße Brühe sich bereitet,
Kalten Kohl nur dem Kullerwo,
Dessen Fett der Hund gefressen,
Das der Schwarze schon gekostet,
Dran der Scheck'ge sich gesättigt,
Schon die Lust gestillt der Graue.
    Von dem Walde sang ein Vöglein,
Von dem Strauch der kleine Sänger: 60

„Wär' wohl Zeit dem Knecht zu essen,
Zeit zum Mahl dem Vaterlosen."

Kullerwo, der Sohn Kalerwos,
Blickte auf den Sonnenschatten,
Redet selber diese Worte:
„Wohl ist's Zeit nun um zu speisen,
Zeit die Mahlzeit anzufangen,
Aufzusuchen meine Wegkost."

Treibt die Kühe nun zur Ruhe,
Treibt die Herde auf die Heide,   70
Setzt sich selber auf den Rasen,
In das Gras, das üppig grüne,
Nimmt den Ranzen von dem Rücken,
Nimmt das Brot dann aus dem Ranzen,
Wendet es nach allen Seiten,
Redet Worte solcher Weise:
„Manches Brot ist schön von außen
Und gar glatt ist seine Rinde,
Aber innen ist nur Borke,
Spreu nur innerhalb der Rinde."   80

Nimmt sein Messer aus der Scheide,
Um das Brot sich zu zerschneiden,
Gegen Stein fährt da sein Messer,
Stößt sich gegen harten Felsen;
Abgebrochen wird die Spitze,
Ganz in Stücke geht die Klinge.

Kullerwo, der Sohn Kalerwos,
Sieht sein Messer so zerbrochen,
Fängt dann selber an zu weinen,
Redet Worte solcher Weise: 90
„Nur dies Messer war mir teuer,
War das Einz'ge, was ich liebte,
Hab' vom Vater es erhalten,
Aus dem Eigentum des Alten,
Hab's am Steine nun zerbrochen,
An dem Felsen es zertrümmert,
An dem Brot der schlechten Wirtin,
Am Gebäck des bösen Weibes.

„Wie wohl soll den Spott ich lohnen,
Diesen Weiberhohn bezahlen,   100

Wie des garst'gen Weibes Wegkost,
Dies Gebäck der argen Metze?"

Von dem Busche krächzt die Krähe,
Krächzt die Krähe, ruft der Rabe:
„O du ärmstes Silberschnällchen,
Du, Kalerwos einz'ges Söhnlein!
Weshalb bist du schlechter Laune,
Trägst in deinem Herzen Trübsal?
Nimm dir einen Zweig vom Busche,
Eine trockne Birk' vom Tale,   110
Treib zum Sumpf die schmutz'ge Herde,
Schick' die Kühe zum Moraste,
Eine Hälfte zu den Wölfen,
Zu den Bären du die andre!

„Sammle dann des Waldes Wölfe,
Alle Bären du in Haufen,
Mach' die Wölfe zu Kleinkälbchen,
Und die Bären mach' zu Blessen,
Treib sie wie die Herd' nach Hause,
Wie das bunte Vieh zum Hofe!   120
Lohnest so den Spott der Wirtin,
So den Hohn des schlechten Weibes."

Kullerwo, der Sohn Kalerwos,
Redet selber diese Worte:
„Warte, warte, Hiisis Buhle!
Wein' ich um des Vaters Messer,
Wirst du selber mehr noch weinen,
Weinen du um deine Kühe!"

Nimmt vom Busche eine Gerte,
Eine Peitsche aus Wacholder,   130
Treibt die Kühe hin zum Sumpfe,
Jagt die Ochsen ins Gesträppe,
Eine Hälfte zu den Wölfen
Und die andre zu den Bären;
Singt die Wölfe dann zu Kühen,
Schafft die Bären dann zu Rindern,
Macht die einen zu Kleinkälbchen
Und die anderen zu Blessen.

Schon im Süden steht die Sonne,
Wendet sich schon nach dem Abend, 140

Wandert zu der Tannenheide,
Eilet zu der Melkestunde;
Sieh, da treibt der böse Hirte,
Kullerwo, der Sohn Kalerwos,
Seine Bären nach dem Hause,
Seine Wölfe nach dem Hofe,
Unterweist so seine Herde,
Redet also zu den Wölfen:
„Reißt entzwei der Wirtin Schenkel,
Beißet durch das Fleisch der Wade, 150
Wenn sie kommt um nachzuschauen,
Wenn sie sich zum Melken bücket!"

Macht ein Blasrohr aus dem Kuhbein,
Aus dem Ochsenhorn ein Waldhorn,
Aus Tuomikkis Bein ein Pfeifchen,
Eine Flöt' aus Kirjos Schienbein;
Spielt sodann auf seinem Rohre,
Tutet hell auf seinem Horne,
Dreimal an des Hauses Hügel,
Sechsmal an des Ganges Mündung. 160
Ilmarinens Hausfrau aber,
Sie, das schöne Weib des Schmiedes,
Harrte auf die Milch schon lange,
Sehnte sich nach Sommerbutter;
Hört vom Sumpfe her die Tritte,
Von der Heide her das Lärmen,
Redet Worte solcher Weise,
Läßt auf diese Art sich hören:
„Sei gepriesen, o Jumala,
Tönt ein Horn, es kommt die Herde; 170
Woher nahm der Knecht das Waldhorn,
Wo nur fand er sich das Pfeifchen?
Weshalb kommt er denn so lärmend,
Bläst und tutet er nach Kräften,
Bläst entzwei die Ohrenhäute,
Lärmt, daß mir der Kopf will bersten?"
Kullerwo, der Sohn Kalerwos,
Redet Worte solcher Weise:
„Nahm der Knecht das Horn im Sumpfe,
Fand das Pfeifchen im Moraste; 180

Deine Herde steht im Gange,
An dem Hürdenfeld die Kühe,
Geh den Rauch nun zu bereiten,
Geh die Kühe nun zu melken!"
Ilmarinens Hausfrau heißet
Drauf des Hofes Alte melken:
„Gehe, Alte, um zu melken,
Geh die Rinder du zu warten,
Nicht vermag zurecht zu kommen
Selbst ich von des Teiges Kneten!" 190
Kullerwo, der Sohn Kalerwos,
Redet Worte solcher Weise:
„Immer wird die gute Wirtin,
Wird die kluge Frau des Hauses
Selber erst die Kühe melken,
Selber ihre Rinder pflegen."
Ilmarinens Wirtin ging nun
Selbst das Räuchern zu besorgen,
Ging darauf die Kühe melken,
Blickte einmal auf die Herde, 200
Und beschaute ihre Rinder,
Redet Worte solcher Weise:
„Schön von Ansehn ist die Herde,
Glatt und glänzend sind die Rinder,
Wie das feine Fell des Luchses,
Wie des wilden Schafes Wolle,
Strotzend dick sind ihre Euter
Mit den harten Euterspitzen."
Bückt sich um die Küh' zu melken,
Setzt sich um die Milch zu locken, 210
Ziehet einmal, zieht das zweite,
Und versucht es noch das dritte,
Auf sie wirft der Wolf sich mächtig,
Stürzt der Bär an seine Seite;
An dem Mund zerreißt der Wolf sie,
An der Ferse packt der Bär sie,
Beißet durch das Fleisch der Wade
Und zerbricht des Schenkels Knochen.
Kullerwo, der Sohn Kalerwos,
Lohnte so den Spott der Wirtin, 220

So vergalt er Hohn und Schmähung,
Zahlte so dem bösen Weibe.

    Ilmarinens stolze Hausfrau
Fing nun selber an zu weinen,
Redet Worte solcher Weise:
„Übel tatst du, böser Hirte,
Triebst hier Bären nach dem Hause,
Wölfe zu dem großen Hofe."

    Kullerwo, der Sohn Kalerwos,
Gab ihr Antwort solcher Weise: 230
„Habe schlecht getan als Hirte,
Aber du nicht gut als Wirtin:
Hast den Stein ins Brot gebacken,
Mir ein Felsstück in die Wegkost;
Traf den Stein mit meinem Messer,
Hab' am Felsstück es zerbrochen,
Meines teuren Vaters Messer,
Unsres Stammes gutes Eisen."

    Sprach die Hausfrau Ilmarinens:
„Hirte, du mein lieber Hirte,   240
Widerrufe deinen Anschlag,
Nimm zurück die Zaubersprüche,
Laß mich aus des Wolfes Rachen,
Rett' mich aus des Bären Tatzen!
Will dir beßre Hemden geben,
Will dir schöne Hosen geben,
Dich mit Butter, Weißbrot füttern,
Dich mit frischer Milch stets tränken,
Dich ein Jahr lang ohne Arbeit,
Dich ein zweites selbst ernähren.   250

    „Wenn du mich nicht bald befreiest,
Mich nicht bald erlösen kommest,
Werde in den Tod ich sinken,
Werd' zu Erde ich gestaltet."

    Kullerwo, der Sohn Kalerwos,
Redet Worte solcher Weise:
„Stirbst du, nun, so magst du sterben,
Mag dich Untergang ereilen!

Platz ist in der Erde unten,
Für Gestorbene bei Kalma,   260
Für die Mächt'gen dort zu schlummern,
Für die Stolzen dort zu ruhen."

    Sprach die Hausfrau Ilmarinens:
„Ukko, du, o Gott der Höhe!
Spanne deinen großen Bogen,
Wähle deine beste Waffe,
Lege einen Pfeil von Kupfer
Auf den heft'gen Feuerbogen,
Schieße schnell den Flammenpfeil ab,
Das Geschoß von starkem Kupfer,   270
Schieße durch die Achselhöhlen,
Durch das dicke Fleisch der Schultern,
Stürze du den Sohn Kalerwos,
Schieß den Schlechten du zu Boden
Mit dem stahlbespitzten Pfeile,
Mit der kupferreichen Waffe!"

    Kullerwo, der Sohn Kalerwos,
Redet selber diese Worte:
„Ukko, du, o Gott der Höhe!
Nicht auf mich sollst du nun schießen,   280
Schieß auf Ilmarinens Hausfrau,
Raff' das schlechte Weib von hinnen,
Eh' sie von der Schwelle gehet,
Eh' sie irgendwohin wandert!"

    Ilmarinens Wirtin stürzte,
Sie, des klugen Schmiedes Hausfrau,
Nieder auf derselben Stelle,
Fiel herab wie Ruß des Kessels
In den Raum vor ihrer Wohnung,
Dort auf ihrem engen Hofe.   290

    Dieses war der Tod des Weibes,
Dies der Untergang der Schönen,
Die so lange ward ersehnet,
Sechs der Jahre ward gesuchet
Zu der Freude Ilmarinens,
Zu des braven Schmiedes Zierde.

Vierunddreissigste Rune

Kullerwo, der Sohn Kalerwos,
Er, der Knab' mit blauen Strümpfen,
Mit den schönen, goldnen Locken,
Mit den Schuhn aus feinem Leder,
Macht sich selber auf zu wandern
Von dem Schmieder Ilmarinen,
Eh' die Kunde von dem Tode
Seines Weibes er erhielte,
Eh' in wilden Zorn er fiele
Und die Schlägerei entfachte.   10

Pfeifend eilt' er von dem Schmiede,
Freudig von dem Boden Ilmas,
Blies gar munter auf der Heide,
Lärmte auf den weiten Fluren,
Sümpfe dröhnten, Länder bebten,
Antwort gab der Heideboden
Auf das Spielen Kullerwoinens,
Auf sein schändlich Jubelrufen.

Hörbar ward es in der Schmiede;
Stand der Schmied auf in der Werkstatt,   20
Ging zum Weg um zuzuhören,
Zu dem Hof um nachzuschauen,
Was da spielet in dem Walde,
Was da bläset auf der Heide.

Sah nunmehr die ganze Wahrheit,
Ohne Trug er das Geschehnis,
Sah sein Weib am Boden liegen,
Sah die Schöne umgesunken,
Umgesunken auf dem Hofe,
Hingestürzet auf dem Rasen.   30

Unbeweglich stand der Schmieder,
Tiefe Düsterkeit im Herzen,
Saß die ganze Nacht lang weinend,
Ließ die Tränen lange fließen,
War sein Sinn wie Teer, nicht heller,
Und sein Herz so weiß wie Kohlen.

Kullerwoinen schreitet vorwärts,
Irrt dahin und dorthin weiter,
Einen Tag durch dichte Wälder,
Durch des Hiisi Bauholzheide;   40
An dem Abend, als es dunkelt,
Legt er sich am Boden nieder.

Dorten saß der Vaterlose,
Dachte also der Verlaßne:
„Wer mag mich geschaffen haben,
Mich, den Elenden, gebildet,
Daß ich Tage, Monde irre,
Immer in dem Raum der Lüfte!

„Andre gehen nach der Heimat,
Andre wandern nach dem Wohnsitz,   50
Meine Heimat ist die Waldung,
Auf der Heide ist mein Wohnsitz,
In dem Wind die Feuerstelle,
In dem Regen meine Badstub'.

„Nimmer, Jumala, du Guter,
Magst du mehr im Gang der Zeiten
Solch ein Leidgebornes schaffen,
Nie ein Kind, das so verwaist ist,
Ohne Vater unterm Himmel,
Ohne Mutter hier verweilend,   60

Wie du, Jumala, mich schufest,
Bildetest den Unglückfel'gen,
Gleich der Möwe auf dem Meere,
Dem Seevogel auf der Klippe!
Wohl der Schwalbe scheint die Sonne,
Leuchtet hell dem Sperling selber,
Freudevoll der Lüfte Vögeln,
Mir nur scheint sie keinesweges,
Nimmer mir die Sonn' im Leben,
Freude nicht im Gang der Zeiten.   70

„Kenn' den nicht, der mich gezeuget,
Weiß nicht, wer mich hat geboren,
Ob das Wafferhuhn zum Weg mich,
In den Sumpf die wilde Ente,
Die Krickente an den Strand warf,
In das Steinloch mich der Säger.

„Klein verlor ich meinen Vater,
Winzig meine liebe Mutter,
Tot sind Vater nun und Mutter,
Tot ist unfer Stamm, der große;   80
Schuhe blieben mir von Eife,
Strümpfe ließ man mir aus Schneeschlamm,
Ließ mich auf dem glatten Reife,
Auf den schwindelreichen Stegen,
Daß ich in die Sümpfe stürze,
In den weichen Moder falle.

„Doch nicht mag in diesem Leben,
Nimmermehr dazu ich kommen,
In dem Sumpf ein schwankes Steglein,
Eine Brück' im Moor zu werden;   90
Werde in den Sumpf nicht stürzen,
Wenn ich zwei der Hände habe,
Fünf der Finger munter schwinge,
Zehn der Nägel hoch erhebe."

Da kommt seinem Sinn der Einfall,
Haftet der Gedank' im Hirne,
Nach Untamos Dorf zu gehen,
Will des Vaters Wunden rächen,
Vaters Wunden, Mutters Tränen
Und die eignen schlimmen Tage.   100

Redet Worte solcher Weife:
„Warte, warte, Untamoinen,
Du Verderben meines Stammes!
Komme ich zu dir zum Kampfe,
Werde ich die Stub' zerstören,
Werd' ich deinen Hof verbrennen."

Kam des Weges eine Alte,
Blaugeschürzt die Waldesmutter;
Redet Worte dieser Weife,
Läßt sich selber also hören: 110
„Wohin gehst du, Kullerwoinen,
Wohin eilst du, Sohn Kalerwos?"

Kullerwo, der Sohn Kalerwos,
Redet Worte solcher Weife:
„Kam mir in den Sinn der Einfall,
Haftet der Gedank' im Hirne,
In die Fremde fortzuziehen,
Nach Untamos Dorf zu gehen,
Um des Stammes Tod zu rächen,
Vaters Wunden, Mutters Tränen,   120
Um die Stubey zu zerstören,
Sie zu Asche zu verbrennen."

Sprach die Alte diese Worte,
Ließ sich selber also hören:
„Nicht ist dein Geschlecht getötet,
Nicht gestorben schon Kalerwo,
Noch am Leben ist dein Vater,
Wohlbehalten deine Mutter."

„O geliebte teure Alte!
Sage mir, geliebte Alte,   130
Wo denn finde ich den Vater,
Wo denn meine holde Mutter?"

„Dorten findest du den Vater,
Dort auch deine holde Mutter,
An der Lappen weiten Grenzen,
An dem langen Strand des Fischfees."

„O geliebte teure Alte!
Sage mir, geliebte Alte,
Wie wohl kann ich hingelangen,
Wie den Weg ich dorthin finden?"   140

„Gut wirst du dahin gelangen,
Wirst den Weg, ob fremd auch, finden,
Wenn du durch die Waldung wanderst,
An des Flusses Ufer eilest;
Schreitest einen Tag, den zweiten,
Schreitest auch am dritten Tage,
Wanderst grade dann nach Nordwest,
Kommt ein Berg dir dort entgegen,
Schreite an dem Fuß des Berges,
Gehe links du von dem Berge;   150
Kommt ein Fluß drauf deines Weges,
Dir zur rechten Hand gelegen,
Gehe an des Flusses Kante
Hin an dreien Wasserfällen;
Kommst zur Spitze einer Landzung',
An des Vorgebirges Ende,
Auf der Spitze steht ein Hüttlein,
Steht ein Fischerhaus am Ende,
Dorten lebt dir noch dein Vater,
Dort lebt dir die holde Mutter,   160
Leben deine beiden Schwestern,
Die zwei schönen jungen Töchter."

Kullerwo, der Sohn Kalerwos,
Macht sich auf um fortzugehen;
Schreitet einen Tag, den zweiten,
Schreitet noch am dritten Tage,
Wandert dann gerad nach Nordwest,
Kommt ein Berg ihm dort entgegen,
Doch er geht am Fuß des Berges,
Wendet links sich von dem Berge;   170
Eilet darauf hin zum Flusse,
Schreitet an des Flusses Kante,
An des Flusses linkem Ufer,
An den dreien Wasserfällen;
Kommt zur Spitze einer Landzung',
An des Vorgebirges Ende,
Auf der Spitze war ein Hüttlein,
An dem End' ein Fischerhäuschen.

Gehet ein dann in die Stube,
Nicht gekannt ist er im Raume: 180

„Woher ist vom Meer der Fremde,
Wo der Wanderer zu Hause?"

„Kennet ihr den Sohn nicht wieder,
Kennt ihr nicht das Kind, das eigne,
Welches Untamoinens Helden
Mit sich fort nach Hause führten,
Als sein Wuchs des Vaters Spanne,
Seiner Mutter Spindel gleichkam?"

Eilig redete die Mutter,
Sprach die alte Frau die Worte: 190
„O mein armer Sohn, Geliebter,
O du armes Silberschnällchen!
Hast du mit lebend'gen Augen
Diese Länder hier durchwandert,
Da ich dich als tot beweinte,
Als schon lange umgekommen.

„Hatte vormals zwei der Söhne
Und zwei schöne junge Töchter,
Sind von ihnen mir ganz spurlos
Die zwei älteren verschwunden,   200
In dem großen Krieg mein Söhnlein,
Unausforschlich meine Tochter;
Ist mein Sohn auch nun zurücke,
Will die Tochter nicht erscheinen."

Kullerwo, der Sohn Kalerwos,
Fragte also nun die Mutter:
„Wohin ist sie denn geraten,
Wo die Schwester hingekommen?"

Sprach die Mutter solche Worte,
Ließ sich selber also hören: 210
„Dahin ist sie hingeraten,
Dort die Schwester fortgekommen:
Ging nach Beeren in die Waldung,
An des Berges Fuß nach Himbeern,
Dorten ging das Huhn verloren,
Starb das Vöglein jähen Todes,
Eines Todes ohne Kunde,
Dessen Name nicht bekannt ist.

„Wer wohl sehnt sich nach der Tochter?
Keiner also wie die Mutter,   220

15

Vor den andern sucht die Mutter,
Sucht und grämet sich die Mutter;
Also ging auch ich, die Arme,
Meine Tochter aufzusuchen,
Lief dem Bären gleich durch Wälder,
Eilt' dem Otter gleich durch Haine;
Suchte einen Tag, den zweiten,
Suchte an dem dritten Tage,
An des dritten Tages Abend
Stieg ich endlich ganz zuletzt noch 230
Auf des hohen Berges Gipfel,
Auf die allerhöchsten Hügel,
Rief von dort nach meiner Tochter,

Forschte nach der Fortgekommnen:
,Wo denn bist du, liebe Tochter,
Komme, Tochter, doch nach Hause!'
  „Also rief ich nach der Tochter,
Klagte ich nach der Verschwundnen;
Antwort gaben mir die Berge,
Brauste mir die Heide wider: 240
,Rufe nicht nach deiner Tochter,
Rufe nicht und laß das Schreien!
Niemals wird sie je im Leben,
Niemals in dem Gang der Zeiten
Zu der Mutter Wohnung kehren,
Zu des alten Vaters Bootsplatz.'"

Fünfunddreissigste Rune

Kullerwo, der Sohn Kalerwos,
Er, der Knab' mit blauen Strümpfen,
Lebte von da an zu Hause,
In der Obhut seiner Eltern;
Konnte nicht verständig werden,
Mannes Einsicht nicht erlangen,
Da er unrecht ward erzogen
Und gewiegt auf Torenweise
Bei dem fehlgesinnten Pfleger,
Bei dem unverständ'gen Wärter.   10

Arbeit suchte sich der Knabe,
Machte sich an manche Dinge,
Ging um Fische einzufangen,
Um das Fischnetz auszustellen,
Redet' selber diese Worte,
Sprach, das Ruder in den Händen:
„Soll aus aller Kraft ich ziehen,
Rudern mit der ganzen Stärke,
Oder soll ich mäßig ziehen,
Rudern nur so viel als nötig?"   20

Von dem Steven sprach der Steurer,
Redet Worte solcher Weise:
„Ziehest du aus aller Kraft auch,
Ruderst mit der ganzen Stärke,
Wirst du doch das Boot nicht brechen,
Wirst die Pflöcke nicht zerschlagen."

Kullerwo, der Sohn Kalerwos,
Zieht nunmehr aus allen Kräften,
Rudert mit der vollen Stärke,
Rudert ganz entzwei die Pflöcke,   30

Bricht die Rippen von Wacholder,
Sprengt das Espenboot in Stücke.

Kam Kalerwo nachzuschauen,
Redet Worte solcher Weise:
„Nicht verstehest du zu rudern,
Hast die Pflöcke ganz zerrudert,
Hast die Rippen von Wacholder
Und das Espenboot zerbrochen;
Treib die Fische in das Netz nun,
Taugst vielleicht zum Treiben besser."   40

Kullerwo, der Sohn Kalerwos,
Ging nun in das Netz zu treiben,
Hielt schon in der Hand die Stange
Redet Worte solcher Weise:
„Soll ich mit der Kraft der Schultern,
Mit der Mannesstärke schlagen,
Oder soll ich mäßig schlagen,
Treiben nur so viel als nötig?"

Sprach der Netzezieher also:
„Wäre das ein rechtes Treiben,   50
Würd' es ohne Kraft der Schultern,
Nicht geübt mit Mannesstärke?"

Kullerwo, der Sohn Kalerwos,
Treibt nun mit der Kraft der Schultern,
Scheucht nunmehr mit Mannesstärke,
Rührt zu dickem Brei das Wasser,
Schlägt zu lauter Werg das Schleppnetz
Und zerquetscht zu Schleim die Fische.

Kam Kalerwo nachzuschauen,
Redet Worte solcher Weise: 60

„Taugeſt keineswegs zum Treiber,
Schlägſt zu lauter Werg das Schleppnetz,
Brichſt in Stücke mir die Propfen
Und zerbröckelſt mir die Stricke;
Geh die Steuer zu entrichten,
Geh den Grundzins zu bezahlen!
Biſt vielleicht zum Reiſen beſſer,
Auf dem Weg vielleicht verſtänd'ger."

Kullerwo, der Sohn Kalerwos,
Er, der Knab' mit blauen Strümpfen,   70
Mit den ſchönen gelben Locken,
Mit den Schuhn aus ſeinem Leder,
Ging die Steuer zu entrichten,
Ging die Abgab' zu bezahlen.

Als die Steuer er entrichtet
Und die Abgabe bezahlet,
Schwang er ſich in ſeinen Schlitten,
Ließ ſich nieder auf dem Sitze,
Wandte nun die Fahrt nach Hauſe,
Zog zurück in ſeine Heimat.   80

Raſſelnd fuhr einher der Schlitten
Und durchmaß auf ſeiner Reiſe
Wäinämöinens weite Fluren,
Längſtbebaute Ackerfelder.

Kam ein Mädchen ihm entgegen,
Gleitet gelbgelockt auf Schneeſchuhn,
Auf den Fluren Wäinämöinens,
Auf den längſtbebauten Äckern.

Kullerwo, der Sohn Kalerwos,
Hält nun an mit ſeinem Schlitten,   90
Fängt zum Mädchen an zu ſprechen,
Spricht zu ihr und lockt ſie dringend:
„Steige, Mädchen, in den Schlitten,
Ruhe hier auf meinen Fellen!"

Bei dem Laufen ſpricht das Mädchen,
Bei dem Gleiten dieſe Worte:
„Steig' der Tod in deinen Schlitten,
Krankheit ruh' auf deinen Fellen!"

Kullerwo, der Sohn Kalerwos,
Er, der Knab' mit blauen Strümpfen,   100

Schlägt das Roß mit ſeiner Gerte,
Mit der perlenreichen Peitſche,
Rennt das Roß, die Bahn verkürzend,
Auf dem Wege knirſcht der Schlitten;
Fährt dahin mit lautem Lärmen,
Eilend ſeine Bahn durchmißt er
Auf dem klaren Meeresrücken,
Auf den weiten Eisgefilden.

Kommt ein Mädchen ihm entgegen,
Schönbeſchuht, den Schnee durchwatend, 110
Auf dem klaren Meeresrücken,
Auf den weiten Eisgefilden.

Kullerwo, der Sohn Kalerwos,
Läßt ſein muntres Roß da halten,
Fein zurecht legt er die Lippen,
Setzt gar klüglich ſeine Worte:
„Steige, Schönſte, in den Schlitten,
Zier des Landes, in mein Fuhrwerk!"

Antwort gibt ihm da das Mädchen,
Scheltend ſo die Schönbeſchuhte: 120
„Tuoni ſteig' in deinen Schlitten,
Manalainen fahre mit dir!"

Kullerwo, der Sohn Kalerwos,
Er, der Knab' mit blauen Strümpfen,
Schlägt das Roß mit ſeiner Gerte,
Mit der perlenreichen Peitſche,
Rennt das Roß, die Bahn verkürzend,
Auf dem Wege knirſcht der Schlitten;
Fährt dahin mit lautem Raſſeln
Und durchmißt auf ſeiner Reiſe   130
Nordlands ausgedehnte Heiden,
Lapplands weitgeſtreckte Grenzen.

Kommt ein Mädchen ihm entgegen,
Eine Zinnesſpang' am Buſen,
Auf den Heiden von Pohjola,
An der Lappen weiten Grenzen.

Kullerwo, der Sohn Kalerwos,
Hält die Zügel ſeines Roſſes,
Fein zurecht legt er die Lippen,
Setzt gar klüglich ſeine Worte: 140

„Komm, o Maid, in meinen Schlitten,
Holde, unter meine Decke,
Meine Äpfel sollst du essen,
Meine Nüsse du zerbeißen!"

Antwort gibt ihm so das Mädchen,
Mit der Zinnespang' am Busen:
„Speie, Wicht, auf deinen Schlitten,
Auf dein Fuhrwerk, Taugenichts du;
Kalt ist's unter deiner Decke,
Schauerlich in deinem Schlitten."   150

Kullerwo, der Sohn Kalerwos,
Er, der Knab' mit blauen Strümpfen,
Reißt das Mädchen in den Schlitten,
Rafft sie hin zu seinem Sitze,
Setzt sie auf das Fell des Schlittens,
Zieht sie unter seine Decke.

Spricht das Mädchen diese Worte,
Zornig so die Zinngeschmückte:
„Laß mich los von diesem Sitze,
Laß das Kind aus deinen Händen,   160
Daß ich nicht die schlechten Worte,
Nicht des Bösen Bitten höre,
Oder ich durchstoß' den Boden,
Spreng' entzwei des Schlittens Kufen,
Schlag' in Stücke dir den Sitzkorb,
Schlag' den Plunder dir zuschanden."

Kullerwo, der Sohn Kalerwos,
Er, der Knab' mit blauen Strümpfen,
Öffnet nun die Geldeskiste,
Machet auf den bunten Deckel,   170
Zeigt ihr dort das schöne Silber,
Breitet aus die schmucken Tücher,
Strümpfe mit den goldnen Kanten,
Gürtel voller Silberzierat.

Schnell entführt das Tuch die Sinne,
Ändert Gold des Mädchens Meinung,
Silber bringt sie ins Verderben,
Gold berücket ihre Einsicht.

Kullerwo, der Sohn Kalerwos,
Er, der Knab' mit blauen Strümpfen,   180

Schmeichelte darauf dem Mädchen
Und betörte sie mit Scherzen,
Eine Hand hielt fest die Zügel,
Doch des Mädchens Brust die andre.

Darauf kost' er mit dem Mädchen,
Machte matt die Zinngeschmückte
Unter erzverzierter Decke,
Auf dem schöngefleckten Felle.

Schon schickt Jumala den Morgen,
Bringt empor der Tage zweiten,   190
Also spricht darauf das Mädchen,
Redet fragend diese Worte:
„Welchem stolzen Stamme bist du,
Welchem Hause du entsprossen?
Scheinst mir aus gar großem Stamme,
Von gar hohem Vatersitze."

Kullerwo, der Sohn Kalerwos,
Redet Worte solcher Weise:
„Nicht bin ich aus großem Stamme,
Nicht aus großem, nicht aus kleinem,   200
Bin fürwahr aus mittelmäß'gem,
Bin Kalerwos armer Knabe,
Bin sein Sohn, der unverständ'ge,
Ein untauglich Kind und töricht;
Aber sag' mir deine Herkunft,
Nenn' mir dein Geschlecht, das stolze,
Ob du bist aus großem Stamme,
Ob von hohem Vatersitze."

Antwort gibt ihm so das Mädchen,
Redet Worte dieser Weise: 210
„Nicht bin ich aus großem Stamme,
Nicht aus großem, nicht aus kleinem,
Bin fürwahr aus mittelmäß'gem,
Bin Kalerwos armes Mädchen,
Seine unverständ'ge Tochter,
Ein untauglich Kind und töricht.

„Als ich noch als Kindlein weilte
In dem Haus der lieben Mutter,
Ging ich in den Wald nach Beeren,
Zu des Berges Fuß nach Himbeern,   220

Sammelt' Erdbeern auf dem Boden,
An des Berges Fuße Himbeern,
Sammelt' einen Tag, und ruhte,
Sammelt' einen Tag, den zweiten,
An dem dritten Tage aber
Fand ich nicht den Weg nach Hause;
Waldwärts führten mich die Wege,
Zu dem Dickicht alle Pfade.

„Dorten saß ich, dorten weint' ich,
Weinte einen Tag, den zweiten, 230
Endlich an dem dritten Tage
Stieg auf einen hohen Berg ich,
Auf die allerhöchsten Hügel,
Dorten rief ich, dorten klagt' ich,
Antwort gaben mir die Wälder,
Brauste mir die Heide wider:
‚Rufe nicht, du tolles Mädchen,
Ende doch dein sinnlos Lärmen,
Keineswegs kann man dich hören,
Nicht zu Hause dich vernehmen!' 240

„An dem dritten, vierten Tage,
An dem fünften, sechsten endlich
Rüstete ich mich zum Tode,
Überließ mich dem Verderben,
Dennoch konnte ich nicht sterben,
Ich Unsel'ge und Verdammte.

„Wär' ich Arme doch gestorben,
Wär' ich Schwache umgekommen,
Hätte dann im zweiten Jahre,
Oder doch im dritten Sommer 250
Als ein zartes Gras gegrünet,
Wär' als Blume aufgeblühet,
Wär' als Beer' emporgeschossen,
Als ein rotes Preiselbeerchen,
Ohne dieses Greul zu hören,
Diese Schande zu erfahren."

Kaum hat also sie gesprochen,
Diese Worte kaum geredet,
Sieh, da springt sie aus dem Schlitten,
Stürzet in des Flusses Strömung, 260

In den Schwall des Wasserfalles,
In des Wirbels wildes Brausen;
Dort verfiel sie ihrem Tode,
Fiel anheim dem Untergange,
Fand im Reiche Tuonis Ruhe,
Fand Erbarmen in den Fluten.

Kullerwo, der Sohn Kalerwos,
Fuhr empor aus seinem Schlitten,
Fing dann an gar laut zu weinen,
Laut aus voller Brust zu klagen: 270
„O ich Ärmster ob der Tage,
Ob des kläglichen Geschickes,
Daß ich meine Schwester also,
Meiner Mutter Kind geschändet!
Wehe, Vater, wehe, Mutter,
Wehe euch, ihr meine Eltern,
Wozu habt ihr mich gezeuget,
Mich in diese Welt gesetzet!
Besser wäre es gewesen,
Wäre niemals ich geboren, 280
Nie in diese Welt gediehen,
Nie gestellt auf diese Erde;
Nicht war's recht vom Tod gehandelt,
Von der Krankheit nicht geziemend,
Daß sie mich nicht schon getötet,
Als ich zwei der Nächte zählte."

Löst das Kummet mit dem Messer,
Schneidet ab die Lederriemen,
Springt auf seines Pferdes Rücken,
Auf das Kreuz des weißgestirnten, 290
Jagt ein kleines Strecklein Weges,
Eilet eine kurze Weile,
Hält auf seines Vaters Hofe,
Auf den Fluren des Erzeugers.

In dem Hofe stand die Mutter:
„Mutter, die du mich getragen,
Hättst du mich, o teure Mutter,
Gleich, nachdem du mich geboren,
In der Badstub' Rauch gestellet,
Dann die Türen zugeriegelt, 300

In dem Rauche mich ersticket,
In der zweiten Nacht getötet,
In dem Bettuch mich ertränket,
Mit der Decke mich versenket,
Hättst die Wiege in das Feuer,
In den Ofen du geworfen!

„Hätte dich das Dorf gefraget:
‚Wo denn blieb der Stube Wiege,
Weshalb ist das Bad verriegelt?‘
Hättest Antwort du gegeben: 310
‚Hab' verbrannt die Wieg' im Feuer,
In den Ofen sie geworfen,
Lasse Korn im Bade keimen,
Mache Malz dort aus Getreide.'"

Eilig fragte ihn die Mutter,
Forscht' ihn aus die greise Alte:
„Was ist, Sohn, dir widerfahren,
Welches Greuel ist zu hören?
Bist, als kämst du von Tuoni,
Aus den Gegenden Manalas."   320

Kullerwo, der Sohn Kalerwos,
Redet Worte solcher Weise:
„Wohl sind Greuel nun zu hören,
Wohl ein Frevel vorgefallen,
Da ich meine eigne Schwester,
Meiner Mutter Kind geschändet.

„Als die Abgab' ich bezahlet
Und die Steuer ich entrichtet,
Kam ein Mädchen mir entgegen,
Welches ich nach Lust liebkoste;   330
Diese war die eigne Schwester,
Meiner Mutter Kind war diese.

„Schon hat sie den Tod gefunden,
Ist dem Untergang verfallen
In dem Schwall des Wasserfalles,
In des Wirbels wildem Brausen;

Selber kann ich nun nicht einsehn,
Nicht begreifen und erraten,
Wo ich mir den Tod nun finden,
Wo ich, Armer, sterben könnte: 340
In dem Maul des Wolfs, des Heulers,
In dem Schlund des brumm'gen Bären,
Oder in dem Bauch des Walfischs,
Durch den Zahn der Meereshechte?"

Antwort gibt ihm so die Mutter:
„Gehe nicht, o liebes Söhnchen,
In das Maul des Wolfs, des Heulers,
In den Schlund des brumm'gen Bären,
Geh nicht in den Bauch des Walfischs,
Zu der Hechte grimmen Zähnen!   350
Groß genug ist Suomis Landzung',
Sawos Grenzen weitgestrecket,
Um des Mannes Schmach zu bergen,
Seine Untat zu verdecken,
Sie zu bergen sechs der Jahre,
Ja, gar neun in einem Zuge,
Bis die Zeit ihm Frieden bringet,
Jahre seinen Kummer lindern."

Kullerwo, der Sohn Kalerwos,
Redet Worte solcher Weise: 360
„Gehe nicht mich zu verbergen,
Nicht der Untat zu entfliehen,
Gehe zu des Todes Rachen,
Zu der Tür am Hofe Kalmas,
Zu den großen Kampfgefilden,
Zu dem Streitplatz mut'ger Männer:
Noch ist Unto auf den Beinen,
Ungetötet noch der Böse,
Ungerächt des Vaters Wunden,
Unbezahlt der Mutter Tränen,   370
Andrer Qual nicht zu gedenken,
Meines eignen guten Loses."

Kullerwo, der Sohn Kalerwos,
Er, der Knab' mit blauen Strümpfen,
Schickt sich nunmehr an zum Kampfe,
Rüstet sich zum Kriegeszuge;
Schleifet eine Weil' die Klinge,
Schärft die Spitze seines Speeres.

Also spricht zu ihm die Mutter:
„Ziehe nicht, mein armes Söhnchen,
Ziehe nicht zum großen Kriege,
Gehe nicht zum Schwertgemenge!   10
Wer umsonst zum Kriege ziehet,
Wer aus Laun' den Kampf beginnet,
Kommt im Kriege um sein Leben,
Wird im Kampfe bald getötet,
Findet seinen Tod vom Schwerte,
Durch das Eisen bald sein Ende.

„Ziehst du aus auf einer Ziege,
Zu dem Kampf auf einem Bocke,
Wird die Ziege bald besieget,
Bald der Bock herabgestürzet,   20
Kommst auf einem Hund nach Hause,
Nach dem Hof auf einem Frosche."

Kullerwo, der Sohn Kalerwos,
Redet Worte solcher Weise:
„Werde nicht in Sümpfe stürzen,
Auf die Heide niedersinken,
Auf den Heimatsitz der Raben,
Auf das Ackerfeld der Krähen,
Wenn ich auf dem Kampfplatz stürze,
Auf dem Feld des Krieges falle;   30

Herrlich ist's im Kampf zu sterben,
Schön fürwahr beim Klang der Schwerter,
Köstlich ist des Krieges Krankheit:
Eilend zieht der Knab' von hinnen,
Fährt von hinnen ohne Siechtum,
Wandert ohne hinzuschwinden."

Spricht die Mutter diese Worte:
„Wirst du in dem Kampfe sterben,
Wer wird dann bei deinem Vater,
Wer zum Schutz des Alten bleiben?"   40
Kullerwo, der Sohn Kalerwos,
Redet Worte solcher Weise:
„Mag er auf dem Kehricht sterben,
Auf dem Hof sein Leben lassen!"

„Wer wird dann bei deiner Mutter,
Wer zum Schutz der Alten bleiben?"
„Mag sie auf dem Strohbund sterben,
In dem Stalle sie ersticken!"

„Wer bleibt dann bei deinem Bruder,
Wer im Unglück ihm zur Seite?"   50
„Mag im Walde er verkommen,
Auf dem Feld er niedersinken!"

„Wer bleibt dann bei deiner Schwester,
Wer im Unglück ihr zur Seite?"
„Mag sie auf dem Weg zum Brunnen,
Auf dem Weg zum Waschplatz stürzen!"

Kullerwo, der Sohn Kalerwos,
Geht nun eilends fort von Hause,
Redet also zu dem Vater:
„Lebe wohl, mein guter Vater!   60

Wirft um deinen Sohn du weinen,
Wenn du hörst, ich sei gestorben,
Aus dem Volke hingesunken,
Aus dem Stamme hingestürzet?"

Spricht der Vater diese Worte:
"Werde nimmer um dich weinen,
Höre ich, du seist gestorben;
Werd' mir einen Sohn erzeugen,
Einen Sohn, der vielfach besser
Und bei weitem einsichtsvoller." 70

Kullerwo, der Sohn Kalerwos,
Redet Worte solcher Weise:
"Werde auch um dich nicht weinen,
Höre ich, du seist gestorben;
Werd' mir einen Vater machen,
Mund und Kopf aus Lehm und Steinen,
Augen aus des Sumpfes Beeren,
Seinen Bart aus dürren Stoppeln,
Füße ihm aus Weidenzweigen,
Fleisch ihm aus verfaulten Bäumen." 80

Spricht darauf zu seinem Bruder:
"Lebe wohl, mein lieber Bruder!
Wirst du wohl um mich einst weinen,
Hörest du, ich sei gestorben,
Aus dem Volke hingesunken,
Aus dem Stamme hingestürzet?"

Spricht der Bruder diese Worte:
"Nimmer werd' ich um dich weinen,
Höre ich, du seist gestorben;
Werd' mir einen Bruder suchen, 90
Einen vielfach bessern Bruder,
Einen noch einmal so schönen."

Kullerwo, der Sohn Kalerwos,
Redet Worte solcher Weise:
"Werde auch um dich nicht weinen,
Höre ich, du seist gestorben;
Werd' mir einen Bruder machen,
Mund und Kopf aus Lehm und Steinen,
Augen aus des Sumpfes Beeren,
Haare ihm aus dürren Stoppeln, 100

Füße ihm aus Weidenzweigen,
Fleisch ihm aus verfaulten Bäumen."

Spricht darauf zu seiner Schwester:
"Lebe wohl, du liebe Schwester!
Wirst du wohl um mich einst weinen,
Hörest du, ich sei gestorben,
Aus dem Volke hingesunken,
Aus dem Stamme hingestürzet?"

Spricht die Schwester diese Worte:
"Nimmer werd' ich um dich weinen, 110
Höre ich, du seist gestorben,
Werd' mir einen Bruder suchen,
Einen vielfach bessern Bruder,
Einen weitaus einsichtsvollern."

Kullerwo, der Sohn Kalerwos,
Redet Worte solcher Weise:
"Werde auch um dich nicht weinen,
Höre ich, du seist gestorben;
Werd' mir eine Schwester machen,
Mund und Kopf aus Lehm und Steinen, 120
Augen aus des Sumpfes Beeren,
Haare ihr aus dürren Stoppeln,
Ohren aus des Teiches Blumen
Und den Leib aus Ahornzweigen."

Spricht darauf zu seiner Mutter:
"Liebe Mutter, meine Teure,
Schöne, die du mich getragen,
Goldne, die du mich gegängelt!
Wirst du, Mutter, um mich weinen,
Hörest du, ich sei gestorben, 130
Aus dem Volke hingesunken,
Aus dem Stamme hingestürzet?"

Spricht die Mutter diese Worte,
Läßt sich selber also hören:
"Nicht kennst du den Sinn der Alten,
Nicht das Herz der armen Mutter;
Werde bitter um dich weinen,
Höre ich, du seist gestorben,
Aus dem Volke du verschwunden,
Aus dem Stamme hingesunken; 140

Weine, daß die Stube fließet,
Daß der ganze Boden flutet,
Hingehockt auf allen Gassen,
Niederkauernd in dem Stalle;
Weine allen Schnee zu Glatteis,
Eis zu aufgetauter Erde,
Erde zu begrüntem Rasen,
Grünen Rasen mach' ich welken.

„Sollte ich nicht weinen können
Und zu klagen nicht vermögen   150
Vor den Augen aller Leute,
Wein' ich in der Badstub' Stille,
Daß die Sitze, daß die Bretter
Auf den Tränenfluten schwimmen."

Kullerwo, der Sohn Kalerwos,
Er, der Knab' mit blauen Strümpfen,
Geht nun blasend fort zum Streite,
Jubelnd zieht er zu dem Kampfe,
Bläst auf Feldern und auf Sümpfen,
Füllt mit Schall die ganze Heide,   160
Schmettert über alle Wiesen,
Donnert über alle Fluren.

Folgt ein Bote seinen Spuren,
Zu den Ohren kommt die Nachricht:
„Schon gestorben ist dein Vater,
Hingesunken schon der Alte;
Kehr' zurück um zuzusehen,
Wie den Toten man bestattet!"

Kullerwo, der Sohn Kalerwos,
Gibt zur Antwort diese Worte: 170
„Ist er tot, so mag er tot sein;
Ist ein Wallach ja zu Hause,
Daß man ihn zu Grabe führe,
Ihn zu Kalma niedersenke!"

Blasend zieht er durch die Sümpfe,
Tobet in dem Schwendenlande;
Folgt ein Bote seinen Spuren,
Zu den Ohren kommt die Nachricht:
„Schon gestorben ist dein Bruder,
Deiner Eltern Kind gestürzet;   180

Kehr' zurück um zuzusehen,
Wie den Toten man bestattet!"

Kullerwo, der Sohn Kalerwos,
Gibt zur Antwort diese Worte:
„Ist er tot, so mag er tot sein;
Ist ein Hengst ja in dem Hause,
Daß man ihn zu Grabe führe,
Ihn zu Kalma niedersenke!"

Blasend schreitet er durch Sümpfe,
Tutet in dem Tannenwalde;   190
Folgt ein Bote seinen Spuren,
Zu den Ohren kommt die Nachricht:
„Schon gestorben ist die Schwester,
Deiner Eltern Kind gestürzet;
Kehr' zurück um zuzusehen,
Wie die Tote man bestattet!"

Kullerwo, der Sohn Kalerwos,
Gibt zur Antwort diese Worte:
„Ist sie tot, so mag sie tot sein;
Ist zu Hause eine Stute,   200
Daß man sie zu Grabe führe,
Sie zu Kalma niedersenke!"

Tosend steigt er durch die Stoppeln,
Wandert klingend durch die Wiesen;
Folgt ein Bote seinen Spuren,
Zu den Ohren kommt die Nachricht:
„Tot ist deine liebe Mutter,
Sie, die Holde, ist gestorben;
Kehr' zurück um zuzusehen,
Wie die Dorfschaft sie bestattet!"   210

Kullerwo, der Sohn Kalerwos,
Redet Worte solcher Weise:
„Wehe mir, dem armen Sohne,
Da die Mutter mir gestorben,
Die das Bett mir eingerichtet,
Die die Decke hat geschmücket,
Die die lange Spule führte,
Die die kräft'ge Spindel drehte;
Nicht war ich beim Tod zugegen,
Nicht, als ihre Seel' entschwunden, 220

Ist vielleicht vor Frost gestorben,
Oder weil's an Brot ihr fehlte!

„Waschet in dem Haus die Tote
Mit der allerfeinsten Seife,
Bindet sie in seidne Tücher,
Hüllet sie in Leingewänder,
Führt sie so zu ihrem Grabe,
Senket sie zu Kalma nieder,
Führt sie hin mit Klageliedern,
Berget sie mit Trauersange;   230
Ich kann nicht nach Hause kehren,
Ungestraft ist noch Untamo,
Nicht getötet ist der Böse,
Noch der Garst'ge nicht vernichtet."

Blasend zog er nun zum Kampfe,
Jubelnd hin zum Land Antamos,
Redet Worte solcher Weise:
„Ukko, du, o Gott der Höhe!
Wolle mir ein Schwert verleihen,
Eine wohlbeschaffne Klinge,   240
Scharen will damit ich trotzen,
Hunderten ich widerstehen."

Fand ein Schwert, ihm wohlgefällig,
Eine Klinge ohnegleichen,
Hauet nieder dort die Scharen
Und vertilgt das Volk Untamos;
Brennt die Stuben ganz zu Asche,
Daß sie all' in Staub zergehen,
Läßt des Ofens Steine stehen,
Auf dem Hof die Eberesche.   250

Kullerwo, der Sohn Kalerwos,
Wendet sich darauf zur Heimat,
Zu des toten Vaters Stuben,
Zu den Fluren seines Alten;
Leer doch findet er die Stube,
Öde, als er aufgeschlossen,
Keiner kommt ihn zu umarmen,
Niemand ihm die Hand zu geben.

Streckt die Hand zum Kohlenhaufen,
Kalt sind selbst des Ofens Kohlen,   260

Da erkennt der Angekommne,
Daß die Mutter nicht am Leben.

Legt die Hand dann an den Ofen,
Kalt sind selbst des Ofens Steine;
Da erkennt der Angekommne,
Daß der Vater nicht am Leben.

Wirft die Augen auf den Boden,
Ungefeget ist der Boden,
Da erkennt der Angekommne,
Daß die Schwester nicht am Leben.   270

Gehet zu dem Landungsplatze,
Nicht sind Boote auf den Rollen;
Da erkennt der Angekommne,
Daß sein Bruder nicht am Leben.

Fing da bitter an zu weinen,
Weinte einen Tag, den zweiten,
Selber sprach er diese Worte:
„O du Mutter voller Güte,
Was hast du mir hinterlassen,
Als in diesem Land du lebtest?   280

„Doch nicht hörst du mich, o Mutter,
Seufz' ich über deinen Augen,
Klag' ich über deinen Brauen,
Sprech' ich über deinem Scheitel!"

Aus dem Grab erwacht die Mutter,
Aus der Erde gibt sie Antwort:
„Ist der schwarze Hund geblieben,
In dem Wald mit dir zu jagen;
Nimm den Hund an deine Seite,
Geh mit ihm bis zu dem Waldland,   290
Wandre vorwärts zu der Wildnis,
In die Näh' der Waldestöchter,
Zu dem Hof der blauen Mädchen,
Zu dem Tor des Tannenschlosses,
Deine Nahrung dir zu suchen,
Eine Gabe zu erbitten!"

Kullerwo, der Sohn Kalerwos,
Nahm den Hund an seine Seite,
Machte sich dann auf die Wandrung,
Zog des Wegs entlang der Wildnis;   300

War ein wenig nur gegangen,
Eine kleine Streck' geschritten,
Da kam er zu jenem Hügel,
Stieß auf jene schlimme Stelle,
Wo das Mädchen er geschändet,
Seiner Mutter Kind verdorben.

Dorten weint der schöne Rasen,
Voller Mitleid klagt der Laubhain,
Schmerzensreich die jungen Gräser,
Alle Heideblumen jammern,   310
Daß das Mädchen dort geschändet,
Dort der Mutter Kind verdorben,
War kein neues Gras gewachsen,
Keine neuen Heideblumen
Sproßten dort auf jenem Platze,
Auf der Stelle voller Frevel,
Wo das Mädchen er geschändet,
Seiner Mutter Kind verdorben.

Kullerwo, der Sohn Kalerwos,
Griff nach seinem scharfen Schwerte,   320
Wendet es nach allen Seiten,
Fragt es, sucht es auszuforschen,
Fragt das Schwert nach seinem Wunsche,
Ob es wohl Begehren trage,
Von dem schuld'gen Fleisch zu zehren,
Von dem bösen Blut zu trinken.

Wohl errät das Schwert die Absicht,
Ahnet wohl den Sinn des Mannes,
Antwortet auf diese Weise:
„Weshalb sollt' ich nicht verlangen,   330

Von dem schuld'gen Fleisch zu zehren,
Von dem bösen Blut zu trinken,
Zehr' ich doch das Fleisch der Frommen,
Trinke Blut der Schuldentblößten."

Kullerwo, der Sohn Kalerwos,
Er, der Knab' mit blauen Strümpfen,
Drückt den Griff fest in den Boden,
Drückt den Knopf tief in die Heide,
Wendet auf die Brust die Spitze,
Stürzt sich selber auf die Spitze,   340
So verfällt er seinem Tode,
Fällt anheim dem Untergange.

Dieses war der Tod des Jünglings,
War das Ende Kullerwoinens,
War der Untergang des Helden,
War der Tod des Unglückfel'gen.

Als der alte Wäinämöinen
Von dem Tode Botschaft hörte,
Daß Kullerwo so gestorben,
Sprach er Worte solcher Weise: 350
„Wolle nicht, o Volk der Zukunft,
Kinder auf verkehrte Weise
Toren zur Erziehung geben,
Fremden Leuten sie zum Wiegen!
Wird ein Kind nicht recht gewartet
Und gewiegt auf falsche Weise,
Kann es nicht verständig werden,
Mannes Einsicht nicht erlangen,
Wenn es auch an Jahren alt wird,
Stark an Leib sich auch gestaltet."   360

Siebenunddreissigste Rune

Ilmarinen weint, der Schmieder,
Alle Abende dem Weib nach,
Schlaflos weint er alle Nächte,
Ohne Speise alle Tage,
Klagt schon in der Morgenfrühe,
Seufzet bei des Tages Anbruch,
Weil die junge Frau gestorben,
Weil die Schöne hingesunken;
Nimmer schwingt in seiner Hand er
Mit dem Kupferschaft den Hammer,   10
Nicht zu hören ist das Hämmern
In dem Gange eines Monats.

Spricht der Schmieder Ilmarinen:
„Wehe mir, dem armen Knaben,
Weiß nicht, wie zu sein und leben;
Sitze nachts ich oder liege,
Bitter sind die langen Nächte,
Nicht der Pein die Kraft gewachsen.

„Sehnsuchtschmerzlich ist mein Abend,
Wehmutschwer ist mir der Morgen,   20
Doch noch düstrer sind die Nächte,
Trauervoller mein Erwachen,
Hab' nicht Sehnsucht ob des Abends,
Hab' nicht Wehmut ob des Morgens,
Kummer nicht ob andrer Zeiten:
Sehnsucht hab' ich nach der Schönen,
Wehmut hab' ich nach der Lieben,
Kummer um die Schwarzgelockte.

„Oftmals hat zu diesen Zeiten,
In den qualerfüllten Stunden,   30
In den mitternächt'gen Träumen
Schon umsonst die Faust gegriffen,
Ist die Hand umsonst geglitten
Tastend hin nach beiden Seiten."

Weiblos lebte nun der Schmieder,
Alterte so ohne Gattin;
Weinte zwei, ja drei der Monde,
Aber in dem vierten Monat
Sammelt Gold er aus dem Meere,
Silber hebt er aus den Wogen;   40
Stapelt Holz in großen Haufen,
Dreißig volle Schlittenfuder,
Brennt das Holz dann ganz zu Kohlen,
Tut die Kohlen in die Esse.

Nimmt darauf von seinem Golde,
Nimmt ein Stück von seinem Silber,
Gleich an Größe einem Herbstlamm
Oder einem Winterhasen,
Stößt das Gold dann in die Gluten,
Steckt das Silber in die Esse,   50
Stellet Knechte hin zum Blasen,
Tagelöhner an den Blasbalg.

Eifrig blasen da die Knechte,
Drücken rasch die Tagelöhner,
Ohne Handschuh' an den Händen,
Ohne Mützen auf den Köpfen;
Selbst der Schmieder Ilmarinen
Schürt das Kohlenfeuer fleißig,
Will aus Gold sich ein Gebilde,
Eine Braut aus Silber schaffen.   60

Gut nicht blasen seine Knechte,
Kraftlos drücken sie den Blasbalg,
Selbst der Schmieder Ilmarinen
Fängt nun an recht frisch zu blasen;
Einmal bläst er, bläst das zweite,
Darauf bei dem dritten Male
Schaut er auf der Esse Boden,
Untern Rand des Blasebalges,
Was wohl aus der Esse käme,
Was sich aus dem Feuer drängte.　70

Kommt ein Schaf da aus der Esse,
Dringt hervor dicht vor dem Blasbalg,
Haare hat's von Gold, von Kupfer,
Hat auch Haare, die von Silber;
Alle andern freun sich drüber,
Doch nicht freut sich Ilmarinen.

Spricht der Schmieder Ilmarinen:
„Solche mag der Wolf sich wünschen!
Wünsch' aus Gold mir eine Gattin,
Eine Ehefrau aus Silber."　　‘　80

Stößt der Schmieder Ilmarinen
Drauf das Schaf zurück ins Feuer,
Füget noch hinzu vom Golde,
Mehret noch des Silbers Masse,
Stellt die Knechte hin zum Blasbalg,
Läßt die Tagelöhner blasen.

Eifrig blasen da die Knechte,
Drücken rasch die Tagelöhner,
Ohne Handschuh' an den Händen,
Ohne Mützen auf den Köpfen;　　90
Selbst der Schmieder Ilmarinen
Schürt das Kohlenfeuer fleißig,
Will aus Gold sich ein Gebilde,
Eine Braut aus Silber schaffen.

Gut nicht blasen seine Knechte,
Kraftlos drücken sie den Blasbalg,
Selbst der Schmieder Ilmarinen
Fängt nun an recht frisch zu blasen;
Einmal bläst er, bläst das zweite,
Darauf bei dem dritten Male　100

Schaut er auf der Esse Boden,
Untern Rand des Blasebalges,
Was wohl aus der Esse käme,
Was sich aus dem Feuer drängte.

Kommt ein Füllen aus der Esse,
Dringt hervor dicht vor dem Blasbalg,
Goldenmähnig, silberköpfig,
Seine Hufe ganz aus Kupfer,
Alle andern freun sich drüber,
Doch nicht freut sich Ilmarinen.　　110

Spricht der Schmieder Ilmarinen:
„Solche mag der Wolf sich wünschen!
Wünsch' aus Gold mir eine Gattin,
Eine Ehefrau aus Silber."

Stößt der Schmieder Ilmarinen
In das Feuer rasch das Füllen,
Füget noch hinzu vom Golde,
Mehret noch des Silbers Masse,
Stellt die Knechte hin zum Blasbalg,
Läßt die Tagelöhner blasen.　　120

Eifrig blasen da die Knechte,
Drücken rasch die Tagelöhner,
Ohne Handschuh' an den Händen,
Ohne Mützen auf den Köpfen;
Selbst der Schmieder Ilmarinen
Schürt das Kohlenfeuer fleißig,
Will aus Gold sich ein Gebilde,
Eine Braut aus Silber schaffen.

Gut nicht blasen seine Knechte,
Kraftlos drücken sie den Blasbalg,　130
Selbst der Schmieder Ilmarinen
Fängt nun an recht frisch zu blasen;
Einmal bläst er, bläst das zweite,
Darauf bei dem dritten Male
Schaut er auf der Esse Boden,
Untern Rand des Blasebalges,
Was wohl aus der Esse käme,
Was sich aus dem Feuer drängte.

Kommt ein Mädchen aus der Esse,
Goldblond steht es vor dem Blasbalg,　140

Silberhäuptig, goldenlockig,
Wunderschön am ganzen Leibe;
Furcht ergreift drob alle andern,
Keine Furcht kennt Ilmarinen.

Darauf hämmert Ilmarinen,
Er, der Schmieder, das Gebilde,
Hämmert Nächte ohn' zu ruhen,
Tage lang ohn' anzuhalten;
Füße formt er so der Jungfrau,
Formt ihr Füße, bildet Hände,   150
Doch nicht taugt der Fuß zum Gehen,
Nicht die Arme zum Umschlingen.

Schmiedet Ohren wohl der Jungfrau,
Doch sie können nichts vernehmen;
Meisterhaft schafft er den Mund ihr,
Schön den Mund, die Augen lebhaft,
Doch der Mund ist ohne Worte,
Ohne Anmut ist das Auge.

Spricht der Schmieder Ilmarinen:
„Wäre eine schöne Jungfrau,   160
Wenn sie Wortes Kraft auch hätte,
Ein Gemüt und eine Stimme."

Legt darauf die goldne Jungfrau
Auf das weiche Federlager,
Auf die sanften Ruhekissen,
Auf das Bett von zarter Seide.

Darauf heizt Schmied Ilmarinen
Seine Badstub' reich an Dämpfen,
Schaffet Seife hin zum Bade,
Bindet zweigereiche Besen,   170
Schaffet Wasser drei der Eimer,
Daß der Buchfink sich nun bade,
Daß der Dompfaff nun sich wasche,
Von des Goldes Schlacken ledig.

Zur Genüge hat der Schmieder,
Hat nach Herzenslust gebadet,
Streckt sich an der Jungfrau Seite
Auf das weiche Federbette,
Mit dem Baldachin aus Stahle,
Welchen Eisensäulen tragen.   180

Darauf häuft Schmied Ilmarinen
Gleich schon in der Nächte erster
Eine große Zahl von Decken,
Rüstet eine Menge Tücher,
Zwei, ja drei der Bärenfelle,
Fünf, ja sechs der wollnen Decken,
Um bei seiner Ehehälfte,
Bei dem goldnen Bild zu schlafen.

Warm genug war eine Seite,
Die die Decke gut verhüllte;   190
Die der Jungfrau zugewandte,
Die am Goldgebilde ruhte,
Diese Seite war voll Kälte,
War vor lauter Frost erstarret,
Drohte gar zu Eis zu werden
Und zu Stein sich zu verhärten.

Sprach der Schmieder Ilmarinen:
„Tauget nicht für mich die Jungfrau;
Will sie nach Wäinölä führen,
Wäinämöinen übergeben,   200
Als Gefährtin für sein Leben,
Als ein Hühnchen ihm im Arme."

Führt die Jungfrau nach Wäinölä;
Redet, als er hingekommen,
Spricht da Worte solcher Weise:
„O du alter Wäinämöinen,
Sieh, ich bringe dir ein Mädchen,
Eine Jungfrau schön von Aussehn,
Nicht zu breit macht sie den Mund auf,
Nicht zu regsam sind die Kiefer."   210

Wäinämöinen alt und wahrhaft
Blicket hin auf das Gebilde,
Richtet auf das Gold die Augen,
Redet Worte solcher Weise:
„Weshalb brachtest du mir dieses,
Dieses goldne Ungeheuer?"

Sprach der Schmieder Ilmarinen:
„Weshalb anders, als zum Besten:
Dir als Gattin für dein Leben,
Als ein Hühnchen dir im Arme."   220

Sprach der alte Wäinämöinen:
„O du Schmied, mein lieber Bruder!
Wirf die Jungfrau in das Feuer,
Schmied' draus allerlei Geräte,
Oder führe sie nach Rußland,
Dein Gebilde zu den Deutschen,
Daß um sie die Reichen ringen,
Kampf um sie die Großen führen;
Nimmer ziemt es meinem Stamme,
Niemals auch geziemt's mir selber,   230
Eine goldne Braut zu freien,
Um die silberne zu werben."

Drauf verbietet Wäinämöinen,
Untersagt der Freund der Wogen
Dem Geschlechte, das emporsteigt,
Dem erwachsenden Geschlechte,
Vor dem Golde sich zu neigen,
Vor dem Silber schwach zu werden;
Redet Worte solcher Weise,
Läßt auf diese Art sich hören: 240
„Wollet nicht, ihr armen Söhne,
Nicht ihr Helden, die ihr wachset,
Ob ihr reich seid an Besitze,
Ob der Güter ihr entratet,
Wollet nie, solang ihr lebet,
Nie, solang das Mondlicht glänzet,
Eine goldne Jungfrau freien,
Eine Silberbraut euch werben!
Eisig ist der Glanz des Goldes,
Frost nur hauchet aus das Silber." 250

Achtunddreissigste Rune

Darauf tut Schmied Ilmarinen,
Dieser ew'ge Hämmerkünstler,
Bald hinweg das Goldgebilde,
Seine Braut aus blankem Silber;
Spannt das Roß in das Geschirr ein,
Vor den kupferbraunen Schlitten,
Setzt sich selber in den Schlitten,
Läßt sich auf dem Sitze nieder
Und gelobt sich fortzuziehen,
Hat im Sinn die Fahrt zu wenden   10
Nach Pohjola, dort zu werben
Um des Nordlands zweite Tochter.

Fährt nun eine Tagereise,
Wandert vorwärts auch die zweite,
An dem dritten Tage endlich
Kommt er zu dem Hof Pohjolas.

Louhi, sie, des Nordlands Wirtin,
Stand grad selber in dem Hofe,
Sie begann zu ihm zu sprechen,
Wandte sich um ihn zu fragen,   20
Wie sich wohl ihr Kind befände,
Wie die liebe Tochter lebte
In dem Haus als Schwiegertochter,
Bei der Schwieger sie als Hausfrau.

Spricht der Schmieder Ilmarinen
Tiefen Hauptes, trüben Sinnes,
Schiefgeschoben seine Mütze,
Redet Worte solcher Weise:
„Wolle nicht, o Schwiegermutter,
Wolle jetzt danach nicht fragen,   30

Wie die Tochter sich befindet,
Wie mein Liebling nunmehr lebet!
Schon hat sie der Tod erfasset,
Jähes Ende sie ereilet;
In der Erde liegt die Beere,
In der Heide meine Schöne,
Unterm Heu die Schwarzgelockte,
Unterm Gras die Silberhelle;
Kam nun um die zweite Tochter,
Um die jüngere der Jungfraun;   40
Gib sie mir, o Schwiegermutter,
Gib mir deine zweite Tochter
In des frühern Weibes Wohnung,
Nach dem Sitze ihrer Schwester!"

Louhi, sie, des Nordlands Wirtin,
Redet Worte solcher Weise:
„Schlecht hab', Arme, ich gehandelt,
Schlimm gewiß ich Unglückfel'ge,
Daß mein Kind ich dir versprochen,
Dir die andere gegeben,   50
In der Jugend so zu sterben,
Voller Frische hinzusinken,
Gleichwie in des Wolfes Rachen,
In den Schlund des brumm'gen Bären.

„Werd' dir nicht die zweite geben,
Meine Tochter dir nicht schenken,
Daß den Ruß sie ab dir wasche,
Daß sie dich von Schlacken rein'ge;
Eher gäb' ich meine Tochter,
Schickte ich mein Kind, das gute,   60

In des Wasserfalles Schäumen,
In des wilden Strudels Wallen,
In das Maul von Manas Quappe,
In des Tuonihechtes Zähne."

Da verzieht Schmied Ilmarinen
Seinen Mund, das Haupt verdreht er,
Schüttelt seine schwarzen Haare,
Wirft den Kopf mit krausen Locken:
Dringt dann selber in die Stube,
Tritt geschwinde unters Dach ein,   70
Redet Worte solcher Weise:
„Komm zu mir, du liebes Mädchen,
Zu dem Sitze deiner Schwester,
In des frühern Weibes Wohnung,
Daß du Honigbrot mir backest,
Daß du schönes Bier mir brauest!"

Sang ein Kindlein von dem Boden,
Sang und ließ sich also hören:
„Überflüss'ger, weich' vom Schlosse,
Fremder Mann, von unsern Türen!   80
Hast das Schloß genug beschädigt,
Schon ein Stück davon verdorben,
Als das erste Mal du kamest,
An der Türe hier erschienest.

„Mädchen, meine liebe Schwester,
Freu' dich nicht ob dieses Freiers,
Nicht ob seines Munds Gestaltung,
Nicht ob seiner edlen Füße!
Birgt das Zahnfleisch eines Wolfes,
Fuchses Klau' in seinen Taschen,   90
Bärenkrall' in Achselhöhlen,
Blutbegierig ist sein Messer,
Womit er die Köpfe ritzet,
Rücken aufzuschlitzen pfleget."

Selber sprach das Mädchen also
Zu dem Schmiede Ilmarinen:
„Werde dir gewiß nicht folgen,
Nicht beacht' ich solche Wichte;
Hast dein Eheweib erschlagen,
Meine Schwester du getötet,   100

Möchtest nun auch mich erschlagen,
Mich auch um das Leben bringen;
Wohl verdienet dieses Mädchen
Einen Mann von besserm Werte,
Einen Leib von schönerm Wuchse,
Fahrt in stattlicherem Schlitten
Hin zu einem bessern Sitze,
Hin zu einer größern Wohnung,
Nicht zur Kohlenstätt' des Schmiedes,
Zu des schlechten Mannes Feuer."   110

Da verzieht Schmied Ilmarinen,
Dieser ew'ge Hämmerkünstler,
Seinen Mund, das Haupt verdreht er,
Schüttelt seine schwarzen Haare,
Schreitet rasch, erreicht das Mädchen,
Fasset es mit seinen Fäusten,
Gehet stürmend aus der Stube,
Stürzet eilends zu dem Schlitten,
Setzt die Jungfrau in den Schlitten,
Schleudert sie dahin zum Sitze,   120
Macht sich auf davon zu fahren,
Rüstet eilig sich zur Reise,
Eine Hand hat er am Leitseil,
An des Mädchens Brust die andre.

Weinen muß das arme Mädchen,
Redet Worte solcher Weise:
„Kam nun zu des Sumpfes Beeren,
Zu des Wasserrandes Kräutern,
Werde, Hühnchen, dort verkommen,
Werde, Vöglein, rasch dort sterben.   130
„Höre, Schmieder Ilmarinen!
Wirst du mich nicht gehen lassen,
So zerschlag' ich deinen Schlitten
Und zertrümmre ihn in Stücke,
Schlag' ihn durch mit meinen Knien
Und durchstoß' ihn mit den Beinen."

Selbst der Schmieder Ilmarinen
Redet Worte solcher Weise:
„Sind an dieses Schmiedes Schlitten
Alle Seiten ja von Eisen,   140

Daß das Stoßen er vertrage
Und der schönen Jungfrau Toben."

Jammern muß das arme Mädchen,
Klagen die mit Erz Geschmückte,
Ringt die Finger sich zuschanden,
Bricht schier ihre zarten Hände,
Redet Worte solcher Weise:
„Wirst du mich nicht gehen lassen,
Werd' ich mich zum Fisch verwandeln,
Zu dem Schnäpel in der Tiefe."   150
Selbst der Schmieder Ilmarinen
Redet Worte solcher Weise:
„Wirst auch so mir nicht entkommen,
Werd' als Hecht dir dorthin folgen."

Jammern muß das arme Mädchen,
Klagen die mit Erz Geschmückte,
Ringt die Finger sich zuschanden,
Bricht schier ihre zarten Hände,
Redet Worte solcher Weise:
„Wirst du mich nicht gehen lassen,   160
Werd' ich zu dem Walde ziehen,
Als ein Hermelin in Felsen."

Selbst der Schmieder Ilmarinen
Redet Worte solcher Weise:
„Wirst auch so mir nicht entkommen,
Werde dir als Otter folgen."

Jammern muß das arme Mädchen,
Klagen die mit Erz Geschmückte,
Ringt die Finger sich zuschanden,
Bricht schier ihre zarten Hände,   170
Redet Worte solcher Weise:
„Wirst du mich nicht gehen lassen,
Werd' als Lerch' ich zwitschernd fliegen,
Mich in dem Gewölk verbergen."

Selbst der Schmieder Ilmarinen
Redet Worte solcher Weise:
„Wirst auch so mir nicht entkommen,
Werde dir als Adler folgen."

War ein wenig nur gereiset,
Eine Strecke Wegs gewandert,   180

Da beginnt das Pferd zu schnaufen,
Fängt das Schlappohr an zu stutzen.

Ihren Kopf erhebt die Jungfrau,
Sieht im Schnee dort frische Spuren,
Fragend spricht sie diese Worte:
„Wer ist hier vorbeigelaufen?"
Spricht der Schmieder Ilmarinen:
„Ist ein Hase hier gelaufen."

Seufzen muß das arme Mädchen,
Seufzen bitterlich und schluchzen,   190
Redet Worte solcher Weise:
„Weh mir Elenden, mir Armen!
Besser wäre wohl mein Leben,
Besser würd' es mir ergehen,
Könnte ich dem Hasen folgen,
Laufen in des Krummbeins Spuren,
Als im Schlitten dieses Freiers,
Auf des Runzelreichen Decke;
Schöner sind des Hasen Haare,
Hübscher seines Mundes Öffnung."   200
Selbst der Schmieder Ilmarinen
Biß die Lippen, wandt' den Kopf ab,
Fuhr gar rauschend fort des Weges;
War ein wenig nur gefahren,
Laut beginnt das Roß zu schnaufen,
Fängt das Schlappohr an zu stutzen.

Ihren Kopf erhebt die Jungfrau,
Sieht im Schnee noch frische Spuren,
Fragend spricht sie diese Worte:
„Wer ist hier vorbeigelaufen?"   210
Spricht der Schmieder Ilmarinen:
„Ist ein Füchslein hier gelaufen."

Seufzen muß das arme Mädchen,
Seufzen bitterlich und schluchzen,
Redet Worte solcher Weise:
„Weh mir Elenden, mir Armen!
Besser wäre wohl mein Leben,
Besser würd' es mir ergehen,
Führ' ich in des Füchsleins Schlitten,
In dem Fuhrwerk jenes Flücht'gen, 220

16*

Als im Schlitten dieses Freiers,
Auf des Runzelreichen Decke;
Schöner sind des Fuchses Haare,
Hübscher seines Mundes Öffnung."

Selbst der Schmieder Ilmarinen
Biß die Lippen, wandt' den Kopf ab,
Fuhr gar rauschend fort des Weges;
War ein wenig nur gefahren,
Laut beginnt das Roß zu schnaufen,
Fängt das Schlappohr an zu stutzen. 230

Ihren Kopf erhebt die Jungfrau,
Sieht im Schnee noch frische Spuren,
Fragend spricht sie diese Worte:
"Wer ist hier vorbeigelaufen?"
Sprach der Schmieder Ilmarinen:
"Ist ein Wolf hier durchgelaufen."

Seufzen muß das arme Mädchen,
Seufzen bitterlich und schluchzen,
Redet Worte solcher Weise:
"Weh mir Elenden, mir Armen!   240
Besser wäre wohl mein Leben,
Besser würd' es mir ergehen,
Folgte ich des Wolfes Spuren,
Ihm, der seinen Kopf stets senket,
Als im Schlitten dieses Freiers,
Auf des Runzelreichen Decke;
Schöner sind des Wolfes Haare,
Hübscher seines Mundes Öffnung."

Selbst der Schmieder Ilmarinen
Biß die Lippen, wandt' den Kopf ab, 250
Fuhr gar rauschend fort die Straße
Über Nacht zum neuen Dorfe.

Von dem Wege gar ermüdet
Fiel in tiefen Schlaf der Schmieder,
Lachen macht das Weib ein andrer
Ob des Mannes, der verschlafen.

Als der Schmieder Ilmarinen
An dem Morgen drauf erwachte,
Da verdrehte Mund und Kopf er,
Schüttelte die schwarzen Haare;   260

Sprach der Schmieder Ilmarinen
Selber Worte solcher Weise:
"Soll ich mich ans Singen machen,
Soll ich meine Braut nun bannen
Als ein Waldtier hin zum Walde,
Als ein Wassertier zum Wasser?

"Werd' sie nicht zum Waldtier singen,
Würde sich der Wald entsetzen;
Werd' sie nicht ins Wasser bannen, .
Würden alle Fische fliehen;   270
Lieber will mit meiner Klinge,
Mit dem Schwerte ich sie töten."

Seine Absicht ahnt die Klinge,
Deutlich wird sein Sinn dem Schwerte,
Dieses redet solche Worte:
"Bin wohl nicht dazu geschaffen,
Daß ich Weiber töten sollte,
Schwache um ihr Leben bringen."

Da begann Schmied Ilmarinen
Seinen Zaubersang zu singen,   280
Sprach im Zorne seinen Bannspruch,
Zauberte sein Weib zur Möwe,
Daß sie auf den Klippen kreische,
Auf den Wasserfelsen schreie,
Auf des Ufers Spitzen klage,
In dem Gegenwinde schwebe.

Darauf setzt Schmied Ilmarinen
Wiederum sich in den Schlitten,
Eilet rauschend fort des Weges,
Tiefen Hauptes, trüben Sinnes   290
Reist er wieder nach der Heimat,
Kommt er nach bekanntem Lande.

Wäinämöinen alt und wahrhaft
Kommt ihm auf dem Weg entgegen,
Redet Worte solcher Weise:
"Bruder du, Schmied Ilmarinen,
Weshalb bist du trüben Sinnes,
Hast die Mütze schief geschoben
Bei der Rückkehr aus Pohjola?
Wie denn lebet jetzt Pohjola?"   300

Spricht der Schmieder Ilmarinen:
„Wie sollt' Pohjola nicht leben!
Dorten mahlt der Sampo fleißig,
Lärmet stets der bunte Deckel,
Mahlet einen Tag zum Essen,
Mahlt den zweiten zum Verkaufen,
Mahlt den dritten zum Verwahren.

„Also sage ich mit Wahrheit,
Wiederhole ich die Worte:
Wie sollt' Pohjola nicht leben,   310
Ist der Sampo doch in Pohja!
Dort ist Pflügen, dort ist Säen,
Dort ist Wachstum jeder Weise,
Dorten wechsellose Wohlfahrt."

Spricht der alte Wäinämöinen:
„Bruder du, Schmied Ilmarinen!
Wo hast du dein Weib gelassen,
Wo die weitberühmte Jungfrau,
Daß du also leer erschienen,
Ohne Weib kommst angefahren?"   320
Selbst der Schmieder Ilmarinen
Redet Worte dieser Weise:
„Hab' das schnöde Weib verwandelt
Auf dem Meer zu einer Möwe;
Dorten wimmert sie als Möwe,
Kreischt als Vogel unaufhörlich,
Lärmt sie auf des Wassers Klippen,
Schreit sie auf des Meeres Felsen."

NeunundDreissigste Rune

Wäinämöinen alt und wahrhaft
Redet selber diese Worte:
"O du Schmieder Ilmarinen,
Laß uns nach Pohjola gehen,
Daß den Sampo wir gewinnen,
Wir den bunten Deckel schauen!"

Selbst der Schmieder Ilmarinen
Redet Worte solcher Weise:
"Können nicht den Sampo nehmen,
Nicht den bunten Deckel holen   10
Aus dem nimmerhellen Nordland,
Aus dem düstern Sariola;
Fortgetragen ist der Sampo,
Fortgebracht der bunte Deckel
In den Steinberg von Pohjola,
In das Herz des Kupferberges,
Hinter eine Neunzahl Schlösser;
Wurzeln sind ihm dort geschossen,
Neun der Klafter in die Tiefe:
Eine Wurzel in der Erde,   20
An des Wassers Rand die zweite,
In des Hauses Berg die dritte."

Sprach der alte Wäinämöinen:
"Bruder Schmied, mein Vielgeliebter,
Laß uns gehen nach Pohjola,
Daß den Sampo wir gewinnen!
Bauen wir ein Schiff, ein großes,
Um den Sampo aufzunehmen,
Um den Deckel fortzutragen
Aus dem Steinberg von Pohjola,   30

Aus des Kupferberges Innerm,
Hinter jener Neunzahl Schlösser."

Sprach der Schmieder Ilmarinen:
"Sichrer ist der Weg zu Lande,
Lempo ziehe auf dem Meere,
Und der Tod auf dessen Rücken!
Dorten könnt' der Wind uns treiben,
Könnt' der Sturm uns niederwerfen,
Rudern müßten da die Finger,
Steuern da die Ellenbogen."   40

Sprach der alte Wäinämöinen:
"Sichrer ist der Weg zu Lande,
Sichrer ist er, aber schwierig,
Voller Krümmungen und Ränke;
Wonnig ist's zu Boot im Wasser,
Mit dem Nachen hinzuschwimmen,
Wassers Fläche zu durchziehen,
Seiner klaren Flut zu folgen:
Wiegt der Wind den leichten Nachen,
Treibt die Wog' das Schifflein vorwärts, 50
Setzt der Westwind es in Schwanken,
Führt der Südwind es nach vorne;
Aber sei dem wie ihm wolle,
Hast du keine Lust zu Wasser,
Laß uns denn zu Lande reisen,
An dem Strande vorwärts schreiten!

"Schmiede mir nur eine Klinge,
Mach' ein neues Schwert voll Feuer,
Damit ich die Hunde schlage,
Ich des Nordens Volk verscheuche,   60

Da ich geh' den Sampo holen
Nach des kalten Dorfes Höfen,
Nach dem nimmerhellen Nordland,
Nach dem düstern Sariola."

Selbst der Schmieder Ilmarinen,
Dieser ew'ge Hämmerkünstler,
Stößt nun Eisen in das Feuer,
Stahl er in den Kohlenhaufen,
Gold soviel die Faust erfasset,
Silber mit der Hände Höhlung;　　70
Stellt die Knechte hin zum Blasen,
Tagelöhner an den Blasbalg.

Eifrig blasen da die Knechte,
Drücken stark die Tagelöhner,
Gleich dem Brei zerschmilzt das Eisen,
Weich wie Teig die Stahlesmasse,
Gleich dem Wasser glänzt das Silber,
Flüssig wird das Gold wie Wogen.

Darauf schaut Schmied Ilmarinen,
Dieser ew'ge Hämmerkünstler　　80
Auf den Boden seiner Esse,
Zu dem Rande seines Ofens,
Sieht die Klinge schon entstehen,
Sieht den goldnen Griff sich bilden.

Nimmt die Masse aus dem Feuer,
Hebt das wohlgeratne Schmiedwerk
Aus der Esse auf den Amboß
Zu des Hammers munterm Klopfen,
Schmiedet nun ein Schwert nach Wunsche,
Eine Klinge ohnegleichen,　　90
Ziert sie aus mit gutem Golde,
Schmücket sie mit schönem Silber.

Wäinämöinen alt und wahrhaft
Kommt nun selbst um zuzusehen;
Nimmt die Klinge voller Feuer
In die rechte seiner Hände,
Wendet sie nach allen Seiten,
Redet Worte solcher Weise:
„Ist das Schwert dem Manne tauglich,
Steht die Klinge wohl zum Träger?"　　100

Ist das Schwert dem Mann wohl taug-
Steht die Klinge wohl zum Träger,　　(lich,
An der Spitze strahlt das Mondlicht,
Auf der Fläche scheint die Sonne,
Sterne schimmern an dem Griffe,
An der Schneide schnaubt ein Rößlein,
Auf dem Knopfe miaut ein Kätzlein,
Auf der Scheide bellt ein Hündlein.

Schwingt die Klinge und versucht sie
An des Eisenberges Spalten,　　110
Selber spricht er diese Worte:
„Kann fürwahr mit dieser Schneide
Feste Berge quer durchhauen,
Felsen in zwei Stücke spalten."

Selbst der Schmieder Ilmarinen
Redet Worte solcher Weise:
„Womit soll ich Unglücksel'ger,
Womit mich, ich Schwacher, schützen,
Womit schirmen, womit gürten
Gegen Land- und Seegefahren?　　120
Kleid' ich mich in einen Harnisch,
Soll ein Eisenhemd ich anziehn,
Soll ich einen Stahlgurt umtun?
Stärker ist der Mann im Harnisch,
Besser in dem Eisenhemde,
Kräftiger der Held im Stahlgurt."

Kommt die Zeit nun fortzuziehen,
Naht die Stunde aufzubrechen;
Wäinämöinen ist der eine,
Mit ihm ist Schmied Ilmarinen,　　130
Gehen um das Roß zu suchen,
Das gelbmähn'ge zu erspähen,
Mit den Zügeln in dem Gurte,
Dem Geschirre auf den Schultern,
Suchen beide nach dem Pferde,
Schauen nach ihm längs der Bäume,
Forschen nach ihm scharfen Blickes
In des blauen Waldes Umkreis;
Bis im Hain das Roß sie finden,
Das gelbmähnige im Tannwald.　　140

Wäinämöinen alt und wahrhaft,
Mit ihm Schmieder Ilmarinen
Drücken an den Kopf die Riemen,
An des Rosses Maul die Zügel;
Rasselnd fahren sie des Weges,
Beide an dem Meeresufer,
Jammern hören sie vom Strande,
Klagen von dem Landungsplatze.

Wäinämöinen alt und wahrhaft
Redet Worte solcher Weise: 150
"Scheint ein Mädchen dort zu weinen,
Scheint ein Hühnchen dort zu klagen,
Laß uns gehn um nachzuschauen,
Näher treten um zu sehen."

Selber schritt er darauf näher,
Ging heran um nachzuschauen,
War kein Mädchen, das da weinte,
War kein Hühnchen, das da klagte:
War ein Nachen, der dort weinte,
War ein Boot, das sich beschwerte.   160

Sprach der alte Wäinämöinen,
An des Bootes Seite stehend:
"Weshalb weinst du, Plankennachen,
Boot mit starken Ruderpflöcken,
Weinst du, daß du plump gezimmert,
Daß zu mäßig deine Pflöcke?"

Antwort gab der Plankennachen,
Sprach das Boot mit Ruderpflöcken:
"In das Wasser will der Nachen
Auch von teerbedeckten Rollen,   170
Wie nach eines Mannes Wohnung
Auch aus hohem Haus das Mädchen;
Deshalb wein' ich, armer Nachen,
Klag' ich Boot, erfüllt von Schmerzen,
Wein' ich, damit ich ins Wasser,
In das Meer gestoßen werde.

"Hieß wohl, als man mich gezimmert,
Bei dem Baue ward gesungen,
Daß ich werden sollt' ein Kriegsboot,
Werden sollt' ein Kampfesfahrzeug,   180

Daß ich reiche Güter trüge,
Auf dem Boden große Schätze;
Bin nicht in den Krieg gekommen,
Niemals auf die Fahrt nach Beute.

"Andre Boote, selbst die schlechten,
Ziehen immer fort zum Kampfe,
Schreiten hin zu muntern Schlachten,
Dreimal in dem Lauf des Sommers
Kommen sie mit Geld beladen,
Schätze auf dem Boden tragend;   190
Ich, ein Boot, das gut gezimmert,
Das ich hundert Bretter habe,
Faule hier auf meinen Spänen,
Liege auf dem Zimmerplatze;
Und der Erde ekle Würmer
Ruhen unter meiner Wölbung,
Und die scheußlichsten der Vögel
Bauen an dem Maste Nester,
Alle Frösche aus dem Moore
Springen an dem Vordersteven;   200
Wär' für mich wohl zweimal schöner,
Zwei ja dreimal wär' es besser,
Wär' am Berg ich eine Fichte,
Eine Tanne auf der Heide,
Mit dem Eichhorn in den Zweigen,
Mit dem Hündchen an dem Stamme."

Wäinämöinen alt und wahrhaft
Redet Worte solcher Weise:
"Weine nicht, du Plankennachen,
Klag' nicht, Boot mit Ruderpflöcken,   210
Bald sollst du zum Kriege ziehen,
Zu dem muntern Kampfe schreiten!

"Bist du, Boot, ein Werk des Schöpfers,
Schöpfers Werk, des Meisters Gabe,
Kannst du mit dem Rand ins Wasser,
Seitwärts in die Fluten fahren,
Von den Fäusten nicht berühret,
Von den Händen nicht erfasset,
Von den Schultern nicht geschoben,
Von den Armen nicht gezogen!"   220

Antwort gab der Plankennachen,
Sprach das Boot mit Ruderpflöcken:
„Geht doch nicht mein Stamm, der große,
Nicht die Boote, meine Brüder,
Angestoßen in das Wasser,
Angetrieben in die Fluten,
Wenn sie nicht die Hand berühret,
Nicht der Arm sie vorwärts schiebet."

Sprach der alte Wäinämöinen:
„Stoß' ich dich nun in das Wasser,   230
Wirst du ungerudert laufen,
Ohne alle Hilf' der Stangen,
Ohne allen Dienst des Steuers,
Ohne Wind in deinen Segeln?"

Antwort gab der Plankennachen,
Sprach das Boot mit Ruderpflöcken:
„Geht doch nicht mein Stamm, der große,
Keiner aus dem ganzen Haufen
Ungerudert von den Fingern,
Ohne alle Hilf' der Stangen,   240
Ohne allen Dienst des Steuers,
Ohne Wind in seinen Segeln."

Wäinämöinen alt und wahrhaft
Redet Worte solcher Weise:
„Wirst gerudert du denn laufen,
Mit den Stangen fortbeweget,
Von dem Steuer fortgelenket,
Mit dem Winde in den Segeln?"

Antwort gab der Plankennachen,
Sprach das Boot mit Ruderpflöcken: 250
„Laufet ja mein Stamm, der ganze,
Alle Boote, meine Brüder,
Durch das Rudern mit den Fingern,
Mit den Stangen fortbeweget,
Von dem Steuer fortgelenket,
Mit dem Winde in den Segeln."

Ließ der alte Wäinämöinen
Nun sein Roß dort auf dem Sande,
Hing an einen Baum die Halfter,
Band die Zügel dort an Zweige,   260

Stieß den Nachen in das Wasser,
Sang das Boot hin auf die Fluten,
Fragte dann den Plankennachen,
Redet Worte solcher Weise:
„O du Boot mit schöner Wölbung,
Hölzern Boot mit Ruderpflöcken!
Bist du schön auch um zu tragen,
Wie du schön bist anzuschauen?"

Antwort gab der Plankennachen,
Sprach das Boot mit Ruderpflöcken: 270
„Bin gar schön auch um zu tragen,
Fasse wohl auf meinem Boden
Hundert Männer, wenn sie rudern,
Stillesitzender ein Tausend."

Fing der alte Wäinämöinen
Darauf leise an zu singen,
Sang auf eine Seit' des Bootes
Jünglinge mit schönen Haaren,
Schönen Haaren, starken Fäusten,
Krafterfüllte Stiefelträger;   280
Sang zur andern Seit' des Bootes
Mädchen zinngeschmückt am Haupte,
Zinngeschmückt, mit Kupfergürtel,
Schöngeziert mit goldnen Ringen.

Und sodann sang Wäinämöinen
Bretterbänke voll mit Männern,
Waren viele alte Männer,
Die schon lange müßig saßen,
Fanden knapp nur Platz im Boote,
Da die Jungen früher kamen.   290
Selber setzt' er sich ans Ende,
An den Hinterstamm von Birken,
Steuerte sein Schifflein rastlos,
Redet Worte solcher Weise:
„Lauf auf baumentblößten Strecken,
Durch das Wasser nun, o Nachen,
Schwimm gleich einem Wasserbläschen,
Wie Seelilien auf den Wogen!"

Ließ die Jünglinge dann rudern,
Ließ die Mädchen stille sitzen;   300

Emsig rudern zwar die Jungen,
Doch der Weg will nicht entschwinden.
    Ließ die Mädchen darauf rudern,
Ließ die jungen Männer sitzen;
Kräftig rudern zwar die Mädchen,
Doch der Weg will nicht entschwinden.
    Ließ die Alten darauf rudern,
Ließ die jungen Leute schauen;
Kräftig rudern zwar die Alten,
Doch der Weg will nicht entschwinden. 310
    Darauf setzt Schmied Ilmarinen
Selbst sich hin um nun zu rudern,
Da erst läuft der Plankennachen,
Läuft das Boot, der Weg entschwindet,
Weithin tönt der Schlag der Ruder,
Weit der Ruderpflöcke Knarren.
    Ruderte mit starkem Brausen,
Bänk' und Seitenbretter schwankten,
Ebereschenruder stöhnten,
Ihre Stiele gleich dem Feldhuhn,   320
Ihre Blätter gleich dem Birkhuhn,
Vorne lärmt das Boot gleich Schwänen,
Hinten krächzet es gleich Raben
Und die Ruderpflöcke schnattern.
    Selbst der alte Wäinämöinen
Lenkte plätschernd nun den Nachen
An des roten Bootes Ende,
Lehnend an dem starken Steuer;
Eine Landspitz' kam zum Vorschein,
Sichtbar ward ein elend Dörflein.   330
    Auf der Landzung' weilte Ahti,
Kauko an der Landzung' Busen;
Kauko weint, weil Fische fehlen,
Weil es ihm an Brote mangelt,
Weil zu klein ist seine Kammer,
Weil ein karges Los den Schelm traf.
    Zimmert an des Bootes Seiten,
An des neuen Nachens Boden
An der Hungerspitze Ende,
An des Unglücksdorfes Rande.   340

    Trefflich waren seine Ohren,
Doch noch besser seine Augen,
Wirft die Augen hin nach Nordwest,
Wendet seinen Kopf zur Sonne,
Sieht von fern den Regenbogen,
Weither eine Hängewolke.
    Ist jedoch kein Regenbogen,
Ist auch keine Hängewolke,
Ist ein Boot, das rasch dahinzieht,
Ist ein Nachen, der da wandert   350
Auf des Meeres klarem Rücken,
Auf der weitgestreckten Öde,
Stattlich ist der Mann am Steuer,
Wohlgewachsen der am Ruder.
    Sprach der muntre Lemminkäinen:
„Kenne gar nicht diesen Nachen,
Nicht das Boot von schöner Bauart,
Das aus Suomi jetzt herankommt,
Mit dem Ruderschlag von Osten,
Mit dem Steuer hin nach Nordwest." 360
    Fing nun kräftig an zu rufen,
Rief, daß alles widerhallte,
Rief von seiner Landzung' Spitze
Übers Wasser hin der Muntre:
„Wessen Boot ist auf dem Wasser,
Wessen Schifflein in den Wogen?"
    Sprachen aus dem Boot die Männer,
Antwort gaben so die Weiber:
„Wer bist du, o Mann im Walde,
Welch ein Held, du in dem Dickicht,   370
Daß du dieses Boot nicht kennest,
Nicht das Fahrzeug von Wäinölä,
Nicht den Mann am Steuer kennest,
Nicht den Helden an dem Ruder!"
    Sprach der muntre Lemminkäinen:
„Kenne wohl den Steuerlenker
Und erkenne auch den Rudrer;
Wäinämöinen alt und wahrhaft
Sitzet selber an dem Steuer,
Ilmarinen aber rudert;   380

Wohin ziehet ihr, o Männer,
Wohin wandert ihr, o Helden?"
    Sprach der alte Wäinämöinen:
„Wandern grade nun nach Norden
Durch die starken Wellenschichten,
Durch die schaumbedeckten Fluten,
Um den Sampo zu gewinnen,
Um zu schaun den bunten Deckel
Aus dem Steinberg von Pohjola,
Aus des Kupferberges Innerm."   390
    Sprach der muntre Lemminkäinen:
„O du alter Wäinämöinen!
Sollst auch mich als Mann nun nehmen,
Mich als dritten Helden rechnen,
Da du ziehst den Sampo heben,
Seinen Deckel fortzutragen!
Werde wohl als Mann noch gelten,
Wenn das Schlagen nötig würde,
Geb' Befehle meinen Händen,
Meinen Schultern gute Lehren."   400
    Wäinämöinen alt und wahrhaft
Nahm den Mann mit auf die Reise,
Nahm den Schelm in seinen Nachen;

Lemminkäinen leichtgemutet
Kommt nun hastig angestiegen,
Eilt herbei mit schnellen Schritten,
Bringet mit sich Seitenleisten
Zu dem Boote Wäinämöinens.
    Sprach der alte Wäinämöinen:
„Ist schon Holz an meinem Boote,   410
Seitenleisten an dem Fahrzeug,
Angemessen ist die Schwere,
Weshalb bringst du Seitenleisten,
Holz du noch hinzu zum Boote?"
    Sprach der muntre Lemminkäinen:
„Nicht durch Vorsicht sinkt der Nachen,
Durch die Stütze nicht der Schober;
Oft schon forderten im Nordmeer
Stürme von dem Boote Leisten,
Gegenwinde Seitenbretter."   420
    Sprach der alte Wäinämöinen:
„Deshalb ist des Kriegesfahrzeugs
Wölbung auch gemacht aus Eisen
Und mit Stahl es vorn beschlagen,
Daß der Wind es nicht entführe,
Nicht der Sturm das Boot zerschlage."

Vierzigste Rune

Wäinämöinen alt und wahrhaft
Steuert mit dem Boote vorwärts
Von der langen Landzung' Ende,
Aus des armen Dorfes Nähe;
Steuert singend durch die Wogen,
Voller Freude durch die Fluten.

Auf der Landspitz' stehen Mädchen,
Schauen ringsumher und lauschen:
„Was für Jubel ist im Meere,
Was für Sang dort auf den Fluten, 10
Jubel so wie vordem niemals,
Schönrer Sang als je gehört ward?"

Steuerte nun Wäinämöinen
Einen Tag durch Landgewässer,
Einen dann durch Sumpfgewässer,
An dem dritten Tag durch Ströme.

Da gedachte Lemminkäinen
Einst gehörter Zauberworte
Für die Näh' des Feuerstromes,
Für des heil'gen Flusses Wirbel; 20
Redet Worte solcher Weise,
Läßt auf diese Art sich hören:
„Stau', o Sturz, dein Überschäumen,
Wasser, dein gewalt'ges Wallen!
Stromesjungfrau, Schaumestochter,
Setz' dich auf den Sprudelfelsen,
Laß dich auf dem Steinblock nieder,
Nimm die Wogen in die Arme,
Drück' die Brandung mit den Händen,
Press' den Schaum mit deinen Fäusten, 30

Daß er auf die Brust nicht spritze,
Nicht die Köpfe uns benetze!

„Alte in den Wogen unten,
Die du bei dem Schaume weilest!
Steige schwimmend auf zum Schaume,
Heb' die Brust du auf die Wogen,
Um den Gischt hoch anzuhäufen,
Um die Wellen zu bewachen,
Daß sie nicht den Schuldentblößten,
Nicht den Fehlerfreien stoßen! 40

„Steine in des Flusses Mitte,
Felsen in des Schaumes Wölbung
Mögen ihre Stirne senken,
Ihren Kopf nach unten drücken
Auf der Bahn des roten Bootes,
Auf dem Weg des teer'gen Nachens!

„Sollte dies genug nicht scheinen,
Kimmo, du, o Sohn des Kammo!
Bohr' ein Loch mit deinem Bohrer,
Haue du hier eine Öffnung 50
Mitten durch des Stromes Felsen,
An der bösen Klippe Seite,
Daß das Boot nicht haften bleibe,
Unbeschädigt weiter laufe!

„Sollte dies genug nicht scheinen,
Wirt des Wassers in den Fluten,
Mach' zu Moos die starren Steine,
Mach' das Boot zur Hechtesblase,
Wenn es durch die Wogen ziehet,
Durch der Wellen Berge eilet! 60

„Jungfrau an dem Wasserfalle,
Die du in dem Flusse weilest!
Drehe einen weichen Faden
Aus der weichen Flachseknocke,
Zieh den Faden durch das Wasser,
Durch die Flut den blaugefärbten,
Daß an ihm mein Nachen laufe,
Mit beteerter Wölbung ziehe,
Daß den Weg auch schlichte Männer,
Unerfahrne selbst ihn finden.   70

„Melatar, du Weib voll Milde!
Nimm dein Steuer, Wohlgesinnte,
Womit du den Nachen lenkest,
Durch die Zauberfluten eilest,
An der Mißgunst Haus vorüber,
An der Zauberkünstler Fenster!

„Sollte das genug nicht scheinen,
Akko, du, o Gott im Himmel!
Lenk' das Boot du mit dem Schwerte,
Lenk' es mit der blanken Klinge,   80
Daß der Plankennachen laufe,
Daß das fichtne Fahrzeug eile!"

Selbst der alte Wäinämöinen
Steuerte die Wogen teilend,
Steuerte durch Felsenspalten,
Durch den Schaum voll wilden Brausens,
Hängen blieb dort nicht der Nachen,
Stecken nicht das Boot des Kund'gen.

Erst als es danach gekommen
In die weitgedehnten Wasser,   90
Blieb das Boot im Laufe stecken,
Hielt der Nachen ein im Eilen;
Haftet fest auf einer Stelle,
Kann vom Fleck sich nicht bewegen.

Selbst der Schmieder Ilmarinen,
Lemminkäinen auch, der Muntre,
Stoßen in das Meer das Ruder,
In die Flut die Fichtenstange,
Suchen eifrig zu befreien
Ihren festgefahrnen Nachen;   100

Doch das Boot will sich nicht regen,
Frei kommt nicht der Plankennachen.
Wäinämöinen alt und wahrhaft
Redet Worte solcher Weise:
„O du muntrer Lemminkäinen,
Bücke dich um nachzuschauen,
Worauf denn das Boot wohl haftet,
Worauf unser Nachen stecket
In den weitgedehnten Fluten,
In den überstillen Tiefen,   110
Ob auf Klippen oder Stämmen,
Ob auf einer andern Hemmnis."

Lemminkäinen leichtgemutet
Wendet sich um nachzuschauen,
Schauet unterhalb des Bootes,
Redet Worte solcher Weise:
„Sitzet nicht auf einer Klippe,
Einer Klippe, einem Stamme;
Auf der Schulter eines Hechtes,
Auf des Wasserhundes Hüftbein."   120

Wäinämöinen alt und wahrhaft
Redet Worte solcher Weise:
„Alles findet man im Wasser,
Stämme sind drin und auch Hechte;
Halten wir auf Hechtes Rücken,
Auf des Wasserhundes Hüftbein,
Fahre mit dem Schwert ins Wasser,
Schlage du den Fisch in Stücke!"

Lemminkäinen leichtgemutet,
Dieser Schelm mit roten Wangen,   130
Zog die Klinge aus dem Gurte,
Von der Hüft' den Knochenbeißer,
Fuhr ins Wasser mit der Klinge,
Hieb hinab am Rand des Bootes,
Stürzte selber in das Wasser,
Fuhr ins Meer mit seinen Fäusten.

Faßte nun Schmied Ilmarinen
Bei den Haaren diesen Helden,
Hob den Mann aus Meeresfluten,
Redet selber diese Worte: 140

„Alle sind gemacht zu Männern,
Sind gemacht zu Bartesträgern,
Daß erfüllt ein Hundert werde,
Voll ein Tausend sich gestalte."

Zog das Schwert aus seinem Gurte,
Aus der Scheid' das wilde Eisen,
Daß den Fisch er jetzt zerhaue,
Schlug hinab am Rand des Bootes;
Doch in Stücke sprang die Klinge,
Ohne daß der Hecht was merkte.   150
Wäinämöinen alt und wahrhaft
Redet Worte solcher Weise:
„Nicht seid ihr des Mannes Hälfte,
Nicht das Drittel eines Helden;
Kommt Bedürfnis nach dem Manne,
Hat des Mannes Sinn man nötig,
Ist der Sinn recht unbeträchtlich,
Alle Einsicht ist verschwunden."

Selber zieht er seine Klinge,
Greift er nach dem scharfen Eisen,   160
Stößt die Klinge in die Fluten,
An des Bootes Rand zum Grunde,
In des Hechtes breiten Rücken,
In des Wasserhundes Rippen.

Stecken bleibt das Schwert, das starke,
Haftet in des Fisches Rachen;
Wäinämöinen alt und wahrhaft
Zieht den Fisch nun in die Höhe,
Zieht den Hecht hoch aus dem Wasser:
In zwei Stücke bricht der Hecht da,   170
In die Tiefe stürzt der Fischschweif
Und der Kopf fällt in den Nachen.

Wieder kann das Fahrzeug laufen,
Kommt das Boot von seiner Stelle;
Wäinämöinen alt und wahrhaft
Lenkt das Boot zu einer Insel,
Treibt es eilig hin zum Strande,
Dann beschaut von allen Seiten
Er den großen Kopf des Hechtes,
Selber spricht er diese Worte: 180

„Wer der älteste der Jungen,
Soll den Hecht hier mir zerspalten,
Soll den Fisch in Scheiben schneiden,
Soll den Kopf in Stücke schlagen!"

Sprachen aus dem Boot die Männer,
Von dem Borde so die Weiber:
„Holder sind des Fängers Hände,
Heiliger sind seine Finger."

Wäinämöinen alt und wahrhaft
Holt das Messer aus der Scheide,   190
Von der Hüft' das kalte Eisen,
Daß den Hecht er damit spalte,
Diesen Fisch in Stücke schneide,
Selber spricht er diese Worte:
„Wer die jüngste von den Jungfraun,
Soll den Hecht hier für mich kochen,
Mir zu einem Frühstücksbissen,
Mir zu einem schönen Schmause!"

Kochen gingen nun die Jungfraun,
Ihrer zehn wohl um die Wette;   200
So nun ward der Hecht gekochet
Zu den Bissen eines Mahles,
Auf der Klippe blieben Knochen,
Fischesgräten auf dem Felsen.

Wäinämöinen alt und wahrhaft
Blickte hin auf diese Gräten,
Sah sie an von allen Seiten,
Redet Worte solcher Weise:
„Was wohl könnte hieraus werden,
Aus den Zähnen dieses Hechtes,   210
Aus den weitgestreckten Kiefern,
Wär'n sie in des Schmiedes Esse,
Bei dem kund'gen Hämmerkünstler,
In der Hand des klugen Mannes?"

Sprach der Schmieder Ilmarinen:
„Nichts kann aus dem Nutzenlosen,
Aus des Fisches Gräten werden,
Gar nichts in des Schmiedes Esse,
Bei dem kund'gen Hämmerkünstler,
In der Hand des klugen Mannes."   220

Wäinämöinen alt und wahrhaft
Redet selber diese Worte:
„Dennoch kann aus diesen Gräten
Eine Kantele entstehen,
Wenn der Kundige sich findet,
Draus ein Saitenspiel zu formen."

Da kein anderer sich zeigte,
Da kein Kundiger hervortrat,
Draus ein Saitenspiel zu formen,
Sing der alte Wäinämöinen   230
Selber nun an das Gestalten,
Machte selbst er sich zum Künstler;
Formt' ein Saitenspiel aus Gräten,
Formt' ein Werkzeug ew'ger Freude.

Woher nahm er wohl den Boden?
Aus des großen Hechtes Kiefer.
Woraus machte er die Wirbel?
Aus des großen Hechtes Zähnen.
Und woraus sind denn die Saiten?
Aus dem Haar des Hiisi-Wallachs.   240

War das Saitenspiel bereitet,
War Schön-Kantele nun fertig,
Aus des Hechtes Gräten ward sie,
Aus den Flossen sie gestaltet.

Kamen nun die jungen Männer,
Kamen die beweibten Helden,
Kamen halberwachsne Knaben,
Kamen auch die kleinen Mädchen,
Jungfraun kamen, alte Weiber,
Kamen Frauen mittlern Alters   250
Um die Kantele zu sehen,
Um das Saitenspiel zu schauen.

Wäinämöinen alt und wahrhaft
Ließ die Jungen, ließ die Alten,
Ließ die Leute mittler Jahre
Mit den Fingern munter spielen
Auf dem Sanggerät aus Gräten,
Auf der Kantele aus Fischbein.

Spielten Junge, spielten Alte,
Spielten Leute mittler Jahre;   260

Junge spielten, Finger sprangen,
Alte übten, Köpfe wankten,
Freude wollte nicht entstehen,
Frohes Spiel sich nicht erheben.

Sprach der muntre Lemminkäinen:
„O ihr Kinder halber Einsicht,
O ihr Mädchen stumpf von Sinnen,
Und du andres Volk voll Jammer!
Nicht verstehet ihr zu spielen,
Ordentlich nicht vorzutragen;   270
Gebet mir die gute Harfe,
Tragt Schön-Kantele herüber,
Stellt sie her auf meine Kniee,
An die Spitzen meiner Finger!"

Hat der muntre Lemminkäinen
Nun die Kantele in Händen,
Hat vor sich das Freudenwerkzeug,
Hält es unter seinen Fingern;
Rückt zurecht das Saitenspiel dann,
Wendet es nach allen Seiten,   280
Doch nicht tönen will die Harfe,
Will nicht Freude von sich geben.

Sprach der alte Wäinämöinen:
„Nicht ist bei den jungen Leuten,
In dem wachsenden Geschlechte,
Auch nicht bei den alten Leuten,
Wer auf dieser Harfe spielen,
Freude aus ihr wecken könnte;
Sollte Pohjola wohl besser
Auf der Harfe spielen können,   290
Daraus Freudenklänge wecken,
Wenn ich sie nach Pohja brächte?"

Bracht' die Harfe nach Pohjola,
Führte sie nach Sariola;
Spielten Knaben in Pohjola,
Spielten Knaben, spielten Mädchen,
Spielten auch beweibte Männer,
Spielten Frauen, die verehlicht,
Spielte selbst die alte Wirtin,
Dreht' und wendete die Harfe,   300

Faßte feſt ſie mit den Fingern,
Hielt ſie mit den Fingerſpitzen.

Spielten Knaben in Pohjola,
Spielten Leute jeder Gattung,
Nicht zu merken war dort Freude,
Keine Melodie im Spiele;
Ganz verwickelt war'n die Saiten,
Elend wimmerten die Haare,
Hart erklangen alle Töne,
Greulich war das Spiel der Harfe. 310
Schlief ein Blinder in dem Winkel,
Auf dem Ofen dieſer Alte,
Wachte auf dort auf dem Ofen,
Fuhr empor von ſeiner Schlafſtatt,
Knurrte ſo auf ſeinem Sitze,
Murmelte in ſeinem Winkel:
„Höret auf und laßt das Spielen,
Macht dem Lärmen nun ein Ende!
Bläſt mir Löcher in die Ohren,
Sprenget mir den Kopf in Stücke, 320
Gehet mir durch alle Haare

Und entführt den Schlaf auf lange!
„Bringt des Suomivolkes Harfe
Nicht zum Vorſchein wahre Freude,
Lockt ſie nicht zu ſüßem Schlummer,
Nicht zu angenehmem Schlafe,
O, ſo werft ſie in das Waſſer,
Senkt ſie in des Meeres Fluten;
Oder traget ſie zurücke,
Bringt das Saitenſpiel hinüber 330
In die Hände, die es ſchufen,
Zu den Fingern, die es fügten!"
Schnell entgegnen da die Saiten,
Tönt die Kantele zur Antwort:
„Will nicht in das Waſſer gehen,
In die Fluten niederſinken,
Bei dem Spielmann will ich klingen,
In des Meiſters Hand erſchallen."
Ward die Harfe nun bedächtig,
Ward gar vorſichtig getragen 340
In die Hand, die ſie gebildet,
Auf die Kniee ihres Schöpfers.

Einundvierzigste Rune

Wäinämöinen alt und wahrhaft,
Dieser ew'ge Zaubersprecher,
Legt die Finger nun in Ordnung
Und benetzt die beiden Daumen;
Läßt sich auf dem Freudenfelsen,
Auf dem Stein des Sanges nieder,
Auf der silberhellen Höhe,
Auf dem Hügel goldnen Glanzes.

Nimmt die Harfe in die Finger,
Stützt die Wölbung an die Kniee;   10
Hält die Kantele in Händen,
Redet Worte solcher Weise:
„Komme her um zuzuhören,
Wer bislang es noch nicht hörte,
Wie die ew'gen Lieder tönen,
Wie Schön-Kantele erklinget!"

Fing der alte Wäinämöinen
Nun gar kunstreich an zu spielen
Auf dem Spielgerät aus Gräten,
Auf der Kantele aus Fischbein,   20
Schnell erhoben sich die Finger,
In die Höhe stieg der Daumen.

Da ward wahre Freud' aus Freude,
Aus dem Jubel echter Jubel,
Großes Spiel ward aus dem Spiele
Und zum Lied gedieh das Singen;
Da erklang der Zahn des Hechtes,
Töne gab des Fisches Gräte,
Mächt'ger Sang kam von den Saiten,
Heller Ruf von Rosses Haaren.   30

Spielt der alte Wäinämöinen,
Nicht gab's zu der Zeit im Walde
Tiere laufend auf vier Füßen,
Tiere herzuhüpfen fähig,
Die nicht kamen zuzuhören,
Sich am Jubel zu erfreuen.

Lustig sprang das muntre Eichhorn,
Kletterte von Ast zu Afte;
Näher kamen Hermeline,
Setzten sich dort an die Zäune,   40
Auf den Fluren hüpft das Elen,
Luchse teilen selbst die Freude.

Es erwacht der Wolf im Sumpfe,
Auf der Heide steht der Bär auf
Von dem Lager unter Fichten,
In dem tannenreichen Dickicht,
Eilt der Wolf durch weite Strecken,
Läuft der Bär durch lange Heiden,
Setzt sich endlich an dem Zaune,
Läßt sich nieder an der Pforte,   50
Daß der Zaun zum Stein sich senket,
Auf das Feld die Pforte stürzet;
Steiget dann auf eine Tanne,
Schwingt sich schnell auf eine Fichte,
Um dem Spiele zuzuhören,
Sich am Jubel zu erfreuen.

Tapiolas wacher Alter,
Selbst der Hausherr von Metsola,
Und das ganze Volk Tapios,
Wie die Mädchen, so die Knaben,   60

Stiegen auf des Berges Spitzen,
Um dem Saitenspiel zu lauschen;
Selber auch des Waldes Wirtin,
Tapiolas wache Alte
Zog nun an die blauen Strümpfe,
Band sie fest mit roten Bändern,
Setzt sich auf der Birke Biegung,
Auf die Krümmung einer Erle,
Um die Kantele zu hören,
Um dem Saitenspiel zu lauschen.　70

Alle Vögel in den Lüften,
Alle die zwei Flügel schwingen
Kamen flockengleich geflattert,
Kamen eilig angeflogen,
Um den Wohlklang zu vernehmen,
Sich am Jubel zu erfreuen.

Als der Aar zu Hause hörte
Dieses schöne Spiel Suomis,
Ließ die Jungen er im Neste,
Macht sich selber auf zu fliegen　80
Zu dem Spiel des hehren Helden,
Zu dem Sange Wäinämöinens.

Von der Höhe flog der Adler,
Durch die Wolken kam der Habicht,
Enten aus der Fluten Tiefe,
Schwäne aus den schwanken Sümpfen,
Selbst die allerkleinsten Finken,
Vöglein, die gar munter zwitschern,
Zeisige wohl viele Hundert,
Wohl ein Tausend lust'ger Lerchen　90
Freuen sich im Raum der Lüfte,
Lärmen auf des Mannes Schultern,
Bei dem Freudenspiel des Vaters,
Bei den Tönen Wäinämöinens.

Selbst der Lüfte Schöpfungstöchter,
Sie, die holden Jungfraun, kamen,
Um am Jubel sich zu freuen,
Um der Kantele zu lauschen,
Eine auf des Himmels Wölbung,
Auf dem Regenbogen strahlend,　100

Auf dem Wölklein saß die andre,
Auf dem roten Saume glühend.

Hielt des Mondes zarte Jungfrau,
Hielt der Sonne starke Tochter
In der Hand die Weberkämme,
Hoben auf die Weberschäfte,
Webten an dem Goldgewebe,
Rauschten mit den Silberfäden
An dem Rand der roten Wölke,
An des langen Bogens Kante.　110

Als sie aber nun vernahmen
Dieser schönen Harfe Klänge,
Fiel der Kamm rasch aus den Händen,
Stürzt' das Schifflein aus den Fingern,
Ging entzwei der goldne Faden,
Riß die Schnur von schönem Silber.

Damals gab es keine Wesen,
Keine Tiere in dem Wasser,
Die mit sechs der Flossen wandern,
Gab es keine Schwärme Fische,　120
Die nicht kamen zuzuhören,
Sich am Jubel zu erfreuen.

Angeschwommen kamen Hechte,
Angelenk die Wasserhunde,
Von den Klippen kamen Lachse,
Schnäpel aus des Meeres Tiefe;
Mit dem Rotaug kamen Barsche,
Stinte kamen, andre Fische,
Drängten sich im dichten Schilfrohr,
Reihten sich entlang dem Strande,　130
Wäinämöinens Lied zu hören,
Seinem Saitenspiel zu lauschen.

Ahto, König in den Fluten,
Der grasbärt'ge Greis der Wogen,
Taucht' empor zur Wasserfläche,
Streckte sich auf Wasserrosen,
Horchte auf den Klang der Freude,
Sprach dann selber diese Worte:
„Hab' dergleichen nie gehöret,
Nie solang die Zeiten währen,　140

Wie dies Spielen Wäinämöinens,
Wie das Lied des ew'gen Sängers."

An dem Strand die Sotkotöchter,
Sie, des Schilfrohrs schöne Schwestern,
Glätteten grad ihre Haare,
Kämmten sorgsam ihre Locken
Mit dem silberreichen Kamme,
Mit der goldgeschmückten Bürste;
Hörten da die neuen Töne,
Dieses wundersüße Spielen,   150
In das Wasser glitt die Bürste,
Fiel der Kamm da in die Wogen,
Blieben ungekämmt die Haare
Und zur Hälfte nur geordnet.

Selbst die Wirtin der Gewässer,
Sie, die schilfbedeckte Alte,
Hob sich aus des Meeres Tiefe,
Taucht' bedächtig aus den Fluten,
Schlich heran zum Schilfesrande,
Lehnte sich an eine Klippe,   160
Um die Töne anzuhören,
Wäinämöinens schönes Spielen,
Da die Töne wunderseltsam,
Wundersüß das Spiel erschallte;
Fiel alsdann in tiefen Schlummer,
Sank aufs Antlitz dort zu Boden,
Auf des bunten Felsens Rücken,
Auf der dicken Klippe Kante.

Wäinämöinen alt und wahrhaft
Spielte einen Tag, den zweiten,   170
Gab dort keinen von den Helden,
Keinen von den kräft'gen Männern,
Keinen Mann und keins der Mädchen,
Keins der zopfgeschmückten Weiber,
Die er nicht zu Tränen rührte,
Deren Herz er nicht bewegte;
Weinten Junge, weinten Alte,
Weinten unbeweibte Männer,
Weinten die beweibten Helden,
Weinten halberwachsne Knaben,   180

Wie die Knaben, so die Jungfraun,
Ja die allerkleinsten Mädchen,
Denn der Klang war wunderseltsam,
Wundersüß das Spiel des Alten.

Selbst dem alten Wäinämöinen
Füllte sich der Blick mit Tränen,
Aus den Augen fielen Tropfen,
Wasserperlen rannen nieder,
Voller als des Sumpfes Beeren,
Dicker als die Erbsenkörner,   190
Runder als des Feldhuhns Eier,
Größer als die Schwalbenköpfe.

Aus den Augen tropfte Wasser,
Quoll hervor in reichen Tropfen,
Strömte auf die Backenknochen,
Glitt der Wangen Fläche nieder,
Von der schönen Wangen Fläche
Auf das Kinn, das stark gewölbte,
Von des Kinnes starker Wölbung
Auf die Brust, die breit gewachsne,   200
Von dem breiten Wuchs des Busens
Auf die fest geformten Kniee,
Von den fest geformten Knieen
Auf des Fußes hohe Fläche,
Von des Fußes hoher Fläche
Auf den Boden an den Füßen,
Durch fünf wollne Kleider rann es,
Durch sechs goldgestickte Gürtel,
Rann durch sieben blaue Röcke,
Durch acht grobe Überröcke.   210

Rannen so die Wassertropfen
Von dem alten Wäinämöinen
Zu dem Strand des blauen Meeres,
Von dem Strand des blauen Meeres
In des klaren Wassers Tiefe,
Auf des schwarzen Schlammes Masse.

Sprach der alte Wäinämöinen
Selber Worte solcher Weise:
„Ist in diesen Jünglingshaufen,
In den schönen Jugendscharen,   220

17*

In dem ausgedehnten Stamme,
Von des Ahnen Nachfahrn einer,
Der nun meine Tränen sammelt
Aus der klaren Fluten Tiefe?"
Also sprachen da die Jungen,
Antwort gaben so die Alten:
"Nicht ist in dem Jünglingshaufen,
In den schönen Jugendscharen,
In dem ausgedehnten Stamme
Von des Ahnen Nachfahrn einer,   230
Der nun deine Tränen sammelt
Aus der klaren Fluten Tiefe."
Sprach der alte Wäinämöinen
Selber Worte dieser Weise:
"Wer die Tränen mir zurückbringt,
Wer die Wassertropfen sammelt
Aus der klaren Fluten Tiefe,
Wird ein Federkleid erhalten."
Kam der Rabe angekrächzet;
Sprach der alte Wäinämöinen: 240
"Hol', o Rabe, meine Tränen
Aus der klaren Fluten Tiefe!
Werd' ein Federkleid dir geben."

Nicht erhascht der Rab' die Tränen.
Hörte das die blaue Ente,
Kam herbei die blaue Ente;
Sprach der alte Wäinämöinen:
"Oftmals tauchst du, blaue Ente,
Mit dem Schnabel in die Tiefe,
Kühlst dich ab im frischen Wasser;   250
Gehe, sammle meine Tränen
Aus der klaren Fluten Tiefe!
Guten Lohn wirst du erhalten,
Werd' ein Federkleid dir geben."
Ging die Ente aufzusammeln
Alle Tränen Wäinämöinens
Aus der klaren Fluten Tiefe,
Von dem Grund des schwarzen Schlammes;
Sammelt aus dem Meer die Tränen,
Trägt sie hin in Wäinös Hände,   260
Doch sie hatten sich verwandelt,
Waren wunderschön geworden:
Sind zu Perlen nun verdichtet,
Schimmern bläulich voller Klarheit,
Zu dem Schmucke manches Königs,
Zu der Mächt'gen ew'ger Freude.

Zweiundvierzigste Rune

Wäinämöinen alt und wahrhaft,
Als der zweite Ilmarinen,
Drittens auch der Sohn des Lempi,
Er, der schöne Kaukomieli,
Zogen auf des Meeres Fläche,
Auf den weitgedehnten Fluten
Nach des kalten Dorfes Höfen,
Nach dem nimmerhellen Nordland,
Nach dem Ort, der Männer tilget,
Der ins Meer die Helden senket. 10

Wer wohl führte dort das Ruder?
Einer war Schmied Ilmarinen,
Dieser ruderte im Boote
Mit dem vordern Ruderpaare,
Lemminkäinen war der zweite
Mit dem hintern Ruderpaare.

Wäinämöinen alt und wahrhaft
Setzte selber sich ans Steuer,
Lenkte vorwärts dann den Nachen,
Führt' ihn durch des Meeres Wogen, 20
Durch den heft'gen Gischt der Wellen,
Durch die schaumbedeckten Fluten
Zu dem Landungsplatz Pohjolas,
Zu den wohlbekannten Walzen.

Als sie nun dahin gekommen,
Als die Reise sie beendet,
Zogen sie ans Land den Nachen,
Hoben den mit Teer bestrichnen
Auf die stahlbeschlagnen Walzen,
Auf die kupferreichen Rollen. 30

Traten darauf in die Stube,
Drangen eilends in das Innre;
Also frug des Nordlands Wirtin,
Forschte aus die Angekommnen:
„Welche Rede bringt ihr, Männer,
Welche neue Kunde, Helden?"

Wäinämöinen alt und wahrhaft
Gab ihr darauf diese Antwort:
„Männerrede gilt dem Sampo,
Heldenwort dem bunten Deckel; 40
Kamen zur Verteilung Sampos,
Zu der Schau des bunten Deckels."

Selbst die Wirtin von Pohjola
Redet Worte solcher Weise:
„Nicht verteilet man ein Feldhuhn,
Niemals unter drei ein Eichhorn;
Gut zu surren ist's dem Sampo,
Seinem Deckel gut zu mahlen
In dem Steinberg von Pohjola,
In des Kupferberges Innerm, 50
Und ich selbst bin wohl zufrieden
Als des großen Sampos Herrin."

Wäinämöinen alt und wahrhaft
Redet Worte solcher Weise:
„Wenn du nicht die Teilung zugibst,
Daß wir eine Hälfte nehmen,
Werden wir den ganzen Sampo
Mit Gewalt zum Boote tragen."

Louhi, sie, des Nordlands Wirtin,
Wurde drauf gewaltig böse, 60

Rief herbei das Volk Pohjolas,
Junge Männer mit den Schwertern,
Helden mit den scharfen Waffen
Zum Verderben Wäinämöinens.

Wäinämöinen alt und wahrhaft
Nahm die Kantele zu Händen,
Setzte sich zum Spielen nieder
Und begann gar schön zu spielen,
Daß die Leute alle lauschten,
Daß den Jubel sie bestaunten,　70
Frohen Sinnes alle Männer,
Lachend mit dem Mund die Weiber,
Nassen Auges alle Helden,
Knieend auf der Erd' die Knaben.

Er ermüdete die Leute,
Schläferte das ganze Volk ein,
Daß die Lauscher alle schlummern,
Alle Stauner niedersinken,
Schlafen Alte, schlafen Junge
Bei dem Spiele Wäinämöinens.　80

Griff der weise Wäinämöinen,
Dieser ew'ge Zaubersprecher,
Hastig drauf in seine Tasche,
Suchte in dem Lederbeutel,
Holt' hervor des Schlafes Nadeln,
Strich den Schlummer auf die Augen,
Schloß gar fest die Augenwimpern,
Sperrte durch ein Schloß die Blicke
All dem mattgewordnen Volke,
All den eingeschlafnen Helden;　90
Senkte sie in tiefen Schlummer,
Daß sie lange schlafen mußten,
Alle Leute von Pohjola
Und das Volk des ganzen Dorfes.

Ging den Sampo dann zu holen
Und zu schaun den bunten Deckel
In dem Steinberg von Pohjola,
In des Kupferhügels Innerm,
Hinter neun der stärksten Schlösser,
Hinterm zehnten festen Riegel.　100

Fing der alte Wäinämöinen
An mit leiser Stimm' zu singen
An des Kupferberges Eingang,
An dem Saum des Felsenschlosses;
Schon erbebt des Schlosses Pforte,
Schon erkracht die Eisenangel.

Selbst der Schmieder Ilmarinen
Schmierte darauf samt den andern
Mit dem Fett des Tores Schlösser,
Mit dem Speck der Pforte Angeln,　110
Damit nicht die Türe heulte,
Damit nicht die Angeln kreischten;
Dreht' das Schloß mit seinen Fingern,
Hob mit seiner Hand die Riegel,
Öffnet' ohne Müh' die Schlösser
Und gar leicht die festen Tore.

Sprach der alte Wäinämöinen
Selbst drauf Worte solcher Weise:
„O du muntrer Lemminkäinen,
Trefflichster du meiner Freunde,　120
Geh den Sampo nun zu fassen,
Raffe fort den bunten Deckel!“

Lemminkäinen leichtgemutet,
Er, der schöne Kaukomieli,
Stets bereit auch ungebeten,
Gar behend auch ungerühmet,
Ging den Sampo zu erfassen,
Ging den Deckel fortzuraffen,
Also sprach er dahin schreitend,
Prahlte so auf seinem Gange:　130
„Ja, so wahr ein Mann in mir steckt
Und ein Held im Sohne Akkos,
Wird der Sampo fortgeschoben,
Wird der Deckel umgewendet,
Wenn ich mit dem rechten Fuß ihn,
Mit dem Absatz ihn berühre!“

Schieben tat nun Lemminkäinen,
Schieben wohl und fleißig wenden,
Faßt den Sampo mit den Armen,
Stemmt die Kniee auf den Boden,　140

Nicht bewegte sich der Sampo,
Wankte nicht der bunte Deckel;
Wurzeln hatte er getrieben
In die Tiefe von neun Klaftern.

Was ein guter Stier im Nordland,
War von einem kräft'gen Wuchse,
War gar zähe an den Seiten,
Gar gewaltig an den Sehnen;
Hatte klafterlange Hörner
Und ein Maul von zweithalb Klaftern. 150

Nahm den Stier vom Grasgefilde,
Einen Pflug vom Saum des Feldes,
Ackert' aus des Sampo Wurzeln
Und des bunten Deckels Fasern;
In Bewegung kam der Sampo,
Rührte sich der bunte Deckel.

Bracht' der alte Wäinämöinen,
Als der zweite Ilmarinen,
Drittens endlich Lemminkäinen
Nun den großen Sampo also   160
Aus dem Steinberg von Pohjola,
Aus des Kupferberges Innerm;
Führten ihn nach ihrem Fahrzeug,
Bargen ihn in ihrem Boote.

Hatten in dem Schiff den Sampo,
In der Wölbung nun den Deckel,
Stießen in das Meer den Nachen,
In die Flut den bretterreichen;
In das Wasser rauscht der Nachen,
In die Flut mit seinen Seiten.   170

Fragt der Schmieder Ilmarinen,
Redet Worte solcher Weise:
„Wohin nun den Sampo bringen,
Wohin sollen wir ihn schaffen
Fort von dieser schlechten Stelle,
Aus dem unheilvollen Nordland?"

Wäinämöinen alt und wahrhaft
Redet selber diese Worte:
„Dahin wollen wir ihn bringen,
Dahin seinen Deckel führen: 180

Zu der nebelreichen Spitze,
Zu dem dunstumwobnen Eiland,
Wo er voller Ruhe weilen,
Wo er immer bleiben könnte;
Ist doch dort wohl noch ein Plätzchen,
Dort ein Stückchen Land noch übrig,
Ungeplündert, unbezwungen,
Nicht besucht vom Schwert der Männer."

Zog der alte Wäinämöinen
Fort nun von des Nordlands Grenzen, 190
Zog hinweg mit froher Laune,
Freudig nach dem Heimatlande;
Selber sprach er diese Worte:
„Wende, Boot, dich von Pohjola,
Wend' dich grade nach der Heimat,
Kehr' der Fremde zu den Rücken!

„Wiege, Wind, nun meinen Nachen,
Treib das Boot mir vorwärts, Wasser,
Leih den Rudern deinen Beistand,
Leichtigkeit den Ruderblättern   200
Auf der freien Wasserfläche,
Auf der weitgestreckten Öde!

„Wären klein die Ruderstangen,
Und die Rudrer schwach von Kräften,
Wär'n die Steuerleute schmächtig,
Kinder, die das Fahrzeug lenken,
Gib dann, Ahto, deine Ruder,
Wasserwirt, du deinen Nachen,
Neue gib und bessre Ruder
Und ein kräftigeres Steuer!   210
Setze selber dich ans Ruder,
Schick' dich an, das Boot zu treiben,
Laß den Nachen schneller laufen,
Laß die Eisenpflöcke knarren
Durch der Wogen scharfe Brandung,
Durch die schaumbedeckten Fluten!"

Lenkt der alte Wäinämöinen
Darauf fort das schöne Fahrzeug,
Selbst der Schmieder Ilmarinen
Und der muntre Lemminkäinen   220

Machen beide sich ans Rudern,
Rudern eifrig, eilen vorwärts
Auf des Meeres klarem Spiegel,
Auf den flachgedehnten Fluten.

Sprach der muntre Lemminkäinen:
„War, solange ich schon rudre,
Wasser für die Ruderleute,
Und Gesang war für die Sänger,
Aber nicht ist heutzutage
Hier nur irgendwas zu hören   230
Von den Liedern in dem Boote,
Vom Gesange auf den Fluten."

Wäinämöinen alt und wahrhaft
Redet Worte solcher Weise:
„Nicht soll man im Wasser singen,
Auf den Fluten Sang erheben;
Aufenthalt nur bringt das Singen,
Lieder ziehen hin das Rudern,
Schwinden würd' das goldne Taglicht,
Finsternis würd' uns ereilen   240
Auf der freien Wasserfläche,
Auf den endlos weiten Wogen."

Sprach der muntre Lemminkäinen
Selber Worte solcher Weise:
„Ohnehin vergeht die Zeit auch,
Eilet fort das schöne Taglicht,
Kommt die Nacht herangerauschet
Und geeilt die Abenddämmrung,
Solltest du auch nimmer singen,
Selbst dein Leben lang nicht trällern." 250

Fährt der alte Wäinämöinen
Auf des Meeres blauem Rücken,
Steuert einen Tag, den zweiten,
Endlich an dem dritten Tage
Fängt der muntre Lemminkäinen
Nochmals an mit diesen Worten:
„Warum willst du, Wäinämöinen,
Willst du, Trefflicher, nicht singen,
Da den Sampo du gewonnen,
Du den rechten Weg gefunden?"   260

Wäinämöinen alt und wahrhaft
Gibt ihm klüglich diese Antwort:
„Ist zu früh noch um zu singen,
Noch zu zeitig um zu jubeln;
Dann erst ziemet es zu singen,
Dann erst ist es Zeit zu jubeln,
Wenn die eigne Tür man siehet,
Wenn die eignen Angeln knarren."

Sprach der muntre Lemminkäinen:
„Säße ich am Steuerruder,   270
Würde ich nach Kräften singen,
Würd' aus vollem Halse rufen,
Wenn ich es auch sonst nicht könnte,
Nicht genügend es vermöchte;
Willst du nicht den Sang beginnen,
Mache ich mich selbst ans Singen."

Lemminkäinen leichtgemutet,
Er, der schöne Kaukomieli,
Legt darauf zurecht die Lippen
Und bereitet seine Stimme;   280
Machet selber sich ans Singen,
Hebt erbärmlich an zu lärmen
Mit der Stimme, die gar heiser,
Mit der Kehle voller Rauheit.

Sang der muntre Lemminkäinen,
Lärmt' der schöne Kaukomieli,
Daß der Mund, der Bart ihm bebte,
Daß des Kinnes Pfeiler schwankten;
Weithin hörte man das Singen,
Hört' das Lied entlang dem Wasser,   290
Hört' es in dem sechsten Dorfe,
Fernhin über sieben Meere.

Saß auf einem Stamm ein Kranich,
Auf dem nassen Wiesenhügel,
Zählt die Knochen seiner Zehen,
Hebt nach oben seine Füße;
Da durchfährt ihn jäh ein Schrecken
Von dem Singen Lemminkäinens.

Hob der Kranich an zu schreien,
Schrie erschreckt mit garst'ger Stimme, 300

Fing gleich an davon zu fliegen,
Flog in Eile durch Pohjola;
Als er dorthin angekommen,
Nach des Nordens Sumpf gelangt war,
Schrie er noch mit garst'ger Stimme,
Schrie er fort mit allen Kräften,
Weckte so das Volk Pohjolas,
Machte wach die schlechten Leute.

Es erwacht des Nordlands Wirtin
Aus dem tiefen, langen Schlummer, 310
Ging zur Hürde ihrer Herden,
Lief zum Dörrhaus des Getreides,
Schaut' sich um nach ihrer Herde,
Zählte emsig das Getreide,
Nicht verloren war die Herde,
Nicht geplündert das Getreide.

Ging dann zu dem Felsenberge,
Zu des Kupferhügels Eingang,
Sprach, als sie dort angekommen:
„Weh mir Armen ob des Lebens! 320
Ist ein Fremder hier gegangen,
Alle Schlösser sind gesprenget,
Aufgemacht der Feste Tore,
Alle Angeln sind zerschlagen;
Sollt' der Sampo wohl geraubet,
Fortgeführt sein durch Gewalttat?"

Wohl entführet war der Sampo,
Fortgeschleppt der bunte Deckel
Aus dem Steinberg von Pohjola,
Aus des Kupferhügels Innerm, 330
Hinter neun der besten Schlösser,
Hinterm zehnten festen Riegel.

Louhi, sie, des Nordlands Wirtin,
Wurde nun gewaltig böse,
Merkte, daß die Macht ihr schwindet,
Daß ihr Ansehn niedersinket,
Also fleht sie zu Udutar:
„Nebeltochter, Nebeljungfrau!
Streue mit dem Siebe Nebel,
Sende dichte Dünste nieder, 340

Schicke dicke Lüft vom Himmel,
Senke Dämpfe aus den Lüften
Auf des klaren Meeres Rücken,
Auf die weitgedehnte Öde,
Daß nicht Wäinämöinen fliehe,
Nicht der Wogenfreund entkomme!

„Sollte dies genug nicht scheinen,
Iku-Turso, Sohn des Alten,
Heb' dein Haupt du aus dem Meere,
Deinen Scheitel aus den Fluten, 350
Stürz' die Männer von Kalewa
Und versenk' die Wogenfreunde,
Lasse all die bösen Helden
In der Fluten Tiefe sinken,
Bring' den Sampo nach Pohjola,
Ohn' ihn aus dem Boot zu wälzen!

„Sollte das genug nicht scheinen,
Akko, du, o Gott der Höhe,
Goldner König in den Lüften,
Du, o Herrscher, silberstrahlend! 360
Mache Wetter voller Stürme
Und erheb' die Kraft der Lüfte,
Sende Winde, sende Fluten
Jenem Boote du entgegen,
Daß nicht Wäinämöinen fliehe,
Nicht der Wogenfreund entkomme!"

Hauchte nun die Nebeljungfrau
Einen Nebel auf die Fluten,
Sandte Dünste in die Lüfte,
Hielt den alten Wäinämöinen 370
Drei der Nächte nacheinander
Auf des blauen Meeres Mitte,
Daß er nirgendhin entkommen,
Nirgendhin entrinnen konnte.

Als drei Nächte er geruhet
Auf des blauen Meeres Mitte,
Sprach der alte Wäinämöinen,
Redet selber diese Worte:
„Selbst ein schlechterer der Männer,
Selbst ein schwächerer der Helden 380

Wird im Nebel nicht versinken,
Nicht in Dünsten untergehen."

Fuhr durchs Wasser mit der Klinge,
Schlug das Meer mit seinem Schwerte,
Honig floß da von der Klinge,
Süßer Seim von seinem Schwerte,
Stieg der Dunst empor zum Himmel,
Hob der Nebel sich nach oben,
Rein vom Dampfe ward das Wasser,
Frei vom Dunste bald die Fluten, 390
Weiter dehnt sich aus das Wasser,
Größer will die Welt nun scheinen.

Wenig Zeit war hingegangen,
Kaum ein Augenblick verflossen,
Ist ein gar gewaltig Brausen
An des Bootes Rand zu hören,
Dort hebt Schaum sich in die Höhe
Zu dem Nachen Wäinämöinens.

Ward der Schmieder Ilmarinen
Damals sehr in Furcht gesetzet, 400
Wich das Blut ihm aus den Wangen,
Sank herab von seinen Backen;
Zog sich übers Haupt die Decke,
Über seine beiden Ohren,
Deckte damit seine Wangen,
Besser noch deckt' er die Augen.

Selbst der alte Wäinämöinen
Schaute auf das Meer am Boote,
Warf die Augen hin zur Seite,
Sieht dort solch ein Ungeheuer: 410
Iku-Turso, Sohn des Alten,
Hebt zur Seit' des roten Bootes
Seinen Kopf jetzt aus dem Meere,
Seinen Scheitel aus den Fluten.

Wäinämöinen alt und wahrhaft
Packt die Ohren mit den Fäusten,
Hebt ihn auf an seinen Ohren,
Fragt ihn dann und redet kräftig,
Läßt sich solcherart vernehmen:
„Iku-Turso, Sohn des Alten! 420

Weshalb stiegst du aus dem Meere,
Weshalb kamst du aus den Wogen
Vor das Aug' der Menschenkinder
Und zumal der Kalewsöhne?"

Iku-Turso, Sohn des Alten,
War darob nicht voller Freude,
War auch nicht zu sehr erschrocken,
Gab durchaus ihm keine Antwort.

Wäinämöinen alt und wahrhaft
Forscht genau zum zweiten Male, 430
Fragt ihn scharf zum dritten Male:
„Iku-Turso, Sohn des Alten!
Weshalb stiegst du aus dem Meere,
Weshalb kamst du aus den Wogen?"

Iku-Turso, Sohn des Alten,
Gab nun bei dem dritten Male
Diese Worte ihm zur Antwort:
„Deshalb stieg ich aus dem Meere,
Deshalb kam ich aus den Wogen:
Hatt' in meinem Sinn die Absicht, 440
Kalews Stamm hier zu vertilgen,
Sampo nach dem Nord zu bringen;
Läßt du mich nun in die Fluten,
Schonst du mein geringes Leben,
Komm' ich nicht zum zweiten Male
Vor das Aug' der Menschenkinder."

Ließ der alte Wäinämöinen
Frei ihn wieder in die Fluten,
Redet selber diese Worte:
„Iku-Turso, Sohn des Alten, 450
Steige nicht mehr aus dem Meere,
Komme nicht mehr aus den Wogen
Vor der Menschenkinder Augen,
Nie hinfort vom heut'gen Tage!"

Niemals ist seit diesem Tage
Turso aus dem Meer gestiegen
Vor der Menschenkinder Augen,
Nie solange Mond und Sonne,
Nie solang der schöne Tag scheint
Und die Lüfte Freude leihen. 460

Lenkt der alte Wäinämöinen
Vorwärts wieder seinen Nachen;
Wenig Zeit war hingegangen,
Kaum ein Augenblick verflossen,
Schon läßt Ukko in dem Himmel,
Selber er, der Herr der Lüfte,
Kräft'ge Winde heftig blasen,
Starke Stürme wütend toben.

Winde fingen an zu blasen,
Heft'ge Stürme an zu toben;   470
Gräßlich blies der Wind aus Westen,
Heftig schnitt der Wind aus Südwest,
Kräft'ger kam der Wind aus Osten,
Scheußlich heult' der Wind aus Südost,
Greulich schrie der Wind aus Nordost,
Tobend brüllt' der Wind von Norden.

Blies die Blätter von den Bäumen,
Blies vom Nadelholz die Nadeln,
Blies die Blumen von der Heide,
Blies die Fäserchen vom Grase;   480
Trieb den schwarzen Sand des Grundes
An des klaren Wassers Fläche.

Heftig bliesen da die Winde,
Peitschten da das Boot die Wogen,
Führten fort die Hechtesharfe,
Diese Kantele aus Flossen,
Zu der Lust des Volks Wellamos,
Zu des Ahtovolkes Freude;
Ahto sah sie auf den Wogen,
Auf den Fluten seine Kinder,   490
Nahmen fort die schöne Harfe,
Trugen sie in ihre Heimat.

Trat dem alten Wäinämöinen
Da das Wasser in die Augen;
Selber spricht er diese Worte:
„Fort entschwand was ich gewonnen,
Fort ist meines Sinnes Labsal,
Meine Freude hingesunken;
Werde nie in Zukunft wieder,
Nie solange ich noch lebe,   500

Freude aus des Hechtes Zähnen,
Aus des Fisches Gräten wecken."

Selbst der Schmieder Ilmarinen
War in große Angst geraten,
Redet Worte solcher Weise:
„Weh mir Armem ob des Schicksals,
Daß ich auf das Meer gegangen,
Auf die weitgestreckte Öde,
Daß ich trat auf Holz, das rollet,
Auf die Äste, die so zittern!   510
Früher sah mein Haar schon Winde,
Lernt' es starke Stürme kennen,
Und mein Bart sah böse Tage
Hier auf diesen Wasserstrecken,
Selten hat er doch gesehen
Früher einen Sturm gleich diesem,
Solche wallungsreiche Fluten,
Solche schaumbedeckte Wogen;
Schon dient mir der Wind als Zuflucht,
Gnade leihen mir die Wellen."   520

Wäinämöinen alt und wahrhaft
Sagte darauf seine Meinung:
„Weinen soll man nicht im Boote,
In dem Nachen niemals jammern,
Nimmer hilft aus Unglück Weinen,
Jammern nie aus bösen Tagen."

Redet darauf diese Worte,
Läßt sich selber also hören:
„Flut, gebiete deinen Söhnen,
Woge, wehre deinen Kindern,   530
Ahto, laß die Wellen sinken,
Wellamo, das Volk des Wassers,
Daß es nicht den Rand bespritze,
Nicht die Rippen meines Nachens!

„Steige, Wind, empor zum Himmel,
Hebe fort dich zum Gewölke,
Zum Geschlecht, wo du geboren,
Zu der Sippschaft der Verwandten!
Stürze nicht das Boot von Planken,
Kehr' nicht um den Fichtennachen,   540

Fälle Bäume in dem Walde,
Beuge Tannen auf den Höhen!"
   Lemminkäinen leichtgemutet,
Er, der schöne Kaukomieli,
Redet Worte solcher Weise:
„Komm, o Aar, du Turjaländer,
Komm und bringe drei der Federn,
Drei, o Aar, und zwei, o Rabe,
Zu dem Schutz des kleinen Bootes,
Für den Rand des schlechten Nachens." 550
   Selbst erhöht er nun die Seiten,

Macht zurecht die Seitenbretter,
Fügt sie an den Bord des Bootes,
Hebt ihn bis zu Klafterhöhe,
Daß die Wogen nimmer drüber,
Übern Rand nicht spritzen können.
   Wohl gerüstet war der Nachen,
Wohl versehn mit Seitenbrettern,
Sich im wilden Sturm zu wiegen,
Durch die starke Flut zu stoßen, 560
Wenn er durch den Schaum der Wogen,
Durch die Wellenberge wandert.

Dreiundvierzigste Rune

Rief Pohjolas Wirtin Louhi
Nun des Nordlands Volk zusammen,
Gibt den Scharen ihre Bogen,
Reicht den Männern ihre Schwerter,
Rüstet aus des Nordlands Nachen,
Macht zurecht das Kriegesfahrzeug.

Setzt die Männer in den Nachen,
Reihenweis die Kampfeshelden,
Wie die Ente ihre Jungen,
Ihre Kinder fleißig ordnet,   10
Hundert Männer mit den Schwertern,
Tausend Helden mit den Bogen.

Richtet auf den Mast im Boote,
Sorget für die Segelstangen,
Auf den Mast zieht sie die Segel,
Leinwand an die Segelstangen,
Lang gleich einer Hängewolke,
Gleich dem Wolkenknäul am Himmel;
Macht sich auf davon zu fahren,
Fährt davon mit großer Eile,   20
Um den Sampo fortzubringen
Aus dem Boote Wäinämöinens.

Wäinämöinen alt und wahrhaft
Steuerte im blauen Meere,
Redet' selber diese Worte,
Sprach am Steuer seines Bootes:
„O du muntrer Sohn des Lempi,
Trefflichster du meiner Freunde,
Steige an des Mastbaums Spitze,
Klettre auf die Segelstange,   30

Blicke vor dich in die Lüfte,
Spähe hinterwärts am Himmel,
Ob der Lüfte Ränder klar sind,
Ob sie klar sind oder trübe!“

Lemminkäinen leichtgemutet,
Dieser Schelm mit roten Wangen,
Stets bereit auch ungebeten,
Gar behend auch ungerühmet,
Stieg da zu des Mastbaums Spitze,
Kletterte zur Segelstange;   40
Schaut nach Osten, schaut nach Westen,
Schaut nach Nordwest, schaut nach Süden,
Schaut zum Ufer auch des Nordlands,
Redet Worte solcher Weise:
„Klar erscheinen vorn die Lüfte,
Trüb ist hinter mir der Himmel,
Kommt ein Wölkchen her von Norden,
Eine Hängewolk' von Nordwest.“

Sprach der alte Wäinämöinen:
„Redest keineswegs die Wahrheit;   50
Ist gewißlich kein Gewölke,
Wahrlich keine Hängewolke,
Ist ein Boot mit seinen Segeln;
Schaue nochmals scharfen Blickes!“

Schaute nochmals, schaute schärfer,
Redet Worte solcher Weise:
„Scheint von ferne her ein Eiland,
Schimmert unbestimmt von weitem,
Espen angefüllt mit Falken,
Birken voll von Auerhähnen.“   60

Sprach der alte Wäinämöinen:
„Redest keineswegs die Wahrheit;
Dies sind wahrlich keine Falken,
Sind auch keine Auerhähne,
Sind die Knaben von Pohjola;
Schaue scharf zum dritten Male!"

Lemminkäinen leichtgemutet,
Schaute nun zum dritten Male,
Redet Worte solcher Weise,
Läßt auf diese Art sich hören: 70
„Kommt ein Boot daher von Norden,
Schlägt das Meer mit hundert Rudern,
Hundert Männer sind am Ruder,
Tausend sitzen in dem Boote."

Wußt' der alte Wäinämöinen
Endlich nun die ganze Wahrheit,
Redet Worte solcher Weise:
„Rudre, Schmieder Ilmarinen,
Rudre, muntrer Lemminkäinen,
Rudert alle ihr, o Leute,   80
Daß das Boot nun weiter komme,
Daß der Nachen vorwärts laufe!"

Ruderte Schmied Ilmarinen,
Und der muntre Lemminkäinen,
Rudern alle Leut' im Nachen,
Daß die Fichtenruder knarren
Und die Ruderpflöcke pfeifen
Und das Tannenboot erzittert;
Wie ein Seehund lärmt die Spitze,
Wie ein Wasserfall das Ende,   90
Voller Wallung sind die Wogen
Und der Schaum enteilt in Ballen.

Rudern um die Wett' die Helden,
Eifernd mühen sich die Männer;
Doch der Weg will nicht entschwinden,
Nicht entfliehn der Plankennachen
Vor dem Boote mit den Segeln,
Vor dem Fahrzeug von Pohjola.

Sah der alte Wäinämöinen
Schon die Unglücksstunde nahen,   100

Unheil seinem Haupte drohen;
Dachte nach und überlegte,
Wie zu sein und wie zu leben,
Redet selber diese Worte:
„Kenne wohl noch einen Ausweg,
Weiß noch um ein kleines Wunder."

Griff darauf nach seinem Zunder,
Eilig nach dem Feuerzeuge,
Nahm ein Stückchen von dem Steine,
Von dem Zunder auch ein wenig,   110
Warf dann beide in die Fluten
Über seine linke Schulter,
Redet Worte solcher Weise,
Läßt auf diese Art sich hören:
„Daraus werde eine Klippe,
Wachse auf ein Fels im Wasser,
Daß das Hundertruderfahrzeug
Pohjolas daran zerschelle
In des wilden Meeres Brandung,
In dem heft'gen Schwall der Wogen!"   120

Wuchs sogleich ein Fels im Meere,
In dem Wasser eine Klippe,
Mit der Länge hin nach Osten,
Mit der Breite hin nach Norden.

Eilt herbei des Nordens Fahrzeug,
Kommt gerudert durch die Fluten,
Fährt gerade auf die Klippe,
Haftet an dem Fels im Meere,
Mitten durch zerbirst der Nachen,
Seine hundert Rippen brechen,   130
In das Wasser stürzt der Mastbaum,
Nieder sinken alle Segel,
Daß der Sturmhauch sie entführe,
Sie der Frühlingswind entraffe.

Eilt des Nordlands Wirtin Louhi
Nun ins Wasser mit den Füßen,
Will das Boot nach oben stoßen,
Will den Nachen wieder heben;
Kann das Boot nicht wieder heben,
Kann den Nachen nicht bewegen,   140

Alle Rippen sind zerbrochen,
Alle Pflöcke sind zersplittert.

　Sie bedenkt und überlegt es,
Redet selber diese Worte:
„Wer wohl könnte Rat mir geben,
Wer wohl könnte weiter helfen?"
Rasch verändert sie den Körper
Und zieht andere Gestalt an:
Nimmt alsbald fünf alte Sensen,
Sechs längst abgenutzte Karste,　　150
Fügt sie sich zurecht als Krallen,
Heftet sie sich an als Klauen;
Macht des Bootes eine Hälfte
Zu des Körpers Unterlage,
Fügt die Seiten an als Flügel,
Macht das Steuer sich zum Schweife;
Hundert Mann hat in den Flügeln,
Tausend sie am End' des Schweifes,
Hundert Männer mit den Schwertern,
Tausend Helden mit den Bogen.　　160
　Breitet sich nun aus zum Fluge
Und erhebet sich als Adler,
Flieget flatternd in die Höhe,
Wäinämöinen zu erfassen,
Streift die Wolken mit dem Flügel,
Schlägt das Wasser mit dem andern.
　Sprach die schöne Wassermutter
Selber Worte solcher Weise:
„O du alter Wäinämöinen!
Wende deinen Kopf zur Sonne,　　170
Wirf die Augen hin nach Nordwest,
Schaue hinter dich ein wenig!"
　Wandt' der alte Wäinämöinen
Seinen Kopf nun hin zur Sonne,
Warf die Augen hin nach Nordwest,
Schaute hinter sich ein wenig;
Schon erscheint des Nordlands Alte,
Kommt der sonderbare Vogel,
An der Schulter wie ein Habicht,
Wie ein Adler an dem Leibe.　　180

　Schon erreicht er Wäinämöinen,
Flieget zu des Mastbaums Spitze,
Klettert auf die Segelstange,
Setzt sich auf des Mastes Ende;
Nah dem Stürzen ist der Nachen,
Auf die Seite neigt das Schiff sich.
　Nimmt der Schmieder Ilmarinen
Seine Zuflucht zu Jumala,
Wendet bittend sich zum Schöpfer,
Redet Worte solcher Weise:　　190
„Schütze mich, o starker Schöpfer,
Hüte mich, holder Jumala,
Daß der Sohn nicht fortgerate,
Nicht der Mutter Kind verkomme
Aus der Zahl, die du erzeugt hast,
Aus der Schar, die Gott erschaffen!
　„Akko, Gott, du Offenkund'ger,
Selbst du, Vater in dem Himmel!
Bring' mir einen Pelz von Feuer,
Hüll' mich in ein Hemd von Flammen,　　200
Daß ich so geschützet kämpfe,
Daß ich so geschirmet streite,
Daß mein Kopf nicht übel fahre,
Nicht das Haar vernichtet werde
In dem Spiel des blanken Eisens,
Bei des wilden Stahles Stoßen!"
　Selbst der alte Wäinämöinen
Redet Worte solcher Weise:
„O du Wirtin von Pohjola!
Willst du nun den Sampo teilen　　210
An der nebelreichen Spitze,
Auf dem dunstumwobnen Eiland?"
　Sprach die Wirtin von Pohjola:
„Werde nicht den Sampo teilen,
Nicht mit dir, du Unglücksel'ger,
Nicht mit dir, o Wäinämöinen."
Selber greift sie nach dem Sampo
Aus dem Boote Wäinämöinens.
　Zieht der muntre Lemminkäinen
Nun das Schwert aus seinem Gurte,　　220

Rafft das scharfgeschliffne Eisen
Von der linken Seit' behende,
Hauet auf des Adlers Fänge,
Schlägt scharf los auf seine Klauen.

Haut der muntre Lemminkäinen,
Haut und spricht dabei die Worte:
„Nieder Männer, nieder Schwerter,
Nieder mit euch, träge Helden,
Hundert Männer in den Flügeln,
Zehn auf jeder Klaue Spitze!"   230

Sprach die Alte von Pohjola,
Redet von des Maftbaums Spitze:
„O du muntrer Lemminkäinen,
Armer Kauko, Unglücksknabe!
Haft die Mutter selbst betrogen,
Haft die Alte sehr belogen;
Wollteft nicht zum Kriege ziehen,
Nicht in sechs, in zehn der Sommer,
Wenn nach Gold du auch Gelüfte,
Du nach Silber Sehnsucht trügeft."   240

Wäinämöinen alt und wahrhaft,
Dieser ew'ge Zaubersprecher,
Denkt, daß nun die Zeit gekommen,
Merkt, die Stunde sei erschienen;
Rafft das Steuer aus dem Meere,
Zieht den Eichspan aus den Fluten,
Schlägt damit nun los aufs Untier,
Hauet ab des Adlers Fänge;
Alle Klauen sonft zerbrachen,
Blieb zurück die kleinfte Klaue.   250

Von den Flügeln fallen Knaben,
Männer sinken in die Fluten,
Hundert Männer von den Flügeln,
Taufend Helden von dem Schweife;
Rauschend ftürzt der Adler nieder,
Fällt er auf des Bootes Rippen,
Wie vom Baum die Auerhenne,
Von dem Tannenzweig das Eichhorn.

Greift dann eilig nach dem Sampo
Mit dem Finger ohne Namen,   260

Zieht den Sampo in das Waffer,
Läßt den bunten Deckel finken
Von des roten Bootes Kanten
In des blauen Meeres Tiefe;
Ganz in Stücke geht der Sampo,
Bricht entzwei der bunte Deckel.

Bald verfinken diese Stücke,
Große Splitter von dem Sampo
In der ftillen Fluten Tiefe,
Auf den schwarzen Schlamm am Boden, 270
Bilden dort des Waffers Reichtum,
Dort des Ahtovolkes Schätze;
Nimmer wird's im Gang der Zeiten,
Nicht, folang das Mondlicht glänzet,
In dem Waffer je an Reichtum,
Ahto nicht an Schätzen fehlen.

Bleiben andre Stücke liegen,
Andere, geringre Splitter
Auf des blauen Meeres Rücken,
Auf des weiten Meeres Fluten,   280
Daß der Wind sie fleißig wiege,
Daß die Flut sie emsig schaukle.

Und es wiegt sie dort der Windhauch,
Schaukelt sie des Meeres Schwanken
Auf des Waffers blauem Rücken,
Auf des Waffers weiten Fluten,
Treibt der Wind sie hin zum Ufer,
Zu dem Lande hin die Fluten.

Wäinämöinen alt und wahrhaft
Siehet dort der Brandung Stoßen, 290
Sieht das Treiben zu dem Ufer,
Sieht, wie zu dem Strand die Fluten
Diese Sampotrümmer führen
Und des bunten Deckels Splitter.

Hat darob gar große Freude,
Redet Worte solcher Weise:
„Daraus kommt des Samens Sprießen,
Wechfellofer Wohlfahrt Anfang,
Daraus Pflügen, daraus Säen,
Daraus Wachstum jeder Weife,   300

Daraus kommt der Glanz des Mondes,
Kommt das Freudenlicht der Sonne
Auf den weiten Fluren Finnlands,
Auf Suomis Heimatstrecken."

Sprach des Nordlands Wirtin Louhi
Selber Worte solcher Weise:
"Kenne wohl noch einen Ausweg,
Einen Ausweg, kenn' ein Mittel
Gegen Pflügen, gegen Säen,
Gegen Herden, gegen Wachstum,   310
Gegen deinen lieben Mondschein,
Gegen deinen Glanz der Sonne:
Bring' den Mond in einen Felsen,
Berg' die Sonn' in einem Hügel,
Lasse durch den Frost erfrieren,
Durch die Kälte ganz erstarren,
Was du pflügest, was du säest,
Deinen Vorrat, deine Saaten,
Sende einen Eisenhagel,
Schicke starke Stahlesschloßen   320
Dir auf deine schönsten Äcker,
Dir auf deine besten Felder.

"Treib' den Bären von der Heide,
Den Zahnlückigen vom Dickicht,
Daß die Hengste er zerfleische,
Deine Stuten er zerreiße,
Deine Herde niederstrecke,
Deine Kühe dir vernichte;
Werde dir das Volk durch Seuchen,
Deinen ganzen Stamm zerstören,   330
Daß man nicht, solang der Mond scheint,
Auf der Welt von ihm vernehme."

Sprach der alte Wäinämöinen
Selber darauf diese Worte:
"Mich verzaubert nicht ein Lappe,
Zwingt kein Turjaländer nieder;
Jumala ist Herr des Wetters,
Bei ihm sind des Schicksals Schlüssel,
Nimmer in dem Arm des Unholds,
Auf des Feindes Fingerspitzen.   340

"Wend' ich mich zu meinem Schöpfer,
Überlasse mich Jumala,
Treibt er von der Saat die Würmer,
Die Feindsel'gen von der Feldfrucht,
Daß sie in der Saat nicht wühlen,
Mir das Wachstum nicht zerstören,
Mir die Halme nicht entführen
Noch des Kornes junge Keime.

"Stecke du, Pohjolas Wirtin,
Frevler in das Herz des Felsens,   350
Dränge Böse in die Berge,
Schließe Schuld'ge ein in Steine,
Nie jedoch das schöne Mondlicht,
Nimmer du die liebe Sonne!

"Laß durch deinen Frost erfrieren,
Durch die Kälte ganz erstarren
Saaten, die du selbst gesäet,
Korn, das selbst du ausgestreuet;
Sende einen Eisenhagel,
Laß Stahlschloßen niederschlagen,   360
Wo dein eigner Pflug gepflüget,
An des Nordlands Feldesgrenzen!

"Send' den Bären von der Heide,
Aus dem Busch die böse Katze,
Schick' den Krummtatz aus dem Walde,
Den Zahnlückigen vom Dickicht
Auf des Nordlands Gassenende,
Auf den Weg der Nordlandsherden!"

Sprach die Wirtin von Pohjola
Selber Worte solcher Weise: 370
"Von mir ist die Macht gewichen,
Meine Kraft dahingesunken,
Mein Vermögen in die Tiefe,
In die Flut hinab der Sampo."

Weinend ging sie nun nach Hause,
Voll von Jammer nach dem Nordland,
Sagenswürdiges nicht trug sie
Von dem Sampo nach der Heimat;
Brachte dennoch fort ein wenig
Mit dem Finger ohne Namen,   380

18

Trug den Deckel nach Pohjola,
Nur den Handgriff nach Sariola;
Deshalb ist im Nordland Armut,
Fehlet es an Brot in Lappland.

Wäinämöinen alt und wahrhaft
Stieg nun selber an das Ufer,
Fand des Sampo Stücke wieder,
Dort des bunten Deckels Splitter,
An dem Strand des großen Meeres,
In dem feinen Dünensande.   390

Setzte dann des Sampo Trümmer,
Setzt' des bunten Deckels Splitter
Auf die nebelreiche Spitze,
Auf das dunstumwobne Eiland,
Daß sie wüchsen, sie sich mehrten,
Daß sie keimten und gediehen,
Daß aus Gerste Bier einst würde
Und aus Roggen einstmals Brote.

Sprach der alte Wäinämöinen
Selbst drauf Worte solcher Weise: 400
„Gönn' uns, Schöpfer, gib, Jumala,
Daß des Glückes wir genießen,
Freudig durch das Leben gehen,
Und daß wir in Ehren sterben
Auf der sanften Erde Suomis,
Hier in Karjala, dem schönen!

„Schütze uns, o treuer Schöpfer,
Hüte uns, holder Jumala,
Vor der Männer bösen Plänen,
Vor den Anschlägen der Weiber,   410
Stürz' die neid'gen Erdengeister
Und bezwing' des Wassers Mächte!

„Sei zur Seite deinen Söhnen,
Stets ein Helfer deinen Kindern,
Ihre Stütze in den Nächten
Und am Tage ihr Beschützer,
Daß nie schlimm die Sonne scheine,
Niemals schlimm das Mondlicht glänze,
Nie ein schlimmer Wind entstehe,
Nie ein schlimmer Regen falle,   420
Daß die Kälte nimmer schade,
Nie das rauhe Wetter nahe!

„Ziehe einen Zaun von Eisen,
Baue eine Burg von Steinen
Um das Gut, das ich besitze,
Um des Volkes beide Seiten
Von der Erde bis zum Himmel,
Von dem Himmel bis zur Erde,
Mir zum Wohnsitz, mir zur Stätte,
Mir zum Schirme, mir zum Schutze,   430
Daß der Böse uns nicht tilge,
Nicht der Feind die Frucht uns raube,
Nie, solang die Zeiten währen,
Nie, solang der Goldmond glänzet!"

Vierundvierzigste Rune

Wäinämöinen alt und wahrhaft
Dachte nun in seinem Sinne:
„Passend wär’ es jetzt zu spielen,
Schicklich Freude nun zu wecken
In dem neuen Aufenthalte,
In dem wunderschönen Hofe;
Doch die Kantele entglitt mir,
Meine Freude ging für immer
Zu der Fische Wohnungsstätte,
In der Lachse Steinesschluchten,   10
Zu der Wassergeister Wonne,
Hin zum Volke von Wellamo;
Kann sie mir von dort nicht holen,
Nicht gibt Ahto sie mir wieder.

„O du Schmieder Ilmarinen!
Hast gehämmert sonst und gestern,
Hämmre auch am heut’gen Tage,
Hämmre eine Eisenharke,
Dichte Zähne an der Harke,
Dichte Zähn’ mit langem Schafte,   20
Daß ich in den Fluten harke,
Daß die Wellen ich zu Schwaden,
Und das Schilf zusammenhäufle,
Daß den Strand ich ganz durchegge,
Daß das Spielgerät ich finde,
Ich die Kantele erlange
Aus der Fische Wohnungsstätte,
Aus der Lachse Steinesschluchten!“

Selbst der Schmieder Ilmarinen,
Dieser ew’ge Hämmerkünstler,   30

Hämmert’ eine Eisenharke,
Macht’ ihr einen Schaft von Kupfer,
Hundertklafterlange Zähne,
Fünffach war des Schaftes Länge.

Nahm der alte Wäinämöinen
Drauf die Harke starken Eisens,
Ging ein wenig dann des Weges,
Wandert’ eine kleine Strecke
Zu den wohlbeteerten Walzen,
Zu den kupferreichen Rollen.   40

Waren dort zwei gute Nachen,
In Bereitschaft beide Boote
Auf den wohlbeteerten Walzen,
Auf den kupferreichen Rollen,
Neu war eines von den Booten,
Aber alt der Boote andres.

Sprach der alte Wäinämöinen,
Redet zu dem jungen Boote:
„Gehe, Nachen, in das Wasser,
Wirf dich, Fahrzeug, in die Fluten,   50
Von den Händen nicht gewendet,
Von dem Daumen nicht gehalten!“

Ging sogleich das Boot ins Wasser,
Warf das Fahrzeug in die Flut sich;
Wäinämöinen alt und wahrhaft
Setzte selbst sich an das Ende,
Ging das Meer nun zu durchfegen,
Ging die Fluten zu durchkehren;
Recht die Wasserlilien alle,
Auch des Strandes Schutt zusammen,   60

Selbst des Schilfes kleinste Stückchen,
Schilfes-Stückchen, Rohres-Brocken,
Recht zusammen jedes Ästchen,
Streifet mit der Hark' die Klippen,
Nirgends kann er jedoch finden
Seine Harf' aus Hechtes-Gräten,
Fort ist seine Freud' auf immer,
Seine Kantele verloren.

Wäinämöinen alt und wahrhaft
Schreitet gradewegs nach Hause,   70
Tiefen Hauptes, trüber Laune,
Schiefgeschoben seine Mütze,
Redet nochmals diese Worte:
„Werde nimmer wieder wecken
Freude aus des Hechtes Zähnen,
Aus des Fisches Gräten Töne."

Als die Waldung er durchwandert,
An dem Rand des Haines schreitet,
Hört er eine Birke weinen,
Hört den Maserbaum er klagen,   80
Schreitet rasch in seine Nähe,
Gehet dicht heran zum Baume,
Spricht zu ihm und fragt ihn also:
„Weshalb weinst du, schöne Birke,
Jammerst du, o Grünbelaubte,
Weißgegürtete, was klagst du?
Wirst ja nicht zum Krieg geführet,
Nicht zum Kampfe du gezwungen."

Klüglich antwortet die Birke,
Redet selbst die grünbelaubte: 90
„Also mögen viele sprechen,
Mögen manche von mir reden,
Daß ich nur in Freude lebe,
Daß ich voller Jubel rausche,
Arme ich, die ihren Gram nur,
Ihre Pein nur kann genießen,
Meine schwere Zeit beklag' ich,
Stöhne ob der Kümmernisse.

„Weine ob des Unvermögens,
Jammere ob meines Mangels,   100

Da ich Arme ohne Anteil,
Elend ohne alle Stütze
Hier auf dieser schlechten Stelle,
Auf dem Weideplatze stehe.

„Reichbedacht, vom Glück begünstigt,
Hoffen andre immerwährend,
Daß der schöne Sommer komme,
Daß die warme Zeit erscheine,
Andres muß ich schwaches Bäumchen,
Ich Armselige erwarten: 110
Abgeschält wird meine Rinde,
Fortgeführt wird mein Gezweige.

„Oftmals sind zu mir, der Zarten,
Oft zu mir, der armen Birke,
Kinder in dem raschen Frühjahr
Her zu meinem Stamm gekommen,
Schlitzen mit dem scharfen Messer
Aus dem Bauch mir meine Säfte,
Böse Hirten ziehen Sommers
Ab mir meinen weißen Gürtel,   120
Machen Schalen, machen Scheiden,
Machen daraus Beerenkörbchen.

„Oftmals sind bei mir, der Zarten,
Oft bei mir, der armen Birke,
Mädchen, die am Stamme sitzen,
Die an meiner Seite weilen,
Schneiden Laub mir von der Krone,
Binden Zweige fest zu Besen.

„Oftmals werde ich, die Zarte,
Oftmals ich, die arme Birke,   130
Bei dem Schwenden umgehauen
Und zu Brennholz kleingespalten;
Dreimal sind in diesem Sommer,
In dem Lauf der warmen Jahrzeit
Männer an dem Stamm gewesen,
Haben ihre Axt gewetzet
Gegen meine arme Krone,
Daß ich um mein Leben käme.

„Dieses war die Freud' im Sommer,
Dies die Lust der großen Jahrzeit;   140

Doch nicht beffer war der Winter,
Nicht die Schneezeit angenehmer.

„Stets hat schon in frühen Zeiten
Kummer mein Gesicht verändert,
Mir mein Haupt schlimm zugerichtet,
Meine Wangen sind erblichen,
Wenn ich an die schwarzen Tage,
An die schlechten Zeiten dachte.

„Schmerzen bringen dann die Winde
Und der Reif gar bittre Sorgen,   150
Winde führen fort den Laubpelz,
Fort der Reif die schöne Kleidung,
Daß ich arme, schwache Birke,
Ich, das unglücksvolle Bäumchen,
Unbekleidet hier verbleibe,
Aller Kleidung ganz beraubet,
In der strengen Kälte zittre,
In dem Froste heftig klage."

Sprach der alte Wäinämöinen:
„Weine nicht, o Grünbelaubte,   160
Jammre nicht, du Blätterreiche,
Weißgegürtete, nicht klage!
Sollst ein trefflich Los erhalten,
Voller Luft ein neues Leben;
Wirst alsbald vor Freude weinen,
Wirst vor Wonne laut ertönen."

Schuf der alte Wäinämöinen
Aus der Birke eine Harfe,
Schnitzte einen Tag des Sommers,
Eine Kantele erzeugt' er   170
Auf der nebelreichen Spitze,
Auf dem dunstumwobnen Eiland;
Schuf die Wölbung dort der Harfe,
Ihren Rumpf zu neuer Freude,
Formt' aus festem Holz die Wölbung,
Formt' den Rumpf aus Maserholze.

Sprach der alte Wäinämöinen,
Redet selber diese Worte:
„Fertig ist der Harfe Wölbung
Und ihr Rumpf zu ew'ger Freude;   180

Woher nehm' ich jetzt die Zapfen,
Woher hol' ich gute Wirbel?"

Wuchs ein Eichbaum an dem Wege,
In die Höhe auf dem Hofe,
Hatte Zweige gleicher Größe,
Eicheln dort auf jedem Zweige,
Goldne Kugeln an den Eicheln,
Auf der Kugel einen Kuckuck.

Wenn der Ruf des Kuckucks laut ward,
Fünf der Töne dort erschollen,   190
Floß ihm Gold aus seinem Schnabel,
Goß herab sich reiches Silber
Auf die Hügel goldnen Glanzes,
Auf die silberhellen Höhen;
Daher nahm er Harfenzapfen,
Wirbel für die Maserwölbung.

Sprach der alte Wäinämöinen,
Redet selber diese Worte:
„Habe Zapfen für die Harfe,
Wirbel für die Maserwölbung;   200
Doch es fehlt noch ein Geringes,
Noch der Kantele fünf Saiten,
Woher nehme ich die Saiten,
Schaffe ich die Klängereichen?"

Ging sich Saiten nun zu suchen,
Schritt einher entlang der Waldung;
Saß ein Mädchen in dem Haine,
Eine Jungfrau in dem Tale,
Dieses Mädchen weinte zwar nicht,
Doch es war auch nicht voll Freude;   210
Sang ein Liedchen für sich selber,
Daß der Abend schwinden möchte,
In der Hoffnung, daß der Liebste,
Daß er ja recht bald erschiene.

Wäinämöinen alt und wahrhaft
Eilte dorthin ohne Schuhe,
Sprang zu ihr hin ohne Strümpfe;
Als er bei ihr angelangt war,
Fing er an um Haar zu bitten,
Redet selber solche Worte: 220

„Gib, o Jungfrau, eine Locke
Deiner wunderholden Haare,
Daß sie Saiten auf der Harfe,
Klänge ew'ger Freude werden!"
Eine Locke gab die Jungfrau
Ihm von ihren weichen Haaren,
Gab ihm ihrer fünf, gab sechse,
Ja, sie gab der Haare sieben;
Daraus sind der Harfe Saiten,
Sind die ew'gen Freudenwecker.   230

Fertig war nun seine Harfe;
Setzt der alte Wäinämöinen
Sich auf einen Sitz von Steinen,
Auf den Block an einer Türe.

Nimmt die Kantele zu Händen,
Hält sie nahe, seine Freude,
Dreht die Wölbung zu dem Himmel,
Stützt den Knopf auf seine Kniee
Setzt die Saiten dann in Ordnung,
Stimmt sie sorglich zu einander.   240

Hatte wohl gestimmt die Saiten,
Seine Harfe gut geordnet;
Nimmt sie nun in seine Hände,
Stützt sie auf die Knie querüber,
Läßt dann alle seine Nägel,
Fünf von seinen Fingern laufen,
Auf den Saiten munter hüpfen,
Auf dem Spielgeräte springen.

Als der alte Wäinämöinen
Auf der Kantele da spielte,   250
Zart von Hand und weichen Fingers,
Seinen Daumen auswärts krümmend,
Da ertönt das Holz der Birke,
Laut erklingt die reichbelaubte,
Ruft voll Lust das Gold des Kuckucks,
Und das Haar der Jungfrau jubelt.

Wäinämöinens Finger spielen,
Seiner Harfe Saiten tönen,
Berge springen, Blöcke krachen,
Alle starken Felsen dröhnen,   260

Steine bersten auf den Fluten,
Kiessand wiegt sich auf dem Wasser,
Fichten tanzen voller Freude,
Stämme hüpfen auf der Heide.

Alle Frauen Kalewalas
Eilen fort von ihrem Nähen
Dorthin gleich dem wilden Strome,
Stürzen hin gleich einem Flusse,
Junge Weiber munter lachend,
Froher Laune jede Wirtin,   270
Um dem Saitenspiel zu lauschen,
Um den Jubel anzustaunen.

Wieviel Männer nahe waren,
Standen, in der Hand die Mütze,
Wieviel Weiber nahe waren,
Hielten ihre Hand zur Wange,
Tränend sind der Mädchen Augen,
Auf der Erde knien die Knaben,
Lauschen auf der Harfe Töne,
Staunen ob des freud'gen Klanges,   280
Reden wie mit einem Munde,
Sprechen wie mit einer Zunge:
„Niemals ward zuvor vernommen
Solch ein Spielen voller Anmut,
Nie, solang die Zeiten währen,
Nie, solang das Mondlicht strahlet."

Weithin tönt das schöne Spielen,
Tönet über sechs der Dörfer,
Gibt allda kein einz'ges Wesen,
Das zu hören nicht gekommen   290
Dieses Spielen voller Anmut,
Dieses Klingen der Kantele.

Alle Tiere in dem Walde
Hocken nieder auf die Klauen,
Um dem Saitenspiel zu lauschen,
Um den Jubel anzustaunen;
Alle Vögel in den Lüften
Lassen sich auf Zweige nieder,
Wasserfische jeder Gattung
Nähern sich dem Meeresstrande,   300

Würmer kommen aus der Tiefe
Auf der Erde Staub gekrochen,
Winden sich und horchen fleißig
Auf das Spielen voller Anmut,
Auf der Harfe ew'ge Freude,
Auf das Tönen Wäinämöinens.

Spielt der alte Wäinämöinen
Wohl auf wunderbare Weise,
Läßt gar schönen Sang erklingen;
Einen Tag spielt er, den zweiten,   310
Spielt so ohne anzuhalten
Nach der morgendlichen Mahlzeit,
Von demselben Gurt umschlossen,
Mit demselben Hemd bekleidet.

Spielte er in seiner Wohnung,
In dem Haus aus Fichtenholze,
Dann ertönte die Bedachung,

Dann erdröhnte oft der Boden,
Sang die Decke, heult' die Türe,
Alle Fenster schrien vor Freude,   320
Selbst des Ofens Steine schwankten
Und der Maserpfeiler leuchte.

Wandert' er im Tannenwalde,
Streifte er durch Fichtenhaine,
Bückten tief sich alle Tannen,
Neigten sich zur Erd' die Fichten,
Nieder fielen ihre Zapfen,
Zu den Wurzeln ihre Nadeln.

Wandelte er durch den Laubwald
Oder schritt er durch die Heide,   330
Rief ihm scherzend zu der Laubwald,
Jubelte ihm zu die Heide,
Und es paarten sich die Blumen,
Bogen sich die jungen Reiser.

Fünfundvierzigste Rune

Louhi, sie, des Nordlands Wirtin,
Hört die Kunde mit den Ohren,
Daß Wäinölä wohl gedeihet,
Kalewala sich erhebet
Durch die Trümmer von dem Sampo,
Durch des bunten Deckels Brocken.

Wurde drob gewaltig neidisch,
Dachte selbst bei sich beständig,
Welchen Tod sie wohl bereiten,
Welch Verderben senden sollte   10
Zu dem Volke von Wäinölä,
Zu den Leuten Kalewalas.

Also flehet sie zu Akko,
Bittet so den Gott des Donners:
„Akko, Gott du in der Höhe!
O, verdirb das Volk Kalewas
Mit dem scharfen Eisenhagel,
Mit den stahlbespitzten Pfeilen,
Oder bring es um durch Krankheit,
Laß den schlechten Stamm verkommen,   20
Auf dem langen Hof die Männer,
In der Hürde ihre Weiber!"

Eine blinde Tochter Tuonis
War das alte Weib Lowjatar,
Sie, die schlechteste der Töchter,
Häßlich unter Manas Jungfraun,
Allen Übeln eine Quelle,
Ursprung war sie tausend Freveln;
Hatte ein Gesicht voll Schwärze,
Eine Haut von garst'ger Farbe.   30

Diese schwarze Tochter Tuonis,
Sie, die Blinde Ulappalas,
Machte sich ihr Bett am Wege,
Sich auf schlechtem Land ihr Lager,
Mit dem Rücken hin zum Winde,
Halbgewandt zum bösen Wetter,
Zu dem eisigkalten Zugwind,
Zu des Tages Morgengrauen.

Fing ein Windstoß an zu wehen,
Aus dem Ost ein großes Brausen,   40
Blies das dumme Mädchen schwanger,
Schwellte ihren Leib zur Fülle
Auf den zweigentblößten Fluren,
Auf den rasenlosen Wiesen.

Und es trug des Leibes Schwere,
Seine Fülle sie mit Schmerzen,
Trug sie zwei und drei der Monde,
Trug den vierten sie und fünften,
Trug den siebenten und achten,
Trug sie auch den neunten Monat,   50
Nach der alten Weiber Rechnung
Noch die Hälfte von dem zehnten.

Nach des neunten Monats Ablauf,
In des zehnten Monats Anfang
Ward der Leib gar hart gestaltet,
Drückt' er sie mit großen Schmerzen,
Ohne daß es zur Geburt kam,
Ohne daß die Frucht sich löste.

Stand da auf von ihrem Sitze,
Legte sich an andre Stellen,   60

Zu gebären ging die Hure,
Ging dahin die Windesbuhle
In der Mitte zweier Felsen,
In der Enge von fünf Bergen,
Ohne daß es zur Geburt kam,
Ohne daß die Frucht sich löste.

Einen Platz sucht zur Geburt sie,
Von der Last sich zu befreien,
Auf den schwankenden Morästen,
Bei dem wilden Schwall der Quellen; 70
Konnte keinen Platz dort finden,
Wo des Leibes Last sie ließe.

Will die Brut nunmehr gebären,
Will des Leibes Last entsenden
In des heft'gen Stromes Brausen,
In des starken Wassers Strudel,
Unterm Wirbel dreier Fälle,
Unterhalb neun steiler Hänge,
Doch nicht kommt die Frucht zum Vorschein,
Wird der schlechte Leib nicht leichter. 80

Fing die Garst'ge an zu weinen,
Fing der Unhold an zu heulen,
Wußte nicht, wohin sie gehen,
Nicht, wohin sie wandern sollte,
Von der Last sich zu befreien,
Ihre Brut da zu gebären.

Jumala rief aus den Wolken,
Sprach der Schöpfer aus dem Himmel:
„Eine Hütte mit drei Ecken
Steht im Sumpf, beim Meeresstrande, 90
In dem nimmerhellen Nordland,
In dem düstern Sariola;
Gehe dorthin zu gebären,
Deinen Leib dir zu erleichtern;
Dort hat man nach dir Verlangen,
Sehnsucht dort nach deinen Kindern!"

Kam die schwarze Tochter Tuonis,
Sie, die garst'ge Jungfrau Manas,
Hin zur Stube von Pohjola,
Zu der Badstub' Sariolas, 100

Ihre Kinder zu gebären,
Ihre Brut hervorzubringen.

Louhi, sie, Pohjolas Wirtin,
Nordlands zähnearme Alte,
Führt sie heimlich nach der Badstub',
Unbemerkt zum Badehause,
Ohne daß das Dorf es hörte,
Es ein Wort vernehmen konnte.

Heimlich heizt sie ihre Badstub',
Sorgt für alles voller Eile, 110
Schmiert mit Bier der Badstub' Türen,
Netzt mit Dünnbier ihre Angeln,
Daß die Tür nicht heulen möchte,
Nicht die Angeln laut ertönen.

Redet Worte solcher Weise,
Läßt sich selber also hören:
„Hehre Alte, Schöpfungstochter,
Schöne du mit goldnem Glanze,
Du, die älteste der Frauen,
Du, die früheste der Mütter! 120
Schreite bis zum Knie ins Wasser,
Bis zum Gürtel in die Fluten,
Nimm vom Kaulbarsch du den Geifer,
Und den Schleim nimm von der Quappe,
Schmiere damit die Gelenke,
Streiche du damit die Seiten,
Mach' das Mädchen frei vom Drucke,
Dieses Weib von seinen Leiden,
Von den gar zu harten Qualen,
Von den Wehen ihres Leibes! 130
„Sollte das genug nicht scheinen,
Akko, du, o Gott der Höhe!
Komm herbei, du bist vonnöten,
Komme rasch, du wirst gerufen;
Ist ein Mädchen hier in Wehen,
Ist ein Weib in Leibesqualen
In dem Rauche einer Badstub',
In dem Badehaus des Dorfes!
„Nimm die goldbedeckte Keule
In die rechte deiner Hände, 140

Scheuche alle Hindernisse,
Spreng' die Pfosten an der Pforte,
Schließe auf des Schöpfers Türschloß,
Reiße auf du seine Riegel, .
Lasse Große durch und Kleine,
Auch den Allerkleinsten ziehen!"

Da befreit sich die Verruchte,
Sie, die blinde Tochter Tuonis,
Endlich von der Last des Leibes,
Legt sie ihre bösen Kinder   150
Unter eine bunte Decke,
Unter weiche Bettvorhänge.

Bringt zum Vorschein neun der Söhne
Während einer Nacht des Sommers,
Während einer Badeheizung,
In der Dauer eines Bades
Mit derselben Kraft des Leibes,
Aus der Fülle ihres Bauches.

Gibt drauf Namen ihren Söhnen,
Pflegt mit Sorgfalt ihre Kinder,   160
Wie der Künstler seine Werke,
Was er sichtbar selbst geschaffen:
Einen bildet sie zu Stichen
Und zur Windkolik den andern,
Läßt zur Gicht den einen werden
Und den anderen zur Schwindsucht,
Einen schafft sie zu Geschwülsten
Und den anderen zu Ausschlag,
Einen macht zu kaltem Brande
Und den anderen zur Pest sie.   170
Ohne Namen blieb nur einer,
Von dem Wurf der letztgeborne,
Diesen sandte sie von dannen,
Stieß als Zaubrer ihn aufs Wasser,
In der Niederung zu hexen,
Überall den Neid zu üben.

Louhi, sie, des Nordlands Wirtin,
Hieß die andern alle gehen
Nach der nebelreichen Spitze,
Zu dem dunstumwobnen Eiland;   180

Hetzte diese bösen Wesen,
Trieb die nie erhörten Übel
Auf die Männer von Wäinölä,
Zum Verderb des Kalewstammes.

Es erkrankt das Volk Wäinöläs,
Liegen sieht man Kalews Söhne
An den nie erhörten Übeln
Mit den unbekannten Namen,
Daß der Boden unten faulet
Und die Decke oben eitert.   190

Sing der alte Wäinämöinen,
Dieser ew'ge Zaubersprecher,
Um die Köpfe zu befreien,
Um die Leben zu erretten,
Sing mit Tuonela zu streiten,
Mit den Krankheiten zu kämpfen.

Ließ die Badestub' erwärmen,
Ließ die Steine dort erhitzen
Mit dem allerreinsten Holze,
Mit vom Fluß gebrachten Scheiten;   200
Führte Wasser wohl verdecket,
Brachte Besen gut verwahret,
Bähte warm die Badebesen
Und erweicht' das dichte Laubwerk.

Weckte eine Honighitze,
Weckte eine süße Wärme
Durch die glühendheißen Steine,
Durch die brennendheißen Blöcke,
Redet Worte solcher Weise,
Läßt auf diese Art sich hören: 210
"Komme, Jumala, zum Bade,
Lüftevater, in die Wärme,
Uns Gesundheit zu verleihen,
Uns den Frieden zu bereiten!
Tilge aus die grausen Seuchen,
Lösche aus die grausen Greuel,
Schlag' den bösen Brand zu Boden,
Jag' den schlimmen Brand von dannen,
Daß er nicht dein Kind verbrenne,
Dein Geschöpf er nicht verderbe!   220

„Welches Wasser ich nun spritze
Auf die glühendheißen Steine,
Dieses werde gleich zu Honig,
Soll als süßer Seim gleich rieseln;
Mag der Honigstrom dann fließen,
Sich der Honigsee ergießen
Durch die Steine dieses Ofens,
Durch die moosbedeckte Badstub'!

„Sollen schuldlos nicht verkommen,
Ohne gottgesandte Krankheit,   230
Ohn' Geheiß des großen Schöpfers,
Ohne Jumalas Verhängnis;
Wer uns ohne Schuld verzehret,
In den Mund zurück das Wort ihm,
Auf sein eignes Haupt das Übel,
Aber ihn selbst seine Absicht!

„Sollt' in mir ein Mann nicht stecken,
Nicht ein Held im Sohne Ukkos,
Um vom Übel zu erretten,
Von dem Unglück zu befreien,   240
Ist ein Mann noch Ukko selber,
Der die Wolken alle lenket,
Der auf Dürrewolken weilet,
Der die Lämmerwolken leitet.

„Ukko, du, o Gott der Höhe,
Thronender ob dem Gewölke,
Komm herbei, du bist vonnöten,
Fahre nieder, da wir bitten,
Diese Qualen zu erkennen,
Dieses Unheil abzuwehren,   250
Diese Übel zu verscheuchen,
Dieses Siechtum zu vertreiben!

„Bringe mir ein Schwert von Feuer,
Und von Flammen sei die Klinge,
Daß die Bösen ich bezwinge,
Daß die Unholde ich banne,
Auf des Windes Bahn die Qualen,
Auf das weite Feld die Schmerzen.

„Dahin treibe ich die Schmerzen,
Dahin banne ich die Qualen,   260

Zu den Höhlen in den Felsen,
Zu den eisenharten Blöcken,
Um den Steinen Schmerz zu bringen,
Um die Felsen zu bedrängen;
Nimmer weint der Stein vor Schmerzen,
Klagt der Felsen über Leiden,
Mag man auch gar sehr ihn quälen,
Übermäßig ihn mißhandeln.

„Schmerzensjungfrau, Tuonis Tochter,
Die am Schmerzensteine sitzet,   270
An dem Laufe dreier Flüsse,
Bei der Teilung dreier Ströme,
Die die Schmerzenmühle drehet,
Die den Berg der Schmerzen wendet!
Geh die Schmerzen einzusammeln
In des blauen Steines Rachen,
Oder führ' sie in das Wasser,
Senk' sie in des Meeres Tiefe,
Welche nie vom Wind berührt wird,
Nie vom Sonnenlicht beschienen!   280

„Sollte dies genug nicht scheinen,
Kiwutar, du gute Wirtin,
Wammatar, du Auserlesne,
Komm mit ihr, erscheine du auch,
Uns Gesundheit zu verleihen,
Uns den Frieden zu bereiten!
Laß die Schmerzen nicht mehr wehtun,
Mach' die Qualen nicht mehr fühlbar,
Daß der Kranke schlafen könne,
Kummerfrei der Schwache ruhe,   290
Daß Besinnung er behalte,
Daß der Sieche sich bewege.

„Nimm die Schmerzen in die Tonne,
In die Kupfertruh' die Leiden,
Daß die Schmerzen du entführest,
Du hinweg die Plagen schleppest
In des Schmerzenhügels Mitte,
Zu des Schmerzenfelsens Spitze;
Dort sollst du die Schmerzen kochen
In dem allerkleinsten Kessel,   300

Von der Größe eines Fingers,
Von der Weite eines Daumens!

„Mitten ist ein Stein im Berge,
Ist ein Loch in seiner Mitte,
Ist gebohret mit dem Bohrer,
Durchgeschlagen mit dem Eisen,
Dahin wirf du alle Schmerzen,
Dahin schütt' die bösen Plagen,
Dränge du die wilden Wesen,
Drücke du die Unheilstage,   310
Daß sie nachts sich nicht erheben,
Nicht bei Tag in Freiheit kommen."

Schmiert der alte Wäinämöinen,
Dieser ew'ge Zaubersprecher,
Darauf alle kranken Stellen,
Überstreicht die offnen Wunden
Mit neun auserlesnen Salben,
Mit acht starken Zaubermitteln,
Redet Worte solcher Weise,
Läßt auf diese Art sich hören: 320
„Ukko, du, o Gott der Höhe,
Alter Mann du in dem Himmel!
Send' aus Osten eine Wolke,
Eine Hängewolk' aus Nordwest,
Schicke eine aus dem Westen,
Sende Honig, sende Wasser,
Um die Schmerzen zu beschwicht'gen,
Um die Qualen zu besänft'gen!

„Nichts vermag ich aus mir selber,
Wenn's mein Schöpfer nicht gewähret; 330
Hilfe mußt du, Schöpfer, geben,

Hilfe, Jumala, du bringen,
Da mit meinem Aug' ich schaute,
Und mit meiner Hand berührte,
Redete mit meinem Munde,
Und mit meinem Atem hauchte!

„Wohin meine Hand nicht gehet,
Mögen Gottes Hände gehen,
Wohin niemals meine Finger,
Mögen Gottes Finger reichen;   340
Sanfter sind des Schöpfers Finger,
Seine Hände sind gelenker!

„Komme, Schöpfer, nun zu zaubern,
Komme, Jumala, zu sprechen,
Machterfüllter, anzuschauen!
Laß sie in der Nacht gesunden,
Lindrung sie bei Tage finden,
Daß der Kopf den Schmerz nicht fühle,
Qual nicht in der Mitte drücke,
Nicht die Angst zum Herzen dringe, 350
Daß sie keinen Schmerz empfinden,
Nicht die leichteste Beschwerde,
Nie solang die Zeiten währen,
Nie solang der Goldmond glänzet!"

Wäinämöinen alt und wahrhaft,
Er, der ew'ge Zaubersprecher,
Jagt so ganz hinweg das Übel,
Scheuchet also fort das Siechtum;
Wendet ab der Menschen Leiden,
Heilt das angehexte Übel   360
Und befreit vom Tod die Leute,
Vom Verderb den Stamm Kalewas.

Sechsundvierzigste Rune

Nach Pohjola kommt die Kunde,
Nach dem kalten Dorf die Botschaft,
Daß Wäinölä sich erholet,
Kalewala sich befreiet
Von den angehexten Schäden,
Von den nie erhörten Übeln.
  Louhi, sie, Pohjolas Wirtin,
Nordlands zähnearme Alte,
Ward darob gewaltig böse,
Redet Worte solcher Weise: 10
„Kenne wohl noch andre Mittel,
Finde wohl noch andre Wege;
Treib' den Bären von der Heide,
Aus dem Wald den Tatzenträger
Auf den Reichtum von Wäinölä,
Auf die Herden Kalewalas."
  Trieb den Bären von der Heide,
Trieb ihn von dem starren Lande
Auf die Fluren von Wäinölä,
Auf die Herden Kalewalas. 20
  Wäinämöinen alt und wahrhaft
Redet selber diese Worte:
„Bruder du, Schmied Ilmarinen,
Schmied' mir eine neue Lanze,
Einen Speer mir mit drei Spitzen,
Mit dem Schaft aus gutem Kupfer!
Gern möcht' ich den Bären fangen,
Ihn, das Tier mit teurem Felle,
Daß er meine Hengste nimmer,
Niemals meine Stuten fresse, 30

Daß er nicht den Herden schade,
Nicht die Kühe niederstrecke."
  Hämmert einen Speer der Schmieder,
Keinen langen, keinen kurzen,
Hämmert einen mittelgroßen:
Stand ein Wolf auf seiner Kante
Und ein Bär an seiner Spitze,
Auf dem Speerschuh lief ein Elen,
Auf dem Schafte rannt' ein Füllen,
An dem Knopfe stieß ein Renntier. 40
  Hatte grade frisch geschneiet,
War gar zarter Schnee gefallen,
Gleich dem Herbstschaf weiß an Farbe,
Gleich dem Hasenfell im Winter;
Sprach der alte Wäinämöinen,
Redet selber diese Worte:
„Mich ergreift die Lust zu gehen,
Hin nach Metsola zu ziehen,
In der Waldesjungfraun Nähe,
Zu dem Hof der blauen Mädchen. 50
  „Von den Männern geh' zum Walde,
Von den Helden ich zur Arbeit;
Nimm mich, Wald, zu deinem Manne,
Tapio, mich zu deinem Helden,
Hilf das Glück du mir gewinnen,
Mir des Waldes Zierde fällen!
  „Mielikki, des Waldes Wirtin,
Tellervo, du Weib Tapios!
Binde fest doch deine Hunde,
Halt in Ordnung deine Bracken 60

In dem geißblattreichen Gange,
Unterm eichenen Gerüste!

  „Petzlein du, des Waldes Apfel,
Runder mit den Honigtatzen!
Hörest du, daß ich erscheine,
Daß zu dir der Brave schreitet,
Birg die Krallen in den Haaren,
Deine Zähne in dem Zahnfleisch,
Daß sie nimmer mich berühren,
Ganz und gar sich nicht bewegen!   70
  „Petzlein, du mein Vielgeliebter,
Schönster mit den Honigtatzen!
Leg' dich schlafen auf den Rasen,
Auf die wunderschönen Felsen,
Daß die Fichten oben schwanken,
Aber dir die Tannen rauschen;
Wälze also dich, o Breitstirn,
Wende dich, o Honigtatze,
Wie das Haselhuhn im Neste,
Wie die Gänse, wenn sie brüten!"   80
  Hört der alte Wäinämöinen
Seinen Hund da munter bellen,
Hört den Welp gar heftig zanken
Auf dem Hof des Kleingeäugten,
Unterm Regendach der Plattnas,
Redet Worte solcher Weise:
  „Wähnte, daß ein Kuckuck riefe,
Daß ein liebes Vöglein sänge;
Hat kein Kuckuck jetzt gerufen,
Nicht ein Vöglein lieb gesungen,   90
Ist mein Hund, der wohlbewährte,
Ist mein auserlesnes Tierchen,
An der Tür' von Breitstirns Stube,
Auf dem Hof des schönen Mannes."
  Wäinämöinen alt und wahrhaft
Findet da den Bären liegen,
Stürzt ihm um das seidne Bette,
Stößt ihm um das goldne Lager,
Redet Worte solcher Weise,
Läßt auf diese Art sich hören: 100

  „Jumala sei nun gepriesen,
Einzig sei gelobt, o Schöpfer,
Daß den Bären du mir gabest,
Mir des Waldes Gold verliehest!"
  Er betrachtete den Goldnen,
Redet Worte solcher Weise:
  „Petzlein, du mein Vielgeliebter,
Schönster mit der Honigtatze!
Sei umsonst nicht voller Ärger,
Hab' dich, Lieber, nicht gefället,   110
Selber sankst vom krummen Baume,
Glittst du von des Astes Kante,
Hast das Holzgewand zerrissen,
Deine Kleidung du aus Zweigen;
Schlüpfrig ist des Herbstes Wetter,
Seine Tage reich an Nebel!
  „Goldner Kuckuck du des Waldes,
Der das schöne Fell du schüttelst!
Lasse nun dein Haus der Kälte,
Deinen Wohnsitz du nun öde,   120
Laß dein Haus aus Birkenzweigen,
Deine Hütt' aus Weidenreisern,
Geh, Berühmter, auf die Wandrung,
Waldes Zier, fang an zu schreiten,
Lauf auf deinen leichten Schuhen,
Blaugestrümpfter, eile vorwärts,
Fort aus diesen kleinen Räumen,
Von den gar zu engen Pfaden
Zu dem Haufen starker Helden,
Zu der großen Schar der Männer!   130
Nicht wird man dich schlecht behandeln,
Nicht wirst elend du dort leben,
Honig gibt man dort zu essen,
Frischen Met man dort zu trinken
Allen Fremden, die da kommen,
Allen, die dahin gelangen.
  „Geh hervor von dieser Stelle,
Aus dem kleinen, schlechten Neste
Unters Dach, das vielgerühmte,
In das schöne Wohngebäude;   140

Gleite vorwärts auf der Schneeflur
Wie Seerosen auf dem Teiche,
Hüpfe über diese Zweige
Wie ein Eichhorn in den Ästen!"

Wäinämöinen alt und wahrhaft,
Er, der ew'ge Zaubersprecher,
Schreitet spielend durch die Fluren,
Singend durch die Heidestrecken,
An der Seite seines Gastes
Mit dem weichbehaarten Felle;   150
Hörbar ward das Spiel zu Hause,
Ward der Sang bis zu der Wohnung.

Rief das Volk bald in der Stube,
Sprach die schöne Schar im Hause:
"Höret dieses Schallen draußen,
Hört die Töne aus dem Walde,
Hört des Tannenpapageis Sang,
Hört das Horn der Waldesjungfrau!"

Wäinämöinen alt und wahrhaft
Kommt nun selber nach dem Hofe,   160
Aus der Stube stürzt die Menge,
Redet so die Schar, die schöne:
"Ist das Gold wohl angekommen,
Ist das Silber hergewandert,
Ist das teure Fell erschienen,
Schreitet auf dem Weg das Goldstück,
Gab der Wald den Honiglecker,
Seinen Luchs der Wirt des Haines,
Da ihr singend hier erscheinet,
Jubelnd auf den Schneeschuhn laufet?"170

Wäinämöinen alt und wahrhaft
Redet Worte solcher Weise:
"Einen Otter fing zur Kunde,
Gottes Gabe ich zum Liede,
Deshalb komm' ich hieher singend,
Jubelnd deshalb auf den Schneeschuhn.

"Aber nein, es ist kein Otter,
Ist kein Otter, auch ein Luchs nicht,
Der da kommt, ist der Berühmte,
Ist des Waldes Zier, die schreitet,   180

Er, der Alte, der heranzieht,
Der im Tuchrock hier erscheinet;
Ist der Fremde euch erwünschet,
Öffnet weit ihm alle Pforten,
Scheinet euch der Fremde unlieb,
Schlagt sie fest zu, eh' er eintritt!"

Antwort gibt das Volk ihm also,
Redet so die Schar, die schöne:
"Sei gegrüßt, o Bär, beim Kommen,
Honigtatz', da du erschienen   190
Auf dem reingefegten Hofe,
In dem schöngeschmückten Raume!

"Dies erhoffte ich mein Leblang,
Harrte drauf in meiner Jugend,
Daß Tapios Horn erklänge,
Daß des Waldes Pfeife tönte,
Daß des Waldes Gold erschiene,
Daß sein Silber hieher käme
Auf den kleinen Raum des Hofes,
Auf die engen Ackergassen.   200

"Hoffte wie aufs Jahr voll Wachstum,
Wartete wie auf den Sommer,
Wie auf frischen Schnee der Schneeschuh,
Wie auf glatte Bahn der Schlitten,
So erharrt die Maid den Freier,
Die Rotwangige den Gatten.

"Saß des Abends an den Fenstern,
Morgens saß ich stets am Tore,
Wochenlang ich an der Pforte,
Mondenlang ich bei der Ausfahrt,   210
An der Scheun' den Winter über;
Stand im Schnee, bis hart er wurde,
Bis der harte sich erweichte,
Sich das Land in Klumpen ballte,
Diese sich mit Staub bedeckten
Und der Staub zu grünen anfing:
Dachte also alle Morgen,
Hatte dies in meinem Kopfe:
,Wo wohl weilt der Bär so lange,
Zaudert so des Waldes Liebling,   220

Ist nach Estland er geeilet,
Ist aus Suomi er gewichen?"

Sprach der alte Wäinämöinen
Selber darauf solche Worte:
„Wohin soll den Gast ich führen,
Wo den goldnen hingeleiten,
Soll ich ihn zur Scheune führen,
In die Strohbehausung legen?"

Gab das Volk ihm diese Antwort,
Redet so die Schar, die schöne: 230
„Führe dahin unsern Fremden,
Leit' du unsern Gast, den goldnen,
Unters Dach, das vielgerühmte,
In das schöne Wohngebäude;
Dort ist Speise schon bereitet
Und Getränke zugerichtet,
Alle Bretter sind gefeget,
Alle Planken reingekehret,
Alle Weiber stehn gekleidet
In die saubersten Gewänder,   240
Mit dem auserlesnen Kopfputz,
Mit den schimmernd weißen Tüchern."

Sprach der alte Wäinämöinen
Selber darauf diese Worte:
„Breitstirn, du mein liebes Vöglein,
Schönster mit den Honigtatzen!
Gibt noch Land dir zu durchmessen,
Heide dir noch zu durcheilen.

„Gehe, Goldner, auf die Wandrung,
Schreite, Lieber, auf dem Boden,   250
Schwarzstrumpf, mach' dich auf die Reise;
Ziehe mit den tuchnen Hosen,
Eile auf dem Pfad der Meise,
Auf dem Weg des muntern Sperlings,
Unter die fünf glatten Balken,
Unter die sechs starken Sparren!

„Schaut euch vor, ihr armen Weiber,
Daß die Herde nicht erschrecke,
Daß dem kleinen Vieh nicht bange,
Nicht der Wirtin Tiere leiden,   260

Wenn der Bär zur Stube kommet,
Wenn das zott'ge Maul hier eindringt!

„Fort, ihr Knaben, aus dem Vorhaus,
Mädchen, von des Eingangs Pforten,
Da der Held zur Stube kommet,
Da der Männer Zier erscheinet!

„Petzlein, du des Waldes Apfel,
Schöner Ball du in dem Walde!
Fürchte dich nicht vor den Mädchen,
Beb' nicht vor den Schöngelockten,   270
Hab' nicht Angst vor diesen Weibern,
Die die Strümpfe hängen lassen!
Soviel Weiber in der Stube,
Eilen alle zum Verschlage,
Wenn zur Stube Männer kommen,
Wenn der stolze Knabe schreitet!"

Sprach der alte Wäinämöinen:
„Send', o Jumala, Gesundheit
Unter die berühmten Balken,
Unter dieses schöne Wohndach!   280
Wohin soll ich meinen Liebling,
Diesen zottigen hier führen?"

Antwort gaben so die Leute:
„Sei gegrüßt bei deiner Ankunft!
Dahin bringe du dein Vöglein,
Dahin leite deinen Goldnen,
Auf den Sitz aus Fichtenholze,
An das End' der Bank aus Eisen,
Daß wir seinen Pelz befühlen,
Aus der Näh' sein Fell betrachten!   290

„Mach' dir, Breitstirn, keine Sorge,
Werde deshalb nimmer böse,
Daß für deinen Pelz die Stunde,
Für dein Fell naht die Beschauzeit;
Nicht verdorben wird der Pelz dir,
Nicht dazu dein Fell betrachtet,
Daß sich Schlechte daraus Lumpen,
Elende draus Kleider machen."

Zog der alte Wäinämöinen
Drauf den Pelz herab vom Bären,   300

Tat ihn in die Vorratskammer,
Legt das Fleisch dann in den Kessel,
Ins Gefäß, das golden leuchtet,
Auf des Topfes Kupferboden.

Auf dem Feuer stand der Kessel,
Auf dem Herd der Topf aus Kupfer,
Vollgepfropft und angefüllet
Von des Fleisches reichen Stücken,
Mit dem Salze in der Masse,
Das von fern herbeigeschaffet,   310
Aus der Sachsen Land geholet,
Vom Gewässer ob der Dwina,
Durch den Salzsund durchgerudert,
Von dem Schiffe ausgeladen.

Als das Fleisch darauf gekocht war,
Nahm den Kessel man vom Feuer,
Ward die Beute aufgetragen,
Kam der Tannenpapagei nun
Auf die lange fichtne Tafel,
Auf die goldgeschmückten Schüsseln,   320
Um den Honig einzuschlürfen,
Um das Bier dort zu empfangen.

Fichtenhölzern war die Tafel,
Kupfer war der Schüssel Masse,
Ganz von Silber alle Löffel,
Messer dort aus Gold gebildet;
Alle Schalen bis zum Rande,
Alle Schüsseln hochbeladen
Füllt des Waldes Liebesgabe,
Füllt der Wildnis goldne Beute.   330
Sprach der alte Wäinämöinen
Selber Worte solcher Weise:
„Goldenbrüst'ger Greis der Hügel,
Wirt auf Tapios Gehöfte,
Süßes Weib du von Metsola,
Wohlgesinnte Waldesherrin,
Kräft'ger Mann, du Sohn Tapios,
Kräft'ger Mann mit roter Mütze,
Tellerwo, Tapios Jungfrau,
Und zugleich das Volk Tapios,   340

Kommet zu dem Gastgelage,
Zu des Langhaars Hochzeitschmause!
Vorrat gibt es hier zu essen,
Hier zu essen und zu trinken,
Bleibt genug hier zu behalten,
Bleibt genug dem Dorf zu schenken."

Spricht das Volk darauf die Worte,
Redet so die Schar, die schöne:
„Wie ist wohl der Bär geboren,
Wie das teure Fell gewachsen,   350
Ist auf Stroh der Bär geboren,
In der Badstub' aufgewachsen?"

Sprach der alte Wäinämöinen
Selber darauf diese Worte:
„Ist nicht auf dem Stroh geboren,
Nicht auf Spreu in einer Scheune,
Dorten ist der Bär geboren,
Kam die Honigtatz' zum Vorschein:
Bei dem Monde, bei der Sonne,
Auf des großen Bären Schultern,   360
In der Lüftejungfraun Nähe,
An der Schöpfungstöchter Seite.

„Ging am Rand der Luft ein Mädchen,
An des Himmels Mitt' die Jungfrau,
Wandert an dem Saum der Wolke
Und entlang des Himmels Grenzen
In den blaugefärbten Strümpfen,
In den buntgeschmückten Schuhen,
In der Hand ein Kästchen Wolle,
In dem Arm ein Korb mit Haaren;   370
Wirft die Wolle auf das Wasser,
Wirft die Haare auf die Fluten,
Diese wiegen dort die Winde,
Setzt die Luft dort in Bewegung,
Schwinget dort der Zug des Wassers,
Treiben zu dem Strand die Wellen,
Zu dem Strand des Honigwaldes,
Zu der süßen Landzung' Ende.

„Mielikki, des Waldes Wirtin,
Tapiolas kluge Hausfrau,   380

Nimmt die Flocken aus dem Wasser,
Aus der Flut die weiche Wolle.

„Fügt dann alles flink zusammen,
Wickelt es gar schön und legt es
In den Korb von Ahornrinde,
In die wunderschöne Wiege,
Hebt sodann die Windelschnüre,
Hängt den Korb an goldnen Ketten
An die dicht belaubten Zweige,
An die allerstärksten Äste.   390

„Wiegte da das liebe Wesen,
Schaukelte das zarte Kindlein
Unter einer blüh'nden Tanne,
Unter einer breiten Fichte;
Ließ gedeihen so den Bären,
So den Schönhaar sie dort wachsen
An dem Saum des Honigbusches,
In des Honigwaldes Innerm.

„Wuchs der Bär nun auf das schönste,
Schoß voll Anmut in die Höhe;   400
Kurz von Füßen, krummen Kniees,
Mit dem platten, plumpen Maule,
Breitem Kopfe, stumpfer Nase,
Und dem schönen, zott'gen Pelze;
Doch noch hatt' er keine Zähne,
War mit Krallen nicht versehen.

„Mielikki, des Waldes Wirtin,
Redet selber diese Worte:
,Möchte Krallen ihm jetzt geben,
Möcht' ihm Zähne gern verleihen,   410
Wenn er sie nur nicht zum Schaden,
Nicht zu bösen Werken brauchte.'

„Schwur der Bär dort kräft'ge Eide,
Auf den Knien der Waldeswirtin,
Vor dem Antlitz des Allmächt'gen,
Jumala des Offenkund'gen,
Daß er Böses nicht beginnen,
Übles Werk nicht üben wolle.

„Mielikki, des Waldes Wirtin,
Tapiolas kluge Hausfrau,   420

Ging nun Zähne ihm zu suchen,
Ging nun Krallen zu verlangen
Von der festen Eberesche,
Von dem zähesten Wacholder,
Von den allerstärksten Wurzeln,
Von dem harz'gen, harten Baumstamm;
Konnte Krallen dort nicht finden,
Keine Zähne dorther holen.

„Auf der Flur wuchs eine Föhre,
Eine Tanne auf der Höhe,   430
Silberzweige hat die Föhre,
Goldne Zweige hat die Tanne;
Mit den Händen nahm die Frau sie,
Macht' aus ihnen ihm die Krallen,
Setzte daraus in das Kinnbein,
In das Zahnfleisch ihm die Zähne.

„Ließ den Liebling darauf gehen,
Sandte aus den zarten Burschen,
Ließ die Sümpfe ihn durcheilen,
Ihn durch schöne Haine laufen,   440
An der Waldung Rändern schreiten,
Auf den weiten Fluren springen;
Ordentlich zu gehn gebot sie,
Sich mit Anstand zu bewegen,
Voller Freude stets zu leben,
Gute Tage zu verbringen
Auf den Sümpfen, Sumpfesinseln,
An dem Saum der Tanzesheide,
Unbeschuhet in dem Sommer,
Ohne Strümpfe in dem Herbste,   450
In der schlechten Zeit zu ruhen,
In dem Winter sich zu bergen
In der Faulbaumstube Innerm,
An dem Rand der Nadelholzburg,
An dem Fuß der schönen Tanne,
In dem Schoße des Wacholders,
Unter fünf der Wollendecken,
Unter acht der besten Mäntel;
Dort mir holte ich die Beute,
Hab' ich meinen Fang gefunden."   460

Sprachen so die jungen Leute,
Also redeten die Alten:
„Weshalb war der Wald so gütig,
Wald und Hain so voller Gnade,
War des Haines Wirt so freundlich,
So geneigt der teure Tapio,
Daß er seinen Liebling hergab,
Seinen Honigschmecker sandte;
Ward er mit dem Speer getroffen,
Ward durchbohrt er mit dem Pfeile?" 470

Wäinämöinen alt und wahrhaft
Redet selber diese Worte:
„Ja, sehr gütig war der Wald mir,
Wald und Hain mir voller Gnade,
Freundlich war der Wirt des Waldes,
Mir geneigt der teure Tapio.

„Mielikki, des Waldes Wirtin,
Tellervo, die Tochter Tapios,
Diese schöne Waldesjungfrau,
Sie, des Waldes kleines Mädchen, 480
Ging den Weg mir anzuzeigen,
Ging die Pfade zu bereiten,
Setzte Pfähle längs des Randes,
Um die Richtung zu bezeichnen;
Schnitzte Kerben in die Bäume,
Machte Zeichen an den Bergen,
Zu des edlen Bären Türen,
Zu dem Saum des Pelzwerkeilands.

„Als ich dorthin war gekommen,
Zu der Grenze hingelanget, 490
Hab' ich nicht den Speer entsendet,
Keine Pfeile abgeschossen;
Selber glitt er von der Wölbung,
Stürzt' er von des Stammes Rücken;
Reiser rissen ihm die Brust auf,
Zweige spalteten den Bauch ihm."

Redet darauf diese Worte,
Selber spricht er solcher Weise:
„Breitstirn mein, du Auserlesner,
Du mein Vöglein, du mein Liebling! 500

Lege ab des Kopfs Bekleidung,
Lasse deine Hauer fahren,
Schenk' uns deine wen'gen Zähne,
Gib uns deine breiten Kiefer!
Werde du nur nimmer böse,
Wenn wir also handeln müssen,
Daß dir Bein und Kopf erkrachen,
Deine Zähne heftig knirschen.

„Nehme nunmehr Petzleins Nase
Zu der früheren Vermehrung; 510
Nehm' sie nicht zu Schimpf und Schaden,
Nicht zu abgeschiednem Lose.

„Nehme nunmehr Petzleins Ohren
Zu der früheren Vermehrung;
Nehm' sie nicht zu Schimpf und Schaden,
Nicht zu abgeschiednem Lose.

„Nehme nunmehr Petzleins Augen
Zu der früheren Vermehrung;
Nehm' sie nicht zu Schimpf und Schaden,
Nicht zu abgeschiednem Lose. 520

„Nehme nunmehr Petzleins Stirne
Zu der früheren Vermehrung;
Nehm' sie nicht zu Schimpf und Schaden,
Nicht zu abgeschiednem Lose.

„Nehme nunmehr Petzleins Schnauze
Zu der früheren Vermehrung;
Nehm' sie nicht zu Schimpf und Schaden,
Nicht zu abgeschiednem Lose.

„Nehme nunmehr Petzleins Zunge
Zu der früheren Vermehrung; 530
Nehm' sie nicht zu Schimpf und Schaden,
Nicht zu abgeschiednem Lose.

„Würde einen Mann den nennen,
Würd' als Helden den betrachten,
Der die Zähne weiß zu zählen,
Des Gebisses Reihen löset
Aus den stahlesharten Kiefern
Mit den eisenfesten Fäusten."

Da kein anderer sich zeigte,
Keine Helden dorten waren, 540

Zählt er selber drauf die Zähne,
Löst er des Gebisses Reihen,
Mit dem Knie gestützt am Schädel,
Mit den eisenfesten Fäusten.

Nahm die Zähne fort dem Bären,
Redet Worte solcher Weise:
„Petzlein du, des Waldes Apfel,
Schöner Ball du in dem Walde!
Mußt noch eine Strecke gehen,
Mußt ein Stück noch vorwärts hüpfen, 550
Hier aus diesem kleinen Neste,
Aus der niedrigen Behausung
Zu dem hochgebauten Hause,
Zu der ausgedehnten Wohnung.

„Gehe, Gold, nun auf die Wandrung,
Teurer Pelz, beginn zu schreiten
An der Säue Weg vorüber,
An dem Pfad der kleinen Ferkel,
Geh zum waldbewachsnen Hügel,
Zu dem hohen Berg begib dich,   560
Zu dem busch'gen Föhrenbaume,
Zu der hundertäst'gen Fichte!
Dort ist's gut für dich zu weilen,
Schön die Zeit dort zuzubringen,
Wo der Herde Glocken tönen,
Wo die kleinen Schellen klingen."

Wäinämöinen alt und wahrhaft
Kam von dort nun nach dem Hause;
Reden so die jungen Leute,
Also spricht die Schar, die schöne: 570
„Wohin brachtest du die Beute,
Hast den Fang du hingetragen;
Hast ihn auf dem Eis gelassen,
In den Schnee ihn eingesenket,
In des Sumpfes Schlamm gestürzet,
Auf der Heide eingegraben?"

Wäinämöinen alt und wahrhaft
Redet Worte dieser Weise:
„Hab' auf Eis ihn nicht gelassen,
Hab' ihn nicht in Schnee gesenket, 580

Hunde würden ihn dort rauben,
Dort die Vögel ihn beschmutzen;
Auch nicht in den Sumpf gestecket,
Auf der Heide eingegraben,
Würmer würden ihn verderben,
Ameisen ihn dort benagen.

„Brachte dahin meine Beute,
Dahin meinen Fang, den kleinen:
Zu des goldnen Hügels Spitze,
Zu des Kupferberges Gipfel;   590
Hing an einen edlen Baum ihn,
Eine hundertäst'ge Fichte,
An die allerstärksten Äste,
Auf der Krone breitste Stelle,
Allen Menschen zum Vergnügen,
Allen Wanderern zur Ehre.

„Setzt' das Zahnfleisch hin nach Osten,
Seine Augen hin nach Nordwest,
Nicht zu sehr gewandt zum Wipfel;
Wären sie zu nah dem Wipfel,   600
Würde sie der Wind beschäd'gen,
Würd' die Luft sie schlimm behandeln;
Tat sie nicht zu nah dem Boden;
Tät' ich sie zu nah dem Boden,
Würden Schweine sie entführen,
Sie die Rüsselträger wenden."

Fing der alte Wäinämöinen
Nunmehr an ein Lied zu singen
Zu des schönen Abends Zierde,
Zu des Tagesschlusses Freude.   610

Sprach der alte Wäinämöinen,
Redet selber diese Worte:
„Leuchte mir nun, Kienspanzange,
Daß ich bei dem Singen sehe;
An mir ist die Reih' zu singen,
Munter will mein Mund jetzt tönen."

Darauf sang er und er spielte
Zu des langen Abends Freude,
Sprach beim Ende seines Sanges,
Selbst zuletzt noch diese Worte: 620

„Gib, o Jumala, auch künftig,
Gib ein andermal, o Schöpfer,
Daß wir also uns vergnügen,
Wieder so uns unterreden
Auf des dicken Burschen Hochzeit,
Auf des Langhaars Festgelage!
  „Gib beständig, o Jumala,
Künftig auch, wahrhaft'ger Schöpfer,
Daß man Zeichen an dem Wege,
Kerben an den Bäumen habe   630
Für die heldenmüt'gen Leute,
Für die große Schar der Männer!

  „Gib beständig, o Jumala,
Künftig auch, wahrhaft'ger Schöpfer,
Daß Tapios Horn ertöne,
Daß des Waldes Pfeife schalle
Auf dem kleinen Raum des Hofes,
In den engen Wohngebäuden!
  „Tagelang soll man so spielen,
Freude so am Abend wecken   640
Auf den Fluren dieses Landes,
Auf Suomis weiten Strecken
In der Jugend, die emporwächst,
In dem steigenden Geschlechte."

Siebenundvierzigste Rune

Wäinämöinen alt und wahrhaft
Spielte lange auf der Harfe,
Spielte lang und sang zum Spiele,
Sang gar freudenreichen Sinnes.

Sang kam zu des Mondes Stube,
Jubel zu der Sonne Fenstern,
Schritt der Mond aus seiner Stube,
Stieg auf eine krumme Birke,
Schritt aus ihrem Schloß die Sonne,
Setzt' sich in der Föhre Wipfel,   10
Um der Kantele zu lauschen,
Sich am Jubel zu erfreuen.

Louhi, sie, Pohjolas Wirtin,
Nordlands zähnearme Alte,
Nimmt die Sonne nun gefangen,
Greift den Mond mit ihren Händen,
Zieht den Mond vom Stamm der Birke,
Aus der Föhre Kron' die Sonne,
Führet sie sogleich nach Hause,
Nach dem nimmerhellen Nordland.   20

Birgt den Mond, daß er nicht scheine,
In den Fels mit bunten Seiten,
Bannt die Sonn', daß sie nicht leuchte,
Zu dem stahlgefüllten Berge,
Redet selber diese Worte:
„Nimmer soll von hier in Freiheit,
Daß er schein', der Mond gelangen,
Nicht die Sonne, daß sie leuchte,
Wenn ich selbst nicht lösen komme,
Ich sie selber nicht befreie,   30

Mich neun Hengste nicht begleiten,
Die getragen eine Stute!"

Als der Mond nun fortgeschafft war,
Als die Sonne war geborgen
In dem Steinberg von Pohjola,
In dem eisenfesten Felsen,
Raubt sie dann die Flamme, raubt das
Feuer aus Wäinöläs Stuben,
Daß die Stuben ohne Feuer,
Ohne Licht die Häuser waren.   40

Nacht war nun ohn' Unterbrechung,
Dichte Finsternis ohn' Ende,
Dunkle Nacht in Kalewala,
In den Stuben von Wäinölä,
Aber auch im Himmel oben,
Über Akkos eignem Sitze.

Schwer war's ohne Licht zu leben,
Gar beschwerlich ohne Feuer,
Langeweile hatten Menschen,
Langeweile Akko selber.   50

Akko nun, der Gott der Höhe,
Selbst der Lüfte großer Schöpfer,
Fing nun an sich zu verwundern,
Dachte nach und überlegte,
Welches Wunder vor dem Monde,
Auf der Sonne Bahn wohl wäre,
Daß der Mond nicht scheinen wollte,
Nicht das Sonnenlicht erstrahlen.

Schritt dann auf dem Saum der Wolken,
Schritt entlang des Himmels Grenze 60

In den blaugefärbten Strümpfen,
In den buntgeschmückten Schuhen,
Um das Mondlicht aufzusuchen,
Um die Sonne zu entdecken,
Konnte doch den Mond nicht finden,
Auch die Sonne nicht entdecken.

Feuer schlug nun an der Alte,
Ließ den Funken jäh ersprühen
Aus des Schwertes Feuerschneide,
Aus der flammenreichen Klinge;   70
Feuer schlug er mit den Nägeln,
Ließ es aus den Fingern knistern
In des Himmels oberm Raume,
Auf der Sternenhürde Ebne.

Hat das Feuer angeschlagen,
Birgt darauf den Feuerfunken
In dem goldgeschmückten Beutel,
In der silberreichen Lade,
Gibt der Jungfrau ihn zu wiegen,
Zu betreun der Lüfte Tochter,   80
Daß ein neuer Mond entstehe,
Eine neue Sonne wachse.

Auf der langen Wolke saß sie,
An dem Saum der Luft die Jungfrau,
Fleißig wiegte sie das Feuer,
Schaukelt hin und her die Flamme
In der goldgeschmückten Wiege,
An den silberreichen Riemen.

Biegen sich die Silberstangen,
Lärmend rauscht die goldne Wiege,   90
Schwankt die Wolke, kracht der Himmel,
Schräg neigt sich des Himmels Deckel,
Also wird gewiegt das Feuer,
So geschaukelt wird die Flamme.

Wiegt das Feuer so die Jungfrau,
Schaukelt hin und her die Flamme,
Pflegt das Feuer mit den Fingern,
Hütet es mit ihren Händen,
Es entfällt der Unverständ'gen,
Dieser Jungfrau ohne Vorsicht,   100

Aus den Händen, die es wenden,
Aus den Fingern, die es pflegen.

Berstend spaltet sich der Himmel,
Öffnet sich der ganze Luftraum;
Nieder fällt der Feuerfunken,
Rauscht herab der rote Tropfen,
Gleitet durch des Himmels Decke,
Zischet durch der Wolken Hülle,
Durch neun Himmel eilt herab er,
Durch sechs buntgestirnte Festen.   110

Sprach der alte Wäinämöinen:
„Bruder du, Schmied Ilmarinen!
Laß uns gehen zuzuschauen,
Laß uns wandern zu erfahren,
Was für Feuer da herabfiel,
Welche fremde Flamme hinsank
Aus dem obern Raum des Himmels
Auf den untern Raum der Erde;
Ist es gar des Mondes Scheibe
Oder auch der Sonne Kugel?"   120

Singen darauf beide Helden,
Schritten vorwärts, überlegten,
Wie sie wohl gelangen könnten,
Wie sie wohl zurecht sich fänden
Zu dem Orte, wo das Feuer,
Wo die Flamme hingestürzet.

Rauscht ein Fluß vor ihnen beiden,
Wie ein stattlich Meer gestaltet;
Fing der alte Wäinämöinen
Nun ein Boot an sich zu zimmern,   130
In dem Walde es zu hämmern;
Mit ihm macht Schmied Ilmarinen
Aus der Tanne sich ein Steuer,
Aus der Fichte Ruderstangen.

Fertig war das Boot gezimmert,
Mit den Pflöcken, mit den Rudern;
Führten nun das Boot ins Wasser,
Ruderten und eilten vorwärts
Ringsum auf dem Newastrome,
Um der Newa Vorgebirge.   140

Ilmatar, die schöne Jungfrau,
Sie, der Schöpfungstöchter erste,
Schreitet ihnen dort entgegen,
Redet also, spricht die Worte:
„Wer wohl seid ihr von den Männern,
Wie wohl nennen euch die Leute?"

Sprach der alte Wäinämöinen:
„Beide sind wir Meeresmänner,
Ich der alte Wäinämöinen,
Dieser ist Schmied Ilmarinen;   150
Aber sag' uns deine Herkunft,
Wie wohl pflegt man dich zu nennen?"

Sprach das Weib nun solche Worte:
„Bin die älteste der Frauen,
Bin der Lüftetöchter erste,
Bin die früheste der Mütter,
Bin an Würde gleich fünf Frauen,
Bin an Schönheit gleich sechs Bräuten;
Wohin gehet ihr, o Männer,
Ziehet ihr, o wackre Helden?"   160

Sprach der alte Wäinämöinen,
Redet selber diese Worte:
„Ausgegangen ist das Feuer,
Uns die Flamme fortgekommen,
Waren lange ohne Feuer
In der Finsternis verborgen;
Doch nun liegt es uns im Sinne,
Daß das Feuer wir erspähen,
Welches von dem Himmel stürzte,
Niederfiel vom Wolkensaume."   170

Diese Antwort gab die Jungfrau,
Redet selber diese Worte:
„Schwer zu finden ist das Feuer,
Auszuforschen schwer die Flamme;
Üble Werke tat das Feuer,
Frevel übte schon die Flamme:
Eilig fiel des Feuers Funken,
Sank herab der rote Tropfen
Aus des Schöpfers großen Fluren,
Daher wo ihn Ukko weckte,   180

Durch den ausgespannten Himmel,
Durch den weitgedehnten Luftraum,
Durch das rußbedeckte Rauchloch,
Längs den trocknen Dachesbalken
In die neue Stube Tuuris,
In Palwonens unbedeckte.

„Kaum war er dort angekommen,
In der neuen Stube Tuuris
Macht er sich an schlimme Taten
Und vollbringet bösen Frevel,   190
Wütet gegen Mädchenbusen,
Zehret an der Jungfraun Brüsten,
Macht der Knaben Knie zuschanden,
Senget ab den Bart der Wirte.

„Säugte dort ihr Kind die Mutter
In der jämmerlichen Wiege,
Dahin eilte nun das Feuer,
Übte seinen bösen Frevel,
In der Wieg' das Kind verbrannt' es,
Sengte heiß die Brust der Mutter; 200
Nach Manala kam das Kind so,
In Tuonis Reich der Knabe,
Da ihm solch ein Tod verhängt war,
Ihm bestimmt war so zu sterben,
In der Qual des roten Feuers,
In der Schmerzenspein der Flamme.

„Größer war der Mutter Kunde,
Sie ging nicht mit nach Manala,
Wußte, wie man Feuer bannen,
Wie die Flamme treiben könnte   210
Durch das enge Öhr der Nadel,
Durch die Fuge an dem Beilschaft,
Durch des Bohrers heiße Rinne,
Längs dem Saum des Ackerraines."

Wäinämöinen alt und wahrhaft
Fragte sie sodann geschwinde:
„Wohin ging von hier das Feuer,
Wohin flüchtete der Funke
Von dem Saum des Tuurifeldes,
Zu dem Walde, zu dem Meere?" 220

Gab das Weib ihm diese Antwort,
Redet selber solche Worte:
„Als von hier das Feuer eilte,
Als die Flamme weiter schlüpfte,
Sengte ab sie viele Felder,
Viele Felder, viele Sümpfe,
Stürzte endlich in das Wasser,
In die Flut des Sees Alue;
Dieser wallte auf vom Feuer,
Zischend sprühte sein Gewässer.   230

„Dreimal in der Nacht des Sommers,
Neunmal in der Nacht des Herbstes
Schäumt' er zu der Tannen Fläche,
Hob er sich zum jähen Ufer
Durch die Kraft des wilden Feuers,
Die Gewalt der Flammengluten.

„Schäumt' aufs Trockne seine Fische,
Seine Barsche auf die Klippen,
Sahen sich dort um die Fische,
Überlegten dort die Barsche,   240
Wie zu sein und wie zu leben;
Barsche weinten nach dem Wohnsitz,
Fische nach dem lieben Hofe,
Nach der Felsenburg der Kaulbarsch.

„Ging der Barsch mit krummem Nacken,
Haschte nach dem Feuerfunken,
Nicht konnt' ihn der Barsch erhaschen;
Ging darauf der blaue Schnäpel,
Dieser schluckt' den Feuerfunken,
Er verschlang die böse Flamme.   250

„Wieder fiel der See Alue,
Sank herab von allen Rändern
Zu den längstgewohnten Sitzen
Während einer Nacht des Sommers.

„Wenig Zeit war hingegangen,
Angst befiel den Feuerschlinger,
Heft'ger Schmerz den Flammenschlucker,
Große Not den gier'gen Fresser.

„Klagend schwamm nach allen Seiten,
Schwamm er einen Tag, den zweiten 260

An des Schnäpeleilands Seite,
An der Lachsesklippen Höhlen,
Wohl an tausend Landzungspitzen,
Wohl an hundert Inselbuchten;
Jede Spitze gab Bescheid ihm,
Jedes Eiland solchen Zuspruch:
‚Nicht ist in dem stillen Wasser,
In dem engen See Alue,
Wer den Unglücksfisch verschlingen,
Wer den Armen töten könnte,   270
Ob der Drangsal durch das Feuer,
Ob der Qualen durch die Flamme.'

„Dieses hört' die Lachsforelle
Und verschlang den blauen Schnäpel;
Wenig Zeit war hingegangen,
Angst befiel den Fischverschlinger,
Heft'ger Schmerz den Schnäpelschlucker,
Große Not den gier'gen Fresser.

„Klagend schwamm nach allen Seiten,
Schwamm sie einen Tag, den zweiten 280
An der Lachsesklippen Höhlen,
An der Hechte Wohnungsgrotten,
Wohl an tausend Landzungspitzen,
Wohl an hundert Inselbuchten;
Jede Spitze gab Bescheid ihr,
Jedes Eiland solchen Zuspruch:
‚Nicht ist in dem stillen Wasser,
In dem engen See Alue,
Wer den Unglücksfisch verschlingen,
Wer den Armen töten könnte,   290
Ob der Drangsal durch das Feuer,
Ob der Qualen durch die Flamme.'

„Kam der graue Hecht gegangen
Und verschlang die Lachsforelle;
War nur wenig Zeit vergangen,
Angst befiel den Lachsesschlucker,
Heft'ger Schmerz den Fischverschlinger,
Große Not den gier'gen Fresser.

„Klagend schwamm nach allen Seiten,
Schwamm er einen Tag, den zweiten, 300

An der Seekrähn hohlen Klippen,
An der Möwen kahlen Riffen,
Wohl an tausend Landzungspitzen,
Wohl an hundert Inselbuchten;
Jede Spitze gab Bescheid ihm,
Jedes Eiland solchen Zuspruch:
„Nicht ist in dem stillen Wasser,
In dem engen See Alue,
Wer den Unglücksfisch verschlingen,
Wer den Armen töten könnte,   310
Ob der Drangsal durch das Feuer,
Ob der Qualen durch die Flamme."
    Wäinämöinen alt und wahrhaft
Samt dem Schmieder Ilmarinen
Strickte nun ein Netz von Bastschnur,
Fügt' es aus Wacholderzweigen,
Färbte es mit Weidenwasser,
Macht's zurecht mit Weidenrinde.
    Wäinämöinen alt und wahrhaft
Trieb die Weiber zu dem Netze;   320
Weiber kamen zu dem Netze,
Schwestern kamen es zu ziehen,
Und sie ruderten, sie glitten
An den Spitzen, an den Inseln,
An der Lachsesklippen Höhlen,
An der Schnäpelinseln Seite,
In dem braungefärbten Röhricht,
In dem schlankgewachs'nen Schilfe.
    Eilen vorwärts, wollen fangen,
Ziehn das Netz und senken's fleißig,   330
Kehren schräg des Netzes Masse,
Ziehn das Garn in schiefer Richtung,

Können so den Fisch nicht fangen,
Auch mit Eifer ihn nicht haschen.
    Gehen zu der Flut die Brüder,
Männer gehen zu dem Netze,
Stoßen es und drängen's vorwärts,
Ziehen es und schleppen's weiter
An den Busen, an den Klippen,
An dem Felsenriff Kalewas,   340
Können jenen Fisch nicht fangen,
Dessen sie so sehr bedürfen,
Nicht erscheint der Hecht, der graue,
Aus des Busens stillem Wasser,
Auch nicht aus der weiten Fläche:
Klein der Fisch und weit die Maschen.
    Darauf klagten schon die Fische,
Sprach der Hecht schon zu dem Hechte,
Fragt der Schnäpel so den Kühling
Und ein Lachs den andern Lachs so: 350
„Sind schon tot die braven Männer,
Kalews Söhne schon gestorben,
Die von Lein die Netze stricken,
Sie aus Flachsesfäden fügen,
Die mit Stangen Fische treiben,
Die den langen Stab bewegen?"
    Hört's der alte Wäinämöinen,
Redet selber diese Worte:
„Nicht gestorben sind die Helden,
Nicht ist tot das Volk Kalewas;   360
Einer starb, zwei sind geboren,
Die da beßre Stangen haben,
Die mit längerm Stabe kommen
Und mit zwiefach grausem Netze."

Achtundvierzigste Rune

Wäinämöinen alt und wahrhaft,
Er, der ew'ge Zaubersprecher,
Unternahm nun zu bedenken,
Fing nun an zu überlegen,
Wie das Leinennetz zu stricken,
Wie das hundertfache Fanggarn.

Redet darauf diese Worte,
Läßt sich selber also hören:
„Gibt es, wer den Lein wohl säen,
Wer ihn säen, pflügen könnte,   10
Daß das Netz zurecht ich binde,
Hundertmaschig es verfert'ge,
Um den bösen Fisch zu töten,
Um den schlechten zu verderben?"

Ward ein wenig Land gefunden,
Eine Stelle, nie geschwendet,
Auf des Sumpfes großem Rücken,
In der Mitte zweier Stämme.

Ausgegraben ward die Wurzel,
Flachsessamen dort gefunden,   20
Von Tuonis Wurm behütet,
In dem Schutz der Erdenlarve.

War ein Klümpchen dort von Asche,
War ein Häuflein trocknen Staubes,
Eines Boots Rest, das einst brannte,
Eines Fahrzeugs, das verzehrt ward;
Dorthin ward der Flachs gesäet,
In die Asche eingesenket,
An den Strand des Sees Alue,
In den lehm'gen Ackerboden.   30

Keime trieb empor die Pflanze,
Üppig schoß der Flachs zur Höhe,
Über Hoffnung hob der Lein sich
Während einer Nacht des Sommers.

Er ward ausgesät zur Nachtzeit,
Bei dem Mondschein eingestecket,
Ward gereinigt und gesichtet,
Ward gerupfet und geraffet,
Gar behende ausgerissen
Und mit aller Kraft gehechelt.   40

Ward dann hingeführt zum Wässern,
War gar bald schon weich geworden;
Ward dann eilig aufgenommen,
Um geschwinde nun zu trocknen.

Ward gebracht darauf zum Hause
Daß er dort geglättet würde;
Eifrig ward er dann gebrochen
Und ward gar behend geschwungen.

Ward gar fleißig dann gebürstet,
Ward gekämmt am frühen Morgen,   50
Ward in Knocken schnell geleget,
Schnell auf Spindeln aufgewickelt,
Während einer Nacht des Sommers,
Mitten zwischen zweien Tagen.

Darauf spannen ihn die Schwestern,
Zog den Faden ein die Schwägrin,
Banden dann das Garn die Brüder
Und die Väter knüpften Stricke.

Fleißig wandte sich die Nadel,
Sich der Maschenstock gar emsig,   60

Bis das Netz zu End' bereitet,
Bis das Leinengarn verbunden,
Während einer Nacht des Sommers
Und dazu noch einer halben.

Fertig war das Netz am Ende,
War das Leinengarn verbunden,
Hundert Klafter war die Tiefe,
Siebenhundert lang die Seiten,
Steine wurden dann befestigt,
Gute Bretter angefüget. 70

Gingen zu dem Netz die Jungen,
Dachten in dem Haus die Alten:
Ob man jetzt den Fisch wohl fangen,
Ihn nach Wunsch erlangen würde.

Ziehen nun das Netz und schleppen,
Senken es und mühn sich eifrig,
Ziehen durch des Wassers Länge,
Stoßen durch des Wassers Breite,
Fangen lauter kleine Fische,
Kaulbarsche, die Unglücksfische, 80
Barsche reich an scharfen Gräten,
Manches Rotaug, reich an Galle,
Können nur den Fisch nicht fangen,
Welchem sie das Netz bereitet.

Sprach der alte Wäinämöinen:
„O du Schmieder Ilmarinen,
Laß uns selber dahin gehen,
Zu dem Wasser an die Netze!"

Darauf gingen beide Helden,
Zogen rasch das Netz durchs Wasser, 90
Warfen einen seiner Arme
Zu dem Eiland auf dem Meere,
Warfen dann den andern Arm hin
Zu des Wiesenrandes Spitze,
Doch des Netzes Zugseil kehrten
Sie zu Wäinös Landungsplatze.

Ziehn das Netz nach vorn und stoßen's,
Ziehen es und schleppen's fleißig,
Fangen Fische zur Genüge,
Fangen Barsche reichen Maßes, 100

Fangen schöne Lachsforellen,
Brachsen, manche Lachsesarten,
Alle Fische aus dem Wasser,
Können nur den Fisch nicht fangen,
Welchem sie das Netz bereitet,
Gegen den das Garn sie senkten.

Fügt der alte Wäinämöinen
Noch hinzu dem Netz an Größe,
Legt noch Flügel an die Seiten,
Wohl an Maß fünfhundert Klafter, 110
Siebenhundert Klafter Seile,
Redet selber diese Worte:
„Führen wir zur Flut die Netze,
Wollen weiter sie noch tragen,
Weiter durch das Wasser ziehen,
Noch einmal den Zug versuchen."

Führten zu der Flut die Netze,
Trugen hin sie auf den Wogen,
Zogen weiter durch das Wasser,
Noch einmal den Zug versuchend. 120

Selbst der alte Wäinämöinen
Redet Worte solcher Weise:
„Wellamo, des Wassers Wirtin,
Wasser-Alte mit der Schilfbrust!
Komm das Hemd jetzt umzutauschen,
Deinen Rock jetzt zu verändern!
Hast ein Hemd aus Rohr bereitet,
Hast des Meeres Schaum als Decke,
Die gemacht die Windestochter,
Die dir gab die Flutentochter, 130
Werde dir ein Hemd von Leinwand,
Von dem reinsten Flachse geben,
Das gewebt die Mondestochter,
Das gewirkt der Sonne Tochter.

„Ahto, Wirt du in den Fluten,
Herr der hundert Meeresgruben!
Den fünf Klafter langen Pfahl nimm,
Nimm die Siebenklafterstange,
Um das Meer ganz zu durchsuchen,
Um den Boden zu durchwühlen, 140

Rühre auf des Schilfes Fasern,
Treib empor der Fische Herde,
Wo wir dieses Netz auswerfen,
Seine hundert Dobber senken,
Von den fischereichen Buchten,
Von den lachsereichen Winkeln,
Aus des Meeres großen Wirbeln,
Aus den bodenlosen Tiefen,
Wo die Sonne nimmer scheinet,
Nimmer sich der Sand beweget." 150

Stieg ein Männlein aus den Wogen,
Kam ein Held dort aus den Fluten,
Stille stand er auf dem Meere,
Redet Worte solcher Weise:
„Brauchet ihr wohl einen Treiber,
Der die lange Stange halte?"

Wäinämöinen alt und wahrhaft
Redet selber diese Worte:
„Brauchen wahrlich einen Treiber,
Der die lange Stange halte." 160

Haut das Männlein, dieses Heldlein,
Eine Fichte von dem Strande,
Einen langen Baum vom Busche,
Heftet einen Fels als Knopf dran,
Fragend spricht es diese Worte:
„Soll aus aller Kraft ich schlagen,
Mit der Schultern ganzer Stärke,
Oder nur soviel es nottut?"

Sprach der weise Wäinämöinen
Ihm zur Antwort diese Worte: 170
„Schlägst du nur soviel es nottut,
Wirst du viel zu schlagen haben."

Fing darauf das kleine Männlein,
Fing das Heldlein an zu schlagen,
Schlug grad so sehr als es nottat,
Trieb der Fische große Scharen,
Wo das Netz man ausgeworfen,
Man gesenkt die hundert Dobber.

An dem Ruder saß der Schmieder,
Wäinämöinen alt und wahrhaft 180

Hob das ausgeworfne Netz selbst,
Zog gar kräftig ein das Fanggarn,
Sprach der alte Wäinämöinen:
„Schon gelangt der Fische Herde,
Wo das Netz ich ausgeworfen,
Wo die Dobber ich gesenket."

Ward das Netz darauf gehoben,
Ward gehoben und geschüttelt
Zu dem Boote Wäinämöinens;
Eingefangen ward der Fischschwarm, 190
Gegen den das Netz verfertigt
Und geknüpfet war das Fanggarn.

Wäinämöinen alt und wahrhaft
Fährt mit seinem Boot zum Lande,
Hin zu jener blauen Brücke,
Zu des roten Steges Spitze;
Zog empor die Schar der Fische,
Löste auf den grät'gen Haufen,
Holt heraus den Hecht, den grauen,
Den er längst schon fangen wollte. 200

Sprach der alte Wäinämöinen
Selber darauf diese Worte:
„Darf ich mit der Hand ihn fassen,
Ohne Handschuhe von Eisen,
Ohne Fäustlinge von Steinen,
Ohne Kupferkleid an Händen?"

Dies vernahm der Sohn der Sonne,
Redet Worte solcher Weise:
„Gern möcht' ich den Hecht zerspalten,
Möcht' ich in die Hand ihn nehmen, 210
Hätt' ich nur ein großes Messer,
Hätte ich ein starkes Eisen."

Fiel ein Messer von dem Himmel,
Aus den Wolken fiel ein Eisen.
Goldenköpfig, silberschneidig,
Fiel zum Gurt des Sonnensohnes.

Griff der starke Sohn der Sonne
Mit der Hand gleich nach dem Messer,
Auf schnitt er den Leib des Hechtes,
Spaltete den Leib des Breitmauls; 220

In dem Bauch des grauen Hechtes
Fand sich eine Lachsforelle,
In dem Bauch der Lachsforelle
Fand sich ein gar glatter Schnäpel.

Spaltet dann den glatten Schnäpel,
Nimmt heraus den blauen Knäuel
Aus des Schnäpels Eingeweiden,
Aus des Darmes dritter Krümmung.

Wickelt ab den blauen Knäuel,
Aus des blauen Knäuels Innerm   230
Fällt herab ein roter Knäuel,
Öffnet dann den roten Knäuel,
In des roten Knäuels Mitte
Findet er den Feuerfunken,
Der vom Himmel war gekommen,
Durch die Wolken war gesunken,
Von der Höhe von acht Himmeln,
Aus dem neunten Raum der Lüfte.

Wäinämöinen überlegte,
Womit man ihn führen sollte   240
Nach den feuerlosen Stuben,
Nach den finstern Wohngebäuden,
Rasch entschlüpfte da das Feuer
Aus der Hand des Sonnensohnes,
Sengt den Bart des alten Wäinö,
Schlimmer brennt es noch dem Schmieder
Beide Wangen gar zuschanden
Und versengt ihm auch die Hände.

Eilet darauf weiter schreitend
Zu der Flut des Sees Alue,   250
Springt empor zu den Wacholdern,
Senget ab die ganze Heide,
Wirft sich knisternd auf die Tannen,
Sengt die schönen Tannenwälder,
Schreitet immer weiter vorwärts,
Sengt das Land des halben Nordens,
Sengt des Sawolandes Grenzen,
Beide Hälften von Karjala.

Wäinämöinen alt und wahrhaft
Macht sich selber auf zu gehen,   260

Hebet fort sich durch die Waldung,
Folgt des wilden Feuers Spuren;
Findet auch das Feuer endlich
An der Wurzel zweier Stämme,
In der Erlenhöhlung Innerm,
An des faulen Stammes Biegung.

Sprach der alte Wäinämöinen
Selber darauf diese Worte:
„Feuer, du Geschöpf Jumalas,
Leuchtendes Geschöpf des Schöpfers!   270
Grundlos gingst du in die Tiefe,
Ohne Zweck in weite Ferne,
Tuest besser, wenn du heimkehrst
Zu dem steingebauten Ofen,
Dich in deinen Funken bergest,
In den Kohlen dich versteckest,
Daß am Tage man dich brauche,
In dem Birkenholz benutze,
In der Nacht man dich verwahre
In des goldnen Kreises Höhlung."   280

Nahm darauf den Feuerfunken
In den flammenreichen Zunder,
In den trocknen Schwamm der Birke,
In den Kessel, der von Kupfer,
Trug das Feuer in dem Kessel,
Bracht' es in der Birkenrinde
Zu der nebelreichen Spitze,
Zu dem dunstumwobnen Eiland;
Feuer hatten bald die Stuben,
Licht geschwind die Wohngebäude.   290

Doch der Schmieder Ilmarinen
Stürzte zu dem Strand des Meeres,
Schleppte sich zu einer Klippe,
Setzte sich auf einen Felsen,
In der Pein des Feuerbrandes,
In der großen Qual der Flamme.

Dort versucht er sie zu stillen,
Sucht der Flamme Kraft zu hemmen,
Redet Worte solcher Weise,
Läßt auf diese Art sich hören: 300

„Feuer, du Geschöpf Jumalas,
Panu, du, o Sohn der Sonne!
Wer hat dich so sehr erzürnet,
Daß du meine Wangen sengtest,
Meine Hüften mir verbranntest,
Meine Seiten so verletztest?

„Wie soll ich das Feuer stillen,
Wie die Kraft der Flamme hemmen,
Wirkungslos das Feuer machen,
Ihrer Macht beraubt die Flamme,   310
Daß sie mich nicht länger brenne,
Mich nicht allzu lange quäle?

„Komme, Tochter, du aus Turja,
Jungfrau, eile von den Lappen,
Reif am Strumpfe, eisbeschuhet,
Weißgefroren an dem Saume,
In der Hand den Reifeskessel
Und darin den Eiseslöffel;
Spritze mit dem kalten Wasser,
Streu' Eisrindensplitter eifrig   320
Auf die Stellen, die versengt sind,
Auf des Feuers bösen Schaden!

„Sollte dies genug nicht scheinen,
Komm, o Sohn du aus Pohjola,
Kind du aus dem tiefen Lappland,
Langer Mann vom Düsterlande,
Von der Höhe einer Tanne,
Von der Größe einer Fichte,
An den Händen Reifeshandschuh,
An den Füßen Reifesschuhe,   330
Auf dem Kopf die Reifesmütze,
An dem Leib den Reifesgürtel!

„Bringe Reif du aus Pohjola,
Eis du aus dem kalten Dorfe!
Reif genug gibt's ja im Nordland,
Eis genug im kalten Dorfe,

Reifesflüsse, Eisesseen,
Glatt gefroren sind die Lüfte,
Reif'ge Hasen hüpfen dorten,
Eis'ge Bären klettern dorten   340
Mitten auf den schnee'gen Hügeln,
An dem Rand der Schneegebirge,
Reif'ge Schwäne schwimmen dorten,
Eis'ge Enten rudern zahlreich
Mitten in dem schnee'gen Flusse,
An dem eis'gen Wasserfalle.

„Bringe Reif auf deinem Schlitten,
Schaffe Eis herbei in Fudern
Von der wilden Gipfel Seite,
Von dem Saum des festen Berges! 350
Und dann kühle mit dem Reife,
Überfriere mit dem Eise
Allen Schaden von dem Feuer,
Wo die Glut mich hat versenget!

„Sollte das genug nicht scheinen,
Akko, du, o Gott der Höhe,
Akko, der die Wolken leitet,
Der die Lämmerwolken lenket!
Send' aus Osten eine Wolke,
Ein Gewölk du aus dem Westen,   360
Stoß die Enden du zusammen,
Daß der leere Raum sich fülle,
Regne Reif und regne Eis mir,
Regne mir die besten Salben
Auf die Stellen, die versengt sind,
Auf des Feuers schlimme Schäden!"

So gelang's Schmied Ilmarinen
Nun den Feuerbrand zu stillen
Und der Flamme Kraft zu brechen;
Es gesundete der Schmieder   370
Zu der sonstgewohnten Stärke
Von des Feuers heft'gem Schaden.

Neunundvierzigste Rune

Noch nicht wollt' die Sonne scheinen,
Nicht das Gold des Mondes leuch-
In den Stuben von Wäinölä,   [ten
Auf den Fluren Kalewalas;
Frost geriet an alle Saaten,
An die Herden schlechtes Leben,
An die Vögel fremdes Wesen,
Langeweile an die Menschen,
Da das Sonnenlicht nicht strahlte,
Nicht des Mondes Schein erglänzte. 10

Kannte wohl der Hecht die Gruben,
Kannt' der Aar der Vögel Bahnen,
Und der Wind der Schiffe Zeiten;
Unbewußt blieb es den Menschen,
Wann der Morgen wieder graute,
Wann die Nacht sich niedersenkte
Auf die nebelreiche Spitze,
Auf das dunstumwobne Eiland.

Es berieten sich die Jungen
Und die Ältern überlegten,   20
Wie man ohne Mond wohl leben,
Ohne Sonne bleiben sollte
In den kargen Länderstrecken,
Auf des Nordens armem Boden.

Es berieten sich die Jungfraun,
Mägdlein suchten einen Ausweg,
Gingen zu des Schmiedes Esse,
Sprachen Worte solcher Weise:
„Hebe, Schmied, dich von dem Lager
An der Wand, am Feuerherde,   30

Schmiede einen neuen Mond uns,
Eine neue runde Sonne!
Schlimm ist's ohne Schein des Mondes,
Unbehaglich ohne Sonne."

Hob der Schmied sich von dem Lager
An der Wand, am Feuerherde,
Einen neuen Mond zu schmieden,
Eine neue Sonnenscheibe;
Bildet einen Mond von Gold dann,
Formt aus Silber eine Sonne.   40

Kam der alte Wäinämöinen,
Setzte sich an seiner Türe,
Redet Worte solcher Weise:
„Schmieder du, mein lieber Bruder,
Was denn klopfst du in der Schmiede,
Hämmerst du nun immerwährend?"

Sprach der Schmieder Ilmarinen
Selber Worte dieser Weise:
„Bilde einen Mond aus Gold nun,
Aus dem Silber eine Sonne,   50
An den Himmel sie zu tragen,
Aber sechs bestirnte Decken."

Sprach der alte Wäinämöinen
Selber darauf diese Worte:
„O du Schmieder Ilmarinen,
Machest dir vergebne Mühe!
Nicht erglänzt das Gold als Mondlicht,
Nimmer strahlt die Silbersonne."

Bildet einen Mond der Schmieder,
Hämmert auch die Sonne fertig,   60

Hebet eifrig sie nach oben,
Trägt sie sorgsam in die Höhe,
Trägt den Mond zum Tannenwipfel,
In die Fichtenkron' die Sonne;
Schweiß entströmte da dem Kopfe,
Feuchtigkeit der Stirn des Trägers,
So beschwerlich war die Arbeit,
So voll Mühe war das Heben.

Hatte schon den Mond erhoben,
Hatte hingesetzt die Sonne,   70
Hing der Mond im Tannenwipfel,
In der Fichtenkron' die Sonne;
Doch der Mond will nicht erglänzen,
Und die Sonne will nicht strahlen.

Sprach der alte Wäinämöinen
Selber Worte solcher Weise:
„Zeit ist's nun das Los zu fragen
Und die Zeichen zu erforschen,
Wo die Sonne hingeraten,
Wohin uns der Mond entkommen." 80

Selbst der alte Wäinämöinen,
Dieser ew'ge Zaubersprecher,
Schneidet Späne von der Erle,
Leget sorglich sie in Ordnung,
Geht die Lose dann zu wenden,
Mit den Fingern sie zu kehren,
Redet Worte solcher Weise,
Läßt auf diese Art sich hören:
„Von dem Schöpfer heisch' ich Kunde,
Fordre zuverläss'ge Antwort: 90
Wahrhaft sprich, des Schöpfers Zeichen,
Rede zu mir, Los Jumalas,
Wohin ist die Sonn' geraten,
Wohin ist der Mond gefallen,
Da man nicht im Gang der Zeiten
Beide an dem Himmel schauet?

„Sprich, o Los, du nach der Wahrheit,
Sprich nicht nach dem Sinn des Mannes,
Bringe hierher wahre Worte
Und errricht' ein festes Bündnis!   100

Sollte mich das Los belügen,
Werde ich's nach unten werfen,
Werd' ich's in das Feuer schütten,
Daß das Zeichen dort verbrenne."

Bracht' das Los nun wahre Worte,
Gab der Männer Zeichen Antwort,
Sagte, daß die Sonn' geraten,
Daß der Mond hinabgesunken
In den Steinberg von Pohjola,
In des Kupferberges Innres.   110

Wäinämöinen alt und wahrhaft
Redet Worte solcher Weise:
„Wenn ich nach Pohjola gehe,
Zu dem Pfad der Nordlandsöhne,
Mache ich den Mond erglänzen
Und das Gold der Sonne strahlen."

Eilig geht er, zieht von dannen
Nach dem nimmerhellen Nordland,
Schreitet einen Tag, den zweiten,
Endlich an dem dritten Tage   120
Kommt des Nordens Tor zum Vorschein,
Sind die Steineshügel sichtbar.

Ruft sogleich mit starker Stimme
An dem Flusse von Pohjola:
„Bringet hierher einen Nachen,
Daß den Fluß ich übersetze!"

Da sein Rufen man nicht höret,
Nicht das Boot zu ihm gebracht wird,
Sammelt Holz er einen Haufen,
Zweige einer dürren Tanne,   130
Macht ein Feuer an dem Ufer,
Daß ein starker Rauch sich hebet;
Zu dem Himmel steigt das Feuer
Und der Rauch dringt in die Lüfte.

Louhi, sie, des Nordlands Wirtin,
Kommt von ungefähr ans Fenster,
Schauet auf des Sundes Mündung,
Redet Worte solcher Weise:
„Was für Feuer ist's, das dort brennt,
An der Mündung dieses Sundes?   140

Ist zu klein für Kriegesfeuer,
Ist zu groß als Netzzugflamme."

Selbst der Sohn des Pohjaländers
Stürzet eilends zu dem Hofe,
Um zu schauen, um zu hören,
Um genau sich umzusehen:
„An des Flusses anderm Ufer
Ist ein stolzer Held, der schreitet."

Rief der alte Wäinämöinen
Darauf noch zum andern Male: 150
„Bring ein Boot, o Sohn des Nordens,
Bring das Boot dem Wäinämöinen!"

Also sprach der Sohn des Nordens,
Redet selber diese Worte:
„Nicht sind müßig hier die Boote,
Brauch' die Finger du zum Rudern,
Deine Hand als Steuerruder
Durch den Fluß im Land des Nordens!"

Dacht' der alte Wäinämöinen,
Dachte nach und überlegte: 160
„Nicht wird als ein Mann der gelten,
Der sich von dem Wege wendet."
Ging als Hecht dann in die Fluten,
Als ein Schnäpel in das Wasser,
Schwimmet durch den Sund geschwinde,
Eilends zieht er durch die Strecke,
Macht dann einen Schritt, den zweiten,
Schreitet auf des Nordlands Ufer.

Sprachen so des Nordens Söhne,
Redet so der schlimme Haufen: 170
„Komm nur nach dem Hof Pohjolas!"
Nach dem Hof Pohjolas ging er.

Sprachen so des Nordens Söhne,
Redete der schlimme Haufen:
„Komm nur in Pohjolas Stube!"
Nach Pohjolas Stube ging er;
Setzt den Fuß nun in das Vorhaus,
An den Türgriff seine Hände,
Dringet darauf in die Stube,
Schreitet unter die Bedachung.   180

Trinken Honigtrank dort Männer,
Schlürfen von dem süßen Seime,
Haben Schwerter in dem Gürtel,
Haben Waffen dort die Helden
Zu dem Untergange Wäinös,
Zu dem Tod des Wogenfreundes.

Fragen also den Gekommnen,
Sprechen Worte solcher Weise:
„Was wirst, schlechter Mann, du sagen,
Was, o Schwimmheld, du verkünden?"   190

Wäinämöinen alt und wahrhaft
Redet Worte solcher Weise:
„Sage Wunder von dem Monde,
Seltsam Wesen von der Sonne;
Wohin floh von uns die Sonne,
Wohin ist der Mond verschwunden?"

Sprechen so des Nordens Söhne,
Redet so der schlimme Haufen:
„Dahin floh von euch die Sonne,
Floh die Sonne, schwand der Mond euch,   200
In den Stein mit buntem Busen,
In den eisenfesten Felsen;
Kommen dorther nicht in Freiheit,
Können nicht erlöset werden."

Spricht der alte Wäinämöinen,
Selber Worte solcher Weise:
„Kommt der Mond nicht aus dem Steine,
Aus dem Felsen nicht die Sonne,
Wollen an den Kampf wir gehen,
Mit dem Schwerte wir beginnen!"   210

Zieht das Schwert, enthüllt das Eisen,
Reißet aus der Scheid' das wilde,
An der Spitze scheint das Mondlicht,
An dem Griffe glänzt die Sonne,
Auf dem Rücken steht ein Rößlein,
An dem Knopfe miaut ein Kätzchen.

Maßen darauf ihre Schwerter,
Prüften eilends ihre Klingen;
Nur ein kleines Stückchen länger
War das Schwert des alten Wäinö,   220

Um des Gerstenkornes Dicke,
Um die Breite eines Strohhalms.

Gingen auf den Hof nach außen,
Auf die flachgebahnten Fluren;
Hieb der alte Wäinämöinen
Darauf einmal, daß es blitzte,
Einmal hieb er, hieb das zweite,
Schälte da gleich Rübenwurzeln,
Schlug da ab gleich Flachses Köpfen
Vieler Nordlandssöhne Köpfe.   230

Sing der alte Wäinämöinen
Darauf um den Mond zu sehen,
Um die Sonne sich zu holen
Aus dem Stein mit buntem Busen,
Aus dem stahlgefüllten Berge,
Aus dem eisenfesten Felsen.

War ein wenig nur gegangen,
Eine kleine Streck' geschritten,
Sieht da eine grüne Insel,
Darauf eine schöne Birke,   240
Einen Steinblock an der Birke,
Unterm Steinblock einen Felsen,
Neun der Türen an dem Felsen,
Hundert Riegel an den Türen.

Sieht da einen Spalt im Steine,
Einen schwachen Streif am Felsen;
Zieht das Schwert aus seiner Scheide,
Kratzt ein Zeichen auf den Stein hin
Mit des Schwertes Feuerklinge,
Mit dem flammenreichen Eisen: 250
Auseinander sprang der Stein da,
Spaltete sich in drei Stücke.

Wäinämöinen alt und wahrhaft
Schaute in des Steines Spalten,
Trinken Bier dort viele Schlangen,
Würze schlürfen ein die Nattern
In des bunten Steines Innerm,
In dem Schoß des leberfarbnen.

Sprach der alte Wäinämöinen
Selber Worte solcher Weise: 260

„Deshalb hat die arme Wirtin
Gar so wenig Bier erhalten,
Da die Schlangen Bier hier trinken,
Nattern von dem Malztrank schlürfen!"

Schneidet ab der Schlangen Köpfe,
Bricht der bösen Nattern Nacken,
Redet Worte solcher Weise,
Läßt auf diese Art sich hören:
„Mögen nie im Lauf der Zeiten,
Niemals mehr von diesem Tage   270
Schlangen unser Süßbier trinken,
Nattern unsern Malztrank schlürfen!"

Sucht der alte Wäinämöinen,
Dieser ew'ge Zaubersprecher,
Mit der Faust die Tür zu rütteln,
Mit der Worte Kraft die Riegel;
Händen weichen nicht die Türen,
Worten folgen nicht die Riegel.

Sprach der alte Wäinämöinen
Selber Worte solcher Weise: 280
„Weib nur ist der Waffenlose,
Schwächling ist der Beilberaubte."
Sing sofort nun in die Heimat,
Tiefen Hauptes, trüber Laune,
Daß den Mond er nicht erhalten,
Nicht die Sonne schon ergriffen.

Sprach der muntre Lemminkäinen:
„O du alter Wäinämöinen!
Weshalb nahmst du mich nicht mit dir
Zum Genossen beim Beschwören,   290
Schon gesprengt wär'n alle Schlösser,
Schon zerbrochen alle Riegel,
Losgemacht der Mond zu glänzen,
Sonne auferweckt zu strahlen."

Wäinämöinen alt und wahrhaft
Redet selber diese Worte:
„Worte brechen nicht die Riegel,
Zauber sprenget nicht die Schlösser,
Fäuste können sie nicht rühren,
Nicht der Ellenbogen wenden."   300

Sing nun nach des Schmiedes Esse,
Redet Worte solcher Weise:
„O du Schmieder Ilmarinen!
Schmied' dreizackig mir die Hacke,
Schmiede mir ein Dutzend Bohrer,
Einen starken Bund von Schlüsseln,
Daß den Mond ich aus dem Steine,
Aus dem Fels die Sonne hole."

Selbst der Schmieder Ilmarinen,
Dieser ew'ge Hämmerkünstler, 310
Hämmert was der Mann verlangte,
Hämmert ihm ein Dutzend Bohrer,
Hämmert einen Bund von Schlüsseln,
Auch ein gutes Bündel Speere,
Nicht zu große, nicht zu kleine,
Hämmert sie von Mittelgröße.

Louhi, sie, Pohjolas Wirtin,
Nordlands zähnearme Alte,
Schafft aus Federn sich zwei Flügel,
Hebt sich flatternd in die Lüfte; 320
Fliegt erst in des Hauses Nähe,
Schwingt sich ferner dann und ferner,
Durch das weite Meer Pohjolas,
Zu der Esse Ilmarinens.

Öffnet da der Schmied sein Fenster,
Denkt, ein Sturmwind sei's der nahet;
War kein Sturmwind der ihm nahte,
War ein Habicht grau von Farbe.

Spricht der Schmieder Ilmarinen
Worte nun auf solche Weise: 330
„Was wohl suchst du, Waldes Vogel,
Weshalb sitzst du an dem Fenster?"

Fing der Vogel an zu sprechen,
Also redete der Habicht:
„O du Schmieder Ilmarinen,
Der du immerwährend hämmerst,
Bist fürwahr ein rechter Meister,
Bist ein echter Hämmerkünstler!"

Sprach der Schmieder Ilmarinen,
Redet selber diese Worte: 340

„Das ist wohl kein großes Wunder,
Wenn ich bin ein guter Schmieder,
Da den Himmel ich geschmiedet,
Ich der Lüfte Dach gehämmert."

Fing der Vogel an zu sprechen,
Also redete der Habicht:
„Was wohl formst du jetzt, o Schmieder,
Waffenschmied, was ist dein Werk nun?"

Gab der Schmieder Ilmarinen
Diese Worte ihm zur Antwort: 350
„Schmiede einen starken Halsring
Für die Alte von Pohjola,
Daß sie angeheftet werde
An dem Saum des festen Berges."

Louhi, sie, Pohjolas Wirtin,
Nordlands zähnearme Alte,
Sah die Unglücksstunde nahen,
Unheil ihrem Haupte drohen,
Eilends floh sie durch die Lüfte,
Rettete sich nach Pohjola. 360

Läßt den Mond nun aus dem Steine,
Läßt die Sonne aus dem Felsen,
Selbst verwandelt sie das Aussehen,
Schafft sich um in eine Taube;
Flatternd kommt sie angeflogen
Zu der Esse Ilmarinens,
Fliegt als Vogel zu der Türe,
Fliegt als Taube zu der Schwelle.

Spricht der Schmieder Ilmarinen
Selber Worte dieser Weise: 370
„Weshalb kommst du hergeflogen,
Kommst du, Taube, zu der Schwelle?"

Antwort gibt ihm von der Türe,
Von der Schwelle ihm die Taube:
„Deshalb bin ich an der Schwelle,
Um die Kunde dir zu bringen,
Schon entstieg der Mond dem Steine,
Kam die Sonne aus dem Felsen."

Selbst der Schmieder Ilmarinen
Geht hinaus um nachzuschauen, 380

Schreitet zu der Tür der Esse,
Schauet scharf empor zum Himmel,
Sieht das Mondlicht wieder glänzen,
Sieht der Sonne Licht erstrahlen.

Geht alsbald zu Wäinämöinen,
Redet Worte solcher Weise:
„O du alter Wäinämöinen,
Zaubersprecher aller Zeiten!
Komm den Mond nun anzuschauen,
Komm die Sonne zu betrachten,   390
Sind fürwahr schon an dem Himmel,
An den altgewohnten Plätzen."

Wäinämöinen alt und wahrhaft
Schreitet auf den Hof nun selber,
Hebt sogleich sein Haupt zur Höhe,
Wendet seinen Blick zum Himmel,
Oben steht der Mond wie früher,
Freigeworden ist die Sonne.

Fängt der alte Wäinämöinen
Selber darauf an zu sprechen,   400
Redet Worte solcher Weise,

Läßt auf diese Art sich hören:
„Heil dir, Mond, erglänzend wieder
Zeigst du uns die schönen Wangen,
Heil dir, Goldne, strahlend wieder
Hebst du dich empor, o Sonne!

„Frei bist, Goldmond, du des Felsens,
Frei des Steins du, schöne Sonne,
Kehrtet gleich dem goldnen Kuckuck,
Gleich der sanften Silbertaube   410
Zu den wohlvertrauten Stätten,
Fandet die gewohnten Bahnen.

„Steig, o Sonne, jeden Morgen,
Ewig fort von diesem Tage;
Bring uns täglich Glückesgrüße,
Daß sich unsre Habe häufe,
Beute unsern Fingern nahe,
Glück der Spitze unsrer Angeln!

„Wandle deine Bahn im Segen,
Deinen Weg in hoher Wonne,   420
Schließ in Schönheit deinen Bogen,
Ruh' am Abend in der Freude."

Fünfzigste Rune

Marjatta, die schöne Jüngste,
Wuchs schon lange in dem Hause,
In dem Haus des hohen Vaters,
In der trauten Mutter Stube;
Sie vertrug wohl fünf der Ketten,
Sie verbrauchte sechs der Ringe
An den Schlüsseln ihres Vaters,
Die an ihrem Busen glänzten.

Sie verschliß der Schwelle Hälfte
Mit dem schimmernd schönen Saume, 10
Nutzte ab des Balkens Hälfte
Mit dem feinen seidnen Kopftuch,
Auch die Hälfte eines Pfostens
Mit des weichen Ärmels Mündung,
Und die Bretter auf dem Boden
Mit dem Absatz ihrer Schuhe.

Marjatta, die schöne Jüngste,
Dieses Kleingewachsne Mädchen,
Pflegte lange ihre Keuschheit,
War stets schamhaft und bescheiden, 20
Nährte sich von schönen Fischen
Und von weicher Fichtenrinde,
Nie aß sie ein Ei der Henne,
Die des Hahns Mutwillen folgte,
Aß auch niemals Fleisch des Schafes,
War es schon gepaart dem Widder.

Schickt die Mutter sie zum Melken,
Geht sie dennoch nicht zu melken,
Redet selber diese Worte:
„Nicht wird eine solche Jungfrau 30

Je der Kühe Euter fassen,
Die die Stiere schon besprangen,
Nicht melkt sie, da von der Färse,
Von dem Kalbe keine Milch fließt."

Schickt der Vater sie zum Schlitten,
Will nicht in des Hengstes Schlitten,
Bringt der Bruder eine Stute,
Spricht die Jungfrau diese Worte:
„Will nicht mit der Stute fahren,
Die dem Hengste untertan ist, 40
Fahre nicht, wenn mich nicht Füllen,
Monatalte mich nicht ziehen."

Marjatta, die schöne Jüngste,
Welche stets jungfräulich lebte,
Mädchenhaft den Kopf stets senkte,
Schöngelockt und rein und schamhaft,
Führt' die Herde auf die Weide,
Schritt zur Seite ihrer Lämmer.

Sehen auf dem Berg die Lämmer,
Auf des Hügels Spitz' die Schafe, 50
Schreitet auf der Flur die Jungfrau,
Hüpfet in dem Erlenhaine
Bei dem Ruf des goldnen Kuckucks,
Bei dem Sang des Silbervogels.

Marjatta, die schöne Jüngste,
Schauet hin und lauschet fleißig,
Setzt sich auf die Beerenwiese,
An den Abhang hin des Berges,
Redet Worte solcher Weise,
Selber spricht sie diese Worte: 60

„Rufe du, o goldner Kuckuck,
Singe du, o Silbervogel,
Trillre laut, du Zinnesbusen,
Sprich, du wundersame Beere,
Geh' ich lang noch unbehaubet,
Lange ich als Lämmerhirtin
Auf den weitgedehnten Fluren,
Auf des Haines breitem Boden:
Einen Sommer oder zwei noch,
Fünf der Sommer oder sechs noch,   70
Oder wohl gar zehn der Sommer,
Oder diesen kaum zu Ende?"
    Marjatta, die schöne Jüngste,
Lebte lange so als Hirtin;
Übel ist das Hirtenleben,
Und zumal für eine Jungfrau:
Schlangen kriechen in dem Grase,
Auf dem Boden schleicht die Eidechs'.
    Doch nicht schlichen damals Schlangen,
Nicht die Eidechs' auf dem Boden,   80
Von dem Berge rief die Beere,
Von der Flur die Preiselbeere:
„Komm, o Jungfrau, mich zu pflücken,
Mich, Rotwangige, zu lesen,
Mich, o Zinnbrust, auszureißen,
Kupfergurt, mich zu erwählen,
Ehe mich die Schnecke aufzehrt,
Eh' der schwarze Wurm mich einschlingt!
Hundert haben mich gesehen,
Tausend haben hier gesessen,   90
Hundert Mädchen, tausend Weiber,
Kinder auch in großen Scharen,
Keiner hat mich je berühret,
Hat mich Arme je gepflücket."
    Marjatta, die schöne Jüngste,
Ging ein wenig auf dem Wege,
Ging die Beere anzuschauen,
Ging die rote abzupflücken
Mit den schönen Fingerspitzen,
Mit den wunderfeinen Händen.   100

Sieht die Beere an dem Berge,
Auf der Flur die Preiselbeere;
Ist wie eine Preiselbeere
Anzusehn, und allzu hoch doch,
Um vom Boden, allzu niedrig,
Um vom Baum sie zu erreichen.
    Nahm ein Stäbchen von der Heide,
Schlug die Beere drauf zu Boden;
Von dem Boden stieg die Beere
Hin auf ihre schönen Schuhe,   110
Von den schönen Schuhen stieg sie
Hin auf ihre keuschen Kniee,
Von den keuschen Knieen stieg sie
Auf den klaren Saum des Kleides.
    Stieg dann zu des Gürtels Streifen,
Von dem Gürtel zu den Brüsten,
Von den Brüsten zu dem Kinne,
Von dem Kinne zu den Lippen,
Schlüpfet dann in ihren Mund ein,
Schaukelt sich auf ihrer Zunge,   120
Von der Zunge zu der Kehle,
Gleitet nieder in den Magen.
    Marjatta, die schöne Jüngste,
Schwoll davon und wurde schwanger,
Sie erlangte große Fülle,
Wurde überschwer am Leibe.
    Fing an ohne Schnür' zu gehen,
Ohne Gürtel sich zu kleiden,
Heimlich in der Badestube,
In dem finstern Raum zu weilen.   130
    Immer dachte schon die Mutter,
Überlegte so die Alte:
„Was geschah wohl mit Marjatta,
Was mit unserm lieben Hühnchen,
Daß sie ohne Schnüre schreitet,
Ohne Gürtel stets sich kleidet,
In die Badstub' heimlich gehet,
In dem finstern Raume weilet?"
    Also redete ein Kindlein,
Sprach ein Kindlein diese Worte: 140

„Das geschah mit der Marjatta,
Dieses Unheil mit der Armen:
Allzulang hat auf der Weide,
Bei der Herde sie geweilet."

Und es trug des Leibes Schwere,
Seine Fülle sie mit Schmerzen,
Sieben Monate, den achten,
Neun der Monde nacheinander,
Nach der Rechnung alter Weiber
Noch des zehnten Monats Hälfte.　150

In dem zehnten dieser Monde
Kam die Jungfrau sehr in Schmerzen,
Hart gestaltete ihr Leib sich,
Drückte sie mit großen Qualen.

Bittet um ein Bad die Mutter:
„Meine vielgeliebte Mutter!
Du gewähr' mir eine Stelle,
Einen warmen Raum bereit' mir,
Eine Freistatt schaff dem Mädchen,
Seine Wehen hinzutragen."　160

Spricht die Mutter diese Worte,
Gibt die Alte ihr zur Antwort:
„Wehe dir, du Hiisi-Buhle!
Neben wem hast du gelegen,
War's der Unbeweibten einer
Oder der beweibten Helden?"

Marjatta, die schöne Jüngste,
Gibt zur Antwort diese Worte:
„Weder bei dem unbeweibten,
Noch auch beim beweibten Manne;　170
Ging zum beerenreichen Berge,
Ging die Preiselbeere pflücken,
Nahm, was ich für eine Beere
Hielt, und tat es auf die Zunge,
Rasch glitt es in meine Kehle,
Schlüpfte es in meinen Magen!
Davon schwoll ich, wurde schwanger,
Daher ward mir meine Fülle."

Bittet um ein Bad den Vater:
„O mein vielgeliebter Vater!　180

Du gewähr' mir eine Stätte,
Einen warmen Raum bereit' mir,
Wo die Arme Ruhe finde,
Seine Pein das Mädchen löse."

Spricht der Vater diese Worte,
Gibt der Alte ihr zur Antwort:
„Gehe, Dirne, du von dannen,
Weich von hinnen, Feuerbuhle,
Zu dem Felsenhaus des Bären,
Zu des Brummers Steingemächern,　190
Kannst, du Dirne, dort gebären,
Dort, du Schlechte, niederkommen!"

Marjatta, die schöne Jüngste,
Redet weise diese Worte:
„Bin mit nichten eine Dirne,
Wahrlich keine Feuerbuhle,
Werde einen großen Helden,
Einen edlen Mann gebären,
Der den Mächt'gen wird gebieten
Und sogar dem Wäinämöinen."　200

In Bedrängnis war die Jungfrau,
Wohin sie die Schritte lenke
Und von wem ein Bad erbitte;
Redet Worte solcher Weise:
„Piltti, du mein kleines Mädchen,
Du die beste meiner Mägde!
Bitte um ein Bad im Dorfe,
Such' ein Bad beim Sarabache,
Wo die Arme Ruhe finde,
Seine Pein das Mädchen löse;　210
Gehe schnell und eil' behende,
Denn es ist gar bald vonnöten!"

Piltti, dieses kleine Mädchen,
Redet Worte solcher Weise:
„Wen soll um das Bad ich bitten,
Wen um Hilfe ich ersuchen?"

Sprach die gute Marjatta,
Redet selber diese Worte:
„Bitte um ein Bad den Ruotus
An dem Eingang von Saraja!"　220

Piltti, dieses kleine Mädchen,
War gehorsam ihrem Wort,
Fertig stets auch ungebeten,
Rasch selbst ohne alle Mahnung,
Eilte fort dem Dampfe ähnlich,
Auf den Hof dem Rauch vergleichbar;
Hob den Saum mit ihren Armen,
Mit den Händen ihre Röcke,
Eilt' und lief mit raschem Schritte
Grade zu dem Haus des Ruotus; 230
Berge bebten, als sie hinschritt,
Hügel wankten, als sie eilte,
Zapfen sprangen auf der Heide,
Steine hüpften auf dem Sumpfe,
Kam zum Hause des Ruotus,
Trat hinein in seine Wohnung.

Aß und trank der garst'ge Ruotus
Grad im Hemd, nach Art der Großen,
Saß zu Häupten seines Tisches,
Angetan mit feinem Linnen. 240

Bei dem Mahl sprach Ruotus also,
Auf den Tisch gestützt mit Barschheit:
„Was hast, Schlechte, du zu sagen,
Woher kommst du, Wicht, gelaufen?"

Piltti, dieses kleine Mädchen,
Redet Worte solcher Weise:
„Komme um ein Bad zu bitten,
Such' ein Bad beim Sarabache,
Daß die Arme Ruhe finde,
Hilfe der Bedrängten werde." 250

Kommt das garst'ge Weib des Ruotus,
Stemmt die Hände an die Seiten,
Schreitet vorwärts auf der Diele,
Eilet auf des Bodens Mitte,
Forschet eifrig selber also,
Redet Worte solcher Weise:
„Für wen willst das Bad du haben,
Für wen bittest du um Hilfe?"

Spricht das kleine Mädchen Piltti:
„Bitte darum für Marjatta." 260

Spricht das garst'ge Weib des Ruotus,
Redet selber diese Worte:
„Frei ist hier kein Bad für Fremde,
Keine Badstub' in Saraja;
Bäder gibt's im Schwendenlande,
Einen Stall im Fichtenwalde,
Daß die Feuerbuhl' gebäre,
Dort die Dirne niederkomme;
Wenn das Pferd dort schnauft und atmet,
Könnet ihr im Dampfe baden!" 270

Piltti, dieses kleine Mädchen,
Läuft zurück mit schnellen Schritten,
Eilt und rennt mit allen Kräften,
Redet, als sie angelanget:
„Ist kein Bad im Dorf zu finden,
Keine Stub' am Sarabache;
Sprach das garst'ge Weib des Ruotus,
Redet Worte solcher Weise:
‚Frei ist hier kein Bad für Fremde,
Keine Badstub' in Saraja; 280
Bäder gibt's im Schwendenlande,
Einen Stall im Fichtenwalde,
Daß die Feuerbuhl' gebäre,
Dort die Dirne niederkomme;
Wenn das Pferd dort schnauft und atmet,
Könnet ihr im Dampfe baden!'
Solche Worte sprach die Böse,
Solches gab sie mir zur Antwort."

Marjatta, die zarte Jungfrau,
Fing darauf nun an zu weinen, 290
Redet selber diese Worte:
„Werde jetzt wohl gehen müssen
Wie ein armer Tagelöhner,
Wie ein Knecht, den man gedungen,
Gehen zu dem Schwendenlande,
In den Fichtenwald zum Grasplatz."

Rafft die Kleider mit den Fingern,
Faßt den Rocksaum mit den Händen;
Nimmt in ihren Arm den Quast dann,
Einen weichen Blätterbesen, 300

Schreitet schnellen Schrittes vorwärts
In des Leibes argen Qualen
Zu dem Haus im Fichtenwalde,
Zu dem Stall am Tapioberge.
Redet Worte solcher Weise,
Läßt auf diese Art sich hören:
„Komm, o Schöpfer, mir zur Hilfe,
Eil', Erbarmer, her zum Schutze
Bei dem mühevollen Werke,
In der gar zu schweren Stunde!   310
Lös' die Jungfrau von der Drangsal,
Von des Leibes Wehn das Mädchen,
Daß sie nicht in Schmerz vergehe,
Bei der Qual sie nicht ersterbe!"

Als zum Ziele sie gekommen,
Spricht sie selber diese Worte:
„Atme nun, mein teures Rößlein,
Schnaufe nun, du starkes Füllen,
Badedampf hier zu verbreiten,
Bades Wärme mir zu senden,   320
Daß die Arme Ruhe finde,
Hilfe der Bedrängten werde!"

Atmete das gute Rößlein,
Schnaufte da das starke Füllen
Hin zum schmerzgedrückten Leibe;
Wenn das Rößlein Atem holte,
War es wie der Badstub' Wärme,
Wie der Wassertropfen Sprühen.

Marjatta, die zarte Jungfrau,
Sie, das keusche kleine Mädchen,   330
Badete nun zur Genüge
Ihren Leib in dieser Wärme;
Bracht' zum Vorschein dann ein Söhnlein,
Legte das unschuld'ge Kindlein
Auf das Heu zur Seit' des Pferdes,
Auf des schönbemähnten Krippe.

Darauf wusch das kleine Söhnlein,
Wickelt' sie es ein in Windeln;
Nahm den Knaben auf die Kniee,
Barg das Kind in ihrem Schoße.   340

So versteckt hielt sie ihr Söhnlein
Und erzog den Vielgeliebten,
Ihren lieben goldnen Apfel,
Ihr geliebtes Silberstöcklein,
Nährte es in ihren Armen,
Wendet' es auf ihren Händen.

Hielt den Sohn auf ihren Knieen,
Hielt das Kind in ihrem Schoße,
Fing den Kopf an ihm zu bürsten,
Seine Haare durchzukämmen;   350
Von den Knien verschwand der Knabe,
Von dem Schoße ihr das Kindlein.

Marjatta, die zarte Jungfrau,
Kam alsdann in große Trübsal;
Macht sich auf das Kind zu suchen,
Sucht ihr liebes kleines Söhnlein,
Suchet ihren goldnen Apfel,
Sucht ihr liebes Silberstöcklein,
Sucht es unter einem Mühlstein,
Unter einer Schlittenkufe,   360
Unter einem großen Siebe,
Sucht es unter einem Tragkorb,
Rührt die Bäume, teilt die Kräuter
Und durchwühlt die weichen Gräser.

Lang sucht sie ihr liebes Söhnlein,
Sucht ihr Söhnlein, ihren Kleinen,
Auf den Hügeln, in den Hainen,
Auf dem weiten Heidelande,
Schaut auf jedes Heideblümchen,
Stochert jeden Strauch im Busch auf, 370
Gräbt an den Wacholderwurzeln,
Hebt die Zweige an den Bäumen.

Denkt nun weiter fortzugehen,
Machet eilig sich ans Wandern;
Kommt ein Sternlein ihr entgegen,
Sie verneigt sich vor dem Sterne:
„Stern, den Jumala geschaffen!
Weißt du nichts von meinem Sohne,
Wo mein kleiner Sohn geblieben,
Wo mein goldner Apfel weilet?"   380

Gibt der Stern ihr diese Antwort:
„Wüßt' ich's auch, würd' ich's nicht sagen;
Denn mich selber auch erschuf er,
Daß ich bei solch schlechten Tagen
In dem Frost muß ewig glänzen,
In den Finsternissen funkeln."

Denkt nun weiter fortzugehen,
Machet eilig sich ans Wandern,
Kommt der Mond ihr drauf entgegen,
Sie verneigt sich vor dem Monde: 390
„Mond, den Jumala geschaffen!
Weißt du nichts von meinem Sohne,
Wo mein kleiner Sohn geblieben,
Wo mein goldner Apfel weilet?"

Gibt der Mond ihr diese Antwort:
„Wüßt' ich's auch, würd' ich's nicht sagen;
Denn mich selber auch erschuf er,
Daß ich bei solch schlechten Tagen
Einsam bei der Nacht muß wachen
Und den ganzen Tag lang schlafen." 400

Denkt nun weiter fortzugehen,
Machet eilig sich ans Wandern,
Kommt die Sonne ihr entgegen,
Sie verneigt sich vor der Sonne:
„Sonne, Jumalas Geschöpf du!
Weißt du nichts von meinem Sohne,
Wo mein kleiner Sohn geblieben,
Wo mein goldner Apfel weilet?"

Klüglich antwortet die Sonne:
„Kenne wohl dein liebes Söhnlein; 410
Denn mich selber auch erschuf er,
Daß ich in den guten Tagen
In dem Golde rauschend gehe,
In dem Silber schön erstrahle.

„Kenne schon dein liebes Söhnlein,
Kenne, Arme, deinen Kleinen,
Dorten ist dein kleines Söhnlein,
Ist dein lieber, goldner Apfel,
Steckt im Sumpfe bis zum Gurte,
In der Heide bis zum Arme." 420

Marjatta, die zarte Jungfrau,
Sucht den Sohn nun in dem Sumpfe;
Findet ihren Sohn im Sumpfe,
Bringt von dort ihn fort nach Hause.

Darauf wuchs der Sohn Marjattas,
Wuchs der Knabe voller Schönheit;
Nicht wußt' man ihn zu benennen,
Keinen Namen ihm zu geben,
Blümlein nannte ihn die Mutter,
Fremde ihn den Müßiggänger.   430

Ward gesuchet, wer ihn taufen,
Wer besprengen könnt' mit Wasser,
Kam ein Alter ihn zu taufen,
Wirokannas ihn zu segnen.

Sprach der Alte diese Worte,
Redet selbst auf diese Weise:
„Werde diesen Zaubervollen,
Werd' den Seltsamen nicht taufen,
Wird er nicht zuvor geprüfet,
Nicht geprüfet und gerichtet."   440

Wer wohl sollte ihn da prüfen,
Wer ihn prüfen, wer ihn richten?
Wäinämöinen alt und wahrhaft,
Dieser ew'ge Zaubersprecher,
Kam den Knaben da zu prüfen,
Ihn zu prüfen und zu richten.

Wäinämöinen alt und wahrhaft
Fällte darauf dieses Urteil:
„Da der Sohn vom Sumpf empfangen,
Von der Beere ist entstanden,   450
Soll man ihn zu Boden legen,
Auf die beerenreiche Wiese,
Oder zu dem Sumpf ihn führen,
An dem Baum den Kopf zerschlagen!"

Sprach das Vierzehntageknäblein,
Das zwei Wochen alte redet:
„O du Alter ohne Einsicht,
Ohne Einsicht, ohne Tatkraft,
Töricht fälltest du das Urteil,
Legtest unrecht das Gesetz aus!   460

Wurdest nicht ob größrer Sünde,
Nicht ob törichterer Taten
Selber du zum Sumpf geführet,
Nicht am Baum dein Kopf zerschlagen,
Als du einst in jungen Jahren
Deiner Mutter Kind verschenkt hast,
Als ein Lösgeld für dein Leben,
Um dich selber zu befreien.

„Wurdest damals nicht geführet
Und auch später nicht zum Sumpfe, 470
Als du einst in jungen Jahren
Junge Mädchen sinken ließest
In der Meeresfluten Tiefe,
Auf den schwarzen Schlamm des Bodens."

Tauft der Alte rasch den Knaben,
Segnet schnell das liebe Kindlein,
Daß es König von Karjala,
Hüter aller Mächte werde.

Ward der alte Wäinämöinen
Drauf beschämt und sehr verdrießlich, 480
Machte sich dann auf zu gehen,
Wanderte zum Meeresstrande,
Und dort hob er an zu singen,
Sang zum allerletzten Male,
Sang ein Boot sich reich an Kupfer,
Einen erzbeschlagnen Nachen.

Setzte selbst sich an das Ende,
Zog von dannen auf dem Meere,
Also sprach er noch beim Scheiden,
Redete noch dies im Fahren: 490
„Laß die liebe Zeit nur hingehn,
Tage gehn und Tage kommen,
Man wird meiner schon bedürfen,
Nach mir schauen, nach mir suchen,
Daß ich neu den Sampo schaffe,
Neu das Saitenspiel erbaue,
Neu den Mond zum Himmel führe,
Frei die neue Sonne mache,
Wenn nicht Mond noch Sonne scheinen
Und der Welt die Freud' entschwindet."

Fuhr der alte Wäinämöinen
Mit der Segel lautem Rauschen
Auf dem kupferreichen Boote,
Auf dem erzbeschlagnen Nachen,
Bis zum Orte, wo die Erde
Und der Himmel sich begegnen.

Blieb mit seinem Boot dort haften,
Mit dem Nachen dorten stehen,
Doch zurück ließ er die Harfe,
Ließ das schöne Spiel in Suomi, 510
Seinem Volk ließ ew'ge Freude,
Großen Sang er seinen Kindern.

Werd' den Mund nun schließen müssen,
Meine Zunge fest nun binden,
Werde von dem Liede lassen,
Von dem muntern Sange abstehn;
Ruhen müssen selbst die Rosse,
Wenn sie lange sind gelaufen,
Auch der Sense Stahl wird stumpfer,
Wenn sie Sommergras gehauen, 520
Auch das Wasser sinket nieder,
Wenn es in dem Flusse laufet,
Selbst das Feuer muß verlöschen,
Wenn es in der Nacht gelodert;
Warum sollt' der Sang nicht endlich,
Nicht das Lied zuletzt ermatten
Nach des Abends langer Freude,
Nach dem Untergang der Sonne?

Also hört' ich oftmals sagen,
Hört' ich oftmals wiederholen: 530
„Selbst des Wasserfalles Strömung
Läßt nicht alles Wasser fließen,
Also wird der gute Sänger
Auch nicht alle Lieder singen;
Besser ist's die Weisheit sparen,
Als inmitten abzubrechen."

So verzichtend, so beendend,
So beschließend, so verlassend,
Wickle ich zum Knäul die Lieder,
Roll' ich sie zu einem Bündel, 540

Tu' sie zu der Kammer Vorrat,
Wohlbewahrt vom Schloß aus Knochen,
Daß sie niemals dort entrinnen,
Nicht im Lauf der Zeit entkommen,
Ohne daß das Schloß man öffnet,
Daß die Knochen auf man tuet,
Daß die Zähne auf man sperret
Und die Zunge man beweget.

Was auch wär' es, wenn ich sänge,
Viele Lieder von mir gäbe,   550
Wenn in jedem Tal ich sänge,
Jeden Föhrenhain durchgirrte?
Nicht am Leben ist die Mutter,
Nicht die Alte wach hier oben,
Nicht mehr kann die Goldne hören,
Kann die Liebe es vernehmen;
Tannen sind es, die mich hören,
Fichtenzweige, die's erlernen,
Zärtlich neigen sich die Birken,
Mich umfangen Ebereschen.   560

Klein verließ mich meine Mutter,
Unerwachsen mich die Teure,
Wie die Lerche auf dem Felsen,
Wie ein Drosselchen auf Steinen,
Gleich der Lerche dort zu zwitschern,
Gleich der Drossel dort zu lärmen,
In der Obhut einer Fremden,
In stiefmütterlicher Pflege;
Diese trieb den armen Knaben,
Trieb das Kind ohn' alle Liebe   570
Nach der Windseite der Stube,
Nach der Nordseite des Hauses,
Daß der Wind den Schutzentblößten,
Unbarmherzig mich entführte.

Fing als Lerche an zu ziehen,
Fing als Vöglein an zu wandern,
Still am Boden hinzuschreiten,
Mühvoll meinen Weg zu wandeln,
Lernte jeden Wind da kennen,
Jedes Brausen ich begreifen,   580

In dem Froste lernt' ich zittern,
In der Kälte lernt' ich klagen.

Gibt auch jetzt gar viele Menschen,
Oftmals Leute, welche zu mir
Mit gehäss'ger Stimme reden,
Mit gar barscher Stimme stechen;
Welche meiner Zunge fluchen,
Über meine Stimme schreien,
Die mein Summen tadeln wollen,
Die mein Singen lästig finden,   590
Sagen, daß ich übel singe
Und das Lied nicht richtig sage.

Mögt ihr nicht, o guten Leute,
Gar Verwundern drob verspüren,
Daß ich Kind so viel gesungen,
Daß ich Kleiner schlecht gezwitschert!
Bin in keiner Lehr' gewesen,
War nicht bei den mächt'gen Männern,
Hab' nicht fremde Wort' empfangen,
Keine Rede aus der Ferne.   600

Andre waren in der Lehre,
Ich nur konnte nicht von Hause,
Von der Seite meiner Mutter,
Aus der Nähe dieser einz'gen;
Hatt' zu Hause meine Lehre,
Unterm Sparren unsres Speichers,
An der Spindel meiner Mutter,
An dem Schnitzspan meines Bruders,
Schon in meiner frühsten Jugend,
In dem ganz zerlumpten Hemde.   610

Doch wie dieses nun auch sein mag,
Zeigt' ich doch den Weg den Sängern,
Zeigt' den Weg und bog den Wipfel,
Brach die Zweige, bahnt' die Pfade;
Hier nun führt der Weg in Zukunft,
Hier eröffnet sich der Fußpfad
Für die kundigeren Sänger,
Für die reichern Runensprecher
In der Jugend, die emporsteigt,
In dem wachsenden Geschlechte.   620

Anmerkungen

Erste Rune

Vers 21 ff. Jakob Tengström sagt (1795) vom Runengesange (runo bedeutet im Finnischen Vers, Lied, Gedicht): „Zumal ward es beim Zusammensein und bei Gelagen als das höchste Vergnügen angesehen, wenn nach der ersten Bewirtung mit Speise und Trank ein oder mehrere Sänger vortraten, um die anwesenden Gäste mit ihren Liedern zu ergötzen; wobei es so zuging, daß entweder der Dichter selbst, oder eine andere, meist ältere Mannsperson, die solch alte oder auch neuere Gesänge aus dem Gedächtnis wiederholen konnte, sich auf einen Stuhl oder eine Langbank setzte, vorgebeugt zu einem anderen ihm Knie an Knie und Hand in Hand gegenübersitzenden Sänger, säistäjä [von säistää, Strähne zum Seil drehen, Seile spinnen: der „den Faden, die Saite des vom ersten stufenweise ersonnenen und entwickelten Liedes wendet und dreht" (Comparetti)] genannt, der ihm beim gemeinsamen Gesange derart half, daß, wenn der erste mit ernster Miene, in langsamem Takt und mit genau danach abgemessenen wiegenden Körperbewegungen allein den ersten Vers bis gegen seinen Schluß gesungen hatte, daß dann der andere bei den zwei oder drei letzten noch übrigen Silben des Verses einfiel, die dann gemeinsam abgesungen wurden. Der Gehilfe wiederholte darauf allein in gleichem Takt, aber mit einer gewissen Brechung im Ton und Stimme, denselben Vers, währenddessen dann der Dichter oder Hauptsänger Zeit hatte, die nächste Zeile zu erfinden oder sich ihrer zu erinnern, bis er bei den letzten Silben des wiederholten vorhergehenden Verses wieder ein Duo mit seinem Mithelfer begann und bis zum Schluß des Verses fortsetzte, worauf er wieder allein den folgenden vorsang, der wie der frühere dann gleich von Kameraden nachgesungen wurde, und so weiter mit allen übrigen, bis das Gedicht vollendet war. Dann ward gewöhnlich reichliche Bewirtung die Belohnung der Sänger und eine Aufmunterung, in ihrer, für die versammelte Gesellschaft so angenehmen Kunst weiter fortzufahren. Hatten aber diese entweder den Vorrat von Runen, die sie wußten, erschöpft, oder begannen sie sonst zu ermüden und die Stimme zu senken, so mangelte es selten an anderen, die ihren Platz einnehmen konnten und wollten. Die Anwesenden, Alte und Junge, versammelten sich allesamt rings um die Singenden und hörten mit größter Freude und Aufmerksamkeit auf ihre Lieder, die so die Zeiten hindurch von Geschlecht zu Geschlecht gingen, ohne schriftlich aufgezeichnet zu sein, wie es ja früher auch mit den ältesten Nationalgesängen vieler anderen Völker geschehen ist.

Da dieser Zeitvertreib sich vor allen anderen gesellschaftlichen Vergnügungen die besondere Gunst des Volkes erworben hatte, so konnte das Singen oft ununterbrochen bis tief in die Nacht fortgesetzt werden, bis ihm dann schließlich entweder ein neues Mahl oder auch Schlaf und Rausch ein Ende machte."

In einem Liede der Lönnrotschen Volks-lieder-Sammlung Kanteletar heißt es:

> Wenn wir unser Lied beginnen,
> Uns zum Singen vorbereiten,
> Setzen wir uns auf den Stein dort,
> Nehmen Platz zu beiden Seiten,
> Oder setzen uns im Schatten
> Auf die weichen Rasenmatten,
> Prüfen leise unsre Stimmen,
> Bis der rechte Ton gefunden,
> Lösen unsern Liederknäuel,
> Wenn der Knoten aufgebunden;
> Legen dann nach alter Sitte
> Unsre Hände ineinander,
> Wiegen singend auf und nieder,
> Singen unsre besten Lieder ...

(Deutsch von Hermann Paul,
Kanteletar, Helsingfors 1882)

31. S. Anmerkung zu Vers 107.

32. S. Anmerkung zu Rune VII, Vers 328.

33. S. Anmerkungen zu Rune XI, V. 3, 9 und 62.

34. S. III. Rune.

36. Als Elias Lönnrot aus den finnischen Volksgesängen dieses Epos gestaltete (s. Einführung), wählte er zur Bezeichnung für die Heimat der Helden den in der Volksdichtung verhältnismäßig selten vorkommenden Namen Kalewala, d. h. der Wohnsitz oder das Land Kalewas. Kalewa ist der Name eines mythischen Urriesen, des Vaters vieler Riesen und Heroen; „Sohn Kalewas" ist ein Beiwort, mit dem das Epos auch seine Helden bezeichnet. (Über die zweifelhafte Volkstümlichkeit dieser letzteren Sohnschaft vgl. Kaarle Krohn, Finnisch-ugrische Forschungen IV, S. 17 f.) Den Namen Ka-

lewa deutet Comparetti (Der Kalewala, deutsche Ausgabe, Halle 1892, S. 189) als „der Felsige", womit die — von Julius Krohn in seiner Geschichte der finnischen Literatur erwähnte — Tatsache übereinstimmt, daß das Volk zuweilen große Felsen Kalewas Sitze nennt; so wäre der Kalewa des Mythos, nach einem Ausdruck von Neus (Ehstnische Volkslieder, Reval 1854, S. 5), „die vergöttlichte nordische Felsennatur". Dagegen leitet Setälä, der die Texte, in denen der Name Kalewa oder Kalew vorkommt, wohl am gründlichsten untersucht hat (Kullervo-Hamlet, Helsingfors 1911, S. 85—101 ff.), den Namen von dem litauischen kálwis, dem estnischen kalew ab, das Schmied bedeutet; eine Ableitung, die bereits Ahlqvist (Die Kulturwörter der westfinnischen Sprachen, Helsingfors 1875) vermutungsweise ausgesprochen hatte; im Finnischen heißt der Schmied freilich nicht kalew, sondern seppä. Um die Vieldeutigkeit der Kalewa-Vorstellung zu kennzeichnen, sei auch erwähnt, daß bei dem finnischen Landvolk noch jetzt das herbstliche Wetterleuchten Kalewas Schwert oder Kalewas Feuer heißt (Lencqvist, De superstitione veterum Fennorum, Åbo 1782, § VI. Schott, Über die finnische Sage von Kullerwo, Berlin 1852, S. 24). So konnte es geschehen, daß Kalewa als Himmelsgott aufgefaßt wurde. Hingegen heißt es in einem Volksliede, das Lönnrot in seine Sammlung Kanteletar aufgenommen hat:

> Ruft der Kuckuck des Kalewa
> Noch im Hain von Kalewala?
> Bellen noch Kalewas Hunde
> In dem Hain von Kalewala?
> Blicken noch Kalewas Töchter
> Durch die Fenster Kalewalas?

(Deutsch von Schott, a. a. O. S. 24 f.)

Verwandter Art sind die Verse eines estnischen Volksliedes (Verhandlungen der Gelehrten Ehstnischen Gesellschaft, Bd. II, Heft 2, § 54):

Unter Kalews Grabeshügel
Schlummern alte heil'ge Tage.

In diesen beiden Liedern erscheint Kalewa als der Urvater oder der Geist der Urzeit. Das war er jedenfalls in Lönnrots Vorstellung. Doch wird Kalewala, sein Wohnsitz, „im allgemeinen Sinne als Grund und Boden, und nicht im nationalen als das finnische Vaterland verstanden, es werden weder seine Grenzen noch seine geographische Umschreibung angegeben" (Comparetti), wie überhaupt die Ortsbestimmungen des Epos von einer sehr vagen und schwankenden Art sind.

Nach den Ausführungen Richard Schmidt's (Anzeiger der Finnisch-ugrischen Forschungen II, 48 ff.) empfiehlt es sich, das Wort Kalewala — gleichviel ob es das Epos oder die Heimat der Helden bezeichnet — als Neutrum zu gebrauchen.

45. S. Anm. zu Rune VII, V. 311.

46. S. Anm. zu Rune VII, V. 169.

49. S. Anm. zu Rune XVII, V. 13 ff.

50. S. Anm. zu Rune XI, V. 3 und 9.

47 ff. Der Sinn dieser schwer übersetzbaren Verse ist die Unerschöpflichkeit des Liedes: alle Wesen, alle Gegenstände des Liedes schwinden, aber es selbst lebt ewig erneuert über sie alle hinaus (vgl. Tallgren, Studi di filologia moderna III, S. 270).

63 f. Muurikki, die Schwarze, und Kimmo, die Scheckige: Namen von Kühen.

107. Wäinämöinen: der mächtigste der Helden, der weiseste der Zauberer und der kunstreichste der Sänger; „der finnische Orpheus", der Heilbringer des finnischen Mythos: „Eh' geschaffen Wäinämöinen War, der ew'ge Zaubersprecher, ... Trübe war es auf der Erde, Trostlos waren alle Lande, Selbst den Göttern fehlte Freude Und den Seligen selbst Wonne." Doch tritt Wäinämöinen in der Dichtung vielfach nicht als Heros, sondern als göttliches Wesen auf, wie denn in dem alten Kalewala (der ersten 1835 veröffentlichten Ausgabe) die Welt-

schöpfung nicht seiner Mutter, sondern ihm selbst zugeschrieben wird; als Gott, der Lieder schmiedet, wird er schon von Bischof Agricola (1551) erwähnt, die Zauberrunen rufen ihn um Heilung an, und Lencqvist erzählt (1782), ein karelischer Zauberer („unus ex mystis Careliorum haud infimae famae") habe auf die Frage, wer seinen heidnischen Vorfahren als oberster Gott gegolten habe, geantwortet: „Der alte Wäinämöinen und Jungfrau Maria, die Mutter" (nach einer finnischen Version: das Mütterchen); auch in einem Liede wird er neben Gott (Jumala) und Maria als Helfer genannt. Castrén (Vorlesungen über die finnische Mythologie, deutsche Ausgabe, St. Petersburg, 1853, S. 298 ff.) hat Wäinämöinen mit Odin verglichen. Nach Kaarle Krohn (Finnisch-ugrische Forschungen II, 211 ff.) ist Wäinämöinen ursprünglich eine sangesmächtige Gottheit des Wassers, ein Neck, wie denn sein Name vermutlich von väinä, breiter Fluß, Sund, abzuleiten ist und die Windstille im Wasser in der Provinz Sawolax der Weg des Wäinämöinen genannt wurde; eben dahin weist sein Beiname Suwantolainen, von Schiefner zumeist mit „der Wogenfreund" übersetzt, der von suvanto, d. i. eine ruhigfließende Stelle im Fluß, stammt (vgl. auch Ohrt, Kalevala, Kopenhagen 1908, II 122 f.).

111 ff. Hier wird als Wäinämöinens Mutter Ilmatar oder Luonnotar, die Tochter der Luft oder der Natur, im folgenden als sein Vater der Wind bezeichnet. In dem alten Kalewala fehlen diese Angaben völlig: die Mutter des Helden hat keinen Namen, von seinem Vater wird nichts berichtet. Die Erzählung der zweiten Fassung scheint auf einer Kombination des Motivs von Wäinämöinens Geburt mit dem Lied von der Jungfrau, die vom Wind geschwängert wurde, zu beruhen (vgl. Kaarle Krohn, Die Geburt Wäinämöinens, Finnisch-ugrische Forschungen IV, 11—19). — Den Namen Ilmatar entnahm Lönnrot einem

chriſtlichen Zauberliede, wo die Jungfrau Maria ſo genannt wird.

169. Akko, der Greis, der Urvater, iſt der Name des Himmelsgottes. Er wird auch, weil er vornehmlich in der Mitte des Himmels wohnt, des Himmels Nabel, und weil er ihn regiert, der Träger des Firmaments genannt, ferner der Herr über den Wolken, der goldene König, der Weißhäuptige uſw. Er wird als ein alter Mann in blauen Strümpfen und bunten Schuhen vorgeſtellt. Der Regenbogen iſt ſein Bogen, der Blitz ſein Schwert, die feuerfarbne Wolke ſein Gewand. Eine Zauberrune feiert ihn als den Urheber des Herdfeuers (vgl. XLVII. Rune des Epos). Schon Ganander (Mythologia Fennica 1789) ſtellt Akko mit Thor zuſammen. Das Volkslied hat die mythiſche Überlieferung mit dem chriſtlichen Gottesbegriff verſchmolzen.

179. In dem alten Kalewala, wo der Vogel nicht auf der Jungfrau, ſondern auf Wäinämöinens Knie niſtet, iſt es nicht eine Ente, ſondern ein Adler; in andern Varianten der Erzählung eine Schwalbe.

229 ff. In dem alten Kalewala geſchieht die Verwandlung auf Wäinämöinens Geheiß. — Das Motiv des Welteis kehrt bekanntlich in mehreren Kosmogonien wieder, am ausgebildetſten wohl in der indiſchen (ſ. insbeſondere Chândogya-Upanishad III 19). Vgl. Kellgren, Mythus de ovo mundano, Helſingfors 1849. Bachofen, Verſuch über die Gräberſymbolik der Alten, Baſel 1859, S. 20 ff.

320. So wird der Ringfinger genannt.

Zweite Rune

Vers 13. Sampſa Pellerwoinen iſt eine Gottheit der Vegetation, der Gott des Wachstums und der Fruchtbarkeit, der Schutzherr der Äcker. Ein Lied ſchildert ihn als Schläfer, den zu wecken der Winterknabe vergeblich verſucht, welcher die Bäume blätterlos und die Mädchen blutlos bläſt, wogegen es dem Sommerknaben gelingt, der die Gräſer voller Grannen und die Mädchen blutvoll bläſt. Auf die Verwandtſchaft Sampſas mit dem ſkandinaviſchen Freyr hat Kaarle Krohn (Finniſch-ugriſche Forſchungen IV, 231—298) hingewieſen.

29. Die Ebereſche wurde in Finnland (wie in manchen anderen Ländern) als heiliger Baum angeſehen; als heilig galt auch der Boden, in dem ſie wuchs.

50. Jumala, urſprünglich Name des Himmels und des Himmelsgottes, hat allmählich die allgemeine Bedeutung „Gott, Gottheit" angenommen und bezeichnet in den Runen häufig den chriſtlichen Gott (vgl. Caſtrén, Vorleſungen über die finniſche Mythologie S. 7—26). Die Eiche galt den Finnen als Baum Jumalas, wie den Griechen und Römern als Baum Jupiters. — Hier wie öfter mußte der getreuen Übertragung die richtige Betonung (Júmala) geopfert werden. Wo es mir anzugehen ſchien, habe ich Schiefners Wiedergabe des Namens durch das Wort „Gott" ſtehen laſſen.

205. Das Nordland, finn. Pohjola oder Pohja: vgl. Anmerkung zu Rune VII, Vers 114.

250. Osmo iſt ein Beiname Kalewas. Hier ſtehen beide Namen für den Wäinämöinens.

255 f. Eine bei den Finnen verbreitete Methode des Urbarmachens, die darin beſteht, daß das Korn in die Aſche verbrannten Waldes geſät wird. „Von altersher hat man ſich gewöhnt den Wald zu verachten, der dem Bauer eher ein Hindernis als ein Reichtum erſcheint. Von altersher hat er daher auch gelernt, ſich durch die Zerſtörung des Waldes Boden zu verſchaffen. Durch Brandwirtſchaft erhält er ohne allzuviele Beſchwerde eine Art Acker. Er fällt den Wald und brennt ihn nieder und ſät dann ſeinen Roggen, wo er ein Stückchen Boden findet, nachdem er den Grund mit einer Art primitiven Pflugs, der wie ein Schweinsrüſſel zwiſchen den Steinen des Bodens umherfährt, aufgeriſſen hat".

(Retzius, Finnland, deutsche Ausgabe, Berlin 1885, S. 42f.)

302. Die Erdenmutter, obgleich namenlos, ist doch eine bedeutsame Gottheit; in einem Zauberlied (übersetzt bei Abercromby, The Pre- and Proto-historic Finns, London 1898 II, S. 68) werden „die Macht Ukkos vom Himmel, die Macht der Erdenmutter aus der Erde und die Kraft des alten Wäinämöinen" angerufen. Sie gebietet über die Zeugungskraft der Erde (vgl. Dieterich, Mutter Erde, Leipzig 1905).

307f. Die drei Geberinnen oder Schöpfungstöchter sind den Schicksalsgöttinnen verwandt, doch tritt hier stärker als bei den Nornen die Vorstellung des Naturhaften, Elementaren hervor. Von der neuen Forschung wird vielfach die im Singular auftretende Schöpfungstochter mit der Jungfrau Maria, die drei Schöpfungstöchter mit den „drei Marien" identifiziert. Doch kann die heidnische Vorstellung recht wohl eine ursprüngliche und selbständige sein, die nach Durchsetzung des Christentums zum Beinamen einer göttlichen Gestalt der neuen Religion verblaßte.

361. Der Kuckuck gilt den Finnen (wie anderen nordischen Völkern) als glückbringender Vogel; vgl. Mannhardt, Der Kuckuck, Zeitschrift für deutsche Mythologie 1856.

Dritte Rune

Vers 3. Wäinölä: Wäinämöinens Wohnort, öfters auch mit Kalewala identisch.

15. Daß die Welt hier, unmittelbar nach der Weltschöpfung, schon so bevölkert ist, gehört zu den vielen naiven Widersprüchen des Epos, die durchaus nicht lediglich auf den verschiedenartigen Ursprung der einzelnen Runen und Runenteile (vergl. Einführung), sondern auch auf die Natur der aller strengen Auffassung eines kausalen oder historischen Zusammenhanges abholden Volksdichtung zurückzuführen sind.

21. Daß Joukahainen hier als Lappe be

zeichnet wird, beruht auf einer Verbindung zweier verschiedener Motive, die im alten Kalewala noch gesondert auftreten; in den im Volksmund lebendigen Varianten ist Joukahainen nie ein Lappe.

179. Bei den Jämen: in der Provinz Tawastland. Hälläpyörä (Felswirbel): Name eines Sees.

180. Kaatrakoski: Name eines Wasserfalls. Karjala: Karelen.

181. Wuoksen: Fluß im östlichen Finnland, der in den Ladogasee mündet.

182. Imatra: berühmter Wasserfall, den der Wuoksen nördlich von Wiborg bildet.

216ff. In dem alten Kalewala berühmt sich Joukahainen nur, er erinnere sich der Weltschöpfung. Wäinämöinen weist ihn zurück: er selber habe ja die Meere geackert usw. und er schließt mit den Worten:

> Nahm als dritter Teil am Werke,
> Machte fest der Lüfte Pfeiler,
> Baute auf des Himmels Bogen,
> Streute Sterne aus am Himmel.

Castrén (Bulletin histor. philol. der Petersburger Akademie der Wissenschaften VII. 1850, Sp. 310 und Kleinere Schriften, deutsche Ausgabe, St. Petersburg 1862, S. 129) sagt von der neuen Fassung: „Diese in poetischer Hinsicht weit ärmere Lesart hat Lönnrot wahrscheinlich aus dem Grunde in die neue Ausgabe aufgenommen, weil die Erschaffung der Welt hier von Anfang an nicht dem Wäinämöinen, sondern der Jungfrau Ilmatar zugeschrieben wird." Noch zurückhaltender als im alten Kalewala äußert sich Joukahainen über die Weltschöpfung in einer alten Variante, wo er sich darauf beschränkt, Wäinämöinen zu fragen, ob er sich der Zeit entsinne, als das Meer gepflügt wurde. — Das ursprünglichste Motiv der ganzen Erzählung scheint das von dem Jüngling zu sein, der vom Neck verzaubert wird und ihm seine Schwester als Lösegeld verspricht; der ebenfalls alte Liederwettstreit samt den Schöpfungsfragen ist später damit verbunden worden (vgl. Ohrt, Kalevala II, S. 122). Auf die Fassung der letzteren mag das 38. Kapitel des Buches Hiob nicht ohne Einfluß gewesen sein.

261 f. Vor einem Zweikampf wurden die Schwerter gemessen und untersucht; dem, der das längere Schwert hatte, gebührte der erste Hieb (vgl. XXVII 299 ff.).

382 ff. In einer Variante antwortet Wäinämöinen bedeutsam, er habe schon ein Boot, aber niemand, der ruderte, wenn er am Steuer stünde, und auf das Angebot der Pferde, er habe schon eins, aber niemand, der im Schlitten säße, wenn er die Zügel hielte.

385. Die finnischen Seeleute ziehen ihre Boote auf eisen= oder kupferbeschlagenen Rollen ans Land.

403 f. Finnische Metaphern, um den Glanz und die Schönheit von Pferden zu verherrlichen.

459. In den Volksliedern heißt das Mädchen Anni; der Name Aino (von ainoa: einzig, lieb) stammt von Lönnrot; er ist es auch, der Joukahainens Schwester mit dem Mädchen identifiziert hat, von dem die IV. Rune erzählt.

472. Die finnischen und lappischen Zauberer pflegten sich zur Verstärkung ihrer Zauberkraft auf einen hohen Stein zu stellen.

552. Die finnischen Frauen tragen im Gegensatz zu den Mädchen ihr Haar verhüllt. „Bei den Finnen geht die Jungfrau mit unbedecktem Haupte, das Haar stramm herauf gekämmt und oben in einem festen Knoten gebunden; bei der Hochzeit aber wird ihr das in zierliche Falten gelegte weiße Kopftuch, Huntu genannt, angelegt." (Leopold v. Schroeder, Die Hochzeitsgebräuche der Esten, Berlin 1888, S. 155; vgl. das. S. 240.)

Vierte Rune

Vers 3. Die Finnen geißeln sich beim Baden mit belaubten Birkenruten, zur Förderung des Blutkreislaufs. Die für den Winter bestimmten Reiser werden im Frühsomme gebrochen und vor dem Gebrauch in heißen Wasser aufgeweicht.

18. Wie Funde beweisen, trugen die Finnen frauen noch vor der Annahme des Christentums Kreuze als Schmuck, die sie offenba von christlichen Nachbarvölkern erworbei hatten.

93 und 94. Osmoinen, Kalewainen: in Epos Beinamen Wäinämöinens. Das ursprüngliche Lied erzählt von dem junger Freier Osmoinen, der nicht mit Wäinämö inen identisch ist.

204. Vgl. XXII 411 ff.

207 f. Der Schnee, der nicht schmelzen, das Wasser, das nicht fluten kann.

308. Dieser schwer verständliche Vers wird verschieden gedeutet; die einen meinen, Aino habe einen Besen zum Baden ins Wasser mitgenommen (?), andere, die Rute oder Gerte sei hier metaphorisch für „das zarte Mädchen" genannt; „viertens" und „fünftens" wäre demnach eins und nur des Parallelismus wegen getrennt, was in der finnischen Dichtung häufig vorkommt.

315. Der Stein war ebenso wie die drei Jungfrauen eine trügerische Erscheinung, mit der das Wasservolk Aino in die Fluten lockte. (Anm. der Ausgabe von 1887.) In dem alten Kalewala, in dem die ganze Episode unvergleichlich kürzer ist, stürzt sich Aino ins Wasser. Im Volkslied erhenkt sie sich in der Vorratskammer.

363 ff. A. Lang hat in seinem Kalewala=Aufsatz, Custom and Myth, Ausg. von 1898, S. 168 an die neugriechische Ballade erinnert, wo ein Blutstropfen auf den Lippen des ertrunkenen Mädchens alle Gewässer der Welt rötet.

411. Die Badstube ist ein gesondertes Häuschen, in dem fast allabendlich sehr heiß gebadet wird. Acerbi beschreibt es in seiner Reise=Beschreibung (deutsche Ausgabe, Ber=

lin 1803) folgendermaßen: „Es besteht nur aus einer einzigen kleinen Kammer, in deren Hintergrunde sich ein Ofen aus übereinandergelegten Steinen befindet, der so lange geheizt wird, bis die Steine ganz glühend geworden sind. Auf diese so durchglühten Steine wird nun so lange Wasser gegossen, bis die Anwesenden in eine dicke Wolke von Dampf eingehüllt sind. Im Hintergrund ist diese Kammer in zwei Stockwerke abgeteilt, damit eine größere Anzahl von Personen in diesem engen Raume zu gleicher Zeit Platz haben kann; da nun die Hitze und der Dampf, ihrer Natur nach, in die Höhe steigen, so ist dieses zweite Stockwerk der allerheißeste Ort im Bade. Hier versammeln sich nun Männer und Weiber ohne Unterschied und baden miteinander gemeinschaftlich, ohne daß sie das geringste Kleidungsstück dabei anbehalten und ohne daß auch nur die mindeste Regung des Geschlechtstriebes dadurch in ihnen aufwacht. Wenn hingegen ein Fremder unversehens die Türe des Bades öffnet und hineintritt, so verursacht sein Anblick der Frauenspersonen keinen geringen Schrecken, denn es fällt, seiner eignen Erscheinung nicht einmal gerechnet, durch das Öffnen der Tür eine solche Menge Licht in die Badstube, daß nicht nur ihre Stellungen, sondern auch alle Formen ihres Körpers dem Auge bloßgestellt werden. Werden sie hingegen durch keinen solchen Zufall gestört, so befinden sie sich die ganze Zeit über, wo nicht in einer gänzlichen Dunkelheit, doch in einer sehr starken Dämmerung; denn die Stube hat kein anderes Fenster, als ein kleines Loch, und es fällt kein anderes Licht hinein, als durch die Ritzen im Dach und durch die zwischen den Holzstämmen, aus denen sie erbaut ist, befindlichen Spalten." Die gewöhnliche Wärme in der Badstube ist 56—64° R. „Ehe die Männer sich wieder ankleiden, wälzen sie sich im Winter im Schnee und im Sommer auf dem Grase herum, ohne daß dieser plötzliche Übergang von Hitze und Kälte einen merkbaren Eindruck auf sie macht." (Rühs, Finnland und seine Bewohner, Leipzig 1809, S. 320.)

423. Lempo: ein böser Dämon; ursprünglich vielleicht ein irrwischartiger Waldgeist.

Fünfte Rune

Vers 17. Untamo: der Gott des Schlafes und der Träume (nicht, wie Schiefner es in seinem Register tat, mit dem gleichnamigen Bruder Kalerwos in der XXXI. Rune zu verwechseln). In seinen Träumen scheint sich die Welt zu spiegeln.

20. Wellamo: die Göttin des Wassers, Gemahlin des Wassergottes Ahto (vgl. Anmerkung zu V. 133), auch Wasseralte oder Wasserwirtin genannt. Bekleidet ist sie mit einer wasserblauen Mütze, einem zartsäumigen Rock, einem Hemd und einem Brustkleid aus Binsen und einem schäumenden Mantel. „Wellamos Jungfraun" sind ihre Töchter. Von einer von ihnen handelt das Volkslied, das dieser Rune zugrunde liegt, wie noch an mancher Stelle zu merken ist; Lönnrot identifizierte sie mit Aino.

133. Ahto (oder Ahti) ist der Gott des Wassers, der „goldne Wasserkönig"; er wird als ein alter Mann mit einem Bart aus Seegras und einem Mantel aus Schaum vorgestellt; die Ruderer beten zu ihm um ruhige See, die Fischer um einen reichen Fang. Er gilt als „Beherrscher der hundert Gruben", als Besitzer unermeßlicher Schätze.

156. Joukola: Joukahainens Wohnsitz.

212f. Diese Verse weisen ebenso wie VI 120 auf die Abstammung Wäinämöinens von einer irdischen Mutter hin, stehen also im Gegensatz zu der Erzählung der ersten Rune. Solche Widersprüche sind im Kalewala nicht selten; sie sind zumeist durch Lönnrots Kombination verschiedenartiger Überlieferungen und Motive verursacht.

Sechste Rune

Vers 1 ff. Im alten Kalewala folgt die Erzählung von Wäinämöinens Ritt und dem Schuß des Lappen (der dort noch nicht mit Joukahainen identisch ist) unmittelbar auf die von der Geburt des Helden. Wäinämöinen stürzt ins Wasser und irrt jahrelang darin umher, wie im neuen Kalewala Ilmatar; der Adler legt ein Ei auf seine Knie usw.

37. Hiisi: eine argliſtige und verderbenbringende Gottheit. Ursprünglich ein Walddämon, hat Hiisi auch ſpäter, als er das böse Prinzip ſelbſt darſtellte, einen beſonderen Zusammenhang mit dem Wald und den Waldtieren behalten. Sein Elentier hat ein hundertröhriges Geweih. Ein Zauberlied erzählt, in einer Wolke ſei ein Waſſertropfen, in dem Tropfen ein Boot, in dem Boot ſitzen drei Männer: Sankt Andreas rudert, Sankt Petrus ſteuert, Jeſus ſitzt in des Bootes Mitte. Was tun ſie da? Sie ſtriegeln Hiiſis Elentiere.

48. Die Pfeile wurden, um gerade zu fliegen, am hinteren Ende mit Federn verſehen, gewöhnlich mit drei Adlerfedern.

177. Das „blaue Elen" iſt natürlich das Pferd; der Parallelismus der finniſchen Dichtung äußert ſich häufig in ſo wunderlichen Formen.

233. Suwantola, nach Wäinämöinens Beinamen Suwantolainen (vgl. Anm. zu I 107), iſt Kalewala.

Siebente Rune

Vers 67. Luotola (Klippenheim): ungefähr gleichbedeutend mit Joukola.

114. Sariola, oder wie es zumeiſt genannt wird, Pohjola: das mythiſche Nordland, deſſen Bewohner denen Kalewalas vorwiegend feindlich gegenüberſtehen. Die Lage des Landes iſt unbeſtimmt: zuweilen läßt das, was von Pohjola geſagt wird, an Lappland denken, doch gibt es im Epos auch mehrere Stellen, die eine Identifizierung beider unmöglich machen. Im engeren Sinne bedeutet Sariola oder Pohjola den Hof der Louhi.

169. „Pohjola hat einen Herrn, vor allem aber eine Herrin, eine Frau, die mit Beiwörtern von ſchlimmer, böſer und auch ſchmähender Bedeutung bedacht wird. Die weibliche Idee iſt die hier vorherrſchende, weil im Zauberliede, in dem der Begriff von Pohjola ſich durch die Definition der Plage, insbeſondere der Kälte, bildete, Pohjola vorherrſchend die Erzeugerin und Gebärerin der Übel iſt, ſich alſo in einem weiblichen Weſen perſonifiziert, das ſich einem der Winde paarend, die Kälte, einem anderen, den Wolf, und wieder einem anderen, den Hund erzeugt und auch die Krankheiten hervorbringt. Daher das ſtändige Beiwort Hure, das in den magiſchen und epiſchen Liedern die Frau von Pohjola begleitet, die ihrer bösartigen Natur wegen als ſchwarze, zahnloſe Alte dargeſtellt wird und eine ebenfalls ſchwarze Tochter hat, welche blind iſt, ſie ſelbſt, ſowie ihr Volk und alle, die das Dunkel bewohnen. Pohjola hat, weil es der Sitz der Plage und der Finſternis iſt, daher einige Ähnlichkeit mit Manala und dem Totenreiche." (Comparetti, Der Kalewala, S. 182.) Im Epos iſt ſie im Brautwerbungszyklus durchaus vermenſchlicht, im Samporaubszyklus kommt ihr Hexencharakter zur Darſtellung; daß dieſer Unterſchied nicht bloß in der Handlung, ſondern auch in der verſchiedenartigen Herkunft der beiden Liederzyklen begründet iſt, hat ſchon Caſtrén (Vorleſungen S. 283) hervorgehoben.

311. Die Bedeutung des Sampo, deſſen Verfertigung und ſpäterer Raub der weſentlichſte Gegenſtand des Epos ſind, wird von den Forſchern von je ſehr verſchieden aufgefaßt: es ſoll das Firmament (Schiefner), die Wolke (Mannhardt), den Regenbogen (Schwartz), die Sonne (Donner), ein Fabeltier (Setälä), einen Tempel (Caſtrén), ein Schiff (ältere Deutung, von Lönnrot angeführt, der ſelbſt im Sampo „Bildung und Kultur" ſieht), eine

Zaubertrommel (Friis), eine Mühle (Grimm) u. a. bedeuten. Das Letztere ist er jedenfalls, woher immer auch sein Name stammen und was immer er ursprünglich bedeuten mag, im Epos; natürlich kann nicht eine wirkliche Mühle, sondern nur ein mythisches Werkzeug gemeint sein, ein Talisman und Symbol des Wohlstands und der geordneten Wirtschaft. Nach Julius Krohns Meinung, Kalewala=Studien (Zeitschrift für Volkskunde I), beruht der Sampo=Begriff des Epos auf einer Verschmelzung der — der skandinavischen Sage von der Gold, Frieden und Glück mahlenden Handmühle Grotte verwandten — Vorstellung von einer Wundermühle mit der mythischen Gestalt des Weltpflügers und Fruchtbarkeitsgottes Sampsa Pellerwoinen (vgl. Anmerkung zu II 13), der in einer Variante den Namen Sampo trägt (vgl. auch O. Donner, Der Mythus von Sampo, Acta Societatis Fennicae X., der die Gleichung Sampsa=Sampo=Sonne aufstellt, und Kaarle Krohn, Sampsa Pellerwoinen, Finnisch=ugrische Forschungen IV.; auf den Zusammenhang von Sampsa und Sampo hatte schon Grimm hingewiesen).

314. Daß die Milch einer unfruchtbaren Kuh zur Herstellung des Sampo mit verwandt werden soll, ist eine Variante, die im alten Kalewala fehlte (als viertes war der Splitter einer Spindel genannt) und durch ihren besonderen mythischen Witz hervorsticht.

328. Ilmarinen: der ewige Schmied, neben Wäinämöinen der vorderste Held des Epos, in seinem Wesen der Zauberer als Schmied (als Verfertiger magischer Waffen und Werkzeuge), wie jener der Zauberer als Sänger (als Erfinder magischer Worte und Weisen). Er tritt als Wäinämöinens Bruder auf, doch stehen etliche Stellen im Widerspruch dazu. Viel deutlicher war beider Zusammenhang in dem alten Kalewala zum Ausdruck gebracht, wo Wäinämöinen sie beide „Kinder von derselben Mutter, von demselben Weib getragen" nennt und Ilmarinen gleichmäßig als Bruder anspricht. Ursprünglich bezeichnet der Name Ilmarinen (von ilma: Luft) einen Luftgott, der Sturm und Windstille bewirkt (vgl. außer Julius Krohns und Kaarle Krohns Ausführungen zum Gegenstand auch O. Donner, Der finnische Gott Ilmarinen, in: Festgruß an Rudolf von Roth, Stuttgart 1893); in einem Lied rufen die Seeleute „Ilmarinen, den fröhlichen Vogel" an, er möge ihnen sanften Wind blasen. In den epischen Runen ist Ilmarinen ebenso wie Wäinämöinen zu einem zauberkundigen Heros umgeprägt worden, der jedoch im Gegensatz zu jenem von passiver und schwerfälliger, wiewohl gleichmäßig tüchtiger Natur ist.

Achte Rune

Vers 1 ff. Die Identifizierung der „Jungfrau auf dem Regenbogen" mit Louhis Tochter stammt von Lönnrot.

179. Ursprungsworte: Der finnischen Magie — wie der mancher andern Völker (vgl. z. B. die Beschwörung „Wir kennen, o Schlaf, deinen Ursprung" im Atharva=Veda) — nach ist es zur Beherrschung oder Bewältigung eines Dinges notwendig, das Geheimnis seines Ursprungs (synty) zu kennen. Dadurch, daß „der tiefe Ursprung" ausgesprochen wird, wird das Übel gebannt; das Böse ist machtlos gegen den, der sein Wesen erkannt hat. Nach Castréns Meinung (Vorlesungen von 1841, Kleinere Schriften S. 293) hat die Ursprungsrune zum Teil den Zweck, das widerstrebende Element durch Darlegung seiner fragwürdigen Vorgeschichte ins Unrecht zu setzen, zum Teil den, durch Untersuchung der Herkunft eines Übels das Mittel zu dessen Beseitigung zu bestimmen. Einige der schönsten Ursprungslieder sind in das Kalewala aufgenommen; eine große Anzahl anderer hat Lönnrot in seiner Zauberrunen=Sammlung (Suomen Kansan muinasia Loitsurunoja, Helsingfors 1880) vereinigt.

(Vgl. Abercrombys Übertragung, The Pre-
and Protohistoric Finns II, 304—389 und
dessen Aufsatz, An Analysis of certain
Finnish Myths of Origin, in Folklore 1892,
sowie den von Beauvais, La magie chez les
Finnois, in der Revue de l'histoire des religions
1882. — Die magische Heilkunde hat Lönnrot
in seiner Abhandlung Om Finnarnes magiska
medicin, Helsingfors 1841, behandelt.)

187 ff. So braust im Liede vom Tode des
Schöpfers (d. h. Christi) das heilige Blut
wie ein Wasserfall über die Berge, und in
einem Zauberlied zum Blutstillen strömt Jesu
Blut unablässig fort, bis seine Mutter ihre
Hand in die Wunde legt.

218. Finnische Dörfer sind häufig derart
auf Hügelabhängen erbaut, daß je drei Häuser
übereinander liegen, zu denen drei Wege führen.

271. „Der Finne liebt die Wärme des
Ofens auch noch heute außerordentlich. Daher baut er ihn, sobald es der Raum im
Hause zuläßt, so groß, daß er oben auf ihm
liegen kann. Und so wird man denn auch
beim Eintritt in die finnischen Bauernhäuser
oft von dem eigentümlichen Anblick über-
rascht, wie oben vom Plateau des Ofens
ein paar Köpfe heruntergucken. Da liegen,
wenn das Dach des Ofens, wie häufig, groß
und geräumig ist, Alt und Jung durcheinander und pflegen sich in der heißen Luft
— und im Rauch!" (Retzius, Finnland, S. 75.)

Neunte Rune

Vers 34 f. Anscheinend eine Genesis-Re-
miniszenz, die zu der Kosmogonie der ersten
Rune in offenbarem Widerspruch steht.

153 ff. „Es ist dies das Sumpferz, Morasterz;
eine Varietät des Raseneisensteines, die, wie
der Name sagt, besonders in Sümpfen oder
Morästen, an denen Finnland ja so reich ist,
vorkommt." (Kahlbaum, Mythos und Natur-
wissenschaft unter besonderer Berücksichtigung
des Kalewala, Leipzig 1898, S. 18.)

321. Wiewohl dem ursprünglichen Liede

fremd, klingt doch im epischen Zusammenhang für den Leser die Vorstellung an, daß
Wäinämöinen, der vom Eisen Verwundete,
im Kalewala als der Sohn einer Luftgöttin,
also als Stammverwandter des Eisens erscheint.

378. Tyrjä, auch Turja oder Rutja: das
nördliche Norwegen. Aspelin meint, unter
dem Fall von Rutja oder Tyrjä sei der Maal-
ström zu verstehen. (Vgl. hierzu Brummer,
Über die Bannungsorte der finnischen Zauberlieder, Helsingfors 1909, S. 46.)

422. Gemeint ist die Schafgarbe (achillea
millefolium).

525 f. Der Schmerzensberg steht „bei der
Teilung dreier Ströme" (XLV. Rune, V. 272).
Auf dem Berge liegt ein Stein mit neun
Höhlungen; die mittlere Höhlung ist neun
Klafter tief; darin sind die Krankheiten und
Qualen verschlossen. Die Tochter Tuonis, des
Gottes der Unterwelt, Kipu-tyttö, die Qualen-
jungfrau, sitzt auf dem Felsen und dreht den
Berg, daß die Krankheiten zermahlen werden;
oder sie kocht die Schmerzen in einem winzigen
Kessel (das. V. 299). Die Zauberrune schildert
sie, wie sie in der heißen Asche kniend, die
Arme im Feuer, steinerne Handschuhe an den
Händen, die Leiden aufsammelt. Der Zauberer
hat die Macht, die Krankheiten, die vom
Schmerzensberg entflohen und über die
Menschheit niedergefallen sind, dorthin zu-
rückzubannen. — Mansikka (Finnisch-ugrische
Forschungen XI) versucht den Mythos zum
Teil auf christlichen Einfluß zurückzuführen. Da-
gegen nennt ihn Brummer a. a. O., und wohl
mit Recht, „das gewaltigste und kräftigste
Phantasieprodukt" der finnischen Zauberlieder.

Zehnte Rune

Vers 33 ff. Der Gesang des Zauberers hat
unmittelbar schöpferische Gewalt.

88. In einer Variante sagt Wäinämöinen
zum Lobe der schönen Jungfrau:
Durch ihr Fleisch sieht man die Knochen
Und das Mark durch ihre Knochen.

Elfte Rune

Vers 3 und 9. Ahti, Kauko: Beinamen Lemminkäinens, die ursprünglich andere Helden bezeichnen, welche mit Lemminkäinen verschmolzen worden sind. „Von kriegerischerem Sinne als Wäinämöinen und Ilmarinen ist der dritte Kalewala-Held Lemminkäinen. Während jene sich den Gefahren und Abenteuern bloß in der Absicht aussetzen, um dadurch große Zwecke zu erreichen, sucht Lemminkäinen den Kampf um des Kampfes willen. Er ist ganz und gar ohne den tiefen, festen Ernst, der seine beiden Kameraden auszeichnet, und begibt sich leichtsinnig in jedes Abenteuer, das sich darbietet" (Castrén). Das mythische Motiv der drei Brüder, des Sängers, des Schmieds und des Jägers, hat Stucken, Astralmythen, Leipzig 1907, 100 ff. unter Heranziehung der drei Kalewala-Helden behandelt.

21. Saari: eine Insel (das Wort saari bedeutet Insel).

26. Die Hinterbank, die Bank an der Wand, vor der der Tisch steht, gilt als die Ehrenbank.

27 ff. Eine hübsche, auch inhaltlich abweichende Variante der Erzählung von der Freierfahrt der Himmelslichter findet sich in Lönnrots „Kanteletar" als erstes in der Abteilung der erzählenden Lieder, unter dem Titel „Die Freier der Suometar" (Suometar, von Suomi, Finnland, ist als Name des finnischen Volksgenius von Lönnrot an die Stelle des ursprünglichen Salme gesetzt worden). Daraus sei (in Hermann Pauls Übertragung) angeführt:

Sieh, da nahten die Bewerber,
  Traten ein mit stolzem Schritte;
Kam der Mond, und kam die Sonne,
Und der Nordstern als der dritte.
Als der erste trat der Mond ein,
Reich geschmückt in Gold und Seide,
Silber schimmert auf dem Kleide.
„Komm und folg' mir, schöne Jungfrau,

Führen will ich dich, du Holde,
In die silbernen Gemächer,
In mein Schloß von rotem Golde."
Doch die Jungfrau dachte anders,
Nahm das Wort und gab zur Antwort:
„Nicht dem Monde will ich folgen,
Seltsam ist des Mondes Aussehn,
Unbeständig ist sein Antlitz;
Bald sind allzuschmal die Wangen,
Bald auch allzusehr gerundet;
Nachts begibt er sich aufs Wandern,
Und den Tag verbringt er schlafend;
Nein, dem Monde folg' ich nimmer!"
Nach dem Mond erschien die Sonne,
Reichgeschmückt in Gold und Seide,
Silber schimmert auf dem Kleide.
„Komm und folg' mir, schöne Jungfrau,
Führen will ich dich, du Holde,
In die silbernen Gemächer,
In mein Schloß von rotem Golde."
Doch die Jungfrau dachte anders,
Nahm das Wort und gab zur Antwort:
„Nicht der Sonne will ich folgen,
Tücke läßt sie oft verspüren,
Plagt im Sommer uns mit Hitze,
Läßt im Winter uns erfrieren;
In der schönen Zeit der Ernte
Strömt der Regen wie aus Gossen;
Wenn die Saat auf Regen wartet,
Hält den Himmel sie verschlossen."
Endlich naht der Stern des Poles,
Nicht in Silber, noch in Seide,
Nicht in goldgesticktem Kleide.
„Komm und folg' mir, schöne Jungfrau,
Führen will ich dich, du Holde,
In die silbernen Gemächer,
In mein Schloß von rotem Golde."
Sieh, da ruft die schöne Jungfrau:
„Ja, dem Nordstern will ich folgen!
Freundlich ist er, gutgeartet,
Treu und häuslich und beständig;
Glänzend strahlt er in der Ferne,
Im Verein der sieben Sterne,
Seiner ewigen Gefährten."

Zahlreiche andere Varianten hat Kaarle Krohn (Finnisch-ugrische Forschungen III) zusammengestellt. Eine sehr ausgeführte estnische enthält der 1. Gesang der epischen Dichtung Kalewipoeg.

62. Kaukomieli (der in die Ferne Sinnende): Beiname Lemminkäinens; vgl. Anm. zu Vers 3 und 9.

176 ff. Die alten Finnen mahlten das Korn in einer Handmühle aus zwei flachen Steinen oder mit einem steinernen Stößel in einem Holzmörser; es war dies eine Beschäftigung der Frauen, zu der sie die sogenannten Mühlenrunen sangen. Noch heute wird Salz, Kaffee, Tabak usw. in hölzernen Mörsern gemahlen.

203 f. Der Frauenraub war bei den alten Finnen gebräuchlich. Wenn ein Jüngling dem Vater des Mädchens den geforderten Geldbetrag nicht bezahlen konnte, entführte er es.

261 ff. Der ironische Trost besagt etwa, wenn man kein Vieh besitze, das Milch gebe, täten's auch wilde Beeren.

283. Die Hiisileute waren berühmte Schmiede.

305 ff. Lemminkäinen befürchtet offenbar, Kyllikki könnte ihm, wenn sie sich öffentlich zeigte, entführt werden (von einem ihrer Landsleute?).

Zwölfte Rune

Vers 31 f. Man glaubte, daß es dadurch stichfest werde.

148. Die lappischen Zauberer pflegten sich, um ihren Zauber wirksamer zu machen, auf einen Felsen zu stellen (vgl. III, 470), und zwar nackt, um von einem etwa an ihren Gewändern haftenden magischen Einfluß frei zu werden.

209 ff. Das in verschiedener Form vorkommende, in den Märchen der meisten Völker wiederkehrende Motiv vom „Lebenszeichen": von dem Gegenstand, in den etwas vom Leben seines Besitzers gelegt wird und der von diesem Augenblick an die Fähigkeit hat, dessen Tod kundzugeben (vgl. Hartland, The

Legend of Perseus, London 1894—96. II. The Life-token).

237 ff. An allen diesen Orten wurden vor der Fahrt zu einem Unternehmen die Schutzgötter angerufen.

476. Gemeint ist: einen halbblinden Alten (vgl. XIV 399).

Dreizehnte Rune

Vers 1 ff. Lemminkäinens Freierfahrt mit den ihm gestellten Aufgaben beruht offenbar auf einer Variante der Freierfahrt Ilmarinens und seiner Taten (XVIII. und XIX. Rune).

45 f. Kauppi und Lyylikki: wie so häufig in den Runen, Namen eines Mannes.

47. Wuojaländer: Lappe.

69 f. „Beim Laufen wird ein langer Stab als Steuer und zur Stütze angewandt. Etwa 4—6 Zoll von der unteren Spitze aufwärts ist ein rundes Brettchen (der Ring), durch dessen Loch in der Mitte der Stab geht, an der Stange befestigt, damit sie beim Stützen nicht zu tief in den Schnee sinke" (Paul).

75 f. Pelze dienten im alten Finnland als allgemeines Tauschmittel; der Name raha, Geld, wurde zuerst auf sie angewendet (vgl. Ahlqvist, Die Kulturwörter, S. 188 ff.).

106. Juutas: ein böser Dämon; sein Name steht zumeist neben dem von Hiisi, mit dem er auch hier identisch erscheint; er ist wohl der zum bösen Geist gewordene Judas. (Schiefner meint in seinem Register, der Name scheine dem litauischen judas, schwarz, entlehnt, doch hat diese Hypothese keine Bestätigung gefunden.)

107 f. Daß das Elen hier als Renntier bezeichnet wird, beruht auf dem den Runen eigentümlichen Parallelismus.

152. Kalma: ein Dämon der Unterwelt, etwa der Geist des Grabes, das „Kalmas Schlafkammer" genannt wird; zumeist, so hier, mit dem Todesgott Tuoni identifiziert; doch scheint auch zuweilen Kalmas Reich, als die Stätte der Gebeine, von dem Tuonis, dem

Land der Seelen, unterschieden worden zu sein. (Aber das Wort kalma, das Grab und Leichengeruch bedeutet, s. Finnisch-ugrische Forschungen VI, 117 ff.)

Vierzehnte Rune

Vers 25 ff. Tapio: der oberste der Waldgötter, der „König des Waldes", auch „Erdenwirt" und „Erderhalter" genannt. Er wird als ein alter Mann mit braungrauem Bart geschildert, er trägt einen hohen Hut aus Föhrennadeln und einen Pelz aus Baummoos. Die wilden Tiere werden als seine Herde bezeichnet. Der Jäger bat Tapio, ihm das Wild entgegenzutreiben, und der Hirt, sein Vieh zu schützen. Tapios Heim heißt Tapiola oder Metsola (Waldheim); es ist „das tiefste Dunkel des Laubwalds" (Ganander), von Moor und Strauchwerk umgeben, und birgt reiche Schätze. Die Gemahlin des Gottes wird gewöhnlich Mielikki, die Wohlgesinnte, auch Mimerkki und die Gabenmutter genannt; wenn sie aber zürnt, heißt sie Kuurikki, die Taube (die nicht Gehör gibt). „Glückte dem Jäger der Fang, so war Mielikki gut, mild, hold und schön anzuschauen. Ihre Hände waren mit goldenen Spangen geschmückt, an den Fingern trug sie goldene Ringe, auf dem Haupte goldene Kränze, im Haar goldene Binden, in den Ohren goldene Ringe, an den Augenbrauen Perlen, an den Beinen blaue Strümpfe und rote Schuhbänder. Lief dagegen die Jagd nicht nach Wunsch ab, so wurde sie als ein häßliches und scheußliches Wesen angesehen, welches statt des Goldes Reiser zu Armbändern, Ringen, Kränzen, Halsperlen und sonstigem Schmuck benutzte, Grasschuhe und zerlumpte Kleider trug usw. Rief der Jäger Mielikki um einen glücklichen Fang an, so pflegte er sie aufzufordern, daß sie ihre schlechte, armselige, häßliche „Alltagstracht" ablegen und ihre Festtagskleider, welche ausdrücklich „Gabenhemde" genannt werden, an-

ziehen möchte" (Castrén). So heißt es in einem Liede des Kanteletar:

Oft erscheint die milde Göttin,
Die Beherrscherin der Wälder,
Reich geschmückt mit goldnen Ringen,
Ziert den Arm mit goldnen Spangen,
Schmückt das Haupt mit goldner Krone,
Läßt die goldnen Locken wallen,
Schmückt den Hals mit Goldgeschmeide,
Strahlt in goldgewirktem Kleide.
Sieh, dann denkt die milde Göttin,
Die Beherrscherin der Wälder,
Glück dem Jäger zu verleihen,
Ihre Gaben auszustreuen.
Aber oft erscheint die Göttin,
Die Beherrscherin der Wälder,
Nur geschmückt mit Weidenringen,
Trägt am Arm nur Weidenspangen,
Auf dem Haupt ein Weidenkrönchen,
Läßt nur Weidenlocken wallen,
Will in Blatt und Laub sich kleiden,
Trägt ein Mäntelchen von Weiden.
Sieh, dann geizt die rauhe Göttin,
Die Beschützerin der Wälder,
Glück dem Jäger zu verleihen,
Ihre Gaben auszustreuen.

(Deutsch von Hermann Paul.)

Von Tapios Söhnen wird vornehmlich (so hier, V. 37) Nyyrikki genannt, der einen blauen Mantel und eine rote Mütze trägt. Von den Töchtern sind die bekanntesten die goldhaarige Tellerwo, die jedoch zuweilen (so Rune XLVI, V. 57 f.) mit Mielikki verwechselt wird, und Tuulikki, „die Schöne der Wälder".

47 f. Unter Mielikkis Gold und Silber ist das Wild, hier also das Elen zu verstehen.

142. Wörtlich: das Gabenhemd; so heißt das Hemd, das die Braut ihren neuen Verwandten zum Geschenk gibt.

221. D. h. das Wild gegen die Opfergaben des Jägers.

379. Tuoni, auch Mana genannt: der Gott des Todes und der Unterwelt, die Tuonela,

das Land der Toten, oder Manala, das Land unter der Erde, heißt.

Die Finnen dachten sich, wie die skandinavischen Völker, die Unterwelt ähnlich beschaffen wie die Erde. „In Tuonela schien die Sonne so wie auf der Erde, es mangelte dort nicht an Land oder Wasser, an Wald oder Feld, an Äckern oder Wiesen, es gab dort Bären, Wölfe, Schlangen, Hechte usw. Was aber auch die Unterwelt in ihrem Schoße bergen mochte, alles war von einer sehr schädlichen, düstern und gefährlichen Art. Die Wälder waren finster und mit wilden Tieren angefüllt, das Wasser schwarz, die Kornfelder brachten eine Saat hervor, von der die Schlange oder der sogenannte Tuoni-Wurm seine Zähne erhalten hatte. Sehr oft wird in den Runen der Tuonela-Fluß erwähnt, der sehr reißend und mit siedenden Wirbeln und einem gefährlichen Wasserfall versehen war, der der böse Wasserfall, der Harte-Nagel-Wasserfall benannt wird. Wahrscheinlich wegen dieser furchtbaren Beschaffenheit des Flusses auch oft der heilige Fluß benannt." (Castrén) Tuoni selbst wird als ein alter Mann mit drei Fingern und einem auf die Schultern herabhängenden Hut, seine Gemahlin als ein altes Weib mit hakigen Fingern, verzerrtem Kinn und eisernen Zähnen geschildert.

395 ff. Auf die Verwandtschaft der Erzählung von Lemminkäinens Ermordung mit der von Balders Tod hat bereits Castrén hingewiesen; Julius Krohn hat sie in seiner Geschichte der finnischen Literatur dargelegt und Kaarle Krohn neuerdings in einer eingehenden Untersuchung (Lemminkäinens Tod, Finnisch-ugrische Forschungen V) analysiert. Er führt beide Erzählungen auf legendäre Motive von Christi Tod zurück (nach dem Vorgang von Bugge, Studien über die Entstehung der nordischen Götter- und Heldensagen, München 1889, der zwar den Baldermythus aus christlichem Einfluß erklärt, aber die Ähnlichkeit der Lemminkäinensage damit

nicht für wesentlich hält, wogegen z. B. W. Schwartz, Indogermanischer Volksglaube, Berlin 1885, S. 166, die in beiden bedeutsamen Motive, das des blinden Mörders und das des Übergangenseins des Mannes oder der Waffe bei der Beschwörung, hervorhebt; vgl. hierzu F. Kauffmann, Balder, Straßburg 1902, S. 242 ff.). Wahrscheinlicher ist, daß die ursprüngliche Erzählung von Balder wie die von Lemminkäinen nicht christlich-legendären, sondern heidnisch-mythischen Charakter hatte, als eine der Erscheinungsformen des Mythos vom sterbenden und auferstehenden Gotte (worüber insbesondere Frazers The Golden Bough eine Fülle von Material enthält), daß sie aber allmählich verwandte Motive christlicher Legenden aufnahm und sich assimilierte; wobei zu beachten ist, daß diese Motive zum Teil selbst Umbildungen wandernder Mythen sind. Die Frage nach der Beeinflussung der Lemminkäinen-Lieder durch den Mythos von Balders Tod bleibt durch diese Einschränkung natürlich unberührt; der Zusammenhang beider Motive ist augenscheinlich.

416 ff. Lemminkäinen bedauert, daß er von seiner Mutter keine Zauberformel gegen den Schlangenbiß erfragt hat; gemeint ist, wie aus Rune XV, Vers 591 ff. hervorgeht, die Formel vom „tiefen Ursprung" der Schlange.

Fünfzehnte Rune

Vers 315 f. Suonetar (von suoni, Ader): eine der Gesundheitsgöttinnen; ihr Amt ist es, die Adern zu spinnen und die verletzten wiederherzustellen.

397. Metsola (von metsä, Wald) bezeichnet neben Tapiola den Wohnsitz des Waldgottes Tapio.

426 f. Über Tuuri oder Palwonen (Palwoinen) ist nichts Sicheres bekannt. Aus Vers 448 scheint hervorzugehen, daß sein Haus der Unterwelt benachbart war; wogegen XLVII 178 ff. erzählt wird, der Feuer-

funke, den Ukko mit seinem Schwert ent=
zündete und einer Luftgöttin zu verwahren
gab, sei aus deren Fingern durch den
Himmel, durch die Lüfte in die neue Stube
Tuuris, in Palwonens unbedeckte geflogen.
Julius Krohn stellt Palwonen mit dem lap=
pischen Worte palo, dem finnischen piloi, das
Wolke bedeutet, zusammen; Aspelin erklärt
ihn als den Glühenden, Dörrenden: die Sonne
— was dem Text nicht entspricht.

477 ff. Den Himmelshonig hat J. G. v. Hahn
(Sagwissenschaftliche Studien, Jena 1876, S. 119
Anm.) mit dem indischen Soma zusammenge=
stellt, zu dem er den Naturkern in dem „den
Überhimmel erfüllenden Lichtwasser" vermutet.

502. Die „sieben Sterne" sind die Plejaden.

591 ff. Nach einer anderen Ursprungsformel
ist die Schlange aus Hiisis Speichel entstanden.
Nach der Version in Rune XXVI, Vers
695 ff. gab er dem Speichel die Seele.

595. Syöjätär: „eine Hexe und Menschen=
fresserin" (Ganander), die im Meere lebt;
der Name kommt auch im Plural vor.

Sechzehnte Rune

Vers 116. Vgl. Die Einführung S. XIII
über die Mitteilung von Zauberrunen.

192. Manalainen: Beiname Tuonis.

287. Tuonetar: Tuonis Gemahlin, die
Wirtin des Totenreiches; denselben Namen
führt an anderen Stellen Tuonis Tochter.
„Die gute Wirtin" ist eine ironische Bezeich=
nung, wie sie in den Runen nicht selten sind
(vgl. Pavolini, L'ironia nel Kalevala, Finnisch=
ugrische Forschungen X.)

334. D. h. er erliegt nicht ganz dem Zau=
berschlaf, etwas von ihm bleibt wach und
wachsam.

Siebzehnte Rune

Vers 13 ff. Über die Bedeutung des An=
tero Wipunen, der in dem alten Kalewala
mit dem Urriesen Kalewa identifiziert wird,
herrschen verschiedene Meinungen. So wird
er von Donner als Jagdgott, von Aspelin als

Gewitter= oder Sonnengott aufgefaßt, von
Beauvois als „die Personifikation des Ge=
birges, dessen Seiten man durchbohrt, um
das Erz daraus zu gewinnen". Julius Krohn
lehnt alle Erklärungsversuche ab und meint,
Wipunen sei „vermutlich ein Überbleibsel,
das sich aus einem alten vergessenen Mythos
in neue Zusammenhänge verirrt habe". Dieser
Auffassung hat sich seither die Forschung an=
geschlossen. Sie sieht (vgl. Ohrt, Kalevala II,
141 f.) in der Erzählung des Epos die Ver=
mischung zweier Motive: des Motivs von
Ilmarinen, der, von „Hiisis Weib" geschluckt,
sich in ihrem Bauch ein Messer schmiedet und
sich damit einen Weg in die Welt schneidet (wo=
mit auch das Prosamärchen zu vergleichen ist,
wo Ilmarinen in Antamos Magen hinabsteigt
und sich dort eine Schmiede errichtet; deutsch
bei Schreck, Finnische Märchen S. 3 ff.), und
des Motivs von dem toten Seher Wipunen,
zu dessen Grab Wäinämöinen kommt, um
die drei zaubergewaltigen Urworte zu erfragen,
und ihn durch Niederhauen eines Baumes
weckt; wie in einem Liede Lemminkäinens
Frau, die (statt wie im Kalewala die Mutter)
über die Erde geht und ihren Mann sucht, zu
Anterwo Wipunens Grab geht um ihn nach
Lemminkäinens Schicksal zu befragen (vgl. K.
Krohn: Lemminkäinens Tod, Finnisch=ugrische
Forschungen V.); die Verbindung zwischen
beiden Motiven gaben vermutlich, worauf
schon J. Krohn hinwies, die Worte des Liedes:

> Hat im Munde großen Zauber,
> Unbegrenzte Kunst im Busen,
> Reiche Wortgewalt im Bauche.

Der dritte dieser Verse, der im alten Kale=
wala steht, fehlt im neuen. — Die Verse
59 ff. enthalten ein der Urform ebenfalls
fremdes Motiv. Die Beschwörungsformel
V. 149—504 hat Lönnrot eingefügt.

Achtzehnte Rune

Vers 41. Annikki: Ilmarinens Schwester.

137. Saksa: der Deutsche, auch der Han=

delsmann; Sachsensund: der von Kaufleuten befahrene Sund.

158. Dieser Vers wird verschieden gedeutet: die Schlacht macht die Köpfe gleich, wörtlich: sie ist „eine Schlacht mit gleichen Köpfen", weil diese in der Menge (aus der Ferne gesehen) als eine ebene Fläche erscheinen (Lönnrot und Ahlqvist), oder weil sie in gleicher Weise gefährdet sind (Rothsten), oder weil es in dieser Schlacht viele Krieger, „Köpfe" von gleicher Stärke gibt (Ausg. von 1887 unter Hinweis auf Ilias XI 72).

290. Niedergeschlagene Bäume galten als besonders wirksam.

291. Der Dampf wird dadurch erzeugt, daß Wasser auf glühende Steine gegossen wird (vgl. Anm. zu IV 411).

395 ff. Schellen, die wie Vögel geformt waren.

Neunzehnte Rune

Vers 137. Terhenetär: die Göttin der Nebel und Dünste. Sie streut die Nebel durch ein Sieb auf die Erde. Ein Zauberlied führt den Ursprung der Fieber darauf zurück.

40 ff. Davon hatte das Epos nichts berichtet, das vielmehr X 441 ff. eine ganz andere Lesart brachte.

311. Ukkos Bogen: der Regenbogen.

481. Suomi: Finnland.

Zwanzigste Rune

Vers 21. Häme: Tawastland.

22. Kemi: ein Fluß im nördlichen Finnland.

54. Wirokannas, der hier, wie anderswo Tuuri, den Beinamen Palwoinen trägt, kann entgegen Castréns Annahme mit dem Erdgott Wirankannos, dessen Amt es ist, das Haferfeld zu beschicken, nicht gut identisch sein, obgleich sein Name offenbar auf jenen zurückzuführen ist. Im Epos kommt Wirokannas nur noch Rune L, Vers 434 vor.

87 f. D. h. unter den Wassergeistern, den „Mächten", deren viele im Wasser sind (II 105 f.)

143. Das Wort remu bedeutet Lärm, Gepolter, Lustigkeit.

153. D. i. Wäinämöinen.

167 und 189. Osmotar, auch Kapo genannt, und Kalewatar: Töchter Osmos oder Kalewas.

611. Obdachlose, die gegen Dienstleistungen zeitweilig beherbergt werden.

Einundzwanzigste Rune

Vers 174. Kalews Baum: die Eberesche.

189. Fackeln aus Birkenrinde wurden im alten Finnland, wie noch heute bei den ugrischen Finnen gebraucht (Ahlqvist, Die Kulturwörter, S. 116).

Zweiundzwanzigste Rune

Vers 21 ff. „Es scheint allgemein Sitte zu sein, daß die Braut lange auf sich warten läßt, und erst nach langem Suchen und durch Vermittlung der Brautmutter läßt sie sich bewegen, hervorzutreten" (Schröder).

95 ff. „Um dieses Bild vollkommen zu begreifen, müssen wir die patriarchalische Art des Zusammenlebens der alten Finnen kennen. Die neuen, jungen Paare sonderten sich nicht in getrennten Wirtschaften ab, sondern blieben auch ferner zusammen und wohnten in demselben Hause mit ihren Schwägern, Schwägerinnen und deren Kindern. Oft stieg die Zahl der Personen in einer solchen Familie bis zu 60—100 heran; der ganze Haushalt, fast alles Eigentum gehörte ihnen gemeinschaftlich und über allen waltete die Herrschaft eines alten Hausvaters oder einer Hausmutter... Hier trat die Schwiegertochter in eine fertige, gefestigte, unbeugsame Hausordnung hinein, der sich zu unterwerfen sie gezwungen war. Nicht einmal der liebende Gatte vermochte den Zwang durch eigenes Zugeständnis zu erleichtern; denn auch er befand sich

unter demselben strengen, patriarchalischen
Regiment" (Julius Krohn). In einem an die
Braut gerichteten Lied des Kanteletar heißt es:

"Jetzt, mein Blümchen, gehst du wandern,
Ziehst hinaus, ein Spiel der Winde,
Weite Wege, fern vom Hofe,
Aus der Eltern stolzer Wohnung;
Wähnst, man führe dich zur Heimat,
Führ' dich hin zu einem Vater;
Nicht zu einem lieben Vater,
Einem Herrn ziehst du entgegen!"
                    (Deutsch von Hermann Paul.)

259. D. h. verworfenes Ding.

260. D. h. schwerfällig, untauglich.

261. D. h. mit den Füßen Getretene.

305 ff. S. Anm. zu III 552 ff.

326 ff. D. h. verflucht (zur Hölle hin-
gewünscht).

331 ff. „Die List und Kühnheit des Lachses,
die Verschwiegenheit des Kaulbarsches, die
Sanftmut des Teichbarsches, die Mäßigkeit
des Rotauges und des Weißfisches" (Léouzon
le Duc).

451 ff. Wie die Rede des Alten, so beruht
auch der Gesang des Knaben auf einem for-
melhaften Hochzeitsritus; jene wird das Trä-
nenlied, dieser das Trostlied genannt.

499 ff. Er hat die ganze Nacht bei einem
aus Baumreisig entzündeten Feuer zugebracht,
um am frühen Morgen seine Arbeit wiederauf-
zunehmen.

Dreiundzwanzigste Rune

Vers 149 f. „Die Speicher und Ställe hatten
oft eine so niedrige Decke, daß man darin
nur gebückt stehen konnte" (Lönnrot).

226 ff. Die mit ihren harten Früchten ver-
sehenen Ebereschenzweige geben gute Geißeln
ab.

281. Auf denen es gehalten wird, damit
es trocken bleibt.

285 f. Vgl. Anmerkung zu XI 176 ff.

301. Woraus zu ersehen ist, daß das
Wasser zur Neige geht.

397 f. D. h. spare gehörig an Gerste und
Holz.

405. Das Malz wird gewöhnlich in der
Badestube hergestellt, wo die Wärme die
Keimbildung begünstigt.

469 f. Die verderbenbringenden Töchter
Tuonis treten hier als Erinnyen auf.

499. D. h. seinem Sinn, der vielfältig und
wandelbar ist wie der Gesang einer Lerche.

519 f. D. h. der Hunger.

596. Die an dem Mühlstein haften ge-
bliebenen Mehlreste (Kirby).

601 f. Noch heute wird in Finnland in
Hungerszeiten Brot aus Kiefernborke mit
einem Zusatz von Roggenmehl zubereitet;
es wird Notbrot genannt; vgl. XXIV. Rune,
Vers 117 ff.

630 ff. wie zu XXII 326 ff.

819. D. h. Waschwasser.

Vierundzwanzigste Rune

Vers 391 ff. „D. h. auf dem Wege, der es
vom Vaterhause scheiden soll, wird von dem
Mädchen keine Spur verbleiben" (Léouzon
le Duc).

467 ff. Offenbar ironisch, als Persiflierung
der langen Klagegesänge gemeint.

Fünfundzwanzigste Rune

Vers 51 f. Scherzwort: ob er darauf wartete, daß seine Braut größer oder dicker werde.

96 ff. „Als ein Überrest aus jener alten
Zeit, wo der Frauenraub noch an der Tages-
ordnung war, sind ohne Zweifel verschiedene
Eigentümlichkeiten der Hochzeitsbräuche bei
den Esten und anderen Völkern zu erklären,
wie z. B. das Verrammeln des Brauthauses,
die Bewaffnung einiger Hauptpersonen mit
Schwertern u. dgl. mehr . . . . . Von den
griechisch-katholischen Finnen in Ostfinnland
läßt sich wenigstens soviel sagen, daß dem
Bräutigam mit den Seinigen der Eintritt in
das Brauthaus so schwierig und umständlich
wie nur möglich gemacht wird. Fast mit Ge-

walt und mit Anspannung aller Kräfte muß er sich in die Stube drängen." (Schröder, Die Hochzeitsbräuche der Esten; vgl. dessen Arische Religion, I, 258 f.)

137 ff. Hyperbolische Hinweise auf den reichen Viehstand.

219. Mond bedeutet hier anscheinend die Braut, König den Bräutigam; doch wird die Stelle auch so erklärt, daß Mond die Brautführerin, den Trabanten der Braut, und König den Werber, den Leiter der Hochzeit bezeichne.

245 ff. Das Spottlied ist ebenso ritenhaft wie die anderen und wird vorgetragen, wenn die Braut die üblichen Geschenke noch nicht verteilt hat.

353 f. D. h. nach denen, die du zu Hause zu essen gewohnt warst.

427. Sinetär (von sini, blaue Farbe): die Gottheit des Färbens; auch im Plural vorkommend.

428. Kankahattar (von kankas, grobes Wollenzeug): die Beschützerin des Webstuhls; ebenfalls auch in der Mehrzahl erwähnt.

430. So werden die Lappen genannt, weil sie strohgeflochtene Schuhe tragen.

564. Der Werber: der Vermittler zwischen den eheschließenden Teilen und Zeremonienmeister der Hochzeit. „Er muß vor allen Dingen ein kundiger Zauberer sein, der den „Neid" (das böse Auge) und anderes Unheil von dem jungen Paare fernzuhalten vermag." (Ohrt.)

608. Die Brautführerin.

614. Neuschloß: Nowgorod.

Sechsundzwanzigste Rune

Vers 14. Heimlich, d. h. ohne mich einzuladen.

205. Der Name Antamo kann hier wohl nur dadurch erklärt werden, daß der Vers aus einer Kullervo-Rune stammte (Parallelstellen und eine kühne Deutungs-Anregung, die einen Wolf der Amleth-Sage heranzieht, bei Setälä, Kullerwo-Hamlet); doch ist auch zu berücksichtigen, daß Pohjola XV 576 Antamola (von Schiefner durch „Schlummerland" übersetzt, nach uni, Traum und Schlaf; vgl. den Antamo von V 17) genannt wird.

257 ff. Eine Tat, die XIX 91 ff. dem Ilmarinen zugeschrieben wurde.

308. Die mit schwimmendem Laichkraut (potamogeton natans) bedeckten Seen.

437 f. Sprichwörtlich.

746. Keitolainen: ein böser Dämon; im Zauberlied neben Lempo und Piru genannt; nach Ganander ein Waldgott, nach Rennwall einer von der Schar Keitos, des Metallgottes, was zur Bezeichnung „der Speer Keitolainens" besser paßt; doch werden im Zauberlied Keito und Keitolainen durchaus identifiziert.

Siebenundzwanzigste Rune

Vers 18. Der in eine Stube eintretende Fremde pflegte an der Schwelle stehen zu bleiben, bis er von den Hausleuten zum Weitergehen aufgefordert wurde.

23 f. „Da niemand von den Hausleuten Lemminkäinen begrüßt hat, richtet er selbst den Gruß an sich und fügt die Worte hinzu, mit denen man gewöhnlich den Gruß beantwortet. Dem eintretenden Gast pflegt der Wirt oder die Wirtin des Hauses ‚Gruß!' (terve!) zu sagen, und er erwidert: ‚Gruß auch euch' oder ‚Gruß dem, der grüßt'." (Anm. d. Ausgabe von 1887.)

47 f. Die größeren Küchengeräte hängen in der Nähe der Tür.

71. Ilpotar: Beiname der Louhi.

199 f. Sprichwörtlich: schöner, weil kühner.

Achtundzwanzigste Rune

Vers 5 f. Louhi hatte das Pferd in einen Block, das Geschirr in ein Weidendickicht verwandelt.

56. Vgl. Anm. zu XVIII 158.

Neunundzwanzigste Rune
Vers 141 f. Weil sie so lange ungesungen geblieben sind (vgl. I 7 ff.).

Dreißigste Rune
Vers 209 f. S. Anmerkungen zu III 181 f.

Einunddreißigste Rune
Vers 1 ff. Die mit den übrigen Teilen des Epos nur ganz lose zusammenhängende Kullerwo-Episode, in Finnland neben der Aino-Episode die volkstümlichste des Kalewala, ist aus mehreren selbständigen Liedern zusammengesetzt, über die am besten die Abhandlung Setäläs „Kullerwo-Hamlet" orientiert.

25 f. Er schuf sich durch Zauber ein Heer.

79 ff. „Eigentlich gibt es nur einen Sohn des Kalewa, der in Estland Kalewipoeg (Sohn des Kalew), in den finnischen Runen Kalewanpoika oder auch Kullerwo, Sohn des Kalerwo heißt (der Name Kalerwo ist bloß eine Variante des Namens Kalewa) . . . Dieser Sohn Kalewas faßt in einer, durch Taten und Heldenart sehr bestimmten Persönlichkeit die wesentlichen Eigenschaften Kalewas zusammen, die Proportionen des Riesen und die übermenschliche Kraft. Bei den Esten haben die Volksphantasie und die Dichtung ihn zum Gegenstande vieler Lieder und Legenden gemacht, so daß Kreutzwald, vieles selbst dazu dichtend, ein ganzes Poem hat gestalten können, in dem der Kalewipoeg als estnischer Nationalheld auftritt. Bei den Finnen hat die Volkspoesie einen Heldentypus aus ihm gemacht, der, dem Wäinämöinen und Ilmarinen gegenüber, ziemlich untergeordneten Charakters und ganz anderer Art, doch aber so beschaffen ist, daß er immerhin im Epos dieses Volkes, wo ihn Lönnrot episodisch einführt, aufzutreten imstande ist. Das Bild des Riesen, der bei den Esten als eine Art Gargantua verblieben is., verliert sich bei den Finnen, die nur den Begriff der Kraft entwickelten; bei beiden Völkern ist

indessen der Grund- und charakteristische Gedanke im Auftreten dieses Helden der einer übermäßigen, rohen, gewalttätigen Kraft, die schon von der Geburt an zutage tritt und, immer überschäumend, alles, was sie umfaßt, zugrunde richtet" (Comparetti). Es ist dies eine Gestalt, die den Märchen fast aller Völker gemeinsam ist. Doch muß auch beachtet werden, daß das finnische Epos Kullerwo die Mission der Blutrache zuweist und ihn dadurch in die Ordnung eines höheren Heldentums erhebt. So, als der Rächer seines Vaters, als der einzig zum Rachewerk Berufene, dem alles andere mißlingen und alles Glück verderben muß, hat ihn Perander charakterisiert, dessen Auffassung durch Setäläs Untersuchung in bedeutsamer Weise ergänzt wird; wogegen Schott (Über die finnische Sage von Kullerwo, Berlin 1852; vgl. auch Monatsberichte der Kgl. Preuß. Akad. d. Wissensch. für 1866, S. 250 f.) und nach ihm Cygnaeus (Om tragiska elementet i Kalevala, in Afhandlingar i populärä ämnen II., Helsingfors 1853) in ihm „den verkörperten Fluch der Knechtschaft" sehen. „Die Natur hat ihn zum Helden geschaffen, das Geschick zum Sklaven entwürdigt."

82. Der von Untamo verliehene Name bedeutet eigentlich Kriegsheld, was nicht recht herpaßt; doch ist die abweichende Übersetzung zulässig.

99. Untamola bedeutet Untamos Wohnsitz, hier steht es für Untamo selbst.

136 ff. Diese Verse werden verschieden gedeutet; vermutlich sollen sie Kullerwos unbekümmerte Überlegenheit und Unversehrbarkeit kennzeichnen, ebenso wie 165 ff. und 187 ff.

Zweiunddreißigste Rune
Vers 39. Wörtlich: die mit den weit auseinander stehenden Hörnern.

40. Wörtlich: die krummhörnigen.

83. Suwetar: die Göttin des Sommers,

des Südens und der Wärme; sie heißt auch Etelätär (V. 84).

85. Hongatar: die blaugekleidete Schutzgöttin der Fichten.

86. Katajatar: die Göttin des Wacholders.

87. Pihlajatar: die Göttin der Eberesche.

88. Tuometar: die Göttin des Faulbeerbaums.

89 f. S. Anm. zu XIV 25 ff.

155 ff. Gemeint sind die bösen Zauberer, die die Kühe verhexen, daß sie keine Milch mehr geben; man denkt sich die Milch als in die Unterwelt oder in den Besitz der Zauberer geratend.

163 ff. D. h. die die Milch durch Gegenzauber unverkürzt erhalten und neue dazu gewinnen. „Gut" und „böse" sind hier sehr relative Begriffe: der Zauberkräftige ist sich selbst der Gute.

209 ff. Namen von Kühen.

224. Die in der Mitte des Himmels wohnt.

271 f. D. h. daß sie vor Fett glänze (vgl. III 403 f.).

284. Um die Mücken zu verscheuchen, die dem Vieh vom Wald in den Stall folgen.

315. Bärlein, eigentlich Breitstirnchen, Pelzlein; so, Otsonen, oder Breitstirn, Otso, auch Ohto, oder mit einem rühmenden Beiwort wird der Bär stets angesprochen; ihn bei seinem Gattungsnamen (karhu) anreden, hieße ihn unfreundlich stimmen. (Vgl. Castrén, Vorlesungen S. 201; über Verwandtes bei andern Völkern s. Frazer, The Golden Bough, 3. Aufl., II 397 ff.)

405 f. D. h. die Kühe, die mich ernähren.

443 ff. D. h. bezaubre die Augen des Bären, daß er meine Kühe nicht bemerke.

481. Rindernamen; kirjo bedeutet bunt, karjo Vieh.

492. Kuippana, Langhals, d. h. der Schlanke: Beiname Tapios.

495 ff. und 507 ff. Gemeint sind die wilden Tiere des Waldes, vornehmlich die Wölfe.

Dreiunddreißigste Rune

Vers 35. Ein hornförmiges, mit einem Henkel versehenes Trinkgefäß aus einem Stück Birkenrinde.

37. Wörtlich: wandre, Weizen („Weizen" wird hier, wie zuweilen sonst im Volkslied, als Schmeichelname benutzt).

117 ff. D. h. mache sie durch Zauber wie Rinder aussehen und treibe sie statt der Herde nach Hause.

183. S. Anm. zu XXXII 284.

Vierunddreißigste Rune

Vers 125 ff. Die Mitteilung der Waldfrau steht im Widerspruch zu dem XXXI 65—70 Erzählten. Ob, wie Léouzon le Duc vermutet, an eine magische Wiedererweckung der toten Eltern durch die Göttin zu denken ist, bleibe dahingestellt. Viel eher ist darauf hinzuweisen, daß die Kullerwo-Erzählung des Epos aus einigen von einander völlig unabhängigen Liedern zusammengestellt ist. Das in der XXXIV. Rune verwertete hatte, wie aus Vers 183—188 und 197—203 zur Genüge hervorgeht, die Version, daß Kullerwo als Kind durch Untamos Krieger geraubt wird und in der unzutreffenden Meinung aufwächst, seine Eltern seien damals getötet worden.

Fünfunddreißigste Rune

Vers 39. Die Fische werden in das Netz gejagt, sei es dadurch, daß Steine ins Wasser geworfen werden, sei es, daß mit einer Stange ins Wasser geschlagen wird (Pavolini).

65 f. Vor dem Antritt einer Reise waren die Steuern zu entrichten. Inwiefern diese Bestimmung des altfinnischen Rechtes auf einen Häuptlingsohn anwendbar sein konnte, ist nicht ersichtlich.

299. Die finnischen Bauernfrauen pflegen ihr Wochenbett in der Badstube abzuhalten, wo die Hitze und der Wasserdampf die Entbindung erleichtern.

352. Sawo: Sawolax, eine Provinz des
östlichen Finnland.

367. Anto: Antamo.

Sechsunddreißigste Rune

Vers 17 ff. D. h. wenn du launisch und un=
besonnen wie ein Ziegenbock in den Kampf
ziehst, wirst du beschämt zurückkehren.

57 ff. In einem Lied, das Lönnrot unter
dem Titel „Kullerwos Kriegszug" in seine
Sammlung Kanteletar aufgenommen hat, fragt
der hier als Ehemann auftretende Kullerwo,
der in den Krieg zieht, die Seinen, auch seine
Frau; sie antwortet:

> „Nein, ich weine nimmer um dich!
> Ziehst ja ganz aus freien Stücken
> In die Schlacht, ins Kriegsgetümmel.
> Wenn ich höre, daß du tot bist,
> Sitz' ich auf dem Stein der Freude
> Nieder, singe heiße Lieder;
> Werf' die Schuh' aus Birkenrinde
> Von mir, ziehe Schnürenschuh' an;
> Schmücke meinen Hals und Busen,
> Gehe an den Ort der Brautschau,
> Da entfalt' ich meine Reize,
> Kriege einen bessern Gatten,
> Einen Mann, der viel gescheiter."

(Deutsch von Schott.)

75 ff. Diese Replik muß nicht notwendig
metaphorisch bedeuten: „Ein solches Scheu=
sal kann mir deine Stelle reichlich ersetzen"
(Schott), sondern es kann auch eine wirkliche
magische Schöpfung gemeint sein.

224. Wörtlich „deutscher", d. h. vom Aus=
land gebrachter Seife.

229. Die uralten Klagelieder werden beim
Aufbetten, Waschen, Einkleiden, Aufbahren,
zu Grabe Tragen usw. gesungen, entweder
von Verwandten oder von gedungenen Per=
sonen.

249 f. Die beiden Heiligtümer der Familie:
der Herd und der heilige Baum.

22*

Siebenunddreißigste Rune

Vers 39 f. Er kaufte es von den Handels=
schiffen, meint die finnische Anmerkung, wo=
gegen Léouzon le Duc an Seeräuberei denkt.

Achtunddreißigste Rune

Vers 127 f. D. h. an den Rand des Unheils.

255 f. Das Mädchen, das Ilmarinen auf
Grund der Entführung als sein Weib be=
trachtet, wird ihm, während er schläft, von
einem andern Manne genommen.

Neununddreißigste Rune

Vers 39 f. D. h. das Boot würde kentern
und wir müßten uns schwimmend ans Land
retten.

169 ff. Sprichwörtlich.

Vierzigste Rune

Vers 48. Der Vers lautet im Original:
Kivi Kimmo Kammon poika, d. h. Kimmo
Stein, der Sohn des Kammo. Kimmo ist nach
Ganander der Herr der Steine; ein Stein ist
sein Wohnsitz; doch wird auch er selbst zu=
weilen in der Gestalt eines Steines vorgestellt,
wie ja die volkstümliche Phantasie häufig ein
Ding und seinen Dämon miteinander ver=
wechselt oder vielmehr als im Wesen iden=
tisch behandelt. Die Zauberrunen nennen ihn
einen rollenden Stein, ein Ei der Erde, einen
Kloß des Ackers.

71. Melatar (von mela, kurzes Steuer=
ruder): eine im Wasserfall wohnende freund=
liche Göttin, die die Schiffe auf den rechten
Weg leitet.

74 ff. Die Wasserfälle wurden wegen der
Gefahren, die sie darstellten, als verzaubert
angesehen.

89 ff. Dasselbe wird in einer Variante von
der Bootfahrt Jesu mit Petrus und Andreas
auf dem See Genezareth erzählt. Kaarle Krohn
versucht u. a. in einer Untersuchung über das
Motiv vom gefangenen Unhold (Finnisch=
ugrische Forschungen VII) und in seinem

Vortrag über germanische Elemente in der finnischen Volksdichtung (Zeitschrift für deutsches Altertum 21) die Erzählung des Epos auf christliche und biblische Elemente zurückzuführen.

123 f. Sprichwörtlich geworden (jedes Ding hat sein Gutes und sein Böses).

141 f. Diese sprichwörtliche Wendung bedeutet etwa: Von solchen gehen zwölf auf ein Dutzend.

224 ff. Kantele: das finnische Nationalinstrument; sie hat die Gestalt eines länglichen Dreiecks und war einst mit nur fünf Saiten von Roßhaar bespannt; jetzt hat sie deren acht bis sechzehn von Metall, auch hat sie ihre Form mehr oder weniger verändert; „die älteste war aus einem großen birkenen, auf einer Seite ausgehöhlten Brett gemacht, auf der anderen waren fünf Saiten, durch Pflöcke befestigt, angebracht; so war der Kasten ohne Boden, dessen Stelle der Tisch, auf welchen das Instrument beim Spielen gelegt wurde, vertrat". Die Kantele wird wie die Zither mit den Fingern gespielt, wobei sie entweder auf einem Tische oder auf den Knien des Spielenden ruht. — Über die finnische Musik s. Proceedings of the International Folklore Congress, London 1892.

Ein Volkslied, mit dem Lönnrot seine Sammlung „Kanteletar" eröffnet hat, sagt vom Ursprung der Kantele:

„Wahrheit sprechen die gewiß nicht,
Lügen nur mit leeren Worten,
Die vom Saitenspiele sagen,
Von der Kantele verkünden,
Daß sie Wäinämöinens Werk ist,
Daß des Hohen Hand sie formte,
Daß aus eines Fisches Rückgrat,
Aus dem Kiefer sie geschaffen.
Sorge fügte sie zusammen,
Schmerzen haben sie gebildet,
Elend schnitzte ihre Decke,
Leiden liehen ihr den Boden,
Mißgeschick spann ihr die Saiten,

Drangsal drehte ihr die Wirbel.
Darum wird sie nimmer klingen,
Nie in muntern Weisen tönen,
Nimmermehr zur Freude wecken,
Nie zur Fröhlichkeit beleben,
Weil die Sorge sie gebildet,
Gram ihr die Gestalt gegeben."

(Deutsch von Hermann Paul.)

Einundvierzigste Rune

Vers 143. Die Sotkottaret sind die Beschützerinnen der Enten (sotka: Ente).

Zweiundvierzigste Rune

Vers 200. Wörtlich: der kleinen Ruder (huopari), die man vor sich schiebt, wodurch das Boot rückwärts geht (Ahlqvist, Die Kulturwörter der westfinnischen Sprachen S. 173 f.).

348. Iku-Turso (der ewige, urzeitliche Turso): ein böser Wasserdämon.

499 ff. Die Einmaligkeit und Unwiederholbarkeit solcher Werke gehört mit zu ihrem magischen Charakter; so auch Ilmarinens Sampobau; es klingt daher schier eschatologisch, wenn Wäinämöinen L 495 verheißt, dereinst einen neuen Sampo zu schaffen.

519 f. D. h. ich werde Schiffbruch leiden und auf die Gunst des Windes und der Wogen angewiesen sein, um ans Land zu gelangen.

Vierundvierzigste Rune

Vers 106. Andre: die fern von den Wohnungen der Menschen wachsen.

117 f. Der Saft, der im Frühjahr aus der Birke quillt, wird als Getränk benützt.

202. Vgl. Anmerkung zu XL 224 ff.

335 f. Es ist charakteristisch, daß den Esten die Finnen, den Finnen die Lappen, den Lappen die Samojeden als Zauberer gelten.

Fünfundvierzigste Rune

Vers 32. Alappala (das Land der weiten, offenen Fläche) ist hier mit Tuonela identisch.

100. Vgl. Anmerkung zu XXXV 299.

200. Vgl. Anmerkung zu XVIII 290.

201 f. „Damit die bösen Geister es nicht sehen und durch einen Zauberspruch entkräften" (Anm. d. Ausgabe von 1887).

211 ff. In einer Variante wird Jumala aufgefordert, heimlich in die Badstube zu kommen, ohne daß es der Schlechte höre, ohne daß es das Dorf erfahre, und den bösen (mit den Krankheitsstoffen beladenen) Dampf zu verjagen.

269 ff. Vgl. Anmerkung zu IX 525 f.

282 f. Kiwutar, die Schmerzensmutter, und Wammatar, die Plagenmutter, bezeichnen nur Varianten der „Schmerzensjungfrau".

333 ff. Feststehende Reihenfolge der magischen Heilhandlungen.

Sechsundvierzigste Rune

Vers 59 f. D. h. den Bären.

94. „Für uns ist der Mensch ein Tier, für den Runensprecher war jedes Tier ein Mensch" (Pavolini).

97 f. Wäinämöinen tötet den Bären (vgl. die Beschreibung einer finnischen Bärenjagd in Acerbis Reise durch Schweden und Finnland, S. 218 ff.), doch wird das Folgende so erzählt, als sei der Bär nur hingefallen und vom Jäger mitgenommen worden, der ihn nun lebend mit sich führe und zu Hause als Gast empfangen lasse — eine Fiktion, der ihrer scherzhaften Form ungeachtet offenbar die ernste Absicht zugrunde liegt, das Geschlecht oder den Schutzgeist des Bären über dessen Ende zu täuschen und sich so vor der Rache zu schützen, ja wohl auch die andern anzulocken; auch hierin äußert sich der Glaube an die Gewalt des Wortes. Vgl. über ähnliche Bräuche bei andern Völkern Frazer, The Golden Bough, 3. Aufl., V 2, S. 220 ff.; A. Lang, Myth, Ritual and Religion, Ausg. v. 1899, I 59 ff. will sie totemistisch erklären.

141 ff. Diese Verse drücken die Hoffnung aus, daß der Bär mit seinem Gewicht nicht den Schlitten in den Schnee stürze. (Anm. d. Ausg. von 1887.)

157. Der Bär selbst, „der Tannenpapagei", stimmt angeblich mit in das Triumphlied des Jägers ein, der hornblasend heimkehrt. Vgl. den Versuch einer Erklärung dieser Rune als der Darstellung eines totemistischen Opfers, bei dem das geopferte Tier als fortlebend gedacht wird, bei Harrison, Themis, Cambridge 1912, S. 140 f. — Tannenpapagei: loxia pityopsittacus.

273 ff. „Wenn es Gäste gab, hielten sich die Frauen in einem besonderen Teil der Stube auf, in der Ofenecke, die durch einen Balken von der Männerabteilung getrennt war." (Anm. d. Ausg. von 1887, wo auch darauf hingewiesen wird, daß bei dem Bärenfest der Lappen sich keine Frauen im Hause aufhalten dürfen.)

321 f. Die Tatsache, daß das Bärenfleisch mit Honig und Bier zubereitet wird, wird in der Sprache der Fiktion so ausgedrückt, daß der Bär beides zu trinken bekommt.

351 f. D. h. wie die Menschenkinder.

383 ff. Diese Verse entsprechen dem finnischen Brauch, die Wiege eines neugeborenen Kindes an einem Baumast oder einem Balken hängend anzubringen.

477. Daß Mielikki, die Beschützerin des Bären, dem Jäger gegen ihn beistehen soll (vgl. die Anrufung V. 57 ff.), entspricht durchaus dem Charakter des finnischen Mythos; so hält ja Ukko selbst abwechselnd zu einer und zur andern Partei, je nachdem er von der einen oder der andern magisch angerufen wird. Die finnischen Götter, möchte man sagen, sind nur Energien, denen das Wort des Zauberers die Richtung gibt (vgl. Einführung).

501 ff. Bei der Zubereitung des Bärenkopfes werden Knochen und Kiefer entfernt.

Siebenundvierzigste Rune

Vers 24. „An denselben Ort, wo früher der Sampo war" (Anmerkung d. Ausg. von 1887).

71. „,Ukkos Nägel' werden heute noch die Handbeile der Steinzeit genannt" (das.). 185f. Vgl. Anmerkung zu XV 426f.

Achtundvierzigste Rune

Vers 19ff. Nach einer Zauberrune ist der Flachs aus der Asche einer verbrannten Schlange aufgewachsen. — Die Schlange wird in den Runen Tuonis Wurm genannt.

36. Die Wendung „bei dem Mondschein" steht im Widerspruch dazu, daß der Mond entführt und versteckt ist.

69f. Die Steine dienen zur Beschwerung des Netzes, die Bretter dazu, um die Ränder zu verbinden und an der Oberfläche zu halten.

80. Die Kaulbarsche werden in manchen Gegenden ihres widerwärtigen Aussehens wegen von den Fischern ins Wasser zurückgeworfen. (Anm. d. Ausg. v. 1887.)

155ff. Vgl. Anm. zu XXXV 39.

279f. Um die Glut zu erhalten, werden die Kohlen über Nacht mit Asche bedeckt.

281ff. Bei Jagd- und Fischerei-Unternehmungen wurde das Feuer aus dem Hause im Zunder getragen, der zum Schutze vor dem Wind zumeist in einen Kessel gehalten wurde. (Anm. d. Ausg. v. 1887.)

302. Panu ist der Gott des Feuers. Die Zauberrunen nennen ihn den geliebten Sohn der Sonne, der im Mittelpunkte des Himmels gebildet wurde und unter Schmiedefeuern lebt.

Neunundvierzigste Rune

Vers 1ff. Die Erzählung von der Befreiung der Sonne und des Mondes wird auf ein christliches Lied zurückgeführt; dieses beginnt (ich übersetze nach der Zusammenstellung aus verschiedenen Varianten bei Ohrt, Kalevala, II, 179) folgendermaßen:

Ehmals lebte man auf Erden
Ohne Mond und ohne Sonne,
Tappte sich am Weg mit Händen,
Tastet' sich am Pfad mit Fingern,
Konnt' bei Fackellicht nur pflügen
Und beim Feuerschein nur säen.
Gottes Sohn, der eingeborne,
Christ, der weiße Sohn der Sonne,
Er ging aus den Mond zu finden,
Wanderte die Sonn' zu suchen.

Er kommt ins Nordland, schläfert dessen böse Bewohner ein und trägt Sonne und Mond von dannen. Er wird verfolgt, rettet sich aber, indem er, wie der Knabe im Märchen, allerlei Zauberdinge hinter sich wirft, und kommt heim.

Gottes Sohn, der eingeborne,
Heftete die schöne Sonne,
Setzt sie niedrig in die Zweige:
Nicht auf alle scheint die Sonne,
Sonne scheint nur auf die Reichen,
Auf die Reichen, auf die Feinen,
Nicht auf arme Bettlersleute.
Gottes Sohn, der eingeborne,
Setzt sie hoch nun in die Zweige:
Gleich auf alle scheint die Sonne,
Auf die Klugen, auf die Reichen
Und aufs arme Volk desgleichen.

49ff. Die Geschichte von der Neuschmiedung und Befestigung der Himmelslichter hat Stucken, Astralmythen, S. 215 Anm., mit einer japanischen Sage zusammengestellt (vgl. hierzu Eisler, Weltenmantel und Himmelszelt, München 1910, II 584ff.).

77ff. „Als Wahrsagemittel diente ein Werkzeug in Form eines Siebs, dessen Boden in mehrere Scheiben geteilt war. In den verschiedenen Scheiben wurden die besonderen Gegenstände, Orte oder Fragen bezeichnet, über die man Auskunft erhalten wollte. So trug eine Scheibe das Zeichen des Windes, eine andre das des Wassers, eine dritte das des Waldes, eine vierte das des Zauberers usw. Man legte sodann einen leichten Span (aus Erlenholz) in die Mitte des Rundes und setzte im gleichen Augenblick, in dem man die Frage stellte, das Werkzeug in Bewegung. Die Antwort des Schicksals erteilte die Scheibe, auf der der Span sich niederließ." (Anm. d. Ausgabe von

1887.) Ein anderes Verfahren beschreibt
Neovius (vgl. Ohrt, Kalevala II. 213 f.).

127 ff. „Wo die Niederlassungen selten
sind und die Menschen in großen Entfernungen
voneinander leben — wie z. B. in Lappland —,
pflegt man noch heute an dem einen Ufer
ein Feuer zu entzünden, um den Bewohnern
des anderen zu bedeuten, eilig herüberzu=
kommen." (Anm. d. Ausg. v. 1887.)

142. Das Feuer, das die Fischer entzünden
um Fische in das Netz zu locken.

248. Ein magisches Zeichen.

Fünfzigste Rune

Vers 1 ff. Lönnrot selbst faßte diese Rune,
als er sie entdeckt hatte, als die Darstellung
eines historischen Ereignisses, der Einführung
des Christentums in Finnland auf; er schrieb
in einem Briefe (1833, zitiert von Kaarle
Krohn): „So verworren und unabgerundet
dieses Lied auch ist, sieht man doch, daß es
sich auf die Ankunft des Christentums be=
zieht und daß der Knabe wahrscheinlich den
Erlöser selbst und Marjatta die Jungfrau
Maria bedeutet." Kaarle Krohn hat in seiner
Untersuchung über diese Rune (deutsch in
den Finnisch=ugrischen Forschungen IV.) diese
Auffassung berichtigt; doch liegt dem Lied zwei=
fellos, wenn auch kein eigentlich historischer Be=
zug, so doch eine historische Grundstimmung zu=
grunde, wie denn Krohn selbst hinzufügt, mit
dem Entweichen Wäinämöinens habe der
Volkssänger sicherlich das Verschwinden des
Halbheidentums gemeint, das sich in seinen
eigenen epischen und magischen Liedern äußere.
— Der Name des Mädchens stammt an=
scheinend von marja, d. i. Beere; doch heißt
es in den meisten Varianten Marketta, und
es ist wohl möglich, daß auf die Lesart Mar=
jatta der Name der Jungfrau Maria von
Einfluß gewesen ist. Daß es sich dabei nicht um
eine lediglich sprachlich begründete Verschmel=
zung handelt, geht daraus hervor, daß die
Geburt des Heilbringers aus einer gegesse=

nen Beere oder Frucht ein weitverbreitetes
mythisches Motiv ist (vgl. Hartland, The
Legend of Perseus I. The Supernatural Birth).

64. Wörtlich: deutsche Erdbeere („deutsch"
bedeutet fremd, hier fremdartig).

109 ff. In dem alten Kalewala steht hier ein
fast dialogischer Vorgang zwischen dem Mäd=
chen und der Beere. Marjatta sagt: „Steig
empor, du kleine Beere, Zu dem Saume meines
Kleides". Die Beere tut es. Nun fordert das
Mädchen sie auf, zum Gürtel zu steigen usw.

219. Ruotus weist anscheinend auf He=
rodes hin; in der ersten Kalewala=Fassung
stand Ruotuksen und Ruotas.

351 f. Mehr als an Luc. 2, 44 erinnert
diese Stelle an die talmudischen Erzählungen
von dem Messias, der seiner Mutter als Kind
vom Winde entführt wurde (s. M. J. bin
Gorion, „In Bethlehem, in Jerusalem und
in Rom" im Sammelbuch „Vom Judentum",
Leipzig 1913, S. 267 ff.).

434. Vgl. Anmerkung zu XX 54.

465 ff. und 471 ff. Diese Andeutungen kön=
nen, wenn überhaupt auf in dem Epos er=
zählte Vorgänge, nur auf Ilmarinens Ver=
lockung nach Pohjola und auf Ainos Schicksal
bezogen werden; in beiden Fällen decken sich
jedoch die Andeutungen nicht recht mit den
Kalewala=Erzählungen. Das hängt anschei=
nend damit zusammen, daß Lönnrot Wäi=
nämöinens Richterspruch und Abschied als
ein freistehendes Lied vorfand, an keine an=
deren Gesänge über den Helden angeknüpft.
In dieser Richtung ist auch bemerkenswert,
daß dies die einzige Stelle des Epos ist, wo
von Wäinämöinens „Jugend" gesprochen
wird; unmittelbar nach seiner Geburt, wie
schon vor ihr, trägt er das Epitheton des Alten.

505 f. Wörtlich: Zu den obern Erden=
räumen, Zu den untern Himmelskreisen. Kaarle
Krohn weist („Wäinämöinens Richterspruch
und Abschied", Finnisch=ugrische Forschungen
IV.) auf eine Variante hin, in der statt dieser
Verse die folgenden stehen:

Steuerte ununterbrochen
In der Walfischzunge Wendung,
Zu den unterſten Erdenmüttern,
In die allerunterſten Himmel.
Und auf eine zweite, in der die Verſe lauten:
Steuerte in Kräuſelwellen
In den Kehlenſchlund des Wirbels,
In der Walfiſchzunge Wendung.
(Vgl. in Caſtréns Nordiſchen Reiſen und Forſchungen, deutſche Ausgabe, Bd. I, S. 88, die Variante, nach der Gott, um Wäinämöinen zu beſtrafen, weil er ſich höher als Gott dünkte, ihn für die Ewigkeit „in den Schlund des Waſſerwirbels, in des grauſen Meeres Rachen" ſchickt.)

Anſchließend gibt Krohn einige Hinweiſe, die um ihrer Bedeutſamkeit willen hier angeführt ſeien: Nach der Auffaſſung der Finnen in Lappland findet ſich im Meer ein reißender Waſſerfall, der ſo ſtark iſt, daß er meilenweit Schiffe mit Mann und Maus unter die Erde verſchlingt, wohin die Gewäſſer ſieben Jahre lang hineinſtürzen und ſieben Jahre lang wieder zurückfließen. Wer mit Koſt für ſieben Jahre verſehen iſt, kann alſo gut auskommen und unbeſchädigt wieder zurückkehren. Im ſawolaciſchen Dialekt iſt eine volkstümliche Erzählung veröffentlicht, wie ein Schiff aus dem Rachen des Strudels durch die Hilfe des größten Walfiſches in der Welt, der in der Nähe des Strudels umherſchwimmt, gerettet wird. Der Erzähler, ein alter Schiffer, ſchildert dieſen Ort in folgender Weiſe: „Der Rachen des Strudels iſt nämlich die Stelle hinter der Welt, wo alle überflüſſigen Gewäſſer unter die Erde fließen. Auf einer Weite von zehn Meilen fängt es im Meer an zu wirbeln, wie im Fluß vor dem Waſſerfall. Dann iſt da, in der Mitte, ein großer Schlund, ſo ein ungeheuer großer Schlund, ſo weit, daß ganze Städte dahinein gehen würden, und dieſer Schlund ſchlürft das Waſſer unter die Welt."... Gewöhnlich wird erzählt, daß Wäinämöinen auf dieſem Weg verſchwunden ſei. So hat auch Lönnrot noch im alten Kalevala die Sache verſtanden. Aber bald danach, im Jahre 1836, fand ſein Reiſekamerad Caſan in Uhtua einige Miſchformen der Fahrt ins Totenreich (Tuonela) und zu Wipunen, wo Wäinämöinen in dem ſelbſtverfertigten Kupferboot aus dem Bauche der Tuoni-Tochter auf das Meer hinausrudert. „Iſt noch nicht zurückgekehrt, aber man ahnt, daß er zurückkommt", fügt der Sänger hinzu, oder: „kommen muß er, bevor die Welt untergeht". Ebenſo ſchließt eine ſpätere Aufzeichnung von Wäinämöinens Richterſpruch und Abſchied in Wuonninen mit der Bemerkung: „Dahin iſt gegangen Wäinämöinen; aber man ſagt, er komme wieder — noch lebt er."

Inhaltsverzeichnis

Einführung . . . . S. VII—XX

Erste Rune . . . . S. 1—5
Eingang V. 1—102. Die Tochter der Luft läßt sich ins Meer hinab, wo sie von dem Winde und den Wogen geschwängert zur Wassermutter wird 103—176. Eine Ente baut ihr Nest auf ihrem Knie und legt dort Eier 177—212. Die Eier rollen ins Meer hinab und zerbrechen, aus ihren einzelnen Teilen entstehen Erde, Himmel, Sonne, Mond und Sterne 213—244. Die Wassermutter schafft Landzungen, Busen, Uferland, Tiefen und Untiefen des Meeres 245—280. Wäinämöinen wird von der Wassermutter geboren und treibt lange auf den Wogen einher, bis er endlich ans Ufer gelangt 281—344.

Zweite Rune . . . . S. 6—10
Wäinämöinen steigt ans Land, das baumlos ist, und läßt Sampsa Pellerwoinen Bäume säen 1—42. Die Eiche will anfangs nicht gedeihen, als sie aber nach wiederholtem Säen endlich üppig emporschießt, breitet sie sich über die ganze Gegend aus, so daß die Strahlen der Sonne und des Mondes nicht durchdringen können 43—110. Ein kleiner Mann steigt aus dem Meere und fällt die Eiche, worauf Sonne und Mond wieder zum Vorschein kommen 111—224. Vögel singen in den Bäumen, Kräuter, Blumen und Beeren wachsen auf dem Boden, nur die Gerste will noch nicht gedeihen 225—236. Wäinämöinen findet einige Gerstenkörner in dem Sande am Ufer, fällt die Waldung und läßt nur eine Birke als Ruheplatz für die Vögel stehen 237—264. Aus Dankbarkeit dafür schlägt der Adler ihm Feuer an, womit die Waldung verbrannt wird 265—286. Wäinämöinen sät Gerste, sendet Gebete um Wachstum empor und erhofft ein gutes Gedeihen 287—378.

Dritte Rune . . . . S. 11—18
Wäinämöinen wird durch seinen Gesang und seine Weisheit berühmt 1—20. Joukahainen macht sich auf, um mit ihm im Gesange zu wetteifern; da er es nicht vermag, fordert er ihn zum Zweikampf heraus, den Wäinämöinen zurückweist, worauf er Joukahainen in den Sumpf zaubert 21—330. Dort gerät Joukahainen in große Drangsal und verspricht endlich dem Wäinämöinen ihm seine Schwester zur Ehe zu geben, was Wäinämöinen annimmt und ihn wieder aus dem Sumpfe läßt 331—476. Schlimmgelaunt geht Joukahainen

nach Hause und berichtet seiner Mutter, wie arg es ihm auf seiner Reise gegangen sei 477—524. Die Mutter freut sich, als sie hört, daß sie Wäinämöinen zum Schwiegersohn bekomme, die Tochter aber verfällt in trübe Stimmung und beginnt zu weinen 525—580.

Vierte Rune . . . . S. 19—25
Wäinämöinen bewirbt sich um Joukahainens Schwester, als er sie im Busche trifft 1—30. Weinend eilt das Mädchen nach Hause und berichtet es der Mutter 31—116. Die Mutter verbietet ihr zu trauern und fordert sie auf, sich zu freuen und sich stattlich anzukleiden 117—188. Das Mädchen weint und weint und sagt, daß es keinem alten Manne als Gattin zuteil werden wolle 189—254. Sorgenvoll geht sie in den Wald, eilt zum Meeresstrande, will baden und sinkt ins Wasser 255—370. Die Mutter weint Tag und Nacht über den Verlust der Tochter 371—518.

Fünfte Rune . . . . S. 26—29
Wäinämöinen will Joukahainens Schwester aus dem Meere auffangen und bekommt sie in Fischgestalt an seine Angel 1—58. Er will den Fisch in Stücke schneiden, dieser entkommt aber ins Meer und erklärt, wer er eigentlich sei 59—133. Vergebens bemüht sich Wäinämöinen, mit Worten und Netzen, den Fisch wieder in seine Gewalt zu bekommen 134—163. Niedergeschlagen begibt er sich nach Hause und läßt sich von seiner Mutter raten, nach dem Nordland zu gehen, um dort zu freien 164—241.

Sechste Rune . . . . S. 30—33
Joukahainen trägt Haß gegen Wäinämöinen und lauert ihm auf, als er nach dem Nordland zieht 1—78. Er sieht ihn durch den Fluß reiten und schießt auf ihn, trifft jedoch nur sein Pferd 78—182. Wäinämöinen stürzt ins Wasser; ein heftiger Sturmwind trägt ihn hinaus auf den Meeresrücken, Joukahainen aber meldet die Tat seiner Mutter 183—234.

Siebente Rune . . . . S. 34—38
Wäinämöinen schwimmt mehrere Tage auf dem offenen Meere, der Adler trifft ihn dort an und noch immer dankbar dafür, daß Wäinämöinen die Birke beim Fällen der Waldung stehen ließ, nimmt er ihn auf seinen Rücken und trägt ihn an den Rand des Nordlands, von wo ihn des Nordlands Wirtin in ihre Behausung nimmt und ihn auf das beste empfängt 1—274. Wäinämöinen hat dennoch Verlangen nach seiner Heimat, des Nordlands Wirtin will ihn aber nicht allein dahin ziehen lassen, sondern ihm auch die Tochter zur Ehe geben, falls er ihr den Sampo schmieden könne 275—322. Wäinämöinen verspricht ihr, daß er in der Heimat angekommen den Schmied Ilmarinen senden werde, damit er den Sampo schmiede, und erhält von ihr sowohl Schlitten als Pferd, um nach der Heimat zurückzukehren 323—368.

Achte Rune . . . . S. 39—42
Auf dem Wege sieht Wäinämöinen die reizend gekleidete Jungfrau des Nordlands und bewirbt sich um sie 1—50. Die Jungfrau will sich endlich seinen Wünschen fügen, wenn er aus den Splittern ihrer Spindel ein Boot zimmert und es ins Wasser bringt, ohne

es irgendwie zu berühren 51—132. Wäinämöinen fängt an zu zimmern, schlägt sich aber mit der Axt eine große Wunde ins Knie und kann den Lauf des Blutes nicht stillen 133—204. Er geht, um einen Zauberkundigen zu suchen, der ihm das Blut stillen könnte und findet einen alten Mann, der dem Blutstrom Einhalt zu tun verspricht 205—282.

Neunte Rune . . . . S. 43—50
Wäinämöinen erzählt dem Alten die Entstehung des Eisens 1—266. Der Alte schilt das Eisen und spricht die Worte des Blutstillens; das Blut hört auf zu fließen 267—418. Der Alte läßt seinen Sohn eine Salbe bereiten, salbt und verbindet die Wunde; Wäinämöinen genest und dankt Gott für die erhaltene Hilfe 419—586.

Zehnte Rune . . . . S. 51—57
Wäinämöinen kommt nach Hause und fordert Ilmarinen auf um des Nordlands Jungfrau zu freien, die er sich erringen könne, wenn er den Sampo schmiede 1—100. Ilmarinen will jedoch nimmermehr nach dem Nordland, Wäinämöinen weiß ihn aber gegen seinen Willen durch List dahin zu bringen 101—200. Ilmarinen kommt nach dem Nordland, wird aufs beste empfangen und den Sampo zu schmieden aufgefordert 201—280. Ilmarinen schmiedet den Sampo, den des Nordlands Wirtin in des Nordlands Steinberg einschließt 281—432. Ilmarinen verlangt die Jungfrau als Lohn; diese gibt Hindernisse vor und sagt, daß sie noch nicht von Hause könne 433—462. Ilmarinen erhält ein Boot, kehrt heim und erzählt dem Wäinämöinen, daß er bereits den Sampo fertig geschmiedet habe 463—510.

Elfte Rune . . . . S. 58—63
Lemminkäinen macht sich auf, um sich um die vornehme Saarijungfrau zu bewerben 1—110. Anfangs verspotten ihn die Saarijungfrauen, werden aber gar bald sehr vertraut mit ihm 111—186. Nur Kyllikki, deretwegen er gekommen, kann er nicht gewinnen, weshalb er sie endlich mit Gewalt ergreift, in den Schlitten rafft und sich auf den Weg begibt 187—222. Kyllikki weint und wirft dem Lemminkäinen besonders sein Kriegsgelüste vor; dieser verspricht ihr, nicht in den Krieg zu ziehen, falls sie verspräche, nicht an den Tanzesfreuden des Dorfes teilzunehmen; beide beschwören sie ihr Versprechen 223—314. Lemminkäinens Mutter freut sich über die junge Schwiegertochter 315—402.

Zwölfte Rune . . . . S. 64—70
Kyllikki vergißt ihren Schwur und begibt sich ins Dorf, worüber Lemminkäinen gar ärgerlich wird und sie auf der Stelle zu verstoßen und nach dem Nordland auf die Freite zu gehen beschließt 1—128. Die Mutter sucht den Sohn auf alle Weise abzuhalten und sagt, daß ihn dort Untergang treffen könnte; Lemminkäinen, der sein Haar kämmt, wirft voll Ärger den Kamm aus der Hand und meint, daß eben so sehr aus diesem Kamm als aus seinem Leibe Blut fließen werde 129—212. Er rüstet sich, begibt sich auf den Weg, kommt nach dem Nordland und singt alle Männer fort aus der Behausung des Nordlands; nur einen einzigen garstigen Hirten läßt er unverzaubert 213—504.

Dreizehnte Rune . . . . S. 71—74
Lemminkäinen wirbt bei des Nordlands Wirtin um ihre Tochter, die Alte fordert, daß
er zuvor Hiisis Elentier einhole 1—30. Lemminkäinen macht sich keck daran, das Elentier zu jagen, hat es auch schon erreicht, als es ihm wieder entkommt, er aber seinen
Schneeschuh zerbricht 31—270.

Vierzehnte Rune . . . . S. 75—80
Lemminkäinen wendet die den Jägern geläufigen Gebete und Zauberworte an, bekommt
endlich das Elentier in seine Gewalt und bringt es nach dem Nordland 1—270. Zweitens
wird ihm auferlegt, Hiisis feuerschnaubendes Roß zu zügeln; er zügelt es und bringt es
nach dem Nordland 271—372. Als dritte Aufgabe wird ihm gestellt, den Schwan aus
dem Tuoniflusse zu schießen. Lemminkäinen kommt zum Fluß des Totenreiches; dort
lauert ihm der von ihm mißachtete Hirte auf, tötet ihn und wirft ihn in den Wasserfall des Totenlandes. Tuonis Knabe haut den Leib in Stücke 373—460.

Fünfzehnte Rune . . . . S. 81—89
An einem Tage fängt in Lemminkäinens Heimat Blut an aus seinem Kamm zu tropfen,
woraus die Mutter den Schluß zieht, daß bereits Untergang ihren Sohn ereilt habe;
sie eilt nach dem Nordland und frägt des Nordlands Wirtin, wo sie Lemminkäinen hin-
getan habe 1—62. Des Nordlands Wirtin gesteht endlich, auf welche Arbeit sie ihn
ausgeschickt, und die Sonne gibt ihr genauen Bescheid über den Tod Lemminkäinens
63—194. Lemminkäinens Mutter geht mit einer langen Harke in der Hand zu den Ge-
wässern unterhalb des Wasserfalls von Tuoni, durchharkt das Wasser, bis sie alle Teile
von dem Leibe ihres Sohnes beisammen hat, fügt sie dann zusammen und bringt sie
vermittelst der Zaubersprüche und der Salben wiederum ins Leben 195—554. Lemminkäinen erzählt, nachdem er zum Bewußtsein erwacht ist, wie er im Strom des Toten-
lands umgekommen, und kehrt mit seiner Mutter heim 555—650.

Sechzehnte Rune . . . . S. 90—95
Wäinämöinen sendet Sampsa Pellerwoinen, um Holz für sein Boot zu suchen, zimmert
dann das Boot und vermißt drei Worte 1—118. Da er diese nicht anderswoher bekommt, begibt er sich ins Totenreich, wo man ihn festzuhalten gedenkt 119—362. Wäinämöinen befreit sich dennoch durch seine Zauberkraft, warnt, als er zurückkehrt, davor,
sich dahin zu begeben und erzählt von den Schrecknissen, die dort bösen Menschen bevor-
stehen 363—412.

Siebzehnte Rune . . . . S. 96—104
Wäinämöinen geht die Worte von Antero Wipunen holen und weckt diesen aus seinem
tiefen Schlafe unter der Erde 1—98. Wipunen verschlingt Wäinämöinen und dieser beginnt ihn in seinem Leibe auf das heftigste zu quälen 99—146. Wipunen sucht durch
alle nur mögliche Beschwörungen den Unhold los zu werden, Wäinämöinen droht aber,
daß er nicht früher von dannen ziehen werde, als bis er von ihm die ihm zur Beendi-

gung des Bootes fehlenden drei Worte erhalten hätte 147—526. Wipunen singt nun dem Wäinämöinen seine ganze Weisheit vor, dieser zieht endlich fort aus dem Leibe, kehrt zu seiner Arbeit zurück und beendigt das Boot 527—628.

Achtzehnte Rune . . . . S. 105—114
Wäinämöinen segelt in seinem neuen Boote hin nach dem Nordland, um des Nordlands Jungfrau zu freien 1—40. Ilmarinens Schwester sieht ihn und spricht mit ihm vom Strande her, erhält Auskunft über seinen Weg und eilt es dem Bruder zu melden, daß ein anderer seiner Braut nachstrebe und er auf seiner Hut sein möge 41—266. Ilmarinen rüstet sich und eilt gleichfalls zu Pferde dem Strande entlang nach dem Nordland 267—470. Als des Nordlands Wirtin die Freier kommen sieht, rät sie der Tochter, den Wäinämöinen zu wählen 471—634. Die Tochter selbst will Ilmarinen, der den Sampo geschmiedet, heiraten und empfängt Wäinämöinen, der früher in die Stube tritt, mit einer abschlägigen Antwort 635—706.

Neunzehnte Rune. . . . . S. 115—121
Ilmarinen tritt in des Nordlands Stube, wirbt um die Tochter, es werden ihm gefahrvolle Arbeiten auferlegt 1—32. Durch den Rat der Nordlandsjungfrau besteht er diese Arbeiten glücklich und ackert zuerst ein Schlangenfeld, fängt zweitens den Bären Tuonis und den Wolf Manalas, drittens den furchtbaren Hecht aus dem Strom des Totenreiches 33—344. Des Nordlands Wirtin verlobt ihre Tochter dem Ilmarinen 345—498. Schlechtgelaunt kehrt Wäinämöinen aus dem Nordland heim und warnt jeden, mit einem jüngeren Mann zugleich auf die Freite zu gehen 499—518.

Zwanzigste Rune . . . . S. 122—129
In dem Nordland wird ein gewaltig großer Stier zur Hochzeit geschlachtet 1—118. Es wird Bier gebraut und Speise bereitet 119—516. Es werden Boten ausgesandt, um zur Hochzeit einzuladen; nur Lemminkäinen bleibt ungebeten 517—614.

Einundzwanzigste Rune . . . . S. 130—135
Der Bräutigam und sein Gefolge werden im Nordland empfangen 1—226. Die Gäste werden zur Genüge mit Speise und Trank bewirtet 227—252. Wäinämöinen singt und verherrlicht die Schar des Hauses 253—438.

Zweiundzwanzigste Rune . . . . S. 136—142
Die Braut wird zur Abreise gerüstet und wie an die früheren so an die kommenden Tage erinnert 1—124. Die Braut gerät in Traurigkeit 125—184. Man bringt sie zum Weinen 185—382. Die Braut weint 383—448. Man tröstet sie 449—552.

Dreiundzwanzigste Rune . . . . S. 143—153
Die Braut wird unterwiesen und ermahnt, wie sie in der Wohnung ihres Mannes leben soll 1—478. Eine alte Bettlerin erzählt ihre verschiedenen Lebenserfahrungen als Mädchen, bei dem Manne und nachdem sie von ihm fortgegangen 479—850.

Vierundzwanzigste Rune . . . . S. 154—160

Der Bräutigam wird ermahnt, wie er seine Braut behandeln soll, und ihm geraten, nicht schlecht mit ihr umzugehen 1—264. Ein alter Bettler erzählt, wie er vormals sein Weib zur Vernunft gebracht habe 265—296. Die Braut ist betrübt, daß sie nun ihre liebe Geburtsstätte auf immer verlassen muß, und sagt allen ein Lebewohl 297—462. Ilmarinen schwingt seine Braut in den Schlitten, macht sich auf den Weg und kommt am Abend des dritten Tages heim 463—528.

Fünfundzwanzigste Rune . . . . S. 161—170

Der Bräutigam, die Braut und das Gefolge werden in der Wohnung Ilmarinens empfangen 1—382. Die Schar wird zur Genüge mit Speise und Trank bewirtet; Wäinämöinen singt und preist den Wirt, die Wirtin, den Freiwerber, die Begleiterin der Braut und das übrige Gefolge 383—672. Auf dem Heimweg von der Hochzeit bricht der Schlitten Wäinämöinens, den er wieder ausbessert 673—738.

Sechsundzwanzigste Rune . . . . S. 171—180

Lemminkäinen, voll Ärger darüber, daß er nicht zur Hochzeit eingeladen worden, beschließt dennoch nach dem Nordland zu ziehen, ohne auf das Verbot seiner Mutter und das vielfache Verderben zu achten, das ihm nach den Worten seiner Mutter daselbst droht 1—382. Er begibt sich auf den Weg und kommt vermöge seiner Zauberkraft glücklich durch alle gefahrvollen Stellen 383—776.

Siebenundzwanzigste Rune . . . . S. 181—186

Lemminkäinen kommt nach dem Nordland und benimmt sich höchst übermütig 1—204. Der Wirt des Nordlands gerät in Zorn und da er gegen Lemminkäinen nichts durch seinen Zauber vermag, wendet er sich zum Schwerte 205—282. Bei dem Zweikampf schlägt Lemminkäinen dem Nordlandswirt den Kopf von den Schultern; um diesen Mord zu rächen, sendet die Nordlandswirtin ihre Kriegescharen gegen ihn 283—420.

Achtundzwanzigste Rune . . . . S. 187—190

Lemminkäinen entflieht eilig aus dem Nordland, kehrt heim und frägt seine Mutter, wo er sich vor dem Nordlandsvolke bergen könne, welches bald in Masse gegen ihn allein erscheinen werde 1—164. Die Mutter verweist ihm den Zug nach dem Nordland, schlägt ihm zuvor dieses und jenes Versteck vor und rät ihm zuletzt, sich auf eine Insel jenseits mancher Meere zu begeben, wo einst ihr Mann während des großen Kriegsjahres in Frieden gelebt hatte 165—294.

Neunundzwanzigste Rune . . . . S. 191—198

Lemminkäinen segelt nun übers Meer und kommt glücklich auf die Insel 1—78. Dort lebt er gar frevelhaft mit den Mädchen und Weibern, bis die Männer ergrimmt sich anschicken ihn zu töten 79—290. Eilends macht sich Lemminkäinen aus dem Staube und verläßt die Insel zu seinem eignen Verdrusse und zu dem der Mädchen 291—402. Auf dem Meere zertrümmert ein heftiger Sturm das Schiff Lemminkäinens, er selbst rettet sich schwimmend ans Land, erhält ein neues Boot und gelangt an die Ufer seiner Heimat 403—452. Er sieht das frühere Wohngebäude verbrannt und die ganze Stelle verheert, fängt an zu weinen und zu klagen, zumal da er auch seine Mutter tot glaubt 453—514. Die Mutter lebt aber noch und befindet sich in einem Versteck in dem Walde, wo sie Lemminkäinen zu seiner großen Freude auffindet 515—546. Die Mutter erzählt, wie das Volk des Nordlandes gekommen ist und die Stube in Asche gelegt hat; Lemminkäinen verspricht neue, noch bessere Stuben zu bauen, wenn er zuvor am Nordlande für seine Mühsal Rache genommen, und erzählt seiner Mutter von dem üppigen Leben, das er auf dem Eiland führte 547—602.

Dreißigste Rune . . . . S. 199—205

Lemminkäinen zieht aufs neue mit seinem frühern Kampfgenossen Tiera aus, um das Nordland zu bekriegen 1—222. Des Nordlands Wirtin sendet ihnen heftigen Frost entgegen, der ihr Boot auf dem Meere einfrieren läßt und auch beinahe die Helden selbst umgebracht hätte, wenn ihn nicht Lemminkäinen mit seinen kräftigen Zauber- und Bannsprüchen davon abgebracht hätte 123—316. Lemminkäinen wandert mit seinem Kampfgenossen auf dem Eise zum Strande, irrt lange in trauriger Lage durch die Wildnis, bis er endlich in seine Heimat gelangt 317—500.

Einunddreißigste Rune . . . . S. 206—210

Untamo erhebt Krieg gegen seinen Bruder Kalerwo, tötet Kalerwo samt seiner Schar, es bleibt nur dessen Weib, das gesegneten Leibes ist, von dem ganzen Stamme nach; man führt sie fort und sie gebiert in Untamos Behausung den Knaben Kullerwo 1—82. Kullerwo denkt schon in der Wiege an Untamo Rache zu nehmen und Untamo versucht ihn auf verschiedene Art zu töten, vermag es aber nicht 83—202. Größer geworden verdirbt Kullerwo jegliche Arbeit und Untamo verkauft ihn in seinem Ärger als Knecht dem Ilmarinen 203—374.

Zweiunddreißigste Rune . . . . S. 211—218

Ilmarinens Hausfrau macht Kullerwo zum Hüter ihrer Herde und bäckt ihm aus Bosheit einen Stein in seine Wegkost 1—32. Sie entsendet dann ihre Herde unter den üblichen Gebeten und Beschwörungen des Bären auf die Weide 33—548.

Dreiunddreißigste Rune . . . . S. 219—222

Kullerwo nimmt gegen Abend das Brot aus seinem Ranzen, beginnt zu schneiden und zerbricht zu seinem Leidwesen das Messer, was ihm um so mehr zu Herzen geht, da das Messer ihm als einziges Andenken an seinen Stamm geblieben war 1—98. Er gedenkt an der Wirtin Rache zu nehmen, treibt die Herde in den Sumpf und sammelt eine Herde Wölfe und Bären, welche er am Abend nach Hause treibt 99—184. Als die Wirtin sie melken geht, wird sie von den wilden Tieren zerrissen und getötet 185—296.

Vierunddreißigste Rune . . . . S. 223—226

Kullerwo geht fort von Ilmarinen, wandert kummervoll durch den Wald und erfährt endlich von einer Alten, daß seine Eltern und Geschwister noch am Leben seien 1—128. Er findet sie nach der Anleitung der Alten an den Grenzen der Lappen auf 129—188. Die Mutter erzählt, wie sie ihn bereits längst tot geglaubt habe, und ferner, wie ihre ältere Tochter in den Wald nach Beeren gegangen und dort verschwunden sei 189—246.

Fünfunddreißigste Rune . . . . S. 227—231

Kullerwo beginnt bei seinen Eltern verschiedene Arbeiten zu verrichten; da er jedoch keine Hilfe gewährt, schickt ihn der Vater aus, um die Abgabe für das Land zu entrichten 1—68. Auf dem Heimweg trifft er die ihm unbekannte, beim Beerensuchen verschwundene Schwester, die er zu sich lockt und verführt 69—188. Als es am nächsten Tage offenbar wird, wer sie sind, stürzt sich die Schwester in den Fluß; Kullerwo eilt nach Hause, erzählt der Mutter sein grauenhaftes Erlebnis mit der Schwester und will auch seinem Leben ein Ende machen 189—344. Die Mutter sucht ihn vom Selbstmord abzubringen und rät ihm, in irgendeinem Versteck Erleichterung seines Kummers zu suchen, Kullerwo will jedoch an Untamo Rache nehmen 345—372.

Sechsunddreißigste Rune . . . . S. 232—236

Kullerwo rüstet sich zum Kriege und verläßt leichten Herzens seine Heimat, da dort niemand, außer der Mutter, über seinen etwaigen Tod Kummer zu empfinden behauptet 1—154. Er kommt nach dem Wohnsitz Untamos, haut alles nieder und steckt die Stuben in Brand 155—250. Er kehrt heim, findet den Wohnsitz verlassen und kein anderes lebendes Wesen, als einen alten schwarzen Hund, mit dem er in den Wald geht um sich Nahrung zu erjagen 251—296. Auf dem Wege dahin kommt er an die Stelle, wo er seine Schwester zu sich gelockt hat, und macht dort mit dem Schwerte seinem Leben ein Ende 297—360.

Siebenunddreißigste Rune . . . . S. 237—240

Lange weint Ilmarinen nach seinem Weibe, schmiedet sich dann aus Gold und Silber eine Frau, die er nach großer Mühe endlich zustande und zum Leben bringt 1—162. Er ruht in der Nacht an der Seite der goldenen Braut, findet aber, als er am Morgen erwacht, die Seite, die er dem goldenen Bilde zugewandt hatte, gar kalt 163—196. Er will die goldene Braut dem Wäinämöinen überlassen, dieser will aber nichts von ihr wissen, sondern gibt ihm den Rat, sie zu andern Dingen zu verschmieden oder in ein anderes Land zu golddürstenden Freiern zu führen 197—250.

Achtunddreißigste Rune . . . . S. 241—245

Ilmarinen geht nach dem Nordland, um sich um die jüngere Schwester seines früheren Weibes zu bewerben, erhält aber nur böse Schmähworte zur Antwort, ergrimmt darüber, raubt das Mädchen und begibt sich auf den Heimweg 1—124. Auf dem Wege beschimpft die Jungfrau den Ilmarinen und bringt ihn dermaßen auf, daß er sie zuletzt in seinem Zorn in eine Möwe verwandelt 125—286. Darauf kehrt er heim und erzählt dem Wäinämöinen, wie das Nordland im Besitz des Sampo sorgenfrei lebe und zugleich wie seine Brautwerbung abgelaufen sei 287—328.

Neununddreißigste Rune . . . . S. 246—251

Wäinämöinen treibt Ilmarinen an, mit ihm zusammen nach dem Nordland zu ziehen, um sich des Sampo zu bemächtigen; Ilmarinen geht auf diesen Vorschlag ein und die Helden begeben sich zu Boot auf den Weg 1—330. Lemminkäinen erblickt sie vom Strande aus und als er hört, wohin sie ziehen, bietet er sich als dritter Mann an; er wird gern als dritter aufgenommen 331—426.

Vierzigste Rune . . . . S. 252—256

Die Sampofahrer kommen an einen Wasserfall; unterhalb des Wasserfalles haftet das Boot auf dem Rücken eines großen Hechtes 1—94. Der Hecht wird getötet, seine obere Hälfte ins Boot geschafft, gekocht und zerstückelt 95—204. Wäinämöinen macht aus den Backenknochen des Hechts seine Kantele, auf welcher der eine und der andere zu spielen versucht, ohne es jedoch zu vermögen 205—342.

Einundvierzigste Rune . . . . S. 257—260

Wäinämöinen spielt die Kantele und alle lebenden Wesen in der Luft, auf der Erde und in dem Meer eilen herbei, um seinem Spiel zu lauschen 1—168. Die Herzen aller werden dermaßen durch das Spiel bewegt, daß ihnen Tränen in die Augen treten; selbst aus den Augen Wäinämöinens fallen große Tropfen herab auf die Erde und rollen ins Wasser, wo sie in schöne bläuliche Perlen verwandelt werden 169—200.

Zweiundvierzigste Rune . . . . S. 261—268

Die Helden kommen nach dem Nordland und Wäinämöinen sagt, daß sie um den Sampo gekommen seien; würden sie ihn nicht mit Güte bekommen, so würden sie ihn mit Gewalt entführen 1—58. Des Nordlands Wirtin will ihn weder mit Güte noch mit Gewalt herausgeben und bietet gegen sie das Kriegsvolk auf 59—64. Wäinämöinen ergreift die Kantele, fängt an zu spielen und versetzt mit seinem Spiel das ganze Volk des Nordlands in Schlaf; dann geht er mit seinen Gefährten um sich des Sampo zu bemächtigen; sie schaffen ihn aus dem Steinberg in ihr Boot 65—164. Mit dem Sampo in dem Boote ziehen sie vom Nordland fort und eilen glücklich ihrer Heimat zu 165—308. Am dritten Tage erwacht des Nordlands Wirtin aus ihrem Schlaf und als sie den Sampo entführt sieht, sendet sie einen dichten Nebel, einen starken Wind und andere Hindernisse, um die Samporäuber aufzuhalten, bis sie sie erreicht hätte; bei dem Sturm fällt Wäinämöinens neue Kantele ins Meer 309—562.

Dreiundvierzigste Rune . . . . S. 269—274

Des Nordlands Wirtin rüstet ein Kriegsboot aus und eilt den Samporäubern nach 1—22. Als sie sie einholt, entsteht ein Kampf auf dem Meer zwischen dem Nordland und Kalewala, in welchem dieses siegt 23—258. Dennoch glückt es der Nordlandswirtin den Sampo aus dem Boot ins Meer zu schaffen, wo er bricht und in Stücke geht 259—266. Die größeren Stücke sinken unter und begründen den Reichtum des Meeres, die kleineren treibt die Flut ans Ufer, worüber Wäinämöinen froh wird und auch daraus neue Wohlfahrt seiner Heimat erhofft 267—304. Des Nordlands Wirtin droht alles Gedeihen in Kalewala zu zerstören, welcher Drohung Wäinämöinen nicht achtet 305—368. Betrübt über den Verlust ihrer Macht kehrt sie nach dem Nordland zurück, wohin sie von dem ganzen Sampo nur den leeren Deckel zurückbringt 369—384. Wäinämöinen sammelt sorgsam die Sampotrümmer am Ufer, läßt sie wachsen und erhofft davon beständige Wohlfahrt 385—434.

Vierundvierzigste Rune . . . . S. 275—279

Wäinämöinen geht seine ins Meer gefallene Kantele wieder aufzusuchen, kann sie aber nicht wiederfinden 1—76. Er macht sich aus einer Birke eine neue Kantele, auf der er sodann spielt und alles erfreut, was sich in seiner Umgebung befindet 77—334.

Fünfundvierzigste Rune . . . . S. 280—284

Des Nordlands Wirtin sendet außergewöhnliche Krankheiten nach Kalewala 1—190. Wäinämöinen heilt das Volk durch zauberkräftige Sprüche und Mittel 191—362.

Sechsundvierzigste Rune . . . . S. 285—293

Des Nordlands Wirtin hetzt einen Bären auf Kalewalas Herden 1—20. Wäinämöinen tötet den Bären, worauf das bei solcher Gelegenheit übliche festliche Mahl in Kalewala gehalten wird 21—606. Wäinämöinen singt, spielt auf seiner Kantele und erhofft für die Zukunft das gleiche freudige Leben für Kalewala 607—644.

Siebenundvierzigste Rune . . . . S. 294—298

Mond und Sonne steigen herab um dem Spiele Wäinämöinens zu lauschen; des Nordlands Wirtin bekommt sie in ihre Gewalt, birgt sie innerhalb eines Berges und stiehlt das Feuer aus Kalewalas Stuben 1—40. Akko, der Gott in dem Luftraum, empfindet Mißbehagen über die Dunkelheit in dem Himmel und schlägt Feuer zu einem neuen Mond und zu einer neuen Sonne an 41—82. Das Feuer fällt auf die Erde hinab und Wäinämöinen zieht mit Ilmarinen aus, um es zu suchen 83—126. Die Tochter der Luft berichtet ihnen, daß das Feuer in den Alue-See gestürzt und daselbst von einem Fisch verschlungen sei 127—312. Wäinämöinen und Ilmarinen ziehen aus um den Fisch mit einem Netz aus Bastschnur zu fangen, was ihnen jedoch mißglückt 313—364.

Achtundvierzigste Rune . . . . S. 299—303
Es wird ein leinenes Netz angefertigt und dann mit diesem ausgezogen, um den Fisch, der das Feuer verschluckt hatte, zu fangen; er wird gefangen 1—192. Das Feuer wird im Bauche des Fisches gefunden, eilt aber sogleich wieder davon und richtet Ilmarinens Wangen und Hände übel zu 193—248. Das Feuer greift um sich bis in den Wald hinein, verheert viele Länder und schreitet immer weiter, bis man endlich seiner habhaft wird und es in die dunkeln Stuben Kalewalas führt 249—290. Ilmarinen erholt sich von den Brandwunden 291—372.

Neunundvierzigste Rune . . . . S. 304—309
Ilmarinen schmiedet einen neuen Mond und eine neue Sonne, kann sie jedoch nicht zum Leuchten bringen 1—74. Wäinämöinen erfährt durch das Los, daß Mond und Sonne sich im Berge des Nordlands befinden, geht nach dem Nordland und haut das ganze Volk dort nieder 75—230. Er geht um Mond und Sonne aus dem Berge zu holen, kann aber nicht hineingelangen 231—278. Er kehrt heim, um sich dort die Gerätschaften schmieden zu lassen, um den Berg zu öffnen. Als Ilmarinen sie schmiedet, befürchtet des Nordlands Wirtin, daß es ihr schlimm gehen könnte, und läßt Mond und Sonne aus dem Berge 279—362. Als Wäinämöinen sie wieder am Himmel erblickt, begrüßt er sie und wünscht, daß sie immer schön emporsteigen und den Ländern Wohlfahrt bringen mögen 363—422.

Fünfzigste Rune . . . . S. 310—317
Der Jungfrau Marjatta wird ein Knabe geboren 1—350. Als Kind geht er verloren und wird endlich im Sumpfe wiedergefunden 351—424. Ein Alter soll ihn taufen, will den Vaterlosen nicht taufen, ehe er besichtigt worden ist 425—440. Wäinämöinen kommt um ihn zu besichtigen und fällt das Urteil, daß man ihn töten müsse, doch das zwei Wochen alte Knäblein weist sein Urteil zurück 441—474. Der Alte tauft es jetzt zum König von Karjala, worüber Wäinämöinen mißmutig wird und davonzieht, vorher aber verkündet, daß er noch einmal einen neuen Sampo, eine neue Kantele und neues Licht schaffen werde; er segelt mit einem kupfernen Boot zu dem Rande des Horizonts, wo sich Himmel und Erde berühren und wo er noch immer weilt; die Kantele und seine großen Gesänge hinterläßt er zur Freude des Suomivolks 475—512. Schlußgesang 513—620.

Anmerkungen . . . . S. 319—344